IM LAND DES FEUER VOGELS

SUSANNA KEARSLEY

IM LAND DES FEUERVOGELS

ROMAN

Aus dem Englischen
von Anja Rüdiger und Elvira Willems

Weltbild

Die englische Originalausgabe erscheint 2013 unter dem Titel
FIREBIRD
bei Allison & Busby, London.

Besuchen Sie uns im Internet:
www.weltbild.de

Genehmigte Lizenzausgabe für Verlagsgruppe Weltbild GmbH,
Steinerne Furt, 86167 Augsburg

Übersetzung: Anja Rüdiger und Elvira Willems
Umschlaggestaltung: büro**süd**°, München
Umschlagmotiv: © CollaborationJS / Arcangel Images
Gesamtherstellung: GGP Media GmbH, Pößneck
Printed in the EU
ISBN 978-3-86365-549-5

2016 2015 2014 2013
Die letzte Jahreszahl gibt die aktuelle Lizenzausgabe an.

Für meine Leserin Lee Ann Ray,
die als Erste vorschlug,
Robbies Geschichte zu erzählen

Though I am old with wandering,
through hollow lands and hilly lands,
I will find out where she has gone …
W. B. Yeats, *The Song of Wandering Aengus*

Obwohl ich alt vom Wandern bin,
durch tiefes Land und hohes Land,
ich find heraus, wohin sie ging …
W. B. Yeats, *Das Lied des Wandernden Aengus*

KAPITEL 1

An jenem Morgen spürte ich, dass er an mich dachte.

Ich war gerade mit der U-Bahn unterwegs, etwa anderthalb Minuten hinter der Haltestelle Holland Park, und befand mich in dem üblichen benommenen Noch-nicht-ganz-wach-Zustand zwischen meinem Frühstückskaffee und der ersten Tasse an meinem Schreibtisch. Beinahe hätte ich nicht bemerkt, wie seine Gedanken meine berührten. Es war seltsam in diesen Tagen; besonders seltsam, dass ich seine Gedanken empfing, während meine eigenen umherschweiften. Und ich wusste, dass es ihm genauso ging. Jedenfalls ließ mich das, was ich von dem Ort sah, an dem er sich befand – der Blick an die Zimmerdecke und die in leichter Düsternis liegenden Wände – davon ausgehen, dass er noch im Bett lag und gerade erwachte.

Ich musste ihn nicht aussperren. Er zog sich bereits zurück, entschuldigte sich. *Sorry.* Kein gesprochenes Wort, dennoch hörte ich den leicht bedauernden Tonfall in seiner vertrauten Stimme. Und dann war er nicht mehr da.

Neben mir saß ein dicker Mann, quetschte mich auf meinem Sitz ein, und für meine bereits empfindsamen Sinne war dieser ungewollte Kontakt zu viel. Ich stand auf, lehnte mich gegen die schmale Wand neben der nächsten Tür und versuchte mich zusammenzureißen, bis wir zur Haltestelle Bond Street kamen. Als sich die Türen öffneten, glitt ich sicher in den Zustand vertrauter Routine, bewegte mich zügig im Gleichschritt mit der sich vorwärtsbewegenden, sprechenden, SMS schreibenden Menge, die gemeinsam auf und ab wogte, durch die Drehkreuze und hinaus auf die Straße, wo sich die Wege trennten, die Köpfe gesenkt und entschlossen vorwärtsstrebend.

Es war ein wunderbarer Augustmorgen. Die drückende, stickige Hitze war frischerer Luft gewichen, die eine angenehme Wärme versprach, und der Himmel strahlte in makellosem Blau.

Ich bemerkte es kaum, denn ich dachte an den düsteren Raum, das von Wolken oder Regen verhangene graue Licht, die Hand, die träge ins Bild kam, um seine Augen zu reiben, als er erwachte. Es war seine linke Hand, und er trug keinen Ring. Jedenfalls meinte ich, keinen Ring gesehen zu haben.

Ich gebot meinen Gedanken Einhalt, bevor sie weiterwandern und mich verraten konnten. *Es ist mir egal,* rief ich mir entschieden ins Gedächtnis, und um sicherzugehen, dass ich es gehört hatte, sagte ich es laut: »Es ist mir egal.«

Ich fühlte die Blicke der Leute auf mir und merkte, wie ich rot wurde, also senkte ich den Kopf, als ich in die South Molton Street einbog, eine hübsche Flaniermeile mit exklusiven Geschäften, Cafés und Galerien. Nach dem heftigen Gedränge auf der Bond Street wirkte hier alles angenehm ruhig. Ich ging weiter, an den schönen alten Gebäuden mit den hübschen Türen vorbei zu dem Haus mit der in frischem Weiß gestrichenen Fassade, an der auf einem teuer aussehenden Messingschild in edler Schrift zu lesen war: *Galerie St.-Croix. Ausgewählte russische Kunst und Kunstgegenstände, dritter Stock.*

Der Name der Galerie war eine von Sebastians kleinen Eitelkeiten – trotz seines französischen Nachnamens war er durch und durch Engländer, Spross einer Ahnenreihe, deren Wurzeln in Hampshire bis zu Wilhelm dem Eroberer zurückreichten. Aber Sebastian verstand etwas vom Geschäft, und für Kunsthändler wie ihn war ein entsprechendes Image unerlässlich.

Ich selbst war ein Teil dieses Image, denn ich sah gut aus, hatte einen einwandfreien Stammbaum, die besten Referenzen und kleidete mich angemessen. Aber als er mich vor zwei Jahren einstellte, versicherte er, dass er vor allem auf meine Fähigkeiten Wert lege, denn ich hatte nicht nur Russisch und Kunstgeschichte studiert, sondern beherrschte die russische Sprache fließend, und meine organisatorischen Fähigkeiten passten zu seinem ausgeprägten Ordnungssinn. Ich hatte das, was er damals »Potenzial« nannte.

Er formte mich, war mein Mentor, brachte mir bei, auf Auktionen richtig zu bieten und mit schwierigen Klienten umzugehen. Es war ein weiter Weg von der wenig weltgewandten jungen Frau, die ich war, als er mich einstellte.

Auch das Gebäude, in dem sich die Galerie befand, veränderte er in seinem Sinne, sodass wir nun in einem perfekt ausgestatteten Penthouse residierten, bis hin zum verspiegelten Aufzug, was mich allerdings an diesem Morgen nicht gerade begeisterte.

Ich runzelte die Stirn, als die Aufzugtüren sich zu dem eleganten Empfangsbereich hin öffneten, in dem ein Gemälde von Natalia Gontscharowa, einer Blumenhändlerin, über dem Tresen hing, hinter dem bis vor Kurzem unsere Empfangsdame gesessen hatte. Sie hatte überraschend gekündigt, und ich hatte die Woche über bereits Vorstellungsgespräche geführt, um eine Nachfolgerin zu finden, während Sebastian und ich uns die zusätzliche Arbeit geteilt hatten.

Es war nicht gerade leicht, jemanden zu finden, der Sebastians Vorgaben entsprach – im ästhetischen Sinne. Er wollte mehr als einfach nur Kompetenz oder Klasse. Er wollte jemanden, der das verkörperte, was das Gontscharowa-Gemälde aussagte – das Gemälde, das er über den Empfangstresen gehängt hatte, wo es das Erste war, was jeder Klient wahrnahm, der die Galerie betrat.

Es hatte bereits mehrere Angebote für das Gemälde gegeben. Einige unserer Klienten konnten es sich durchaus leisten, eine Millionen Pfund dafür zu bezahlen. Aber Sebastian hatte das Geld nicht gewollt.

»Wenn ich das Bild verkaufe«, hatte er mir einmal gesagt, »dann stelle ich einen Klienten damit zufrieden. Wenn ich es da lasse, wo es ist, wird jeder unserer Klienten denken, dass es eines Tages ihm gehören könnte.«

Das Prinzip funktionierte – nicht nur, was den Verkauf von Bildern betraf. Es war kein Zufall, dass die meisten unserer treuen und besten Klienten Frauen waren, und sie betrachteten Sebastian – wie das Gontscharowa-Gemälde – als einen Preis, der mit viel Zeit und Geduld zu erringen war.

Und auch jetzt, als ich auf dem Weg zu meinem Arbeitsplatz an seinem mit Glaswänden umgebenen Büro vorbeikam, war eine Frau bei ihm. Ich wollte sie nicht stören, aber er sah mich und winkte mich herein, sodass ich die Tür öffnete und zu ihnen trat.

Sebastians Lächeln wirkte professionell, aber selbst wenn es nicht so gewesen wäre, hätte es mich kaltgelassen. Er war zu reich, um mein Typ zu sein. Als er sich nach vorn lehnte und der Ärmel seines maßgeschneiderten Anzuges leicht nach oben rutschte, wurde eine goldene Armbanduhr sichtbar, und er wirkte insgesamt derart makellos, dass man annehmen konnte, ein ganzes Rudel Stylisten tobe sich jeden Morgen an ihm aus, von seinen polierten Schuhen bis zu seinem stylish zerzausten toffeefarbenen Haar, das mit genau dem richtigen Grad an Nachlässigkeit gekämmt war. »Nicola«, stellte er mich vor, »das ist Margaret Ross. Miss Ross, meine Kollegin Nicola Marter.«

Miss Margaret Ross war, anders als ich erwartet hatte, keine unserer üblichen Klientinnen. Zum einen war sie eher einfach gekleidet, jedoch mit so viel Sorgfalt, dass ich wusste, sie hatte sich große Mühe gegeben, möglichst gut auszusehen. Und obwohl ich normalerweise sehr gut darin war, jemandes Alter zu schätzen, war es mir in diesem Fall nicht möglich. Sie war wohl etwa zehn Jahre älter als ich, um die vierzig also, aber während ihre Kleidung und ihr Auftreten sie eher älter wirken ließen, lag in ihrem ruhigen Blick etwas, was deutlich jünger schien, beinahe unschuldig.

»Guten Morgen.« Sie war Schottin. »Ich fürchte, ich habe Mr St.-Croix' Zeit verschwendet.«

Sebastian, charmant wie immer, schüttelte den Kopf. »Überhaupt nicht. Dafür bin ich da. Und auch wenn man es nicht beweisen kann, haben Sie Ihren Enkeln einmal eine faszinierende Geschichte zu erzählen.«

Sie schlug den Blick nieder, wie um ihre Enttäuschung zu verbergen. »Ja.«

»Erzählen Sie Nicola davon.« Sebastian sagte es so, dass es schmeichelhaft klang. Er wollte ihr das Gefühl geben, dass das, was sie zu sagen hatte, tatsächlich faszinierend wäre, auch wenn es nicht stimmte. Darin war er gut. Zu mir sagte er: »Sie hat uns diese Skulptur gebracht, um sie schätzen zu lassen.«

Auf den ersten Blick sah das, was auf seiner Handfläche lag, aus wie irgendein Stück Holz, aber als ich genauer hinsah, stellte ich fest, dass es ein kleiner geschnitzter Vogel mit angelegten Flügeln war, ein Spatz oder ein Zaunkönig. Sebastian fuhr fort: »Ein Familienerbstück … seit wann?«

Margaret Ross beeilte sich, seine Frage zu beantworten: »Seit etwa dreihundert Jahren, wurde mir gesagt. Meine Vorfahren haben das Stück von Zarin Katharina erhalten. Nicht von Katharina der Großen«, erklärte sie, »sondern von Katharina I.«

Sebastian lächelte ermutigend. »Der Witwe von Peter dem Großen also, etwa in den Zwanzigerjahren des siebzehnten Jahrhunderts. Und das scheint durchaus möglich zu sein.« Er studierte die kleine Skulptur genauestens, wobei er sie so vorsichtig in der Hand hielt, als wäre sie von unermesslichem Wert.

Margaret Ross erklärte: »Bei uns heißt er ›Der Feuervogel‹. So wurde er jedenfalls in unserer Familie schon immer genannt. Er wurde im Haus meiner Großmutter unter Glas aufbewahrt, und uns Kindern war es verboten, sich ihm zu nähern. Und nun war meine Mutter der Meinung«, ihre Stimme zitterte leicht, aber sie überspielte es, »sie meinte, jetzt, da Andrew nicht mehr lebt – mein Bruder Andrew starb in Afghanistan – und ich keine eigene Familie habe, gebe es keinen Grund mehr, den Feuervogel aufzubewahren. Es sei eine Verschwendung, und ich solle den Vogel verkaufen und endlich auf Reisen gehen, wie ich es schon immer wollte.«

»Miss Ross hat ihre Mutter vor Kurzem verloren«, informierte mich Sebastian.

Nun verstand ich sein verständnisvolles Verhalten. »Das tut mir sehr leid«, sagte ich.

»Es ist schon in Ordnung. Sie hatte MS. Es war nicht gerade leicht für sie. Und sie hatte Schuldgefühle, weil ich mich um sie gekümmert habe. Aber …«, begann sie und bemühte sich zu lächeln, »ich habe mich auch um meine Tanten gekümmert, bis sie starben, und sie war schließlich meine Mutter. Ich konnte sie nicht im Stich lassen.«

Ich blickte Margaret Ross noch einmal in die Augen und entschied, dass ihr kindlicher Blick wohl daher stammte, dass sie niemals ihr eigenes Leben gelebt hatte. Sie hatte darauf verzichtet, um sich um andere zu kümmern. Sie tat mir leid. Und auch die Mutter tat mir leid, die gehofft hatte, ihre Tochter könnte nun das einzige wertvolle Familienerbstück verkaufen, um endlich das Leben genießen und reisen zu können.

»Die Sache ist nur die«, sagte Sebastian höflich, »ohne irgendeine Dokumentation oder einen Beweis, ohne das, was wir Händler einen Herkunftsnachweis nennen, haben wir keine Sicherheit. Ohne einen solchen Herkunftsnachweis hat dieses kleine Kunstwerk keinen realen Wert. Wir können nicht einmal sagen, ob es wirklich aus Russland stammt.« Er sah mich an. »Nicola? Was meinst du?«

Er gab mir die Skulptur, und ich nahm sie, ohne nachzudenken, ohne mich daran zu erinnern, dass meine Gedanken an diesem Morgen bereits einmal kräftig durchgerüttelt worden waren. Erst als ich sie in den Händen hielt, wurde mir klar, dass ich einen Fehler gemacht hatte.

Sofort spürte ich die Wärme, die nichts mit der Skulptur selbst zu tun hatte. Ich schloss die Augen bei dem Versuch, die Vision zu stoppen, aber das machte es nur schlimmer. Ich sah einen schrägen Lichtstrahl, in dem leicht der Staub tanzte. Dann zwei Frauen, die eine schon älter, aber wunderschön, mit dicken schwarzen Augenbrauen; die andere respektvoll verneigt, möglicherweise kniend, ihr junges Gesicht unsicher der anderen zugewandt. »Meine liebe Anna«, sagte die Ältere in elegantem Russisch und lächelte, »niemals seid Ihr ein Niemand gewesen.«

Schnell öffnete ich die Augen, vielleicht ein wenig zu schnell. Aber zu meiner Erleichterung schien keiner der beiden etwas bemerkt zu haben. »Leider kann ich dazu gar nichts sagen«, wehrte ich ab und gab den kleinen geschnitzten Vogel Sebastian zurück.

Er sah ihn mit einer Mischung aus Bewunderung und Bedauern an.

»Das Problem ist«, erklärte er unserer Klientin, »dass es äußerst schwierig ist, diese Art Kunstgegenstand mit Sicherheit einzuordnen. Wenn er wirklich aus Russland stammt, dann wahrscheinlich aus bäuerlichem Umfeld. Es gibt keine Signatur, und ohne Herstellungsnachweis ...« Er zuckte leicht mit den Schultern, womit er all die Ungerechtigkeit dieser Angelegenheit zum Ausdruck brachte. »Wenn Ihre Vorfahrin Ihnen eine Ikone oder ein Schmuckstück hinterlassen hätte, hätte ich Ihnen möglicherweise weiterhelfen können.«

»Ich verstehe«, sagte Margaret Ross entmutigt.

Sebastian nahm die kleine Skulptur noch ein letztes Mal in die Hand, und ich wusste, er suchte nach einem lobenswerten Detail, um diese Frau so rücksichtsvoll wie möglich fortschicken zu können. »In jedem Fall ist es ein sehr altes Stück«, sagte er schließlich, »und ich bin sicher, es hat einiges erlebt.«

Margaret Ross war sich dessen nicht sicher. »Solange ich es kenne, hat es dort, im Haus meiner Großmutter, unter Glas gesessen, und wahrscheinlich auch schon lange vorher.«

Ihr trauriges Lächeln wirkte verständnisvoll, obwohl sie wieder einmal Pech hatte, und ich bemerkte ihre hoffnungslos herabhängenden Schultern, als sie den Vogel vorsichtig wieder in das verblichene, zerknitterte Tuch einschlug.

In einem Impuls fragte ich: »Wie war ihr Name?«

Sie sah auf. »Wie bitte?«

»Ihrer Vorfahrin. Die den Feuervogel aus Russland mitgebracht hat.«

»Anna. Das ist alles, was meine Familie von ihr weiß. Wirklich, wir kennen nicht einmal ihren Nachnamen. Ihre Tochter hat in unsere Familie eingeheiratet. So sind wir an das Stück gekommen.«

Anna. Irgendetwas ließ meinen Arm warm prickeln. *Meine liebe Anna …*

»Ich frage, weil ich überlege, ob Sie nicht vielleicht ein wenig nachforschen möchten, um eine Verbindung zwischen ihr und Zarin Katharina I. herzustellen«, schlug ich vor.

Sebastians Blick ließ nicht darauf schließen, ob er dankbar oder erbost war, aber er stimmte zu. »Ja, wenn Sie in der Lage wären, irgendeinen Beweis zu finden, wäre das hilfreich.«

Wieder das traurige Lächeln, das zeigte, wie wenig Hoffnung sie sich machte. »Meine Großmutter hat bereits alles versucht, aber ohne Ergebnis. Meine Vorfahren waren einfache Leute, die nicht in den Geschichtsbüchern erwähnt werden.«

Ich sah wieder das herzliche Lächeln vor mir. Hörte die Stimme: *Niemals seid Ihr ein Niemand gewesen.*

»Tja«, sagte Sebastian und stand auf, »es tut mir leid, dass wir Ihnen nicht weiterhelfen können. Aber wenn Sie uns Ihre Adresse hinterlassen, werden wir uns melden, wenn einer unserer Klienten einmal nach etwas Derartigem sucht …«

Ich fühlte mich wie eine Verräterin, als Margaret Ross aufstand und uns beiden die Hände schüttelte. Und das Gefühl hielt an, als wir sie zurück zum Empfangsbereich begleiteten und Sebastian ihr zuvorkommend und charmant seine Karte überreichte, ihr viel Glück wünschte und sie verabschiedete. Als sich die Aufzugtüren hinter ihr geschlossen hatten, wandte er sich zu mir um und sagte, als er den Ausdruck in meinen Augen sah: »Ja, ich weiß.«

Aber er hatte keine Ahnung.

Wie hätte er es auch wissen sollen. In all der Zeit, die ich bereits für ihn arbeitete, hatte ich ihm nie erzählt, wozu ich imstande war, und selbst wenn ich es getan hätte, hätte er es für Blödsinn gehalten. »Hokuspokus« hätte er es genannt, so wie damals, als unsere ehemalige Empfangsdame uns gestanden hatte, dass sie zu einer Hellseherin gegangen war.

»Nein«, hatte sie sich verteidigt, »sie kann wirklich Dinge sehen, die andere nicht sehen. Es ist eine Gabe – sie nimmt einen Gegenstand in die Hand, eine Kette oder einen Ring zum Beispiel, und kann dann etwas über den Besitzer dieses Gegenstandes erzählen. Das nennt man Psychometrie«, hatte sie mit vertraulicher Autorität erklärt.

Sebastian hatte mit einem Seitenblick korrigiert: »Das nennt man Betrug. Es gibt keine Hellseher. Sie existieren einfach nicht.«

Ich widersprach ihm nicht, obwohl ich ihm hätte sagen können, dass er sich irrte. Ich hätte ihm erzählen können, dass auch ich hellsehen konnte, und zwar schon immer. Dass auch ich detaillierte Visionen hatte, wenn ich mich auf einen Gegenstand konzentrierte, den jemand anderes in der Hand gehabt hatte. Und manchmal – an diesem Tag zum Beispiel – hatte ich sogar Visionen, wenn ich mich nicht darauf konzentrierte, sie gar nicht hervorrufen wollte. Auch wenn das inzwischen nur noch äußerst selten vorkam.

Das Aufblitzen unbeabsichtigter Visionen war eher ein Kapitel meiner Kindheit. Inzwischen musste ich meine Augen schließen und mich ernsthaft konzentrieren, wenn ich meine »Gabe« nutzen wollte – meinen Fluch, sollte ich vielleicht sagen. Schon vor Jahren hatte ich mich entschieden, nicht mehr darauf zurückzugreifen.

Vor zwei Jahren, um genau zu sein.

Ich hatte beschlossen, normal zu sein, und hatte nicht vor, daran etwas zu ändern. Ich wollte respektiert und nicht angestarrt oder veralbert werden. Es war also gegen jede Vernunft, als ich mich in meinem Büro an den Computer setzte, die lange

Liste ungeöffneter E-Mails ignorierte und stattdessen nach Bildern suchte.

Ich fand drei Porträts, zu verschiedenen Zeiten in unterschiedlichen Posen gemalt, aber auf allen drei Bildern erkannte ich die Frau sofort an ihrem schwarzen Haar, den starken bogenförmigen Brauen und dem warmen Braunton ihrer Augen. Dieselben Augen, in denen sich das Lächeln spiegelte und die ich kurz zuvor in einer Vision hatte aufblitzen sehen, als ich den hölzernen Feuervogel in den Händen gehalten hatte.

Es bestand kein Zweifel: Zarin Katharina I., die Witwe Peters des Großen.

»Verdammt«, flüsterte ich. Und es kam aus tiefster Seele.

KAPITEL 2

Sebastian hatte es bemerkt. »Du hörst gar nicht zu.«

Ich sammelte meine Gedanken und schenkte ihm meine Aufmerksamkeit. »Entschuldige. Was hast du gesagt?«

»Jetzt weiß ich es selbst nicht mehr.«

Es war am späten Nachmittag desselben Tages, und wir gingen vor dem Feierabend noch einmal alles gemeinsam durch. Die Routine, alles zu regeln, unsere jeweiligen Terminpläne für den nächsten Tag gemeinsam zu besprechen und uns über nötige Einzelheiten auszutauschen, beruhigte mich.

Nachdem er einen Moment nachdenklich auf sein Handy geblickt hatte, sah er erfreut auf. »Ach ja. Übernächstes Wochenende, genauer: von Donnerstag bis Sonntag. Hast du da irgendetwas vor?«

»Nein. Habe ich nicht. Aber ich bin sicher, du hast etwas für mich geplant, wenn du so fragst.«

»Na ja, ich habe daran gedacht, dich nach St. Petersburg zu schicken.«

Jetzt hatte er meine volle Aufmerksamkeit. »St. Petersburg? Wieso?«

»Um dir eine Ausstellung anzusehen.«

Daran, wie er mich ansah, während ich das Datum nachrechnete, erkannte ich, dass er darauf wartete, wie lange ich brauchen würde, zwei und zwei zusammenzuzählen.

Donnerstag war der zweite September. »Du meinst die Wanderer-Ausstellung? Die, die aus Amerika kommt?«

Die »Wanderer« oder *Peredwischniki* waren eine Gruppe russischer realistischer Maler, die sich wegen ihrer liberalen politischen Ansichten mit der Petersburger Kaiserlichen Kunstakademie entzweit hatten, sodass sie sich von der Akademie gelöst und ihre eigene Genossenschaft gegründet hatten, mit dem Ziel, »die Kunst um der Kunst willen« zu betreiben und die sie umgebende Gesellschaft mit all ihren Fehlern und Schwächen abzubilden. Entsprechend ihres Namens waren sie Ende des neunzehnten, Anfang des zwanzigsten Jahrhunderts mit ihrer Kunst »gewandert«, und so waren ihre Bilder heute an den unterschiedlichsten Orten zu finden, von den Niederlanden bis nach Tokio. Dieses Ausstellungsprojekt war über Jahre vorbereitet worden, hatte das ehrgeizige Ziel, Gemälde aus Museen, privaten Sammlungen und Galerien auszuleihen und – noch ehrgeiziger – sie auf eine Wanderausstellung von New York nach Paris und nach Sydney zu schicken. Aber zunächst würde sie zur Eröffnung für ein paar Monate in St. Petersburg gezeigt.

»Du hast es erfasst«, meinte Sebastian. »Juri ist einer der Kuratoren. Du erinnerst dich an Juri? Er hat mir erzählt, dass Wendy Van Hoek bei der Eröffnung anwesend sein wird.«

Ich wartete darauf, was kommen würde. »Ja?«

»Und ich hätte gern, dass du ein Geschäft mit ihr abschließt.«

»Ich bin Wendy Van Hoek noch nie begegnet«, erinnerte ich ihn.

Sebastian hielt das für einen Vorteil. »Sie ist ziemlich …« Er hielt inne, wohl um nach einer höflichen Formulierung zu suchen, schließlich fuhr er fort: »… schwierig. Aber wenn man Van Hoek heißt, muss das wohl so sein. Mit ihrem Vater zu verhandeln war noch deutlich beängstigender.«

Ihr Vater besaß, wie ich wusste, eine der bedeutendsten privaten Sammlungen in Amsterdam. Auch ihm war ich noch nie begegnet.

»Solltest nicht besser du mit ihr verhandeln? Sie kennt dich«, wandte ich ein.

»Sie denkt, dass sie mich kennt, ja. Aber unglücklicherweise kann sie den, den sie zu kennen meint, nicht leiden«, erklärte er. »Wir kommen nicht klar miteinander.« Er hielt inne, als er den Ausdruck auf meinem Gesicht sah, und fragte: »Was ist?«

»Ich wusste nicht, dass es tatsächlich irgendeine Frau gibt, die deinem Charme widerstehen kann«, entgegnete ich trocken.

»Sie ist nicht ›irgendeine Frau‹.«

Ich hatte Sebastian noch nie so über eine Frau reden hören. Es machte mich neugierig. »Also, worüber soll ich mit ihr verhandeln?«

»Sie hat einen Surikow. Ich möchte ihn kaufen. Er gehört zu der Ausstellung, du wirst ihn sehen.«

»Und für wen ist er?«

»Für Wassili«, sagte er. »Er will ihn unbedingt haben. Und du kennst Wassili.«

Allerdings. Ein netter Mann mit einem ruhigen Charme, hinter dem eine unglaubliche Hartnäckigkeit steckte. Er war mein absoluter Lieblingsklient. Als Kind hatte er sehr gelitten, als seine Eltern während des Sowjetregimes im Lubjanka-Gefängnis gefoltert worden waren. Aber er sprach nur selten darüber. Stattdessen schien er nun entschieden zu haben, sich nur noch auf das Schöne in der Welt zu konzentrieren. Es machte für mich einen Unterschied zu wissen, dass es für Wassili war.

Außerdem mochte ich St. Petersburg sehr. Ich hatte eine Weile dort an der Universität studiert und kannte die Stadt gut.

»Okay«, sagte ich. »Ich werde mein Bestes tun.« Ich überschlug die Zeit, die mir noch blieb, und die Dinge, die zu tun waren. »Ich muss mir einen neuen Koffer kaufen, mein alter ist kaputt. Und ich sollte vorher noch einmal mit Wassili sprechen.«

»Mach das doch morgen. Warum nimmst du dir nicht den Tag frei?«, bot Sebastian an. »Es ist eh Freitag, mach ein langes Wochenende, ruh dich ein bisschen aus.«

Die Art, wie er es sagte, machte mich misstrauisch. »Mache ich den Eindruck, dass ich mich ausruhen muss?«

»Ich weiß nicht.« Er sah mich an und meinte: »Du bist

irgendwie seltsam.« Und dann sagte er plötzlich: »Oh, Mist, ich komme zu spät zu meiner Verabredung.«

»Mit wem?«

»Penelope.« Er blieb einen Moment neben seinem Schreibtisch stehen. »Jackett oder kein Jackett?«

»Eine Verabredung mit Penelope? Dann Jackett.«

»Denke ich auch. Verdammt, wo ist meine Krawatte? Ist sie das da auf dem Stuhl hinter dir?«

Ich drehte mich um. »Nein, das ist ein Seidentuch.«

»Ein Seidentuch?« Er runzelte die Stirn. »Bist du sicher?«

»Natürlich bin ich sicher.« Ein Seidentuch in Blautönen, die gleichen Farben wie die der Krawatte, die ich nun sorgsam zusammengerollt am Ende eines Bücherregals entdeckte. »Da ist sie.«

Sebastian sah in die Richtung, in die ich wies. »Danke dir.« Er legte sie um und band einen Windsorknoten. »Ist es so in Ordnung?«

»Sie ist schief.«

»Könntest du …?« Während er mit leicht erhobenem Kinn dastand, schielte er zu dem blauen Seidentuch hinüber, das immer noch über dem Stuhl hing. »Es muss ihres sein. Von der schottischen Frau heute Morgen. Margaret …«

»Ross.« Ich band seine Krawatte, wie ich es bereits Hunderte Male vorher getan hatte. Ich hatte einen Bruder und war gut im Krawattenbinden. »Ich erinnere mich nicht daran, dass sie ein Tuch trug.«

»Na ja, dort hat sie gesessen. Und abgesehen von dir ist sie die einzige Frau, die heute hier war.«

»Sie hat ihre Adresse hinterlassen, oder? Ich werde ihr das Tuch schicken.«

Als ich zurücktrat, strich er befriedigt über die perfekt gebundene Krawatte. »Danke dir. Du schließt dann gleich ab?«

Ich versicherte es ihm. Als er weg war, nahm ich das blaue Tuch von dem Stuhl und brachte es zum Tresen im Eingangsbereich, um es in einen Umschlag zu stecken.

Es war das Mindeste, was ich tun konnte, dachte ich. Egal, wie mies mein Tag gewesen war, ich wusste, dass ihrer es noch übertraf. Sie musste am Morgen mit so viel Hoffnung erwacht sein, in dem Glauben, sich mit der kleinen Skulptur ein bisschen Glück, ein bisschen Leben kaufen zu können. Und wir hatten diesen Traum wie eine Seifenblase zerplatzen lassen, ihn mit Füßen getreten, und das schien mir unentschuldbar.

Es war ein teures Tuch, ein Designerstück. Meine Finger berührten das Etikett. Hermès. Alles andere als ein billiges, alltägliches Teil, sondern ein ausgesprochener Luxus – etwas, was die Frau, die ich heute Morgen kennengelernt hatte, nicht verlieren durfte.

Ich fand die Adresse, die sie hinterlassen hatte, und schrieb sie sorgfältig auf den Briefumschlag. Dann nahm ich das Tuch, um es zu falten.

Was ich nicht hätte tun sollen.

Wenn ich mich konzentrierte, empfing ich meine Visionen wesentlich gelassener. Auch wenn ich nicht wirklich in einen Trancezustand verfiel, versetzte mich die Konzentration in eine Art Ruhezustand, ein friedliches, tiefes Bewusstsein, ähnlich dem Gefühl der Entspannung in der Badewanne. Dann erstand allmählich eine Reihe sich bewegender Bilder aus der Leere, wie in einem Film, bis eines der Bilder größer wurde und alle anderen ausblendete, sodass ich es vor mir sah wie auf einer Kinoleinwand.

Aber bei dieser Vision war ich alles andere als gelassen. Sie traf mich wie ein zufälliger Blitz, wie zuvor, als ich den hölzernen Vogel in der Hand gehalten hatte, in der Art, wie es mir oft in meiner Kindheit ergangen war. Nur am Ende war es wie sonst. Und diesmal sah ich einen kurzen Ausschnitt aus Margaret Ross' Leben vor mir.

Ich sah von Stille und Trostlosigkeit geprägte Einsamkeit,

einen Stuhl, ein Fenster, das auf einen kleinen, schmalen, von Mauern umgebenen Garten hinausging, und irgendwo tickte eine Uhr, die unnachgiebig die langsam vergehenden Minuten zählte. In dem tristen Raum konnte ich nur einen Farbfleck ausmachen – die Broschüre eines Kreuzfahrtunternehmens, das weiße Schiff verführerisch auf einem so leuchtend blauen Ozean, dass es vor den Augen flimmerte.

Dann wurde die Szenerie kleiner, eine andere tauchte auf und nahm ihren Platz ein: ein Fenster, ein Schreibtisch … das Sprechzimmer eines Arztes. Darin sah ich Margaret Ross so wie heute Morgen. Niedergeschlagen saß sie mit hängenden Schultern auf einem Stuhl. Ich konnte hören, was der Arzt sagte, und ich hielt den Atem an, denn es schien so grausam, so unfair.

Ich versuchte, zurück zur Wirklichkeit zu gelangen, und die Vision brach ab, aber was ich gesehen hatte, blieb, und ich würde nicht mehr vergessen, was ich nun wusste.

Auch am nächsten Morgen ließ es sich nicht aus meinen Gedanken vertreiben.

Ich traf Wassili schon früh, zum Frühstück in seinem Lieblingsrestaurant, dem *St. Pancras Grand*, in der oberen Halle des gleichnamigen Bahnhofs. Er mochte die retro-englische Speisekarte und die Eleganz dieses Ortes mit den vergoldeten Blattornamenten an der Decke, dem dunklen Holz und den ledernen Bistrositzen, und wir führten ein angeregtes Gespräch über den Surikow, das Gemälde, das ich hoffentlich in St. Petersburg für ihn würde erwerben können. Aber erst das, was er mir am Ende unseres Treffens sagte, sollte meinen Tag komplett verändern.

Er bestellte ein Frühstück zum Mitnehmen, eine weitere Portion Eier Benedikt, woraufhin ich ihn neckte: »Wenn Sie jetzt jeden Tag zweimal frühstücken, werden Sie ganz schön zulegen.«

»Das ist nicht für mich«, erklärte er. »Es ist für einen alten Mann in meiner Nachbarschaft. Er lebt allein, deswegen isst er nicht regelmäßig. Immer wenn ich herkomme, nehme ich ihm eine Portion Eier Benedikt mit.«

»Sie sind ein guter Mensch, wissen Sie das?«

Er winkte ab. »Das ist nicht gut. Es ist richtig. Wenn jemand Hilfe braucht, dann hilft man ihm. Was sonst?«

Als Wassili gegangen war, dachte ich darüber nach. Ich nahm den Umschlag mit Margaret Ross' Tuch, den ich aus meiner Handtasche mitgenommen hatte, um ihn zur Post zu bringen, und starrte lange auf die Adresse. Dann verließ ich das Restaurant, ging zum King's-Cross-Bahnhof und kaufte eine Fahrkarte nach Dundee in Schottland.

Denn Wassili hatte recht. Margaret Ross brauchte Hilfe. Und ich konnte ihr helfen. Die Wahrheit war, ich *musste* ihr helfen. Denn ansonsten hätte ich mich für immer geschämt.

Was Sebastian ihr gesagt hatte, stimmte vollkommen: Auf konventionellem Weg gab es keine Möglichkeit, die Herkunft des Feuervogels festzustellen. Doch wenn ich ihn noch einmal in die Hand nähme und mich konzentrierte, war es möglich, dass ich etwas fand, was mir verriet, wo ich suchen musste, um zu beweisen, dass die Skulptur ein Geschenk der Zarin war. In weniger als einer Woche würde ich in St. Petersburg sein, wo Zarin Katharina I. einst gelebt und regiert hatte und gestorben war – und wo Margarets mysteriöse Vorfahrin Anna sich in meiner kurzen Vision wahrscheinlich befunden hatte. Das wäre die Gelegenheit, mich umzusehen, zu erfahren, was möglich war, meine Kollegen in der Eremitage zu befragen … es gab für mich viele Möglichkeiten, zu helfen.

Ich musste den Vogel nur noch einmal in die Hand nehmen.

Niemand würde davon erfahren, beruhigte ich mich. Ich würde Margaret Ross einfach bitten, mir die Skulptur noch einmal anschauen, sie kurz in Ruhe betrachten zu dürfen. Sie würde nur sehen, wie ich sie in der Hand hielt, nicht mehr. Niemand würde mehr darüber erfahren.

Mit diesen beruhigenden Gedanken trat ich die Zugfahrt nach Norden an.

Erst nach ein paar Stunden schlichen sich die ersten Zweifel ein. Ich war in Gedanken noch einmal meinen Plan durchgegangen, als ich plötzlich eine Lücke darin entdeckte, die nach und nach immer größer zu werden schien, bis nur noch sie übrig blieb.

Zarin Katharina I. und Anna hatten vor etwa dreihundert Jahren gelebt, wurde mir plötzlich klar, und seit dieser Zeit hatten wahrscheinlich zahllose Menschen die Skulptur berührt und die Spuren von damals mit späteren Zeichen überdeckt, die meine Vision überschatten würden.

Die Vision, die ich gehabt hatte, hatte sich spontan eingestellt, war außerhalb meiner Kontrolle gewesen. Wenn ich Margaret Ross wirklich helfen wollte und vielleicht nur diese eine Möglichkeit hatte, den Vogel noch einmal in die Hand zu nehmen, musste ich sicher sein, dass ich all die Schichten aus späteren Zeiten durchdringen und zur richtigen vordringen konnte.

Genau das war der Grund, warum ich, als ich am Waverly-Bahnhof in Edinburgh ankam, nicht in den Zug nach Dundee stieg, wie ich es vorgehabt hatte. Ich verließ den Bahnsteig und ging über die Rampe aus der Dunkelheit des Untergrunds hinauf ins Tageslicht, wo direkt über mir *Edinburgh Castle* auf seinem Felsen thronte. Dann ging ich die belebte Princess Street entlang und weiter zum Fluss, den Hügel hinunter zu dem Ort, von dem ich gedacht hatte, dass ich ihn nie wieder aufsuchen würde.

KAPITEL 3

Das Haus sah genauso aus wie all die anderen georgianischen Häuser, die den kleinen privaten Park umgaben und einen Ring um die hohen, von einer dichten Ilex-Hecke umzäunten Bäume bildeten. Die Häuser waren jeweils vier Stockwerke hoch, mit einer Reihe hoher Fenster mit weißen Rahmen in den grauen Fassaden und mit hohen Treppen, die zu den identischen Türen mit den bogenförmigen Oberlichtern führten.

Niemand wäre darauf gekommen, dass das Haus, vor dem ich stand, eines der führenden Studienzentren für das Unerklärliche war: das *Emerson Institute of Parapsychology*, benannt nach J. Norman Emerson, dem kanadischen Archäologen, der im Rahmen seiner Forschung, mit dem Ziel, das zu untersuchen, was sich jenseits der Grenzen des menschlichen wissenschaftlichen Verständnisses befinden könnte, als Erster auf übernatürliche Fähigkeiten zurückgegriffen hatte. Vor vier Jahren hatte ich zum ersten Mal von Emerson und dem Institut gehört. Mein älterer Bruder Colin hatte mich darauf hingewiesen. Eines Morgens, als er zum Frühstück herunterkam, hatte er noch nachdenklicher als sonst gewirkt. Mit einem Nicken in Richtung der Prospekte neben meinem Teller hatte er gemeint: »Du hast dich also entschieden, in Edinburgh zu studieren.«

»Ja«, sagte ich. »Russisch und Kunstgeschichte.«

Meine Mutter hatte gelächelt. »Das beste russische Studienobjekt findest du doch hier zu Hause.« Und sie hatte zu unserem Großvater hinübergenickt, der am Ende des Tisches gesessen und die Zeitung gelesen hatte. Er wirkte würdevoll und tat, als hätte er nichts gehört, aber er hatte kurz seine Zeitung sinken lassen und mich angelächelt.

Colin hatte noch mehr zu sagen. »Dann möchtest du vielleicht diese Leute kennenlernen.« Er gab mir ein Blatt, offensichtlich ein Computerausdruck, auf dem alles über das *Emerson Institute* zu lesen war. Während ich las, hatte er mich angesehen und dann hinzugefügt: »Es ist ein Forschungsinstitut, ein wissenschaftliches Forschungsinstitut, wo man dir vielleicht helfen kann zu verstehen, was mit dir los ist.«

In der Küche war es auf einmal totenstill gewesen. Und mein Großvater hatte die Zeitung sinken lassen. Das Lächeln in seinen Augen war erloschen. »Erzähl niemals jemandem, wozu du in der Lage bist, Nicola. Hörst du? So wie ich es dir schon als Kind gesagt habe. Erzähl es niemandem.« Und als meine Mutter ihn beschwichtigen wollte, hatte er eine Hand gehoben. »Nein, darüber gibt es nichts zu diskutieren. Ich weiß, was passieren kann«, hatte er mit vor Emotionen rauer Stimme gesagt. »Du wirst dieses Geheimnis für dich behalten und dieses Blatt sofort zerreißen.«

Mein Bruder hatte ruhig eingewandt, dass wir uns nicht in der Sowjetunion befänden und dass die Forscher in Edinburgh nicht vom KGB seien, der meinem Großvater irgendwann in den Sechzigerjahren was auch immer angetan hatte, als über Nachbarn bekannt wurde, dass er gewisse … Fähigkeiten hätte.

Was mein Großvater im Rahmen jener geheimdienstlichen Behandlung erlitten hatte, hatte ihn derart traumatisiert, dass er uns niemals irgendwelche Einzelheiten berichtete, aber ich hatte die Tiefe seines Schmerzes gefühlt und die Besorgnis in seinen Augen über den Tisch hinweg gesehen. »Nicola, zerreiß dieses Blatt«, hatte er wiederholt.

Ich tat, was er gesagt hatte. Aber ich vergaß es nicht. Und schließlich, während meines letzten Studienjahrs, nachdem ich von meinem Auslandsaufenthalt in St. Petersburg zurückgekommen war, hatte ich eine Anzeige in der Zeitung entdeckt. Es wurden Freiwillige für eine neue Studie des *Emerson Institute* gesucht – ganz normale Menschen ohne mediale oder hellseherische Fähigkeiten. Kein Risiko, hatte ich gedacht. So würde ich erfahren, was sie taten, ohne zu offenbaren, über welche Fähigkeiten ich verfügte.

Also habe ich auf die Anzeige reagiert.

Ich wollte an all dies jetzt nicht weiter denken. Einen Moment blieb ich am Rand des Parkes stehen und sammelte mich, fasste Mut, und dann, nach einem tiefen Atemzug, überquerte ich die Straße und ging hinein.

Die Dame am Empfang war neu, aber die andere Frau, die mit dem Rücken zu mir an dem hohen Tresen lehnte, war für mich keine Unbekannte.

Dr. Keary Fulton-Wallace war keine Hellseherin. Sie hatte keine Ahnung, dass ich kommen würde, und als sie sich umdrehte, war ihr die Überraschung anzusehen. Ich hatte nie erfahren, wie alt sie war. Sie hatte mir einmal gesagt, dass sie seit über zwanzig Jahren in der Forschung tätig sei, also musste sie um die fünfzig sein, aber sie versprühte eine jugendliche Energie, die daran zweifeln ließ. In einem Theaterstück wäre sie die perfekte Besetzung für die Rolle des Peter Pan, dachte ich.

Sie warf das leuchtende rotbraune Haar aus dem Gesicht, straffte sich und lächelte mich an. »Nicola! Wie schön, dich zu sehen.« Als ob keine zwei Jahre seit unserer letzten Begegnung vergangen wären.

Ich stand etwas unentschlossen herum. »Entschuldige, ich hätte vorher anrufen sollen. Störe ich?«

»Nein. Überhaupt nicht. Komm, wir gehen in mein Büro.«

Ihr Büro hatte sich nicht verändert. Nur der Kalender über ihrem Schreibtisch war ein anderer, keine Meerblicke mehr, sondern Gartenansichten. Sie nahm einen Stapel Papier von einem der Stühle und legte ihn an den Rand ihres Schreibtisches. »Ich mache uns Tee. Trinkst du immer noch am liebsten grünen?«

So wie ich mich in diesem Moment fühlte, musste sich auch der verlorene Sohn gefühlt haben, dachte ich, gleichzeitig erleichtert und ein wenig unwohl und gerührt angesichts des Aufwands, der um ihn getrieben wurde.

»Blödsinn«, lautete ihre Reaktion auf meinen Protest, dass sie nicht ihre Zeit mit mir verschwenden müsse. »Ich freue mich, dass du da bist, und ich wollte eh gerade eine Pause machen.«

Sie holte den Tee und eine halb volle Packung Kekse und verhielt sich, als wäre ich eine alte Freundin, die auf einen Plausch vorbeigekommen wäre. Ich fühlte mich so entspannt und willkommen wie zwei Jahre zuvor, als ich es endlich gewagt hatte, das Institut zu betreten, und sie mir erklärt hatten, womit sie sich dort beschäftigten.

»Parapsychologen versuchen nicht zu beweisen, dass übersinnliche Wahrnehmung existiert«, hatte sie gesagt, »denn die Wissenschaft hat bereits genug Beweise geliefert, dass dem so ist. Wir haben es uns zur Aufgabe gemacht, herauszufinden, wie sie derzeit angewandt wird und wie man sie sinnvoller nutzen könnte.«

Ich hatte an zwei Versuchsreihen teilgenommen, die sie geleitet hatte. Bei der ersten hatte ich mich unter die normalen Teilnehmer geschmuggelt. Später war ich dann bei einer weiteren Versuchsreihe dabei gewesen.

»Ich habe eine Frage zur Psychometrie-Studie«, sagte ich nun.

»Okay?«

Die Frage machte mehr Sinn, wenn ich etwas über die Umstände erzählte und über meine derzeitige Arbeit – und darüber, dass es eine Skulptur gab, deren Herkunft ich feststellen wollte. »Ich dachte, ich könnte versuchen, meine Fähigkeiten … ich könnte es selbst mal mit Psychometrie versuchen und sehen, ob es zu etwas führt, ob es hilft, herauszufinden, woher die Skulptur stammt.«

Sie hielt das für eine sehr gute Idee. »Du kennst mich und weißt, dass mich die praktische Anwendung am meisten interessiert. Wie kann ich dir helfen?«

»Ich muss in der Lage sein, mich auf eine bestimmte Person zu konzentrieren, der die Skulptur einmal gehörte«, erklärte ich, »und ich meine mich zu erinnern, dass Sie mal gesagt haben, dass es Möglichkeiten gibt, das Ergebnis zu verbessern.«

»Du warst ziemlich gut damals.«

»War ich?«

Sie hob angesichts meiner Frage die Augenbrauen und antwortete: »Nicola, du hattest die zweitbesten Resultate in der ganzen Studie. Oder besser, du hättest sie gehabt, wenn du ...«

»Wenn ich bis zum Ende dabeigeblieben wäre.«

»Ja.« Es war nur die Feststellung einer Tatsache. »Ich kann noch mal nachsehen, welche Ergebnisse du zuletzt erzielt hast. Ich habe sie aufbewahrt.« Sie rollte auf ihrem Stuhl hinüber zu ihrem Aktenschrank und zog eine Schublade auf, der sie eine Akte entnahm. Nachdem sie sie auf dem Schreibtisch kurz durchgesehen hatte, reichte sie mir ein Blatt Papier. »Hier sind sie.«

Mit einem Blick auf die Ergebnisse war mir klar, dass sie nicht gut genug waren. Nicht gut genug für das, was ich vorhatte. Sie musste mir meine Enttäuschung angesehen haben, denn sie versuchte, mich zu beruhigen: »Mit ein wenig Praxis würden sich deine Fähigkeiten sicher verbessern lassen. Einige unserer Teilnehmer, die mit niedrigeren Resultaten begonnen haben, haben nachher Ergebnisse ähnlich deiner erzielt. Deine wären sicher besser, wenn du ...«

Ich sagte es erneut: »Wenn ich geblieben wäre.«

Sie hatte nie gefragt, warum ich ausgestiegen war, und ich wusste, sie würde auch jetzt nicht fragen. Trotz ihrer wissenschaftlichen Neugier verfügte sie über genug Einfühlungsvermögen, um meine Zweifel zu verstehen.

»Ist schon in Ordnung«, sagte sie, »du kannst auch jetzt noch daran arbeiten, deine Fähigkeiten zu verbessern.«

Nur dass mir keine Zeit dafür bleibt, dachte ich frustriert. Wenn ich Margaret Ross helfen wollte, musste ich eine Möglichkeit finden, meine Fähigkeiten sofort zu verbessern, oder ...

Ich nickte zu der Akte auf ihrem Schreibtisch hinüber und sagte: »Ich weiß, Sie sind nicht befugt, mir etwas über die anderen Ergebnisse zu sagen, aber könnten Sie mir vielleicht sagen, ob der Teilnehmer … mit den besten Ergebnissen … ob er …?«

»Ja.« Ihre lebhaften grünen Augen ließen erkennen, dass sie davon ausging, dass ich wusste, von wem die Rede war. »Seine sämtlichen Ergebnisse waren korrekt.« Dann konnte sie ihre Neugier nicht länger verbergen: »Hast du noch Kontakt zu ihm?«

»Nein.« Es war keine Lüge, entschied ich. In der Art, wie sie meinte, hatte ich tatsächlich keinen Kontakt mehr zu ihm.

»Mh.« Sie überspielte den heiklen Moment mit einem Lächeln. »Ich freue mich wirklich, dass du mit deinem Anliegen zu mir gekommen bist. Möchtest du noch ein Plätzchen?«

»Nein danke. Ich muss mich auf den Weg zum Bahnhof machen.«

»Wann geht dein Zug?«

Ich wusste es nicht genau. Ich hatte am Bahnhof ein paar späte Zugverbindungen auf der Tafel mit den Abfahrtszeiten gesehen, sodass ich einen der Züge sicher noch erreichen würde. Aber Keary Fulton-Wallace brauchte nicht zu wissen, dass ich meine Reisepläne so willkürlich geändert hatte. »Um sechs«, sagte ich daher.

Wir standen auf. »Es war schön, dich zu sehen«, meinte sie. »Und ich freue mich, dass es dir so gut geht in London.«

Ich dankte ihr und ging zur Tür. Dort drehte ich mich noch einmal zu ihr um, und weil ich das Gefühl hatte, ihr eine Erklärung zu schulden, sagte ich: »Es tut mir wirklich leid, dass ich damals nicht geblieben bin.«

Sie nickte verständnisvoll. »Es ist nie zu spät. Wenn du dich dafür bereit fühlst, kannst du jederzeit zu mir kommen, und wir beenden deine Tests nachträglich, außerhalb der Studie.«

Aber wahrscheinlich konnte sie von meinem Gesicht ablesen, dass ich nicht noch einmal kommen würde.

Es tat gut, ins Sonnenlicht hinauszutreten, wo mich die länger werdenden Schatten zurück zur immer noch belebten Princess Street begleiteten. Der Weg zum Waverly-Bahnhof verging wie im Flug. Die Frau am Schalter nickte nur kurz, als ich ihr meine Fahrkarte zeigte und mitteilte, dass ich meinen Zug verpasst hätte.

»Stimmt. Dieser Zug Richtung Dundee ist vor zwei Stunden abgefahren.« Nach einem Blick auf ihren Plan teilte sie mir mit: »Es gibt eine Verbindung um 18:18 Uhr, dann wären Sie um 19:44 Uhr da. Würde das passen?«

Ich antwortete nicht sofort. In Gedanken war ich am Morgen des Vortages – der düstere Raum mit dem wahrscheinlich durch Wolken oder Regen gräulichen Licht, den ich durch die Augen eines in seinem Bett erwachenden Mannes gesehen hatte.

Seine Ergebnisse waren ausnahmslos korrekt, hatte Dr. Keary Fulton-Wallace gesagt. Immer, wenn sie ihm ein Objekt gegeben hatten und er sich auf nur eine von vielen Personen, die es in der Hand gehalten hatten, konzentrieren sollte, war es ihm gelungen. Jedes Mal.

Ich zitterte.

Nur für einen Moment. Dann riss ich mich zusammen und blickte die wartende Frau am Schalter an. »Ich habe gerade meine Pläne geändert.« Ich steckte die Fahrkarte nach Dundee zurück in meine Tasche und atmete tief durch, bevor ich sagte: »Ich hätte gern eine Fahrkarte nach Berwick-upon-Tweed.«

KAPITEL 4

In Berwick ein Taxi zu finden war wesentlich leichter als in Edinburgh, und der Fahrer, der mich von dort aus die kurze Strecke zurück nach Schottland chauffierte, war ein freundlicher tätowierter Mann mit einem breiten Geordie-Akzent, der die meiste Zeit seines Lebens auf Bohrinseln gearbeitet hatte. Während der kurzweiligen zehnminütigen Fahrt hielt er das Gespräch in Gang.

»… und sie haben ihren eigenen Dialekt da in Eyemouth«, sagte er gerade. »Aber das wissen Sie ja, wenn Sie dort leben.«

Ohne zu ahnen, wie er darauf kam, stellte ich richtig: »Ich lebe nicht in Eyemouth.«

»Nein?« Leicht überrascht hob er die Augenbrauen. »Ich habe noch nie eine Frau gefahren, die ohne Gepäck gereist ist«, erklärte er. »Sie sind die Erste.«

Wir hatten bereits den Ortsrand erreicht, wo elegante viktorianische Häuser hinter gepflegten, steil ansteigenden Vorgärten thronten und das warme Licht in den Fenstern in der einfallenden Dunkelheit leuchtete.

Ich schloss für einen Moment die Augen und sandte meine Gedanken aus, ein wenig zögerlich, da ich aus der Übung war, was mich jedoch nicht verunsicherte. Er war darin viel besser als ich, seine Gedanken waren so stark, dass es, solange er mich nicht willentlich abblockte, sein würde, als würde mir jemand in einem Raum, in dem nur geflüstert wurde, laut etwas zurufen. Und selbst wenn er mich abblockte, würde ich es »fühlen« – eine feste Mauer aus undurchdringlicher Energie.

Ich fühlte nichts. Es entmutigte mich nicht allzu sehr, da ich mir meiner Grenzen durchaus bewusst war. Er hätte mich ohne jegliche Anstrengung sogar in London erreicht, während ich eine solche Entfernung nie hätte zurücklegen können.

Als ich es gerade erneut versuchte, fragte der Taxifahrer: »Wo genau soll ich Sie hinbringen?«

Ich hatte keine Ahnung. Wo konnte man sich in Eyemouth hinfahren lassen? Es war kein großer Ort. Aufs Geratewohl entgegnete ich: »Wissen Sie, wo die Polizeiwache ist?«

Seine Augenbrauen hoben sich noch ein Stück höher, aber höflicherweise sagte er nichts und hielt schließlich vor einem cremefarbenen, mit Stuck und rotem Backstein verzierten Gebäude, das ich für ein ganz normales Wohnhaus hielt, bis ich das blaue Polizeischild entdeckte. Es brannte Licht, und der Taxifahrer meinte: »Sie haben Glück, es ist nicht immer jemand da.«

Mehr sagte er nicht dazu, als wäre es für ihn völlig alltäglich, eine junge Frau ohne Gepäck zur Polizeiwache in einem Ort zu fahren, in dem sie nicht wohnte. Ich gab ihm ein großzügiges Trinkgeld.

Der Wind wehte heftig. Ich bekam ihn voll zu spüren, als ich die wenigen Stufen zum Eingang hinaufging, wo mich ein Schild bat, zu klopfen und einzutreten. In dem kleinen Eingangsbereich war es sauber und warm, und der Platz an dem glasgeschützten Empfangsschalter war leer. Ich war lächerlich nervös, so sehr, dass ich, als ein freundlicher junger Constable aus dem hinteren Raum kam, um nachzusehen, was ich wollte, zu stottern begann. »Ich suche einen Mann.«

Als nun er die Augenbrauen hochzog, riss ich mich zusammen und erklärte: »Einen Polizisten. Er arbeitet hier, denke ich.«

»Ich verstehe.«

»Rob McMorran.«

Der Constable lächelte freundlich. »Und warum suchen Sie gerade ihn? Ich mache meinen Job auch nicht schlecht.«

Trotz des Scherzes wusste ich, dass die Frage durchaus ernst gemeint war und er eine Antwort erwartete, bevor er mir weiterhelfen würde. Es konnte ja sein, dass ich mich einfach nur beschweren wollte.

Ich lächelte ebenfalls, um ihm zu zeigen, dass es keinen Grund zur Sorge gab. »Ich bin eine Freundin.«

»Ach wirklich?« Offensichtlich war er noch nicht zufrieden. »Aber nicht von hier, oder?«

»Ich komme aus London«, sagte ich.

»Aus London? Das ist ein ziemlich weiter Weg, um einen Freund zu besuchen. Erwartet er Sie?«

Ich schüttelte den Kopf. »Deswegen weiß ich ja auch nicht, wo ich ihn finden kann.«

Der Constable betrachtete mich eine Weile, dann schien er sich zu einer Entscheidung durchgerungen zu haben und griff zum Telefon. »Er arbeitet heute nicht, aber ich versuche mal, ihn zu erreichen.«

»Vielen Dank.«

Ich wartete.

Die erste Nummer, die er wählte, brachte kein Ergebnis. »Er geht nicht ans Handy. Ich probier's mal beim Festanschluss.« Als dort auch niemand ranging, zögerte er einen Moment, dann wählte er eine dritte Nummer und flötete auf einmal so charmant in den Hörer, dass ich davon ausging, dass er mit einer Frau sprach. Nach ein wenig Geplänkel, dem ich wegen des Dialekts nicht folgen konnte, sagte er: »Ich habe eine junge Dame aus London hier, die auf der Suche nach Robbie Keenan ist. Hast du eine Ahnung, wo er steckt?«

»Er heißt McMorran«, korrigierte ich, »Rob McMorran.«

Er nickte mir bestätigend zu, während er zuhörte, dann bedankte er sich und legte auf. »Er ist mit dem Rettungsboot unterwegs«, erklärte er, »aber Sheena sagt, er müsste gleich zurück sein, und wenn Sie Lust hätten, zur *Sole* rüberzukommen, könnten Sie dort etwas essen, während Sie warten.«

Ich versuchte mir aus dem, was er sagte, einen Reim zu machen. »Zur *Sole*?«

»Ja, zur *Contented Sole* unten am Hafen. Einfach die Straße entlang, die Coldinham Road. Am Ende ist eine Kirche, da gehen Sie links und kommen direkt zum Hafen. Die *Sole* liegt ziemlich weit hinten, ist nicht zu verfehlen.«

»Vielen Dank.«

»Gern geschehen. Und noch ein kleiner Tipp«, sagte er, als ich mich auf den Weg machen wollte. »Wenn Sie da sind, sollten Sie nicht wie eben damit loslegen, dass Sie einen Mann suchen.« Er grinste. »Sonst kommen Sie da nicht mehr heil raus.«

Als ich am Hafen ankam, waren dort zunächst jedoch gar nicht so viele Männer zu sehen.

Er war schmal und lang und schien noch in Betrieb zu sein, da mehrere Fischerboote am Kai festgemacht waren. Aber ich erinnerte mich, dass Rob mir mal erzählt hatte, dass es kaum noch Fischer gab, weil die von der Regierung vorgeschriebenen Quoten und Auflagen es unmöglich machten, vom Fischen zu leben. Auch sein Vater hatte sein Boot an ein Großunternehmen verkauft und fing nun mit einem viel kleineren Boot Hummer und Krebse, so wie die anderen wenigen Männer, die noch nicht ganz aufgegeben hatten.

Die Möwen jedenfalls waren noch eifrig bei der Sache. Sie schrien und stöberten hoffnungsvoll überall herum, obwohl es zu dieser Zeit der aufkommenden Dunkelheit kaum einen Leckerbissen für sie zu finden gab.

Sogar das lang gestreckte Gebäude, das wohl einmal der Fischmarkt gewesen war, hatte als Teil eines maritimen Zentrums eine neue Bestimmung gefunden, welches am Ende des Hafens hoch aufragte und einer in See stechenden Fregatte nachempfunden war.

Ich ging an einem Pub vorbei, den ein Schild als das *Ship Hotel* auswies, und an der Tür standen zwei Männer, die tatsächlich ihr Gespräch unterbrachen, um mich mit neugierigem Interesse zu mustern, aber ich eilte weiter, bis ich die *Contented Sole* entdeckte.

Sie sah im Prinzip genauso aus wie der andere Pub, ein einfaches quadratisches Gebäude mit heller Fassade am Rand der dunklen Straße, davor ein paar Parkplätze. Durch die Fenster drang ein warmes Licht bis auf das Wasser.

Ich ging gerade auf die Tür zu, als ich ein Boot bemerkte, das sich energisch einen Weg durch die Wellen bahnte. Es hatte die gleiche Größe wie die Fischerboote, leuchtete jedoch oberhalb des dunklen Rumpfes in hellem Orange und wies das für Rettungsboote charakteristische Emblem des *Royal National Lifeboat Institute* auf. Es wurde von weiteren Möwen begleitet, die gegen den Wind kämpften und laut ihren Ärger darüber hinausschrien, nicht gefüttert zu werden, aber der Mann an der Reling beachtete sie nicht. Er trug eine Schwimmweste über dem leuchtend gelben Overall und wandte sich gerade dem Tau zum Festmachen des Schiffes zu, was darauf schließen ließ, dass das Boot seinen Ankerplatz im Hafen anlief.

Ich blieb stehen. Der Wind blies mir kurz das Haar in die Augen. Es war unangenehm, aber ich rührte mich nicht.

Auch der Mann auf dem Boot hielt inne, obwohl er mir den Rücken zuwandte. Er hatte den Kopf leicht zur Seite geneigt, als dächte er, jemand hätte seinen Namen gerufen. Und dann blickte er zurück und sah mir direkt in die Augen.

Hi, sagte er. Er sagte es nicht laut – über die Entfernung hätte ich es eh nicht hören können –, aber ich vernahm seine Stimme so deutlich, als ob er gesprochen hätte. Für jemanden, der noch nie auf diese Art kommuniziert hat, mag es unvorstellbar erscheinen, aber für mich war es so natürlich wie zu atmen. Als ich drei Jahre alt war, hatte ich meinem Großvater bei Tisch plötzlich geantwortet: »Wenn ich schlafe«, und seitdem hatte er gewusst, dass ich seine »Gabe« geerbt hatte. Meine Mutter hatte mich lächelnd gefragt, warum ich das gesagt hätte, da doch niemand gefragt habe, woraufhin ich erklärte: »Doch, Großvater hat mich gefragt, ob ich irgendwann mal aufhöre zu reden.« Ich werde nie die Blicke vergessen, die sie wechselten, und die Stille, die folgte.

Nun begegnete ich über das Wasser hinweg Robs Blick. *Hi. Ich bin hier gleich fertig. Kannst du so lange warten?*

Ja.

Er sandte mir ein Bild von warmer Behaglichkeit, einen gemütlichen Raum mit hellgrün gestrichenen Wänden und Tischen aus glänzendem dunklem Holz. *Oben,* teilte er mir mit.

Ich nickte. *Ich suche uns schon mal einen Tisch.*

Danke. Er drehte sich mit dem Tau in der Hand um und konzentrierte sich wieder darauf, das Boot festzumachen, und ich riss mich von seinem Anblick los und ging die wenigen Schritte zur Tür der *Contented Sole* hinüber.

Drinnen führte eine Treppe nach oben in den Essbereich, und auch ohne die hellgrünen Wände oder die dunklen Holzmöbel zu sehen, wusste ich, dass ich hier richtig war. Dieser Raum fühlte sich allein durch den kurzen Blick, den Rob mir darauf gewährt hatte, vertraut an. Ich kannte den Teppich mit dem blau-grünen Schottenmuster, die Blumen auf den Tischen und das tief liegende Fenster, das auf den Hafen hinausging und von Bänken mit hohen Lehnen flankiert wurde, die in den Ecken gemütliche Nischen bildeten.

Ich setzte mich in die vorderste Nische, und kurz erregte ich die Aufmerksamkeit der Leute an den anderen Tischen – eines Paares in mittlerem Alter, drei älterer Herren und einer jungen Mutter mit zwei Kleinkindern.

Die Kellnerin kam, schenkte mir ein freundliches Lächeln und legte zwei Speisekarten auf den Tisch. »Hallo, Sie waren eben drüben bei der Polizei, oder?« Die neugierigen Blicke der anderen wurden intensiver, als sie fortfuhr, ohne eine Antwort abzuwarten: »Das Rettungsboot ist gerade zurückgekommen, er wird gleich hier sein. Freitags kommt er immer zum Essen her. Kann ich Ihnen etwas zu trinken bringen, während Sie warten?«

Das schien mir eine gute Idee. »Könnte ich ein Glas trockenen Weißwein haben?«

Der Wein tat gut. Er stieg mir gleich zu Kopf und entspannte mich, sodass ich mich auffallend ruhig fühlte, als ich die Schritte auf der Treppe hörte.

Ich hatte mich auf dem ganzen Weg von Edinburgh auf diesen Moment vorbereitet, in allen möglichen Variationen, ich hatte mir die Worte zurechtgelegt, mit denen ich auf seine Fragen antworten wollte, doch in dem Augenblick, als er wie selbstverständlich auf der Bank mir gegenüber Platz nahm, als hätte es die letzten zwei Jahre nicht gegeben, war alles wie weggeblasen. Und als ich ihn ansah, hatte ich beinah selbst den Eindruck, als hätten wir uns am Vortag noch gesehen.

Er hatte sich kein bisschen verändert; sein Gesicht wirkte immer noch fast zu makellos. Als ich ihn zum ersten Mal sah, dachte ich, er könnte Franzose sein, mit der geraden Nase, den geschwungenen Augenbrauen, den tiefblauen Augen und dem sinnlichen Mund, der sich ganz plötzlich zu einem jungenhaften Lächeln verziehen konnte, das perfekt zu dem ungebärdigen schwarzen Haar passte, das ihm immer in die Stirn fiel. Jetzt war sein Haar feucht und lockte sich ein wenig an den Spitzen. In einer Geste, an die ich mich gut erinnerte, warf er es zurück und nickte zu meinem Glas hinüber. »Möchtest du noch einen?«

»Gern.«

»Okay.«

Er musste die Kellnerin nicht auf sich aufmerksam machen. Sie hatte ihn hereinkommen sehen und war gleich bei uns. »Wie ich sehe, habt ihr euch gefunden.«

»Haben wir. Sheena, das ist Nicola.«

Sie sah mich an, nickte und informierte ihn, dass sie Bescheid wusste. »George hat sie von der Polizeiwache rübergeschickt. Ich hab ihm gesagt, dass du auf dem Weg zurück in den Hafen bist. Ist alles in Ordnung?«

»Ja. Eine harmlose Sache. Ein Leck in einem Fischerboot. Wir haben es nach Burnmouth geschleppt.«

»Also nicht so schlimm wie das, was am Dienstag passiert ist«, meinte Sheena. Um mich in das Gespräch einzubeziehen, erzählte sie: »Ein Touristenpärchen ist vor St. Abbs gekentert. Die Frau war am Ende ihrer Kräfte, als das Rettungsboot kam, und wäre sicher ertrunken, wenn unser Mr. Keenan nicht gewesen wäre. Er hat es vorausgesehen.« Sie tippte sich an die Schläfe. »Und gleich den Bootsführer informiert. Die Mannschaft war schon unterwegs, als der Notruf kam.« Sie zwinkerte mir zu. »Offensichtlich wusste er auch, dass Sie kommen würden. Deswegen ist er so chic angezogen.«

Er entgegnete trocken: »Wir können auch woanders essen gehen, im *Ship* zum Beispiel ...«

Sheena grinste und meinte: »Das würdest du niemals tun. Ein Bier für dich?«

»Wenn es möglich ist. Und noch ein Glas Wein bitte.«

Während ich zuhörte, wie sie sich neckten, versuchte ich mir vorzustellen, wie es wohl war, an einem Ort zu leben, wo jeder wusste – und, wie es schien, akzeptierte –, dass man Dinge vorhersehen konnte. Der wunderbare Rob McMorran hatte mal wieder ein Riesenglück gehabt.

Und er war tatsächlich chic angezogen. Sein dunkelblauer Pullover sah nach Kaschmir aus und saß perfekt. Er hielt seinen Kopf gesenkt, während er die Speisekarte studierte, aber an dem kurzen Blick, den er mir zuwarf, erkannte ich, dass er wusste, was mir aufgefallen war, und so senkte auch ich den Blick auf die Speisekarte, ohne sie wirklich zu sehen, und grübelte über ein unverfängliches Gesprächsthema.

Ich könnte mit der Frage beginnen, warum ihn hier jeder »Keenan« nannte, fiel mir ein.

»Nicht ›Keenan‹«, beantwortete er meine unausgesprochene Frage, ohne aufzusehen. »Es heißt ›Keen-Een‹ – scharfe Augen –, weil ich Dinge vorhersehen kann, verstehst du?«

»Ach so, es ist ein Spitzname.«

»Eine Art Namenszusatz. Ist hier Tradition. In einem kleinen Ort wie diesem, in dem so viele Familien seit Generationen leben, kommt es oft vor, das mehrere Leute den gleichen Namen haben – David Dougals zum Beispiel –, und mit einem Namenszusatz gibt es keine Verwechslungen.«

»Und wie viele Rob McMorrans gibt es hier in Eyemouth?«

»Nur einen.« Er sah auf. »Ein Freund meines Vaters hat mich so genannt, als ich mit zwölf zum ersten Mal zum Fischen mit rausgefahren bin. Und es ist irgendwie hängen geblieben.« Seine blauen Augen lächelten wie früher. »Was wolltest du noch sagen?«

Ich hatte jetzt erst bemerkt, dass die Kellnerin wieder neben dem Tisch stand, und bestellte: »Bitte einmal das Curryhuhn mit Reis.«

»Alles klar, und du, Keen-Een?«

»Das Gleiche. Aber mit Chips anstatt Reis.« Er bedankte sich, als sie die Speisekarten vom Tisch nahm, dann griff er nach dem Bier, das sie ihm gebracht hatte, lehnte sich zurück und sah mir wieder in die Augen. »Also?«

Ich atmete tief durch und sagte: »Ich freue mich, dich zu sehen, Rob.«

»Ich freue mich auch, dich zu sehen.«

»Es tut mir leid …«

»Du brauchst dich nicht zu entschuldigen«, unterbrach er mich und trank einen Schluck, bevor er fortfuhr: »Ich habe dir damals schon gesagt, dass ich deine Gründe verstehe. Das hat sich nicht geändert.«

Wahrscheinlich verstand er sie besser als ich selbst, dachte ich. Ich räusperte mich und sagte: »Ich war heute Nachmittag in Edinburgh.«

Was auch immer er wusste, das war offenbar neu für ihn, denn er hob eine Augenbraue, wie er es immer tat, wenn ihn etwas überraschte. »Oh, tatsächlich.«

»Ja. Ich war bei Dr. Fulton-Wallace.«

Er zögerte, wohl, weil er nicht wusste, wie er darauf reagieren sollte, und lächelte mich unsicher an. »Hast du dir das volle Programm vorgenommen? Mit allen Menschen aus deiner Vergangenheit Frieden zu schließen?«

Er sagte es scherzhaft, aber ich reagierte mit einem brüsken Kopfschütteln. »Nein. Das ist es nicht. Ich …« Ich stockte, unsicher, wie ich die Frage formulieren sollte.

»Natürlich«, sagte Rob.

»Was?«

»Natürlich komme ich mit nach Dundee.«

Er brauchte nicht nachzufragen, ob es das war, weswegen ich gekommen war. Ich war für ihn immer ein offenes Buch gewesen. Zu dumm, dass es andersherum nicht funktioniert, dachte ich. Ich versuchte, seine Gedanken zu lesen, und traf auf eine Wand undurchdringlicher Energie, während seine blauen Augen ruhig meinem Blick begegneten.

Ich nahm einen tiefen Schluck Wein. »Ich gehe davon aus, dass du die Einzelheiten auch schon kennst.«

»Nein«, sagte er. »Aber du hattest einen langen Tag, das kann warten. Ich habe morgen frei. Wenn wir uns morgen früh auf den Weg nach Dundee machen, kannst du mir unterwegs alles erzählen. Einverstanden?«

»Natürlich.«

»Es tut mir leid.«

Die Wärme, die in diesen Worten lag, umfing mich wie eine Umarmung. Ich konnte sie körperlich spüren, sodass ich beinah nicht glauben konnte, dass er sich nicht bewegt hatte. »Ich weiß genau, wie du dich fühlst«, sagte er und schob sein Bierglas zur Seite, um Platz für den Teller zu machen, den Sheena vor ihn hinstellte.

KAPITEL 5

Als Sheena die Rechnung brachte, legte sie sie außerhalb meiner Reichweite auf den Tisch und sagte: »Das kann Keen-Een bezahlen, wenn Sie schon extra den langen Weg auf sich genommen haben, um ihn zu besuchen. Wo ist er hin?«

»Er meint, dass er sein Handy in der Rettungsstation liegen gelassen hat«, erklärte ich. »Er ist kurz rübergegangen, um es zu holen.«

Sie lächelte. »Eigentlich ein Wunder, dass er da noch nicht eingezogen ist. Schon als wir noch in der Schule waren, hat er sich nur für das Rettungsboot interessiert. Wenn sie ihn nicht in die Rettungsmannschaft aufgenommen hätten, hätten wir eine Protestaktion gestartet, weil man ihn dann nicht mehr hätte ertragen können.«

Ich wusste so gut wie nichts über Rettungsboote. »Es ist eine freiwillige Sache, oder?«

»Das Rettungsboot? Ja, sie machen es, weil sie es gern tun oder weil sie helfen wollen. Schließlich ist es nicht jedermanns Sache, ständig mit einem Pieper rumzulaufen und Tag und Nacht damit rechnen zu müssen, angepiept zu werden. Für mich wär das nichts.«

Für mich wohl auch nicht, dachte ich. Ich fragte mich, wo Rob die Energie hernahm, neben seinem Job bei der Polizei auch noch ständig für das Rettungsteam zur Verfügung zu stehen, aber als ich es Scheena sagte, meinte sie: »Rob ist nicht so ausgeglichen, wie es scheint.« Sie schien sich sicher zu sein. »Ich kenne Keen-Een schon mein ganzes Leben lang und weiß genau, dass er eigentlich ein Energiebündel ist. Er hat nur gelernt, es nach außen hin zu verbergen.«

Jedenfalls sah er ziemlich ruhig aus, als er zurückkam und seinen Blick freundlich von mir zu Sheena wandern ließ, als sie fragte: »Und? Hast du dein Handy gefunden?«

»Ja.« Rob griff nach der Rechnung, ohne noch einmal Platz zu nehmen. »Wenn du ihr alles über meine schlechten Eigenschaften erzählt hast«, sagte er zu Sheena, »machen wir uns auf den Weg.«

»Das wäre in der kurzen Zeit nicht zu schaffen gewesen.« Die Kellnerin winkte und drehte sich lächelnd um. »Habt noch einen schönen Abend, ihr beide.«

Robert bedankte sich, nahm seine Brieftasche heraus, legte das Geld auf den Tisch, und während er die Brieftasche wieder einsteckte, fragte er: »Hast du keine Jacke dabei?«

Ich schüttelte den Kopf. »Ich dachte nicht … ich meine, es ist August, und in London ist es wärmer, und ich habe nicht …« Wieder stotterte ich dumm vor mich hin. Ich riss mich zusammen und brachte einen zusammenhängenden Satz zustande. »Ich habe mich ziemlich kurz entschlossen auf den Weg gemacht.«

Rob unterdrückte ein Lächeln. »Dann wollen wir dich erst mal richtig anziehen.« Er streifte seine dunkelblaue Windjacke ab und hielt sie mir hin. »Hier. Zieh das an.«

Die Jacke war mit Fleece gefüttert, das sich an meinen nackten Armen weich anfühlte, und als ich aus dem heiteren Pub auf die dunkle Straße hinaustrat, war ich froh über die wärmende Jacke und über Rob als Windschutz hinter mir. Er schloss nicht zu mir auf, berührte mich nicht, aber ich fühlte mich von ihm beschützt.

Auch wenn es nun ziemlich dunkel war, denn der kalte Wind wühlte das Wasser im Hafen auf, sodass jegliches Licht von den Fischerbooten und von den Fenstern der wenigen Häuser auf dem schwarzen Hügel gegenüber nur kurz und weit verstreut vom Wasser reflektiert wurde und dann in der Schwärze verlosch, war der Hafen bevölkert von Leuten, die sich an diesem Freitagabend amüsieren wollten. Als Rob mich am *Ship Hotel* vorbeigeleitete, stolperten gerade drei Männer aus der Tür der Bar, in der sie, ihrem Aussehen und der Lautstärke ihrer Stimmen nach, eine ganze Weile verbracht hatten. Einer von ihnen torkelte gegen Rob und fluchte, bevor er merkte, mit wem er gerade zusammengestoßen war.

»Hi, Jimmy«, sagte Rob.

Der Mann nickte besänftigt. »Keen-Een.«

Rob sah die beiden Begleiter des Mannes an und fragte: »Ihr bringt ihn heil nach Hause, oder?«

»Klar«, bestätigte einer von ihnen, »wir sind schon auf dem Weg.«

»Ich habe keine Lust, mich mit euch heute noch auf dem Revier zu beschäftigen«, sagte Rob. »Ich war eben mit dem Rettungsboot draußen und bin ziemlich kaputt. Jetzt noch zu einem Einbruch gerufen zu werden würde meine Laune nicht gerade heben.«

Der Mann, der zuletzt gesprochen hatte, sah ihn einen Moment lang an, dann verzog sich sein Mund zu so etwas wie einem Grinsen. »Alles klar, Keen-Een, wir sind alle auf dem Weg nach Hause, wie ich schon gesagt habe.« Er zog seine Freunde mit sich fort, alle ziemlich unsicher auf den Beinen.

Ich sah ihnen nach und fragte Rob: »Meinst du, sie gehen wirklich nach Hause?«

»Ja. Es verdirbt ihnen den Spaß, wenn ich Bescheid weiß.«

Ich nahm an, dass die Verbrechensquote in Eyemouth beträchtlich gesunken war, seit Rob dort bei der Polizei arbeitete. Während ich nur Dinge »sehen« konnte, wenn ich einen Gegenstand in den Händen hielt, gingen Robs Fähigkeiten viel weiter. Ich hatte das schon nach kurzer Zeit bemerkt. Zum Beispiel gelang es ihm mit erstaunlicher Leichtigkeit, die Gedanken anderer Menschen zu lesen.

Also bemühte ich mich, meine eigenen Gedanken unter Kontrolle zu halten, während ich fragte: »Wohnst du weit von hier?«

»Nein, gleich da drüben.« Er nickte zu einem Haus ganz in

der Nähe hinüber. »Am Chapel Quai, aber es ist nur ein kleines Apartment. Und ich schnarche …«

Sein Ton war neutral, aber ich sah die Grenze, die er zwischen uns zog. Dies entsprang entweder seinem Wunsch nach Distanz, oder er wollte mir zeigen, dass meine Bitte um Hilfe nur das war und nicht mehr.

»Ich verstehe. Was meinst du, wo …?«

»Im Cottage wirst du es bequemer haben.«

»Im Cottage?«

Bilder erstanden vor meinen Augen, wirbelten herum, verblassten wieder: eine helle, warme Küche mit niedriger Decke, der Rand einer Spitzengardine, der über das weiß gestrichene Sims eines tief liegenden Fensters mit einem Sprung in der Scheibe strich, eine Reihe von Schnappschüssen, so kurz hintereinander, dass ich sie nicht alle erfassen konnte, die schließlich dem einzig bleibenden Eindruck eines Zuhauses wichen.

Rob erklärte: »Ich habe meine Mutter angerufen und ihr gesagt, dass du kommst. Du kannst in meinem alten Zimmer schlafen.«

Das wiederum schien mir irgendwie noch persönlicher, als die Nacht in seinem Apartment zu verbringen. »Stört es deine Mutter nicht, wenn du einfach so einen ungebetenen Gast ankündigst?«

»Meine Mutter? Wahrscheinlich backt sie dir gerade einen Kuchen. Sie liebt Gesellschaft.« Wir blieben neben einem blauen Ford Focus stehen, und er öffnete die Beifahrertür für mich. »Bei meinem Vater musst du aufpassen. Er steht auf Blondinen.«

Es war nur eine kurze Fahrt, nicht mehr als eine oder zwei Meilen raus aus dem Ort, über eine schmale Straße, die auf beiden Seiten von niedrigen, ineinander verschlungenen Büschen gesäumt wurde, wie sie an der See, wo sie ständig dem salzigen Wind ausgesetzt waren, üblich waren. Zu meiner Linken nahm ich das schwarze Gewirr von Bäumen wahr, zu meiner Rechten erstreckten sich dunkle Hügel und ein paar einzelne abgelegene Häuser jenseits der Straße.

Das Cottage dagegen lag direkt an der Straße, und die Fenster leuchteten einladend. Rob parkte gleich daneben am Fuß einer langen Auffahrt, die sich unter hohen Bäumen hindurch den Hügel zu einem großen dunklen Haus hinaufwand. »*Rosehill House*«, erklärte er, als er mein Interesse bemerkte. »Die Eigentümer sind gerade verreist. Mein Großvater hat sich um das Grundstück gekümmert, bevor er in Rente gegangen ist, und meine Mutter sieht manchmal nach dem Haus.«

Ich blickte aus dem Fenster zu der Baumreihe, die hinter der niedrigen Steinmauer neben dem Auto begann, als Rob die Beifahrertür öffnete. Ich runzelte die Stirn. »Dieses Grundstück ...«

»Hier hat mal eine römische Schlacht stattgefunden«, erklärte er.

Das war wohl der Grund für das leichte Unwohlsein, das ich beim Aussteigen empfand, und ich konnte den Blick nicht von dem nachtdunklen Grundstück lösen, das hinter der Mauer lag. Ich konnte das Kampfgeschrei im Wind beinah hören, das Geräusch aufeinanderprallender Schwerter, den wilden Hufschlag der Pferde, die marschierenden Soldaten ... abgesehen von den vorsichtigen Schritten auf dem Kies in unsere Richtung.

Bis ich auf einmal einen Kälteschauer im Rücken spürte, aber als ich mich umdrehte, sah ich nur einen freundlichen schwarzweißen Border Collie, ein Ohr aufgerichtet, das andere herunterhängend, der schwanzwedelnd auf uns zukam.

Rob kraulte ihn am Ohr. »Guter Junge. Komm, sag Nicola Hallo.«

Ich liebe Hunde. »Wie heißt er?«

»Jings.« Rob lächelte. »Das ist hier in Schottland ein Ausruf der Überraschung. Als er ein Welpe war, kroch er einem immer zwischen den Füßen rum, und meine Mutter rief immer ›Jings‹, wenn sie über ihn gestolpert ist, bis er gedacht hat, das wäre sein Name. Also haben wir es dabei belassen. Denn das, was mein Großvater ausrief, wenn er über ihn stolperte, war nicht wirklich als Name geeignet.«

Ich lächelte und stellte gegen die Kälte, die mir den Rücken hinaufkroch, den Kragen der Jacke auf, bevor auch ich mich zu dem Hund hinunterbeugte, um ihn zu kraulen. Zuerst dachte ich, ich hätte mich geirrt, als ich sah, wie Rob jemanden hinter mir grüßte. Aber das leise Lachen und der kurze Satz, den er sprach und der offensichtlich nicht für meine Ohren bestimmt war – er war auf Latein – waren eindeutig.

Ich verstand und sah mich um, aber die Schritte entfernten sich wieder. Ich streichelte Jings ein letztes Mal über den Kopf. »Ein Freund von dir?«

Rob sah dahin, wo die Schritte verklungen waren. »Ja. Ein sehr alter Freund.«

»Kannst du ihn noch sehen?«

Er nickte.

Ich versuchte, mir vorzustellen, wie es wohl war, Geister zu sehen. Mit ihnen zu sprechen. »Einer der Römer, oder?«

»Ja, der Wachposten. Er wacht noch immer.«

Eine einsame Angelegenheit, ein leeres Feld zu bewachen, Nacht für Nacht, über Jahrhunderte. Dass es jemanden gab, der ihn sehen konnte, musste eine Erleichterung sein. In einer spontanen Sympathiebekundung sagte ich: »Und steht er auch auf Blondinen?«

Rob lachte. Ich hatte vergessen, wie wunderbar sein Lachen war. »Nein, er mag dunkelhaarige Frauen lieber. Von ihm hast du nichts zu befürchten, Nicola.«

Robs Vater dagegen war ein Charmeur. Er begrüßte mich herzlich, als wir durch die niedrige Tür in die Wärme der Küche traten, wobei sein Akzent verriet, dass er aus Newcastle stammte. Er musste zwischen Mitte vierzig und fünfzig sein. Sein Haar war grau, aber sein Körper muskulös und durchtrainiert, und die Fältchen um seine Augen schienen eher vom Lachen als vom Alter zu stammen. Beim Lächeln hoben sich seine weißen Zähne von der gebräunten Haut seines Gesichts ab. »Sie sind also Nicola«, sagte er freundlich.

In seinen Zügen konnte ich keine Ähnlichkeit mit Rob feststellen, aber er legte seinen Kopf zur Seite, wie Rob es oft tat, und ich sah einen kleinen Ring in seinem Ohrläppchen aufleuchten, der ihm etwas Verwegenes gab, genau wie die Tattoos auf seinen Armen unterhalb des aufgerollten Hemdes.

Er meinte: »Robbie hat gesagt, Sie sind aus London hergereist.«

»Ja. Das stimmt.«

Bevor er weitere Fragen stellen konnte, schaltete sich Rob ein: »Wo ist Mum?«

»Sie bereitet das Bett vor.«

Ich fühlte mich unbehaglich. »Es tut mir leid, Ihnen Umstände zu machen.«

Sein Lachen war das seines Sohnes. »Sie kennen Jeannie nicht. Sie liebt es, Gäste im Haus zu haben. Die Plätzchen sind gleich fertig.«

Rob warf mir einen »Ich-hab's-dir-ja-gesagt-Blick« zu und schob mir am Küchentisch einen Stuhl zurecht.

Manchmal konnte ich Räume »fühlen«, und die Wärme in diesem kam nicht nur von dem Ofen, der den Duft von Ingwer und anderen Gewürzen verbreitete. Ich spürte Liebe, nicht perfekt, aber intensiv, und dazu einen gewissen Frieden, der mir half, mich zu entspannen, als ich mich hinsetzte. Jings lag unter dem Tisch dicht bei meinen Füßen.

Auch Rob setzte sich und wählte einen Platz am Tischende, wo er mit dem Stuhl zurückkippte, sodass dieser auf nur zwei Beinen stand und Rob mit den Schultern an der Wand lehnte.

»Lass das deine Mutter nicht sehen«, warnte sein Vater gut gelaunt, als er sich umdrehte, um Wasser aufzusetzen. »Also, Nicola, woher kennen Sie meinen Sohn?«

Rob stöhnte genervt. »Dad!«

»Ich frag ja nur.«

Ich zog die geborgte Jacke aus und hängte sie über die Stuhllehne. »Aus Edinburgh.«

Robs Vater drehte sich interessiert um. »Oh. Wann war das?«

»Vor zwei Jahren.«

»Vor zwei Jahren?« Er sah seinen Sohn neugierig an. »Als du da an der Uni diese Tests gemacht hast?«

Robs Blick bat eindeutig um einen Themenwechsel, sodass sein Vater sich schulterzuckend wieder umdrehte und sich erneut seiner Rolle als Gastgeber zuwandte. »Möchten Sie Tee oder Kaffee, Nicola?«

»Eine Tasse Tee wäre toll.«

Robs Vater lächelte erfreut, als er sich nun neugierig zu mir umwandte, und erst als auch Rob seinen Blick auf mich richtete, merkte ich, was passiert war.

Robs Vater sah mich an, und ich verstand ihn, ohne dass er die Lippen bewegte: *Interessant.*

Obwohl ich ihn überrascht aus meinem Bewusstsein ausschloss, grinste er und sagte – diesmal laut – zu Rob: »Wirklich sehr interessant, was du für Geheimnisse hast.«

Robs Gesichtsausdruck änderte sich nicht, aber an seinen Augen konnte ich sehen, dass er seinem Vater etwas mitteilte, was ich nicht mitbekommen sollte.

»Schon gut.« Robs Vater hob entschuldigend die Hand, war aber immer noch amüsiert. »Kein Problem.«

Ich spürte, dass Rob mir etwas sagen wollte, aber ich hatte sie beide ausgeschlossen, weil ich mich noch nicht von dem unerwarteten Kontakt erholt hatte. Niemals wäre ich darauf gekommen, dass Rob – genau wie ich – seine Fähigkeiten geerbt hatte. Ich betrachtete seinen Vater, der Rob gehorsam, aber auch leicht enttäuscht ansah, nun mit anderen Augen. Er sah aus, als hätte er einen Verweis erhalten.

Was wahrscheinlich der Fall war, nach Robs leichtem Stirnrunzeln zu urteilen. Dennoch fühlte ich nach wie vor die starke Zuneigung, die die beiden verband und die solche kleinen Differenzen nicht beeinträchtigen konnte.

Der Wasserkessel pfiff. Robs Vater bereitete den Tee zu und meinte, als wiederhole er, was ihm zu sagen aufgetragen worden war: »Es tut mir leid, Nicola. Ich verspreche, das nicht noch einmal zu tun.«

Er stellte meinen Tee wie ein Friedensangebot vor mir auf den Tisch und lächelte, als Robs Mutter die Küche betrat und fragte: »Was wirst du nicht noch einmal tun?«

Sie war eine reizend aussehende Frau, klein und weiblich, und erweckte den Eindruck, als ob man ihr nichts vormachen könnte. Ihr zartes, heiteres Gesicht wies mehr Sommersprossen als Falten auf, und die weißen Strähnen in ihrem kastanienbraunen Haar wirkten so attraktiv, als wären sie vom Friseur hineingefärbt worden. Aber am auffälligsten war ihr Lächeln. Es war das ihres Sohnes.

Sie kam zu mir, um mich zu begrüßen, und bemühte sich, ihren Akzent zu mildern, wie es viele Schotten im Umgang mit Menschen von auswärts taten. »Nicola, stimmt's? Ich bin Jeannie. Wir freuen uns sehr, Sie hierzuhaben. Was hat Brian Ihnen also getan?«

Beide Männer hatten sich auf ihre Gegenwart eingestellt. Rob hatte unauffällig seinen Stuhl zurück in die normale Position manövriert, sodass dieser nun mit allen vier Beinen auf dem Boden stand, während sein Vater sich bemühte, unschuldig auszusehen.

Ich sagte: »Gar nichts. Er hat mir Tee gemacht.«

Ihre Augen blitzten. »Verteidigen Sie ihn nicht, das spornt ihn nur an.«

Robs Vater grinste. »Robbie hat uns eine von uns hergebracht«, erklärte er seiner Frau. »Er hat sie kennengelernt, als er in Edinburgh diese Tests gemacht hat. Ich hab es ausprobiert, das ist alles. So wie es aussieht, habe ich sie ein bisschen erschreckt. Und dein Sohn hat mich schon zurechtgewiesen«, fügte er hinzu, »du brauchst also nichts mehr zu sagen.«

Vom Tischende her erklärte Rob ruhig: »Nicola wendet ihre Fähigkeiten nicht gerne an. Und sie redet auch nicht gern darüber.«

»Na, dann belassen wir es dabei«, befand seine Mutter. Gut gelaunt schob sie ihren Ehemann zur Seite, um an den Ofen zu gelangen. »Möchte jemand ein Plätzchen?«

Keine halbe Stunde später war mir klar, wer das Herz dieser Familie war. Trotz all der Zuneigung, die ich zwischen Rob und seinem Vater gespürt hatte, fühlte ich, dass es Jeannie McMorran mit ihrem spontanen fröhlichen Lachen und ihrer natürlichen Wärme war, die die Familie zusammenhielt.

Es war unmöglich, sie nicht zu mögen.

Und ihre Ingwerplätzchen waren wunderbar. Rob aß vier davon, bevor sich seine Müdigkeit nach dem langen Tag und der Anstrengung auf dem Rettungsboot auch mit Zucker und Kaffee nicht mehr verdrängen ließ. Als er zum dritten Mal gähnte, sagte seine Mutter: »Ab nach Hause mit dir, Robbie. Du kannst ja kaum noch die Augen offen halten.«

»Stimmt doch gar nicht.«

»Weg mit dir, oder ich hole deine Kinderfotos und zeige sie Nicola. Ich hab da ein paar schöne in der Badewanne …«

Mit einem Grinsen gab Rob jeden Widerstand auf. »Ist gut, ich mache mich auf den Weg.« Er streckte sich und sagte zu mir: »Lass dich von ihnen nicht ablenken. Ich hole dich morgen früh um acht ab, okay?«

»In Ordnung.«

»Um acht schon? Kommt nicht infrage«, wandte seine Mutter ein. »Sie soll ausschlafen, und ich rufe dich an, wenn sie gefrühstückt hat.«

Rob verzichtete auf eine Diskussion und beschäftigte sich stattdessen mit seiner Armbanduhr. Ich stand auf, um mit ihm zur Tür zu gehen.

»Du wirst deine Jacke brauchen«, sagte ich, nahm sie vom Stuhl und gab sie ihm.

Er nahm sie mit fragendem Blick. *Alles in Ordnung?*

Sein Vater sah uns an. Ich nickte.

Rob zog seine Uhr vom Handgelenk und gab sie mir. *Sie wird dich um sieben wecken.* Er lächelte und ging nach draußen, wobei ein Schwall Kälte hereindrang.

Dann wandte sich Jeannie McMorran mit all ihrer wohltuenden Fürsorge mir zu: »Auch Sie müssen müde sein nach der langen Reise. Ich zeige Ihnen Ihr Zimmer.«

Das Cottage war klein: die Küche, ein Wohnzimmer, in dem ein Klavier stand, und zwei Schlafzimmer, eines mit einladend geöffneter Tür. Robs Mutter erklärte: »Das Badezimmer ist dort drüben. Lassen Sie sich Zeit. Die Badewanne ist sehr einladend. Und ich habe Ihnen einen Pyjama rausgelegt.«

Sie hatte noch mehr getan. Im Badezimmer lag ein Stapel weicher Handtücher bereit, ein neues Stück Seife und Lavendel-Badesalz, ein Föhn, Zahnbürste und Zahnpasta, alles ungefragt zur Verfügung gestellt, als wäre es etwas völlig Alltägliches, dass eine junge Frau mit nichts als den Kleidern, die sie auf dem Leib trug, zu Besuch kam.

Dem Vorschlag von Robs Mutter folgend ließ ich mir ein Bad ein und versank dankbar im warmen Wasser, das ein paar meiner wirbelnden, verstörenden Gedanken hinwegwusch. Rob gehörte zu dem Teil meines Lebens, den ich entschieden hinter mir gelassen hatte, und ich hatte das irrationale Gefühl, dass diese Wiederaufnahme unserer Beziehung irgendwie schwieriger hätte sein sollen.

Es erschien mir leicht surreal, hier in diesem Haus zu sein, in dem er aufgewachsen war, mit seiner Mutter und seinem Vater, die in der Küche Tee tranken, und dass alle meine Gegenwart einfach so akzeptierten, genau wie die Dinge, die ich zu tun in der Lage war und über die meine eigene Familie niemals gesprochen, die sie nie zugegeben hatte. Es hatte mich aus dem Gleichgewicht gebracht, ein Gefühl, das anhielt, auch als das Badewasser schon längst kalt geworden war.

Als ich schließlich zurück in das Zimmer kam, in dem ich schlafen sollte, stellte Robs Mutter gerade ein Glas Wasser auf den Nachttisch. Sie drehte sich zu mir um und lächelte mich an.

»Passt der Pyjama einigermaßen?«

Ich versicherte es ihr. Er war aus dunkelblauem Flanell, ein bisschen zu weit und zu lang an Armen und Beinen, sodass ich sie ein wenig aufgekrempelt hatte.

»Es ist Robbies Pyjama«, informierte sie mich. »Er hat ihn als Teenager getragen.«

Er musste damals schon ein breites Kreuz gehabt haben, denn der Pyjama hing mir weit von den Schultern. Ich hatte das plötzliche Bedürfnis, den Stoff an meine Haut zu drücken, aber ich hielt mich zurück und sagte nur: »Er ist sehr bequem.«

»Es war sein Lieblingspyjama«, erzählte Jeannie. »Ich habe daran gedacht, einen Quilt daraus zu machen, wissen Sie, zusammen mit Teilen von seinen alten T-Shirts. Ich habe so etwas mal in einer Zeitschrift gesehen, das hat mich auf die Idee gebracht. Aber ich bin noch nicht dazu gekommen.«

Zum Glück, entschied ich. Der Pyjama war schön warm.

Und dem Zimmer, in dem ich schlafen sollte, sah man deutlich an, dass es Robs Jungenzimmer gewesen war. Natürlich war es ein wenig verändert: Eine Ecke des Raumes wurde offensichtlich als Abstellkammer genutzt. Entlang der Wand waren Kisten gestapelt, und einige Kleiderstapel warteten darauf, sortiert zu werden. Gegenüber dem Bett, inmitten von ordentlich abgelegten Schnittmustern und Stoffresten, thronte eine Nähmaschine auf einem großen stabilen Tisch.

Das Bett dagegen war das eines Jungen, mit einem Bücherschrank am Kopfende und einer Tagesdecke mit braunen und weißen Schiffen darauf. Rob hatte wahrscheinlich alles, was ihm etwas bedeutete, mitgenommen, als er ausgezogen war, doch auf dem Bücherschrank standen noch ein paar gerahmte Fotografien von ihm, lächelnd in unterschiedlichem Alter. Eine war ein offizielles Porträt von ihm als Polizist in Uniform, chic mit Jackett und Mütze und mit todernstem Gesicht, abgesehen von dem Ausdruck in seinen Augen. Auf einem Foto war er zusammen mit seinem Vater zu sehen, vor einem rot gestrichenen Fischerboot am Anlegeplatz im Hafen mitten in der Sonne.

»Das ist die *Fleetwing*«, erklärte Jeannie, die meinem Blick gefolgt war. »Sie war Brians Boot. Und so sah Robbie als Junge aus«, sagte sie und nickte zu der Fotografie daneben hinüber.

Als das Foto aufgenommen wurde, musste er etwa acht Jahre alt gewesen sein. Er schien nur aus Ellbogen und Knien zu bestehen, mit einem breiten Lächeln auf dem sommersprossigen Gesicht und großen neugierigen blauen Augen. Er kniete neben einem schwarz-weißen Collie mit hängendem Ohr, um den er den Arm gelegt hatte.

Ich sah mir das Bild genauer an. »Der Hund sieht aus wie Jings.«

»Stimmt. Das war Kip, Jings' Urgroßvater. Er und Robbie waren unzertrennlich. Er folgte ihm wie ein Schatten. Wir haben ihn draußen auf dem Grundstück beerdigt. Robbie dachte, dass dort vielleicht jemand Gesellschaft braucht …«

Sie suchte nach den richtigen Worten und sah mich an, als frage sie sich, wie viel ich wusste, also beendete ich den Satz für sie: »Der römische Geist zum Beispiel.«

»Ja, der Wachposten. Sie haben ihn also bereits kennengelernt.«

»Na ja, in gewisser Weise.« Auf ihren fragenden Blick hin erklärte ich: »Ich kann Geister nicht sehen. Ich spüre sie manchmal, aber ich kann sie nicht sehen oder hören. Ich bin nicht so … begabt wie Rob.«

Jeannie lächelte mir zu. »Genau wie Brian«, sagte sie, »also was auch immer er eben getan hat, zu mehr ist er wahrscheinlich gar nicht in der Lage. Und wenn er es noch mal tut, haben Sie meinen Segen, handgreiflich zu werden.« Sie blickte noch ein letztes Mal durchs Zimmer und fragte: »Haben Sie alles, was Sie brauchen? Gut, dann geben Sie mir Ihre Kleider, und ich stecke sie in die Waschmaschine.«

Wie Rob vorhin versuchte ich erst gar nicht zu protestieren und gehorchte. Aber vorher nahm ich Robs Uhr aus der Tasche meiner Jeans, und als Jeannie gegangen war, stellte ich sie wie einen aufgeklappten Wecker ans Kopfende des Bettes, damit ich das Signal am Morgen auf jeden Fall hören würde.

Ich hatte mir die Uhr bis dahin noch gar nicht richtig angesehen, aber plötzlich fiel mir auf, wie sehr sie der Uhr ähnelte, die ich Rob zwei Jahre zuvor gegeben hatte. Es war nur ein Scherz gewesen, eine billige Uhr aus dem Warenhaus, die ich ihm geschenkt hatte, weil er ständig zu spät kam. Ich hatte sie ihm mit den Worten überreicht: »Jetzt hast du keine Entschuldigung mehr.« Er hatte gelacht und sie angelegt.

Natürlich trug er diese Uhr jetzt nicht mehr, billig, wie sie gewesen war. Er hatte sie sicher weggeschmissen, als die Batterie leer oder das Plastikarmband gerissen war. Aber diese Uhr sah tatsächlich genauso aus.

Ich nahm sie in die Hand, fühlte das Gewicht des Armbands aus kräftigem Leder. Als ich meine Finger um die Uhr schloss, machte ich die Augen zu, jedoch nicht um eine Vision heraufzubeschwören, sondern eine Erinnerung.

KAPITEL 6

In meiner Erinnerung war es früher Abend. Ich stand mit den wenigen Dingen, die ich einkaufen wollte, an der Kasse im Warenhaus in der Princess Street: einer Packung Nagellackentferner-Pads, einer Haarspange, einer Zahnbürste und der Uhr. Die Uhr hatte ich zuletzt gefunden, sie war bis auf wenige Pfund reduziert worden, und mit einem Lächeln hatte ich sie genommen.

Er hatte keine Uhr; er benutzte sein Handy, wenn er einmal nachsehen wollte, wie spät es war, was selten vorkam, denn meistens vergaß er die Zeit. So wie jetzt. Deswegen war ich in das Warenhaus gegangen, um die Zeit zu überbrücken, bis er kam. In den wenigen Wochen, die wir uns nun kannten, hatte ich die Erfahrung gemacht, dass es nicht nötig war, irgendwo gut sichtbar auf ihn zu warten. Er würde mich finden, wenn er kam, und ich würde wissen, wann er eintraf. Ich würde es in meinem Bewusstsein spüren, so wie in diesem Moment.

Ich drehte mich um und dachte wieder einmal, dass ich niemals müde werden würde, ihn sich so nähern zu sehen, mit seinem leichten Schritt, dem jungenhaften Lächeln, den warmen blauen Augen, die nur mich zu sehen schienen. Und dann seine Stimme, dieser tiefe, freundliche schottische Tonfall – ich hätte ihm den ganzen Tag zuhören können. In diesem Moment sagte er gerade: »Entschuldige die Verspätung.«

»Was war es diesmal?«

»Ich habe nicht auf die Zeit geachtet. Hab gelesen.«

»Na dann«, sagte ich und gab ihm die gerade erstandene Uhr. »Jetzt hast du keine Entschuldigung mehr. Du kannst sie wie einen Wecker stellen, siehst du den Knopf?«

Er lachte, als er sie nahm, und zog sie gleich an, legte das billige Plastikarmband mit einer Hand um das andere Handgelenk. »Vielen Dank, das ist wahrscheinlich das beste Geschenk, das ich je von einem Mädchen bekommen habe.«

»Du bekommst sicher viele Geschenke von Mädchen, oder?«

Mit ernster Miene versicherte er mir: »Klar, andauernd.« Aber seine unglaublichen Augen sagten etwas anderes. Er sah auf meine Einkäufe. »Hast du alles, was du brauchst?«

Ich hatte alles, was ich brauchte, im wahrsten Sinne des Wortes, aber ich nickte nur, und Rob sagte: »Gut. Wir sollten uns auf den Weg machen. Schließlich wollen wir Frau Dr. Fulton-Wallace nicht warten lassen.«

Ich zog die Augenbrauen hoch. »Es ist also in Ordnung, mich warten zu lassen, sie aber nicht?«

»Ich habe keine Ahnung, wovon du sprichst.« Er hob sein Handgelenk und drehte es so, dass ich auf das digitale Zifferblatt sehen konnte. »Weißt du etwa nicht, wie spät es ist?«

Ich warf ihm ein Schimpfwort an den Kopf, und er grinste. Dann nahm er meine Hand, und zusammen traten wir hinaus auf die Straße, wo der Regen zu einem leichten Sprühen im Wind geworden war, das das Pflaster unter den Lichtern schimmern ließ, die die Düsternis dieses Januarabends zu vertreiben versuchten.

Meine Hand in Robs Hand fühlte sich warm an. Ich hatte zuerst gezögert, mich von ihm berühren zu lassen. Zu sehr hatte es mich erschreckt, wie eng wir, gleich als man uns zum ersten Mal zusammenbrachte, ohne jegliche Berührung miteinander verbunden waren; dabei waren wir nicht mal im selben Raum gewesen.

Ich war ohnehin sehr angespannt, damals, in der ersten Woche der Studie am Emerson Institute, als ich in dem schalldichten Raum in dem Sessel lag und Dr. Fulton-Wallace mir vorsichtig zwei halbe Tischtennisbälle vor den Augen befestigte, die mir die Sicht nehmen sollten.

Sie hatte mir versichert, dass es sich um einen sehr einfachen

Test handele. Das »Ganzfeld-Experiment«, wie sie es nannte, war eine traditionelle Methode, um zu testen, ob ich in der Lage wäre, allein mit meinem Bewusstsein ein Bild zu erkennen, das mir von einer Person aus einem anderen Raum gesendet würde. Diese Person, der ich noch nie begegnet war, befand sich in einem ebenfalls schalldichten anderen Raum des Instituts, allerdings mit nicht verbundenen Augen und Ohren.

Der Aufbau des Tests war grundlegend. Dem isolierten »Sender« würde ein Videoclip gezeigt, den ein Computer zufällig ausgewählt hatte, und er würde sich eine halbe Stunde lang darauf konzentrieren, während ich mich in dem anderen Zimmer in unstimuliertem Zustand befand, über Kopfhörer mit einem leisen Rauschen beschallt und mit einem roten Licht beleuchtet, das durch die Tischtennisbälle zu einem gleichmäßigen Schein reduziert würde. Alles, was ich in der Zeit tun musste, war zu reden – einen unablässigen Report über das abzuliefern, was ich fühlte und sah. Am Ende würde man mir vier Videoclips zeigen, die ich danach einordnen sollte, wie nah sie dem kamen, was ich während des Experiments »gesehen« hatte.

Dr. Fulton-Wallace hatte mich beruhigt, bevor sie mir die Kopfhörer aufsetzte. »Es gibt keinen Grund zur Sorge. Bei dem Test geht es darum, was der Sender tut. Es wird viel darüber diskutiert, welche Rolle der Sender spielt und ob er überhaupt gebraucht wird. Wir hoffen, dass unsere Studie etwas Sinnvolles dazu beiträgt. Wie fühlst du dich?«

Überraschenderweise ging es mir trotz der Nervosität gut.

»Na, dann lass uns anfangen«, meinte sie. »Ich lasse dich jetzt allein. Du wirst über die Kopfhörer zuerst ein paar Suggestionen hören, die dir helfen sollen, dich zu entspannen, und dann folgt das leise Rauschen. Versuch einfach, in Worte zu fassen, was du wahrnimmst.«

Kurz waren die Warnungen meines Großvaters in meinen Gedanken erschienen, doch ich hatte sie sofort beiseitegeschoben, als ich mich in den Sessel gesetzt und mein Bewusstsein für das geöffnet hatte, was kommen würde.

Am Ende hatte ich das Bild so deutlich wie ein Gemälde vor meinen Augen gesehen: den Ausblick von einer Bank an einem Teich in einem Park. Zwei Schwäne, die im seichten Wasser unter einer Weide schwammen, deren Äste eine Kaskade aus hellem Grün bildeten.

Ich tat, um was man mich gebeten hatte, und sprach über das, was ich sah, beschrieb den Park und die Schwäne. Als ein kleiner Junge mit einem Spielzeugboot erschien, beschrieb ich auch ihn und was er tat.

So ging es eine Weile weiter. Der Junge ließ das Boot auf dem Wasser treiben, doch dann passierte etwas Seltsames an den Rändern des Bildes. Sie begannen zusammenzuschrumpfen, als wäre ich einen Schritt zurückgetreten, so weit, bis ich schließlich nicht mehr nur das Bild sah, sondern auch den Bildschirm, auf dem es zu sehen war, und dahinter eine Wand wie die in dem Raum, in dem ich mich gerade befand. Als das, was ich sah, sich leicht neigte, störte eine Haarsträhne über dem Auge meine Sicht, und eine Hand, die nicht meine war, strich sie zurück, und eine Stimme – eine männliche Stimme, die ich noch nie gehört hatte – begrüßte mich.

Hallo.

Ich fühlte, was er wahrnahm, seine leichte Belustigung, aber da ich mich noch nie auf diese Art im Bewusstsein eines anderen befunden hatte, wusste ich nicht recht, wie ich antworten sollte.

Ich bin Rob, sagte er. *Du bist neu hier, oder?*

Diesmal antwortete ich zögernd: »*Ja.*«

Das kleine Boot segelte noch immer über den Bildschirm, aber es entschwand meinem Blick, der nach unten wanderte und stattdessen auf ein einfaches über einem flachen männlichen Bauch zugeknöpftes schwarzes Hemd fiel, auf einen schwarzen Gürtel, zwei lässig ausgestreckte athletische Beine in eng anliegenden Jeans und die verschrammten Spitzen eines Paars Doc-Martens-Stiefel.

Seine Hände waren entspannt über seinem Bauch verschränkt, und ich sah den Goldschimmer eines schmalen Siegelringes am kleinen Finger der rechten Hand. Es waren schöne, kräftige männliche Hände. Und schöne Beine, um genau zu sein.

Mein Blick bewegte sich wieder nach oben zu dem kleinen Segelboot, der Weide und den Schwänen, und er sagte: *So, jetzt kannst du Dr. Fulton-Wallace erzählen, was ich anhabe.*

Und damit schloss er mich sehr sanft wieder aus seinem Bewusstsein aus.

Ich habe keine Ahnung, welchen Eindruck ich machte, als der Test beendet war, die Tischtennisbälle von meinen Augen und der Kopfhörer von meinen Ohren genommen wurden, aber Dr. Fulton-Wallace schien besorgt. »Hast du dich unwohl gefühlt, weil du aufgehört hast zu reden?«, fragte sie.

Ich versicherte, dass es mir gut gehe. Ich war nur ein wenig verwirrt und seltsam müde nach einer so geringen Anstrengung. Wie er es mir aufgetragen hatte, sagte ich ihr: »Ich soll Ihnen erzählen, was er anhat.«

Sie war gerade dabei, das Kabel des Kopfhörers ordentlich aufzurollen, und hielt abrupt inne. »Wie bitte? Was wer anhat?«

»Rob. Der in dem anderen Raum.«

Sie legte den Kopfhörer hin und wechselte einen schnellen Blick mit ihrem Assistenten, bevor sie mir ihre volle Aufmerksamkeit widmete. »Und? Was hat er an?«

Ich beschrieb die Kleidung, die ich gesehen hatte, und auch den Siegelring. Sie machte eilig ein paar Notizen, dann nahm sie ihr Handy und wählte eine Nummer. »George? Ich bin's, Keary. Wen hast du heute ausgewählt? Oh, danke. Und was hat er an?« Sie schwieg einen Moment und hörte sich an, was ihr Kollege darauf sagte. »Ja, das ist witzig, aber mein Interesse ist rein professionell. Sag mir einfach, was er anhat.«

Während sie zuhörte, konnte ich sehen, wie sich das Lächeln auf ihrem Gesicht in Ungläubigkeit wandelte. Sie sagte: »Tu mir einen Gefallen und fotografier ihn, ja? Ja, ja, sehr witzig. Aber bitte mach das Foto. Danke.«

Sie schüttelte den Kopf, als sie auflegte, aber der Ton ihrer Stimme klang bewundernd. »Dieser Schuft!«, sagte sie.

Es sollte noch zwei Wochen dauern, bis ich Rob zum ersten Mal persönlich begegnete. Ich war unterwegs nach Süden, um das Wochenende zu Hause zu verbringen, als der Zug kurz hinter dem Waverly-Bahnhof überraschend anhielt.

In der allgemeinen Verwirrung, die folgte, sagte die ältere Dame, die auf dem Fenstersitz neben mir saß, mit einem Blick nach draußen: »Ich hoffe, es hat keinen Unfall gegeben.«

Ich beruhigte sie: »Es ist sicher nichts Schlimmes.«

»Es liegt nur etwas auf den Schienen«, erklärte der junge Mann, der uns schräg gegenübersaß, mit ruhiger, sicherer Stimme. »Wird nicht lange dauern.«

Es überraschte mich, dass ich ihn nicht eher bemerkt hatte. Normalerweise fielen mir beachtenswerte gut aussehende Männer immer auf. Außerdem hatte er ein Buch in der Hand, und lesende Männer entgingen eigentlich nie meiner Aufmerksamkeit.

Er sah uns freundlich an und widmete sich dann wieder seinem Buch. *Dead Zone – Das Attentat* von Stephen King. Ich hielt den Atem an. Die Geschichte eines Mannes, der in die Zukunft der Menschen sehen konnte, die er berührte. Das Gegenteil von dem, wozu ich in der Lage war, dennoch kam es meinen Fähigkeiten sehr nahe.

Dem jungen Mann schien zu gefallen, was er las. Er war offensichtlich gefangen von der Lektüre und hielt den Kopf gesenkt, sodass ihm eine Strähne seines dunklen Haars in die Augen hing. Seine in Jeans gekleideten Beine hatte er, soweit es in dem beengten Bereich möglich war, ausgestreckt, einer seiner Füße ragte leicht in den Gang. Er trug schwarze Doc-Martens-Stiefel, und als ich sie sah, war mein erster spontaner Gedanke: *Wär doch toll, wenn es Rob wäre.*

Der Gedanke hing einen Moment in der Luft, dann hob er unglaublicherweise den Blick, sah mich an und grinste – und ich wurde rot wie eine Tomate.

»Ich heiße Rob McMorran«, sagte er, senkte sein Buch erneut, mit dem Daumen auf der Seite, die er gerade gelesen hatte, und streckte mir seine Hand mit dem schmalen Siegelring am kleinen Finger entgegen.

Ich wappnete mich mit allen Verteidigungsmechanismen, die mir zur Verfügung standen, dann schüttelte ich ihm so kurz wie möglich die Hand. »Ich bin Nicola Marter.«

Und so begann es. Als der Zug sich wieder in Bewegung setzte, hatte ich erfahren, dass er seit sechs Jahren bei der Polizei arbeitete und nicht in Edinburgh lebte, sondern in Eyemouth in den Borders, dass er meistens mit dem Auto fuhr und nur, weil er vor zwei Tagen eine Panne hatte, diesmal den Zug genommen hatte, was ein wenig umständlich war, weil er nicht in Eyemouth hielt. »Der am nächsten liegende Bahnhof ist Berwick«, erklärte er, »in England, und dann muss ich ein Taxi nehmen und wieder nach Schottland zurückfahren.«

»Zum Glück wird an der Grenze ja nicht so streng kontrolliert«, tröstete ich ihn.

»Leider«, entgegnete er trocken, aber in seinen Augen blitzte der Schalk. »Denn die Engländer machen uns nur Probleme.«

»Das stimmt nicht. Wir sind wunderbare Menschen.«

»Ach so. Willst du es beweisen? Dann gib mir mal dein Handy.«

»Wie bitte?«

Er hielt mir seine Hand hin und erklärte: »Könntest du mir kurz dein Handy leihen? Meins funktioniert nicht.«

»Oh.« Ich gab ihm das Handy, und Rob wählte eine Nummer, woraufhin es in einer seiner Taschen klingelte. Er brach den Anruf ab und gab mir in aller Ruhe das Telefon zurück. »Danke dir.«

»Eine raffinierte Art, an meine Nummer zu kommen.«

»Was?«

»Du hättest einfach danach fragen können.«

Er sah mich unschuldig an und sagte: »Ich habe keine Ahnung, wovon du sprichst.«

Mit einem Blick in seine Augen konnte ich nur bestätigen, was Dr. Fulton-Wallace gesagt hatte: Er war ein Schuft. Trotzdem tat es mir leid, als er in Berwick ausstieg.

Etwa zehn Meilen danach hatte mein Handy den Eingang einer SMS gemeldet: *Ich habe die Grenzkontrollen überstanden. Wo steckst du?*

Den ganzen restlichen Weg nach London über schickten wir uns Nachrichten hin und her. Später hatte ich ihn gefragt, warum er sich die Mühe gemacht hatte, all diese Nachrichten zu tippen, obwohl er doch einfach meine Gedanken hätte lesen können. Schließlich war er dazu in der Lage.

Er hatte erklärt: »Damals warst du noch nicht so weit.«

Ich hatte nach seiner Hand gegriffen und gesagt: »Jetzt bin ich es.«

Aber ich hatte mich geirrt.

Ich legte Robs Uhr zurück auf das Regal neben dem Kopfkissen, kuschelte mich in die Decke und starrte in die Dunkelheit.

Ich wollte nicht an das denken, was danach passiert war, an jenem Abend, nachdem ich ihm die Uhr gekauft hatte, nachdem wir Hand in Hand im Licht der Straßenlaternen über die regennasse Straße gegangen waren. Ich hatte mir diesen Abend oft genug in Erinnerung gerufen, bis ich ihn wie einen Film abspulen konnte und dann das Gefühl hatte, wieder dort zu sein, in der feuchten Luft, der Kälte, die mich dankbar für Robs Wärme an meiner Seite sein ließ, als er die Tür des Pubs für mich aufhielt.

Im Pub war es voll, aber nach einer Weile fanden wir zwei Barhocker nebeneinander, und als etwas später Dr. Fulton-Wallace auftauchte, überließ Rob ihr seinen Hocker und stellte sich hinter uns, nah an meiner Schulter, sodass wir miteinander reden konnten.

»Danke, dass ihr gekommen seid«, sagte sie und kam zum

Punkt: »Ich habe mir eure Ergebnisse bei der letzten Psychometrie-Studie angesehen und möchte euch um Erlaubnis bitten, euch filmen zu dürfen.«

»Aha. Warum?«, fragte Rob.

»Ich mache das inzwischen seit zwanzig Jahren, und bisher ist mir niemand begegnet, der das kann, wozu du in der Lage bist, Rob. Und ihr beiden gemeinsam – ich denke, es würde der Wissenschaft viel bringen, wenn wir das festhalten würden.«

Ich fühlte einen Stich im Magen.

Rob sagte: »Ich muss mir so etwas bei der Polizei genehmigen lassen; wir haben Vorschriften über solche Dinge wie in Filmen mitzuwirken, die vor Publikum gezeigt werden, aber ich frage gern nach, wenn Sie mir genau sagen, wie das ablaufen soll.«

An dem Gespräch, das dann folgte, nahm ich so gut wie nicht teil. Wenn es Rob auffiel, ließ er es sich nicht anmerken, er redete genug für uns beide. Und Dr. Fulton-Wallace war zu sehr mit den Einzelheiten ihres Projekts beschäftigt und mit dem, was es bewirken könnte, dass sie sich von meinem Schweigen nicht ablenken ließ.

Der große Mann hinter ihr, der kurz zuvor noch mit seinen Kumpels geredet und gescherzt hatte, war ebenfalls still geworden und hatte sich weiter zu uns herübergelehnt, als wolle er hören, was sie sagte. Und als Dr. Fulton-Wallace ausgetrunken, sich bei uns bedankt, uns eine gute Nacht gewünscht hatte und gegangen war, ließ er ein paar blöde, vom Whisky befeuerte Kommentare los, die seine Freunde urkomisch fanden.

»Habt ihr in euerm Leben schon mal eine größere Scheiße gehört?«, fragte er sie, und alle verneinten. Dann sagte er lauter, sodass alle es hören konnten: »Der Typ hier und seine Freundin können unsere Gedanken lesen.«

»Was für Freaks«, sagte ein schlaksiger junger Mann mit rasiertem Schädel, der neben der Gruppe stand. »Na, dann zeig mal, was du draufhast!« Er trat vor und sah Rob kampflustig an.

»Los, lies meine Gedanken. Sag schon, woran denke ich gerade?«

Rob antwortete ruhig, ohne auf die Blicke zu achten, die wir auf uns zogen: »Du willst eine Schlägerei provozieren.«

Der große Mann versuchte, Rob zu reizen: »Und gibt es eine Schlägerei?«

Rob entgegnete: »Ja, aber ohne mich.« Er legte den Kopf zur Seite, sah ruhig zu dem Mann mit dem rasierten Schädel hinüber, dann sagte er: »Deine Mutter …«

»Jetzt kommt's«, meinte jemand und erntete Gelächter.

Rob achtete nicht darauf und fuhr fort: »Sie wird bald aus dem Krankenhaus entlassen. Und keine Sorge, es war nicht das Herz.«

In der darauf folgenden Stille trank er sein Glas aus, stellte es ab und sah mich an: »Gehen wir?«

Mir war eiskalt, als ich ihm folgte und die Kommentare in unseren Rücken hörte.

Freaks.

Draußen hatte es wieder leicht zu regnen begonnen. Das reflektierende Licht der Straßenlampen und der Autoscheinwerfer floss ineinander wie die Farben eines mit Säure begossenen Bildes, das ich einmal gesehen hatte. Ein wunderschönes Bild, das einfach zerstört wurde.

Es war nicht Robs Schuld, aber ich fuhr ihn an: »Wie konntest du so ruhig bleiben?«

»Ich bin Polizist. Das war nicht das erste Mal, dass mich ein Betrunkener in einem Pub blöd angemacht hat.«

»Nein, ich meine, wenn die Leute flüstern und sagen, dass wir ›anders‹ sind.«

Er zuckte mit den Schultern. »Wir sind ›anders‹.«

»Ich will aber nicht ›anders‹ sein.«

Er sah mich nachdenklich an. »Mh. Aber es ist nun mal so. Oder willst du es ein Leben lang verstecken?«

Ich wusste nicht, was ich darauf antworten sollte. Aber ich war mir sicher, dass ich nicht bei einem Film über meine übernatürlichen Fähigkeiten mitwirken würde, ich würde meine Geheimnisse nicht irgendwelchen fremden und skeptischen Menschen offenbaren, die mir zusahen, mich beurteilten.

Rob hielt mich dort auf der Straße an und drehte mich um, sodass er mir in die Augen sehen konnte. »Die Person zu verstecken, die du wirklich bist, wird dich nicht glücklich machen«, meinte er. »Ich verstecke nie, wer ich bin, was ich bin.«

Freaks.

Ich hatte genickt. Wir sind essen gegangen, dann brachte er mich nach Hause. Und an der Tür, als er mich zum Abschied küsste, hatte er etwas getan, was er noch nie gemacht hatte.

Bis dahin hatte er, immer wenn er mich geküsst hatte, was noch nicht allzu häufig geschehen war, seine Gedanken vor mir verschlossen. Diesmal hatte er absichtlich auf diese Mauer verzichtet. Seine Gefühle drangen mit aller Macht in mich ein, eine Flut an Empfindungen, die mich erfasste und herumwirbelte wie ein wilder Fluss und die mir den Atem nahmen, sodass ich, als er seine Lippen von meinen löste, den Eindruck hatte, beinah ertrunken zu sein.

Damals dachte ich, er wollte mir zeigen, wie es mit uns sein könnte, wenn ich meine Zurückhaltung aufgab. Doch jetzt, im Nachhinein, war ich mir sicher, dass Rob bereits wusste, was passieren würde, was heißt, dass sein Kuss eine andere Bedeutung hatte, wenn ich auch nicht weiß, welche. Vielleicht war es ein Abschiedskuss.

Laut hatte er nur gesagt: »Wir sehen uns.«

»Ja, am Montag«, hatte ich entgegnet.

Aber dazu war es nicht gekommen. Nachdem ich die Tür hinter ihm geschlossen hatte, war ich die Treppe hinaufgerannt und weggelaufen. Weg von ihm.

KAPITEL 7

»Du bist so still heute Morgen«, sagte Rob. Er saß am Steuer, den Blick auf der Straße, als er an der Old Craighall Junction Richtung Edinburgh fuhr. Es war kurz nach neun, und der Verkehr ließ ein bisschen nach, aber immer noch waren viele Lastwagen unterwegs. Er war selbst ziemlich ruhig gewesen.

Ich entgegnete: »Ich muss all meine Energie darauf konzentrieren zu verdauen, was ich alles zum Frühstück gegessen habe. Deine Mutter hätte mich ohne ein fürstliches Mahl nicht gehen lassen.«

»Stimmt. So ist sie. Hat sie dir Porridge gemacht?«

»Hat sie. In den nächsten Tagen brauche ich nichts mehr zu essen.« Außerdem hatte sie mir eine zusätzliche Bluse mitgegeben, falls meine schmutzig werden würde, und mir eine schicke Jeansjacke geliehen, falls ich frieren sollte. Ich hatte sie bereits an. »Ich mag deine Mutter«, sagte ich.

Rob stimmte zu, dass man sie einfach mögen musste.

»Und dein Vater ist sehr charmant.«

»Das findet er auch.« Rob lächelte leicht, aber er ließ sich nicht ablenken. Er warf mir einen Blick zu. »Hast du nicht gut geschlafen?«

»Doch. Gibt es Pferde auf euerm Grundstück?«, fragte ich.

»Ja und nein.« Seine Mundwinkel zuckten, als er erklärte: »Du hast die Geisterpferde gehört. Sie gehören zu dem Grundstück wie der Wachposten.«

»Oh.« Ich hatte nicht gewusst, dass Pferde Geister hatten. »Kannst du sie sehen?«

»Manchmal.«

Ich blickte aus dem Fenster, sah die Welt vorbeiziehen

und fragte mich, was Rob dort wohl sehen konnte und ich nicht.

»So«, sagte er dann, »erklär mir, was ich für dich in Dundee tun soll.«

Ich erzählte ihm, wie ich Margaret Ross kennengelernt hatte, wie ich den Feuervogel in den Händen gehalten und was ich gesehen hatte. Und ich berichtete ihm, was ich gesehen hatte, als ich ihr Tuch in den Händen gehalten hatte. Na ja, nicht alles. Nicht, was ich über ihren Besuch beim Arzt wusste, denn ich wollte ihre Privatsphäre nicht verletzen, aber von ihrer Einsamkeit und dem Reiseprospekt. »Es ist so ungerecht«, sagte ich. »Sie hat ihr ganzes Leben lang anderen geholfen und selbst auf alles verzichtet, und an dieser Kreuzfahrt hängt ihr Herz.« Es berührte mich mehr, als es vielleicht hätte tun sollen. Ich senkte den Kopf. »Die Sache ist, dass sie all die Zeit über gedacht hat, diese Skulptur sei wertvoll. Und sie ist wertvoll, wenn sich beweisen lässt, woher sie stammt.«

Er sah mich an. »Und du könntet es beweisen?«

»Ich habe gedacht, wenn ich sie noch einmal in die Hand nehmen, es ernsthaft versuchen würde, dann könnte ich möglicherweise etwas sehen, was weiterhilft. Nächste Woche reise ich nach St. Petersburg, dorthin, wo ihre Vorfahrin gelebt hat. Ich dachte nur …« Ich brach ab, denn auf einmal fühlte ich mich lächerlich. Erschöpft rieb ich mir über die Stirn und gestand: »Ehrlich gesagt habe ich keine Ahnung, was ich gedacht habe.«

»Du hattest den Wunsch zu helfen. An deiner Stelle hätte ich das Gleiche getan.«

»Nein«, entgegnete ich. »Du an meiner Stelle hättest den Feuervogel genommen und sofort alles gewusst, ohne dich anstrengen zu müssen. Ich bin nicht so gut. Du schon.«

Er nickte, als hätte er ein passendes Teil eines Puzzles gefunden. »Deswegen bist du gestern bei Dr. Fulton-Wallace gewesen. Du hattest Zweifel.«

»Und sie hat sie bestätigt.«

Wir erreichten nun die Glasgow Road, und für einen Moment musste sich Rob aufs Fahren konzentrieren, aber ich hatte den Eindruck, dass er mir mehrere Dinge sagen wollte. Am Ende meinte er jedoch nur: »Okay. Wie willst du nun vorgehen?«

»Ich werde Margaret Ross das Tuch zurückbringen.«

»Und sie wird dich für verrückt halten, dass du dafür die lange Reise gemacht hast.«

»Wahrscheinlich.«

»Und dann?«

»Dann stelle ich dich als einen Kollegen vor, einen Spezialisten, der vielleicht mehr über den Feuervogel sagen kann. Du nimmst ihn in die Hand, und nachher erzählst du mir, was du gesehen hast, und ich versuche, in St. Petersburg die Bestätigung dafür zu finden.«

Er dachte eine Weile darüber nach, dann nickte er und sagte: »Klingt plausibel. Aber eine Frage noch.«

»Ja?«

»Was bitte ist ein Feuervogel?«

Ich lächelte, nannte die russische Bezeichnung, *zar-ptitsa*, und erklärte: »Der Feuervogel stammt aus dem russischen Volksglauben. Es ist ein Vogel mit Federn, die wie Flammen glühen. Eine einzige Feder kann einen ganzen Raum erhellen, und dort, wo der Vogel eine Feder verliert, wird eine neue künstlerische Tradition entstehen.« Ich war mit den russischen Märchen aufgewachsen, die meine Mutter mir vor dem Einschlafen erzählt hatte, Rob dagegen hatte keine Ahnung davon. So erzählte ich ihm auf unserer Fahrt nach Norden von dem Feuervogel, der die goldenen Äpfel aus dem Garten des Zaren gestohlen und den Zar damit so verärgert hatte, dass er zwei seiner Söhne losschickte, den Vogel einzufangen und zu ihm zu bringen.

»Die beiden stellten sich ziemlich dumm an und hatten kein Glück«, berichtete ich, »aber ihr jüngerer Bruder Ivan wartete im Garten auf den Vogel, und beinah gelang es ihm, ihn zu fangen. Der Vogel verlor eine Feder, bevor er davonflog, und Ivan brachte sie zu seinem Vater. Der Zar war von dieser Feder so bezaubert, dass er nun auch seinen jüngsten Sohn ausschickte, ihm den Vogel zu bringen. So machte sich Ivan auf den Weg und traf den grauen Wolf, der ihm half und zunächst sein Pferd verspeiste …«

»Wieso hat er ihm damit geholfen?«, fragte Rob.

»Stimmt, das war nicht besonders hilfreich, aber alle russischen Volksmärchen haben auch ihre dunklen Seiten. Der Wolf war beeindruckt von Ivans Tapferkeit und beschloss, ihm zu helfen. Also ließ er ihn auf seinem Rücken reiten.«

Rob meinte, wenn der Wolf ein bisschen nachgedacht hätte, wäre ihm aufgefallen, dass es eine dumme Idee war, erst das Pferd zu fressen und dem Jungen nachher seine Hilfe anzubieten. Er sah mich an und sagte dann: »Ist schon gut. Ich halte den Mund. Erzähl weiter.«

»Es war ein magischer Wolf. Er konnte schneller laufen als jedes Pferd. Der Wolf brachte Ivan dahin, wo der Feuervogel in einem goldenen Käfig im Garten eines anderen Zaren lebte. Der Wolf riet ihm: ›Geh und hol den Vogel, aber du darfst auf keinen Fall den Käfig berühren.‹ Aber Ivan hörte nicht auf den Rat. Er berührte den Käfig und wurde gefangen genommen. Der Zar, dem der Feuervogel gehörte, sagte, er werde ihm vergeben, er dürfe den Vogel sogar behalten, wenn er ihm einen Gefallen tue: ›Weit weg von hier lebt ein besonderes Pferd mit einer goldenen Mähne. Wenn du mir dieses Pferd bringst‹, sagte der Zar, ›dann gehört der Feuervogel dir.‹ Also brachte der graue Wolf Ivan zu dem Stall, in dem das Pferd stand. Als sie dort waren, warnte er ihn: ›Geh und hol das Pferd, aber fass sein goldenes Geschirr nicht an.‹«

»Lass mich raten: Ivan hörte wieder nicht auf ihn.«

»Natürlich nicht. Wieder wurde er gefangen genommen, aber der Besitzer des Pferdes sagte ihm, er werde ihm vergeben und er könne das Pferd behalten, wenn er in das ferne Land reise, in dem die schöne Zarentochter Helena lebe, und sie zu ihm bringe …«

Und so ging es weiter, der geduldige Wolf half Ivan, ein Problem nach dem anderen zu lösen, manchmal indem er seine Gestalt wandelte, manchmal indem er gute Ratschläge erteilte, die meistens nicht beachtet wurden. Als Ivan sich zum dritten Mal auf den Boden setzte und heulte, nannte Rob ihn einen Idioten. Und als kurz vor dem Ende der Geschichte Ivans Brüder auftauchten, um ihn zu töten und in Stücke zu schneiden, meinte Rob, das habe er verdient.

»Aber so geht die Geschichte nicht aus«, erklärte ich ihm. »Der Wolf kam wieder und fand den zerstückelten Ivan …«

»Und fraß ihn auf.«

»Nein. Er setzte ihn wieder zusammen, und Ivan ging zum Hof seines Vaters und holte sich alles zurück, was seine Brüder gestohlen hatten: das Pferd mit der goldenen Mähne, die schöne Helena und den Feuervogel.«

»Und was hat der Wolf gekriegt?«, wollte Rob wissen.

»Nichts. Er ging einfach weg.«

Rob sah mich an und richtete den Blick dann wieder auf die Straße.

Ich verkniff mir ein Lächeln und sagte: »Das ist nicht das einzige russische Volksmärchen mit einem Feuervogel, das ich kenne, es gibt noch eins …«

»Kommt Ivan drin vor?«

»Nein. Der Held dieser Geschichte ist ein Schütze mit einem magischen Pferd. Eines Tages sieht dieser Schütze eine Feder auf dem Boden liegen, eine wunderschöne Feder, die wie eine Flamme leuchtet. Natürlich möchte er sie aufheben, aber sein Pferd sagt …«

»Das Pferd spricht?«

»Ich hab ja gesagt, es ist ein magisches Pferd. Hör gefälligst zu. Also, das Pferd sagt: ›Lass die Feder liegen, sie wird dir nur Ärger bringen.‹«

»Natürlich hört er nicht auf das Pferd«, vermutete Rob, aber tapfer ließ er mich das Märchen weitererzählen.

Es unterschied sich kaum von dem ersten. Der Schütze hob die Feder auf und brachte sie dem Zar. Und genau wie Ivan wurde er ausgesandt, den Feuervogel einzufangen und dem Zar zu bringen. Nachdem er das erledigt hatte, wurde er losgeschickt, eine Prinzessin von jenseits des Ozeans zu holen. Aber auf dem Weg verliebte sich der Schütze in die Prinzessin und sie sich in ihn. Obwohl der Schütze sich daraufhin vielen Problemen stellen musste, wie das Pferd vorausgesagt hatte, endete das Märchen, wie es sollte, der Schütze bekam die Prinzessin, und sie lebten glücklich bis an ihr Ende.

»Und zum Dank baute der Schütze für das Pferd einen Stall aus reinem Gold«, beendete ich die Geschichte.

Rob sagte: »Diese Geschichte gefällt mir besser.«

Mir auch.

Eine Weile fuhr Rob schweigend weiter. Dann meinte er: »Trotzdem läuft es bei beiden Geschichten auf das Gleiche hinaus.«

»Wieso?«

»Der Feuervogel verliert eine Feder. Und wenn man dumm genug ist, sie aufzuheben und den Vogel zu jagen, kriegt man richtig Probleme«, fasste er zusammen.

»Und erlebt viele Abenteuer.«

»Stimmt.« Er nickte. »Wohl wahr. Aber was man am Ende bekommt, ist nicht eigentlich das, was man gesucht hat.«

Ich dachte eine Weile darüber nach, während wir uns Dundee über die Tay-Road-Bridge näherten, die den Fluss Tay dort überquerte, wo er in die weite glitzernde See mündete.

Rob fragte: »Wie spät ist es?«

Ich hatte vergessen, dass ich immer noch seine Uhr hatte. Sie war in meiner Tasche, merkte ich, und holte sie heraus. »Fast halb elf.«

Warum hast du sie behalten?, wollte ich ihn fragen, aber er hielt mir die Hand hin, und als ich sie ihm gegeben hatte, befestigte er sie geübt an seinem Handgelenk und erkundigte sich: »Weißt du, wo sie wohnt?«

Ich kannte nur die Adresse, und wir mussten zweimal anhalten, um nach dem Weg zu fragen.

Dundee war eine hübsche Stadt, die auf der sonnigen Südseite eines Hügels lag. Ihr von historischen Steingebäuden geprägter Charakter war durch helle moderne Architektur mit neuer Energie erfüllt worden. Aber in der Straße, in der Margaret Ross wohnte, war nichts davon zu finden. Ihr Haus war das dritte in einer Reihe trist aussehender gleichförmiger Gebäude mit quadratischen Fenstern, Vorgärten hinter einer niedrigen Mauer und einfachen Eisentoren.

Als ich an der Tür klingelte, konnte ich das Heulen eines Staubsaugers in der Wohnung hören. Nach dem zweiten Läuten brach das Geräusch ab, und ich hörte Schritte, die sich langsam, beinah vorsichtig näherten, als sei sie nicht gewohnt, Besuch zu bekommen.

Sie erkannte mich sofort wieder, erinnerte sich aber nicht an meinen Namen, sodass ich mich erneut vorstellte: »Nicola«, sagte ich, »Nicola Marter.«

»Aus London.« Sie war verblüfft.

»Ja.« Ich hielt ihr das sorgfältig gefaltete Tuch hin. »Das haben Sie bei uns vergessen. Ich dachte, Sie vermissen es sicher.«

Das verwirrte sie nur noch mehr. »Sie sind doch nicht den ganzen Weg nach Dundee gefahren, um es mir zurückzugeben, oder?«

Rob, der zwei Schritte hinter mir stand, trat vor und kam mir zu Hilfe: »Sie musste sowieso nach Schottland, und da sie das Tuch nicht der Post anvertrauen wollte, haben wir gedacht, wir halten auf unserem Weg kurz an und geben es Ihnen persönlich.«

Offensichtlich hoffte er, sein schottischer Akzent hätte eine beruhigende Wirkung auf sie, und es schien zu funktionieren. Ich stellte ihn vor, und sie öffnete die Tür nun ganz und bat uns einzutreten.

Rob folgte mir. Er war nicht übermäßig groß, aber in dem engen Eingangsbereich fühlte ich seine Gegenwart besonders stark, und es erleichterte mich, in das nach vorn hinausgehende Zimmer mit der olivgrünen Tapete und dem kalten leeren

Kamin zu treten. Es war nicht der Raum, den ich an dem Nachmittag, an dem ich das Tuch in den Händen gehalten hatte, vor mir gesehen hatte, aber er strahlte die gleiche deprimierende Atmosphäre aus, so wie sich ein Mädchen auf einer Party fühlte, das allein an der Wand stand und den anderen beim Tanzen zusah.

Margaret bot mir an, auf einem harten, ungemütlichen Stuhl neben dem Fenster Platz zu nehmen, dann fragte sie Rob: »Arbeiten Sie auch in der Kunstbranche?«

Er antwortete: »Ja, hin und wieder. Ich bin Archäologe und beschäftige mich mit der Herkunft von Kunstgegenständen.«

Ich sah ihn an, konnte aber kein Anzeichen erkennen, das verriet, dass er log. Nun war ich wieder dran. Ich wandte mich an Margaret und sagte: »Dabei fällt mir ein: Vielleicht könnte Rob Ihnen dabei weiterhelfen, mehr über Ihren Feuervogel herauszufinden. Er ist wirklich sehr bewandert.« Als wäre ich tatsächlich gerade erst auf den Gedanken gekommen, erklärte ich Rob: »Miss Ross hat eine Holzskulptur, die seit Generationen ihrer Familie gehört, und versucht, deren Herkunft nachzuweisen.«

Rob meinte, er würde sie sich gern einmal ansehen, doch Margaret schüttelte den Kopf.

»Das ist sehr nett von Ihnen, aber es ist nicht nötig. Mein Nachbar, Archie, hat mich vom Zug abgeholt, als ich nach dem Besuch bei Ihnen, Miss Marter, aus London zurückgekommen bin, und er meinte …« Offensichtlich war es ihr peinlich. »Also, er meinte, dass ich mich nicht auf das Urteil einer Person verlassen sollte, dass Mr. St.-Croix sich vielleicht irrt. Archie kennt einen Mann in Inverness, der in Russland gelebt hat, und er hat angeboten, ihm den Feuervogel mal zu zeigen. Archies Tochter lebt in Inverness, und er wollte sie sowieso besuchen«, erklärte sie. »Heute Morgen ist er gefahren.«

Ich versuchte, das zu verarbeiten. »Und er hat die Skulptur mitgenommen?«

»Ja. In drei Wochen bringt er sie wieder zurück«, sagte sie, an

Rob gewandt, »wenn Sie dann noch mal hier vorbeikommen, können Sie sie sich gern ansehen.«

»Das würde ich sogar sehr gern.«

Sie bestand darauf, Tee für uns zu machen, und servierte Scones dazu, die so locker und frisch waren, dass sie dem Gewicht der Butter kaum standhalten konnten. Ich schluckte meine Enttäuschung hinunter, und in Erinnerung an die Einsamkeit, die ich mit ihrem Tuch in den Händen gefühlt hatte, tat ich mein Bestes, um den Besuch ein wenig auszudehnen und möglichst angeregt mit ihr zu plaudern.

Rob unterstützte mich. »Sie mögen Krimis«, bemerkte er mit einem Blick auf das Regal neben seinem Stuhl, das voll von Büchern mit buntem altmodischem Einband war.

Sie lächelte und erklärte: »Sie haben meinem Vater gehört. Er hat Krimis geliebt. Und Spionageromane. Vor allem James Bond.«

»Tatsächlich.«

Während Rob sich die Bücher genauer ansah, nickte ich zu einer gerahmten Zeichnung an der gegenüberliegenden Wand hinüber. »Was für ein schönes Bild. Befindet sich diese Burgruine hier in der Nähe?«

»Nein, nein. Das ist *New Slains Castle* oben im Norden, in der Nähe von Cruden Bay. Meine Mutter wurde dort geboren. Ihre Familie hat lange dort gelebt, bis zurück zu jener Anna, die den Feuervogel aus Russland mitbrachte.«

Rob ging zu der Zeichnung hinüber, um sie näher zu betrachten. Er legte den Kopf schief und fragte: »Cruden Bay? Wo genau ist das?«

»Etwas nördlich von Aberdeen. Eine gute Gegend zum Golfspielen. Spielen Sie Golf?«

Rob hörte höflich zu, als sie weitersprach, aber ich sah, dass sein Blick immer wieder auf die Zeichnung fiel, und obwohl er es sich nicht anmerken ließ, fühlte ich, wie er unruhig wurde.

Zwanzig Minuten später stellte ich meine leere Teetasse auf

den Tisch, lächelte und sagte dankend zu Margaret: »Leider müssen wir jetzt aufbrechen.«

Sie stand auf, begleitete uns zur Tür und bedankte sich, dass ich ihr das Tuch zurückgebracht hatte. »Ich habe mir ein solches Tuch immer gewünscht, so ein Designerstück«, gestand sie. »Völlig verrückt, dafür so viel Geld auszugeben.«

»Ach, ich weiß nicht«, entgegnete ich lächelnd. »Ab und zu muss man sich etwas gönnen, denke ich.«

Sie stand dort in der Tür ihres tristen Reihenhauses und lächelte traurig zurück: »Ja, vielleicht muss man das«, meinte sie.

Ich hätte besser geschwiegen, um ihr keine vergeblichen Hoffnungen zu machen, aber ich wünschte mir so sehr, ihr etwas zu geben, woran sie sich festhalten konnte, also erzählte ich ihr: »Ich fahre in Kürze dienstlich nach St. Petersburg. Vielleicht kann ich etwas über Zarin Katharina I. und die Briten, die damals dort lebten, herausfinden.«

Ein kurzer Hoffnungsschimmer flackerte in ihren Augen auf, und ich glaubte, das Richtige getan zu haben. Doch später, als Rob und ich wieder im Auto saßen und davonfuhren, war ich mir nicht mehr so sicher, ob ich ihr damit wirklich einen Gefallen getan hatte. Ich grübelte noch darüber nach, als Rob mit ruhiger Stimme, als sei er selbst in Gedanken, sagte: »Du weißt, dass sie nicht mehr lange zu leben hat.«

»Ja, ich weiß«, antwortete ich und sah aus dem Fenster.

»Diese Kreuzfahrt, die sie machen wollte. Wann …?«

»Im März. Sechzig Tage, eine Weltreise.« Eine Welt, von der Margaret im Gefängnis ihres Hauses bisher nur geträumt hatte.

Wir hatten die Ringstraße erreicht, die zurück zur Tay Road Bridge führte, und direkt vor uns erhoben sich die Masten eines alten Schiffes über dem Wasser: die *RSS Discovery*, heute ein Museumsschiff, mit der Scott und Shackleton einst ihre erste Forschungsreise zum Südpol unternommen hatten und die zwei Jahre lang im Eis festgefroren lag, während die Besatzung an Land den Südpol nie erreicht hatte.

Wir ließen das Schiff hinter uns, erreichten die Auffahrt zur Tay Road Bridge und fuhren auch daran vorbei. Ich blickte zu Rob hinüber.

Er sah mich an. »Ein schöner Tag heute«, meinte er und schaute in den Himmel, bevor er seinen Blick wieder auf die Straße richtete. »Pünktlich zum Tee könnten wir in Cruden Bay sein.«

»Cruden Bay.« Ich hatte mich also nicht getäuscht, was sein Interesse an der Zeichnung anging.

»Na ja, da der Feuervogel nach Inverness gereist ist, dachte ich, wir könnten anderswo nach den Informationen suchen, die du brauchst.«

»Ach so. Und was ist in Cruden Bay?«

Er steuerte den Ford durch einen weiteren Kreisverkehr und nahm die Ausfahrt Richtung Norden, bevor er antwortete: »*Slains Castle.*«

KAPITEL 8

Die Sonne verschwand, als wir nördlich von Aberdeen den Fluss Ythan überquerten, und nur Minuten später begann es zu regnen. Zunächst nur leicht, aber unablässig. Die Straße, der wir folgten, führte die Küste entlang, aber die Wetteränderung hatte das Licht gedämpft, und die grauen Wolken hingen so tief, dass kaum ein Unterschied zwischen Himmel und Wasser auszumachen war.

Rob sah mit leichtem Stirnrunzeln nach vorn, und ich wusste, dass er nach der gezackten Silhouette der Burgruine Ausschau hielt, die wir auf der Zeichnung an Margaret Ross' Zimmerwand gesehen hatten.

Ich fragte: »Was hast du gespürt, als du die Ruine gesehen hast?«

Er wusste nicht, wie er es sagen sollte. »Es war wie …« Er atmete aus, suchte nach Worten. »Es war, als zerre etwas an meiner Schläfe, weißt du, um meine Aufmerksamkeit zu erhalten. Es fühlt sich an, als müsste ich einfach herkommen und nachsehen.«

»Soweit du hier überhaupt etwas sehen kannst.« Ich blickte zweifelnd zwischen den Scheibenwischern hindurch, die das Wasser kaum wegwischen konnten. »Es wird immer schlimmer.«

Rob musste langsamer fahren, weil er so gut wie nichts mehr erkennen konnte, und als wir den Rand von Cruden Bay erreichten, musste er zugeben, dass, selbst wenn wir die Burg finden sollten, es bei diesem Wetter unmöglich war, sie zu besichtigen. Nicht dass es etwas ausgemacht hätte.

Ich hatte meine Tagesplanung bereits an diesen Ausflug in

den hohen Norden angepasst. Es war unmöglich, dass ich an diesem Tag noch einen Zug nach London nehmen konnte. Und es war genauso unmöglich, dass wir nach der Strecke, die wir zurückgelegt hatten, die Burg besichtigen und gleich wieder zurückfahren konnten, egal, ob es regnete oder nicht. Wir mussten uns also nach einem Quartier für die Nacht umsehen.

Das war mir klar gewesen, als wir von Dundee aus nach Norden gefahren waren. Logisch. Aber nun war es unausweichlich.

»Rob«, sagte ich.

»Ja.«

»Es tut mir leid, dass ich dich da mit reingezogen habe.«

Sein Stirnrunzeln glättete sich leicht, aber er nahm den Blick nicht von der Straße. »Ich bin freiwillig mitgekommen.«

»Nach Dundee. Aber nicht auf einen kompletten Wochenendausflug.« Ich versuchte erneut, durch die hektischen Scheibenwischer hindurch etwas zu sehen. »Margaret meinte, man könne hier Golf spielen, was bedeutet, dass es ein paar Hotels geben müsste.«

Rob lenkte den Wagen auf einen kleinen Parkplatz, der auf beiden Seiten von hohen Hecken begrenzt wurde und vorn von etwas, das durch die Wassermassen wie die verschwommene Silhouette einer Gaststätte wirkte. Er machte den Motor aus und streckte die Schultern, als er sich zurück in den Sitz lehnte. »Wie wär's mit diesem?«

Durchs Fenster konnte ich gerade das Schild erkennen: *St Olaf Hotel.*

»Sieht doch gut aus«, meinte ich.

Rob hielt seine Jacke schützend über unsere Köpfe, während wir über den wassertriefenden Kies zur Tür auf der anderen Seite rannten, aber der Wind blies von der Seite, sodass der Regen uns trotzdem voll erwischte, und als wir durch den Eingang stürzten und die Tür hinter uns schlossen, war ich völlig durchnässt.

Der schmale Eingangsbereich, der mit den holzgetäfelten

Wänden, den Teppichen und dem kleinen Empfangstresen eine warme Eleganz ausstrahlte, diente offensichtlich gleichzeitig als Rezeption. Offene Türen auf beiden Seiten führten einerseits in den Frühstücksraum, andererseits ins Restaurant, und weiter hinten ging eine Treppe nach oben in den ersten Stock.

Eine dunkelhaarige Frau mit freundlichen Augen begrüßte uns.

Wir hatten Glück, es gab ein freies Zimmer.

»Nur eins?«, fragte ich.

»Ja.« Nach einem Blick auf Rob sah sie mich an, als wundere sie sich, wie ich auch nur daran denken konnte, allein zu schlafen. »Aber mit zwei Einzelbetten.«

Es war ein geräumiges Zimmer, in Burgund, Weiß und entspannendem Grün gehalten. Auf der einen Seite füllte ein dunkler Schrank mit Spiegel die Wand, auf der anderen Seite nahm ein hübsches Fenster die Hälfte der anderen Wand ein. Ich legte meine Handtasche und die geborgte Jacke auf das kleinere Bett, sodass Rob es nicht aus Höflichkeit für sich beanspruchen konnte. Er war größer als ich und würde in dem breiteren Doppelbett besser schlafen.

Im diesem Moment stand er am Fenster und sah hinaus. Der Blick war von Regen und Nebel verhangen, aber ich konnte unterhalb der Dünen die grüne Fläche von dem ausmachen, was wohl ein Golfplatz sein musste, im Norden und Süden von nur schwach sichtbaren Landspitzen begrenzt.

Sein Blick war nach Norden gerichtet, und ich konnte erneut die Ungeduld und die Unruhe spüren, die ihn erfasst hatten.

»Du willst da doch nicht rausgehen, oder?«, fragte ich und nickte zum Fenster hin.

Er wandte sich um, als hätte er vergessen, dass ich auch noch da war, und ich sah, wie sich seine Schultern entspannten, sein Mund sich leicht verzog. »Ich könnte es versuchen. Die Burg ist gleich da drüben.«

Ich konnte sie nicht sehen. »Wo?«

Er schloss kurz die Augen und sandte mir das Bild: eine hoch aufragende Ruine aus rötlichem Stein, die sich direkt über den seegepeitschten Felsen erhob.

Mit einem Schaudern verbannte ich sie aus meinen Gedanken. »Alles klar. Aber ich möchte nicht deiner Mutter erklären müssen, dass du über die Klippen in den Tod gestürzt bist. Also vergiss es.«

Sein Mund verzog sich in leichter Enttäuschung, aber er bestand nicht darauf. Ich schlug vor, zum Abendessen hinunterzugehen.

»Unten stand, dass die Küche ab fünf Uhr nachmittags geöffnet ist, und ich sterbe vor Hunger«, erklärte ich.

Der Speiseraum des *St Olaf Hotel* strahlte eine angenehme Wärme aus: dunkles Holz, ansonsten in Rot- und Goldtönen gehalten, glänzendes Messing am Kamin und eine hohe stuckverzierte Decke. Am einen Ende des langen Raums befand sich die Bar mit Flaschen aus geschliffenem Glas darin, und am anderen Ende bildete ein nach außen vorstehendes Bogenfenster eine Nische, die gerade groß genug für einen Tisch war. Spiegel reflektierten das weiche Licht der Lampen, und an den Wänden hingen Bilder in antiken Rahmen.

Als ich sah, wie Rob die Karte mit den Tagesspezialitäten studierte, sagte ich: »Ich bezahle, also bestell dir, was immer du möchtest.«

»Kommt gar nicht infrage. Schließlich war es meine Idee, hier raufzufahren.«

»Ich bezahle.«

Er zuckte mit den Schultern und überließ mir die Platzwahl. »Na gut, aber ich bin nicht billig. Als Erstes hätte ich gern das Lendensteak mit den Pilzen in Backteig.«

Das Essen war wunderbar. Ich bestellte Kartoffelecken mit Brie überbacken, außerdem knusprig gebratenen Schellfisch und dazu Weißwein, der mich von innen her derartig wärmte, dass ich aufhörte, mir über den weiterhin vom Sturm gegen das Fenster gepeitschten Regen Gedanken zu machen.

»Das hört bald auf«, informierte uns die Kellnerin mit Überzeugung. »Für morgen früh ist Sonne vorhergesagt.« Sie nahm unsere leeren Teller vom Tisch. »Sind Sie zum Golfspielen hier?«

Ich schüttelte den Kopf. »Wir möchten die Burg besichtigen.«

Sie versicherte, dass es sich lohne. »Es gibt einen Zaun, aber das ist kein Problem, der ist an manchen Stellen runtergetreten.«

»Einen Zaun?«, fragte ich.

»Ja. *Slains Castle* ist komplett umzäunt. Es ist in Privatbesitz, und es gibt Pläne, es in Ferienwohnungen umzuwandeln.«

Ich erinnerte mich nicht an einen Zaun auf dem Bild, das Rob mir von der großen Ruine am Rand der Klippen gesendet hatte, aber Ferienwohnungen so nah am Abgrund schienen mir nicht gerade sicher.

»Bis zum letzten Jahrhundert war die Burg völlig intakt«, erzählte die Kellnerin, als ich es aussprach. »Es gibt ein Bild, wie sie in den 1920er-Jahren aussah, bevor der Graf von Erroll sie verkaufte. Der neue Eigentümer hat sie dann ausgeräumt und das Dach entfernt, um keine Steuern bezahlen zu müssen. So wurde sie zur Ruine.«

»Oh«, war alles, was mir dazu einfiel.

»Wenn Sie mehr über die Geschichte der Burg wissen möchten: Es gibt einen Autor hier, der ein Buch darüber geschrieben hat, das man überall in den Läden kaufen kann«, erklärte sie stolz.

Rob kehrte von dem Ort zurück, an den seine Gedanken ihn geführt hatten, und fragte: »Was ist auf diesem Bild dargestellt?«

Sie folgte seinem Blick zu einer großen gerahmten Fotografie, die direkt über meinem Kopf hing.

»Das sind die *Bullers of Buchan*. Es lohnt sich, dorthin zu gehen, wenn Sie immer noch vorhaben, morgen früh die Küste entlangzuwandern.« Das, was auf dem Bild zu sehen war, sah aus wie eine Grotte, aber oben offen, sodass die See direkt unter dem Himmel lag.

Ich sah, dass Robs Blick noch mehrfach zu dem Bild wanderte, während wir Tee tranken und uns einen Nachtisch teilten, Karamellpudding, der verführerisch in Sahne schwamm.

Schließlich fragte ich ihn: »Was siehst du dort?«

Er schaute noch einmal hinauf, bevor er zugab, dass er es nicht wusste. »Es ist irgendwie unklar. Aber ich bin auch nicht richtig in Form.« Er unterdrückte ein Gähnen. »Wir sollten es uns morgen ansehen, wenn uns die Zeit bleibt.«

Der letzte Teil des Satzes erinnerte mich daran, dass Rob nicht frei über seine Zeit verfügen konnte. Ich arbeitete an den Wochenenden nicht, aber Rob mit seinem Job bei der Polizei und als Besatzungsmitglied des Rettungsbootes konnte das sicher nicht von sich behaupten.

»Ich habe morgen frei«, beruhigte er mich, bevor ich etwas sagen konnte, »aber wenn du nicht mit dem Nachtzug nach London fahren willst, geht der letzte Zug von Edinburgh am frühen Abend, und von hier aus sind wir vorher noch etwa vier Stunden mit dem Auto unterwegs.«

Was bedeutete, dass wir im Grunde nur den Morgen über Zeit hatten, uns in der Gegend umzusehen. Und wenn wir auch den nächsten Tag wieder früh beginnen wollten, sollten wir wohl besser nicht so spät zu Bett gehen. Ich nahm Blickkontakt mit der Kellnerin auf, aber als ich nach der Rechnung fragte, meinte sie: »Ich setze es einfach mit aufs Zimmer. Welche Nummer haben Sie?«

»Zimmer vier«, sagte ich.

»Oh, dann können Sie von Ihrem Fenster aus die Burg sehen, wenn die Sonne rauskommt.«

Rob musste nicht auf die Sonne warten, um die Burg zu sehen.

Oben im Zimmer angekommen ging er sofort wieder zum Fenster hinüber, wobei ich an seinem zerstreuten Blick bereits erkennen konnte, dass er mit seinen Gedanken weit weg war.

Als ich als Erste ins Bad ging, sah es nicht so aus, als ob sich sein Zustand bald ändern würde, aber zurück im Zimmer stellte ich fest, dass er meine Sachen zu dem größeren Bett hinübergebracht hatte und selbst lang ausgestreckt auf dem schmaleren Bett lag, mit geschlossenen Augen und ruhig atmend.

So hatte ich ihn noch nie gesehen; niemals hatte ich ihn beim Schlafen betrachtet. Unsere Beziehung war noch nicht so weit gediehen, als ich damals geflohen war, daher konnte ich nicht anders, als ihn nun anzustarren. Im Schlaf sah er sogar noch besser aus als sonst. Meine Brüder wirkten in meinen Augen viel jungenhafter, wenn sie schliefen, Rob aber war jeden Zentimeter ein Mann, wobei die charakteristischen Merkmale seines Körpers in der Entspannung noch stärker hervortraten. Als ich eine Decke von meinem Bett nahm, um sie über ihn zu legen, tat ich das mehr aus Gründen des Selbstschutzes als aus Sorge, ihm könne kalt werden. Ich wusste, ich würde besser schlafen, wenn ich nicht gezwungen wäre, unablässig zuzusehen, wie sich Robs Brust hob und senkte oder wie seine Hände locker auf seinem flachen muskulösen Bauch lagen.

Vorsichtshalber drehte ich ihm den Rücken zu, als ich mich selbst hinlegte. Aber sogar so konnte ich noch den Rhythmus seines Atems hören, langsam, tief und beruhigend, wie die Wellen, die draußen vor unserem Fenster an die Küste rollten und die mich schließlich in den Schlaf trugen.

Als ich aufwachte, war ich allein im Zimmer.

So wie das Sonnenlicht in das nach Osten hinausgehende Fenster schien, musste es noch früh am Morgen sein, aber Robs Bett war ordentlich gemacht, und beim Umdrehen fand ich die Decke, die ich über ihn gebreitet hatte, um meine Schultern gelegt.

Wie es schien, hatte er schon gefrühstückt. Für mich hatte er ein Scone und eine Banane auf den Nachttisch gelegt. Und eine Nachricht: *Guten Morgen. Komm mir nach, wenn du so weit bist,* stand dort in seiner schwungvollen, schrägen Handschrift.

Es wirkte auf mich mehr wie eine Herausforderung als eine

Bitte, als ich es zum ersten Mal las, und so war es wahrscheinlich auch gemeint, dennoch war es irgendwie auch wohltuend zu wissen, dass ich ihn jederzeit und überall finden konnte. Vorher musste ich nur noch die praktischen Dinge erledigen, wie zu essen, was er mir hingelegt hatte, zu duschen und hinunterzugehen, um die Hotelrechnung zu bezahlen.

Dieselbe Kellnerin, die uns am Vorabend bedient hatte, war nun auch im Frühstücksraum beschäftigt. Sie begrüßte mich fröhlich: »Guten Morgen. Das Wetter ist perfekt für Ihren Ausflug. Nehmen Sie doch am Fenster Platz, ich komme gleich zu Ihnen. Möchten Sie Tee oder Kaffee?«

»Ich möchte nicht frühstücken«, informierte ich sie, »aber vielen Dank. Ich würde gern die Rechnung bezahlen.«

»Nicht nötig, er hat das schon erledigt. Ihr Mann«, fügte sie ergänzend hinzu, als bedürfe es einer Erklärung. »Er hat gleich bezahlt, als er rausgegangen ist, und meinte, Sie wollten früh aufbrechen.«

»Ja, das stimmt.« Ich konnte es ihm nicht vorwerfen. Es hätte mir klar sein müssen, dass er zu sehr Gentleman war, um mich bezahlen zu lassen. Ich lächelte sie an und sagte: »Könnte ich vielleicht doch einen Kaffee haben?«

Als ich schließlich das Hotel verließ, trug ich zwei dampfende Becher zum Mitnehmen, einen mit Kaffee, einen mit Tee, die meine Hände in der morgendlichen Kälte angenehm wärmten. Ich blieb kurz auf dem Kies stehen, hielt mein Gesicht in den Wind, schloss meine Augen und sandte meine Gedanken aus. *Rob?*

Die Antwort war deutlich zu vernehmen. *Hier.*

Ich blickte auf das Spiel der weiß sprudelnden Wellen auf dem in einer langen Kurve ansteigenden Sand und nickte, auch wenn er es nicht sehen konnte. Er war am Strand.

Ich hätte einfach den Golfplatz überqueren können, doch trotz der frühen Morgenstunde hörte ich bereits das typische metallische Klacken des Golfspiels und war nicht scharf darauf, von einem schwungvoll geschlagenen Ball ausgeknockt zu werden, daher wählte ich den langen Weg, die leicht abfallende Straße entlang, neben der ein sprudelnder Bach floss, vorbei an terrassenförmig angeordneten Cottages und Häusern, bis ganz hinunter, wo eine kleine weiße Holzbrücke zu dem breiten sandfarbenen Strand führte.

Ich musste eine Reihe von Dünen umrunden, die wie Hügel vor mir aufragten und mit Strandgras bewachsen waren, das vom Wind niedergedrückt wurde. Rob saß auf einer der Dünen, auf halber Höhe, die gekreuzten Arme auf den angezogenen Knien, den Blick nicht auf die endlose See und den Horizont gerichtet, sondern auf die Wellen, dort, wo sie ans Ufer rollten und nur ein wenig Schaum auf dem Sand hinterließen.

Ich kletterte die Düne hinauf zu ihm hinüber. Es war im tiefen Sand schwerer, als ich dachte, und sah sicher nicht besonders elegant aus, aber Rob war zu abgelenkt, um es zu bemerken. Dennoch rückte er, als ich atemlos bei ihm ankam, auf der ebenen Stelle, auf der er saß, zur Seite, um mir Platz zu machen. Wir befanden uns in einer geschützten Kuhle zwischen dem vom Wind aufgetürmten Sand und dem wogenden Strandgras.

Rob nahm den Becher mit dem inzwischen abgekühlten Tee entgegen. »Danke dir.«

»Bitte.« Ich hielt meinen Kaffeebecher in den Händen und blickte nun ebenfalls auf den Strand hinunter. »Was siehst du?«

»Nur das, was du auch siehst.« Als er den Becher anhob, um einen Schluck zu nehmen, konnte ich sehen, dass seine Mundwinkel sich leicht zu einem Lächeln verzogen. »Aber bevor du gekommen bist, habe ich Margarets Anna gesehen«, berichtete er dann.

Da ich mir nicht sicher war, ob er mich nicht nur necken wollte, fragte ich vorsichtshalber nach: »Wirklich?«

»Absolut wirklich. Direkt dort.« Er nickte zu dem leeren Strand hinunter. »Zuerst hatte ich keine Ahnung, dass sie es war, weißt du? Ich habe die Frau beobachtet.«

Ich konnte ihm nicht mehr folgen. »Welche Frau?«

»Entschuldige.« Ich sah, dass es ihm schwerfiel, seine Gedanken so zu ordnen, dass er es mir erklären konnte.

Er begann damit, dass er, als die Sonne aufging, mit einem drängenden Gefühl der Unruhe erwacht war. Weil er mich nicht stören wollte, hatte er eine Weile dagegen angekämpft, aber schließlich war der Drang, der ihn nach draußen zog, so stark geworden, dass er ohne mich gegangen war.

»Ich habe dir etwas zum Frühstück gebracht.«

»Ja. Hab ich schon gegessen. Vielen Dank.«

»Gern geschehen. Ich habe überlegt, zur Burg hinaufzugehen, um mich schon mal umzusehen«, gestand er.

»Ohne mich?«

»Na ja, wir hätten ja zusammen noch einmal hingehen können. Aber der Drang, den ich verspürte, war übermächtig. Und er führte mich nicht zur Burg, sondern hierhin«, erklärte er.

Ich betrachtete die Dünen, die, abgesehen von uns, völlig menschenleer waren. »Wie hat es sich angefühlt?«

»Ich weiß nicht.« Er zuckte mit den Schultern und ließ Sand zwischen seinen Fingern hindurchrieseln. »Eine Art Sehnsucht, würde ich sagen.

Ich habe es selbst auch leicht gespürt, dachte ich, und merkte, dass ich den Blick in die Ferne gerichtet hatte, dorthin, wo die See den Himmel berührte, als ob es da etwas zu sehen gäbe, worauf ich gewartet hatte. Doch was das hätte sein können, wusste ich nicht.

Rob fuhr fort: »Und dann sah ich die Frau. Sie kam den Hügel dort drüben herunter.« Er zeigte auf die Landspitze am Hafen, links von uns. »Unten angekommen hielt sie einen Moment inne, als müsse sie sich überwinden, weiterzugehen, aber dann kam sie herüber, ging direkt unterhalb von mir vorbei, und ich merkte, was sie war.«

Auch davon hatte ich etwas gespürt. »Ein Geist?«

Er nickte.

»Und hast du mit ihr gesprochen?«

»Es war nicht möglich. Sie hätte mich nicht gehört.«

»Aber der römische Geist, der Wachposten – mit ihm kannst du doch reden, oder?«

Er sah mich an, während er einen weiteren Schluck von seinem Tee trank. »Der Wachposten ist ein richtiger Geist. Er hat noch alles, was ihn als Menschen ausmachte, nur keinen Körper mehr. Aber diese Frau war nicht wie der Wachposten. Sie war mehr wie ein Schatten«, sagte er. »›Ortsgebundene Geister‹ nennt man sie, glaube ich. Wenn an einem bestimmten Ort etwas geschieht, das extrem mit Emotionen belastet ist, hinterlässt es manchmal einen so tiefen Eindruck, dass der Schatten der betroffenen Person es bis in die Ewigkeit wieder und wieder durchlebt. Für die, die in der Lage sind, es zu sehen.«

Sie war eine ältere Frau, erklärte mir Rob, mit einer beinah majestätischen Grazie, die ihn fasziniert hatte, und ihre Kleidung hatte deutlich gemacht, dass sie aus einer anderen Zeit stammte. Ihr langes Kleid hatte schwer auf dem feuchten Sand gelegen und doch keine Spuren hinterlassen, genauso wenig wie ihre Füße.

Und weil sie ihn fasziniert hatte, hatte er sich auf sie konzentriert, versucht, sie in der Zeit zu sehen, als sie gelebt hatte und noch kein Schatten gewesen war.

Ich wusste immer noch nicht genau, wie sich Rob die Dinge in der Vergangenheit darstellten, aber angesichts dessen, was er berichtete, ging ich davon aus, dass er alles sah, während sich mir nur ein schmaler Ausschnitt bot.

Er hatte die ältere Dame vorübergehen sehen. Schließlich war sie stehen geblieben und hatte sich mit einer jüngeren blonden Frau unterhalten, die ein Stück weiter oben auf einer Düne saß. Er hätte zugehört, doch in dem Moment wurde seine Aufmerksamkeit abgelenkt, da er am Strand das Lachen von Kindern hörte.

»Es waren fünf Kinder«, erzählte Rob. »So wie es aussah, gehörten sie alle zu einer Familie, obwohl keines älter als zehn Jahre war. Und das kleinste, ein Mädchen, war höchstens so groß …«, er hielt die Hand in der entsprechenden Höhe über den Sand. »Sie trippelte noch so auf den Zehenspitzen, wie ganz kleine Kinder es tun, die gerade laufen gelernt haben. Aber sie konnte schon rennen.«

Er beschrieb sie, bis ich sie vor mir sah, das kleine Mädchen mit den windzerzausten Locken, das mit seinen Geschwistern über den Strand rannte, begleitet von einer riesigen englischen Dogge, die Spaß daran zu haben schien, das Kind mit dem Stock im Maul zu reizen. Doch wenn das Mädchen im Spiel den Wellen zu nah kam, hatten die beiden Frauen, die bei den Kindern waren, sie nicht aus den Augen gelassen, und eine von ihnen – die Mutter, vermutete Rob – hatte gerufen: »Anna!«

Als das kleine Mädchen einmal nicht früh genug stehen geblieben war, war die Frau eilig hinterhergelaufen und hatte sie in einem weiten, schwungvollen Bogen hochgenommen, wobei die Röcke flatterten und Wasser spritzte, und das Kind hatte derart ausgelassen gelacht, dass Rob lächeln musste, obwohl sie doch mehrere Jahrhunderte trennten.

Und dann war er unerwartet zurück in der Gegenwart gelandet, als ein kleiner Hund hartnäckig versuchte, ihm einen feuchten Tennisball in die Hand zu drücken. Dem Hund, einem kleinen braun-weiß gefleckten Spaniel mit Hängeohren, war es völlig gleichgültig, dass er ihn unterbrochen hatte. Er hatte den mit Sand und Sabber bedeckten Tennisball in Robs Schoß fallen lassen, sich in einem Schritt Abstand hingesetzt und auffordernd mit dem Schwanz gewedelt.

Ein junger Mann hatte vom Strand her entschuldigend heraufgerufen: »Er ist nicht mein Hund. Er gehört meinem Bruder. Ich hätte ihm bessere Manieren beigebracht. Komm her, Angus!«

Rob, der Hunde liebte, hatte versichert, dass es ihn nicht störe, sich eine Weile mit Angus beschäftigt und den Ball ein paar Mal auf den Strand geworfen, während er sich mit dem jungen Mann über das Wetter und den kürzesten Weg zur Burg hinauf unterhalten hatte.

»Überlegen Sie sich gut, ob Sie nach all dem Regen wirklich dort hingehen wollen«, meinte dieser. »Der Weg ist sicher sehr matschig, und so nah am Abgrund sollte man nicht riskieren abzurutschen.«

Er hatte nach dem Hund gerufen, und beide waren in Richtung der Häuser auf der anderen Seite der kleinen Brücke verschwunden, während Rob versucht hatte, in Gedanken erneut zu der kleinen Anna zu gelangen.

»Aber wieso bist du dir sicher, dass es Margarets Anna war?«, fragte ich skeptisch. »Anna war sicher ein häufiger Name damals, sowohl in Russland als auch hier. Und wir wissen ja gar nicht, ob sie wirklich aus Schottland stammte.«

»Stimmt«, gab er zu. »Aber es hat sich so angefühlt.«

Das war nicht die Art von Beweis, die man Experten vorlegen konnte, dachte ich.

»Zum Teufel mit den Experten!« Er sah mich an. »Du hast doch sicher auch schon mal gefühlt, einfach nur gefühlt, dass etwas zutrifft, oder?«

Es war nicht nur, dass er einfach so meine Gedanken las. Er war mir so nah und seine Augen waren so blau. Verstörend blau. Ich riss meinen Blick los, richtete ihn wieder aufs Wasser und fragte: »Und? Hast du sie wiedergefunden?«

»Ja.« Aus den Augenwinkeln sah ich, wie er den Blick von mir abwandte, und ich wusste, dass er nun auf den feuchten Sand sah, der in der Sonne glitzerte. »Sie war nicht so wie vorher, aber ich habe sie gefunden.«

Sie war ein paar Jahre älter gewesen, vielleicht sieben oder acht, aber an ihren braunen im Wind wehenden Locken und an ihrem Lachen hatte er sie sofort erkannt.

Sie war wieder in Gesellschaft anderer Kinder, diesmal waren es nur drei. Die beiden älteren, die beinah schon erwachsen waren, gingen neben der Frau, die Rob für die Mutter gehalten hatte, während ein Junge und Anna vorausrannten.

Der Junge jagte den Möwen hinterher und schreckte sie auf, wenn sie sich auf dem Sand niederließen, sodass sie wieder aufflogen, kreischten und im Wind über der kleinen Familie kreisten.

Anna rief ihm zu: »Hör auf, Donald! Lass sie in Ruhe!«

Der Junge grinste, und da er älter und einen Kopf größer war als das Mädchen, fiel es ihm leicht, ein Stück vorauszulaufen. Doch als er kurz stehen blieb, um ein Stück Treibholz aufzuheben und damit auf eine junge Möwe zu zielen, die nicht schnell genug davongeflogen war, holte seine Schwester auf und stürzte sich auf ihn, sodass er umfiel.

In der darauf folgenden Keilerei wehrte Anna sich tapfer, bis Donald ihr einen Schlag ins Gesicht verpasste.

»Donald!«, rief die Mutter und eilte herbei, um den Streit zu beenden. »Hör sofort auf! Schäm dich, deine Schwester ins Gesicht zu schlagen!«

»Sie hat zuerst geschlagen!« Donald war aufgesprungen und sah seine Mutter trotzig an. »Warum nimmst du sie immer in Schutz? Ich bin dein Sohn, und sie ist nicht mal eine Logan.«

Anna, immer noch die Hand an der Stelle, die er getroffen hatte, hielt inne. Plötzlich war es totenstill. Die beiden anderen Kinder sahen sich an, während sich Donald, der seine Worte offenbar schon bereute, unter dem fassungslosen Blick seiner Mutter unbehaglich wand. Dann richteten alle den Blick auf Anna.

Das Mädchen stand schweigend auf, wankte leicht und sah ihre Mutter Hilfe suchend an. Doch was sie in deren Augen las, war nur die Bitte um Entschuldigung.

Annas Unterlippe begann zu zittern. »Du bist nicht meine Mutter?«

»Anna.«

»Bin ich wirklich keine Logan?«

»Anna.« Die Stimme der Frau war voller Schmerz. »Ich liebe dich wie mein eigenes Kind, schon immer, ich …«

»Nein!« Es war ein Schrei, der weitere Erklärungen verbot, der die Gefühle des Mädchens vor weiteren Verletzungen schützen sollte.

Die Frau wollte das kleine Mädchen in die Arme nehmen. Tränen glänzten in ihren freundlichen Augen, aber Anna riss sich los und schrie noch einmal »Nein!« und rannte davon, als wäre der Teufel hinter ihr her.

Rob trank den letzten Rest Tee, der inzwischen eiskalt sein musste, und sagte: »Sie rannte dort hinüber.«

Ich blickte in die Richtung, in die sein Finger zeigte, zu der Landspitze beim Hafen und den Felsen dahinter. »Zur Burg? Zu *Slains Castle*?«

»Ich denke, ja.«

Ich war überrascht, dass er ihr nicht gefolgt war, aber als ich es ihm sagte, zuckte er nur mit den Schultern und meinte: »In dem Moment hast du mich gerufen, und ich fand, ich sollte auf dich warten.«

Immer zuvorkommend, dachte ich.

Wenn Rob in diesem Moment meine Gedanken gelesen hatte, ließ er es unkommentiert. Er sprang auf die Füße wie ein Athlet und streckte seine Schultern, bevor er mir die Hand hinstreckte, um mir aufzuhelfen. »Dann gehen wir ihr mal nach.«

KAPITEL 9

Ich hatte noch nie eine so beeindruckende Burgruine gesehen wie *Slains Castle*. So wie sie direkt über dem Rand der Klippen aufragte, wo unten die Wellen der Nordsee mit unbändiger Kraft gegen die schwarzen Felsen schlugen, waren diese Mauern ein imposanter Beweis für das, was gegen die Elemente und die Zeit bestehen konnte.

In jener Zeit musste es ein riesiges Gebäude gewesen sein, soweit man das aus dem schließen konnte, was noch vorhanden war, den zerklüfteten Überresten von Räumen und Bögen, den bröckelnden Treppenstufen, die nun ins Nichts führten, und den Löchern, durch die man einst auf die niemals gleiche See geblickt hatte. Die am weitesten von mir entfernten Mauerreste mochten einmal die Stallungen gewesen sein, während sich in meiner Nähe ein hoher, quadratisch gemauerter, offener Turm, in dessen Schatten ich stand, über den Rest erhob und so etwas wie Trotz ausstrahlte.

In meiner Phantasie versuchte ich die Burg so zu sehen, wie sie einmal gewesen war, den Mauern und dem Turm die damalige Form zurückzugeben, dem Ganzen zum Schutz vor dem Wetter ein Dach aufzusetzen und mit Glas vor den Fenstern den Wind auszusperren. Aber was dabei vor meinen Augen erstand, war sicher nur ein schwaches Abbild der Burg in ihrer Hochzeit.

Ich wusste, dass Rob neben mir alles viel klarer sah, aber im Moment schien er sich mehr auf den Zaun zu konzentrieren, der zwischen uns und der Ruine stand. Es war ein Maschendrahtzaun, der bis über seinen Kopf ragte und die Burg komplett umgab, um den Zugang zu verwehren.

Den Kopf zur Seite gelegt meinte er: »Es ist leichter, an den Pfosten darüberzusteigen, da ist er stabiler.«

»Dürfen Polizisten unbefugt ein Grundstück betreten? Ich weiß nicht, ob das moralisch zu vertreten ist.«

»Was heißt unbefugt? Ich bin nur auf der Suche nach einem kleinen Mädchen, das hier irgendwo völlig allein herumläuft.« Er verzog keine Miene, nur seine Augen verrieten ihn. »Brauchst du Hilfe?«

Ich konnte über Zäune klettern wie eine Katze, egal, wie hoch sie waren. Dazu muss ein Mädchen in der Lage sein, wenn es seinen Brüdern folgen will. Und jetzt kam es mir zugute, sodass ich mit Leichtigkeit das Hindernis überwand und bereits auf der anderen Seite stand, als Rob geschmeidig neben mir landete.

Er grinste. »Kannst du so auch auf Bäume klettern?«

»Rauf ja«, gab ich zu, »aber im Runterklettern bin ich eine Niete. Die Äste sind nie da, wo ich sie brauche. Ich habe mal mehrere Stunden auf einem Baum festgesessen, bis mein Bruder Colin mich mit viel gutem Zureden wieder runterholen konnte.«

»Aha. Und wie hat er das hingekriegt?«

»Ich musste die Augen schließen, und dann hat er mir gesagt, wo ich meine Hände und Füße hintun sollte.« Ich konnte mich noch genau an seine geduldige Stimme erinnern, die mir den Weg vorgab: »Ein bisschen weiter links, jetzt runter, genau so, das ist es, gleich bist du unten, ich lasse nicht zu, dass du fällst …«

Ich drehte mich um und sah, dass Rob mich beobachtete. Er lächelte und wandte sich ab, hin zu der nun viel näher vor uns aufragenden Mauerruine, deren Granitsteine das Licht reflektierten.

Rob schloss die Augen und drehte leicht den Kopf, so als lausche er auf etwas, dann öffnete er die Augen wieder, und ich hatte den Eindruck, dass er etwas völlig anderes vor sich sah als ich.

Offensichtlich war ihm weiterhin bewusst, dass ich da war, denn während er die Außenmauer entlangging, beschrieb er, was er sah: »Das hier ist eine Art Garten, mit Wegen und Bäumen.« Er blieb stehen und holte tief Luft. »Dort ist ein Fliederbusch, der in voller Blüte steht.«

Was bedeutete, dass an dem Ort, wo er sich befand, Sommer war, Frühsommer, anders als jetzt, da der Sommer dem Ende zuging. Wann blühte hier wohl der Flieder?, fragte ich mich. Ende Mai vielleicht oder Anfang Juni?

»Und das ist die Küchentür«, erklärte er. »Dort ist sie hineingegangen.«

Für mich war es nur eine Lücke in der verfallenen Mauer, aber Rob zog den Kopf unter dem längst verschwundenen Türsturz ein, als er über die Schwelle trat, und seltsamerweise hatte ich das Bedürfnis, es ihm nachzutun. Ich beneidete ihn um die Dinge, die er sah, und ich denke, er wusste es, denn seine Beschreibungen wurden noch genauer, detailreicher, sodass schließlich auch ich die Bilder vor Augen hatte, die gefliesten Böden und die große offene Feuerstelle vor mir sah, genauso wie die Frau, die überrascht von ihrer Arbeit aufsah, als Anna mit tränenüberströmtem Gesicht hereinstürzte.

Als ich hinter Rob herging, der dem Mädchen durch die Gänge folgte, befand ich mich nicht in den oben offenen Ruinen, über denen die schreienden Möwen kreisten, wo es auf einmal völlig windstill war und die Schatten dichter wurden. Ich sah vor mir, was Rob beschrieb, die verputzten Wände und Decken und Dielen auf dem Fußboden, die Türen, die in Vorratskammern und Waschräume führten. Hier unten war der Bereich für die Dienstboten, aber Anna lief weiter. Sie rannte hinauf in die Räume, die längst nicht mehr existierten, denn die Balken und Dielen waren schon vor langer Zeit zusammengefallen und hatten nur Ruinen übrig gelassen, in denen die Fenster wie Löcher klafften, und selbst wenn ich die bröckelnden Stufen hinaufgeklettert wäre, die noch da waren, hätte ich ihr nicht folgen können.

Rob dagegen schon.

Er hielt einen Moment inne und sah hinauf, als müsse er die richtige Richtung anpeilen, dann richtete er den Blick auf eine Stelle in der Luft und ging zu ihr hinüber, bis er direkt darunter stand. Er lehnte sich gegen die Mauer, die das Einzige war, was den Ort, an dem wir uns befanden, von dem schwindelnden Abgrund über dem Meer trennte.

Mit einem Nicken sagte er: »Sie ist in der Bibliothek.«

»Was tut sie dort?«, fragte ich ihn.

Er sagte es mir.

Slains Castle war nicht ihr Zuhause, doch sie kannte die Burg gut, denn sie war oft bei ihrer Tante Kirsty, wenn diese dort arbeitete. Der Graf wir immer freundlich zu ihr gewesen, und in diesem Winkel der Bibliothek hatte sie stets Zuflucht gefunden. Dort war ihr Versteck, sicher hinter dem größten, breitesten Sessel am Kamin verborgen. Nun brannte kein Feuer darin, denn es war Sommer, dennoch strahlte der Winkel eine schützende Wärme aus, und Anna hatte sich darin zurückgezogen, die Arme um die Knie geschlungen.

Sie hörte die Stimmen von unten heraufschallen, darunter die ihrer Mutter. *Nein.* Sie verbot sich den Gedanken. Sie war Donalds Mutter, nicht ihre. Nicht mehr.

Sie spürte einen schneidenden Schmerz in der Brust, und dann hielt sie den Atem an, als sich feste Schritte über den Gang näherten. Der Türknauf drehte sich, die Tür wurde geöffnet, und sie presste ihr Gesicht mit geschlossenen Augen gegen den Rücken des Ledersessels, leise zusammengekauert wie ein Käfer.

Die Tür wurde wieder geschlossen. Sie konnte die Person, die eingetreten war, nicht sehen, aber sie wusste, dass es ein Mann war, denn seine schweren Stiefel waren laut auf den Dielen zu hören. Er ging direkt auf den Sessel zu, und sie machte sich noch kleiner, und als der Sessel zurückgeschoben wurde, schloss sie die Augen noch fester, als könnte sie das davor bewahren, gesehen zu werden, aber sie wurde nicht entdeckt, nicht getadelt, denn er hatte sich nur hingesetzt.

Der Sessel ruckte leicht, als er es sich darin bequem machte. Anna wagte einen kurzen Blick unter den Sessel und sah, dass er den Fuß zum Kamin hin ausgestreckt hatte. Und dann hörte sie ein Kratzen, als er den kleinen Tisch zu sich herüberzog, wobei er leise vor sich hin sang. Es war ein angenehmer Gesang, auch wenn sie den Text des Liedes nicht verstand, er sang in einer fremden Sprache, die klang wie die der Fischer aus Frankreich, die manchmal in der Nacht nach ihrem Vater fragten.

Nein. Er war nicht ihr Vater, korrigierte sie sich. Sie war keine Logan. Sie war …

»Diese verdammte Lähmung!«, fluchte der Mann auf einmal, und das Geräusch fallender Gegenstände unterbrach Annas Gedanken.

Sie blickte erneut unter den Sessel und sah, dass mehrere der angemalten Figuren des Schachspiels auf dem kleinen Tisch auf den Boden gefallen waren, und der König mit dem schwarzen Haar lag auf dem Teppich und starrte sie aus seinen schwarzen Augen klagend an.

»Entschuldigt, liebe Spielgefährten«, sagte der Mann freundlich zu den Schachfiguren, als er sich daranmachte, sie aufzuheben. »Meine Hände sind ein wenig zittrig. Ich bin eben nicht mehr der Jüngste.« Er lehnte sich nach vorn, wobei sein Fuß versehentlich, wie es schien, den König weiter unter den Sessel schob, noch näher zu Annas Versteck hin.

Der Mann hob die anderen Figuren auf, und sie hörte das Klacken, als sie zurück auf das Schachbrett gestellt wurden. »Wo ist euer König abgeblieben, Freunde? Allein schon in eurem Interesse sollte ich ihn wiederfinden. Wo mag er sein?« Der Sessel ruckelte ein wenig, als der Mann noch einmal suchte. »Weg«, sagte er schließlich. »Verloren. Hm, das ist jetzt wirklich dumm.«

Der König unter dem Sessel sah Anna an, und sie blickte unsicher zurück.

»Der Graf von Erroll wird mir das nächste Mal wohl seine Gastfreundschaft verweigern, wenn ich so unachtsam mit seinen Schätzen umgehe.« Und der Mann seufzte so verzweifelt, dass Anna aus Mitleid nach dem König griff, aus ihrem Versteck krabbelte und ihn still zurück auf das Schachbrett stellte.

Nun konnte sie den Fremden sehen. Er war wesentlich älter als ihr Vater oder ihr Onkel Rory, sogar älter als der Graf, dem die Burg gehörte, und sein Haar war ebenso weiß wie sein gepflegter Bart, der sein schmales freundliches Gesicht umrahmte. Sein Lächeln ließ kleine Fältchen um seine Augen erscheinen.

»Vielen Dank, meine Kleine. Du hast mir einen großen Gefallen getan.«

Als sie ihn schweigend ansah, nickte er zu dem Sessel ihm gegenüber hin und fragte sie: »Möchtest du mir eine Weile Gesellschaft leisten, oder wartet deine Mutter auf dich?«

Sie merkte, dass ihr erneut die Tränen in die Augen stiegen, schluckte sie herunter und entgegnete: »Ich habe keine Mutter.« Als sie mutig in dem Sessel Platz genommen hatte, sah sie ihm zu, wie er die Figuren auf dem Schachbrett anordnete.

Er fragte: »Spielst du Schach?«

Sie schüttelte den Kopf.

»Es ist das faszinierendste Spiel überhaupt«, erklärte er, »wenn man die Geduld und den Verstand aufbringt, es zu lernen.«

Sie beobachtete, wie er eine kleine Figur auf eines der Quadrate stellte, und runzelte die Stirn, als sich etwas tief in ihrem Gedächtnis regte. »Was für eine Figur ist das?«, fragte sie.

»Der Bauer? Eigentlich die unbedeutendste Figur, aber ohne ihn wäre das Spiel nicht möglich.«

Hinter den Reihen der Bauern standen verschiedene größere Figuren – die Könige, die Damen, die Springer und die Türme –, aber es waren die kleinen Bauern, die Anna am meisten interessierten, und in ihrem Gedächtnis hörte sie die Stimme einer Frau, die sagte: »Dies ist auch meine liebste Figur«, was sie aus einem Grund, den sie nicht kannte, traurig machte. Es war eine andere Art Traurigkeit als die, die sie eh schon empfand. Sie fragte: »Was macht er?«

Der Mann sah sie an. Er lächelte wieder und sagte: »Ich werde es dir zeigen.«

Das Lernen war ihr immer schon leichtgefallen, und bei diesem Spiel gefiel ihr, dass jede Figur ihre Position hatte, und es wurde noch reizvoller und lebendiger durch die Art, wie der fremde Mann die Spielfiguren und ihre verschiedenen Rollen erklärte, als wären es richtige Männer auf einem Schlachtfeld.

»Aber warum kann der …«, setzte sie an, doch der Mann unterbrach sie, um ihre Aussprache zu verbessern.

»Warum soll ich es so sagen?«, wollte sie wissen.

»Weil es damenhafter ist.«

Sie runzelte die Stirn. »Warum kann der Bauer die Figur nicht schlagen, die direkt vor ihm steht?«

»Sein Schild ist im Weg«, erklärte der Mann. »Er muss seitlich nach vorn schlagen. Ich zeige es dir.« Er bewegte die Figur, und seine gekonnte entschiedene Bewegung erregte Annas Misstrauen. »Was ist los?«, fragte er.

Sie antwortete mit der Direktheit ihrer sieben Jahre: »Ihr habt eben gelogen. Ihr seid nicht gelähmt.«

»Bin ich nicht?« Erneut zeigten sich die Fältchen um seine Augen. »Aber es stimmt ja auch nicht, dass du keine Mutter hast«, sagte er, während er sich nach vorn lehnte und seine Aufmerksamkeit auf die Schachfiguren richtete. »Eher ist das Gegenteil der Fall: Du hast zwei Mütter, wie ich weiß, und beide lieben dich, und das kann wohl kaum ein anderes Mädchen in der Welt von sich sagen.«

Anna blickte ihn zweifelnd an: »Zwei Mütter?«

»Ja. Die, die dich aufgezogen und deine Tränen getrocknet hat, wenn du traurig warst, und sich immer liebevoll um dich gekümmert hat. Sie ist die eine. Und dann gibt es noch die Mutter, die dich geboren hat und die dich, wenn es möglich wäre, sogar noch mehr lieben würde. So sehr, dass sie nicht wollte, dass es dir schlecht geht, und deshalb hat sie dich hier in *Slains Castle* gelassen, wo du sicher bist.«

Sie verstand ihn nicht und sagte es ihm.

Sein Blick war geduldig. »Das habe ich auch nicht erwartet. Jetzt noch nicht.« Er wandte sich wieder dem Schachbrett zu. »Welchen der beiden Könige möchtest du für dich?«

Anna schürzte die Lippen und sah von einem König zum anderen.

»Weiß beginnt«, erinnerte er sie, aber irgendwie fühlte sie sich für den schwarzen König verantwortlich, den sie unter dem Sessel hervorgeholt hatte.

Sie dachte nach und fragte dann: »Warum hat ...«

Wieder korrigierte er ihre Aussprache.

»Warum hat meine Mutter mich hier auf *Slains Castle* zurückgelassen?«, wollte sie wissen. »Ist sie gestorben?«

»Nein. Sie ist nicht gestorben. Warum hast du den schwarzen König gewählt und nicht den anderen?«

»Er ist der richtige König«, erklärte sie. »Der richtige König hat schwarzes Haar.«

Sein Mund verzog sich zu einem Lächeln. »Und wer ist der richtige König?«

»Na, der König auf der anderen Seite des Meeres.« Sie war überrascht, dass ein Mann, der schon so alt war, das nicht wusste. »Der Herzog in London behauptet nur, dass er der König ist. Aber er ist nur ein Herzog und kommt aus Hannover, und er spricht weder Schottisch noch Englisch. Und ...«, fügte sie hinzu, »er ist ein Dieb.«

»Ein Dieb?«

Sie nickte ernsthaft. »Er hat die Krone gestohlen. Das hat der Graf von Erroll gesagt.«

»Stehlen ist eine üble Sache«, stimmte der Mann ihr zu. »Aber gerechterweise würde ich nicht sagen, dass der Herzog von Hannover ein schlechter Mensch ist, eher ein in die Irre geführter.« Er setzte den weißen König mittig auf seine Seite des Spielfeldes, in die Reihe hinter den Verteidigern. »Es stimmt, dass er kein König ist und eine Krone trägt, die ihm nicht gehört, aber er war nicht der Erste, der sie sich genommen hat, und auch nicht derjenige, der sie dem richtigen König, James Stuart, gestohlen hat. Der Diebstahl passierte, als James noch ein Baby war«, erklärte der Mann. »Und es war seine Schwester, die sich die Krone genommen und sie dann dem fremden Herzog gegeben hat.«

»Seine Schwester?« Mit großen Augen sah Anna ihn an. »Warum sollte sie so etwas getan haben?«

»Man könnte sagen, dass sie es aus religiösen Gründen getan hat, denn die Schwester war Protestantin und James wurde katholisch erzogen, und die englischen und schottischen Presbyterianer wollten keinen Katholiken auf dem Thron. Aber es entspricht wohl eher der Wahrheit zu sagen, dass der wahre Grund der war, aus dem die meisten Männer – und auch Frauen – stehlen: um reicher und mächtiger zu sein.«

»Aber es war nicht richtig, die Krone zu nehmen«, befand Anna. »Und es ist falsch, dass der Herzog von Hannover sie behält.«

»Du hast ein wahrhaft jakobitisches Herz.« Der Mann lächelte.

»Was heißt das?«

»Ein Jakobite ist jemand, der König Jakob, wie James Stuart nun, da er König ist, heißt, verteidigt und dafür kämpft, ihn von der anderen Seite des Meeres zurückzuholen«, erklärte er.

Sie nickte. »Dann ist der Graf von Erroll auch ein Jakobit.«

»Ja, das ist er. Und ich bin auch einer.«

Es gefiel ihr, dass er über all dies mit ihr sprach und ihr zutraute, es zu verstehen. Und so wagte sie zu fragen: »Warum sagt man ›Jakobiten‹ und warum nennt sich der König ›Jakob‹, wenn er doch eigentlich ›James‹ heißt?«

»Auf Lateinisch heißt James *Jacobus*. Hast du etwa noch kein Latein gelernt?« Er schnalzte mit der Zunge. »Dabei bist du doch ein Kind aus einer der vornehmsten Familien Schottlands.«

Jetzt machte er sich über sie lustig, dachte sie, darüber, dass sie in dem kleinen Fischerhäuschen aufgewachsen war, darüber, dass ihr Vater … Nein. Er war nicht ihr richtiger Vater. Sie hielt inne, um sich selbst daran zu erinnern. Das hieß, es konnte möglich sein, dass er die Wahrheit sagte. »Bin ich das?«, fragte sie.

Er nickte und drehte vorsichtig das Schachbrett so um, dass die schwarzen Figuren vor Anna standen. »Der Großvater deines Vaters war ein berühmter Krieger. Er wurde *Black Pate* genannt, weil sein Haar so schwarz war wie das unseres Königs, und er ritt an der Seite des berühmtesten Helden Schottlands, des Grafen von Montrose. Er war mutig, der *Black Pate*. In seinen Augen loderte Feuer, genau wie in seinem Herzen, und niemand konnte das Schwert führen wie er. Und die, die ihn einmal reiten sahen, werden ihn nie vergessen.«

»Habt ihr ihn reiten sehen?«

»Ja, viele Male, denn er war mein Vater. Und der Vater deines Vaters hat meine Schwester geheiratet, also bin ich dein Onkel.«

Sie sah ihn an und runzelte die Stirn, denn sie wusste nicht, wie sie auf diese seltsamen Neuigkeiten reagieren sollte. An ein und demselben Morgen hatte sie ihre Familie verloren und eine neue gewonnen.

»Dein Vater kam aus Perthshire, und sein Vater war ein bedeutender Gutsherr, der Laird von Abercairney«, informierte er sie nun.

Sie senkte den Blick auf das Schachbrett und sah auf die Reihe schweigend wartender Bauern, und wieder flackerte etwas ganz leicht in ihrer Erinnerung auf. »War mein Vater ein Soldat?«

»Ja, das war er. Ein Oberst im Heer des Königs von Frankreich und von König Jakob. Ein Jakobit wie du.« Sein Blick wurde zärtlich, als er sagte: »Du siehst ihm ähnlich.«

»Wirklich?«

»Ja. John war ein gut aussehender Mann. Die Königin mochte ihn sehr, König Jakobs Mutter. Er war in ihrem Auftrag unterwegs, als er zum ersten Mal hier nach *Slains Castle* kam und deine Mutter traf. Ihr Name war Sophia«, fuhr er fort. Sie kam aus den Western Shires und war wunderschön. Dein Vater hat mir einmal gesagt, dass in dem Moment, als sie sich zum ersten Mal sahen, die Welt stillstand, nur für sie beide.«

Anna schloss die Augen und versuchte, sie sich vorzustellen, den Soldaten und die Frau, in die er sich verliebt hatte, und wie um sie herum die Welt stillstand, und als sie die Augen wieder öffnete, sah der alte Mann sie mit Verständnis und Zuneigung in den Augen an.

»Ja. Eigentlich gibt es eine solche Liebe nur im Märchen. Und so heirateten sie, aber es war eine heimliche Hochzeit, denn dein Vater wurde gesucht. Die Engländer und ihre Verbündeten hatten eine Belohnung für seine Gefangennahme in Aussicht gestellt, und das brachte jeden, der ihn liebte, in Gefahr.«

»Warum in Gefahr?«, fragte sie.

»Wenn die englischen Soldaten herausgefunden hätten, dass er eine Frau hatte, hätten sie ihr vielleicht etwas angetan, um deinen Vater zu zwingen, sich zu ergeben. Denn auch der tapferste Soldat kann im Kampf zwischen seiner Ehre und seinem Herzen nur verlieren. Wofür er sich auch entscheidet, es wird ihn töten.«

Er hatte das Schachbrett gedreht, ohne dass sich eine Figur bewegt hatte. Nun nahm er nachdenklich einen weißen Bauern aus der Mitte der Reihe und stellte ihn zwei Quadrate weiter vorn auf das Spielfeld.

»Daher bewahrte deine Mutter das Geheimnis sorgsam, als ihn die Pflicht zurück über das Meer rief. Damals trug sie dich bereits unter dem Herzen, und auch dieses Geheimnis verriet sie nur denjenigen, denen sie trauen konnte. Aber die Engländer hatten ihre Spione, damals wie heute. Und einer der schlimmsten, ein reicher und mächtiger Mann, fand die Wahrheit über deine Mutter und deinen Vater heraus. Sie hatte Angst um dich, berechtigterweise, denn sie wusste, dass die Männer, die ihr etwas antun würden, damit dein Vater sich ihnen ergebe, auch sein Kind nicht verschonen würden. Sie wollte dich verstecken, und deshalb haben deine andere Mutter und dein anderer Vater sich um dich gekümmert, versprochen, dich aufzuziehen wie ein eigenes Kind, bis dein richtiger Vater zurückkehre. Denn sie sind mutige und liebevolle Menschen.«

Sie hörte seinen Worten zu und dachte darüber nach, bis sie einen Sinn darin fand und sie ihr ein wenig von ihrem Schmerz nahmen. Dann bewegte auch sie einen Bauern nach vorn. »Sie werden also zu mir zurückkommen, meine Mutter und mein Vater?«

Es dauerte so lange, bis er antwortete, dass sie schon dachte, er habe sie nicht gehört. Viele alte Männer konnten nicht mehr gut hören, wusste sie, und tatsächlich, als sie aufsah, starrte er in höchster Konzentration auf das Schachbrett. Als er einen weiteren Bauern bewegte, sagte sie lauter: »Sie werden zu mir zurückkommen.«

Wieder ließ seine Antwort auf sich warten. Er schien eine Weile nachzudenken, dann erklärte er: »Es gab eine Schlacht, mein Kind, vor fünf Jahren, als du noch sehr klein warst. Eine Schlacht, die blutiger war als jede, die ich bis dahin erlebt hatte und wie ich sie hoffentlich nie wieder erleben werde. Sie ereignete sich an einem Ort namens Malplaquet. Dein Vater verlor dort sein Leben.«

Er sagte dies so gleichmütig, als schmerzte es ihn nicht, doch sie sah den angespannten Zug um seinen Mund, und als er sie ansah, glänzten seine Augen so wie die ihres Onkels Rory an dem Morgen, an dem die alte Dogge Hugo im Stall gelegen hatte und nicht mehr aufgewacht war.

»Du bist jetzt an einem besseren Ort«, hatte sie Onkel Rory zu dem Hund sagen hören, und seine Schultern hatten gezuckt und er hatte nach Luft gerungen, als hätte ihn jemand geschlagen, bis er sie bemerkt hatte. Dann hatte er schnell zur Seite geschaut und war hinausgegangen, aber vorher hatte sie seine Augen gesehen.

Auch ihr Vater musste nun an diesem besseren Ort sein, dachte sie, und von dort kam niemand zurück. Sie schluckte, um ihre Enttäuschung zu verbergen. »Und meine Mutter?«

»Damals warst du so glücklich dort, mit deinen Geschwistern, dass sie es nicht übers Herz gebracht hat, dich dieser Familie, in der du so sicher und geborgen warst, zu entreißen. Sie dachte, es sei selbstsüchtig und sie würde dir wehtun, nur damit es ihr besser gehe. Es war ein Zeichen ihrer großen Liebe für dich, dass sie den Mut fand, allein fortzugehen und dich hierzulassen. Von allen Entscheidungen, die sie in ihrem Leben getroffen hat, war diese die schwerste.«

Kurz blitzte das Gesicht einer Frau vor ihren Augen auf, sehr bleich und von blonden Locken umrahmt, die mit leiser Stimme, die eigentlich nur ein Flüstern war, sagte: »Geh zu deiner Mutter.« Und der Schmerz, den Anna in diesem Moment empfand, drängte sie zu der Frage: »Kann ich jetzt zu ihr?«

»Sie lebt sehr weit von hier entfernt. Ein Kind würde diese Reise nicht überstehen. Und wie würde deine andere Mutter sich fühlen, wenn ihr geliebtes Mädchen sie verlässt? Du willst doch nicht, dass nun auch ihr Herz bricht, oder?«

»Nein, aber …« Anna verstummte, denn sie wusste nicht, wie sie es bewerkstelligen konnte, sich selbst und ihre beiden Mütter glücklich zu machen.

»Siehst du, nichts in diesem Leben ist einfach«, sagte der Mann. »Dein Bauer wird meinen mit seinem nächsten Zug schlagen, doch mit demselben Zug lieferst du dich meinem Läufer aus. Jede Entscheidung, die wir treffen, hat eine Auswirkung, eine gute oder eine schlechte, auch wenn wir das im Moment noch nicht absehen können.«

»Sie schob ihr kleines Kinn trotzig vor. »Und wenn ich Euren Bauern nicht schlage?«

»Dann wird mein Bauer stattdessen deinen schlagen, und mein Springer bringt deinen König in Gefahr.«

»Dann werde ich Euren Springer aufhalten«, sagte sie.

Er lachte. »Daran habe ich keinen Zweifel.«

Sie waren noch ins Spiel vertieft, als es an der Tür klopfte und Annas Tante Kirsty den Raum betrat. Ihre Besorgnis wich, als sie die beiden beim Schachspiel sah, und sie sagte erleichtert: »Oberst Graeme, Ihr habt sie gefunden.«

»Sie hat mich gefunden, würde ich sagen«, meinte der alte Mann. »Und ich habe mich über ihre Gesellschaft gefreut. Tatsache ist, dass ich keinen besseren Gegner mehr hatte, seit ich ihrer Mutter das Schachspiel beigebracht habe.«

Kirsty fragte: »Ihr habt ihrer Mutter das Schachspiel beigebracht?«

»Habe ich«, bestätigte er und warf ihr einen kurzen Blick zu, als wolle er ihr still etwas mitteilen, bevor er hinzufügte: »Hier in diesem Raum und mit genau diesen Figuren.«

Anna sah ihn interessiert an, beeindruckt, dass ihre Tante ihn mit »Oberst« angesprochen hatte. Sie fragte: »Wart Ihr ein Soldat so wie Euer und mein Vater?«

Er lächelte und antwortete: » Ich bin noch immer ein Soldat. Und genau das hat mich nun nach *Slains Castle* geführt. Und da du mich bis zum Ende des Sommers nicht mehr loswerden wirst, hast du genug Zeit für deine Revanche.«

»Revanche wofür?«, fragte sie.

»Dafür.« Mit einer geschickten Handbewegung machte er einen Zug mit seinem Springer und schlug ihre Dame. »Schachmatt.«

Entsetzt griff Anna nach ihrem König, um ihn zu retten. Sie hielt ihn in ihrer Faust, sodass nur ein Stück des schwarzen Kopfes zu sehen war, drückte ihn an ihre Brust und verkündete: »Nein, ihn kriegt Ihr nicht.«

Der Oberst lehnte sich in seinem Sessel zurück, dann tauschte er einen amüsierten Blick mit Annas Tante Kirsty. »Also, meine Kleine, du hast wirklich das Herz einer Jakobitin«, sagte er dann, wobei sich noch ein anderes Gefühl neben die Anerkennung in seinen lächelnden Blick stahl.

KAPITEL 10

Er brachte sie nach Hause.

Es war ein seltsames Gefühl, Menschen zu folgen, die ich nicht sehen konnte, aber ich war mir sicher, dass Rob hinter mir genug für uns beide sah, sodass ich ihm glaubte, als er meinte, Oberst Graeme und Anna gingen direkt vor uns. Von seinem Blickwinkel aus gingen sie nicht ganz so nah am Abgrund entlang, wie wir es taten, aber sie waren dreihundert Jahre vor uns unterwegs, zu einer Zeit, als noch kein Zaun den Weg versperrte und sie an den Rand der Felsen zwang.

Ich sah sie, wie Rob sie beschrieb, Anna, die unermüdlich vorausḣüpfte und dem alten Soldaten den Weg vorgab.

Rob sagte: »Er ist nicht besonders groß und auch nicht sehr alt, nicht aus heutiger Sicht. Um die sechzig, schätze ich. Und er hat auch nicht den Gang eines alten Mannes, aber den eines Mannes, der in seinem Leben viel gelaufen ist – mit geradem Rücken, den Blick nach vorn, außer wenn er sich runterbeugt, um ihr zuzuhören. Er hat graues Haar, das er nach hinten gekämmt und im Nacken zusammengebunden trägt. Hier«, erklärte Rob und legte sich eine Hand ins Genick. »Wie nennt man die noch, diese kurzen geflochtenen Zöpfe?«

»Soldatenzopf?«

»Ja genau. Passt gut zu dem Umhang und dem Schwert.«

Ich blickte über meine Schulter. »Er trägt einen Umhang? Im Sommer?« Das konnte ich mir nicht vorstellen.

»Nur einen kurzen Umhang«, erklärte Rob. »Er ist hinten an seinem Mantel angebracht, an den Schultern, und reicht bis zu den Knien. Und sein Mantel ist noch ein Stück kürzer, etwa bis hier.« Er hielt eine Hand an seine Hüfte. »Er sieht eher aus wie eine lange Weste, ohne Ärmel, und darunter trägt er ein einfaches weißes Hemd und Kniebundhosen und hohe Stiefel.«

»Das alles? Im Sommer?«

»Ich hab ihm das nicht angezogen«, entgegnete Rob trocken.

»Er ist also wirklich ihr Onkel?«

»Ihr Großonkel, ja. Annas Vater war der Sohn seiner Schwester.«

Ich dachte nach. »Wenn er ein Oberst ist, könnte es sein, dass er in irgendwelchen Aufzeichnungen erwähnt wird. Das ist doch ein ziemlich hoher Rang, oder?«

Rob zuckte mit den Schultern. »Er hat sicher mit den Franzosen gekämpft, wenn er ein Jakobit war. Ich habe keine Ahnung, ob es darüber irgendwelche Aufzeichnungen gibt.«

»Er hat gesagt, dass sein Vater ziemlich bekannt war, *Black* irgendwas.«

»*Black Pate* hieß er. Demnach hatte er wohl schwarzes Haar. Ich meine, den Namen schon mal in einem Geschichtsbuch gelesen zu haben.«

»Vielleicht werden seine Söhne da ja auch erwähnt.«

»Und was würde das beweisen?«

»Na ja, zumindest, dass Oberst Graeme tatsächlich existiert hat.«

»Ich weiß, dass er existiert hat, er geht direkt vor mir«, konterte Rob mit der ihm eigenen Logik.

»Aber niemand außer dir kann ihn sehen, Rob. Und etwas zu wissen ist nicht das Gleiche, wie etwas zu beweisen. Ich meine, im Moment können wir nicht mal beweisen, dass es Anna Logan wirklich gegeben hat«, erklärte ich.

Ich stolperte über einen Stein, blieb stehen und seufzte. »Wahrscheinlich ist das, was wir hier tun, völlig sinnlos.«

Auch Rob war stehen geblieben, direkt hinter mir, sodass er mich hätte festhalten können, wenn ich gestolpert und über die Felsen gestürzt wäre. »Was soll das denn jetzt?«

»Es ist eine Tatsache. Was können wir damit beweisen? Gar nichts.« Mit einem weiteren Seufzen versuchte ich, es ihm zu erklären: »Alles, was ich wollte, war, dass du den Feuervogel in die Hand nimmst, um etwas über seine Herkunft zu erfahren – wer ihn gemacht hat, wie er in den Besitz von Zarin Katharina kam und wann und warum sie ihn Anna gegeben hat. Oder zumindest, wo Anna in St. Petersburg gewohnt hat, das wären Dinge gewesen, die ich hätte recherchieren können. Aber das …« Ich hob eine Hand und wies in die Richtung, in die Oberst Graeme und Anna gegangen waren, und fuhr fort: »Wir folgen einem kleinen Mädchen, Rob, von dem du selbst sagst, dass es höchstens zehn Jahre alt ist, was bedeutet, dass es noch Jahrzehnte dauern wird, bis es den Feuervogel bekommt. Abgesehen davon sind wir hier in Schottland und nicht in Russland.«

»Na ja, offensichtlich ist sie von hier aus aufgebrochen«, sagte Rob. »Wenn wir ihr Haus finden, kann ich voraussehen, zu dem Moment, als sie abgereist ist.«

Als er es einfach so sagte, so ruhig und konkret, überzeugte er mich beinah davon, dass es ganz einfach wäre. »Dann könnten wir immer noch nichts beweisen. Sie war die Tochter eines Fischers. Über sie wird es keine Aufzeichnungen geben.«

»Sie war nicht die Tochter eines Fischers«, erinnerte mich Rob. »Ihr Vater war der Sohn des Laird von Abercairney, hat der Oberst gesagt. Ihr Urgroßvater war der *Black Pate*, und sie selbst bewegt sich im Schloss des Grafen von Erroll, als gehöre sie zu seiner Familie. Für ein kleines Mädchen hat sie ziemlich gute Beziehungen.«

Ich drehte mich um, sodass ich ihm ins Gesicht blicken konnte, auf das leicht trotzig vorgeschobene Kinn. »Siehst du immer nur das Positive?«

»Ich sehe Möglichkeiten.« Mit zusammengekniffenen Augen blickte er nach vorn. «Wenn wir noch lange hier stehen bleiben, sind sie außer Sichtweite.«

Ich drehte mich wieder um und ging weiter, wobei ich besser auf den Weg achtete, der nun sehr nah am Abgrund vorbeiführte.

Rob folgte mir zuerst schweigend, dann sagte er plötzlich:

»Ich war sechs Jahre alt, als ich den Wachposten zum ersten Mal gesehen habe, weißt du? Kip hat ihn auch gesehen – mein Hund Kip –, sie gingen Seite an Seite, und immer wenn der Wachposten in meine Nähe kam, lächelte er und wollte mir etwas sagen. Allerdings sprach er Latein, und damals konnte ich ihn nicht verstehen. Aber ich habe ihn gesehen, genau wie das Schlachtfeld oder zumindest ein Stück davon. Und als die Archäologen kamen und nach der verlorenen Neunten Legion suchten, konnte ich ihnen sagen, wo die Mauer war oder wo sie graben sollten. Sie hatten keinen Beweis, als sie zu graben anfingen«, erklärte er. »Und als sie die Mauer fanden, hatten sie immer noch keinen Beweis, dass die Neunte Legion wirklich dort gewesen war. Nicht gleich, jedenfalls. Der Beweis fand sich nach und nach, Stück für Stück, und nie dort, wo sie ihn erwartet hatten. Eine Tonscherbe, eine Münze, kleine verstreut liegende Dinge, aber all das zusammen war Beweis genug, um die Wissenschaft zu überzeugen.«

Ich musste zu sehr darauf achten, wo ich hintrat, als dass ich mich erneut hätte umdrehen können, dennoch fragte ich: »Ist das deine Art, mir zu sagen, dass ich daran glauben soll?«

»Ich will damit sagen, dass der Beweis manchmal nicht einfach so vor einem liegt. Und ja, es kann sein, dass wir kein Dokument finden werden, das uns weiterhilft, aber wenn wir tief genug graben, ist es durchaus möglich, dass wir genug Teile finden, um denjenigen zu überzeugen, der überzeugt werden muss.«

Robs Ermutigung erfüllte mich mit Wärme, weniger wegen seiner Worte, sondern weil er das Pronomen »wir« benutzte. Mir gefiel dieses »wir«.

»Pass auf, wo du hergehst!«, warnte Rob. Ich fühlte seine Hand an meinem Ellbogen, als er mich einen halben Schritt vom Rand der Klippen weggeleitete. »So ist es sicherer.«

Ein Stück vor uns sah ich ein paar eng aneinandergedrückte kleine Cottages. »Wo sind wir jetzt?«

»Bei den *Bullers of Buchan.*«

Ich blickte vorsichtig über den Rand der Felsen in das spritzende, weiß aufschäumende Wasser unter uns, aber es sah nicht so aus wie auf dem gerahmten Foto, das beim Abendessen am Vortag über uns gehangen hatte. Ich wollte es gerade sagen, als Rob erklärte: »Den heutigen *Bullers.* Die Grotte liegt kurz hinter den Cottages dort, siehst du das Schild? Aber wir müssen hier entlang.« Sein Arm berührte meinen, als er auf den kurzen Weg zeigte, der die Cottages mit der Straße verband.

»Bist du sicher?«

»Natürlich bin ich sicher. Zweifelst du an mir?«

»Es ist nur, weil ich gestern Abend den Eindruck hatte, dass du etwas gesehen hast, was mit den *Bullers of Buchan* zu tun hat.«

»Ich bin mir nicht sicher, was ich gestern Abend gesehen habe«, meinte Rob, »aber jetzt sehe ich deine Anna auf dem Weg dort. Wir können ja auf dem Rückweg bei der Grotte vorbeischauen«, versprach er, als ich noch einmal über die Schulter zurückblickte.

Nun, da wir der Straße folgten, ging Rob vor mir, sodass die uns entgegenkommenden Autos zuerst um ihn herumfahren mussten. Ich betrachtete die Landschaft. Wir befanden uns immer noch nah am Wasser, und mit dem Blick den unbeständigen Wolken zu folgen, die ihren Schatten auf dem Weg zum Horizont nachjagten, hätte durchaus interessant sein können, wenn ich nicht ständig auf Robs Schultern und die dunklen Locken in seinem Nacken hätte starren müssen, was mir überhaupt nicht zustand.

Natürlich war er ein attraktiver Mann. Ich hatte mich immer von ihm angezogen gefühlt, aber das änderte nichts an der tiefen Kluft, die unsere Leben trennte. Hier draußen in der Einsamkeit war es kein Problem für mich, mit Rob über die Dinge zu sprechen, die wir sahen und hörten, und hinter ihm den Phantomen der Vergangenheit zu folgen, aber in der Öffentlichkeit wäre das etwas anderes – ich wäre zu verlegen, zu ängstlich, dass mich alle für verrückt erklären könnten oder Schlimmeres. Und Rob würde nie anders sein können, als er war, oder seine Fähigkeiten verbergen wollen. So war er eben.

Eine Beziehung zwischen uns hatte keine Chance, aber das zu wissen hielt mich nicht davon ab, seinen Anblick so nah vor mir zu genießen, wobei die Zeit wie im Flug verging. Und als er schließlich die Straße hinter sich ließ und wieder in Richtung der Felsen lief, war ich überrascht, wie weit wir bereits gegangen waren.

Ich konnte nicht länger die zerklüftete Silhouette von *Slaines Castle* hinter mir sehen noch die Häuser bei den *Bullers*, dafür tauchte etwas weiter vorn an der Küste eine Stadt auf.

Rob wusste Bescheid: »Peterhead.«

Jedoch waren Anna und der Oberst nicht bis dorthin gegangen. Sie hatten wie wir in einer kleinen Senke nah der Straße haltgemacht. Ich sah die verstreut liegenden Granitsteine, die in einer Ecke immer noch einen rechten Winkel bildeten, und ich erriet, bevor Rob es mir sagte, dass dies einmal ein Cottage gewesen war.

Rob errichtete die stabilen Mauern für mich mit seinen Worten. Das niedrige strohgedeckte Dach und die kleinen scheibenlosen Fenster, deren Läden im Tageslicht geöffnet waren. Es war schwer vorstellbar, dass hier eine ganze Familie gelebt hatte, fünf Kinder und ihre Eltern, in einem einzigen Raum mit einem Boden aus trockener Erde und weiß getünchten Wänden, ohne jegliche Möglichkeit, sich zurückzuziehen. Doch schon spürte ich, wie wohl sie sich dort gefühlt hatten, wie glücklich sie gewesen waren. Es hallte um mich herum wider wie eine Stimme, die im Wind sang, von weit her, und ohne dem eine Bedeutung beizumessen, legte ich eine Hand auf den Stein neben mir, schloss meine Augen und öffnete mein Bewusstsein zu diesem entfernten Gefühl hin.

Ich fand nichts. Nur Stille.

Als ich meine Augen wieder öffnete, sah ich Rob mit dem Rücken zu mir den Kopf schütteln, als sei er völlig ratlos. »Es ist weg.«

»Bitte?«

»Das Cottage«, erklärte er, »es ist nicht mehr hier. Ich bin nur ein kleines Stück weiter in die Zukunft gegangen, um Anna vielleicht als Teenager zu sehen, aber all das …«, er nickte zu den Mauern hinüber, die nur er sehen konnte, »ist weg. Nur noch Ruinen.«

Er drehte sich um. Kurz fiel sein Blick auf meine Hand, die immer noch auf dem Stein lag, und in seiner blitzschnellen Art, zwei und zwei zusammenzuzählen, fragte er: »Hast du irgendwas gesehen?« Als wäre es das Normalste von der Welt.

Beinah musste ich lächeln. Ich strich mir im Wind eine Haarsträhne aus den Augen und sagte: »Natürlich nicht. Ich kann die Dinge nicht so sehen, wie du sie siehst.«

Rob sah mich nachdenklich an, als hätte er in meiner Stimme etwas gehört, was ich nicht bewusst hatte sagen wollen. Er kam zu mir herüber, setzte sich auf den Stein neben mich und fragte: »Würdest du es gern können?«

Wie sollte ich darauf antworten? Mein Neid auf Robs Fähigkeiten stand in einem derart deutlichen Gegensatz zu meiner Sehnsucht danach, normal zu sein, und zu den Warnungen meines Großvaters, dass ich nur mit dem Kopf schütteln und sagen konnte: »Kein Problem. Wirklich. Es funktioniert prima, wenn du die Dinge beschreibst.«

Er nickte abwesend, als stimmte er mir zu, dann betrachtete er mich eine Weile und fragte: »Kann ich mal etwas ausprobieren?«

Meine Stimme klang wachsam: »Was?«

»Gib mir deine Hand.«

»Rob.«

»Du hast gesagt, dass du mir vertraust.«

»Ja, aber …«

»Dann gib mir deine Hand.« Er hielt mir seine hin und wartete.

Widerwillig legte ich meine Hand in seine, und meine Abwehr steigerte sich noch, als ich fühlte, wie sich seine Finger warm um meine schlossen.

»Erinnerst du dich an den ersten Tag in Emerson?«, fragte Rob. »Als wir das Ganzfeld-Experiment gemacht haben? Tu jetzt einfach genau das Gleiche.«

»Rob …«

»Es ist nicht schwer. Denk an nichts, schließ deine Augen und hör nur auf den Wind, die Wellen und die Möwen, und fokussiere.«

Ich versuchte es. »Es klappt nicht.«

»Entspann dich.« Seine Finger schlossen sich fester um meine. »Du hast doch vorhin auch den Weg in mein Bewusstsein gefunden.«

Eine leichte Wärme stieg von seiner Hand in meine, und ich bemühte mich, es zu ignorieren, während ich all meine Aufmerksamkeit darauf konzentrierte, sämtliche herumwirbelnden Gedanken und Gefühle aus meinem Bewusstsein zu verbannen. Schließlich spürte ich einen beruhigenden Frieden, als nähme ich ein warmes, entspannendes Bad, und in der Dunkelheit, die mich umgab, begannen die kleinen bewegenden Bilder ihr cineastisches Spiel, ein Film, der rückwärtslief.

Ich befand mich nicht in Robs Bewusstsein, stellte ich fest. Es war der Beginn einer eigenen Vision.

Ich wartete darauf, dass eines der Bilder größer werden und die anderen ausblenden würde, als mir allmählich klar wurde, dass die Bilder nicht im gewohnten Tempo abliefen. Der Film wurde langsamer, hielt an und spulte ein Stück vor.

Verwirrt fragte ich Rob: *Bist du das?*

Bin ich was?

Na, das.

Er antwortete nicht sofort. Er hatte das Bild gefunden, nach dem er suchte, und es wurde bereits größer, füllte uns aus. Aber dort, wo meine Visionen normalerweise stoppten und in ihren Grenzen blieben, dehnte sich diese viel weiter aus, wie ich es noch nie erlebt hatte, so schnell, dass sie all meine Sinne mit einer schwindelerregenden Flut an Düften und Geräuschen überschwemmte.

Im ersten Moment fühlte ich mich wie eine Möwe hoch oben im Wind über der See und dem Ufer und blickte aus der Vogelperspektive nach unten. Ich sah den grauen Horizont und die dunklen Wellen und fühlte eine stechende winterliche Kälte, als ich auf das kleine Cottage hinabblickte, dessen strohgedecktes Dach und die Fensterläden genau Robs Beschreibung entsprachen. Es lag im tiefen Schnee, und die Fußspuren zweier Menschen führten zur Tür, die zur Hälfte von einem Mann ausgefüllt wurde.

Diese Dinge sah ich, bevor sich meine Perspektive senkte und mir, nachdem mein Blick über den Schnee gerast war, schließlich eine Sicht bot, die etwas oberhalb der lag, die ich gehabt hätte, hätte ich auf dem Boden gestanden. Die Sicht eines Mannes von Robs Größe, stellte ich fest.

Oh Gott, vernahm ich meine Stimme, wobei ich nicht hätte sagen können, ob es als Gebet oder als überraschter Ausruf gedacht war.

Rob antwortete mit: *Bist du jetzt bei mir? Kannst du alles gut sehen?*

Ich nickte, zumindest dachte ich es, und wir umrundeten das Haus wie mit einem Weitwinkelobjektiv, inklusive des Mannes in der Tür, der mit dem Rücken zu uns stand, dessen dunkler wollener Mantel an einigen Stellen von Schnee bedeckt war und der stark nach Rauch roch, der beißender war als der eines Holzfeuers.

Es war so früh am Morgen, dass die Sonne nicht mehr als ein rotgoldenes Glitzern hinter den Wolken über dem Meer in östlicher Richtung war, und als der Wind blies, raubte er mir beinah den Atem.

Ich konnte mich nicht gleich abwenden, da ich mich unter Robs Kontrolle befand, der noch einen Moment länger in den Sonnenaufgang blickte. Also blieb mir nur übrig, zu warten und den Wind auszuhalten, bis er sich dem Cottage zuwandte.

Rob?

Bleib dran.

Diesmal war es keine Bewegung wie im Flug. Es fühlte sich an, als würden wir die wenigen Meter bis zum Haus rennend zurücklegen und durch die Wände dringen, als wären sie aus Nebel und wir Geister.

Wir waren drin.

KAPITEL 11

Der Mann hinter dem Oberst füllte die Türöffnung, und sein dicker dunkler Mantel sperrte das Licht aus und troff vom schmelzenden Schnee. Sein Atem war in seinem Bart gefroren, sodass dieser weiß und ausgefranst war, und in Annas Augen sah er aus wie einer jener wilden Highlander, von denen sie schon so oft in den Geschichten gehört hatte, auch wenn er anders gekleidet war. An den Beinen unter dem Mantel trug er Kniebundhosen und Stiefel, wobei eines seiner Beine oberhalb des Knies mit Stofffetzen umwickelt war, die bräunliche Flecken aufwiesen. Er schonte das Bein und stand mit dem Gewicht auf dem anderen, während er in der Tür wartete und der Oberst sprach.

Sie sollte es nicht hören. Sie sollte schlafen, in dem warmen großen Bett neben ihren Geschwistern, denn es war die Zeit der frühen Morgendämmerung, und der Tag hatte noch nicht wirklich begonnen. Und so, wie ihre Eltern und der Oberst und sein Freund sprachen, leise und bedachtsam, war klar, dass es nicht für die Ohren der Kinder bestimmt war.

Ihre Mutter schien entsetzt. »So nah?«

Der Oberst nickte. »Vielleicht eine halbe Tagesstrecke hinter uns, inzwischen möglicherweise schon weniger.«

Ihr Vater fuhr sich mit den Fingern durchs Haar, so wie er es immer tat, wenn er schneller denken musste, als er wollte. »Der König?«

»Ist in Sicherheit«, sagte der Oberst. »Wir haben persönlich dafür gesorgt.«

»Er ist doch gerade erst angekommen«, entgegnete ihr Vater bitter.

Der Oberst erwiderte nichts darauf, was ihren Vater ermutigte hinzuzufügen: »Wie kann er jetzt wieder abreisen, nachdem wir alle hier den Winter über für seine Sache gekämpft und gelitten haben?«

Der Blick des Obersts hielt der Herausforderung stand: »Willst du ihn jetzt im Stich lassen?« Als er keine Antwort erhielt, fuhr er fort: »Der König spielt auf einem größeren Spielfeld als du und ich. Manchmal muss man eine Figur opfern, damit der Rest überlebt, aber ich versichere dir, dass jedes dieser Opfer ihn schmerzt, und diese Küste hinter sich zu lassen war die schwerste Entscheidung, die ich ihn je treffen sah.«

»Ja, es ist sicher hart für ihn, unser Ende aus der Sicherheit seines Schiffes heraus zu betrachten.«

»Die See ist niemals sicher«, sagte der Oberst. »Haben dich das all die Jahre als Fischer nicht gelehrt?«

Annas Vater sah den Oberst widerstrebend an. »Warum begleitet Ihr ihn nicht?«

»Der König hat andere Männer zu seinem Schutz, und mit dem Heer dieses Teufels Argyll auf den Fersen wird meine Hilfe woanders mehr gebraucht.«

Anna kuschelte sich in die Decken, als der kalte Wind um die Mauern des Hauses pfiff. Sie wusste wenig über die Kämpfe, die die Gespräche ihrer Eltern seit der Heuernte bestimmt hatten, außer dass ein Cousin ihres Vaters bei Sheriffmuir getötet worden war, wo immer das auch sein mochte, und anscheinend war der Teufel dafür verantwortlich. Sie schmiegte sich näher an ihren Bruder, um sich zu wärmen, verschloss ihre Ohren gegenüber den Geräuschen des Winters und versuchte das Bild des Teufels und seiner Armee, die sich näherten, aus ihrem Bewusstsein zu vertreiben.

Sie hörte ihre Mutter: »Wir sind dankbar, Oberst, dass Ihr uns gewarnt habt. Und Euch natürlich auch«, sagte sie, an den anderen Mann gewandt, der die ganze Zeit über geduldig schweigend gewartet hatte, »Mr. …?«

»Jamieson«, antwortete der Oberst, »Hauptmann Jamieson.«

Der Mann in der Tür nickte kurz zu ihrer Mutter hin, und unter den Decken verborgen, wagte Anna einen längeren Blick zu ihm hinüber. Er war jünger als der Oberst, etwa so alt wie ihr Vater, wirkte aber strenger mit seinem bärtigen Gesicht.

Ihre Mutter sprach weiter: »Ihr seid verwundet, Sir.«

Die Bandage über seinem Knie wies nun frische rote Flecken neben den braunen auf, aber mit einem Schulterzucken entgegnete er: »Es geht schon. Ich kann nicht hierbleiben.«

»Genau wie ihr«, sagte der Oberst zu Annas Eltern »Weckt die Kinder, vor der Küste warten französische Schiffe auf uns.«

»Und englische, die ihr Auslaufen verhindern werden.« Die Stimme von Annas Vater klang grimmig. Er schüttelte den Kopf. »Ich gehe auf kein Schiff und werde meine Kinder nicht den Engländern ausliefern. Ich werde meine Familie nach *Slains Castle* bringen. Die dicken Mauern werden uns schützen, und ich garantiere, dass sogar Argyll auf dem Besitz des Grafen von Erroll Vorsicht walten lässt.«

»Ein Mann wie Argyll lässt niemals Vorsicht walten. Und wenn er mit all seinen Dragonern und den fremden Soldaten, die er angeworben hat, kommt, die noch nie vom Grafen von Erroll gehört haben, was dann?«

»Wollt Ihr damit sagen, dass ich meine Familie nicht schützen kann?«

»Ich will sagen, dass ein Fuchs, der sich in der Erde verkriecht, vielleicht ausgegraben wird«, entgegnete der Oberst.

Annas Vater straffte sich. »Und einer, der übers Feld rennt, bringt sich ebenso in Gefahr.«

Die beiden Männer versuchten einander mit Blicken niederzuringen. Am Ende wandte Annas Vater den Blick ab und sagte stur: »Meine Familie geht ins Schloss.«

Der Oberst hielt sich einen Moment zurück, dann nickte er. »Wenn du nicht auf meinen Rat hören willst, ist das dein Recht. Aber bitte versteh, dass ich meine Familie auf meine Art schütze.« Annas Vater runzelte die Stirn, als habe er nicht ganz verstanden, sodass der Oberst es in deutlichere Worte fasste:

»Du bringst deine Kinder, wohin du meinst, aber Anna kommt mit mir.«

Der Hauptmann in seinem Rücken trat leicht von einem Fuß auf den anderen, als wolle er protestieren, doch Oberst Graeme fügte hinzu: »Sie ist die Tochter meines Neffen, und in ihren Adern fließt mein Blut, und bei der Liebe für ihren Vater und bei dessen Liebe für ihre Mutter werde ich verdammt sein, wenn dem Kind etwas zustößt. Ich werde Anna mitnehmen.«

Der Hauptmann sah zu dem Bett hinüber, in dem Anna und die anderen Kinder lagen, und Anna war so gebannt von der Strenge seines Gesichtsausdrucks, dass sie sich nicht abwandte, sondern seinem Blick begegnete. Wenn es ihn überraschte, dass sie wach war und zuhörte, ließ er es sich nicht anmerken. Er hielt eine Weile ihrem Blick stand, sah sie an und sagte schließlich: »Guten Morgen.«

Nun wandten auch die anderen die Blicke in ihre Richtung, und da sie sich nicht länger unter den Decken verstecken konnte, richtete sie sich auf, streckte sich und fragte den Oberst: »Ist der Teufel wirklich auf dem Weg hierher?«

Oberst Graeme zögerte wie so oft eine Antwort mit einer Gegenfrage hinaus: »Hast du denn Angst vor dem Teufel, Anna?«

Anna hörte erneut das unheimliche Pfeifen des Windes und war sich nicht sicher. Sie sah zu ihrer Mutter und ihrem Vater hinüber und dann zur Tür hin, in der immer noch Hauptmann Jamieson stand, direkt hinter dem Oberst, und es schien ihr, dass diese beiden Männer und ihre Schwerter nicht so leicht zu überwinden wären, und auf einmal wusste sie, dass sie eigentlich keine Angst hatte.

Sie sagte es ihm und fragte: »Ist das Schiff schneller als er?«, was sie in leichte Erregung versetzte, so als stehe ihr ein großes Abenteuer bevor.

»Ja.« Er lächelte, als habe sie nur bestätigt, was er erwartet hatte, und sah Hauptmann Jamieson an. »Eindeutig das Kind meines Neffen«, erklärte er, und mit Stolz wiederholte er: »Sie kommt mit uns.«

Damit war es entschieden.

Ihre Mutter zog sie warm an, kleidete sie in zwei Schichten unter einem Umhang, mit dicken wollenen Strümpfen, die kratzten, und Donalds alten Stiefeln, die ihr viel zu groß waren. »Hör ab jetzt auf den Oberst«, sagte ihre Mutter in einem Ton, den sie nicht an ihr kannte. »Tu, was er sagt, ohne Widerspruch.«

»Ich widerspreche doch nie.«

»Anna.«

Das Mädchen schwieg einen Moment, während es den eiligen Händen seiner Mutter zusah, dann fragte es: »Werdet ihr nachkommen, wenn der Teufel wieder weg ist?«

Die Hände seiner Mutter hielten inne. Dann sagte diese: »Nein, wir werden nicht nachkommen.«

Anna runzelte die Stirn, während sie die Antwort verdaute. »Niemals?«

»Nein.« Ihre Mutter sah zu ihr auf und lächelte, was genau wie ihre Stimme unnatürlich wirkte. »Der Oberst hat recht. Du solltest jetzt bei deiner Familie sein.«

Anna kämpfte mit einem verstörenden Gewirr an Gefühlen, aber sie gab die Suche nach der Wahrheit nicht auf. »Wollt ihr mich nicht mehr bei euch haben?«

»Natürlich will ich dich noch bei mir haben. Vom ersten Moment, als du in meine Arme gelegt wurdest, warst du die beste und wunderbarste Tochter, die ich mir wünschen konnte, aber es war niemals für immer.« Das Lächeln ihrer Mutter zitterte leicht, aber sie riss sich zusammen. Sie strich Anna das Haar aus dem Gesicht und lächelte noch strahlender. »Hier, ich habe ein Geschenk für dich.«

Anna nahm das kleine Päckchen aus der ausgestreckten Hand ihrer Mutter und starrte es fragend an. Es war nicht größer als ihre Handfläche und mit einem so wunderschönen Stoff umwickelt, wie sie ihn noch nie gesehen hatte – seidenweich und in der Farbe des Lavendels, der am Schloss neben der Tür zur

Küche wuchs. Zuerst dachte sie, der Stoff wäre das Geschenk, und wollte ihrer Mutter dafür danken, doch diese bat sie zärtlich, ihn zu öffnen.

Darin lag eine einzige blonde Haarlocke, die an den Enden mit einem weichen Band zusammengebunden war.

Ihre Mutter sagte leise: »Es ist das Haar von Sophia, der Mutter, die dich geboren hat. Du hast sie darum gebeten, als sie gehen musste, und es selbst mit deinen kleinen Händen abgeschnitten. Ich habe es für dich aufgehoben.«

Unsicher berührte Anna die Locke mit einem Finger. »Das Haar meiner Mutter?«

»Ja. Und sie hat eine Locke deines Haars mitgenommen, die mit dem gleichen blauen Band zusammengebunden ist, damit sie immer etwas bei sich hat, was sie an dich erinnert.« Annas Mutter sah, wie das Mädchen die Locke erneut berührte. »Ist sie nicht wunderschön?«

»Es hat eine andere Farbe als mein Haar«, sagte Anna enttäuscht.

Der Oberst hinter ihr hatte zugehört. »Ja. Du ähnelst deinem Vater mit dem schönen braunen Haar und den Augen, die deine Mutter so sehr liebte.«

Die Mutter, bei der sie aufgewachsen war, stimmte zu. »Sie hat deiner Tante Kirsty einmal erzählt, dass seine Augen die Farbe des Meeres im Winter hätten.«

Der Oberst sagte: »Tatsächlich?« Er sah in Annas Augen und lächelte. »Es stimmt. Bist du also bereit für die Seereise?«

Ihre Mutter hielt sie noch einen Moment zurück. »Da ist noch eine Sache.« Sie holte etwas, was sie in der niedrigen Kiste unter ihren Kleidern aufbewahrt hatte, ein gefaltetes Kleidungsstück aus feinstem holländischem Leinen, liebevoll mit Weinranken und blassen Blüten bestickt. Während sie es in ein Stück gröberen, selbst gesponnenen Stoff wickelte, erklärte sie Anna: »Das hat deine Tante Kirsty für deine Mutter gemacht, für ihre Hochzeitsnacht. Und deine Mutter wünschte, dass du es bekommst. Es wurde mit Liebe gemacht und trägt Liebe in sich und wird dich besser beschützen als jede Waffe.« Sie schlug auch die Haarlocke wieder in den seidenen Stoff ein und gab beides dem Oberst. »Würdet Ihr das für sie bei Euch tragen?«

»Natürlich.« Er nahm die Päckchen vorsichtig entgegen und barg sie behutsam unter seinem Mantel. Dann blickte er sich noch einmal in dem kleinen Raum um, sah in die Gesichter, die ihn anblickten, und fragte ein letztes Mal: »Ihr seid sicher, dass ihr nicht mitkommen wollt?«

Annas Vater schüttelte den Kopf und erkundigte sich: »Was ist Euer Ziel?«

»Flandern, wenn der Wind es zulässt. Dort, in Ypern, gibt es ein Kloster von irischen Nonnen, wo ich in der Vergangenheit schon mehrfach Schutz gefunden habe. Von dort werde ich euch schreiben.«

»Gott sei mit euch«, sagte Annas Mutter, und er nickte, den Wunsch zurückgebend.

»Und du.« Seine Hand berührte Annas Schulter. »Verabschiede dich.«

Es fiel ihr schwer. Sie fühlte die Tränen aufsteigen, als sie ihre Geschwister umarmte, und der Drang zu weinen wurde noch stärker, als sie die vertraute Wärme in den Armen ihrer Mutter spürte.

»Sei ein braves Mädchen«, war das Letzte, was ihre Mutter ihr mit auf den Weg gab, bevor sie für ihren Vater Platz machte, der vor ihr in die Hocke ging.

Seine Augen glitzerten seltsam, was er mit einem Zwinkern vertrieb. »Vergiss uns nicht, hörst du?«

Anna schüttelte den Kopf. »Niemals, Vater.«

Mit einem schmerzlichen Zug um den Mund lehnte er sich schnell nach vorn und küsste sie auf die Stirn. »Das ist mein Mädchen.« Er stand auf und sagte zum Oberst: »Am besten, Ihr macht Euch gleich auf den Weg. Wir werden auch bald aufbrechen.«

Hauptmann Jamieson hatte sich abgewandt, wie um der Familie ein wenig Zeit für sich zu gewähren, doch nun nickte er und trat zum ersten Mal einen Schritt von der Tür zurück, wodurch ein Wirbel von Wind und Schnee ins Haus drang, der eine Kälte mitbrachte, die Anna zittern ließ.

Auf einmal fühlte sie sich unsicher.

Oberst Graeme forderte sie auf: »Nimm meine Hand.«

Sie hob ihr Kinn, um in seine Augen zu blicken, und fand ein Lächeln darin. »Komm, es gibt keinen Grund, Angst zu haben.«

Anna fühlte den wachsamen Blick des Hauptmanns und hob ihr Kinn noch ein wenig höher. »Ich habe keine Angst.«

Der Oberst schloss seine Hand fester um ihre, und mit einem letzten Nicken zurück ins Haus zu ihren Eltern geleitete er sie aus der Tür.

Die Sonne, die inzwischen vollständig aufgegangen war, versteckte sich hinter den Wolken. Über die schneebedeckten Klippen fiel das Licht seltsam niedrig und kalt ein, und dort, wo Anna und die Männer durch den frisch herangewehten Schnee gingen, blieben keine Schatten zurück.

Für Anna war es schwierig, mit den Männern Schritt zu halten, obwohl der Hauptmann ein wenig vorausging und für sie eine Spur in den Schnee trat. Ihre zu großen Stiefel behinderten sie und ließen sie stolpern.

Als sie zum dritten Mal strauchelte, blickte Hauptmann Jamieson zurück.

Über ihrem Kopf erhob sich die Stimme des Obersts über den Wind, um ihn zu beruhigen: »Sie wird es schon schaffen. Der Schnee ist hier einfach zu tief.«

Der Hauptmann nickte verständnisvoll. Dann nahm er sie ohne ein Wort auf den Arm, und Anna, die die Hand des Obersts losgelassen hatte, legte stattdessen die Arme um den Nacken des Hauptmanns. Seine starke Schulter roch nach Schweiß und Rauch und nach durchnässter Wolle, und sie drückte ihr Gesicht dagegen, die Augen fest geschlossen, um das einsame Cottage hinter ihnen nicht sehen zu müssen, das kleiner und kleiner wurde.

—

Rob hatte meine Hand längst losgelassen, doch als ich nun am Rand der *Bullers of Buchan* stand und die tödlich steilen Wände hinab in die Tiefe starrte, wünschte ein kleiner verräterischer Teil von mir, er würde sie erneut festhalten.

Ich hatte schon immer Probleme in der Höhe. Nach oben zu sehen oder zu gehen war kein Thema, aber der Blick nach unten verursachte mir Schwindel und Übelkeit wie an jenem Tag, als mein Bruder mir von dem Baum herunterhalf.

Und auf etwas wie die *Bullers of Buchan* hatte ich noch nie hinabgesehen.

Vor langer Zeit war das hier vielleicht einmal nicht mehr als eine Grotte im Meer gewesen, eine Felsspalte mit einer Öffnung dahinter, in die jede Welle, jede Flut das Wasser hineintrieb und nach und nach den Felsen hinwegwusch, bis irgendwann die Decke einstürzte und in das wirbelnde dunkle Wasser im Trichter fiel.

Zurück blieb ein tiefer, weiter von Felsen umringter Schaft und unten, zum Meer hin, der schmale Spalt, der einmal der Eingang zur Grotte gewesen war. Unter uns kreisten die Möwen, deren Flügel weiß aufblitzten, während sie ihre eigenen Schatten jagten, hoch über dem Meerwasser, das auf den schwarzen Felsen brodelte.

Ich trat einen Schritt vom Rand zurück und blickte zu Rob hinüber. »Von hier sind sie abgefahren?«, fragte ich. »Bist du dir sicher?«

Er nickte. »Ein kleines Segelboot, so groß wie ein Fischerboot, war gleich dort unten festgemacht, und es brachte sie raus aufs Schiff.«

Ich sah nicht zu der Stelle zwischen den Felsen, auf die er zeigte. Stattdessen hatte ich den Blick in die Weite gerichtet, auf die unter der Augustsonne glitzernde Nordsee, und ich bemühte mich, mir vorzustellen, wie diese endlose See mitten im tiefen Winter auf die kleine Anna gewirkt haben musste.

Laut sagte ich nur: »Aber sie sind nicht nach Russland gefahren.«

Rob berichtigte: »Wir wissen nicht, wohin sie gefahren sind, wir wissen nur, wohin sie unterwegs waren.«

Ich erinnerte mich an die Worte des Oberst. »Zum Kloster der irischen Nonnen in Ypern.«

»Genau.«

»Das ist in Belgien, oder?«

»Ja.« Er hatte die Hände in den Hosentaschen und stand ganz entspannt da, aber ich brauchte nicht erst seine Gedanken zu lesen, um seine Unruhe zu erkennen. Man sah sie ihm an; sie schien die Luft aufzuladen. Er warf mir einen flüchtigen Blick zu. »Wann genau reist du nach Russland?«

»Donnerstag.«

»Aha.«

Ich versuchte realistisch zu sein. »Ich kann nicht einfach so nach Belgien fahren.«

»Warum? So weit ist das nicht. Nimm ein Flugzeug oder den Eurostar«, schlug er vor. »Du sollst ja nicht lange dort bleiben.«

»Und du kannst auch nicht mal eben hinfahren. Du hast einen Job, Verpflichtungen …«

»Ich habe Urlaub«, meinte er. »Hab ich dir doch erzählt, oder?«

Aus dem unruhigen Blick seiner blauen Augen allein war nicht abzulesen, ob er die Wahrheit sagte. »Na ja, und das Rettungsboot?«

»Auch davon kann ich mir freinehmen. Ich muss das nur kurz mit dem Bootsführer klären.« Er wollte mich herausfordern, merkte ich. Mit zur Seite geneigtem Kopf fragte er: »Wovor fürchtest du dich?«

Ich konnte seinem Blick nicht standhalten. Ich sah weg und entgegnete: »Vor gar nichts.«

Ich habe keine Angst. Vor mir erstand das Bild des kleinen Mädchens, das den Blick zum Oberst gehoben hatte, und ich kniff die Augen zusammen, weil das helle Wasser mich blendete.

»Rob, bist du dir wirklich sicher, dass die kleine Anna, der wir folgen, wirklich Margarets Vorfahrin ist?«

»Ich bin mir vollkommen sicher.«

»Aber wie kannst du dir sicher sein? Ich meine, hier haben möglicherweise ein Dutzend Annas gelebt …«

»Ich bin mir sicher.« Sein Ton war eher entschlossen als stur, mit dem Selbstvertrauen dessen, der sich einer Tatsache absolut sicher ist. Er ließ mir keinen Raum, das infrage zu stellen, aber weil es Rob war, brauchte ich das auch nicht. Seine Fähigkeiten, sein Instinkt waren den meinen derart weit voraus, dass ich, wenn er keinen Zweifel hatte, nichts anderes tun konnte, als ihm zu vertrauen.

Und wenn die Anna, die wir gesehen hatten, wirklich diejenige war, mit der Zarin Katharina in meiner Vision gesprochen hatte, an jenem Tag, als ich den Feuervogel zum ersten Mal in den Händen gehalten hatte, dann wusste ich, dass diese Anna später in Russland, in St. Petersburg, gewesen war. Aber wie sie dort hingekommen war und mit wem und wo sie dort gewohnt hatte und was, in aller Welt, sie mit der Zarin zu tun gehabt hatte – das alles waren Fragen, auf die ich noch immer keine Antworten wusste. Und wenn ich in St. Petersburg die Möglichkeit haben wollte, irgendeinen Nachweis für die Herkunft des Feuervogels zu finden, wurde die Zeit allmählich knapp.

Ich sagte: »Das, was du heute gemacht hast …« Diese unglaubliche, unfassbare Sache, die er getan hatte, um mich in eine andere Zeit mitzunehmen und sie mir auf eine derart lebendige Weise vor Augen zu führen, wie ich sie nie für möglich gehalten hätte. Ich räusperte mich. »Kannst du immer so sehen? Ich meine, wenn wir wirklich nach Belgien reisen würden, könntest du …?«

»Ja.« Er lächelte leicht. »So sehe ich die Dinge immer.«

Der Anflug von Neid, den ich empfand, war so deutlich, dass ich sicher war, er würde ihn bemerken, aber seine Aufmerksamkeit war von etwas zu meinen Füßen abgelenkt.

Verwirrt sah ich hinunter. Am Rand der *Bullers of Buchan* war eine weiße Feder an einem Büschel wehenden Grases und verdorrter Blumen hängen geblieben und hielt tapfer dem Wind stand, der sie mitreißen wollte.

Es war nur die einfache zerzauste Feder einer Möwe und nicht die flammende Feder eines Feuervogels, aber ich spürte Robs Belustigung, bevor ich ihn ansah.

Da war er wieder, der herausfordernde, wartende Blick in seinen Augen.

»So fängt es an, stimmt's?«

Die Hände in den Taschen sah er geduldig zu, wie ich wieder auf die Feder blickte. Der Wind erwischte sie schließlich, und sie wirbelte hoch. Spontan bückte ich mich, um nach ihr zu greifen.

Als ich die Feder schließlich in der Hand hielt, war Robs Lächeln zu einem Grinsen geworden, und mit dem Kinn deutete er aufs Meer. »Belgien also.«

Auch ich sah aufs Wasser, ignorierte den leichten Druck, den ich im Magen spürte und der von Aufregung oder Furcht herrühren mochte, und nickte. »Belgien.«

KAPITEL 12

Sebastian lehnte sich in seinem Stuhl zurück. »Belgien?«

»Ja, ich habe dort etwas Unvorhergesehenes zu erledigen, mit einem alten Freund.« Ich versuchte, so weit wie möglich bei der Wahrheit zu bleiben, um überzeugend zu klingen. »Ich weiß, du bist nicht darauf eingestellt, aber ich dachte, weil es im Moment ziemlich ruhig ist und ich Donnerstag sowieso weg bin, könnte es möglich sein.«

Er sah mich an, als hätte ich ihn neugierig gemacht. »Weißt du«, begann er nachdenklich, »ich habe dich noch nie so spontan erlebt.«

Ich zuckte mit den Schultern und suchte nach einer Ausrede, aber er kam mir zuvor: »Sag die Wahrheit, du hast schon alles organisiert, oder?«

»Irgendwie schon.« Ich zögerte kurz, dann gab ich zu: »Ja, stimmt. Ich habe eine neue Empfangsdame eingestellt, und sie fängt morgen an. Du wirst also nicht allein hier sein.«

Er lächelte. »Wen hast du genommen?«

»Ihr Name ist Gemma. Gemma Richardson. Sie hat dir gefallen.«

Er versuchte, sich zu erinnern. »Gemma … so eine kleine Blonde?«

Ich schüttelte den Kopf. »Brünett. Sie hat für Sotheby's gearbeitet.«

»Ach ja.« Sebastian nickte. »Gemma, ja, lange Beine, große …« Auf meinen Blick hin tat er unschuldig. »… Augen.«

»Na ja, zu den großen Augen gehört auch ein großes Gehirn«, erklärte ich. »Sie wird sich schnell einarbeiten, denke ich. Ich bin mit ihr deinen Terminplan für die nächste Woche durchgegangen, es dürfte also keine Probleme während meiner Abwesenheit geben. Und du kannst mich auf dem Handy erreichen, wenn du mich brauchst.«

»Du scheinst dir ziemlich sicher zu sein, dass ich Ja sage.«

»Ich begegnete seinem neckenden Blick mit Geduld. »Na ja.«

»Belgien.« Er legte die Fingerspitzen aneinander, während er über meine Bitte nachdachte. »Du willst heute Abend fahren, hast du gesagt?«

»Genau. Und am Mittwoch kommen wir zurück, sodass ich meinen Flug am Donnerstag auf keinen Fall verpassen werde.«

»Zwei Nächte in Belgien«, war das Einzige, was ihn zu interessieren schien. Er zog fragend die Augenbrauen hoch. »Wenn du sagst ›ein alter Freund‹, meinst du dann ›ein *alter* Freund‹ oder …«

»Sebastian!«

»Ja, schon in Ordnung.« Er grinste. »Dann gute Reise. Ich kann ja eh nichts dagegen tun, jetzt, da du Gemma für mich eingestellt hast. Aber bitte vergiss dein Handy nicht.«

Er hatte mich schon zweimal angerufen, bevor wir auf der Autobahn waren.

Rob konzentrierte sich auf den Verkehr und hatte in seiner diskreten Art nichts gesagt, als ich das erste Mal mit Sebastian telefonierte, aber als ich das zweite Gespräch beendet hatte, warf er einen Blick in meine Richtung und fragte mit einer hochgezogenen Augenbraue über der dunklen Sonnenbrille: »Nervt er dich immer so?«

»Nicht immer, nur wenn ich nicht im Büro bin.«

»Das ganze Wochenende über hat er sich nicht gemeldet.«

»Na ja, vielleicht hat er es mit einer Frau verbracht«, erklärte ich. »Abgesehen davon arbeite ich am Wochenende nicht.«

»Jetzt arbeitest du auch nicht«, erinnerte mich Rob. »Also leg das Ding weg.«

»Rob …«

»Leg es weg oder schalt es aus, bevor ich es aus dem Fenster werfe.«

Seinem Ton konnte ich entnehmen, dass es nicht ernst gemeint war, trotzdem tat ich ihm den Gefallen und steckte das Handy tief in meine Tasche.

»Vielen Dank. Jetzt also: Was hast du eben über Oberst Patrick Graeme gesagt?«, nahm er den Faden unseres Gesprächs wieder auf.

»Oh. Ich sah zu ihm hinüber. Er war mal Hauptmann der *Edinburgh Town Guard*, der Stadtwache von Edinburgh, als er jünger war, hatte also eine ziemlich hohe Position, aber als König Jakob II. …«

»Jakob VII.«

»Bitte?«

»Für euch Engländer war er Jakob II., aber wir Schotten hatten vorher schon sechs Könige, die so hießen.«

»Also ist beides richtig.«

Wieder warf er mir diesen tadelnden Seitenblick zu. »Mit wessen Geschichte beschäftigst du dich gerade?«

»Mit der Geschichte Schottlands, würde ich sagen.«

»Dann mach es richtig.« Sein Ton war bedeutend freundlicher als seine Worte, aber wieder bemerkte ich die Herausforderung darin.

»Also gut: Als König Jakob VII. nach Frankreich ins Exil ging, folgte ihm Oberst Patrick Graeme. Seine Frau ließ er in Edinburgh zurück. Zumindest zunächst.«

»Kinder?«

»Er hatte vier Söhne. Zwei traten in den Kapuzinerorden ein, einer wurde Arzt und der vierte fuhr zur See.«

»Was? Keiner ging zur Armee?«

»Wie es aussieht, nein.« Ich sah noch mal in meinen Notizen nach, die ich mir am Vorabend während der Recherche im

Internet gemacht hatte. »Der Seefahrer und einer der Mönche sind ziemlich jung gestorben, aber der andere Mönch war recht bekannt. Er wurde *Father Archangel* genannt.«

Rob meinte. »Bei den Erbanlagen hätte ich mindestens einen Soldaten erwartet.«

»Vielleicht war Oberst Graeme deswegen so eng mit seinem Neffen verbunden«, vermutete ich. »Mit Annas Vater.«

»Und was hast du über ihn herausgefunden?«

»Oberst Graeme hat Anna erzählt, dass der Name ihres Vaters John war und dass der Vater ihres Vaters der Laird von Abercairney war, richtig? Also, es gab einen John Moray, der dritte Sohn von Sir Robert Moray von Abercairney, der Oberstleutnant in Lees Regiment gewesen ist, einem der irischen Regimenter, die dem französischen König unterstanden.«

Rob fand, das klinge plausibel.

Ich fügte hinzu: »John Moray starb etwa 1710.«

»Das würde passen. Das, wovon die Rede war, als der Oberst Anna aus dem Cottage geholt hat, dürfte etwa Ende 1715 geschehen sein.«

»Was?«

»Der Aufstand von 1715.« Wieder hoben sich seine Augenbrauen. »Gibt es gar keinen Geschichtsunterricht an den englischen Schulen?«

»Sprich weiter. Klär mich auf.«

»König Jakob VII. hatte drei Kinder«, dozierte Rob geduldig. »Zwei Töchter von seiner ersten Frau und einen Sohn von der zweiten. Die Geburt dieses Sohnes war der Grund für den ersten Aufstand gegen Jakob, 1688, weil Jakob seinen Sohn, seinem eigenen Glauben entsprechend, katholisch erziehen wollte, und das wollten seine Gegner nicht zulassen. Sie wollten einen protestantischen Thronerben. Also bekämpften sie Jakob, der ins Exil ging, und die Thronfolge ging auf Jakobs Töchter über, die von ihrer Mutter protestantisch erzogen worden waren. Die älteste Tochter war Maria, die mit Wilhelm III. von Oranien verheiratet war – schon mal von William und Mary gehört?

Danach kam die zweite Tochter, Anna, auf den Thron. Als Königin Anna starb, lebte König Jakob VII. auch nicht mehr, und Annas Halbbruder, James Francis Edward Stuart, war damals etwa so alt wie ich jetzt. Er lebte nach wie vor in Frankreich im Exil. Es gibt Stimmen, die besagen, dass Anna ihn zum Thronfolger erklären wollte, weil ihre Kinder alle bereits vor ihr gestorben waren, aber ihre englischen Berater waren dagegen. Als Anna also 1714 starb, suchten sie den nächsten protestantischen Verwandten auf und holten ihn aus Hannover herüber«, erläuterte Rob. »Und so landete König Georg auf dem Thron, der erste Georg, der kaum Englisch sprach. Die Jakobiten, nicht nur in Schottland, sondern auch in England, wollten ihn nicht. So kam es zum Krieg und James Francis Edward Stuart, nun König Jakob VIII., kam aus Frankreich herüber, um seine Krone zurückzuholen.«

»Aber es gelang ihm nicht.«

»Nein. Als er ankam, waren die Kämpfe im Grunde schon beendet. Worum es in dem Cottage ging, war das Ende des Ganzen: Die Jakobiten ergriffen die Flucht. Mit dem für den englischen König kämpfenden Grafen von Argyll dicht auf den Fersen.«

»War er Schotte?«

»Ja, war er.«

Ich schwieg einen Moment und sinnierte über all die Bündnisse und Intrigen in diesen verworrenen Zeiten und den Grund, der einen Mann in Oberst Graemes Alter dazu veranlasst hatte, aus Frankreich zurück nach Schottland zu kommen, um für denjenigen zu kämpfen, den er als seinen König erachtete.

»Es ist schon traurig: all diese Kämpfe im Grunde für nichts.«

»Na ja, so haben sie es damals sicher nicht gesehen. Es war der Thron Jakobs VIII., er stand ihm von Geburt an zu, und in ihren Augen konnte kein parlamentarischer Akt diese Tatsache ändern. Sie haben um Ehre und Gerechtigkeit gekämpft. Nicht die schlechtesten Gründe für einen Kampf.«

Ich lächelte darüber, wie er es sagte. »Hättest du auch mit den Jakobiten gekämpft, wenn du damals gelebt hättest?«

»Wahrscheinlich.« Rob lehnte sich kurz zurück und streckte die Schultern, als seien sie verkrampft.

Er wirkte nicht müde, aber ich wusste, dass er von Schottland aus bereits mehrere Stunden lang unterwegs gewesen war, und wir hatten noch mindestens fünf Stunden Fahrt vor uns. Wir würden mit dem Autozug durch den Eurotunnel fahren, was schneller ging, als die Fähre zu nehmen, aber das bedeutete auch, dass Rob bis Calais nicht viel Zeit zum Ausruhen blieb.

Er sagte: »Mir geht's gut. Ich fahre gern, und ich bin nicht müde.«

»Warum machst du das immer?«

»Was?«

»Fragen beantworten, die ich nicht gestellt habe.«

»Aber du hast sie gestellt.«

»Nicht laut.«

Rob entschuldigte sich. »Sorry. Ich kann es manchmal nicht unterscheiden.« Ohne den Blick von der Straße zu nehmen, fragte er: »Geht es dir nicht genauso? Als mein Vater dich auf die Probe gestellt hat, hast du ihm geantwortet, als hättest du seine Stimme gehört.«

»Ja, mir geht es genauso. Aber ich bin nicht gewohnt, dass jemand auf meine nicht laut gestellten Fragen antwortet.«

»Das hab ich doch schon immer gemacht. Du hast nie gesagt, dass es dich stört«, wandte er ein.

»Es nervt mich schon eine ganze Weile.«

Rob wunderte sich. »Und dein Großvater? Antwortet er dir nicht auf diese Weise?«

Ich schüttelte den Kopf und dachte an die wenigen Male, die ich als Kind meinem Großvater meine Gedanken gesandt und er mich jedes Mal entschieden abgeblockt hatte. »Er spricht so nicht mit mir.«

Eine Weile fuhr Rob schweigend weiter, dann sagte er: »Trotzdem hört er dich.«

Es war eine gewisse Bestimmtheit in diesen Worten, die mich veranlasste, ihn anzusehen. Ich wollte gerade fragen, ob er aus Erfahrung spreche, als mich ein forderndes Signal aus meiner Tasche davor bewahrte.

Rob rollte mit den Augen. »Ich hoffe, der Typ bezahlt dich gut.«

»Er bezahlt mich sehr gut.« Ich fischte mein Handy aus der Tasche und ging ran: »Ja, Sebastian?«

Ich schlief, als wir in Ypern ankamen.

Als ich die Augen öffnete, wurde ich mir der Stille bewusst. Noch nicht ganz wach, registrierte ich, dass der Wagen geparkt hatte und es spät in der Nacht war. Das bernsteinfarbene Licht der Straßenlaternen wurde vom Kopfsteinpflaster der Straße reflektiert, die sich in einer engen Kurve mit dicht beieinanderstehenden alten Häusern wand.

Es hatte geregnet. Das Wasser hatte sich am Rand der Straße in glitzernden Pfützen gesammelt, und als ich mich zu Rob umwandte, wurde über uns der niedrige Ast eines Baumes vom Wind erfasst und sandte einen Schwall Wassertropfen auf die Windschutzscheibe.

Rob zog die Handbremse an. »Hi.«

»Wie lange?«, fragte ich.

»Was?«

»Wie lange habe ich geschlafen?«

»Seit kurz hinter Calais.«

»Oh nein, Rob, entschuldige.«

»Wofür?«

War das nicht offensichtlich? »Dafür, dass ich dich die ganze Zeit allein habe fahren lassen.«

»Ich hab Radio gehört, kein Problem. Du hast im *Novotel* reserviert?«

»Ich nickte. »In der Sint Jakobsstraat.«

»Gut, denn da sind wir gerade.« Die kühle Nachtluft, die ins Auto strömte, als er die Tür öffnete, weckte mich vollständig auf, sodass ich, als Rob sagte: »Ich hole die Taschen aus dem Kofferraum«, endlich bemerkte, was mir vorher nicht aufgefallen war.

Keiner von uns beiden hatte laut gesprochen.

Ich beließ es dabei, weil ich, auch wenn er nicht müde aussah, davon ausging, dass er es war, denn schließlich war er den ganzen Tag über gefahren, und wahrscheinlich war ihm gar nicht klar, wie wir kommunizierten. So wie er am letzten Dienstagmorgen seine Gedanken noch halb im Schlaf unbewusst zu mir gesandt hatte. War das wirklich erst zwei Tage her? Es kam mir viel länger vor.

»Gib mir meine Tasche, ich kann sie selbst tragen.« Diesmal sprach ich die Worte laut aus.

»Ich hab sie schon.« Seine Stimme klang bestimmt.

»Na ja, es ist schön, dass du so zuvorkommend bist, aber du bist nicht mein …«

»Ich hab sie.« Stur klammerte er sich an den Henkel, während er mich die wenigen Schritte die Straße hinauf in Richtung des Hoteleingangs geleitete. Die von hinten mit warmem Licht beleuchtete moderne Fassade des Hotels aus Glas und Metall hob sich von den älteren Gebäuden in seiner Umgebung deutlich ab. Ich konnte Rob nicht einmal die Tür aufhalten, denn sie öffnete sich automatisch und führte in den offen angelegten Innenraum mit in der Nacht leicht abgedunkelter Lobby und Restaurant.

Rob wartete bei den Aufzügen, während ich uns an dem langen gebogenen Tresen der Rezeption anmeldete, und als wir hinauffuhren, nahm er seine Schlüsselkarte entgegen. Als wir unser Stockwerk erreicht hatten, folgte er mir, immer noch mit meiner Tasche in der Hand, und er setzte sie erst ab, als er nach einem kurzen Blick in mein Zimmer festgestellt hatte, dass keine Gefahr bestand.

Sein Zimmer lag neben meinem. Ich hörte, wie er die Tür

verriegelte, gleich nachdem ich das Gleiche getan hatte, ich hörte das Wasser rauschen, als er sich wusch und sich die Zähne putzte, und ich hörte das Quietschen des Bettes, als er sich hinlegte. Stunden später meinte ich ihn atmen zu hören, als ich das Schattenspiel an der Decke beobachtete. Er hätte genauso gut neben mir liegen können.

Dennoch zog ich es vor, meinen unruhigen, ständig unterbrochenen Schlaf darauf zu schieben, dass ich im Auto ja bereits geschlafen hatte, und im ersten Morgenlicht gab ich es ganz auf. Durch die durchscheinenden Vorhänge an meinem Fenster konnte ich den gotischen Turm einer alten Kirche erkennen, der dicht hinter den mit roten Ziegeln gedeckten Häusern gegenüber dem Hotel aufragte. Um die Turmspitze waren weitere kleinere Spitzen angeordnet.

Der Himmel wirkte trist und langweilig, ein verwaschenes, wässriges Grau, das das Gras in dem Innenhof unterhalb meines Fensters stumpf aussehen ließ, genau wie die dunkelgrünen Baumkronen, die zwischen den ziegelgedeckten Dächern und der Kirche zu sehen waren. Aber nachdem Rob in Cruden Bay am frühen Morgen allein auf die Suche nach Anna gegangen war, war ich jetzt dran, mich auf den Weg zum Kloster zu machen.

Laut meiner Recherche am Sonntagabend, nachdem ich aus Schottland zurückgekommen war, war der Weg nicht weit. Das Kloster der irischen Nonnen hatte sich in ebendieser Straße befunden.

Die Luft war kühl, als ich auf die Straße trat, und auch diesmal schien es kurz vorher geregnet zu haben, denn die Pflastersteine waren nass, und als ich die Straße überquerte, musste ich darauf achten, nicht auszurutschen. Robs Auto stand noch da, wo wir es geparkt hatten, mit ein paar anderen auf dem kleinen baumbestandenen und von einer niedrigen Hecke umgebenen Platz vor der alten Kirche – der Jakobskirche, wie mich mein Stadtplan informierte.

So wie weitere große Teile der Stadt war auch sie im Ersten

Weltkrieg dem Erdboden gleichgemacht und später wiedererrichtet worden. Auf äußerst gelungene Art und Weise, denn von meinem Standort aus schien die Kirche original mittelalterlich.

Die gesamte Straße sah aus wie die Zeichnungen in dem Märchenbuch meiner Kindheit: die gedrängte gebogene Linie der alten Backsteinhäuser mit den auffallenden Stufengiebeln und den Schornsteinen. Auf einem dieser Schornsteine saß eine irgendwie einsame und traurig aussehende Taube, und ihr Ruf erklang klagend über die steilen Ziegeldächer.

Außer mir schien sich nur eine kleine schwarz-weiße Katze, die am Rand des Pflasters stehen geblieben war, um mit gespitzten Ohren zu lauschen, für die Rufe des Vogels zu interessieren. Als sie mich sah, machte sie einen Buckel und schlich dann auf ihren zierlichen weißen Pfoten weiter, um die Gegend zu erkunden, während ich wieder in meinen Stadtplan guckte.

Es gab keinen Hinweis, wo sich das Kloster der irischen Nonnen befunden hatte. Auch das Kloster war dem Ersten Weltkrieg zum Opfer gefallen und zerstört worden. Ich hatte im Internet eine verblichene Fotografie aus der Zeit kurz nach der Zerstörung gefunden, auf der ein Teil der zertrümmerten Fassade zu sehen war, der noch stand, in deutlichem Schwarz und Weiß vor der Masse an eingestürzten, versengten und zerbrochenen Backsteinen und Ziegeln. Ich hatte auch dieses Foto ausgedruckt, aber als ich es mir nun ansah, konnte ich darauf nichts erkennen, was mir einen Hinweis darauf gab, wo der Fotograf gestanden hatte, wodurch es mir vielleicht möglich gewesen wäre, die Perspektive nachzuvollziehen.

Immerhin hatte ich gelesen, dass es eine Gedenktafel gab, dachte ich.

Erst als ich die gesamte Straße bis zu dem kleinen Kreisverkehr am Ende hinuntergegangen war und dann auf der anderen Seite zurück zum Hotel und das kurze Stück weiter bis zu der Stelle, wo die Straße in den Hauptplatz von Ypern mündete, dämmerte mir, dass ich ein Problem haben könnte.

Ich versuchte es erneut. Als ich zum zweiten Mal auf dem

begrünten Platz vor der Kirche ankam, bemerkte ich erneut die schwarz-weiße Katze, die auf das Dach des Autos neben Robs Wagen geklettert war, mich träge ansah und sich offenbar von mir unterhalten fühlte. »Mh. Das ist seltsamer, teilte sie ihr mit.«

Sie blinzelte.

»Was ist seltsam?«

Die Stimme war nicht weiblich – oder katzenartig –, dennoch zuckte ich ein wenig zusammen, als ich mich umdrehte und Rob dicht hinter mir stand, mit zwei Bechern Kaffee in den Händen. Er war also auch schon wieder auf den Beinen. Unter den Ellbogen hatte er eine Papiertüte geklemmt, aus der es verführerisch nach frischen Backwaren duftete, und mein Magen reagierte mit einem Knurren. »Sind das etwa Croissants?«

»Eine bunte Mischung«, sagte er und gab mir den Kaffee, um mir dann mit der freien Hand die Tüte hinzuhalten. »Ich bin ziellos in die Bäckerei gewankt und habe einfach von allem etwas genommen.«

Ich wählte ein schokoladenüberzogenes Etwas und hatte es halb aufgegessen, als er erneut fragte: »Was ist seltsam?«

»Bitte? Ach so. Es soll hier eine Gedenktafel geben, auf der zu lesen ist, wo genau das Kloster gestanden hat, aber ich bin zwei Mal die Straße rauf und runter gegangen und kann sie nicht finden. Ich sah ihn hoffnungslos an und erkundigte mich: »Du siehst nicht zufällig irgendeine geisterhafte Benediktinerin hier rumlaufen, oder?«

Er grinste und sah sich um. »Sorry, nein.«

»Mh. Vielleicht gibt es im Ort eine Bibliothek, in der man alte Stadtpläne finden könnte.«

Rob sah mich auf diese bestimmte Weise an, die mir sagte, dass er etwas wusste, wovon ich keine Ahnung hatte. »Was?«, wollte ich wissen.

Er zuckte mit seinen kräftigen Schultern und wählte dann erst mal umständlich ein Teilchen aus der Tüte aus. Die Katze, diese Verräterin, war graziös ein Auto weiter näher zu Rob hingewandert und betrachtete die Tüte mit großem Interesse.

»Wir brauchen keinen Stadtplan«, erwähnte er ganz nebenbei.

»Du findest es ohne Plan?«

Seine Augen sagten mir, dass ich die Antwort selbst wusste. »Ich habe dabei nicht an mich gedacht.«

»Rob, ich kann solche Dinge nicht … sehen.«

»Du brauchst es nicht zu sehen, du kannst es fühlen. So als wärst du mit einer Wünschelrute unterwegs.«

»Mit Wünschelruten kenne ich mich auch nicht aus.«

»Du wirst niemals herausfinden, wozu du in der Lage bist, wenn du es nicht versuchst«, argumentierte er. Es war eine Feststellung, kein Vorwurf. Er wollte mich auch nicht herausfordern, zumindest empfand ich es nicht so.

Ich war hin und her gerissen. Einerseits war ich nicht wie Rob; ich verfügte nicht über seine Fähigkeiten, das wusste ich, und es passte mir gut. Ich hatte keine Lust, mich aus meiner Schutzzone herauszuwagen.

Andererseits wollte ich Margaret Ross wirklich gern helfen. Und in zwei Tagen würde ich in St. Petersburg sein, allein auf mich gestellt, und dann blieb mir vielleicht keine andere Wahl, als auf meine Fähigkeiten zurückzugreifen, wenn ich das finden wollte, was ich zu finden hoffte. Ich wollte diese einzigartige Gelegenheit, den Feuervogel zu fangen, nicht verpatzen.

Jetzt mit Robs Hilfe ein bisschen zu üben wäre nur sinnvoll.

Dennoch war ich unsicher. »Was ist, wenn uns jemand sieht?«

»Und was würde derjenige sehen? Hast du vor, rückwärts im Kreis zu laufen oder laut zu singen oder so etwas?«

»Rob.«

»Also los. Du wirst einfach ganz normal über das Pflaster gehen, oder? Von dem Schock, so etwas zu sehen, wird sich jeder schnell erholen.« Ich sah das Glitzern in seinen Augen, als er mich aufzog, und nun war die Herausforderung nicht zu überhören.

»Na gut«, gab ich mich geschlagen.

Er hielt mir die Papiertüte hin, sodass ich mir das letzte

Croissant nehmen konnte, dann faltete er sie zusammen und steckte sie in die Tasche. »Fein. Ich folge dir.«

Ich sah in beide Richtungen, unsicher, ob ich in Richtung des Hautplatzes oder des Kreisverkehrs gehen sollte. Die traurige Taube rief wieder, und Rob sah mich an.

»Du denkst zu viel«, meinte er. »Vertrau deinem Gefühl.«

Da er nicht wissen sollte, dass ich, ehrlich gesagt, überhaupt nichts fühlte, nickte ich und wandte mich in Richtung des Kreisverkehrs.

Wir kamen am *Albion Hotel* vorbei, wo die schmale Straße eine leichte Biegung machte. Es war ein altes Gebäude, das in der Nähe einer Abzweigung lag, und über der roten Tür, die auf beiden Seiten von in Form geschnittenen Bäumen flankiert wurde, wehte fröhlich der *Union Jack* im Wind. Eine Frau mit einem Besen trat heraus und begann, die Stufen zu fegen. Sie lächelte Rob zu, der zurücklächelte und »*Good morning*« sagte. Ein paar Schritte weiter meinte er an mich gewandt: »Siehst du, es ist gar nicht so schwer.«

Ich wollte ihm glauben und bemühte mich, meine Gefühle auszuweiten. Als ob man mit einer Wünschelrute unterwegs wäre, hatte er gesagt. »Benutzt du Wünschelruten?«, fragte ich ihn.

»Ja, manchmal. Wieso? Denkst du darüber nach, einen Brunnen zu graben? Schau nicht ständig zur Seite und konzentrier dich.«

Es hatte keinen Sinn, dachte ich. Ich würde nichts finden. Schweigend führte ich ihn den ganzen Weg bis zu dem Kreisverkehr entlang. Als wir dort ankamen, meinte er: »Okay. Jetzt geh noch einmal zurück, aber langsamer, und du wirst es finden.«

Ich hörte die Sicherheit, die aus seinen Worten sprach, und wandte mich zu ihm um: »Du weißt genau, wo es ist. Du siehst es, stimmt's?«

Rob ignorierte meine Frage. »Los, zurück, aber langsam«, wiederholte er.

Ich seufzte, wechselte die Straßenseite und machte mich erneut auf den Weg, vorbei an den antiken Türen der alten Backsteinhäuser. Auf dieser Seite standen am Straßenrand in einer dichten Linie Autos geparkt. Rob ging hinter mir her, ohne sich zu beklagen, während ich versuchte, ihn zu überzeugen, mir irgendeinen Tipp zu geben.

»Es ist ein Gebäude.«

»Na, vielen Dank«, entgegnete ich trocken.

»Du hast gefragt.«

»Wir werden hier den ganzen Tag über entlanglatschen, wenn du mir nicht …« Ich stockte und blieb stehen. Wir hatten den Kreisverkehr noch nicht lange hinter uns gelassen und waren gerade an einer Stelle angekommen, wo zwischen zwei modernen, eher unauffälligen Häusern rechts eine Gasse abging. Die Häuser, die sich daran anschlossen, waren ebenfalls von neuerer Bauart. Die hohen, schmucklosen Fassaden mit den starrenden Fenstern wurden in der Mitte überraschend von einem hellen Farbton aufgelockert, denn dort war ein Teil der Fassade orangefarben und die Fensterrahmen pink gestrichen.

Ich war mir nicht einmal sicher, warum ich stehen geblieben war, bis der Wind aufwehte und ich es erneut spürte: als ob mir jemand an die Schulter tippte.

Ich dreht mich um und stellte fest, dass Rob nicht nah genug bei mir stand, um mich zu berühren, also fragte ich ihn: »War es hier?«

Seine leicht hochgezogenen Mundwinkel reichten mir als Antwort, und für einen Moment empfand ich einen kindischen Stolz, den ich mir aus Pragmatismus sogleich verbat. »Aber sehen kann ich es immer noch nicht.«

»Dem können wir abhelfen.« Nachdenklich sah er sich um. Ypern erwachte allmählich zum Leben – deutlich war Verkehrslärm zu hören, und ein Auto fuhr zügig die Sint Jakobsstraat entlang, gefolgt von einem weiteren. Rob nickte zu der Gasse hinüber. »Komm, wir versuchen es dort.«

Die Gasse war kurz und bot wenig Schutz. An ihrem Ende

ging das glatte Backsteinpflaster in gröberes Kopfsteinpflaster mit Moos und Pfützen über. Die Gasse führte in eine weitere schmale Straße, an der nur auf einer Seite Häuser standen, die gegenüber auf ein grünes Gewirr aus Bäumen und Büschen blickten, vielleicht den Rand eines Parks.

Laut meines Stadtplans handelte es sich tatsächlich um den Park, der sich am Fluss entlangzog und die Grenzen der alten Stadtmauer markierte. Auch hier parkten Autos am Straßenrand, dennoch war es ein ruhiger, friedlicher Ort.

Rob fand eine Stelle, an der wir uns auf eine kleine Grasböschung unter die weitreichenden Äste eines Baumes setzen konnten. Er zog seine Jacke aus und breitete sie auf dem Boden aus, damit wir nicht nass würden. Dann fragte er mich: »Bist du bereit?«

»Das wirst du aber jetzt nicht auch mir überlassen, oder?«

Mit einem Aufblitzen seines warmen Lächelns hielt er mir seine Hand hin, und ich legte meine hinein.

Ich sagte: »Dir ist aber schon klar, dass, vorausgesetzt, Margarets Anna war tatsächlich hier in Ypern und wir finden sie, die Chancen äußerst gering sind, dass wir tatsächlich auf etwas stoßen, das uns beweist, dass sie wirklich nach Russland gegangen ist.«

Wieder erntete ich den schrägen, vielsagenden Blick. »Ich mag Herausforderungen«, sagte er.

Und seine Finger schlossen sich fest um meine Hand.

KAPITEL 13

Ihr war kalt, einerseits weil sie sich fürchtete, andererseits vom Wind, der durch die dunkle Straße pfiff, die nur durch die Laterne des Jungen erhellt wurde, der sie geleitete. Der Wind erfasste auch die Laterne, und die tanzende Flamme warf schwarze gierige Schatten auf die Backsteinfassaden der Häuser, sodass Anna sich noch näher an Hauptmann Jamiesons Mantel schmiegte. Er hatte sie den ganzen Weg vom Fluss her getragen und sie erst abgesetzt, als der Oberst ihn darum gebeten hatte. Und auch da hatte er eingewandt: »Sie ist müde.«

»Aber im Gegensatz zu Euch ist sie nicht verletzt«, entgegnete der Oberst. »Und wenn Ihr das Bein verliert, hilft ihr das auch nicht.«

Sie mochte es nicht, wenn sie Meinungsverschiedenheiten hatten. Daher sagte sie dem Hauptmann: »Ich kann laufen, Sir.« Und er setzte sie gehorsam ab, auch wenn sie merkte, dass es ihm widerstrebte.

Sie hatte Oberst Graeme während der Überfahrt einmal gefragt, warum Hauptmann Jamieson nicht zuließ, dass sie an Deck spielte, wenn er nicht bei ihr war. »Ich bin kein kleines Kind mehr«, hatte sie sich beschwert.

»Das weiß er.« Der Oberst hatte in ihrer Koje, die nah bei seiner lag, die Decke über sie gebreitet und eine Weile schweigend nachgedacht. Dann hatte er erklärt: »Er hatte selbst mal eine kleine Tochter in deinem Alter.«

Anna hatte die Stirn gerunzelt: »Und wo ist sie jetzt?«

»Er hat sie verloren.«

Eine weitere Erklärung hatte sie von Oberst Graeme nicht erhalten, und sie hatte nicht gewagt, Hauptmann Jamieson selbst zu fragen. Aber das war sicher der Grund, dachte Anna, warum er sie so oft wie möglich trug. Er wollte nicht noch ein Kind verlieren und schon gar nicht, wenn Oberst Graeme ihm nachher vorgeworfen hätte, nicht aufgepasst zu haben.

Auch jetzt, da sie neben dem Hauptmann herging, hatte er eine Hand auf ihre Schulter gelegt, und es schien ihn nicht zu stören, dass sie sich in ihrer Angst an eine Falte seines rauen Mantels klammerte.

Er ging langsam. In den letzten Tagen hatte er beim Gehen viel Kraft aufwenden und sich oft ausruhen müssen, aber Anna hatte es nicht gestört. Genauso wenig wie jetzt die Tatsache, dass die dunkle Straße mit jedem Schritt länger zu werden schien, denn in Wahrheit wollte sie gar nicht dort ankommen, wohin sie geführt wurden.

Der Oberst hatte ihr mehrfach freundlich erklärt, warum sie in dem Kloster bleiben musste, während er und Hauptmann Jamieson weiter nach Paris reisten. Paris sei zu gefährlich für sie, hatte er gemeint.

»Die Nonnen sind nette Frauen, die sich um dich kümmern und dich beschützen werden. Und sie werden dich unterrichten.«

»Worin werden sie mich unterrichten?«

»Lesen und Schreiben und wie man sich wie eine Dame verhält«, erklärte er.

»Ich will keine Dame sein.«

Hauptmann Jamieson, der in der Nähe saß, hatte zu ihnen herübergesehen, und um seine Augen hatten kleine Fältchen gestanden, wie immer, wenn er versuchte, nicht zu lächeln. »Nein, was möchtest du dann sein?«

»Ich bin eine Jakobitin«, hatte sie erklärt, »so wie Ihr. Wenn ich groß bin, werde ich Soldat, so wie mein Vater, und dann töte ich die Männer, die ihn umgebracht haben.«

Hauptmann Jamieson hatte die Augenbrauen hochgezogen und Oberst Graeme angesehen, der meinte: »Hab ich es nicht gesagt, sie ist Johns Tochter, durch und durch?«

»Ja, das habt Ihr gesagt.« Hauptmann Jamieson hatte es sich in seiner Ecke bequem gemacht. »Und wie es aussieht, ist sie ihm nicht nur äußerlich ähnlich. Dann sag mal, Anna, wenn du die Männer getötet hast, die deinen Vater umgebracht haben, und dann ihre Kinder kommen, um dich zu töten, was machst du dann?«

Anna hatte ernsthaft nachgedacht und dann mitgeteilt: »Dann töte ich sie auch.«

»So wird der Krieg niemals enden, Auge um Auge, Zahn um Zahn. Glaubst du, die Seele deines Vaters wird eher Ruhe finden, wenn du dich rächst? Ich verspreche dir, dass das nicht so ist.« Der Hauptmann hatte sie zärtlich angesehen. »Ich habe viele Männer getötet, und einige davon aus Rache, aber ihre Geister finden deswegen keine Ruhe. Sie suchen mich viel öfter heim als vorher.«

»Aber Ihr kämpft immer noch weiter.«

»Ja.«

Sie wollte ihn gerade fragen warum, als Oberst Graeme sagte: »Ein Soldat hat keine Wahl. Genauso wenig wie du«, hatte er Anna erklärt. »Nur Jungen und Männer können Soldaten werden, Frauen nicht.«

»Warum?« hatte sie gefragt.

»So lautet das Gesetz. Du kannst es selbst nachlesen, wenn die Nonnen es dir beigebracht haben.«

Damit war das Gespräch beendet – vorerst.

Als sie schließlich, nach vielen Tagen, Land erreichten, hatte Oberst Graeme wieder von den Nonnen erzählt. Sie kämen aus Irland, hatte er berichtet, und hatten sich entschieden, Bräute Christi zu sein, anstatt einen Mann zu heiraten und den Armen und Kranken zu helfen.

Anna hatte eingewandt: »Meine Tante Kirsty ist verheiratet und hilft trotzdem den Armen. Jeden Tag bringt sie Essen von *Slains Castle* ins Dorf zu denen, die nichts haben.«

»Ja, deine Tante Kirsty war immer eine großzügige Frau«, hatte der Oberst gesagt.

»Aber warum können die Nonnen dann nicht verheiratet sein?«, lautete Annas nächste Frage.

Der Oberst hatte zum Hauptmann hinübergesehen, der lächelnd bemerkte: »Seid Ihr sicher, dass John ihr Vater war und nicht Robin?«

Der Oberst hatte laut gelacht, und als sie ihn fragend angesehen hatte, weil sie den Witz nicht verstand, hatte er erklärt: »Dein Vater hatte Brüder, und einer von ihnen, Robert – oder Robin, wie wir ihn nennen –, ist Anwalt. Und es stimmt, auch du lässt so leicht nicht locker.«

Anna hatte den Hauptmann angesehen und mit lauter Stimme gesagt: »Mein Vater war Oberst John Moray.«

Er hatte auf ihr kleines, aufgebrachtes Gesicht hinuntergesehen, sein Lächeln unterdrückt und ihr mit der Hand über die dunklen Locken gestrichen. »Ja, ich weiß, wer dein Vater war.«

Immer noch belustigt hatte der Oberst hinter ihnen gesagt: »Dein Vater hat auch viele Fragen gestellt, als er ein kleiner Junge war. Weißt du, was du tun solltest, Anna? Wenn wir in Ypern im Kloster sind, solltest du die Nonnen fragen, warum sie nicht verheiratet sind.«

Daraufhin hatte er wieder gelacht, und Hauptmann Jamiesons Augen waren erneut von Fältchen umgeben, wenn er auch darauf achtete, ernst zu bleiben, als Anna ihn ansah.

Nun, als der Hauptmann in der trüben, schattigen Straße zum vierten Mal rastete, blickte sie ihm erneut ins Gesicht, und es tat ihr weh, seinen Mund schmerzhaft verzogen zu sehen.

»Es ist nichts«, sagte er, als er ihren Blick bemerkte. »Der feuchte Nebel tut meinem Bein nicht gut, das ist alles. Es ist gleich vorbei.«

Der Junge mit der Laterne blieb an einem niedrigen Türbogen stehen und sagte kurz etwas, das Anna nicht verstand. Auf dem Schiff hatte sie bereits andere Sprachen gehört, und von den Seeleuten hatte sie ein paar Worte auf Spanisch und Schwedisch gelernt, aber das, was der Junge sagte, klang für sie völlig fremd. Oberst Graeme jedoch verstand es, antwortete sogar, woraufhin sich der Junge mit der Laterne in der Hand entfernte, ein schwankendes Licht, das in der Dunkelheit rasch immer kleiner wurde und alle Schatten mitnahm, bis die Nacht sie völlig eingeschlossen hatte.

Anna drängte sich an den Hauptmann, während der Oberst eine Glocke läutete, die im Eingang hing, und als sich die Tür daraufhin öffnete, wurden sie von einer Welle warmen gelblichen Lichts erfasst. Als sie mit den Männern über die Schwelle trat, schloss sie die Augen gegen die plötzliche Helligkeit und das Unbekannte, und als sie sie wieder öffnete, befanden sie sich in einem schlichten, sauberen Empfangszimmer, das von einem Gitter aus Holzstäben zweigeteilt wurde.

Dieser Raum hatte nichts mit dem großen Salon des Grafen von Erroll in *Slains Castle* gemein, noch mit dem gemütlichen Zimmer in dem Cottage, das bis vor Kurzem ihr Heim gewesen war, aber aus der Einrichtung, den geschnitzten Holzstühlen, den Gemälden und den polierten silbernen Wandleuchtern, in denen Kerzen brannten, schloss sie, dass es der vornehmste Raum des Klosters war, der, in dem Gäste empfangen wurden.

Über dem Gitter sah sie ein Gemälde von Christus am Kreuz und spürte seinen Blick auf ihr, weder leidend noch heiter, aber unablässig, als ob er in ihre Seele blicken könnte und wüsste, wie sehr sie wünschte, nicht an diesem Ort zu sein.

Das Gitter störte sie. Der Oberst hatte ihr erklärt, was ein Kloster war und dass die Nonnen der Welt entsagt hatten, aber Gitter hatte sie sich nicht vorgestellt.

Und als eine Tür aufging und zwei schwarz gekleidete Wesen mit Schleiern über dem Gesicht den durch das Gitter abgetrennten Teil des Empfangszimmers betraten, wich Anna vor ihnen zurück, als wären es Tiere in einem Käfig.

Sie presste sich enger an Hauptmann Jamieson und fühlte das beruhigende Gewicht seiner Hand warm auf ihrer Schulter.

»Oberst Graeme, darf ich sagen, wie sehr es mich freut, dass

Gott Euch lebend zu uns gebracht hat«, sagte die vorn stehende Nonne. Ihre freundliche Stimme hatte einen nur leicht fremd klingenden Tonfall, dachte Anna, in Erinnerung daran, dass die Nonnen aus Irland nach Flandern gekommen waren und sich ihren irischen Akzent offenbar bewahrt hatten.

Der Oberst bezeugte der Nonne größten Respekt, aber seine Augen lächelten. »Habt Ihr für mich gebetet, Ehrwürdige Äbtissin?«

»Ich habe für den König gebetet und darauf vertraut, dass Ihr ihm stets nah genug seid, dass Gottes Schild auch Euch schütze.« Ihr Kopf wandte sich leicht zur Seite, als sie sagte: »Schwester Xaveria, würdet Ihr so nett sein, diese beiden Stühle ein Stück vorzurücken, damit wir darauf Platz nehmen können. Denn keiner der beiden Herren wird sich setzen, solange wir noch stehen, und der Hauptmann sieht aus, als könne er sich nicht länger auf den Beinen halten.« Das verschleierte Gesicht nun Hauptmann Jamieson zugewandt fragte sie: »Seid Ihr verwundet?«

»Es ist nichts weiter«, sagte der Hauptmann einmal mehr, aber Anna merkte, wie dankbar er dafür war, sich hinsetzen zu dürfen. Dabei hielt er das verletzte Bein vor sich ausgestreckt, als sei es inzwischen so steif geworden, dass er es nicht mehr krümmen konnte. Sie setzte sich auf den kleineren Stuhl ohne Armlehnen, der zwischen den Stühlen der Männer stand, und legte die gefalteten Hände in den Schoß.

Die Nonnen schienen sie nicht gesehen zu haben, solange sie gestanden hatte, aber nun fühlte sie ihre Blicke auf sich. Die vordere Nonne, die Äbtissin, sagte: »Und das, Oberst, muss Eure Tochter oder Nichte sein, denn die Ähnlichkeit ist unverkennbar.«

Anna war noch nie gesagt worden, dass sie Oberst Graeme ähnlich sehe, der jedoch nickte stolz und erklärte: »Anna ist die Tochter meines Neffen, meines Neffen John, der hier, in Eurer Abtei, begraben liegt. Er war Euch als Freund zugetan und Ihr ihm, sodass es mir recht scheint, seine Tochter hier in Eurer

Obhut zu lassen, da er sich nicht mehr um sie kümmern kann und ich und Hauptmann Jamieson erneut aufbrechen müssen, um dem König zu dienen.«

Bei der Erwähnung seines Namens veränderte der Hauptmann leicht seine Haltung, und er zog den Blick der verschleierten Nonne erneut auf sich, bevor sie sich wieder Oberst Graeme zuwandte. Mit einem Nicken sagte sie nun: »Ja, wir erinnern uns gut an Euren Neffen, er war uns allen ein zuverlässiger Freund. Wir werden uns gut um seine Tochter kümmern.«

»Ihr Name ist Anna«, sagte der Oberst, »Anna Mary. Sie hat die letzten acht Jahre über bei einer Familie in der Nähe von *Slains Castle* gelebt und zu ihrem Schutz deren Namen, Logan, getragen. Ich denke, es wäre besser, sie auch in Euren Aufzeichnungen unter diesem Namen zu führen, denn auch wenn ihr Vater nicht mehr lebt, riskieren seine Brüder immer noch viel für den König, und es wäre sicherer für das Mädchen als auch für sie, wenn niemand erführe, dass sie eine Moray ist.«

Die Äbtissin nickte verständnisvoll und stimmte zu, dass die Zeiten unruhig seien. »Der Herr tut das Richtige, dennoch schmerzt es mich sehr, dass Er unseren jungen König auf eine solch harte Probe stellt, für die so viele Männer ihr Leben und ihre Freiheit geben müssen.«

Der Oberst fragte sie: »Habt Ihr irgendwelche Neuigkeiten über das, was in den letzten Monaten in Schottland geschehen ist?«

»Nein.« Der schwarze Schleier raschelte leicht, als sie den Kopf schüttelte. »Euer Sohn wird zweifellos einiges erfahren haben, denn dort, wo er sich befindet, kommen viele Flüchtlinge vorbei. Aber wir hier hatten in letzter Zeit wenige Besucher«, erklärte sie. Wir hatten gehofft, der Graf von Ormonde, mein Großcousin, würde Königin Annas Krieg in Flandern beenden können, aber alles, was sich aus seinen Verhandlungen ergeben hat, ist, dass wir nun nicht mehr unter französischer, sondern unter österreichischer Herrschaft stehen. Daher ziehen keine der loyalen irischen Regimenter mehr durch diesen Ort, die den König von Frankreich und damit König Jakob unterstützen und uns mit Spenden und ihrer Gesellschaft erfreuen. Auch auf die Zuwendungen, die der König von Frankreich uns garantierte, müssen wir nun verzichten. Daher führen wir unser Leben derzeit sehr zurückgezogen«, erklärte sie dem Oberst. »Arm und ohne Freunde.«

Oberst Graeme lächelte und entgegnete: »Niemals.« Er schob eine Hand in das Futter seines Mantels und zog einen abgenutzten Geldbeutel hervor, in dem Münzen klingelten. »Dies wird Euch sicher ein wenig Trost spenden und soll es Euch ermöglichen, Anna sicher unterzubringen und zu unterrichten, bis ich zurückkomme.«

Als die Äbtissin das Geld durch das Gitter entgegennahm, hob sie eine Hand aus den Falten ihres Gewandes, um ihn zu segnen, was sie mit Worten unterstützte. »Aber Ihr seid erschöpft, Oberst, und müsst Euch ausruhen. Unser Nachbar wird Euch Unterkunft gewähren, denn er ist ein guter, freundlicher Mann und hat sicher ein Zimmer für Euch.«

Heftige Verzweiflung überkam Anna, als sie begriff, dass die beiden Männer sie für die Nacht diesen seltsamen Frauen überlassen würden, so wie in dem Moment, als sich ihr der letzte verschwommene Blick auf ihr Heim an den verschneiten Klippen Schottlands geboten hatte. Damals hatte sie wenigstens den Oberst an ihrer Seite gehabt und Hauptmann Jamieson, der sie getragen hatte, doch nun war sie völlig allein.

Als sie zu Oberst Graeme hinaufsah, bemerkte sie, dass er sie betrachtete, und weil sie für ihn tapfer sein wollte, biss sie auf ihre Unterlippe, damit diese nicht mehr zitterte, und blinzelte heftig, um die Tränen zu vertreiben, die ihr in die Augen stiegen.

Sein Blick wurde zärtlich. »Möchtest du diese Nacht noch bei uns bleiben?«, fragte er sie, und als sie nickte, wandte er sich an die Äbtissin: »Wenn Euer Nachbar einverstanden ist, würden wir das Mädchen heute auch gern dort übernachten lassen. So hättet Ihr Zeit, Euch auf es einzurichten, und wir könnten uns morgen früh in Ruhe von ihm verabschieden.«

Die Äbtissin nickte, und die Erwachsenen wünschten einander eine gute Nacht. Eine ältere Frau, keine Nonne, erschien und begleitete sie hinaus und hinüber zu ihrer Unterkunft im Nachbargebäude, aber von alldem nahm Anna kaum noch Notiz. Ihre Gefühle hatten sie derart übermannt, dass diese unerwartete Galgenfrist sie in einen Zustand völliger Erschöpfung versetzte. Und dennoch, als sie das Haus betreten und den Hausherrn kennengelernt hatten, einen heiteren Mann im Alter des Obersts, sowie dessen lebhafte, lächelnde Frau, und nachdem Anna gewaschen unter einem Berg handgewebter Decken auf einem Lager in der Küche dicht bei der Feuerstelle lag, wollte sie ihre Augen nicht schließen, denn sie wusste, wenn sie einschlafen und wieder aufwachen würde, würde es Morgen sein und die gewährte Frist wäre beendet.

Der Oberst und der Hauptmann saßen gemeinsam mit ihrem kurzzeitigen Gastgeber und dessen Frau um den Küchentisch nicht weit von ihr entfernt, und sie unterhielten sich in jener fremden Sprache, die Anna nicht verstand, doch sie konzentrierte sich auf den Klang der Stimmen, um nicht einzuschlafen.

Sie tranken Wein aus irdenen Bechern und redeten. Ab und an lachte einer von ihnen, manchmal alle vier, und dann besannen sie sich wieder, und eine Pause trat ein, als wären sie auf der Suche nach den richtigen Worten. Während einer solchen Pause blickte Oberst Graeme zur Feuerstelle hinüber und sah, dass Anna nicht schlief. Aber anstatt ärgerlich darüber zu sein, wandte er sich an ihren Gastgeber und sagte etwas, wobei er zu einer Ecke des Raumes hin nickte, die Anna nicht einsehen konnte. Mit einem leichten Lächeln und einem antwortenden Nicken stand der Mann auf und nahm sich Fiedel und Bogen. Dann ließ er sich wieder neben dem Oberst nieder und begann zu spielen.

Die Musik hatte einen sehnsüchtigen Klang mit einer Heftigkeit, die Anna an das Cottage denken ließ, an das Meer und die

Möwen, die über den Wellen entlang der Klippen kreisten und ihre Schreie ausstießen, aber immer noch verbot sie sich, die Augen zu schließen.

Sie sah zu, wie Oberst Graeme sich näher zu ihrem Gastgeber hinüberlehnte und eine Melodie summte, die auf den Saiten der Fiedel zu tanzen schien, eine lebhafte Ballade, deren Worte der Oberst in seiner klangvollen dunklen Stimme sang. Es war ein Lied über die Verdienste der »*worthy, gallant Grahams*«, der lobenswerten, tapferen Grahams, die für den alten König Karl gegen die Campbells kämpften. In mitreißender Weise folgte ein Vers auf den anderen, bis Annas Füße unter den Decken im Takt tanzten, als Oberst Graeme sang:

»*Bear up your hearts, brave Cavaliers,*
for the Grahams are gone to Germany …«

»Ja«, sagte Hauptmann Jamieson, »und die Kleine wird auch gleich in Deutschland ankommen, wenn Ihr so weitermacht. Wie wäre es stattdessen mit einem Wiegenlied?«

Der Oberst grinste. »Für jemanden, in dessen Adern das Blut der Graemes fließt, ist das ein Wiegenlied, mein Freund. Was hat Eure Mutter Euch denn vorgesungen?«

»Ich erinnere mich kaum.«

Anna versuchte, sich Hauptmann Jamieson als Baby vorzustellen, das von seiner Mutter in den Schlaf gesungen wurde, aber es gelang ihr nicht.

Der Oberst lehnte sich zurück und meinte: »Als wir uns letzten Winter auf dem Marsch nach Sheriffmuir kennengelernt haben, habt Ihr da nicht von Eurer Familie erzählt, von Frau und Kindern?«

Mit einem misstrauischen Blick auf den Oberst griff der Hauptmann nach seinem Weinglas und schwieg, woraufhin der Oberst fortfuhr: »Nun, Eure Frau kennt doch sicher ein oder zwei Wiegenlieder?«

»Ja. Und sie ist diejenige, die sie singt.«

»Habt Ihr Euren Söhnen oder Eurer Tochter nie ein Lied vorgesungen?«

Hauptmann Jamieson senkte den Blick, und Anna fand es grausam von Oberst Graeme, den Hauptmann an das kleine Mädchen zu erinnern, das er verloren hatte, doch der Ausdruck in den Augen des Obersts war nicht grausam. Im Gegenteil, in der Stille, die nun folgte, blickte er den Hauptmann freundlich, ja, verständnisvoll an. Und schließlich nahm der Hauptmann einen langen Zug aus seinem Weinglas, bevor er es absetzte und sein verletztes Bein vor sich ausstreckte.

An ihren Gastgeber gewandt stellte er eine Frage, auf die hin der Mann jedoch nur mit den Schultern zuckte und den Kopf schüttelte, und so sang der Hauptmann ohne Begleitung. Seine Stimme war so tief wie die des Obersts, aber leiser, wie der Abendwind, der die Wellen am Ufer beruhigte und die Vögel nach Hause brachte.

Es war ein langsames Lied, bedächtig folgte ein Wort auf das andere, und es enthielt eine gewisse Schläfrigkeit, die es einen Moment lang in der Stille des Raumes verbleiben ließ:

»*O'er hills and high mountains,*
long time have I gone,
And down by the fountains,
by myself all alone:
Through bushes and briars,
I walk without care,
Through perils and dangers,
for the loss of my dear.«

Die letzten vier Zeilen sang er noch einmal, so wie es der Melodie entsprach, und am Ende begleitete ihn die Fiedel, durch all die vielen Verse, die folgten, bis sich ihr reines und klares Klagelied mit der Stimme des Hauptmanns verband, die Anna umfing wie die dunkle, besänftigende Nacht.

Er sang von einem Mädchen, das all die Zeit über einsam

durch die Lande wanderte, weil es von seiner großen Liebe getrennt worden war und wieder mit ihm zusammen sein wollte.

Anna fühlte, wie ihre Lider schwer wurden, während sie zuhörte, und schließlich ließ sie sie geschlossen, aber sie blieb noch wach, um mehr von dem Mädchen zu hören, das weinend und hoffnungslos durch die Gegend irrte.

Und als der verlorene Liebste endlich ihr Klagen hörte und zurückkehrte, um sie zu trösten, lächelte Anna in die rauen Decken, während der Hauptmann mit tiefer Stimme den Schwur des Mannes sang:

»*My love, cease thy weeping,*
now listen to me,
For waking and sleeping,
my heart is with thee;
Love, let nothing grieve thee,
and do not complain,
For I never will leave thee,
while life doth remain.«

Die Stimme und die Fiedel wiederholten die letzten Zeilen dieses Liebesschwurs, aber Anna war bereits in Schlaf gesunken, und sie hörte nichts mehr nach »*I will never leave thee*«, weil sie fühlte, wie sie selbst schwer in die Dunkelheit gezogen wurde.

Ihre Träume waren ein Gewirr von hellen Bildern und dunkleren Geräuschen, und einmal meinte sie, dass sie selbst allein in den Hügeln zurückgeblieben war und den Weg zurück nach Hause nicht fand. Kurz verfiel sie in Panik, bis sie ganz nah die Stimme des Hauptmanns hörte, die leise sagte: »Ihr habt Salz in die Wunde gestreut.«

»Die Zeit wird den Schmerz lindern«, entgegnete Oberst Graeme genauso leise, und die Hügel waren verschwunden. Nun befand sich Anna hinter dem hölzernen Gitter im Kloster, umringt von den schwarz verschleierten Gestalten, und der Kreis um sie herum wurde immer enger, bis sie nur noch die Schwärze vor Augen hatte, und sie warf sich dagegen.

Etwas fiel.

Es weckte sie auf.

Sie hörte die murmelnden Stimmen am anderen Ende des Raums, den Hauptmann, der versicherte, dass es ihm gut gehe, er sei nur gestürzt, und den Oberst, der Fragen stellte, und wieder den Hauptmann, der ihn bat, ruhig zu sein. »Ihr werdet noch Anna aufwecken.«

»Sie schläft tief und fest«, versicherte der Oberst. »Lasst mich nachsehen.«

»Es ist wirklich nicht nötig.«

Doch Oberst Graeme war bereits aufgestanden, ein Schatten, der sich im Raum abzeichnete und im Licht des Feuers anwuchs. Er trat näher zu Anna hin, um am Feuer eine Kerze zu entzünden, die er dann zurück zu der Stelle trug, an der der Hauptmann neben dem Tisch auf dem Boden lag.

»Lasst mich nachsehen«, sagte der Oberst noch einmal, und diesmal klangen seine immer noch leise gesprochenen Worte wie ein Befehl.

Anna öffnete die Augen nur ein kleines bisschen, sodass sie durch den Vorhang ihrer Wimpern sehen konnte, wie der Hauptmann vorsichtig die Bandage an seinem Bein löste. Oberst Graeme beugte sich mit der Kerze in der Hand hinunter, und dann stieß er ein Wort aus, das sie bisher nur von Onkel Rory gehört hatte, wenn er außer sich war, denn es war ein grober Fluch.

»Seit wann ist es so schlimm?«, wollte der Oberst wissen.

Als nichts als starrköpfige Stille folgte, sah er den Hauptmann an und fragte strenger: »Seit wann?«

»Seit einer Woche. Vielleicht etwas länger.«

Den Fluch, der nun aus dem Munde des Obersts folgte, hatte Anna noch nie gehört, aber Hauptmann Jamieson wandte warnend ein: »Passt auf, was Ihr sagt, das Mädchen …«

»… schläft«, ergänzte Oberst Graeme und fluchte noch einmal beherzt. »Wie, zum Teufel, konntet Ihr damit laufen?«

»Ich hatte keine Wahl.«

»Außerdem habt Ihr hohes Fieber. Wir müssen einen Chirurgen holen.«

»Danke, nein«, entgegnete der Hauptmann. »Ich habe genug geblutet. Es wird auch so heilen.« Er stieß die Hand des Obersts zur Seite, griff nach dem umgefallenen Stuhl hinter ihm, stützte sich auf die gesunde Seite und schaffte es, auf die Beine zu kommen. »Ich bin noch immer gesund geworden.«

»Manche Wunden sind schlimmer als andere«, wandte der Oberst ein.

Oder zumindest meinte Anna, dies zu hören, denn ihre Aufmerksamkeit wurde abgelenkt, als der Hauptmann plötzlich zu schwanken schien und das Gleichgewicht verlor. Und sein Schatten an der Wand fiel in sich zusammen, als er stürzte.

KAPITEL 14

Rob rieb sein Bein, das steif geworden war.

»Geht es dir gut?«, fragte ich.

»Klar. Ich bin nur nicht gewohnt, so lange rumzusitzen.« Er war aufgestanden und beugte die Knie, um den Blutkreislauf anzuregen. Mit einem Nicken in Richtung meines Handys erkundigte er sich: »Was wollte er diesmal?«

»Er hat einen Brief gesucht, den ich einem unserer Klienten geschrieben habe.« Normalerweise störten mich Sebastians häufige Anrufe, wenn ich nicht in der Agentur war, nicht, aber an diesem Morgen war mir die Unterbrechung alles andere als willkommen gewesen.

Rob hatte das Klingeln des Handys zuerst gehört, und er hatte seine Konzentration vorsichtig von der Vergangenheit wieder auf die Gegenwart gerichtet und mich mitgenommen. Für mich war der Wechsel schwieriger gewesen. Ein Teil von mir – ein bedeutender Teil – wollte unbedingt dort in der dunklen, warmen Küche bleiben, um zu erfahren, warum Hauptmann Jamieson gestürzt war und was Anna als Nächstes getan hatte.

Rob straffte seine Schultern, und während er sich den Nacken rieb, warf er einen kurzen Blick in den Himmel. »Ich glaube, es war ganz gut, dass er angerufen hat. So wie es aussieht, wären wir gleich nass geworden.«

Ich schaute ebenfalls hinauf, direkt in die dunklen massigen Wolken, die sich allmählich unter das trübe Grau geschoben hatten, angetrieben von der kühlen Brise, die inzwischen heftiger blies. Mir war klar, dass wir im Regen hier nicht länger sitzen konnten. Auch wenn die Blätter der Bäume über uns ein

Dach bildeten, blies der Wind derart von der Seite, dass es uns keinen Schutz gewährt hätte. Ich versuchte meine Enttäuschung zu verbergen.

Rob wandte sich um. »Hast du Hunger?«

»Wie bitte?«

Geduldig erklärte er: »Es ist Mittagszeit. Möchtest du etwas essen?«

Es war unfassbar, dass es schon so spät war, dachte ich. Wir hatten doch gerade erst gefrühstückt, mit Kaffee und …

»Es ist halb eins.« Zum Beweis hielt er mir das Ziffernblatt seiner Uhr hin. »Wir könnten irgendwo zu Mittag essen und den Schauer abwarten. Vielleicht klart es nachher wieder auf.«

Da ich zum Denken keine Kraft hatte, sagte ich einfach: »Prima.«

Rob sah mich einen Moment an, dann lächelte er und meinte: »Na, dann los.«

Wir überquerten die schmale Straße und gingen durch die Gasse zurück zur Sint Jakobsstraat.

Die ersten dicken Tropfen fielen, als wir in die Straße einbogen. Als wir an dem pink- und orangefarben gestrichenen Haus vorbeikamen, begann es zu schütten. Rob lachte und schlug den Kragen seiner Jacke hoch, um sich, so gut es ging, gegen die Flut zu schützen. Dann nahm er meine Hand und zog mich in eine überdachte Einfahrt, die gerade breit genug war, dass ein Auto hindurchpasste, um in den dahinterliegenden Hof zu gelangen.

Durch die dunklen Steinmauern, die am unteren Ende mit Moos bewachsen waren, und die niedrige Holzdecke, die das Geräusch des Regens dämpfte, vermittelte der Ort den Eindruck einer gewissen Abgeschiedenheit.

Rob schüttelte die tropfenden dunklen Haarsträhnen aus den Augen und sagte: »So viel zum Thema Mittagessen.«

»Ich habe eh keinen Hunger.«

»Wirklich nicht?« Durch die Steinwände hallte seine gut gelaunte dunkle Stimme wider. »Immerhin habe ich eine Tafel

Schokolade bei mir«, meinte er. Ich hörte, wie er in seinen Taschen danach kramte. »Wenn wir sie uns teilen und du versprichst, mich heute Abend gut zu füttern, könnten wir noch eine Runde dranhängen.«

»Jetzt gleich?« Ich sah ihn hoffnungsvoll an. »Bist du sicher?«

Er brach einen Riegel von der Schokolade ab und reichte ihn mir, während er unsere Umgebung musterte: »Wir befinden uns direkt zwischen den Klostermauern, weißt du? Hier müsste es noch einfacher sein, etwas zu sehen.«

»War es schwierig, von außen?«

Er zuckte mit den Schultern. »Es ist nicht wirklich schwierig, aber es verlangt mehr Energie.« Er hatte eine Stelle gefunden, die ihm zusagte, und lehnte sich dort an die Mauer. Dann hielt er mir seine Hand hin. »Bereit?«

Einen Moment lang überlegte ich, was ich da gerade tat und wie es wohl für jemanden aussah, der vorüberging. Oder ob es vielleicht sogar gefährlich war, sollte der Hauseigentümer mit seinem Auto in die Einfahrt hineinfahren, abgesehen von den hundert anderen Gründen, warum das Ganze völlig verrückt war.

Dann verdrängte ich all das, nahm mein Handy heraus und stellte es aus, ging zu Rob hinüber, nahm seine Hand und erklärte: »Bereit.«

Und ich schloss meine Augen.

Sie sollte es nicht hören.

Das hatten sie gesagt, als sie Hauptmann Jamieson in den anderen Raum getragen hatten. Sie dachten, es würde sie ängstigen und dem Hauptmann noch mehr Schmerz bereiten, wenn er meinte, sie könnte es hören, und so hatten sie leise gesprochen, und sie hatte die Augen geschlossen gehalten, damit sie nicht merkten, dass sie doch zuhörte, denn sie wollte dem Hauptmann nicht noch mehr Schmerz zufügen.

Er hatte nur einmal gestöhnt. Sie hatte es durch die Wand gehört und war tiefer unter die Decken gekrochen, hatte die Augen noch fester geschlossen, bis es wieder ruhig war.

Der Oberst hatte unterdessen in der Küche mit dem Chirurgen gesprochen, einem jungen Mann, der der Stimme und des Akzents nach Engländer war und der auf ihre Bitte hin so eilig hergekommen war, dass er erst wieder zu Atem kommen musste.

Er erklärte: »Wie auch immer die Wunde ausgesehen haben mag, als er die Verletzung erlitt, jetzt ist nur eine Öffnung zurückgeblieben, und zwar ziemlich weit oben, sodass ein Abfluss unmöglich ist. Die Wunde muss sich häuten und entzünden, bevor sie heilt, und das ist hier nicht geschehen, deshalb nässt sie und verursacht das Fieber.«

»Steckt noch eine Kugel in der Wunde?«

»Das kann ich nicht sagen. Die einzige Möglichkeit, die wir haben, ist, die Wunde an einer tiefer liegenden Stelle zu öffnen, sie genau zu untersuchen und eine Drainage durchzuführen«, erläuterte der Chirurg.

Anna wusste nicht, was eine »Drainage« war. Sie erfuhr es erst am Morgen, als sie die lange, dicke, gefährlich wirkende Nadel mit der messerartigen Spitze sah sowie die seidige Bandage, mit der sie etwa daumenhoch umwickelt war. Nun verstand sie, warum Oberst Graeme auf die Erklärung des Arztes hin so sorgenvoll ausgeatmet hatte.

Seine Schritte waren schwer gewesen, als er zum Tisch hinübergegangen war und etwas genommen hatte, das schwappte und klirrte wie eine Flasche mit Wein. »Das wird er brauchen«, hatte er gesagt.

Die Geräusche, die dann folgten, waren das Schlimmste gewesen, weil Anna gewusst hatte, dass der Hauptmann sie um jeden Preis hatte unterdrücken wollen. Denn was auch immer sie ihm antaten, um diese Geräusche hervorzurufen, er stieß sie zwischen zusammengebissenen Zähnen aus und bemühte sich, jedes von ihnen gleich zu ersticken.

»Tapferer Junge.« Die Stimme des Obersts war nur schwach durch die Wand zu hören. »Tapferer Junge, gleich ist es geschafft.«

Aber die Geräusche hielten an, bis Anna die Hände auf die Ohren presste, um sie nicht mehr zu hören. Sie kniff die Augen noch fester zu, damit Gott selbst sehen konnte, dass sie nicht zuhörte, um es dem Hauptmann mitzuteilen, denn sie wusste, dass er mehr Schmerzen nicht ertragen konnte.

Endlich wurde es im Haus wieder still, und sie schlief ein. Und als sie erwachte, war der Raum mit Sonnenlicht gefüllt und der Oberst saß neben ihr und las in dem dünnen Buch, das er immer in der Tasche seines Mantels bei sich trug.

Sie setzte sich zwischen den zerwühlten Decken auf und rieb sich die Augen, als Oberst Graeme sagte: »Endlich bist du wach. Es war ziemlich langweilig hier so allein.«

Die Geschehnisse der vergangenen Nacht flammten in ihrem Gedächtnis auf, und sie blickte zu dem leeren Stuhl am Tisch hinter dem Oberst hin und fragte: »Hauptmann Jamieson?«

»Schläft ruhig.«

Sie runzelte die Stirn. »Ihr habt ihm wehgetan, oder?«

Der Oberst lächelte traurig. »Du hast es gehört, stimmt's?«

Anna schüttelte den Kopf, und der Oberst beließ es dabei. Er sagte nur: »Das Bein des Hauptmanns wurde im Kampf sehr stark verletzt, aber der Chirurg hat es wieder hingekriegt. Jetzt steh auf und zieh dich an«, fuhr er fort. »Dort in der Schüssel neben dem Feuer ist Wasser, mit dem du dich waschen kannst.«

Als sie unter den Decken hervorkam, schmerzte die Kälte, sodass Anna sich schnell wusch und ihre Kleidung überzog, während der Oberst las.

Sie hatte ihn oft in dem Buch lesen sehen. Der lederne Einband war abgenutzt und glänzte leicht von den vielen Malen, die er es in den Händen gehalten hatte. Es war nicht so edel gebunden wie die Bücher in den Regalen der Bibliothek des Grafen von Erroll in *Slains Castle*. Es erinnerte sie eher an das einzige Buch, das es im Cottage gegeben hatte. Daher fragte sie: »Ist das eine Bibel?«

Das amüsierte ihn. »Nein, meine Liebe. Es ist nichts derart Erhebendes. In diesem Buch berichtet der Entdecker John Lawson von seiner Reise in die Kolonie Carolina, von seinen Abenteuern mit den Indianern und den Siedlern dort. Als ich ein Junge war, habe ich davon geträumt, eines Tages selbst eine solche Reise zu machen«, erzählte er, »aber jetzt bin ich zu alt dafür.«

»Ist es so weit weg?«

»Amerika? Ja. Auf der anderen Seite der Erde. Mein ältester Sohn, Jamie, war in der Kolonie Darién, etwa zur selben Zeit, als Mr. Lawson Carolina bereiste«, erklärte der Oberst und nickte zu dem Buch hinüber, »aber ich habe ihn verloren, bevor er mir seine Geschichten erzählen konnte.«

Anna fand es seltsam, dass beide, der Oberst und der Hauptmann, offenbar nicht gut genug auf ihre Kinder aufgepasst hatten, denn sie waren doch umsichtige Männer. Sie fragte: »Wo habt Ihr ihn verloren?«

Der Oberst sah sie einen Moment verwirrt an, doch dann hatte er den Sinn der Frage begriffen, denn in seinem Blick stand Verständnis. »Er war mit dem Schiff für die *Company of Scotland*, eine Handelsgesellschaft, unterwegs, als er starb.« Er blätterte wieder in dem Buch. »Es ist schon lange her. Ich habe zwei meiner Söhne verloren, aber die beiden, die noch leben, sind mir ein großer Trost.«

Anna hatte nicht gewusst, dass »verlieren« »tot« bedeutete. Sie verarbeitete dies gerade, als dem Oberst etwas in den Sinn kam. »Es kann sein, dass du hier einen meiner Söhne kennenlernst. Er ist ein Mönch, und auch wenn er nicht demselben Orden angehört wie die Nonnen, besucht er die Äbtissin manchmal. Er wird *Father Archangel* genannt, das bedeutet: Pater Erzengel, aber eigentlich heißt er Pater Graeme. Du wirst ihn gleich erkennen, denn er sieht mir sehr ähnlich. Er war einmal Soldat genau wie ich.«

Anna runzelte die Stirn: »Aber wenn er ein Soldat war, warum ist er dann Mönch geworden?« Wenn sie das Leben eines Soldaten führen könnte, mit all den Abenteuern und den Reisen, würde sie es niemals aufgeben, um ein Leben in Eintönigkeit und stillem Gebet zu führen.

Der Oberst klappte sein Buch zu. »Er hatte einen Freund, einen engen Freund, in seinem Regiment. Sie waren beinah wie Brüder, aber sie entzweiten sich und traten im Duell gegeneinander an. Patrick, mein Sohn, gewann das Duell, aber er hatte seinen Freund getötet, und das konnte er mit seinem Gewissen und seinem Herzen nicht vereinbaren. Also legte er die Waffen nieder und büßt nun für seine Sünden. Es gibt Zeiten«, fuhr er fort, »in denen der Sieg einen Preis hat, den wir nicht vorhersehen: wenn siegen einen Verlust bedeutet.« Er sah sie zärtlich an. »Du bist noch zu jung, um das zu verstehen, aber bewahre es in deinem Gedächtnis, damit du dich daran erinnern kannst, wenn es nötig ist, und nicht den gleichen Fehler machst wie mein Sohn.«

Sie nickte. »Aber ich könnte gar kein Mönch werden«, erklärte sie. »Nur Männer werden Mönche.«

»Stimmt.« Er lächelte. »Und ich wette, mit dem Blut deines Vaters und dem Erbe der Graemes in dir wirst du niemals eine Nonne werden.«

Hoffnung erfüllte ihr Herz. »Also dann nehmt Ihr mich doch mit und lasst mich nicht hier?«

Sein Lächeln verblasste. »Anna.«

Sie war inzwischen vollständig angezogen und stand nah genug, dass er seine Hände auf ihre Schultern legen konnte, um sie in eine Umarmung zu ziehen. »Da, wo ich hingehe, kann ich dich nicht mitnehmen, Kind. Die Gefahren sind zu groß.«

Sie erklärte in den Spitzenbesatz seines Hemdes hinein: »Ich habe keine Angst vor der Gefahr.«

Oberst Graeme küsste sie leicht aufs Haar. »Ich weiß, dass du keine Angst hast. Aber nicht nur du wärst in Gefahr, würde ich dich mit nach Paris nehmen.« Er seufzte, so wie er es tat, wenn er etwas erklären musste und nicht wusste, wie. »Erinnerst du dich an den Tag, als wir uns kennengelernt haben?«, fragte er schließlich. »Als wir in der Bibliothek des Grafen von Erroll gesessen und Schach gespielt haben. Als ich dir von deiner Mutter und deinem Vater erzählt habe und warum ihre Hochzeit geheim bleiben musste?«

Anna nickte, und sie spürte den rauen Stoff seines Hemdes an ihrer Wange. »Weil die Leute, die hinter meinem Vater her waren, meiner Mutter etwas hätten antun können, damit er macht, was sie wollten.«

»Genau. Und als dein Vater fort war, um zu kämpfen, und du ein Baby warst, warum hat deine Mutter dich in eine andere Familie gegeben?«

»Damit die Männer mich nicht finden«, sagte Anna.

»Stimmt.« Oberst Graemes Stimme war ein tröstendes tiefes Brummen in seiner Brust. »Sie waren tapfer, deine Eltern. Wenn Königin Annas Männer deinen Vater gefangen genommen hätten, hätte er jeder Folter standgehalten und niemals seinen König verraten. Aber wenn sie herausgefunden hätten, dass du seine Tochter bist, wenn sie dich entführt oder dir etwas angetan hätten … dann vielleicht …« Der Oberst sprach nicht aus, was Annas Vater möglicherweise getan hätte. Alles, was er noch hinzufügte, war: »Männer können viel ertragen, aber nur wenige von uns können mit ansehen, wie die, die wir lieben, wegen uns leiden.«

»Aber Königin Anna ist tot«, meinte Anna. »Und mein Vater auch. Also wer könnte mir noch etwas antun wollen?«

»Dein Vater hat Brüder, Kind, die immer noch dem König dienen. Genau wie ich.« Seine Hand lag schwer auf ihrem Haar. »Diese Männer, die deinen Vater gejagt haben, wären froh, wenn sie einen von uns für ihre Zwecke benutzen könnten, und dafür würden sie vor nichts zurückschrecken.« Er wurde deutlicher: »Dafür würden sie vor niemandem zurückschrecken, vor keiner Person, die uns etwas bedeutet. Sie würden versuchen, dich zu entführen, vielleicht Schlimmeres. Und deshalb kann ich dich nicht mitnehmen.«

Sie war noch nicht überzeugt. »Du bist ein Soldat, du kannst mich beschützen.«

»Nein, hier bist du viel sicherer. Aber ich würde dich niemals schutzlos zurücklassen. Hier!« Er schob sie vorsichtig ein Stück von sich, sodass er das Buch zurück in seine Tasche stecken konnte. Dafür nahm er einen anderen, kleineren Gegenstand heraus. »Das hat deinem Vater gehört«, erklärte er.

Anna bemühte sich nicht, ihre Neugier zu verbergen. Sie griff nach dem Anhänger, den Oberst Graeme ihr hinhielt, und besah ihn sich. »Es ist ein Stein.«

Ein kleiner schwarzer Stein mit einem Loch in der Mitte, durch das jemand ein Lederband gezogen hatte.

Der Oberst erzählte: »Meine Großmutter hat zu uns Kindern immer gesagt, wenn wir jemals das Glück hätten, einen kleinen Stein mit einem Loch zu finden, sollten wir ihn um unseren Hals tragen, um alles Böse fernzuhalten. Und deine Großmutter, meine Schwester Anna, hat das Gleiche deinem Vater gesagt, als er ein Junge war, und sein Leben lang hat er nach einem solchen Stein gesucht, bis …«

»Er diesen gefunden hat?«

»Nein.« Das Lächeln des Obersts war voller Wärme. »Deine Mutter fand diesen Stein für ihn, eines Tages, als sie zusammen am Strand in der Nähe von *Slains Castle* spazieren gingen.«

An demselben Strand, dachte Anna, über den sie so schnell und unbeschwert gerannt war, dass sie meinte, fliegen und wie die Möwen im Meerwind über dem Sand kreisen zu können. Sie berührte den Stein neugierig mit einem Finger und fühlte, wie glatt er war und angewärmt von Oberst Graemes Tasche.

»Als dein Vater *Slaines Castle* verließ und hierher zurückkam, um zu kämpfen«, berichtete der Oberst, »gab ihm deine Mutter diesen Stein, damit er ihn um den Hals trage und von ihm beschützt würde.«

Ihre Mundwinkel sanken leicht herab. »Dann wirkt es nicht. Nicht wirklich.«

»Es hängt von dir ab, ob du daran glaubst oder nicht«, sagte Oberst Graeme und zuckte gottergeben mit den Schultern. »Aber die Schlacht von Malplaquet war nicht die einzige, an der dein Vater teilgenommen hat, und viele Male vorher habe ich ihn im Kanonenfeuer kämpfen sehen, und er hat Dinge überlebt, die jeden anderen getötet hätten. Also hat er daran geglaubt, und ich denke, ich tue es auch.«

Er sah sie an, während sie auf den Stein niederschaute und in ihrem Herzen Glaube und Verstand gegeneinander kämpften, bis sie schließlich die Finger fest um das Geschenk schloss und, sich an ihre Manieren erinnernd, dem Oberst dafür dankte.

»Gern geschehen. Wie ich gesagt habe, ich würde dich niemals schutzlos zurücklassen. Und außerdem werden die Nonnen darauf achten, dass dir nichts geschieht.«

Anna schwieg, denn insgeheim dachte sie, dass die irischen Nonnen von Ypern sie wohl nicht so gut beschützen würden, wie der Oberst und der Hauptmann es getan hatten.

Als hätte er ihre Gedanken gelesen, fügte der Oberst hinzu: »Und natürlich wird Hauptmann Jamieson noch eine Weile hier an deiner Seite sein, denn er wird noch so lange bleiben, bis sein Bein so weit geheilt ist, dass der Chirurg ihn gehen lässt.«

Das erfreute sie. »Kann ich ihn besuchen?«

Der Oberst strich ihr zärtlich eine Haarsträhne aus den Augen, schüttelte den Kopf und meinte: »Er würde nicht wollen, dass du ihn so hilflos im Bett liegen siehst. Es würde ihm die Laune verderben. Aber sobald es ihm besser geht, kommt er dich besuchen.«

Zwei Wochen waren vergangen, seit der Oberst Anna in dem Kloster zurückgelassen und der Äbtissin das aus Schottland mitgebrachte Päckchen mit dem Nachthemd und der Haarlocke übergeben hatte. »Das ist alles, was dem Kind von seiner Mutter geblieben ist«, hatte der Oberst erklärt, »und ich bitte Euch, es gut aufzubewahren.«

Dann hatte er sich von Anna verabschiedet, sie zum letzten Mal geküsst und war gegangen. Äbtissin Butler hatte ihren Schleier zurückgeschlagen.

Sie sah viel älter und wesentlich weniger Furcht einflößend aus, als Anna es sich vorgestellt hatte, mit einem länglichen Gesicht und klaren Zügen, die von ihrer Nase und dem kräftigen Kinn dominiert wurden. Ihre Lider hingen leicht nach unten, aber sie hatte äußerst schöne Hände, fand Anna.

»Komm, mein Kind«, hatte sie gesagt und ihr diese schönen Hände entgegengestreckt, »sieh dir an, wie wir hier leben und wo nun dein Zuhause sein wird.«

Zu der Zeit, da Hauptmann Jamieson so weit genesen war, dass er Anna besuchen konnte, hatte sie sich bereits an den Zeitplan des Klosters gewöhnt und gelernt, ihren Schlaf nach den regelmäßigen Gebeten zu richten. Auch ihr täglicher Unterricht hatte begonnen, aber an jenem Morgen, an dem ihre Lehrerin sie in das Empfangszimmer führte und sie den Hauptmann neben dem Gitter sitzen sah, vergaß sie, was sie gelernt hatte, und rannte mit einem Freudenschrei auf ihn zu.

Er sah ein wenig überrascht aus, doch er stand auf und nahm ihre Hände, die sie ihm durch die Gitterstäbe entgegenstreckte, und als ihre Lehrerin, Schwester Xaveria, Anna daran erinnerte, sich wie eine Dame zu benehmen, versicherte er ihr, dass es ihn nicht störe.

»Es ist lange her, dass ich so freudig begrüßt wurde«, erklärte er ihr.

Schwester Xaveria nickte und trat einen Schritt zurück. Sie war eine der Nonnen, die Anna am meisten mochte. Hinter ihrem schwarzen Schleier hatte sie helle, leuchtende Augen und ein freundliches weiches Gesicht, und ihr oft so ernster Mund hatte nicht verlernt zu lächeln. Dieses Lächeln zeigte sich nun, als sie dem Hauptmann entgegnete: »Sie hat all die Zeit über auf Euren Besuch gewartet und von kaum etwas anderem gesprochen.«

»Tatsächlich.« Es schien ihm zu gefallen. Ohne ihre Hände loszulassen, fragte er sie: »Und was hast du schon gelernt?«

Anna konnte ihm nicht antworten, denn auf einmal war ihre Kehle wie zugeschnürt, und sie spürte, wie ihr Tränen in die Augen stiegen. Sie brachte kein Wort heraus.

Der Hauptmann neigte sich vor, sodass sein Gesicht näher an ihrem war, und seine Stimme wurde zärtlich: »Anna.«

Diese Zärtlichkeit war zu viel für sie. Zwei große Tränen traten ihr aus den Augen und liefen ihre Wangen hinab, und ihr Blick war tränenblind, als sie ihm ihr Gesicht entgegenhob, und immer noch vermochte sie nicht zu sprechen.

Seine gerunzelten Brauen verrieten Besorgnis. »Geht es dir nicht gut?«

Sie schüttelte den Kopf.

»Ist jemand unfreundlich zu dir?«

Sie dachte daran, Ja zu sagen, weil er sie dann vielleicht mitnehmen würde, aber die Nonne und Christus an seinem Kreuz sahen zu, und so blieb sie bei der Wahrheit. Sie schüttelte erneut den Kopf, und es gelang ihr, ein paar Worte zu sprechen: »Nein, sie sind freundlich zu mir.«

Er ließ eine ihrer Hände los, um ihr eine Haarsträhne von der Wange zu streichen, und mit seinem Daumen wischte er eine Träne fort, wobei sein eigener Blick umschattet war. »Vermisst du dein Zuhause? War es falsch, dich mitzunehmen?«

»Nein.« Sie war überrascht, als sie es sagte, und noch mehr, als sie feststellte, dass es die Wahrheit war, denn ihr Kummer saß viel tiefer, und als er sie fragte: »Was ist es dann?«, konnte sie es nicht benennen. Sie wusste nicht, mit welchen Worten sie ihm hätte sagen können, wie sie sich fühlte. Wie ein Vogel im Käfig, dachte sie, denn sie konnte nicht mehr hingehen, wo sie wollte, oder sagen, was sie wollte, und es gab keinen Strand mehr, den sie entlangrennen konnte.

Der Hauptmann sah sie an, dann blickte er auf ihre Hand, die er immer noch in seiner hielt, und an dem sehnsuchtsvollen Leuchten in seinen Augen erkannte sie, dass er verstand.

Schweigend hob er den Blick und fragte die Nonne, die hinter ihr stand: »Gibt es einen Ort, an den wir gehen können, an dem es kein Gitter gibt?«

KAPITEL 15

In der Klosterkirche gab es ebenfalls ein Gitter, entlang des gesamten Altarbereichs. Es trennte den Raum, der dem Kloster vorbehalten war, von dem, der den übrigen Kirchgängern zum friedlichen Gebet zur Verfügung stand. Bis zu diesem Morgen hatte Anna Letzteren noch nicht betreten, da sie nur gemeinsam mit den Nonnen zu deren regelmäßigen Gebetszeiten in der Kirche gewesen war. Sie und die anderen Schülerinnen wurden nicht in der Nacht zur Matutin geweckt, doch sie begleiteten die Nonnen zur frühmorgendlichen Laudes, zu den »kleinen« Gebeten den Tag über und natürlich zu den friedvollen Abendgebeten, der Vesper.

Aber so schön die Gebete auch waren, war Annas Aufmerksamkeit doch stets von der Flagge im Chorraum abgelenkt worden, den Farben des Feindes, die ein Regiment irischer Soldaten in treuer Ergebenheit zu König Jakob einst in einer Schlacht in der Nähe errungen und hierhergebracht hatte, wo sie als Zeichen des Sieges bewahrt wurden.

Oft, wenn die Nonnen im Gebet versunken waren und Anna es auch hätte sein sollen, schweifte ihr Blick zu dieser Fahne hinauf, während sie sich mit verträumten Augen und klopfendem Herzen die kämpfenden Männer auf dem Schlachtfeld vorstellte, darunter ihren Vater, der die Fahne mit den eigenen Händen herunterriss …

Hier, in dem dunklen Raum außerhalb des Chorbereichs, war weniger Platz für Annas Tagträume, was jedoch an diesem Morgen keine Rolle spielte, da der Hauptmann an ihrer Seite war.

Er schien nun noch stärker zu hinken, dachte sie. Oder es lag daran, dass sie es nun bewusster wahrnahm. Sie setzte die eigenen Schritte langsam und entschuldigte sich damit, dass die Nonnen ihr beigebracht hätten, nicht zu schnell zu gehen.

»Wir dürfen nicht rennen oder laut sein«, erklärte sie.

»Du bist also nicht das einzige Mädchen hier?«, erkundigte er sich. »Es gibt noch andere Schülerinnen?«

»Wir sind zu viert.« Die anderen Mädchen seien älter, erklärte sie ihm, etwa wie ihre Schwester Mary. Sie sah sie während des Unterrichts, aber sie hatten noch nicht wirklich miteinander geredet. »Schwester Xaveria sagt, wir sollen uns bemühen, ruhig zu sein.«

»Aha. Warum?«

»Ich glaube, damit wir Gott besser hören können, wenn er zu uns spricht«, meinte Anna. »Aber bis jetzt habe ich ihn noch nie gehört. Ich bin nicht so gut darin, ruhig zu sein.«

»Nein?« Seine Mundwinkel zuckten.

»Wir dürfen singen«, erzählte sie weiter, »und die Nonnen singen oft bei ihren Gebeten. Aber ihre Lieder sind nicht so schön wie das Wiegenlied, das Ihr gesungen habt, über das Mädchen und seinen Geliebten.«

»Es hat dir gefallen?«

»Ja. Könntet Ihr es noch einmal für mich singen, damit ich den Text lernen kann?«

»Hier?« Er blickte sich um und meinte: »Das Lied ist wohl nicht angemessen für eine Kirche. Wenn ich Papier und Stift habe, werde ich es für dich aufschreiben.«

»Aber ich kann nicht lesen«, sagte sie.

»Du wirst es lernen.« Er hob den Kopf und betrachtete gedankenverloren das Fenster, das ihnen am nächsten war und durch dessen Glas Licht auf den Boden fiel, auf dem sie gingen. »Wenn man lernt, gewinnen die Worte an Raum.«

»Seid Ihr zur Schule gegangen, als Ihr in meinem Alter wart?«

»Ja.«

»Und durftet Ihr auch nicht sprechen?«

Sein Mund verzog sich zu einem Lächeln, als er den Kopf neigte, als ob er über die Frage nachdenke. »Es kann sehr nützlich sein, schweigen zu lernen. Oft verraten sich Menschen durch ihre Worte oder durch kleine Gesten, die man nur sieht, wenn man schweigt und stattdessen die Augen benutzt. Du kannst mehr über einen Menschen erfahren, wenn du ihm ins Gesicht siehst, als auf jedem anderen Weg, aber du musst dabei leise sein«, lautete sein Rat.

Sie übte sich darin, indem sie das Gesicht des Hauptmanns betrachtete, und sie sah, wie es sich jedes Mal verzog, wenn er den linken Fuß aufsetzte. Aber lange vermochte sie nicht zu schweigen. »Ein Mann, der manchmal nach *Slains Castle* kommt, ist an dem gleichen Bein verwundet worden wie Ihr«, erzählte sie. »Nur dass der Chirurg das Bein abnehmen musste, sodass es nun am Knie endet.«

»Ich hatte Glück, dass ich mein Bein behalten durfte«, entgegnete er. »Der Chirurg hier wollte es offenbar nicht haben.«

»Ich mag den Chirurgen nicht«, erklärte Anna, und er sah zu ihr hinunter.

»Er ist ein guter Mensch.« Dann runzelte er leicht die Stirn, als er fragte: »Wann hast du ihn gesehen?«

Anna runzelte ebenfalls die Stirn. »Warum hat er diese Nadel in Euer Bein geschoben?«

Er zog eine Augenbraue hoch. »Welche Nadel? Die Drainage? Wieso weißt du …?«

»Ich habe sie gesehen. Als sie sie gereinigt haben.«

Der Hauptmann nickte, sah zur Seite und erklärte: »Wenn eine Wunde eitert und nicht heilen will, hilft eine Drainage.«

Anna sah auf das Bein des Hauptmanns, dorthin, wo der Verband an der Hüfte die Hose ausbeulte. »Ist sie noch drin?«

»Ja, ist sie.«

»Warum?«

»Es funktioniert wie der Docht in einer Lampe«, erklärte er. »Der Chirurg kann dadurch Medizin in die Wunde leiten, und der Eiter kann ablaufen.«

Anna gefiel es, dass er mit ihr sprach, wie Oberst Graeme es getan hatte, wie mit einer Erwachsenen, als ob er davon ausgehe, dass sie verstehen würde.

»Wird sie für immer drinbleiben?«, fragte sie.

Er schüttelte den Kopf. »Nein, wenn der Chirurg denkt, dass es so weit ist, wird er sie entfernen.«

»Wird es wehtun?«

Er antwortete nicht gleich. Dann sah er sie an. »Ich hatte schon schlimmere Schmerzen«, versicherte er. »Es wird heilen.«

Dennoch sorgte sie sich um ihn in den Zeiten, wenn er nicht bei ihr zu Besuch war. Und wenn zwei Tage ohne ein Zeichen von ihm vergingen, wuchs ihre Unruhe derartig an, dass sie sich nicht mehr auf den Unterricht oder die Mahlzeiten konzentrieren konnte. Äbtissin Butler selbst kam zu Anna, um sie nach dem Grund für ihre Ablenkung zu fragen, und als Anna es ihr sagte, sandte sie eine Nachricht ins Nachbarhaus und vereinbarte mit der Frau des Hausherrn, dass sie Anna zu einem Besuch beim Hauptmann abholen würde.

Er saß auf dem Bett, war jedoch vollständig angezogen und hatte das verletzte Bein vor sich ausgestreckt. »Was muss ich hören?«, begann er. »Du hast dir Sorgen um mich gemacht? Du solltest deine Gedanken anderen Dingen widmen.« Aber er sagte es mit einem Lächeln, und er sah dabei so glücklich aus, sie zu sehen, wie sie froh darüber war, bei ihm sein zu dürfen.

Er sah blass aus, und die Schatten um seine Augen waren dunkler als sonst. Misstrauisch betrachtete sie die neue Bandage an seinem Bein. »Haben sie die Nadel herausgezogen?«

»Ja, haben sie. Und mein Bein hat sie so vermisst, dass es mich nicht mehr tragen wollte«, sagte er. »Deswegen konnte ich dich in den letzten Tagen nicht besuchen.«

Sein ernstes Gesicht konnte ihr nichts vormachen. »Ein Bein kann einem keine Vorschriften machen«, behauptete sie.

»Glaubst du? Warte ab, bis du in meinem Alter bist, Kind.«

Damit konnte er sie ebenfalls nicht überzeugen, denn so alt

war er gar nicht. Sein Haar war braun, und noch zeigten sich keine weißen Strähnen darin. Als er sah, wie sie ihn musterte, lächelte er, was ihn noch jünger aussehen ließ. »Wenn du die Wahrheit hören willst: Als der Chirurg die Nadel entfernt hat, habe ich Fieber bekommen und durfte das Bett nicht verlassen. Aber er hat dafür gesorgt, dass ich mich nicht gelangweilt habe.«

Sie folgte seinem Blick zu einem kleinen Tisch neben dem Bett, auf dem ein Schachspiel stand.

Hauptmann Jamieson beobachtete sie. »Der Oberst meinte, dass du gern Schach spielst. Was hältst du von einer Partie?«

Es war ein so schönes Schachspiel, dass sie den Blick davon nicht lösen konnte.

»Komm«, forderte der Hauptmann sie auf und rückte mühsam zur Seite, damit Anna sich in Reichweite des Tisches auf den Rand des Bettes neben ihn setzen konnte. »Möchtest du Weiß oder Schwarz?«

Sie wählte schwarz, da der schwarze König ihr immer noch der liebste war, und dieser König war noch schöner und kunstvoller gearbeitet als der in der Bibliothek des Grafen von Erroll. Sein Bart war gelockt, seine Krone vergoldet, und sie konnte die Hermelin-Manschetten an seinem Mantel erkennen. Auch die anderen Figuren waren so aufwendig gearbeitet, bis auf eine Ausnahme. »Warum hat niemand die Bauern bemalt?«

»Sie sind wohl zu klein.«

»Aber sie sind mutig«, wandte sie zu ihrer Verteidigung ein. »Sie sind die Ersten, die in die Schlacht ziehen.«

»Und die Ersten, die geschlagen werden.« Sein Blick war schwer zu deuten. »Ich wollte nur sagen, dass sie wegen ihrer geringen Größe schwer zu bemalen sind.«

»Ah.«

»Wie würdest du sie anmalen?«

Sie runzelte die Stirn, dachte nach und war sich nicht sicher.

Der Hauptmann meinte: »Vielleicht sind es ihre tapferen Herzen, die sie auszeichnen, wie bei *Robert the Bruce*.«

Sie kannte die Geschichte von König Robert, genannt *the Bruce*, dem schottischen König, der nach seinem Tod sein Herz auf Kreuzfahrt sandte, um sein Versprechen Gott und seinen Männern gegenüber zu halten, und deshalb den Beinamen *Braveheart* erhalten hatte.

»Aber unsere Herzen tragen wir in uns«, fuhr Hauptmann Jamieson fort, »wie diese kleinen Soldaten hier, und nur durch unsere Taten können wir unseren wahren Wert beweisen.«

Anna sah zu, wie er den ersten Bauern auf das hölzerne Spielfeld setzte, und ohne zu wissen warum, sagte sie: »Die Bauern waren mir schon immer die Liebsten.«

Der Hauptmann hielt inne und betrachtete sie, und gerade, als er etwas entgegnen wollte, sagte sie: »Äbtissin Butler meint, dass Spiele ein nutzloser Zeitvertreib sind, der Gott nicht gefällt.«

Er schwieg darauf und zog seine Mundwinkel in einem bitteren Lächeln leicht nach oben. Dann sagte er: »Äbtissin Butler ist eine sehr weise und freundliche Frau, und ich habe keinen Zweifel, dass sie uns diese eine kleine Sünde zugestehen würde. Abgesehen davon ist Gott sicher ein hervorragender Schachspieler nach all der Zeit, die er damit verbracht hat, lebendige Figuren über das Spielfeld der Erde zu bewegen. Und wie dir scheinen auch ihm die Bauern die liebsten zu sein.«

Sie hörte die Bitterkeit aus seinen Worten heraus, verstand sie jedoch nicht, also erwiderte sie nur: »Liegt das daran, dass er in ihre Herzen sieht und ihre Tapferkeit erkennt?«

Ihre Worte ließen Hauptmann Jamieson den Blick heben, und als er antwortete, hatte seine Stimme an Schärfe verloren: »Ja. Hoffen wir, dass es so ist.«

Befriedigt tat nun sie ihren ersten Zug und setzte einen ihrer Bauern nach vorn, einen kleinen tapferen Soldaten auf diesem Feld von Licht und Schatten.

—

Der Mai kam mit all seiner Helligkeit, und der Gesang der Vögel füllte den Garten des Klosters. Warm schien die Sonne auf Annas Schultern, während sie den Nonnen in heiterer Ruhe half, ihre Arbeit zu tun.

Sie mochte es, die Erde zwischen den Fingern zu fühlen, und den Duft von grünen zerdrückten Kräutern, aber am besten gefiel es ihr, das heimlich sprießende Unkraut auszuzupfen, das die nützlichen Pflanzen zu ersticken drohte.

Ihr Fleiß erfreute die Äbtissin, die eines Morgens, als sie ihr zusah, meinte: »Nun versuche, das Gleiche mit deinen Gedanken zu tun: Lösche alle unnötigen Eitelkeiten und Sorgen daraus, und du wirst klarer sehen.«

Anna mochte die Äbtissin. Im Grunde mochte sie jede der Nonnen. Sie konnten streng sein, wenn es gerechtfertigt war, aber meistens waren sie freundlich und lächelten oft. Und sie strahlten einen Frieden aus, den sie selbst niemals erlangen würde. Es gab etwa ein halbes Dutzend Laienschwestern und genauso viele Chornonnen, die, zusammen mit der Äbtissin, diese Gemeinschaft bildeten, und inzwischen kannte Anna alle ihre Namen und Gesichter und ein paar Einzelheiten aus ihren Leben, bevor sie dem Kloster beigetreten waren.

An dem regnerischen Nachmittag, als Hauptmann Jamieson sie das nächste Mal besuchte und sie zusammen durch die Kirche gingen, teilte sie ihm mit, was sie über eine ihrer liebsten Nonnen erfahren hatte: »… und auch sie ist in Schottland geboren, und sie spricht genauso wie Ihr und ich, und ihr eigentlicher Name ist Mclean. Mary Luisa Mclean. Ist das nicht ein schöner Name? Der Vater ihrer Mutter war ein Graf, der Graf von Kilmar…« Sie durchforstete ihr Gedächtnis, und der Hauptmann riet: »Kilmarnock?«

»Ja. Er ist gestorben, und ihr Onkel ist ebenfalls tot, und deshalb ist jetzt ihr Cousin der Graf. Aber er kämpft gegen den König.« Daher war er keinen weiteren Gedanken wert. »Ihr Vater dagegen dient König Jakob. Sein Name ist Alexander. Seid Ihr ihm einmal begegnet?«

»Wenn er Sir Alexander Mclean ist, dann ja«, meinte der Hauptmann.

»Sie sagt, dass er ein guter Mensch ist. Er hat sie in Schottland zurückgelassen, so wie mein Vater mich dort zurückgelassen hat, als er wegging, um dem König zu folgen«, erklärte sie. »Aber er holte sie herüber, weil er nicht wollte, dass sie noch länger bei denen bliebe, die dem falschen Glauben und den falschen Überzeugungen anhingen«, fügte sie hinzu.

Hauptmann Jamieson sah sich in der stillen kleinen Kirche um, in der ein silbernes Licht die Düsternis erhellte. »Und was ist der richtige Glaube?«

»Die Nonnen sagen, es gibt nur einen richtigen Glauben.«

»Und was meinst du?«

Er hatte eine ernste Frage gestellt, wusste sie, also antwortete sie ihm ehrlich. »Oberst Graeme ist Katholik, aber er liebt meine Mutter, und sie ist Protestantin, daher denke ich, dass Gottes Liebe so umfassend ist wie die des Obersts und dass er in allen Menschen das Gute sieht.«

»Dass er die tapferen Herzen seiner Bauern erkennt, meinst du?« Der Hauptmann lächelte leicht. »Unterrichten die Nonnen dich in Philosophie?«

Sie war sich nicht sicher. »Ich bin froh, dass eine schottische Nonne darunter ist.«

»Durch sie fühlst du dich hier etwas mehr zu Hause, stimmt's?«

»Ja. Sie ist sehr schön, und manchmal erzählt sie mir von der Königin in St. Germain. Ich denke, sie wäre gern dort geblieben und nicht Nonne geworden, aber als sie aus Schottland herüberkam, hatte ihr Vater eine neue Frau und eine neue Tochter, und für sie war kein Platz dort«, erzählte Anna.

Sie besann sich einen Moment und fragte sich, ob ihre Mutter nach dem Tod ihres Vaters wohl auch wieder geheiratet und weitere Kinder geboren hatte. Sie musste den Oberst danach fragen, wenn sie ihn das nächste Mal sah, denn er schien viel über ihre Mutter zu wissen.

Hauptmann Jamieson beobachtete sie, aber er störte ihre Gedanken nicht. Sie gingen eine Weile nebeneinanderher, dann sagte er: »Das ist eine interessante Geschichte, und ich bin froh, dass du hier eine Landsmännin gefunden hast, aber ich bin mir nicht so sicher, dass sie glücklich darüber wäre, wenn sie wüsste, dass du mir all das erzählt hast.«

»Warum? Es ist kein Geheimnis.«

»Möglicherweise nicht, aber es steht dir nicht zu, es anderen zu erzählen.« Sein Blick enthielt keinen Vorwurf, sondern Geduld. »Als ich ein Junge war, hat meine Mutter immer gesagt: Was man in der Küche hört, sollte man niemals im Salon erzählen.«

»Was bedeutet das?«

»Es bedeutet, dass man das, worüber man innerhalb der Familie und unter Freunden spricht, Fremden gegenüber nicht erwähnen sollte.«

»Aber Ihr seid kein Fremder«, wandte Anna ein, als wäre es selbstverständlich.

»Bin ich nicht?«

»Natürlich nicht.« Spontan schob sie ihre Hand in seine, als sie ihm mitteilte: »Wusstet Ihr, dass mein Vater in dieser Kirche begraben ist? Es gibt einen Grabstein, hat die Äbtissin gesagt.«

Sie fanden ihn an der Innenwand, eine sehr fein gearbeitete Gedenktafel aus weißem Stein, mit Blumenornamenten auf beiden Seiten und einem Rahmen darunter, der ein paar Worte umschloss, die Anna trotz des Unterrichts durch die Nonnen nicht verstand.

»Es ist der Name deines Vaters auf Latein: *Ioannis Moray D'Abercarni.* Und diese Buchstaben hier über dem Namen – DOM – bedeuten: dem gnädigsten und erhabensten Gott – *Deo, Optimo, Maximo.*«

Es überraschte sie nicht, dass der Hauptmann lateinische Worte lesen konnte, denn im Grunde dachte sie, dass er alles könnte.

Außerhalb des Rahmens waren noch mehr Worte mit in den Stein gearbeiteten Bildern von Leben und Tod verwoben. Von jeder Seite grinste ein menschlicher Schädel herab, wobei aus dem einen der Flügel eines Adlers entwuchs, aus dem anderen der zarte Flügel eines Engels.

Anna starrte mit großen Augen auf die Schädel und die dichten Blumen darunter, die auf der einen Seite voller Leben schienen und auf der anderen Seite verwelkt waren. Zwei Worte standen genau in der Mitte, und leicht fröstelnd versuchte sie selbst, sie zu entziffern: »Mem…memen…«

»*Memento mori*«, half der Hauptmann.

»Was bedeutet das?«, fragte sie.

Er sah einen Moment schweigend auf sie herab, ließ seinen Blick auf ihrem verwirrten Gesichtsausdruck ruhen, dann umfasste er ihre Hand fester und versicherte: »Es ist nichts, worüber du nachdenken solltest. Schau, dort, die Einhörner!«

Die Einhörner gefielen ihr. Sie hatten sich auf den Hinterbeinen aufgerichtet und blickten einander an. Sie schienen zu tanzen.

»Das sind die Einhörner Schottlands«, erklärte der Hauptmann. »Und der ovale Schild zwischen ihnen ist der deines Vaters, dort, zwischen den drei Sternen.«

»Sind die Worte unter den Einhörnern ebenfalls Lateinisch?«

Er nickte. »*Sine Labe.* Das ist der Wahlspruch deines Großvaters und aller Abercairneys.«

»Also ist es auch mein Wahlspruch.«

»Ja.«

»Was bedeutet ›si-ne-la-be‹?«

»Ohne Schuld.« Wieder verzog sich sein Mund ein wenig wie so oft, was ein Lächeln hätte sein können, wäre es nicht so angespannt und flüchtig gewesen. »Ein nobler Wahlspruch, den sicher nur wenige Menschen erfüllen können.«

Der Blick in sein Gesicht verriet ihr nicht, ob er von sich selbst oder von ihrem Vater sprach. Aus dem, was er zu Oberst Graeme während ihrer Reise gesagt hatte, hatte sie geschlossen, dass er ihren Vater gut gekannt hatte; in ihrer Wunschvorstellung waren sie sogar Freunde gewesen.

Sie fragte ihn: »Hauptmann, habt Ihr in denselben Schlachten wie mein Vater gekämpft?«

Er senkte den Blick zu ihr herunter und antwortete: »Ja.«

»Und hat er jemals von mir gesprochen?«

»Als er hier in Flandern gekämpft hat, wusste er nicht, dass er ein Kind hat. Und im Grunde war es gut so, denn es wäre ihm unendlich schwerer gefallen, sein Leben zu geben, hätte er gewusst, dass er dich ohne Vater zurücklässt.«

»Hatte meine Mutter ihm nicht von mir erzählt?« Irgendwie tat es ihr weh, dass er gestorben war, ohne auch nur von ihr zu wissen.

Hauptmann Jamieson sagte freundlich: »Es waren schwierige Zeiten. Deine Mutter hat das Beste für dich getan, was sie tun konnte. Sie hat dich geschützt.«

Sie sah ihn an, und plötzlich wurde ihr etwas klar: »Ihr habt auch meine Mutter gekannt, oder?«

Er nickte. »Ja.«

Ihr stockte der Atem, und in ihrem Kopf überschlugen sich die Fragen, sodass sie sie kaum in eine sinnvolle Form bringen konnte. Aber vor allem auf eine brauchte sie unbedingt eine Antwort. Es war schwierig. Sie hielt seinen Blick, um Mut zu fassen. »Glaubt Ihr, dass sie mich irgendwann zu sich holen wird?«

Sie wusste, er würde sie nicht anlügen. Es war nicht seine Art. Er atmete aus, als er einmal mehr sein Gewicht verlagerte, um sein verletztes Bein zu entlasten. Schließlich sagte er: »Eine Frau kann nicht wie ein Mann einfach so auf Reisen gehen.«

»Lebt sie weit weg von hier?«

»Weit genug.« Seine Augen lagen im Schatten, aber er musste ihre Enttäuschung bemerkt haben, denn er drückte ihre Hand und wandte den Blick ab. Für einen Moment herrschte Schweigen zwischen ihnen.

Er sagte: »Anna, wenn mein Bein geheilt ist, muss ich zu

unserem König reisen und tun, was er für mich vorgesehen hat. Und für die Zeit, bis der König einen sicheren Aufenthaltsort gefunden hat, werde auch ich ständig auf Reisen sein.« Seine ruhige Stimme hallte dunkel von den alten Steinmauern mit den marmornen Monumenten wider. »Aber eines verspreche ich dir: Wenn ich meine Pflicht dem König gegenüber erfüllt habe, werde ich dich zu deiner Mutter bringen.«

Anna wagte nicht zu hoffen. Sie musste sich selbst erneut versichern, dass der Hauptmann sie niemals belügen würde, und dennoch fragte sie: »Wirklich?«

Er betrachtete den Grabstein ihres Vaters, den ovalen Schild und den Wahlspruch. »Wirklich. Aber es wird eine Weile dauern, bis ich zu dir zurückkommen kann. Oberst Graeme und ich, wir haben den Nonnen genug Geld gegeben, dass du das ganze Jahr über hierbleiben kannst, wenn es nötig ist.«

Anna fröstelte. Ein Jahr schien eine unendlich lange Wartezeit.

Er wandte sich ihr wieder zu, und als er den Ausdruck in ihrem Gesicht sah, sagte er: »Dazu muss es nicht kommen. Ich werde dich nicht länger hier eingesperrt lassen, als es nötig ist.«

Also hatte er verstanden, was die Gitter für sie bedeuteten. Begütigend sagte sie: »Die Nonnen sind sehr freundlich zu mir.«

»Ja, das sind sie. Sie werden sich um dich kümmern. Aber solange ich weg bin, musst du dafür sorgen, dass du gesund bleibst. Ein Vorteil des Klosters ist, dass es viele Krankheiten aussperrt, aber den Winter über musst du dich warm anziehen, damit du nicht krank wirst.« So wie er darauf beharrte, musste sie erneut an sein kleines Mädchen denken, das er verloren hatte.

Sie hatte das Gefühl, dass es nicht richtig wäre, ihn zu fragen, wie seine Tochter gestorben war, weil die Erinnerung daran ihn zu sehr schmerzen würde. Nachdem sie einen Moment geschwiegen und nachgedacht hatte, begann sie schließlich: »Hauptmann Jamieson?«

»Ja.«

»Ist Eure Tochter … ist sie an demselben Ort wie mein Vater?«

Mehrere schmerzhafte Herzschläge über fürchtete sie, er würde nicht antworten, aber schließlich sagte er: »Ja.«

»Und denkt Ihr, dass er sich um sie kümmert, so wie Ihr Euch um mich kümmert?«

Als er sie diesmal ansah, verzog sich sein Mund nicht, doch sie dachte, dass seine Augen aussahen, als wolle er lächeln. »Dessen bin ich mir sicher.«

»Also dann geht es ihr gut, denke ich«, meinte sie und umfasste seine Finger fester.

Und so blieben sie eine Weile stehen, während Anna den Blick nach oben auf die schottischen Einhörner gerichtet hielt, die für immer in ihrem Tanz eingefroren waren, und auf die drei steinernen Sterne zwischen ihnen, und sie sandte Gott ein äußerst eigensüchtiges Gebet: Sie betete, dass das Bein des Hauptmanns noch sehr lange brauchen würde, bis es heilte.

KAPITEL 16

Sie wusste, dass der Tag gekommen war, da er sie nicht ansah. Wie immer hielt er ihre Hand, als sie spazieren gingen, aber er umfasste sie fester als sonst, und sie hatte bereits eine Weile fröhlich vor sich hin geplappert, als sie bemerkte, dass er nicht einmal den Blick vom Boden erhoben hatte.

Er hinkte noch immer, doch sein Gesichtsausdruck verkrampfte sich nicht mehr bei jedem Schritt des verletzten Beines, und als sie nun auf die Stelle direkt über dem Knie sah, an dem sich die Bandage befunden hatte, sah sie nur noch den glatt anliegenden Stoff seiner Hose.

Sie hielt inne, sodass auch er stehen bleiben musste, und sagte: »Euer Bein ist geheilt.«

»Ja, ist es.«

»Und nun werdet Ihr Euch auf den Weg zum König machen.«

Er nickte. »Ja. Es ist meine Pflicht.«

Sie hatte sich auf diesen Moment vorbereitet, denn sie wollte für ihn tapfer sein. Das leichte Zittern ihrer Unterlippe war überwunden, als sie ihr Kinn zu ihm hob. »Wann werdet Ihr abreisen?«

»Heute Nachmittag.«

Schon so bald. Das war nicht recht.

Er schien ihre Gedanken zu lesen. Seine Stimme war freundlich und verständnisvoll, als er sie fragte: »Und? Möchtest du immer noch ein Soldat sein, der in Erfüllung seiner Pflicht die Menschen, die er liebt, immer wieder verlassen muss, so wie ich?«

War sie ein Mensch, den er liebte? Ihr Herz klopfte voller

Stolz, als sie nickte. »Wenn ich ein Soldat wäre, könnte ich mit Euch gehen.«

»Tapferes Mädchen.« Zärtlich blickte er auf ihr Gesicht hinunter. »Du wirst auch jetzt bei mir sein.« Als er sah, dass sie nicht verstand, klopfte er sich auf die linke Seite seiner Brust und erklärte: »Du bist jetzt in meinem Herzen, und wohin ich auch gehe, wirst du mich stets begleiten.«

Seine Geste hatte ihn an etwas erinnert, denn er griff in seinen Mantel und zog ein längliches gefaltetes Stück Papier hervor. »Ich habe etwas für dich.«

Anna musste seine Hand loslassen, um das Papier zu nehmen, denn sie brauchte ihre beiden Hände, um es zu halten. Sie faltete es vorsichtig auseinander und sah mit schwarzer Tinte geschriebene Zeilen. Sie erkannte den Buchstaben »T« und an einigen Stellen den Buchstaben »M«, aber es war die Schrift eines Erwachsenen, die Buchstaben waren so ineinander verschlungen, dass sie die Worte nicht entziffern konnte, sosehr sie sich auch bemühte. Enttäuscht fragte sie: »Was steht dort geschrieben?«

»Es ist dein Lied«, erklärte er. »Das Wiegenlied, das ich für dich gesungen habe, von dem Mädchen auf der Suche nach seinem Liebsten. Und die Melodie – siehst du die Noten dort oben? Wenn du gelernt hast, die Worte zu lesen, kannst du auch das Notenlesen erlernen. Und dann weißt du, wie das Lied zu singen ist.«

Anna hielt den wertvollen Bogen Papier mit der einen Hand, während sie mit der anderen vorsichtig die kleinen Tintenkleckse mit den Stielen daran berührte, die oberhalb der Worte über das Papier tanzten und Musik waren. Es war so lange her, dass sie über das Lied gesprochen hatten, dass sie sich sicher gewesen war, er hätte es vergessen. »Ihr habt daran gedacht.«

»Ja. Ich habe doch versprochen, die Verse für dich aufzuschreiben.«

Sie nickte feierlich.

»Dann also.« Er ging vor ihr in die Hocke, obwohl es ihm

Schmerzen verursachte, sodass ihre Blicke auf einer Höhe waren. Für einen Moment sah sie die Anspannung in seinem Gesicht, die aber sofort wieder daraus verschwand. »Ich habe noch nie ein gegebenes Versprechen nicht gehalten, hast du verstanden?« Er wartete auf ihr Nicken, bevor er fortfuhr: »Also warte auf mich, denn ich werde zurückkommen.«

»Und mich zu meiner Mutter bringen?«

»Ja.«

Sie sah ihm in die Augen. Dann fragte sie: »Werde ich ihr gefallen? Wird sie mich lieben?«

»Zweifelst du daran?«

Anna wollte ihm ihre Zweifel nicht zeigen. Sie selbst wollte so sehr daran glauben können. Stattdessen fragte sie: »Hat sie einen Ehemann?«

Er zögerte zu antworten, als überlege er, was er ihr erzählen solle, aber schließlich sagte er die Wahrheit, wie sie es von ihm erwartet hatte: »Ja, hat sie.«

»Und andere Kinder?«

»Ja«, sagte der Hauptmann, »aber ich denke, dass ihr Herz eine Lücke hat, die sich danach sehnt, geschlossen zu werden, und nur du kannst sie ausfüllen. Nur du bist in der Lage, das für sie zu tun.«

Sie sah ihn an und wusste, er hoffte darauf, dass sie ihm glauben würde, doch immer noch zweifelte sie: »Hauptmann Jamieson?«

»Ja.«

»Wenn meine Mutter mich nicht will, werdet Ihr mich dann mit zu Euch nach Hause nehmen?«

Sein Bein musste ihm große Schmerzen bereiten, dachte sie, denn er schloss die Augen für einen Moment, und wieder spannten sich seine Gesichtszüge an, was gleich wieder vorüber war. Er versicherte: »Deine Mutter hat sich die letzten acht Jahre lang unendlich nach dir gesehnt, seit sie dich der anderen Frau übergab. Sie will dich und wartet, und du brauchst keine Angst zu haben, dass sich das jemals ändern wird.«

»Aber sie könnte sterben. So wie mein Vater gestorben ist.«

Zärtlich strich er ihr eine widerspenstige Locke hinters Ohr. »Du machst dir viel zu viele Sorgen. Lass dich hier im Kloster von den Nonnen umsorgen. Mich solltest du bemitleiden, denn ich muss von jetzt an die Zeit allein auf der Straße verbringen, ohne ein kluges Kind, mit dem ich mich unterhalten kann und das mir beim Schachspiel weitaus überlegen ist.«

Er wollte sie mit seinen Scherzen aufheitern, doch seine Worte erinnerten sie an die gefahrvolle Reise, auf die er sich nun begeben würde, und an das, was ihm in Erfüllung seiner Pflichten dem König gegenüber bevorstand.

»Werdet Ihr in den Krieg ziehen müssen?«, fragte sie.

»Hm, ich denke, für eine Weile wird mir der Krieg noch erspart bleiben.«

»Aber die bösen Männer gibt es doch noch, oder? Die, die hinter meinem Vater her waren?«, überlegte sie.

»Es wird immer böse Männer geben. Aber Oberst Graeme und ich werden niemals zulassen, dass sie dir etwas antun. Genau wie die Nonnen.«

Sie konnte ihm nicht sagen, dass sie nicht um ihre eigene Sicherheit fürchtete, denn auf einmal kostete es sie unendliche Kraft, die Maske der Tapferkeit aufrechtzuerhalten. Ihr Blick wanderte hinüber zu der dunklen Ecke in der Kirche, in der das Grab ihres Vaters lag, und dann erinnerte sie sich daran, was sie zu tun hatte.

Sie faltete den Bogen, auf dem das Lied geschrieben stand, und bedankte sich bei Hauptmann Jamieson dafür, und während sie das Papier vorsichtig in die Tasche zwischen ihren Röcken schob, fühlte sie darin den kleinen schwarzen Stein an dem Lederband, den Stein mit dem Loch darin. Vorsichtig nahm sie ihn heraus und hielt ihn dem Hauptmann entgegen.

»Das hat meinem Vater gehört«, erklärte sie und erzählte ihm alles, was sie von Oberst Graeme über den kleinen Stein erfahren hatte und was er für ihre Familie bedeutete. Dass er das Böse fernhielt. »Würdet Ihr ihn nehmen und tragen?«

Hauptmann Jamieson sah hinunter auf Annas Hand und den Stein, und für eine lange Weile schien es, als fehlten ihm die Worte. Er räusperte sich und sagte mit rauer Stimme: »Ich denke, dein Vater hätte gewollt, dass du ihn hast, und nicht, dass du ihn einem anderen gibst.«

Es stand ihr nicht zu, den Erwachsenen zu widersprechen, daran erinnerten die Nonnen sie jeden Tag. Aber wie sonst konnte sie dem Hauptmann sagen, dass er längst die Lücke gefüllt hatte, die ihr Vater, den sie nie gekannt hatte, mit seinem Tod zurückgelassen hatte, und dass sie ihn inzwischen mehr vermissen würde als die Familie, bei der sie aufgewachsen war? Wie sollte sie ihn wissen lassen, dass sein Weggang in ihrem Herzen eine Lücke riss, die nur er würde schließen können?

Wenn sie es ihm jetzt einfach so sagen würde, würde sie weinen, und das wollte sie nicht. Sie konnte seiner Hartnäckigkeit nur auf gleiche Weise begegnen, also erklärte sie: »Aber ich bin bereits in Sicherheit. Und der Stein gehört mir, also darf ich ihn auch weitergeben.« Sie hob die Hand näher zu ihm hin, die dabei nur leicht zitterte. »Bitte!«

Er blickte noch einen Moment auf den Stein, dann in ihre Augen. Schließlich schloss er seine schwieligen Finger um das Geschenk und legte es sich – immer noch ohne ein Wort zu sagen – vorsichtig um den Hals, sodass der Stein unter seinem Hemd in der Kuhle seines Halses lag. Er atmete ein, als wolle er etwas sagen, und dann zog er sie schweigend zu sich heran.

Er umarmte sie fest, doch seine Hand lag zärtlich auf ihrem Haar, als fürchtete er, sie zu zerbrechen.

Anna wollte ihn nie wieder loslassen. Sie fühlte sich von Wärme umfangen. Die Härte seiner Brust unter dem abgetragenen wollenen Mantel war wie ein Schutzschild, durch den kein Kummer hindurchgelangen konnte, und hier, in seinen Armen, schien die Welt so weit weg und unwichtig zu sein.

Sie hätte nicht sagen können, wie lange er dort hockte und sie in den Armen hielt, seine raue Wange an ihrer Stirn, aber schließlich küsste er ihr Haar, schob sie sanft von sich und wollte sich aufrichten.

Sie zog leicht an seinem Mantel, sodass er gerade lange genug innehielt, dass sie ihn auf die Wange küssen konnte. Wenn Erwachsene sich zum Abschied küssten, wünschten sie sich oft Gesundheit und eine gute Reise. Daher hatte auch sie sich auf diesen Moment, den schlimmsten aller Abschiede, vorbereitet. Doch es gelang ihr nicht, sich die Worte ins Gedächtnis zu rufen, also stand sie nur dort und schwieg.

Inzwischen hatte er sich voll aufgerichtet. Seine Augen glänzten seltsam und waren an den Rändern gerötet, und auch er sagte nichts. Er nickte nur und blickte zur Seite. Sie sah, dass seine Wimpern nass waren, was ihr ebenfalls seltsam erschien, denn es konnten keine Tränen sein, da ein Soldat niemals weinte.

Auch ihr gelang es, nicht zu weinen, obwohl es ihr unendlich schwerfiel.

Äbtissin Butler erlaubte ihr, seine Abreise durchs Fenster zu beobachten. Er saß auf seinem Pferd, groß und kräftig und wunderbar. Da er sie am Fenster stehen sah, hob er die Hand, als er vorbeiritt, und am Ende der Straße wendete er sein Pferd gerade so weit, dass er sie noch einmal sehen konnte. Er hob den Arm zu einem letzten Gruß, dann ritt er davon.

Die Welt hinter dem Fenster verschwamm.

Wie aus weiter Ferne nahm Anna die Äbtissin wahr, die hinter ihr stand, ihre beruhigenden Worte, die mitfühlende Geste ihrer Hand auf ihrer Schulter, die Tatsache, dass sie nicht allein war. Und sie fühlte bereits die Lücke in ihrem Herzen.

Und als die erste Träne rann, wusste sie, dass sie niemals ein Soldat sein würde.

KAPITEL 17

Rob war noch nicht zu einem Gespräch bereit. Er hatte zwar nichts gesagt, aber ich spürte es, wenn ich ihn ansah. Also ließ ich ihn in Ruhe zu Abend essen, während ich mich zurücklehnte und die vorbeilaufenden Leute betrachtete.

Wir hatten ein Restaurant an dem beeindruckenden Marktplatz der Stadt ausgewählt, das von Gebäuden umringt war, die aus den Trümmern nach dem Ersten Weltkrieg wiederaufgebaut worden waren: die düstere gotische Tuchhalle mit dem hohen Uhrturm am westlichen Ende, dessen Spitze im Schatten des Kirchturmes dicht dahinterlag, und die lange Reihe weiterer alt aussehender Häuser mit ihren Stufengiebeln und den steilen Dächern, die zu perfekt mittelalterlich wirkten, um echt zu sein; das Gerichtsgebäude am östlichen Ende des langen offenen Platzes sah aus wie ein Schloss, erbaut aus goldfarbenem Stein, mit Ornamenten an den Fenstern und einem auffallenden runden Turm in der Mitte des hohen Daches.

Auf dem Marktplatz war viel los. Überall standen schräg geparkte Autos, während in den umgebenden Straßen weitere Autos entlangfuhren, und auf den Gehsteigen drängten sich die Touristen.

Auf unserer Seite des Platzes war ein kleiner Jahrmarkt errichtet, mit neonbeleuchteten Buden und einer kleinen Achterbahn, die mit einem Drachenkopf an der Spitze ratternd um die Kurven sauste, sodass die Kinder, die darin saßen, schreiend die Arme hochwarfen.

Als wir gegen acht Uhr an dem Tisch Platz genommen hatten, war es ruhiger gewesen, denn um diese Zeit wurde – wie uns die Kellnerin erklärte – jeden Abend der im Ersten Weltkrieg gefallenen anonymen Soldaten gedacht. Die Zeremonie wurde am dicht hinter dem Platz sichtbaren Menin-Tor abgehalten, einem über der Maasbrücke errichteten Bogen aus hellem Stein. Währenddessen stehe der Verkehr still, führte die Kellnerin aus, Musik werde gespielt und Gedenkworte gesprochen, in Gegenwart einer Ehrenwache aus jeden Abend wechselnden Soldaten der vielen Nationen, die in jenem unvergesslichen Krieg Männer verloren hatten. »Es ist sehr beeindruckend«, erklärte sie. »Viele Touristen sehen es sich an. Es ist etwas, das man so schnell nicht vergisst.«

Wir gingen nicht dorthin. Ich hörte, wie *The Last Post* gespielt wurde und der *Reveille Bugle Call*, der Trompetenweckruf der amerikanischen Soldaten, aber nach dem intensiven emotionalen Erlebnis, an dem ich gerade teilgehabt hatte, war mir nicht nach weiterem Trauergedenken und Rob, wie ich vermutete, auch nicht.

Diesmal hatte unser gemeinsamer Rückblick etwas bei ihm bewirkt. Etwas Ähnliches war mir weder in *Slains Castle* noch im Cottage aufgefallen, aber als wir diesmal aus unseren Visionen der Vergangenheit aufgetaucht waren, dort, in der düsteren überdachten Einfahrt, hatte Rob noch eine Weile mit geschlossenen Augen an der steinernen Wand gelehnt.

»Bist du okay?«, hatte ich ihn gefragt.

»Ja, alles in Ordnung.«

Jetzt war ihm nichts mehr anzumerken. Wie waren seit einer Stunde in dem Restaurant, und er hatte sein Steak und das flämische Bier komplett verputzt. Ich hatte Fisch bestellt – kleine Seezungenrollen auf normannische Art, in Pilzsoße, verfeinert mit roten Äpfeln, dazu Dauphinekartoffeln und Salat, aber das meiste davon lag noch unangetastet auf meinem Teller.

Rob hatte zwischendurch einmal einen Blick darauf geworfen. Als er es nun wieder tat, schob ich den Teller zu ihm hinüber. »Greif zu.«

Ich betrachtete ihn beim Essen, suchte nach einem Zeichen von Müdigkeit bei ihm, aber er sah genauso aus wie immer.

Wir waren nicht in das Restaurant hineingegangen, sondern hatten einen Tisch auf der geschlossenen Terrasse gewählt, wo die gläsernen Wände den Wind abhielten und die Schritte der Kellner den leicht erhöhten Holzboden vibrieren ließen. Rob hätte vielleicht gern bequemer gesessen als auf dem Metallgeflecht dieser Stühle, aber das Innere des Restaurants schien mir wegen der schummrigen Beleuchtung zu intim, und ich hatte die frische Luft und die Betriebsamkeit hier draußen vorgezogen. Ich hatte gehofft, so wirke unser Abendessen weniger wie eine Verabredung.

Aber es hatte nicht funktioniert. Dafür war der Tisch – klein, quadratisch mit einem grauen Leinentischtuch – nicht groß genug. Es gab keine Möglichkeit zu vermeiden, dass unsere Knie sich berührten. Rob hatte mir, ritterlich wie immer, möglichst viel Platz eingeräumt, indem er seine Füße weit weggestreckt hatte, aber es hatte nichts gebracht. Nun befanden sich meine Knie zwischen seinen, und ich spürte seine Präsenz entsprechend deutlich.

Außerdem hatte ich nicht damit gerechnet, wie verführerisch die mentale Verbindung zwischen uns sein würde, in der wir Anna gefolgt waren. Es war hart gewesen, sie zu unterbrechen, als würde man von einem warmen Zimmer hinaus in die winterliche Kälte gestoßen, zusätzlich erschwert durch die Tatsache, dass Robs Bewusstsein vollständig für mich geöffnet war, als ob …

Das war es, wurde mir bewusst. Er hatte auf jegliche Verteidigung verzichtet, als hätte er dafür nicht mehr genug Kraft gehabt.

Er hatte mein Essen vertilgt. Das Besteck klirrte, als er es auf die aufeinandergestellten Teller legte und diese zur Seite schob, um Platz für seine Ellbogen zu schaffen. Er lehnte sich nicht wirklich näher zu mir herüber, aber in diesem begrenzten Raum fühlte es sich so an, als er den Blick hob und mich ansah.

»Mir geht es gut«, versicherte er mir. »Ich habe so etwas schon vorher gemacht, aus weniger wichtigen Gründen. Ehrlich gesagt genieße ich es. Also hör auf, dich schuldig zu fühlen.«

»Tu ich nicht, nur …«

»Nick.«

Niemand anderes hatte mich je so genannt. Und wenn es der Fall gewesen wäre, hätte es niemals die gleiche Wirkung auf mich gehabt wie mit seinem tiefen schottischen Tonfall. Ich hatte vergessen, wie es klang. Und nun rief es eine Welle von Erinnerungen hervor, für die ich nicht bereit war, also sagte ich nur: »Ich bin ein wenig besorgt.«

»Dafür gibt es keinen Grund.« Sein Ton war scherzhaft, aber er wollte das Thema beenden. »Dafür habe ich eine Mutter.«

»Und zwei brauchst du nicht.«

»Genau.«

»Entschuldige, aber du siehst aus wie …«

»Aus der Hölle zurückgekehrt«, vermutete er.

»Nein.« Sicher nicht, dachte ich, dann verschloss ich eilig mein Bewusstsein, bevor er meine Gedanken lesen konnte.

»Wie dann?«

Der Regen ersparte mir eine Antwort. Er kam unerwartet und fiel hart auf die hellrote Markise über uns, sodass die Leute draußen ihre Einkäufe und ihre Kameras nahmen und zusahen, dass sie ins Trockene kamen.

Am Tisch neben unserem ließ sich ein älteres Ehepaar nieder, sodass Rob sein Bein wieder einziehen musste. Auf der anderen Seite zog eine Familie mit kleinen Kindern einen weiteren Stuhl an den Tisch und quetschte sich in die Ecke.

Um uns herum wurde es lebendig. Die Gespräche waren gut zu hören, und da ich wusste, dass nun auch jedes Wort, das ich zu Rob sagen würde, nicht länger unter uns blieb, schwieg ich eine Weile.

Die Kellnerin kam, nahm die leeren Teller vom Tisch und brachte für Rob ein weiteres Bier und für mich eine Tasse Kaffee mit einem kleinen Keks und einem Stück belgischer Schokolade. Ich trank meinen Kaffee, während das Paar am Nachbartisch überlegte, welchen Kriegsschauplatz sie am nächsten Morgen besichtigen würden, und auf der anderen Seite die Kinder nach längerem Verhandeln entschieden, was sie essen wollten, und ich fragte mich, was die Leute wohl denken würden, wenn ich Rob die Frage stellte, die ich im Sinn hatte.

Wahrscheinlich würden sie genauso reagieren wie der große Mann und seine Freunde in dem Pub in Edinburgh zwei Jahre zuvor. Sie würden uns für Freaks halten.

Ich überlegte, während ich die Schokolade aus dem Papier wickelte. Dann entfernte ich meine mentalen Schutzwälle. *Rob?*

Er sah mich erwartungsvoll an, ohne sich anmerken zu lassen, ob ihm aufgefallen war, wie ich ihn angesprochen hatte. Es überraschte mich nicht, schließlich hatte er mir erklärt, dass es für ihn keinen Unterschied machte.

Ich atmete tief ein und fuhr fort. *Kann ich dich etwas fragen?*

Ich beobachtete ihn, registrierte den kurzen Moment, bis es ihm klar wurde; sah, wie er auf meinen Mund schaute, bevor er wieder meinen Blick suchte, mit einem freudigen Schimmern in den blauen Augen, als hätte er gerade ein unerwartetes Geschenk erhalten. Er antwortete mir in Gedanken: *Frag mich, was du möchtest.*

Es gab uns eine gewisse Freiheit, dachte ich, uns unterhalten zu können, ohne dass die Leute um uns herum es mitbekamen. *Wie schaffst du es, anzuhalten und nach vorn zu springen?*

Was meinst du?

Na ja, als wir Anna in dem Kloster zugesehen haben …

Ja?

Wir waren nicht die ganze Zeit dort, zum Beispiel während sie geschlafen hat. Du hast angehalten, bist in der Zeit weiter nach vorn gegangen und hast sie woanders wiedergefunden, um ihr dann von da aus zuzusehen. Wie hast du das gemacht?

Viel Übung. Er lehnte sich zurück, sah zur Seite und entspannte sich. *Ich bin irgendwann darauf gekommen, als ich in der Schule war, zufällig, und war der Meinung, dass ich so viel*

Zeit sparen könnte. Also habe ich geübt. Ich kann es dir beibringen, wenn du möchtest.

Meine Skepsis muss deutlich lesbar in meinen Gedanken gestanden haben, ohne dass ich sie erwähnen musste, denn Rob, der immer noch hinaus auf den Platz sah, lächelte leicht, als er darauf antwortete: *Du unterschätzt dich, denke ich.*

Ja. Nun. Ich verfüge nicht über deine Fähigkeiten.

Das meiste habe auch ich lernen müssen. Oder zumindest weiterentwickeln. Wenn ich dir ein Cello geben würde, würdest du auf Anhieb wissen, wie man darauf spielt? Nein. Aber mit der Zeit und viel Übung könntest du es lernen.

Du bist ein Optimist. Es klang vorwurfsvoll. *Wie auch immer, es ist kein guter Vergleich. Du übst mit einem Cello. Ich habe nur eine Ukulele.*

Er wandte mir wieder seinen Blick zu, amüsiert. *Hast du deinen Kaffee ausgetrunken?*

Fast. Warum? Willst du gehen?

Lies doch meine Gedanken. Eine Welle der Wärme begleitete diese Worte, und dann zogen sich seine Gedanken zurück. Er rief die Kellnerin, zahlte und schob dann seinen Stuhl nach hinten, als habe er lange genug gesessen. Laut sagte er: »Lass uns ein bisschen spazieren gehen.«

Inzwischen war es dunkel geworden. Es war bereits nach zehn, wie die Uhr am Turm der Tuchhalle gegenüber verriet, die jede Viertelstunde eine hübsche Glockenmelodie erklingen ließ, die in der frischen Luft nachhallte. Es hatte aufgehört zu regnen, und ein märchenhaftes Glitzern war auf den Straßen und auf dem Platz zurückgeblieben – verursacht durch den Schein der bunt blitzenden Neonbeleuchtung des kleinen Jahrmarkts und der noch bunteren Gewinne, die in Trauben von den Decken der Spielbuden hingen.

Junge Paare mit Kinderwagen schlenderten vorbei, in denen müde Kleinkinder gegen den Schlaf kämpften und fasziniert auf die Drachenachterbahn blickten, die mit schreienden Menschen in den Wagen um die Kurven ratterte.

»Lust auf eine Achterbahnfahrt?«, fragte Rob neckend.

»Nein, danke. Solche Nervenkitzel sind nichts für mich. Mir wird schlecht«, gestand ich.

»Ich werde es mir merken.«

Wir gingen an einer Bude vorbei, an der ein dickes Bündel mit Stofftieren hing, darunter zwei große purpurfarbene Einhörner, und während ich zu ihnen hinaufsah, dachte ich an das Grab von Annas Vater und an die tanzenden Einhörner, die sein Grabmal in der Klosterkirche zierten. Der Mann in der Bude deutete mein Interesse falsch und rief Rob aufmunternd etwas zu, das keiner Übersetzung bedurfte.

Rob hielt inne und sah mich mit den Händen in den Taschen grinsend an. »Hättest du gern eins von den Einhörnern? Soll ich es für dich gewinnen?«

Dabei ging es nicht darum, irgendwelche Bälle oder Ringe irgendwohin zu werfen, es war eine imposante Schießbude mit einer Reihe Luftgewehre und übergroßen Malereien von James Bond und irgendwelchen Wild-West-Pistolenhelden an den Wänden.

Zweifelnd fragte ich: »Könntest du denn eins für mich gewinnen?«

»Ja. Ich bin ein ganz guter Schütze.«

Natürlich, dachte ich, schließlich ist er Polizist. Die schossen zwar nicht ständig in der Gegend herum, mussten aber mit Waffen umgehen können.

Er gab dem Mann ein paar Münzen, ging mit einem der Gewehre in Schussposition und traf ein Ziel nach dem anderen.

»Angeber«, sagte ich.

»Und wenn schon.« Er senkte das Gewehr und sah mich an. »Macht es dir was aus?«

Er sagte es leichthin, aber ich wusste, dass es nicht darum ging, den Preis für mich zu gewinnen. Mein Bruder reagierte manchmal ähnlich, wenn er sich herausgefordert fühlte, sich selbst zu beweisen. Es war eine Frage von Männlichkeit und Kampfbereitschaft.

Ich hatte wohl Robs Stolz verletzt, dachte ich, ihm zugute haltend, dass der Tag ihm ungewohnt viel abgefordert hatte, also stand ich jetzt brav neben ihm und ließ ihn demonstrieren, wie sehr ich mich geirrt hatte. Das tat er mit so viel Einsatz, dass der Budenbesitzer ihn schließlich mit einem Zeichen, dass er gewonnen hatte, stoppte und mit einer langen Stange eines der purpurfarbenen Einhörner von der Decke nahm.

Rob gab es mir, deutlich selbstzufrieden. »Bitte schön. Das soll dich immer an Schottland erinnern.«

Es würde mich an viel mehr erinnern, wusste ich. »Vielen Dank. Aber was, um alles in der Welt, soll ich damit?«

»Alles, was du möchtest. Dafür ist es jetzt deins.«

In jedem Fall eignete es sich hervorragend, um mit anderen ins Gespräch zu kommen. Auf unserem Weg zurück zur Sint Jakobsstraat begegneten wir mindestens einem halben Dutzend Leute, die stehen blieben, um mein Einhorn zu kommentieren, und es erregte großes Aufsehen bei der Traube männlicher Besucher des *Old Bill Pubs* gegenüber unserem Hotel, die neben einem Schild mit der Aufschrift »Live Fußball« gesellig mit ihren Biergläsern draußen auf dem Pflaster standen.

Rob, freundlich wie er war, kam mit ihnen ins Gespräch und erfuhr, dass sie am Morgen aus Belfast angekommen waren und an diesem Abend als Ehrenwache bei der Zeremonie am Menin-Tor gedient hatten. Das veranlasste ihn, ihnen eine Runde zu spendieren, doch als sie ihn drängten, länger zu bleiben, schüttelte er den Kopf und lehnte dankend ab.

»Du hast wohl Besseres zu tun«, scherzte einer der Männer, als wir uns wieder auf den Weg machten.

»Ja.« Rob lächelte zurück, aber nichts in seinem Ton oder in seinem Gesicht entsprach dem anzüglichen Lachen der Männer, als wir weiter in Richtung Hotel gingen, und er legte auch nicht den Arm um meine Schultern, wie er es gemacht hatte, als wir zusammen waren. Während er seinen Schritt meinem anpasste, hatte er die Hände in den Hosentaschen. Es war, wie neben meinem Bruder herzuspazieren.

Die Hotelfront leuchtete hell, die Glastür öffnete sich, als wir uns näherten, aber anstatt hindurchzugehen, ging Rob weiter und führte mich dorthin, wo sein Auto stand, zu dem kleinen begrünten Platz vor dem hoch aufragenden Schatten der Kirche.

In diesem Teil der Straße war es dunkler, obwohl die schwefelgelben Lichter der Straßenlampen entlang der Giebel der eng stehenden Häuser das regennasse Kopfsteinpflaster stellenweise golden glänzen ließen.

Rob sagte: »Komm, wir legen deinen kleinen Freund in den Kofferraum.«

Rob reiste perfekt ausgestattet. Ich sah, wie er einen Erste-Hilfe-Kasten, eine Werkzeugkiste und einen Schlafsack zur Seite packte, um Platz für das Einhorn zu schaffen, dann zog er unter einer gefalteten Plane eine schwere wollene Karodecke hervor. Und eine zweite.

»Wofür sind die?«

»Na ja, wie ich gesagt habe.« Er machte den Kofferraumdeckel zu und schloss ab, bevor er sich mit hochgezogenen Augenbrauen wieder an mich wandte: »Ich habe Besseres zu tun.«

Die überdachte Einfahrt, in der wir am Nachmittag gewesen waren, war nun mit einem großen Holztor gegen unerwünschte Eindringlinge sicher verschlossen, aber es gab ja noch die geschützte Stelle unter den Bäumen, wo wir am Morgen gesessen hatten. Die schmale Straße, mit der baumbestandenen Böschung auf der einen Seite und den wenigen dunklen Häusern auf der anderen war so ruhig, dass ich das Murmeln des Wasserlaufs hinter uns hören konnte.

Als Rob eine der Decken auf dem Boden ausbreitete, wandte ich ein: »Du bist verrückt. Wir werden uns hier draußen zu Tode frieren.«

Würden wir nicht, wusste ich. Nur war es etwas anderes, im Tageslicht zusammen mit Rob hier zu sitzen, als in der Dunkelheit.

»Hast du überhaupt kein Vertrauen?« Er wartete darauf, dass ich mich setzte, was ich zögerlich tat. »Morgen werden wir wieder in London sein und Anna immer noch hier in Ypern.«

»Sie wird wohl noch eine Weile hier sein«, meinte ich.

»Ja, wird sie wohl.« Er setzte sich ebenfalls, neben mich, aber nicht zu nah. »Aber wir nicht.« Die schwere Wärme der zweiten Wolldecke schloss die Kälte der Nacht aus, als Rob sie um mich legte. »Wir haben nur noch diese eine Nacht.« Er hielt mir seine Hand hin und sah mich an. »Jetzt wird's ernst.«

KAPITEL 18

Anna wusste, dass sie nicht die Einzige innerhalb der Klostermauern war, die sich einsam fühlte. Manchmal hörte sie nachts eine Frau ganz in ihrer Nähe weinen, und das traurige Geräusch schwebte über den Korridor und umfing ihren eigenen kleinen Körper, der ruhig im Bett lag, und verlieh ihrem eigenen Kummer eine Stimme.

Sie vermutete, dass es *Dame Clare* war, die dort weinte. Die älteren Mädchen hatten ihr die Geschichte über die unglückliche junge Freifrau erzählt, die einen Soldaten des Regiments von Clare geliebt hatte, jenes tapferen irischen Regiments, das vor Jahren nach einer Schlacht in der Nähe von Ypern von den Franzosen, für die sie kämpften, die Fahne erhalten hatte, die nun im Chorraum des Klosters hing. Aber der Soldat der Freifrau war in derselben Schlacht gefallen, und die Trauernde war hierhergekommen, um im Kloster ihren Frieden mit dem Gott zu machen, der ihr auf so grausame Art all ihre Träume genommen hatte.

Dame Clare hatte einen Grund zu weinen, dachte Anna, aber die anderen Schülerinnen hatten ihr erklärt, dass nicht sie es sei, deren Schluchzen sie nachts vernahm, sondern eine junge Frau, die neu ins Kloster gekommen und weder Nonne noch Schülerin war.

»Ich habe gehört«, begann eines der älteren Mädchen flüsternd, aber so deutlich, dass die anderen es während des Abendessens gut verstehen konnten, »dass sie die Geliebte eines englischen Spions war, der sie jedoch nur umworben hatte, weil ihre Familie in St. Germain lebt und Verbindungen zu König Jakob hat. Als er herausfand, dass sie ihm nichts Nützliches mitteilen konnte, hat er sie verlassen und ist nach Paris gegangen, und sie, die Schande über ihre Familie gebracht hat, wurde hierhergeschickt.«

Die älteren Mädchen fanden das romantisch, und eine der jüngeren von ihnen hielt es für einen Skandal, Anna dagegen fand es ungerecht.

Schließlich war es nicht die Schuld der jungen Frau, dass dieser Betrüger sie ausgewählt und sie ihm vertraut hatte. Anna hielt es für falsch, dass der Spion sich noch in Freiheit befand, während die junge Frau nun in Schande lebte und eingesperrt wurde.

Als sie das am nächsten Morgen nach dem Gebet zu Schwester Xaveria sagte und fragte, wie Gott eine solche Ungerechtigkeit zulassen konnte, entgegnete die Nonne: »Und wo hast du davon gehört?«

Anna erzählte es ihr und endete mit: »... und so habe ich erfahren, dass es nicht *Dame Clare* ist, die ich nachts höre.«

Sie standen noch im Chorraum der Kirche, und Anna blickte hinauf zu der Fahne, die sich leicht in der Luft bewegte.

»Sie meinten, dass *Dame Clare* nicht weint«, ergänzte Anna nachträglich.

»Das stimmt.« Schwester Xaveria blickte ebenfalls nach oben. »Sie weint nicht, sie betet.«

»Ihr habt sie also schon einmal gesehen?«

»Natürlich. Sie hat zehn Jahre lang hier bei uns gelebt. Natürlich habe ich sie gesehen. Und du auch, könnte ich mir vorstellen.«

»Ich nicht.«

»Wir sehen selten Dinge, die wir nicht erwarten.«

Anna, die dies nicht verstand, fragte: »Und hat sie in dieser Schlacht wirklich ihren Geliebten verloren? Hat sie sich deshalb freiwillig hier zurückgezogen?«

Schwester Xaveria lächelte. »Wir sind nicht von der Welt ausgeschlossen, mein Kind. Nicht einmal hier. Wir versuchen nur, ohne Ablenkung in dieser Welt zu leben, sodass wir Gottes Stimme deutlicher hören und ihm dienen können.«

Das beantwortete Annas Frage nicht, aber sie hatte bereits bemerkt, dass Schwester Xaveria es bevorzugte, Fragen zu stellen, als sie zu beantworten, so überraschte es sie nicht, als die Nonne nun fragte: »Und wer hat dir diese traurige Geschichte von *Dame Clare* erzählt? Doch nicht eine von uns Schwestern, oder?«

»Nein, die Mädchen. Jemand aus ihrer Verwandtschaft am Hof hat die Geschichte dort gehört, aber ich war der Meinung, dass Ihr besser als jeder andere die Wahrheit kennt.«

»Aha. Und warum gerade ich?«

»Weil Eure Schwester mit einem der Soldaten aus diesem Regiment verheiratet ist«, erklärte Anna.

Schwester Xaverias Augenbrauen hoben sich, bis sie beinah an den weichen Rand des Schleiers stießen. »Und woher weißt du das? Nein«, sagte sie und hob eine Hand, »sag es mir nicht. Ich sehe schon, dass ich die morgige Unterrichtsstunde mit dem Sprichwort *Qui ambulat fraudulentur revelat arcana qui autem fidelis est animi celat commissum* beginnen sollte.« Glücklicherweise übersetzte sie gleich: »*Ein Verleumder verrät, was er heimlich weiß; aber wer eines getreuen Herzens ist, verbirgt es.* Weißt du, was das bedeutet, Anna?«

»Ja.« Anna nickte.

»Und was bedeutet es also?«

»Es bedeutet, dass man über das, was man in der Küche hört, niemals im Salon sprechen sollte.«

Die Mundwinkel der Nonne zuckten: »Genau.«

Vielleicht hätte sie noch mehr gesagt, doch in diesem Moment sah Anna etwas, das sie vom Zuhören ablenkte. Nahe der hinteren Wand der Kapelle, jenseits der dunklen Gitterstäbe, stand ein Mann und sah zu dem steinernen Grabmal ihres Vaters hinüber. Ein Mann mit braunem Haar, das über dem Kragen zusammengebunden war, die Hände auf militärische Art hinter dem Rücken. So von hinten sah er aus wie …

»Hauptmann Jamieson!«, rief Anna erfreut und eilte zum Gitter hinüber. »Hauptmann!«

»Anna«, mahnte die Nonne, um sie für das laute Rufen in der Kirche zu tadeln oder für ihr einer Dame unziemliches Benehmen, aber das Mädchen hatte sein Ziel bereits erreicht.

Als der Mann sich umdrehte, stellte Anna mit schmerzender Enttäuschung fest, dass es nicht der Hauptmann war, sondern ein etwas jüngerer Mann, der in der Dunkelheit der Kirche zu ihr herübersah.

Er hatte die Hände vom Rücken genommen und ging zielstrebig auf sie zu, zunächst entspannt, doch dann wie magisch angezogen, seinen Blick mit wachsendem Erstaunen fest auf Annas kleines Gesicht gerichtet. Nur einmal sah er kurz auf die Nonne, die direkt hinter dem Mädchen stand.

»Sir«, die Nonne bedeckte ihr Gesicht mit dem Schleier, als sie ihn grüßte. »Seid willkommen.«

»Schwester Xaveria.« Erneut sah er auf Anna hinab und fragte leise: »Wessen Kind ist das?«

Anna starrte ihn an, ohne die heftige Gefühlsregung in seinem Gesicht zu verstehen, die von einem kurzen Schmerz herzurühren schien. »Ihre Augen … und ihr Haar … sie ist das Abbild von …« Er hielt einen Moment inne, um sich zu sammeln, dann fragte er erneut mit heiserer Stimme: »Wessen Kind ist das?«

Anna spürte Schwester Xaverias Hand auf ihrer Schulter, eine leichte, aber beruhigende Stütze. Die Nonne erklärte: »Anna, das ist Mr. Maurice Moray, der jüngste Bruder des Laird of Abercairney. Und dein Onkel.«

Anna saß zusammen mit Äbtissin Butler und Schwester Xaveria im Empfangszimmer auf der einen Seite des Gitters und betrachtete ihren Onkel, der wie ein Gentleman mit geradem Rücken und stolz erhobenem Kopf auf der anderen Seite Platz genommen hatte, und sie fragte sich, ob er ihrem Vater ähnelte.

Nein, dachte sie. Die Augen ihres Onkels waren braun, und

Oberst Graeme hatte versichert, dass ihre Augenfarbe der ihres Vaters entsprach, wie der Ozean im Winter, ein Gemisch aus Grau und Grün. Die Farbe, die ihre Mutter so geliebt hatte.

Und sicher war das Gesicht ihres Vaters attraktiver gewesen.

Er bemühte sich, sie nicht anzustarren. »Ich wusste es nicht.«

Äbtissin Butler sagte freundlich: »Euer Bruder hat es auch nicht gewusst. Soweit ich weiß, hat seine Ehefrau entschieden, dass es sicherer wäre, das Kind zu verstecken.«

»Seine Ehefrau?« Wie vom Donner gerührt lehnte er sich in seinem Stuhl zurück. »Wo befindet sie sich derzeit, diese Ehefrau? Geht es ihr gut? Wird sie versorgt? Ist sie …?«

Die Äbtissin unterbrach ihn freundlich und sagte: »Euer Onkel, Oberst Graeme, wird Euch zweifellos alles erzählen, wenn Ihr ihn das nächste Mal trefft.«

»Mein Gott«, sagte er, rief sich jedoch gleich selbst zur Ordnung und entschuldigte sich für seine verbale Verirrung an diesem heiligen Ort, wobei er sich über eine Augenbraue rieb. »Es ist nur, dass … ich hatte keine Ahnung.« Zärtlich blickte er in Annas Gesicht und suchte darin nach etwas, was sie nicht ergründen konnte. »Sie sieht ihm so ähnlich! Es ist, als wäre er nicht … nicht …« Er ließ den Satz unvollständig und wandte abrupt seinen Blick zum Fenster, um mit scheinbarem Interesse die eintönige, unveränderliche Aussicht auf die ziegelgedeckten Dächer zu studieren. Leise sagte er: »Er war der Beste von uns.«

Für einen Moment versank der Raum in Stille, als ob sämtliche Gedanken der Erwachsenen an einem traurigen Ort zusammengeflossen wären.

Schließlich fragte Äbtissin Butler: »Wie geht es Euren anderen Brüdern? Sind sie wohl und gesund in Schottland verblieben, oder sind sie mit Euch herübergekommen?«

»Nein und nein«, lautete seine Antwort. »Sie haben mich nicht begleitet, und sie sind nicht wohl und gesund.« Er atmete tief aus. »Mein Bruder Robin ist erneut in Gefangenschaft geraten, und von niemandem ist zu erfahren, wie es ihm geht, doch ich fürchte, dass die Engländer ihn nun, nachdem sie ihn so oft verschont haben, leiden sehen wollen, wenn es zum Prozess kommt. Was meinen Bruder, den Laird of Abercairney, angeht, war er all die Zeit über mit uns in Perth, bis der König kam, aber er wurde krank und war zu schwach, um mit uns den Rückzug anzutreten. Es war seine Frau, die uns die Überfahrt ermöglichte, auf einem Schiff von South Firth aus.«

»Uns?«, fragte Äbtissin Butler. »Also wart Ihr nicht allein?«

»Nein. Sir Thomas Higgons war dabei sowie Sir William Keith mit seinem Sohn George. Und Mr. Graeme, Newtons Sohn. Unser Ziel war Göteborg, aber der Wind machte es unmöglich, und dann wurden wir von einer dänischen Fregatte einige Tage in Kopenhagen festgehalten. Schließlich erreichten wir Danzig, und dort gingen wir an Land. Die Reise über Land ist anstrengend, aber sicherer als der Seeweg.«

»Dürfen wir Euch für die Nacht unsere Gastfreundschaft anbieten?«

Er schüttelte den Kopf. »Ich danke Euch sehr. Ich konnte nicht an Ypern vorbeireiten, ohne kurz Eure Kirche und Johns Grab zu besuchen, aber ich kann nicht lange bleiben. Meine Reisegefährten sind auf der Suche nach etwas zu essen und frischeren Pferden und werden sicher gleich kommen, um mich zu holen. Wir müssen weiter nach Paris«, erklärte er, »denn ich habe eine beträchtliche Summe an Geld für den König bei mir und werde nicht ruhen, bis ich es dort in sichere Hände gegeben habe.« Während er dies sagte, schien ihm etwas einzufallen, und mit einem Blick auf Anna fragte er die Nonnen: »Hab Ihr ausreichend Geld für ihren Unterhalt bekommen? Ich selbst habe nicht viel, aber was ich habe, gebe ich Euch gern, und ich könnte sicherlich noch etwas von der Summe, die ich bei mir trage, leihen, wenn …«

Die Äbtissin hob eine Hand. »Euer Onkel, Oberst Graeme, ist bereits ausreichend für sie aufgekommen.«

Er nickte verstehend und ein wenig bedauernd. »Und befänden wir uns in Friedenszeiten, würde sie in Abercairney sicher ein Zuhause finden und einen fröhlichen Spielkameraden in ihrem Cousin James, meinem Neffen. Oder bei Robin und seiner Familie – er hat inzwischen mehrere Söhne und Töchter.« Sein Lächeln war bitter und wich mit der Erinnerung. »Aber diese Zeiten sind alles andere als friedvoll, und meine Familie kann wegen ihrer ehrvollen Geschichte an keinem Ort Sicherheit gewähren.«

»Wir werden für ihre Sicherheit sorgen.« Äbtissin Butler sah viel jünger aus, wenn sie mit einem solch kühnen und entschiedenen Tonfall sprach, dachte Anna. »Und es würde uns beruhigen, wenn Ihr ihren Aufenthalt bei uns gegenüber Euren Brüdern oder jedem anderen in Paris verschweigen würdet.«

Er versicherte es. »Ihr könnt Euch auf meine Diskretion verlassen. Für mich ist es genug zu wissen, dass uns nun doch etwas von John bleibt.« Sein Blick erforschte einen Moment länger Annas Gesicht, dann sah er ihr direkt in die Augen. »Dein Vater war der Beste von uns«, wiederholte er, diesmal jedoch mit mehr Bestimmtheit, als ob er sichergehen wollte, dass sie verstand. »Er war ein guter Freund, ein noch besserer Bruder und ein Ehrenmann. Das solltest du niemals vergessen.«

Sie hob ihr Kinn und entgegnete: »Ich weiß gut, wer mein Vater war.« Ihre Worte klangen weder respektlos noch streitlustig, es war lediglich die Klarstellung einer Tatsache.

Ihr Onkel Maurice sah sie einen Moment überrascht an, dann verzogen sich seine Mundwinkel leicht nach oben. »Ich merke, dass du ihm nicht nur äußerlich ähnlich bist, sondern auch seinen Charakter geerbt hast«, teilte er ihr mit und fügte hinzu: »Gott schütze dich.« Er wiederholte es noch einmal freundlicher: »Gott schütze dich.« Dann stand er auf.

»Ich werde Euch schreiben, wenn Ihr erlaubt«, bat er Schwester Xaveria.

»Natürlich.«

Sie segneten ihn und wünschten ihm eine gute Reise.

Sein erster Brief traf drei Wochen später ein, nicht an Anna, sondern an Schwester Xaveria adressiert, und enthielt nichts, was von Wichtigkeit war. Dennoch las Schwester Xaveria ihn ihr laut vor. »Erzählt meiner Nichte, dass ihr Vater das Lesen liebte, und ich hoffe, sie wird sich gewissenhaft ihren Studien widmen, damit sie es ihm nachtun kann«, hatte er geschrieben.

Anna strengte sich an.

Sie hatte ein gutes Ohr für Sprachen, und bald verstand sie vieles von dem, was die Flämisch sprechenden Laienschwestern während der Arbeit sagten, aber geschriebene Worte waren etwas völlig anderes. Während des langen heißen Sommers und der frühen Herbsttage bemühte sie sich, sosehr sie konnte, dennoch las Schwester Xaveria ihr weiterhin ungefragt jeden Brief von Onkel Maurice aus Paris vor, um Anna die Enttäuschung zu ersparen, wenn ihr das Lesen selbst nicht gelang.

Vielleicht, dachte Anna, war das auch der Grund, warum Hauptmann Jamieson ihr bisher keinen Brief geschrieben hatte. Er wartete darauf, dass sie lesen konnte.

Dieser Gedanke veranlasste sie, ihre Bemühungen noch zu verstärken, bis ihre Hand abends schmerzte, weil sie immer wieder aufs Neue das gesamte Alphabet abgeschrieben hatte, und sie schlief danach so tief, dass sie das inzwischen seltener gewordene Weinen der mysteriösen Frau nicht mehr hörte.

Und dann, Anfang November, als sie wie jeden Tag das Blatt mit dem Lied zur Hand nahm, das Hauptmann Jamieson ihr gegeben hatte, und mit ihren Augen der geschwungenen schrägen Handschrift folgte, setzten sich die Linien und Bögen zum ersten Mal zu einer Bedeutung zusammen.

Sie hielt den Atem an, wagte nicht, daran zu glauben, während ihr Blick weiterwanderte … da war er, ihr liebster Vers, und sie las – tatsächlich, sie las – die Worte, die der treue Geliebte des suchenden Mädchens sang:

»… cease thy weeping,
now listen to me,
For waking and sleeping,
my heart is with thee.«

Annas Brust war so eng, dass sie kaum die Fülle ihrer Freude und ihres Stolzes fassen konnte, und sie hatte es so eilig, Schwester Xaveria von dieser Entdeckung zu erzählen, dass sie beinah rennend das Unterrichtszimmer erreichte.

Die Nonne, die am Fenster stand, wandte sich um. »Anna, du bist sehr früh.«

Anna holte Atem. »Ja, Schwester Xaveria, ich …«

»Anna, bitte besinne dich auf deine Aussprache!«

»Ja, Schwester Xaveria, ich …«

»Gut, dass du da bist, denn wir haben wieder einen Brief von deinem Onkel erhalten.« Die Nonne zog das Schreiben aus ihrem Gewand und fragte lächelnd: »Soll ich ihn dir vorlesen?«

Anna hätte gern gesagt, dass sie den Brief nun selbst lesen könne, aber sie wusste, wie unhöflich es war, einen Erwachsenen zu unterbrechen, und Schwester Xaveria hatte bereits begonnen, laut zu lesen. Wie in jedem der Briefe ihres Onkels Maurice erwähnte er mehrfach Anna und ihren Unterricht sowie diverse Facetten des Lebens ihres Vaters, als wolle er für sie ein vollständiges und harmonisches Bild seines Bruders entwerfen, indem er ihn nach und nach beschrieb, in knappen Worten, seine Taten und seine Vorlieben, wie nur jemand aus seiner Familie, der ihm nahestand, es konnte.

Bisher hatte sie bereits erfahren, dass ihr Vater wie sie selbst nicht gern ohne eine sinnvolle Beschäftigung einfach nur herumsaß; dass er Ehrlichkeit schätzte; dass Bücher sein liebster Zeitvertreib waren und dass er einen in Freiheit lebenden Vogel in seine Hand locken konnte – eine seltene Fähigkeit in Annas Augen, die sie seitdem erfolglos nachzumachen versuchte.

In diesem Brief schrieb Onkel Maurice: »*… sollte Anna einmal wünschen, zur Ruhe zu kommen, könnte sie den Trick ihres Vaters anwenden, still für sich von hundert an rückwärts zu zählen, was bei ihm stets funktioniert hat, wie er behauptete.*«

Anna lächelte, als sie das hörte, genau wie Schwester Xaveria, die den Brief einen Moment ablegte, als Schwester Scholastica eintrat, um sie etwas zu fragen. Während die beiden Nonnen im Eingangsbereich des Unterrichtszimmers miteinander sprachen, nahm Anna den Brief ihres Onkels und genoss die Bestätigung, dass sie ihn wirklich selbst lesen konnte.

Doch dann runzelte sie die Stirn. Als Schwester Xaveria zurückkam, um ihr den Brief zu Ende vorzulesen, fragte sie: »Anna, was ist los?«

Annas Blick war anklagend. »Mein Name wird darin nicht erwähnt«, erklärte sie der Nonne. »Ich habe lesen gelernt, und mein Name kommt in dem gesamten Brief nicht vor.«

Aus Schwester Xaverias Blick sprach Überraschung, gemischt mit etwas wie Stolz. »Du hast lesen gelernt?«

»Ja. Und was Ihr vorgelesen habt, ist nicht das, was mein Onkel geschrieben hat.«

Die Nonne fragte: »Glaubst du nun, dass ich dich belogen habe?« Sie sah auf Anna hinab und dachte einen Moment nach, dann fuhr sie fort: »Weißt du, was ein Code ist, Anna? Nein? Gut. Lies den Brief bitte erneut, und dann sag mir, welcher Name häufiger erwähnt ist als die anderen.«

Gehorsam las Anna den Brief langsam noch einmal durch und sagte schließlich: »Mrs. Avery.«

»Richtig. Mrs. Avery bist du, mein Kind. Und dort, wo von deinem Foxhound die Rede ist, meint er deinen Vater.«

»Aber warum benutzt er dann nicht die richtigen Worte?«

»Nun ja, wenn jemand wie dein Onkel etwas schreibt, was geheim bleiben soll, dann benutzt er manchmal einen Code, der die Bedeutung der Worte verändert,« erklärte die Nonne.

»Sodass die bösen Männer es nicht lesen können«, vermutete Anna. Sie las den Brief ein drittes Mal, nun mit anderen Augen, und merkte schließlich: »Er erwähnt mich ganz oft.«

»Ja, tut er. Und was, meinst du, bedeutet das?« Schwester Xaveria sprach nun wie eine Lehrerin. »Es ist so, wie ich es dir einmal gesagt habe: Wir sehen selten Dinge, die wir nicht erwarten.«

Später dachte Anna darüber nach. Es waren genau die Worte,

die die Nonne zu ihr gesagt hatte, als sie über *Dame Clare* gesprochen hatten. Als es darum ging, dass die Freifrau im Kloster gelebt und mit den anderen gegessen und gebetet hatte, doch von denen, die sie nicht dort gesucht hatten, nicht gesehen und nicht bemerkt wurde.

Während der Mahlzeiten hielt Anna von nun an nach ihr Ausschau, und wenn sie mit den Nonnen betete, hob sie den Kopf, um in die dunklen Ecken des Chorraums und der Kapelle zu blicken, aber sie konnte *Dame Clare* nirgendwo entdecken.

Aber dann, eines Morgens Ende November, fiel ihr tatsächlich ein neues Gesicht unter den bekannten auf. Die junge Frau war nicht alt genug, um zehn Jahre zuvor ihre große Liebe auf dem blutigen Schlachtfeld von Ramillies verloren zu haben, denn damals musste sie ein Kind in Annas Alter gewesen sein, aber sie hatte sie noch nie gesehen. Ihr bleiches Gesicht war so unglaublich schön, dass Anna kaum den Blick abwenden konnte.

Ihr Name war Christiane, und bald wurde deutlich, dass sie weder zu den Nonnen noch zu den Schülerinnen zählte. Überrascht begriff Anna, dass dies die Frau sein musste, deren nächtliches Weinen sie gehört hatte, die, die einen englischen Spion geliebt hatte, von ihm verlassen worden war und nun hier im Kloster Buße tun sollte.

Sie war faszinierend. Anna sah ihr zu, wie sie betete, und sie wünschte, sie selbst wäre zu einer derart eleganten Haltung in der Lage. Sie hoffte, dort zur Hausarbeit eingeteilt zu werden, wo Christiane tätig war, und bemühte sich, deren elegante Bewegungen zu imitieren. Im Laufe der Zeit fiel den Nonnen und auch Christiane selbst Annas Bewunderung auf, und sie unterstützten den Wunsch des kleinen Mädchens zur gemeinsamen Arbeit – die Nonnen, weil sie es für gut hielten, dass die traurige junge Frau nicht mehr nur auf sich selbst konzentriert war, und Christiane, weil sie bei der Arbeit gern Anna in ihrer Nähe hatte.

Eines Morgens, als die beiden die Fenster in der Kirche putzten, wo der Frost zarte Muster auf dem Bleiglas hinterlassen hatte, kam die schottische Nonne, die Anna so gern mochte, vorbei, um ihnen einen schönen Tag zu wünschen und ihre Arbeit zu loben.

»Sie ist Schottin wie Ihr und ich«, sagte Anna stolz.

Christiane wusste es bereits. »Mein Vater kennt ihre Familie in St. Germain. Deshalb hat er mich hierhergeschickt, weil Sir Alexander seine eigene Tochter an diesen Ort hat gehen lassen und ihm versichert hat, dass die Nonnen nett sind. Und weil es weit genug von Paris entfernt ist.«

»Ist es in Paris so furchtbar?«, fragte Anna.

»Im Gegenteil, es ist wundervoll.« Und Christiane, die schon oft dort gewesen war, beschrieb Anna die Stadt und ließ vor Annas Augen ein farbenprächtiges Bild erstehen, von den belebten Straßen, den Parks in ihrem paradiesischen Grün und den alten Kirchen, deren Glockenklang über den lieblichen Fluss schallte, der sich durch die Stadt wand. »Etwas so Schönes hast du noch nicht gesehen«, versprach sie Anna. »Vielleicht hast du eines Tages das Glück, dorthin reisen zu können.«

»Vielleicht«, sagte Anna. »Mein Onkel Maurice lebt in Paris.«

»Ach ja?« Das Fenster, das Christiane gerade reinigte, wies eine widerspenstige Wölbung auf, und sie konzentrierte sich.

»Ja. Er bringt dem König Geld.«

»Dem König von Frankreich?«

»Nein, unserem König«, erklärte Anna, die sicher war, dass Christiane, nachdem sie so lange in St. Germain gelebt hatte, wusste, welchen König es zu unterstützen galt. »Alle meine Onkel dienen König Jakob, so wie es auch mein Vater getan hat.«

»Alle? Wie viele Onkel hast du denn?«

Darüber musste Anna erst einmal nachdenken, und schließlich antwortete sie: »Drei. Einer ist in Gefangenschaft, und einer ist noch in Schottland. Der Laird von Abercairney.«

Christiane sah sich überrascht um. »Meinst du Sir William Moray?«

Anna nickte. »Kennt Ihr ihn?«

»Ich habe meinen Vater mit großer Hochachtung von ihm sprechen hören.« Sie schien beeindruckt, und Anna glühte vor Stolz und Freude darüber, das Interesse ihrer neuen Freundin erregt zu haben.

»Wo in Paris lebt denn dein Onkel Maurice?«, fragte Christiane nun. »Vielleicht kenne ich den Ort und kann ihn dir beschreiben.«

Der Winter ging vorüber und damit Weihnachten und das Dreikönigsfest sowie Mariä Lichtmess, und in der ersten Märzwoche erhielt Christiane die Nachricht aus St. Germain, dass sie zur Hochzeit ihres Bruders nach Hause reisen dürfe.

»Ich werde bald zurück sein«, versprach sie Anna, aber die Tage nach ihrer Abreise zogen sich in Langeweile dahin, und der einzige Lichtblick lag in der plötzlichen Feststellung, dass nun, da es beinah Frühling war, Hauptmann Jamieson sicher bald zu ihr kommen würde.

Inzwischen konnte sie das Wiegenlied fast auswendig und hoffte, in Kürze auch die Noten zu lernen, sodass sie, wenn er eintraf, zeigen konnte, wie fleißig sie, seinem Wunsch gemäß, gelernt hatte.

Wenn sie in der Straße das Klappern von Pferdehufen hörte, hielt sie jedes Mal inne und lauschte, in der Hoffnung, der Reiter würde vor dem Tor des Klosters haltmachen, und auch wenn dies nie der Fall war, spürte sie die wachsende Vorfreude, denn sie wusste, dass der Hauptmann Wort halten würde. »Ich habe noch nie ein gegebenes Versprechen nicht gehalten«, hatte er erklärt, und sie vertraute ihm.

Aber der Mann, der schließlich kam, um sie mitzunehmen, war nicht der Hauptmann.

Der Fremde erschien eines Morgens, als die Sonne noch nicht ganz aufgegangen war. Anna schlief noch. Äbtissin Butler weckte sie eilig, aber behutsam, und half ihr mit geschickten Händen, sich anzuziehen, um sie dann, verschlafen und wie betäubt, in das Empfangszimmer zu führen, in dem bereits die Lichter brannten.

Dort stand ein Mann, wie sie ihn noch nie gesehen hatte. Er trug ein langes braunes Gewand mit einer Kapuze, das bis auf den Boden reichte und mit einem einfachen Seil gegürtet war. Sein brauner Bart war lang und von grauen Strähnen durchzogen, und er hatte eine äußerst seltsame Frisur: Sein Haar war rundherum auf der Höhe des Ponys abgeschnitten, und oben auf dem Kopf war eine komplett kahle Stelle.

Äbtissin Butler erklärte ihr: »Das ist *Father Archangel*, und du wirst mit ihm gehen, mein Kind.« Es gab eine Tür in dem Gitter, die Anna bis dahin noch nie aufgefallen war und die die Äbtissin nun öffnete, um Anna hindurchzugeleiten, wobei sie sorgsam darauf achtete, selbst die klösterliche Seite nicht zu verlassen. Sie drückte Anna ein in rauen Stoff eingeschlagenes Päckchen in die Hand und erklärte dem Mann in dem braunen Gewand: »Das ist alles, was ihr gehört. Beten wir, dass sie es nicht auch noch verliert.«

Er nickte, um zu zeigen, dass er verstanden hatte, dann beugte er sich zu Anna hinunter und umfasste in einer warmen, freundlichen Geste ihre Schultern. Sein Bart und sein Haar erschienen Anna seltsam und furchterregend, aber seine Stimme, mit der er nun zu ihr sprach, war schottisch. »Anna, ich bin kein Fremder. Dein Vater war mein Cousin.«

Anna blinzelte, um ihren verschlafenen Blick zu klären, und sah ihm in die Augen. Sie schienen ihr vertraut.

Father Archangel. Den Namen hatte sie schon einmal gehört. »Seid Ihr Oberst Graemes Sohn?«, fragte sie. »Der, der früher ein Soldat war?«

»Genau der. Ich bin hier, um dich an einen sichereren Ort zu bringen.«

Anna stand unbewegt. »Aber Oberst Graeme hat gesagt, dass die Nonnen für meine Sicherheit sorgen.«

Über ihrem Kopf wechselte der Mönch wortlos einen Blick mit Äbtissin Butler, dann erklärte er Anna: »Das haben sie auch, aber nun droht eine Gefahr, gegen die sie machtlos sind. Mein Vater selbst hat mich hierhergesandt, um dich zu holen.«

Er lächelte ermutigend und drückte leicht ihre Schulter, als er sich aufrichtete. Dann hielt er ihr die Hand hin und bat sie: »Komm. Wir müssen uns sofort auf den Weg machen.«

Noch immer machte sie keine Anstalten, mit ihm zu gehen. »Aber Hauptmann Jamieson wird bald kommen«, erklärte sie den beiden Erwachsenen, wobei ihre Stimme selbst in ihren eigenen Ohren leise und kraftlos klang. »Er wird nicht wissen, wo er mich finden kann, wenn ich jetzt fortgehe.«

Der Mönch sah einmal mehr zur Äbtissin hinüber. »Hauptmann Jamieson?«

»Ein Reisegefährte Eures Vater«, entgegnete sie. »Das Kind hängt sehr an ihm.«

»Er hat mir gesagt, ich soll hier auf ihn warten«, insistierte Anna.

Äbtissin Butler strich ihr übers Haar. »Ich werde dem Hauptmann sagen, wo er dich findet, Kind. Nun geht, und Gott sei mit Euch.«

Aber Anna wollte nicht gehen. Erneut sah sie *Father Archangel* an, denn sie wollte, dass er verstand: »Aber ich bin sicher hier.«

Sein Blick war verständnisvoll, doch er setzte seine Kapuze auf und nahm ihre Hand. »Nein, nun nicht mehr.«

KAPITEL 19

Rob meinte: »Du hast sie ganz schön ins Herz geschlossen.«

»Wie kommst du darauf?«

Er sah mich von der Seite an. »Weil es so ist.«

»Stimmt. Na ja.« Ich wich dem Blick seiner allzu wissenden Augen aus, als er die Beifahrertür öffnete, sodass ich einsteigen konnte. »Sie ist ein liebes Kind.«

»Da widerspreche ich dir nicht.« Er schloss die Autotür, ging hinüber zur Fahrerseite und ließ sich auf dem Sitz nieder, etwas schwerfällig, als wären seine Beine von der Kälte der vergangenen Nacht noch ein wenig steif. Er hatte nur wenig geschlafen und sich am Morgen nicht rasiert, doch auch das stand ihm, denn die Bartstoppeln verliehen seinem beinah perfekten Gesicht eine gewisse Verwegenheit. Es war irgendwie unfair, fand ich.

Rob sah mich fragend an, und mir wurde klar, dass ich geseufzt hatte, was ich nun mit einem angedeuteten Gähnen kaschierte. »Bist du sicher, dass sie nach Calais gegangen sind?«, fragte ich.

»Ja. Nicht alle von uns sind eingeschlafen, nachdem der Mönch mit Anna das Kloster verlassen hatte«, entgegnete er trocken. »Ich habe gehört, wie die Nonnen darüber gesprochen haben. Daher weiß ich, wo sie hingegangen sind.«

Calais war nicht der naheliegendste Fluchtort, deshalb wandte ich ein: »Ich bin davon ausgegangen, dass die Stadt in der Zeit des Aufstands von 1715, als all die verfolgten Jakobiten herüberkamen, der perfekte Ort für Spione war.«

»Sicherlich.«

»Also nicht gerade das sicherste Versteck für Anna.«

»Ich bin davon überzeugt, dass der Mönch einen Plan hatte. In jedem Fall konnte sie nicht im Kloster bleiben.«

Er hatte gesehen, was ich in der letzten Nacht verpasst hatte, nachdem ich, an seine Schulter gelehnt, eingeschlafen war. Er war wach geblieben, dort im Gras, und hatte beobachtet, wie zwei Männer in Priesterkleidung zum Kloster gekommen waren, mit Briefen, die angeblich direkt aus Paris von Königin Maria stammten.

»Die Königin hat den Vater des Mädchens sehr geschätzt«, hatte einer der Priester erklärt, »und würde ihr gern im Kloster in Chaillot Schutz gewähren.«

Äbtissin Butler hatte sich viel Zeit genommen, die Briefe zu lesen. »Mir war nicht klar, dass die Königin von dem Aufenthalt des Kindes hier bei uns wusste.«

Darauf hatte der Priester entgegnet: »Der Onkel des Kindes hat es erwähnt, glaube ich, und die Königen hat uns sofort beauftragt, herzureisen und das Kind sicher zu ihr zu bringen.«

Die Äbtissin hatte genickt und die Briefe erneut gelesen, während die Priester warteten. Schließlich hatte sie gesagt: »Es tut mir leid, dass Ihr die Reise umsonst unternommen habt.«

»Wie das?«

»Nun ja, das Kind hat uns bereits verlassen.«

Dem ersten Priester war eine entschieden unpriesterliche Enttäuschung anzumerken, bevor er sich wieder fing. »In wessen Begleitung ist sie abgereist?«

Als die Äbtissin sich unsicher gab, fragte er direkter: »Mädchen in ihrem Alter reisen nicht allein. Wer ist gekommen, um sie zu holen?«

»Ah. Jemand, dem sie vertraute«, erklärte die Äbtissin. »Ich habe nicht nach seinem Namen gefragt, aber das Kind kannte ihn gut.«

Was, wie ich anerkennend feststellte, eine wahrheitsgemäße Antwort war. Die Äbtissin hatte *Father Archangel* tatsächlich nicht nach seinem Namen gefragt, da sie ihn bereits kannte, und das Mädchen war von sich aus darauf gekommen, dass es sich um Oberst Graemes Sohn handelte. Ich bewunderte Äbtissin Butler dafür, wie es ihr gelungen war, die »Priester« loszuwerden, ohne gegen ihre Grundsätze zu verstoßen.

Ich dachte noch darüber nach, als Rob das Auto startete und vorsichtig aus der Parklücke fuhr.

»Glaubst du, dass es echte Priester waren?«, fragte ich ihn.

»Das bezweifele ich. Sie arbeiteten wahrscheinlich mit oder für diesen englischen Spion.«

»Christianes Geliebten?« Ich runzelte die Stirn.

»Ja. Endlich hatte sie ihm etwas Nützliches mitteilen können«, meinte er schulterzuckend.

»Hoffentlich war es das wert.« Meine Stimme troff vor Sarkasmus. »Auf Kosten eines Kindes.«

»Anna war unvorsichtig. Sie hat einen Fehler gemacht. Sie ist oft genug gewarnt worden, das, was sie wusste, nicht zu erzählen.«

»Sie war ein Kind«, verteidigte ich sie. »Und man hatte ihr versprochen, dass sie im Kloster sicher sei. Sie dachte, all die schlechten Menschen, die »bösen Männer« wären Engländer und befänden sich außerhalb der Klostermauern. Christiane war wie sie – sie war Schottin, ein Mädchen und sie lebte im Kloster, warum also sollte Anna darauf kommen, nicht mit ihr reden zu dürfen?«

Robs Seitenblick sprach Bände. »Siehst du, du hast sie ins Herz geschlossen.«

»Das, was Christiane getan hat, war übel, das Vertrauen eines Kindes zu missbrauchen, um es zu hintergehen«, sagte ich.

Rob zeigte sich versöhnlicher oder einfach nur pragmatisch: »Na ja, sie hat es aus Liebe getan. Liebe lässt manche Menschen verrückte Dinge tun.«

Als wir die nächste Straße kreuzten, tauchte auf Robs Seite das helle Menin-Tor neben uns auf. Durch mein Fenster konnte ich einen Blick auf den alten Marktplatz erhaschen, wo wir am Vorabend gegessen hatten. Es war nur ein kurzer Blick, aber lang genug, um festzustellen, wie anders der Platz nun, im grauen Licht des frühen Morgens, aussah: Der kleine Jahrmarkt lag geschlossen und verlassen da, die Lichter, die Musik und die Magie waren im Tageslicht erloschen.

Ich dachte an mein Einhorn, das uns im Kofferraum begleitete, und ein Teil von mir – nur ein Teil – vergab Christiane ein wenig, weil sie so sehr gehofft hatte, die Liebe des Engländers zurückzugewinnen. Möglicherweise war es ihr auf diese Art sogar gelungen.

Die Fahrt nach Calais dauerte nicht lange.

Ich war schon so oft durch die Stadt hindurchgefahren, meistens im Zug, hatte jedoch nie haltgemacht und mich umgesehen. Calais war für mich nie mehr als das Ende des Kanaltunnels gewesen – ein Zentrum des touristischen Verkehrs, mit massenhaft Fähren und Reisebussen.

»Und Flüchtlingen«, fügte Rob hinzu, als wir uns von Süden her der Stadt näherten, über einen Boulevard, an dessen Rändern junge Bäume und rote Ziegelsteinhäuser mit Mansardendächern standen. »Menschen, die den Kriegen in ihren Ländern entgehen wollen, bezahlen Fluchthelfer und enden hier in Flüchtlingslagern oder hoffen, einen Weg zu finden, über den Kanal nach England zu gelangen.«

Mit Sicherheit ein hartes Schicksal, und für einen Moment schwieg ich und dachte an die Verzweiflung, die Menschen dazu trieb, ihr Land, ihr Zuhause, zu verlassen. »Es ist in gewisser Weise der umgekehrte Weg zu dem, den zu Annas Zeiten die Jakobiten genommen haben«, sagte ich. »Ich meine, damals müssen doch viele Menschen aus Schottland …«

»Und aus England«, warf Rob ein. »Einige sind unerkannt durch England nach Süden gereist, wo sie hofften, ein Schiff zu finden, das sie mitnehmen würde.«

»Aber auch sie sind vor dem Krieg geflüchtet.«

»Oder besser vor den Nachwirkungen des Krieges. Der Verfolgung. Als der Aufstand von 1715 misslang, haben sich die Engländer gerächt. Jeder, der daran beteiligt war, wurde gejagt, verurteilt, eingesperrt und von seinem Besitz und den Menschen, die er liebte, getrennt. Viele wurden gehängt.«

Ich dachte an Annas Onkel Maurice und seine Sorgen um seine Brüder, die er in Schottland zurücklassen musste, den einen in Gefangenschaft, den anderen zu krank, um zu fliehen, und fragte mich, ob sie diese Zeiten des Verrats wohl überlebt hatten.

»Die Engländer hatten sicher ihre eigenen Spione in Calais«, meinte Rob, »und haben Informanten unter den Jakobiten bezahlt, die sie wissen ließen, wer ankam, weiterreiste und warum. Möglicherweise hat der Sohn des Obersts das Gleiche für König Jakob getan.«

»Hätte das nicht seinem Gelöbnis widersprochen oder so etwas in der Art?«

»Immerhin ist er einmal ein Soldat gewesen.« Rob ignorierte das eindrucksvolle Rathaus an seiner Seite des Wagens, an dem wir gerade vorbeifuhren, und sah aus dem Fenster an meiner Seite zu einer hohen Steinsäule hinüber, die eine Art Kriegsdenkmal zu sein schien und an allen Seiten mit Skulpturen und Reliefs zum Thema Mut und Opferbereitschaft geschmückt war. »Welche Gelübde er auch immer abgelegt hat, ich bezweifle, dass er einfach nur zusehen konnte, ohne Partei zu ergreifen.«

Kurz danach überquerten wir einen breiten Kanal. Am Ende der Brücke fuhr Rob langsamer durch einen Kreisverkehr hindurch und bog wenig später kurz entschlossen an einem Park rechts ab in eine schmale Straße, die an der Nordseite des Parks entlangführte. Auf meiner Seite erstreckte sich eine recht uninspirierte Reihe Mietshäuser hinter dem rötlich gepflasterten Gehweg. Schutzlos dem Wetter ausgesetzte Balkons blickten auf die Bäume der Grünanlage auf der anderen Straßenseite. Auf die Mietshäuser folgte ein flaches Gebäude mit roten Backsteinmauern, und Rob parkte am Bordstein direkt gegenüber rückwärts ein.

Ich blickte auf die Aufschrift an der Tür des Gebäudes und

dann zu Rob. »*Musée des Beaux-Arts*, das Museum der Schönen Künste? Gehen wir hinein?«

Er schüttelte den Kopf.

Ich sah an ihm vorbei zu dem Park hin und riet erneut: »Ein Picknick?«

»Nein.« Er grinste, öffnete die Autotür, stieg aus und streckte seine Schultern. Wir waren keine zwei Stunden unterwegs gewesen – nicht wirklich lange für Robs Verhältnisse –, daher ging ich davon aus, dass seine steifen Glieder eher davon herrührten, dass er die halbe Nacht mit meinem Kopf an seiner Schulter im Freien gesessen hatte. Er erholte sich schnell, denn als ich meine eigene Tür geöffnet hatte, stand er bereits da, um sie aufzuhalten.

Von allen Männern, mit denen ich je zusammen gewesen war, war er der Einzige, der das tat.

»Na ja«, meinte er, als ich es ihm sagte, »so besonders viele Männer waren das ja nicht. Wenn ich mich recht erinnere, hattest du vor mir nur zwei feste Freunde. Und wie viele nach mir kamen …«

Ich wandte mich zu ihm um, in der Erwartung, an seinen blauen Augen ablesen zu können, ob er mich neckte, doch sie blickten auf zurückhaltende Art gleichgültig und ein wenig zu unbeteiligt.

»Keine«, sagte ich.

Und dann wandte ich mich ab, da ich seinem Blick nicht standhalten konnte. Ich hatte mich mehrmals gefragt, ob es wohl eine Frau in Robs Leben gab, denn es schien unglaublich, dass ein Mann wie er seit zwei Jahren solo war. Doch als er mit mir nach Ypern aufgebrochen war, hatte ich sicher gewusst, dass er keine Freundin hatte. Er hätte ihr niemals zugemutet, so viel Zeit mit mir zu verbringen, und es uns beiden gegenüber als respektlos betrachtet.

Er schloss die Autotür hinter mir und stützte sich an der Motorhaube ab, und obwohl die Sonne zu hoch stand, um ihm in die Augen zu scheinen, nahm er seine Sonnenbrille aus der

Tasche, setzte sie auf und lehnte sich zurück, um einen besseren Blick auf … auf was auch immer zu haben.

Sein Anblick verriet mir nicht, ob das, was er sah, zur Gegenwart oder zur Vergangenheit gehörte, aber ich hatte das Gefühl, dass er mit jeweils einem Fuß in der einen und in der anderen Zeit stand und beide wie eine Brücke miteinander verband.

Ich gönnte ihm einen Moment des Schweigens, bevor ich ihn drängte: »Also?«

»Also, Calais ist eine ziemlich große Stadt. Wir befinden uns im Moment im älteren Teil, dem, der zu Annas Zeit von der Stadtmauer und dem Wassergraben umgeben war. Aber auch damals gab es schon viele Straßen und Häuser, und viele Leute waren hier unterwegs, sodass es nicht viel Sinn macht, auf gut Glück in der Stadt herumzulaufen«, meinte er, »es wäre, wie eine Nadel im Heuhaufen zu suchen.«

Ich war mir zwar sicher, dass er selbst die finden würde, nachdem ich wusste, wozu er in der Lage war, aber offensichtlich hatte er einen besseren Plan.

Ich drängte weiter: »Also?«

»Also: Calais war eine bewachte Stadt. Von Mauern umgeben. Wenn Anna von der Kanalseite her gekommen ist, also mit dem Schiff, hätte sie das zum Hafen im Norden geführt. Aber als sie Ypern verlassen haben, waren sie auf der Straße unterwegs«, fuhr er fort. »Wenn sie also den Landweg gewählt haben, müssen sie durch dieses Tor gekommen sein.«

Ich lehnte mich neben ihn gegen das Auto und sah in die angezeigte Richtung. »Welches Tor?«

»Sag du es.«

»Rob, ich kann nicht …«

»Du bist so gut wie auf dem Weg nach Russland«, erinnerte er mich. »Wann hattest du vor, mit dem Üben zu beginnen?« Er hatte mich überzeugt. Zufrieden fuhr er fort: »Ich weiß, dass du normalerweise in die Vergangenheit blickst, nachdem du einen Gegenstand berührt hast. Und ich glaube auch nicht, dass du Dinge sehen kannst, wie ich sie sehe, aber du solltest zumindest in der Lage sein zu spüren, wo sich das Tor befunden hat. Wie es dir bei dem Kloster auch gelungen ist.«

Ich gab mein Bestes.

Es dauerte ein paar Minuten. Diesmal war es kein leichtes mentales Klopfen an meiner Schläfe wie in Ypern, es war mehr das plötzliche Vorhandensein einer Gewissheit – zu wissen, ohne zu wissen, warum. »Dort.« Ich zeigte in die entsprechende Richtung. »Ich denke, es war dort. Richtig?«

Als Antwort legte er mir seinen Arm um die Schultern. »Sehen wir nach.«

Seine spontane Berührung brachte mich aus dem Gleichgewicht. Ich hatte mich daran gewöhnt, dass er meine Hand hielt, auch wenn das an sich eine recht intime Berührung war, aber dies – der warme Druck von Robs Arm in meinem Nacken und seine Hand locker über meinem Ärmel – fühlte sich an, als hätte mich ein Ziegelstein getroffen, und ich musste mich extrem zusammenreißen, jegliche körperliche Reaktion zu unterdrücken.

Dabei musste ich mich gleichzeitig darauf konzentrieren, meine Gedanken mit Robs zu verbinden, um zu sehen, was er mir zeigen wollte. Und auch das nahm mir den Atem.

Plötzlich ragten die alten Mauern der Stadt vor mir auf, direkt vor uns: hohe, dicke Mauern aus gelblichem Stein, von Zinnen gekrönt, die sich bis weit über unsere Köpfe erhoben und einen langen, kühlen Schatten auf die Stelle warfen, an der wir standen. Und das Tor war genau dort, wo ich es erspürt hatte, breit und von eckigen Wachtürmen flankiert, ein großes Portal mit Fallgitter und königlichen Wappen, die in die großen Steinblöcke oberhalb des Torbogens eingemeißelt waren.

Die Größe, Höhe und Dicke dieser alten Mauern war wirklich atemberaubend, aber es war nicht das, was mich überwältigte. Es waren all die Leute – Soldaten in blauen Mänteln mit Schwertern und Musketen, einfacher gekleidete Menschen, die Waren jeglicher Art feilboten, es war ein einziges Durcheinander, dazu die rollenden Räder unzähliger Karren, das unablässige Geschrei, das Geräusch klappernder Pferdehufe, bellender Hunde und weinender Kinder. Es war ein heftiger und unaufhaltsamer Ansturm, der mich taumeln ließ, und ich musste mich davon losreißen und in die Gegenwart zurückkehren.

»Wie um alles in der Welt sollen wir sie in diesem immensen Chaos finden?«, fragte ich Rob.

»Mit Geduld.« Als er seinen Arm von meinen Schultern nahm, vermisste ich seine Wärme. Vielleicht war auch ihm plötzlich kalt, denn er kreuzte die Arme vor der Brust und sagte: »Sie ist hier irgendwo unterwegs, das heißt, wenn wir sie finden, wird die größte Herausforderung sein, sie nicht wieder zu verlieren.«

»Du meinst, wir müssen herumgehen?« Darüber hatte ich noch gar nicht nachgedacht. Ich sah mich um. »Aber, Rob, die Straßen von damals wird es nicht mehr alle geben. Calais ist doch im Krieg stark zerstört und dann wiederaufgebaut worden, oder?«

»Ja. Aber die Stadt wurde nicht völlig zerstört. Ich kann mich an dem, was stehen geblieben ist, orientieren.«

»Es geht nicht um deinen Orientierungssinn, sondern …«

»Um was?«

»Na ja, was bewahrt uns davor, nicht einfach gegen eine Mauer zu laufen oder mitten auf eine stark befahrene Straße?«

Hinter der Sonnenbrille konnte ich seine Augen nicht sehen, aber ich fühlte die leichte Belustigung in dem Blick, den er auf mich richtete. »Du weißt, dass ich nicht in Trance herumlaufe. Schließlich sind wir in Cruden Bay auch nicht vom Weg abgekommen und über die Klippen gestürzt, oder?«

»Nein, aber …«

»Also los. Vertrau mir.« Er wandte sich wieder von mir ab und richtete den Blick auf das unsichtbare Tor. »Ich habe so etwas schon öfter gemacht«, beruhigte er mich. »Du wirst nicht vom Auto überfahren werden.«

Es lag so viel Ruhe und Selbstvertrauen in dieser Aussage, dass ich mich irgendwie beschützt fühlte. Wertgeschätzt. Sicher.

Und als er sich schließlich mit den Worten »Da ist sie« vom Auto abstieß und mich aufforderte mitzukommen, nahm ich, ohne weiter darüber nachzudenken, seine ausgestreckte Hand und folgte ihm.

KAPITEL 20

Sie hatte Kopfschmerzen. Am Vorabend waren sie erst spät in der Stadt angekommen, sodass die bewachten Tore bereits geschlossen waren. Der Bauer, auf dessen Karren sie das letzte Stück des Weges mitfahren durfte, hatte sie freundlicherweise mit zu sich nach Hause in die Unterstadt genommen, wo sie darauf gewartet hatten, dass der Morgen dämmerte und die Glocken innerhalb der Mauern verkündeten, dass die Tore bald geöffnet werden würden.

Sie hatte nicht gut geschlafen, dort, in diesem seltsamen Haus, so wie sie im Grunde seit ihrer Abreise aus Ypern nicht mehr gut geschlafen hatte, da sie ständig das Gefühl hatte, etwas Böses sei ihnen dicht auf den Fersen. Pater Graeme hatte nichts weiter über die Gefahr gesagt, vor der sie auf der Flucht waren, und er hatte sein Bestes getan, um sie zu unterhalten und abzulenken. Außerdem hatte er ihr erklärt, dass in Calais Oberst Graeme auf sie warten würde.

Diese letzte Information hatte sie mehr als alles andere gefreut, sodass ihre Enttäuschung entsprechend groß war, als sie in der Nacht vor den bereits geschlossenen Stadttoren angekommen waren.

Sie hatte sich ein wenig von der Geduld und der guten Laune Pater Graemes gewünscht. Den ganzen Weg über hatte sie keine einzige Klage von ihm gehört, und irgendwie hatte er sie bis hierhin gebracht, ohne dass sie auch nur einmal gesehen hatte, wie er für etwas bezahlte. Offenbar hatte er sich ausschließlich auf sein mönchisches Auftreten und seinen Einfallsreichtum verlassen. »Ein Kapuziner trennt sich von seinem ganzen weltlichen Besitz und lebt nur noch von den Almosen der anderen, so wie unser Herr, als er auf der Erde weilte«, hatte er ihr erklärt, als er sie auf den Karren des Bauern gehoben hatte.

Dies schien ihr eine sehr unsichere Lebensweise, und das sagte sie ihm.

»Da bin ich anderer Meinung. Es gibt sicher viele Unsicherheiten bei dieser Art zu leben, aber eines ist sicher: Gott hat uns nach seinem Abbild geschaffen, und ich bin noch keinem Mann und keiner Frau begegnet, die nicht Gottes Barmherzigkeit in sich getragen hätten, so tief sie auch verborgen war. Ich suche das Gute in den Herzen der Menschen und gebe ihnen die Möglichkeit, es zu zeigen.«

»Warum?«

»Weil etwas von uns und unserem Besitz zu geben die beste Art ist, Gott zu gefallen; durch Taten, nicht durch Worte. Und jeder Mensch verdient die Möglichkeit, Gottes Gnade zu erwerben.«

»Sogar die Menschen, die Böses getan haben?«

Er legte eine Decke um sie und entgegnete: »Ja. Manchmal gerade die Menschen, die Böses getan haben.«

Sie erinnerte sich daran, dass Oberst Graeme erzählt hatte, sein Sohn habe seinen besten Freund in einem Duell getötet und sich daraufhin vom Soldatenleben verabschiedet, um Mönch zu werden und Buße zu tun. Dabei konnte sie sich beim besten Willen nicht vorstellen, dass Pater Graeme jemanden getötet hatte.

Genauso wenig, wie sie sich vorstellen konnte, dass er einmal ein Soldat gewesen war. Auch an diesem Morgen ging er mit demütig gesenktem Kopf und nicht in dem forschen Schritt von Hauptmann Jamieson, als er sie durch das morgendliche Treiben in Calais führte. Die Stadt erinnerte Anna an Schottland, an die Markttage in Peterhead, wohl wegen der vielen hohen, eng stehenden für Schottland typischen Backsteinhäuser mit Ziegeldächern und Glasfenstern, an denen sie vorbeigingen. Und viele der Frauen hier trugen grüne Tücher um den Kopf und die

Schultern geschlungen und ähnelten damit den Frauen im Dorf nahe *Slains Castle.*

Doch dieses Gefühl von Vertrautheit war sofort dahin, als sich eine lärmende Gruppe Engländer hinter sie drängte. Pater Graeme zog Anna dichter zu sich heran und schob sie in einen schmalen Bogengang im nächsten Gebäude, der sie in einen kleinen Hof führte, auf dessen unebenem Pflaster sie auszurutschen drohte. Er ging langsamer, damit sie ihm besser folgen konnte, wandte sich um und führte sie durch eine Tür.

Nur einmal war Anna bereits in einem Gasthaus gewesen, etwa ein Jahr zuvor mit Oberst Graeme und dem Hauptmann, in der ersten Nacht nach ihrer Überfahrt. Damals war sie zu erschöpft von der langen Reise gewesen, um von dem, was sie sah, sonderlich beeindruckt gewesen zu sein, nun aber betrachtete sie trotz ihrer Kopfschmerzen interessiert die niedrige holzgetäfelte Decke, die rauen Wände und die aufgebockten Tische an den Fenstern, deren Läden diskret geschlossenen waren. Der Gastwirt, der eine Schürze um seine stattliche Mitte trug, kassierte gerade bei zwei Männern an der Theke, doch als er sich umdrehte und den Mönch sah, nickte er freundlich und sagte ein paar Worte in einer Sprache, die Anna als Französisch erkannte, aber nicht verstand.

Die beiden Männer wandten sich ebenfalls zu ihnen um und sahen Pater Graeme abschätzig an.

Der, der ihnen am nächsten stand, sagte in gehobenem Englisch: »Schon wieder so ein bettelnder Kapuzinermönch. Nimm deine Börse raus, Ralph, denn er wird uns erst in Frieden lassen, wenn wir ihm etwas gegeben haben.«

Wäre Anna größer gewesen, hätte sie die Männer wegen dieser Unverschämtheit zurechtgewiesen, doch Pater Graeme hatte die Situation unter Kontrolle. Er blieb vollkommen ruhig. »Gott segne Euch, und Eure Barmherzigkeit wird Euch vergolten werden; aber gebt diese Münzen nicht mir, sondern dem Gastwirt, damit er diesem Kind etwas Brühe und ein Stück Brot bringt«, war alles, was er sagte.

Der zweite Engländer reagierte empört: »Auch noch ein bettelndes Kind. Gott bewahre mich vor den Papisten.«

Anna kochte vor Wut, als der Mann, der zuerst gesprochen hatte, ein paar Münzen vor den Gastwirt auf die Theke warf, doch der Mönch legte begütigend eine Hand auf ihre Schulter. Der Gastwirt schob die Münzen, ohne seinen Gesichtsausdruck zu verändern, zurück über die Theke und sagte zu den Männern: »Ich nehme keine Bezahlung entgegen, um einen Mann zu bewirten, der dem Herrn dient.«

Die Engländer schienen bereit, einen Streit zu beginnen, als eine weibliche – schottisch klingende – Stimme aus der Dunkelheit hinter Anna leichthin sagte: »Also, meine Herren, Ihr werdet doch nicht Eure Manieren vergessen.«

Alle richteten ihre Aufmerksamkeit auf die Frau, die die Treppe aus dem oberen Stockwerk herunterkam. Sie war nicht mehr ganz jung, doch ihr Gesicht war schön und ihre Bewegungen grazil, und ihr Kleid war zwar einfach geschnitten, aber auffällig elegant. Als sie ihre Röcke anhob, um auf den letzten Stufen nicht zu stolpern, wurden kurz ihre Knöchel sichtbar. Sie musterte die Engländer mit einem strahlenden Lächeln, das ihrem glatten Gesicht einen jugendlichen Ausdruck verlieh. »Pater Graeme ist ein guter Mensch, und abgesehen davon sollte man sich nicht mit ihm anlegen. Bevor er diese Kutte trug, kämpfte er an der Seite meines Mannes in Katalonien, wo es – wie mir gesagt wurde – im ganzen Regiment keinen anderen gab, der wie er das Schwert führen konnte. Daher sei Euch geraten, ihm respektvoll zu begegnen.«

Ihre dunklen Augen zwinkerten dem Mönch zu, und sie reichte ihm zur Begrüßung beide Hände. »Pater Graeme, welch gütiges Schicksal, Euch hier zu treffen.«

Er lächelte zurück. »Mrs. Ogilvie, ich wähnte Euch in London.«

»Dort bin ich gewesen. Und mein Magen wünscht, ich wäre dort geblieben, anstatt den Kanal zu überqueren«, entgegnete sie und legte eine Hand an ihr Mieder. »Ich bin noch nie so durchgerüttelt worden wie auf diesem Paketschiff. Nur der gute Gott, dem Ihr dient, hat uns in einem solch heftigen Sturm vor dem Untergang bewahrt.« Mit einem Lachen, das so strahlend war wie ihre gesamte Erscheinung, fügte sie hinzu: »Es sieht so aus, als wäre der Tod durch Ertrinken nicht das, was der Herr für mich vorgesehen hat.«

Der erste Engländer musterte den Mönch nun mit forschem Blick. »Und Ihr habt mit dem Schwert gekämpft?«

Pater Graemes Bart lag auf seiner Kutte, als er den Kopf senkte. »Nun ja, Mrs. Ogilvie ist da einem Irrtum erlegen.« Als er den Blick wieder hob, begegnete er dem befriedigten Gesichtsausdruck des anderen und ließ ihn zu Annas Freude gleich wieder erlöschen: »Meine Waffe war stets die Muskete, nicht das Schwert.«

»In Katalonien«, wiederholte der Engländer, als zweifele er daran.

»Ja.«

»Und auf wessen Seite habt Ihr gekämpft?«

Für einen Moment glaubte Anna in den milden Augen des Mönchs Oberst Graemes spitzbübisches Wesen aufblitzen zu sehen, doch es war verschwunden, bevor er antwortete: »Auf der Seite, die Gott als die siegreiche auserkor.« Demütig bat er: »Entschuldigt nun«, und er ließ Annas Schulter los, um allein zu dem Platz an der Theke zu gehen, an dem der Gastwirt stand.

Anna verhielt sich bei derartigen Begegnungen immer, als sei sie unsichtbar, und betrachtete die Frau und die Männer mit unverhohlenem Interesse. Sie bemerkte, dass die Männer in gestraffter Haltung offenbar darum konkurrierten, Mrs. Ogilvie ihre beste Seite zu zeigen.

Wenn ihr das auffiel, so zeigte sie es nicht, sondern fragte nur: »Habt Ihr Euch bereits von der Überfahrt erholt?«

»Mehr oder weniger«, antwortete der zweite Engländer und sah sich um. »Wo ist Euer Landsmann und Freund heute?«

»Wenn von Kapitän Thomas Gordon die Rede ist«, sagte sie

leichthin, während sie die Augen rollte, »er ist kein Freund von mir. Tatsächlich war es sein Fehler, dass ich während der Überfahrt beinah ertrunken wäre, da er derart in Eile war, dass er mich drängte, mir mit ihm die Kosten zu teilen, dieses unglückliche Paketboot anzuheuern.«

»›Kapitän Gordon‹ ist also sein Name«, erkundigte sich der am nächsten stehende Mann. »Auch ein Soldat?«

»Ein Schiffskapitän«, korrigierte ihn Mrs. Ogilvie, »jedenfalls bis vor Kurzem. Man hat ihn von den Schiffsplanken verwiesen, und ehrlich gesagt versteht er tatsächlich nicht mehr von der Seefahrt als ein sechsjähriges Kind. Es war eine Erleichterung, ihn loszuwerden.«

»Er ist am Morgen bereits abgereist?«

»Ja. Er hat es, Gott sei Dank, äußerst eilig, nach Dünkirchen zu kommen«, erzählte sie den Männern.

Anna sah die Männer nachdenklich an und misstraute ihren Fragen. Gern hätte sie Mrs. Ogilvie gewarnt, dass Engländern nicht zu trauen war und man ihnen keine Informationen zukommen lassen sollte, aber sie wusste, dass sie nur sprechen durfte, wenn das Wort an sie gerichtet wurde, und im Moment schien niemand sie auch nur zu bemerken, geschweige denn mit ihr reden zu wollen. Also sah sie nur zu und wartete, wobei sie das Päckchen mit ihren Habseligkeiten, das sie seit Ypern bei sich trug, fest in den Händen hielt.

Wenig später kehrte Pater Graeme zu ihr zurück. »Mrs. Ogilvie, würdet Ihr Anna und mir die Ehre erweisen, mit uns zu speisen?«, fragte er.

Mrs. Ogilvie sah Anna mit ihrem strahlenden Lächeln an und erwiderte: »Natürlich, gern.« Sie ließ die beiden Engländer stehen und ging mit dem Mönch und Anna hinüber zu einem Tisch in einer hinteren Ecke des Raumes.

Als sie weit genug entfernt waren, raunte Pater Graeme ihr zu: »Ich würde Euch gern um einen Gefallen bitten, wenn ich darf.«

»Natürlich dürft Ihr. Ihr wisst, dass ich Euch nichts abschlagen kann«, neckte sie ihn, doch als sie erneut in sein Gesicht sah, wurde sie ernst: »Was kann ich für Euch tun?«

»Es ist ein Gefallen, den ich nur von jemand Vertrauenswürdigem erbitten kann«, erklärte er. »Mein Vater schrieb, dass er uns hier erwarten würde, doch entweder ist er noch nicht eingetroffen, oder wir haben uns hinsichtlich des Treffpunktes missverstanden. Ich möchte Euch bitten, hier bei dem Kind zu bleiben und es zu schützen, während ich zu meinem Haus gehe, um nachzusehen, ob mein Vater uns vielleicht dort erwartet.«

Die Frau blickte in Annas Gesicht. »Sie braucht Schutz?«

»Ja. Mein Vater hat diese Reise unternommen, weil Anna ihm sehr viel bedeutet.«

»Die Wertschätzung Eures Vater zu erlangen ist nicht leicht«, bemerkte Mrs. Ogilvie. Sie schien beeindruckt, und ihre feinen Augenbrauen hoben sich ein wenig mehr, als sie Anna nun noch eindringlicher ansah. »Guten Morgen, mein Kind. Wie geht es dir?«

Annas Kopf schmerzte noch immer, und sie hatte Hunger, aber sie wusste, dass es sich nicht geziemte zu klagen. »Es geht mir gut, Ich danke Euch, Madam.«

Mrs. Ogilvie unterdrückte ein Lächeln. »Solch gute Manieren, Pater Graeme.«

»Ja. Sie hat bis vor Kurzem bei den irischen Nonnen in Ypern gelebt.«

»Bei Äbtissin Butler.«

Pater Graeme nickte. »Und sie wäre noch dort, hätte mein Vater mich nicht dringend gebeten, sie unverzüglich dort wegzuholen und hierherzubringen, wo sie außer Gefahr ist.«

»Gefahr? Was kann ...« Sie hielt inne, das Lächeln zeigte sich wieder auf ihrem Gesicht, und sie lehnte sich zurück, als der Gastwirt ihnen Brot brachte, einen Krug Wein und eine Brühe, die nach Kohl und Zwiebeln roch. Mrs. Ogilvie dankte herzlich und wartete, bis der Mann wieder gegangen war, bevor sie sich vorlehnte und leise fragte: »Welcher Gefahr könnte ein Kind in Ypern ausgesetzt sein?«

Diese Frage hatte Anna sich selbst schon gestellt, denn Pater Graeme hatte ihr noch nicht gesagt, warum er sie mitgenommen hatte, abgesehen davon, dass sie im Kloster nicht länger sicher wäre. Vorsichtig brach sie ihr Brot und lauschte.

Leise sagte der Mönch: »Das ist Anna Moray, die einzige Tochter meines Cousins John. Mein Vater hat äußerste Sorgfalt drauf verwandt, sie sicher unterzubringen, aber es gab eine … Indiskretion im Kloster. Eine junge Frau, die dort weilte, erfuhr von Annas wahrer Identität und gab diese Information an einen englischen Spion in Paris weiter, mit dem sie in Kontakt stand.«

Der Hieb, den Anna in ihrer Brust fühlte, war so heftig, dass sie für einen Moment meinte, ihr Herzschlag hätte ausgesetzt. Dann setzte er wieder ein, jedoch schmerzhaft, und pumpte einen Schwall warmen Blutes aufwärts, dass es in ihren Ohren pochte.

Es war nicht möglich, dass Christiane ihr Vertrauen missbraucht hatte, dachte sie. Nicht Christiane. Ihre Augen brannten.

»Mein Cousin, Maurice Moray, Annas Onkel, befindet sich derzeit ebenfalls in Paris und genießt seit Langem das Vertrauen von Königin Maria und dem König. Als mein Vater also über geheime Kanäle erfuhr, dass die Vertrauten des Prinzen von Hannover planten, das Kind zu entführen und es zu benutzen, um die Loyalität ihres Onkels zu erpressen, schickte er mich sofort zum Kloster.«

Über den Tisch hinweg stimmte Mrs. Ogilvie zu, dass Oberst Graeme recht getan hatte. »Aber wohin wird sie von hier aus reisen?«

»Das wurde mir nicht gesagt«, gab der Mönch zu, »doch mein Vater handelt nie ohne Plan.« Er spülte die wenigen Bisse Brot, die er gegessen hatte, mit einem kleinen Schluck Wein hinunter und fügte hinzu: »Und er hält sich immer an seinen Zeitplan, daher überrascht es mich, dass er nicht vor uns hier eingetroffen ist, und ich vermute, er wartet an einem anderen Ort auf uns.«

Er sah Mrs. Ogilvie an, die nickte und versicherte: »Ich werde bis zu Eurer Rückkehr bei ihr bleiben.«

Er dankte ihr und strich Anna beruhigend übers Haar, als er versprach: »Ich werde nicht lange weg sein.«

Sie hielt den Kopf gesenkt, damit niemand ihren Kummer sah. Ihre Schuldgefühle. In ihrer Erinnerung hörte sie Oberst Graeme sagen, dass ihr Vater, wäre er den Engländern in die Hände gefallen, jeglicher Folter standgehalten hätte; und das war offenbar allen Männern aus dem Geschlecht der Abercairneys gemein, zog man die Tatsache in Betracht, dass ihr Onkel Robert bereits zweimal im Gefängnis gewesen war und geschwiegen hatte. Und von ihrem Onkel Maurice erwarteten die Engländer offensichtlich die gleiche Stärke.

Außer … außer die Engländer entführten sie und ließen es ihn wissen.

»Männer können viel ertragen«, hatte der Oberst ihr anvertraut, »aber nur wenige von uns können mit ansehen, wie die, die wir lieben, wegen uns leiden.«

Und das galt für beide Seiten, denn auch sie konnte nicht zulassen, dass ihr Onkel Maurice gegen sein Gewissen und seine Ehre handeln musste, weil sie den Fehler begangen hatte, Christiane zu vertrauen.

Sie hatten sie gewarnt, sie alle hatten sie gewarnt, aber niemals hätte sie gedacht, dass Christiane …

»So«, sagte Mrs. Ogilvie.

In Erinnerung daran, dass die Nonnen sie gelehrt hatten, einem Erwachsenen, der sprach, die volle Aufmerksamkeit zu widmen, klammerte Anna sich an das Päckchen mit ihren Habseligkeiten auf ihrem Schoß und hob ihr Kinn.

»Es ist schon ziemlich lange her, dass ich mit einer kleinen Dame gespeist habe.« Mrs. Ogilvie lächelte. »Vergib mir, wenn meine Umgangsformen denen von Äbtissin Butler und ihren Nonnen in Ypern nicht gleichkommen, dafür war ich wohl zu lange in London.« Während sie einen Löffel der Brühe zum Mund führte, ruhte ihr freundlicher Blick auf Annas Gesichtszügen, und erneut hoben sich ihre Augenbrauen. »Ich muss gestehen, wie sehr es mich erstaunt, dass mir die Ähnlichkeit bislang nicht aufgefallen ist. Du bist das Abbild deines Vaters, möge Gott seiner Seele gnädig sein. Hat dir das schon einmal jemand gesagt?«

»Ja, Madam«, entgegnete Anna leise.

»Ich bin ihm ein paar Mal in St. Germain begegnet, wobei mein Gatte ihn wesentlich besser kannte«, erklärte Mrs. Ogilvie. »Ich wusste nicht, dass er geheiratet hatte.« Für eine Weile sagte sie nichts, doch dann wandte sie sich einem anderen Thema zu: »Ist dein Onkel Maurice wohlauf?«

Anna wusste es nicht. Sie hoffte, es gehe ihm gut. Doch mehr konnte sie nicht sagen. »Das letzte Mal, als er mir schrieb, war er wohlauf.«

»Ich bin erfreut, das zu hören. Sollen wir noch etwas Brot bestellen?«

Es erschien Anna ein wenig merkwürdig, dass die Frau nicht einfach die Hand hob, um den Gastwirt an den Tisch zu bitten, sondern mit einer Entschuldigung aufstand und zu ihm hinüberging. Ebenso merkwürdig wie die Tatsache, dass sie, nachdem sie die Bestellung aufgegeben hatte, noch einmal bei den beiden Engländern stehen blieb, die an einem Tisch in der Nähe der Theke Platz genommen hatten.

Anna hatte ein flaues Gefühl im Magen und fühlte sich unwohl. Zunächst achtete sie nicht weiter darauf, da Pater Graeme Mrs. Ogilvie vertraut hatte. Und niemals hätte er sie bei jemandem zurückgelassen, der dieses Vertrauen nicht verdiente. Das sagte sie sich selbst mehrere Male, dennoch hielt das ungute Gefühl in ihrem Magen an, und sie konnte sich ihres Unwohlseins nicht mehr erwehren, als die beiden Männer sich nach ihr umdrehten und dann wieder wegsahen.

Der Gastwirt brachte das bestellte Brot, und Anna dankte ihm leise. Als er sie daraufhin fragte, ob sie noch etwas wünsche, entgegnete sie spontan: »Ja, wo bitte ist der Abort?«

»Der …? Ah!« Er wies auf eine Tür hinter ihnen. »Gleich dort.«

Sie dankte ihm erneut und rutschte dann vorsichtig von der Bank, wobei sie das Bündel mit ihren Habseligkeiten wie einen Schutzschild vor der Brust hielt. Sie sah, wie der Gastwirt bei Mrs. Ogilvie stehen blieb und ihr etwas mitteilte. Diese blickte zu ihr hinüber und lächelte sie verstehend an. Einer der Engländer stand langsam auf und ging zu der anderen Tür hinüber, aber niemand folgte Anna.

Sie fand den Abort direkt neben der Hintertür, und für einen Moment kauerte sie sich in der faulig riechenden Düsternis dieses engen Ortes zusammen und bemühte sich, ihre wirbelnden Gedanken und ihren rasenden Herzschlag zu beruhigen.

Sie sollte bleiben, wie ihr gesagt wurde, und hier auf Pater Graeme warten. Und doch … das ungute Gefühl wollte sie nicht verlassen. Sie versuchte dagegen anzugehen, redete sich ein, dumm zu sein. Schließlich war Mrs. Ogilvie nett zu ihr, sie war eine Freundin und eine Schottin …

Doch all das war Christiane auch gewesen, wandte eine leise, kalte Stimme in ihrem Inneren ein.

Fest schloss sie die Augen in diesem Moment der Entscheidung, dann nahm sie ihren ganzen Mut zusammen, drückte die Tür des Aborts auf und floh in und aus dem Hof, als wäre jeder englische Spion auf dem Kontinent hinter ihr her.

Das einzige Ziel, das sie im Kopf hatte, war, Pater Graeme zu finden, und daher schien ihr die Spitze des Kirchturms, die hoch über den Ziegeldächern der eng aneinandergedrängten schiefen Häuser aufragte, der richtige Wegweiser. Mönche waren Männer Gottes, überlegte sie. Und Gott war in der Kirche zu finden. Also würde auch Pater Graeme dort sein.

Aber als sie sich endlich an all den Menschen in den Alleen und Straßen vorbeigedrängt und den relativ leeren Bereich um die Kirche herum erreicht hatte, war keine Spur von ihm zu finden. Und als sie versuchte, in die Kirche hineinzugelangen, wurde sie von einem alten Mann hinausgejagt, der sie auf Französisch maßregelte.

Sie sagte auf Englisch: »Bitte, ich bin auf der Suche nach einem Freund, einem Mönch.«

Der Mann antwortete stirnrunzelnd in ihrer Sprache: »Hier leben keine Mönche«, und winkte sie fort Richtung Süden. Das brachte sie zurück zu dem Ort, an dem sie am Morgen die Stadt betreten hatten, zu dem hohen Tor in der Steinmauer. Das Tor war noch immer von Menschenströmen belagert, die hindurch oder darum herum strömten, während die Soldaten neben den schweren Ketten der Falltür Pässe und Papiere kontrollierten und Koffer und Taschen durchsucht wurden. Gerade waren die Kontrolleure intensiv mit den Koffern eines Herrn beschäftigt, der neben einer Kutsche stand, während der Kutscher versuchte, die vier unruhigen Pferde ruhig zu halten, die auf dem Kopfsteinpflaster tänzelten.

Der Herr schien Anna etwa in dem Alter des Mönchs zu sein – nicht so alt wie Oberst Graeme, nicht so jung wie Hauptmann Jamieson, sondern irgendwo dazwischen, wobei es Anna noch nie leicht erschienen war, das Alter eines Mannes zu schätzen, der eine Perücke trug. Das Gesicht des Mannes war glatt rasiert und sehr gut aussehend, seine Kleidung war elegant, und er stand aufrecht und gelassen dort, sodass nur sein angespannter Kiefer seine Ungeduld verriet.

Ein korpulenter Mann ohne Gepäck schlenderte an der Kutsche vorbei, tippte sich an den Hut und sagte: »Guten Morgen, Kapitän Gordon. Ich dachte, Sie wären schon abgereist.«

»Das hatte ich vor«, entgegnete der gut aussehende Mann, »aber diese Herren scheinen ein großes Interesse an meinen Hosen und Strümpfen zu haben und sind nicht gewillt, mich fahren zu lassen, bis sie nicht alles einmal durchgezählt haben.«

Er war Schotte, bemerkte Anna, und noch einen Tag zuvor wäre sein Akzent allein Grund genug für sie gewesen, ihm zu trauen. Nun jedoch starrte sie nur zu ihm hinüber und wagte nicht, sich zu nähern.

Mit einem Lachen fragte der andere Mann: »Habt Ihr sie bezahlt, Sir?«

»Habe ich.«

»Dann gebt ihnen mehr, und sie werden Euch in Ruhe lassen.«

»Ich habe bereits für die Fahrt durch dieses Tor bezahlt«, erklärte Kapitän Gordon, »und noch mehr, um einen Passierschein weiter nach Dünkirchen zu erhalten.«

»Gebt Ihnen noch etwas«, beharrte der andere, »ansonsten werdet Ihr niemals in Dünkirchen ankommen, Sir. So ist es üblich in diesem Land.«

»Das ist Diebstahl«, sagte der Kapitän, nahm jedoch seine Börse heraus und bot den Kontrolleuren weitere Münzen an, woraufhin diese in dem, was sie gerade taten, innehielten und freundlicher wurden und sogar seine Koffer schlossen.

Der Kapitän grinste und dankte dem anderen für den Rat. »Kann ich Euch in meiner Kutsche mitnehmen?«

»Vielen Dank, aber ich muss nur in die Unterstadt, und wie Ihr seht, tut mir ein wenig Bewegung sicher gut.« Er klopfte sich auf seinen umfangreichen Bauch, tippte sich erneut an den Hut und sagte: »Eine angenehme Reise, Kapitän Gordon.«

Kapitän Gordon. Plötzlich fiel Anna ein, wo sie den Namen bereits gehört hatte. Der Mann, der am Vortag gemeinsam mit Mrs. Ogilvie den Kanal überquert hatte, hieß Kapitän Gordon. Mrs. Ogilvie hatte sich über ihn beschwert, darüber, dass er es so eilig hatte und über die Unannehmlichkeiten, die er ihr dadurch bereitet hatte. »Er ist kein Freund von mir«, hatte sie gesagt.

Was in Annas Augen eindeutig für ihn sprach.

Sie ging näher zu ihm hinüber und fragte sich, ob sie ihm so weit trauen konnte, ihn zu fragen, wo in Calais die Mönche lebten, als jemand ihren Namen rief.

Ohne nachzudenken, wandte sie sich um. Sie hatte gehofft, Pater Graeme vor sich zu sehen, doch als sie ihn nirgendwo entdecken konnte, blickte sie in Panik um sich, weil sie fürchtete, dass die beiden Engländer, die gemeinsam mit Mrs. Ogilvie ihre Flucht aus dem Gasthaus bemerkt haben mussten, sie gefunden haben könnten. Doch auch diese sah sie nicht, dafür jedoch den alten Mann, der sie kurz zuvor aus der Kirche verjagt hatte. Bei ihm waren zwei Priester, die genauso wie der Beichtvater der Nonnen im Kloster gekleidet waren.

Der alte Mann betrachtete Anna genauer, nickte und sagte etwas zu den Priestern, bevor er sich wieder auf den Weg machte. Lächelnd kamen die Priester auf sie zu.

»Anna Moray!«, rief der größere von ihnen. »Wir haben dich gesucht, Gott sei Dank haben wir dich gefunden und dir ist nichts zugestoßen.«

Sie sah ihm in die Augen und glaubte ihm nicht. Außerdem hatte er sie »Anna Moray« genannt. Niemand, der von jemandem, dem sie vertraute, geschickt worden war, würde sie bei ihrem richtigen Namen rufen.

Sie wich einen Schritt zurück, dann einen weiteren und sah sich ein letztes Mal in der Hoffnung um, vielleicht doch Pater Graeme oder seinen Vater in dem wogenden Gewirr unbekannter Gesichter zu erblicken.

Sie ging noch einen Schritt zurück und stieß gegen Kapitän Gordon. »Vorsicht!«, sagte dieser mit einer Stimme, die überrascht, jedoch nicht verärgert klang. Es war diese Freundlichkeit, dachte Anna später, die sie auf die Idee gebracht und ihr den Mut gegeben hatte.

Als die beiden Priester auf sie zu traten, sagte Anna mit lauter und klarer Stimme und in den damenhaften angemessenen Worten, die man sie gelehrt hatte: »Ich kenne diese Männer nicht.« Dann wandte sie sich um und blickte zu Kapitän Gordon auf. »Kennst du sie, Vater?«

Er sagte nichts, starrte nur auf sie herab. Anna hielt den Atem an.

Wenn er widersprach, wenn er nicht mitspielte, dann war sie verloren. Niemand würde zwei Priester aufhalten, die ein Kind aufgriffen, egal, wie laut dieses Kind schrie und weinte.

Kurz sah sie etwas wie Verblüffung in den blauen Augen des Kapitäns aufblitzen. Sie hatte das Gefühl, dass er sie anblickte, als sehe er etwas, was er nicht erwartet hatte und nicht glauben konnte.

Sie hob ihr Kinn ein klein wenig höher und erlaubte ihren Augen ein stummes Flehen. *Bitte!*

»Nein«, sagte er zu ihr, und dann, den Blick immer noch auf ihr zu ihm aufschauendes Gesicht gerichtet, fuhr er fort: »Ich kenne die Männer auch nicht.«

Er hob den Kopf und wandte sich an die Priester: »Ich fürchte, Ihr verwechselt mein Kind mit einem anderen, denn mein Name ist nicht ›Moray‹.« Entschlossen machte er deutlich, dass sie zu ihm gehörte, indem er sie zu sich heranzog und einen Arm väterlich beschützend um ihre Schultern legte.

Nicht einmal ein Priester konnte dem ruhigen eiskalten Blick des Kapitäns standhalten. Der kräftigere der beiden sagte: »Ihr müsst entschuldigen, Sir, wir hatten nichts Böses im Sinn.«

»Dessen bin ich sicher. Komm, Kind«, forderte der Kapitän Anna auf, »steig in die Kutsche, wir müssen uns auf den Weg machen.«

Wie taub ließ sie sich von ihm auf den Sitz heben, und dort saß sie, ihr kleines stoffumwickeltes Bündel an sich gepresst, während die Priester sich vor dem Kapitän verbeugten und einen Schritt zurücktraten.

Der Kontrolleur, der dem Kapitän am nächsten stand, zog ein Stück Papier aus seinem Mantel, las stirnrunzelnd durch, was darauf geschrieben stand, und wandte ein: »Aber dieser Passierschein ist für …«

»Meine Tochter und mich«, erklärte der Kapitän in einem Ton, der keinen Raum für Widerworte ließ, und er gab dem Kontrolleur weitere zwei Silbermünzen, bevor er selbst in die Kutsche stieg und auf dem Sitz neben Anna Platz nahm.

Sie zitterte, als sie durch das Tor fuhren.

Er sah sie an. »Ist alles in Ordnung?«

Sie hatte einen Tadel erwartet. Mit Freundlichkeit hatte sie nicht gerechnet, und nach all der Aufregung füllten sich ihre Augen nun mit Tränen, die sie zurückzudrängen versuchte.

»Wo sind deine Eltern?«, fragte er.

»Tot.« Es war nur eine halbe Lüge, tröstete sie sich selbst.

»Wo wohnst du? Wie bist du nach Calais gekommen?«

Sie antwortete nicht, denn sie hatte keine Ahnung, was sie ihm erzählen sollte, und nachdem sie eine Weile geschwiegen hatte, versuchte er es erneut: »Nun ja, gibt es einen Verwandten, an den du dich wenden kannst?«

Ihre Augen brannten, als sie an Oberst Graeme und seinen Sohn dachte, an ihren Onkel und an ihre Mutter, die sie vielleicht niemals kennenlernen würde, da sie sie alle nur in Gefahr brachte. Egal, was sie tat oder wohin sie ging, sie wusste nun, dass sie niemandem mehr die Wahrheit über sich erzählen konnte, weil es den Menschen, die sie liebte, nichts als Leid brachte.

Sie drängte die Tränen zurück und schüttelte den Kopf. »Nein, gibt es nicht.«

Sie fühlte seinen Blick auf ihrem Gesicht, als ob auch er eine Entscheidung getroffen hätte. Ruhig fragte er: »Ist dein Name wirklich Anna?«

Anna dachte nach und entschied, dass dieses bisschen Wahrheit sie nicht in Gefahr bringen konnte, also nickte sie.

»Anna Moray?«

»Nein.« Diesen Namen musste sie von nun an verleugnen, wusste sie. Genauso wie sie nicht länger jene Anna Logan sein konnte, die in Ypern gelebt und von Christiane verraten worden war und jetzt von diesen Männern gesucht wurde, die hinter ihrem Onkel her waren. Sie würde für immer niemandes Kind sein.

Und da nun eh all ihre Träume zerbrochen waren, dachte Anna, konnte sie wenigstens die strahlendste Scherbe davon aufheben und festhalten, so tief sie sich auch daran schnitt, und mit sich ins Ungewisse nehmen.

Sie atmete tief durch und sagte: »Mein Name ist Anna Jamieson.«

KAPITEL 21

Es schien eine gute Idee zu sein.

Ich wollte Rob nicht im Dunkeln allein den ganzen Weg nach Schottland fahren lassen, nicht nach allem, was er getan hatte, um mir zu helfen. Und ich kannte ihn gut genug, um zu wissen, dass er lieber weitergefahren wäre, anstatt hier in London ein Hotelzimmer zu nehmen. Ich hatte zwar kein Gästezimmer in meiner Wohnung, aber ein Schlafsofa, das sowohl mein Bruder als auch seine Freundin für ziemlich bequem hielten.

Also schien es im Anschluss an unsere gemeinsame Reise selbstverständlich, dass ich Rob, nachdem er einen Parkplatz in meiner Straße gefunden hatte, anbot, zum Essen zu bleiben und die Nacht in meiner Wohnung zu verbringen, bevor er weiter nach Eyemouth fahren würde.

Als ich ihn fragte, schien es ziemlich vernünftig zu sein. Aber …

»Das Problem ist, dass man nicht aufhört, daran zu denken, wie es sein könnte«, hatte mein Bruder einmal zu mir gesagt.

Und er hatte recht. Ich hatte unaufhörlich daran gedacht, wie klein meine Wohnung erscheinen würde, wenn Rob sie betrat. Oder wie eine einfache blöde Sache, zum Beispiel Rob an meinem Tisch *Steak and Onion Pie* mit Salat essen zu sehen, meine häuslichen Wunschvorstellungen aktivieren und mich daran denken lassen würde, wie es wäre, jeden Tag mit ihm gemeinsam zu Abend zu essen. Ich fand die stressfreie Bequemlichkeit seiner Gesellschaft äußerst verführerisch, wie eine langsame Strömung, die mich mit sich zog, und ab und an verlor ich meinen Halt am Ufer und ließ mich ein Stück weitertragen, bis ich mich daran erinnerte, dass ich dagegen anschwimmen sollte.

Als Rob nach dem Essen aufstand, um mir beim Abwasch zu helfen, forderte ich ihn auf, sich wieder hinzusetzen.

»Du hast gekocht«, war sein Argument.

»Na ja, ich habe eine tiefgefrorene Pastete aufgetaut. Das macht mich nicht gerade zum Meisterkoch, fürchte ich. Gib mir bitte deinen Teller. Danke.« Ich würde ihn auf keinen Fall zu mir in die Küche lassen, denn die war so klein, dass man keine zwei Schritte in eine Richtung gehen konnte, ohne gegen die Arbeitsfläche zu stoßen. »Die Fernbedienung liegt da neben dem Sofa, wenn du fernsehen willst«, bot ich an.

Ich ließ mir Zeit mit dem Abwasch, obwohl es nicht wirklich viel abzuwaschen gab. Und als ich zurück ins Wohnzimmer kam, saß er nicht vor dem Fernseher, sondern an meinem Schreibtisch in der Ecke vor dem Computer. Den Kopf in eine Hand gestützt las er gerade etwas, das aussah wie eine Seite in einem eingescannten alten Buch.

»Was ist das?«, fragte ich.

»*The Old Scots Navy* von James Grant«, entgegnete er. »Ich möchte Kapitän Gordon kennenlernen.«

»Den Mann, der Anna in seiner Kutsche mitgenommen hat? Hast du ihn gefunden?«

»Hab ich. Mrs. Ogilvie hat gesagt, dass sein Vorname Thomas sei.«

»Wann hat sie das gesagt?«

»Als sie mit den beiden Engländern an der Theke im Gasthaus über ihn gesprochen hat«, erklärte er.

Ich glaubte ihm. »Und?«

»Kapitän Thomas Gordon«, begann er und klickte eine Seite in Wikipedia auf. »Oder Admiral Thomas Gordon, wie er später hieß. Das müsste er sein, oder?«

Ich trat näher, um über Robs Schulter auf den Bildschirm zu schauen, auf dem das Porträt eines Mannes zu sehen war. Als wir ihn gesehen hatten, war er jünger gewesen. Auf dem Bild trug er eine weiße Perücke, und seine Kinnpartie war weicher, als ich mich erinnerte, aber seine Augen waren die gleichen, und seine breiten Schultern zeugten von der gleichen selbstbewussten Haltung. »Das ist er.«

»Er war Kapitän in der *Old Scots Navy*, der damaligen schottischen Marine«, erklärte Rob. »Und es scheint, dass er mit unserem Freund, dem Grafen von Erroll von *Slains Castle*, gut bekannt war. Nur, nachdem Schottland 1707 seine Unabhängigkeit verloren hatte, gab es keine schottische Marine mehr. Auf den Schiffen wurde der Union Jack anstatt der schottischen Flagge gehisst, und die Militärs wie Kapitän Gordon mussten den Eid ablegen, von nun an nur noch König Georg zu dienen. Ich schätze, da für Thomas Gordon James Stuart der rechtmäßige König war, konnte er diesen Schwur nicht mit seinem Gewissen vereinbaren und er verließ die Armee.« Rob wandte den Kopf, sodass ich die Gute-Laune-Fältchen an seinen Augen sehen konnte. »Rate mal, wo er später zum Admiral ernannt wurde.«

»Wo?«

Um mir zu antworten, scrollte er weiter nach unten zu einer Zwischenüberschrift: *Spätere Karriere – Russische Marine.*

»Das kann nicht wahr sein!«

»Der Zar persönlich, Peter der Große, heuerte ihn als Kapitän an und holte ihn nach Russland.«

Ich las selbst, was auf dem Bildschirm stand. »Ja, aber da steht nicht, wo …?«

Rob klickte eine andere Seite mit einem weiteren eingescannten alten Buch an, in dem es um schottische Soldaten in Russland ging. Er zeigte auf den entsprechenden Abschnitt. »In St. Petersburg.«

»Wow.« Das war mehr, als ich erhofft hatte – damit war nicht nur Annas Verbindung nach Russland hergestellt, sondern direkt mit St. Petersburg. Und wenn der Zar selbst Kapitän Thomas Gordon angeheuert und ihn somit gekannt hatte, dann war es durchaus möglich, dass Anna dessen Frau begegnet war: Zarin Katharina.

Ich sah auf die lange Reihe der offenen Tabs am oberen Rand

des Bildschirms, die auf den Weg von Robs Recherchen schließen ließ. »Du warst fleißig«, lobte ich. »Vielen Dank, dass du all das für mich tust.«

»Na ja, ich bin zwar nur Constable und kein Detektiv, aber durchaus in der Lage, einen zufällig Verdächtigen aufzuspüren. Wenn du mir sagst, wo du Papier hast, kann ich es für dich ausdrucken. Dann kannst du die Unterlagen mit nach Russland nehmen«, bot er mit einem Nicken in Richtung Drucker an.

Viel lieber hätte ich ihn mitgenommen. Denn wie sollte ich Anna dort ohne Rob finden?

Während die Seiten ausgedruckt wurden, öffnete er ein Suchfenster und meinte: »Es könnte hilfreich sein, nach historischen Stadtplänen zu suchen, um zu wissen, wie die Stadt damals aussah ...«

Ich war froh, dass ich hinter ihm stand, sodass er mich nicht sehen oder an meinem Gesichtsausdruck erkennen konnte, wie unsicher ich mich auf einmal fühlte. »Rob, ich wünschte ...«

Der fordernde Klingelton meines Handys setzte ein, als Rob über seine Schulter blickte und ich von seinen Augen die Erwartung ablesen konnte, dass ich den Satz zu Ende spräche. Nur dass diese Augen ein Teil meines Problems waren, dachte ich. Denn wenn er mich auf diese Weise ansah, fiel es mir schwer, mich daran zu erinnern, was ich hatte sagen wollen.

Das Handy klingelte erneut. Ich riss mich von Robs Blick los und meinte: »Das wird wohl Sebastian sein.«

Er war es tatsächlich. »Ah. Du bist zurück.« Sebastian klang erfreut. »Wie war es in Belgien?«

»Wunderbar, danke.«

»Und wie geht es deinem ... Freund?«

»Sei nicht so neugierig.«

Als ich zu Rob hinübersah, blitzte in seinen Augen kurz etwas auf, was ich für Belustigung hielt, doch im Nachhinein entschied ich, dass es eher Missbilligung gewesen war. Er stand auf, streckte sich zu seiner vollen Länge und ging hinter mir vorbei, wobei er mich leicht am Rücken streifte. »Ich gehe duschen«, teilte er mit.

Für einen Moment war es still am anderen Ende der Leitung, dann sagte Sebastian: »Ja, ja, ja.«

Ich seufzte. »Was möchtest du?«

»Ich wollte mit dir noch einmal über deine Aufgabe in St. Petersburg sprechen.«

»Das klingt aber formell.« Ich lächelte. »Ist es eine geheime Mission? Wird sich mein Handy selbst zerstören, wenn dieses Gespräch beendet ist?«

»Hoffentlich nicht. Wie sollte ich dich dann erreichen, während du in Russland bist? Hör zu, hier ist dein Terminplan.«

Ich notierte alles, was er sagte. Es war nicht kompliziert. Ich würde am Nachmittag in St. Petersburg landen. Dann konnte ich mich erst einmal im Hotel ausruhen. Am Freitag würde ich Sebastians Freund Juri treffen, der in der Eremitage arbeitete. Er würde mich in Bezug auf die Ausstellung und Wendy Van Hoek auf den neuesten Stand bringen. Wendy selbst würde am Freitagabend in St. Petersburg ankommen.

»Am Sonntag findet ein Empfang zur Eröffnung der Ausstellung statt«, informierte mich Sebastian, »aber Juri wird hoffentlich eine Möglichkeit finden, dich ihr in einem etwas persönlicheren Ambiente vorzustellen. Wie auch immer, du hast Zeit bis Montag, um sie davon zu überzeugen, uns den Surikow für Wassili zu verkaufen. Montagnachmittag fliegst du zurück und kommst gleich her, um deinen Erfolg zu feiern.«

»Dein Vertrauen ehrt mich.«

»Schließlich habe ich dich ausgebildet.«

Ich musste lächeln. »Wie läuft es mit Gemma?«

»Sie ist sehr gut.«

»Bist du nett zu ihr?«

»Musst du das wirklich fragen?«

»Allerdings.«

Er lachte und konterte: »Musst du nicht duschen gehen?«

»Gute Nacht, Sebastian.«

»Im Ernst, Nicola, sollte ich mir seinen Namen merken?«, fragte er.

»Er ist ein Freund, das ist alles«, sagte ich, und damit war das Gespräch beendet. Ich begann, meinen Koffer für St. Petersburg zu packen. Es dauerte nicht lange. Als Rob aus dem Bad kam, war ich bereits fertig. Er roch nach Seife, sein Haar hing ihm noch feucht in die Stirn, und er hatte ein frisches T-Shirt und eine Trainingshose angezogen, worin er offensichtlich schlafen wollte.

»Hilfst du mir mit dem Bett?«

»Bitte? Oh, natürlich.« Ich war so durcheinander wie als Teenager und wich seinem Blick bewusst aus, während wir die Kissen vom Sofa nahmen und die Matratze ausklappten. Ich holte frisches Bettzeug und nahm ein Kissen aus dem Schrank, und wir machten – jeder auf einer Seite – das Bett. Anschließend sagte ich etwas zu fröhlich: »Dann schlaf gut.«

»Nick?«

»Ja?«, fragte ich erneut mit übertriebener Heiterkeit.

»Was wünschst du dir?«

Erschreckt sah ich zu ihm auf. »Bitte?«

Er saß lässig auf der Bettkante, barfuß. »Eben, bevor dein Boss angerufen hat, hast du von etwas gesprochen, das du dir wünschst.«

»Ach so. Stimmt.« Ich konnte es ruhig sagen, da es ja keine Möglichkeit gab, dass es wahr würde. »Ich wünsche mir, du könntest mit nach St. Petersburg kommen, das ist alles. Ich weiß, dass das nicht möglich ist, allein schon, weil man ein Visum braucht«, erklärte ich. »Ich hatte schon vorher eins, für Reisen aus dienstlichen Gründen, das gilt immer für ein Jahr, sodass ich jederzeit hinfahren kann, aber du müsstest ein Touristenvisum beantragen, und selbst ein Eilvisum braucht seine Zeit. Ich wäre schon längst wieder zurück, wenn du es bekämst.« Ich zwang mich zu einem Lächeln. »Wie auch immer, ich habe ja jetzt einige Anhaltspunkte. Dank dir.«

»Gern geschehen.« Er streckte sich auf dem Bett aus, machte

es sich mit den Händen hinter dem Kopf bequem und schloss die Augen. »Du wirst das prima hinkriegen.«

Ich widersprach nicht, sondern sagte nur noch einmal: »Schlaf gut«, bevor ich in mein Schlafzimmer ging und die Tür hinter mir schloss.

—

Er hielt mich im Arm.

In der Dunkelheit meines Schlafzimmers spürte ich im Halbschlaf seinen Kopf dicht bei meinem, seine Wärme neben mir, sein Bein unter der Decke an meines geschmiegt und seinen Arm auf meinem Bauch.

»Rob.«

Er bewegte sich nicht. Ich blieb einen Moment liegen, bis ich vollständig erwacht war, dann schloss ich die Augen und genoss entspannt die ungewohnte und unerwartete Situation. Ich hatte noch nie mit ihm in einem Bett geschlafen. Und obwohl ich wusste, dass er nicht hier bei mir sein sollte, brachte ich es nicht über mich, ihn zu wecken und wegzuschicken.

Er war zu warm, seine Umarmung zu fest und zu besitzergreifend, um einfach so gelöst zu werden, und ich hatte mich noch nie so gut beschützt und ruhig gefühlt.

Ich war nicht sicher, wann er zu mir gekommen war. Ich hatte es nicht gemerkt und es auch nicht erwartet, nachdem er sich all die Zeit über so verhalten hatte, als wäre er auf diese Art nicht mehr an mir interessiert. Aber es würde kompliziert werden, wenn ich ihn nicht weckte und hinüberschickte; wenn wir beide am Morgen gemeinsam in meinem Bett erwachen würden. Ich wusste, ich musste etwas tun.

Es wäre einfacher, dachte ich, wenn ich aufstehen und drüben im Wohnzimmer schlafen würde. Dann könnte er einfach weiterschlafen. Vorsichtig griff ich nach seinem Arm, um ihn von meinem Bauch zu nehmen.

Überrascht hielt ich inne, denn da war kein Arm.

Meine Finger berührten den Stoff meines Shirts, was mich völlig verblüffte. Meine Hand tastete weiter, dort, wo ich seine Wärme spürte … und glitt über das leere Laken. Meine Verwirrung wuchs, und ich sank zurück ins Kissen.

Ich lag allein in meinem Bett.

Dabei fühlte ich noch immer seine Umarmung. Ich spürte sie sogar noch, als ich mich aufsetzte, die Decke zurückschlug und aufstand. Auch noch, als ich vorsichtig und geräuschlos die Zimmertür öffnete und auf Zehenspitzen durchs Wohnzimmer schlich, um zu sehen, was unmöglich schien.

Er lag dort schlafend, genauso wie ich ihn gespürt hatte – auf der Seite, ein Arm schützend auf dem zerwühlten Laken. Und als ich ihm ins Gesicht sah, fühlte ich einen leichten, nachdrücklichen Ruck dicht bei meinem Herzen, als hätte jemand ein Seil um meine Rippen geschlungen und zöge es eng zusammen.

Ich atmete tief ein, wandte den Blick nicht von ihm ab, und sehr, sehr vorsichtig schob ich ihn aus meinem Bewusstsein. Er wachte nicht auf.

Ich fühlte die Kälte, als er nicht mehr da war. Auch als ich wieder gut zugedeckt in meinem Bett lag, fror ich noch. Doch das Schlimmste stand mir noch bevor, wusste ich. Es war nicht so schwierig gewesen, Rob von mir zu lösen, dachte ich, aber wie sollte ich nach alldem wieder von ihm lassen?

KAPITEL 22

Rob sah auf seine Uhr und dann auf den Verkehr vor uns. »Dein Flug geht um halb zehn. Wirst du das schaffen?«

»Es ist noch nicht mal sechs. Außerdem liegt es auf dem Weg. Und vertrau mir, es dauert nur einen Moment.« Ich war auf den Seitenblick vorbereitet und begegnete ihm voller Unschuld.

»Fünf Minuten?«, wiederholte er, um sicher zu sein.

Ich nickte. »Er hat gesagt, er hält es für mich bereit.«

»Wann hat er das gesagt?«

»Ich hab ihn vorhin angerufen.«

»Vorhin?« Rob hob eine Augenbraue. »Er ist wohl ein Nachtmensch.«

»So ungefähr. Hier«, sagte ich, »bieg hier links ab und dann rechts, dem Auto da vorne hinterher.«

Hier war ich aufgewachsen, in dem kleinen Reihenhaus in Acton mit dem Fachwerk im Tudorstil von 1920, das sich in einer eher ärmlichen Nachbarschaft bemühte, vornehm auszusehen.

Mein Großvater öffnete die Tür. Er war komplett angezogen, frisch rasiert, und das dichte weiße Haar war akkurat nach hinten gekämmt. Er legte Wert auf seine Kleidung und seine Erscheinung, und für sein Alter sah er erstaunlich flott aus. Er sandte einen misstrauischen Blick über meine Schulter hinüber zu Rob, der an seinem am Straßenrand geparkten Auto lehnte. »Wer ist der Junge?«

Rob hatte seine Gedanken auf meine Bitte hin eingeschlossen. »Wenn er weiß, wozu du in der Lage bist, wird er mir einen Vortrag halten, der garantiert länger als fünf Minuten dauert«, hatte ich ihm erklärt.

Also antwortete ich der Einfachheit halber lediglich: »Das ist Rob, Großvater.«

»Hat dein affektierter Boss dir einen Fahrer zur Verfügung gestellt?«

»Er ist nicht mein Fahrer.«

»Er hat dir die Autotür geöffnet.«

»Ja. Er hat sehr gute Manieren«, erklärte ich, »aber er ist nur ein Freund.«

Nach einem letzten ungnädigen Blick auf Rob wandte mein Großvater mir wieder seine Aufmerksamkeit zu, als ich fragte: »Und? Hast du es gefunden?«

»Das Buch? Ja. Ich weiß, wo es ist.«

Ich spürte das leichte, vorsichtige Drängen, mit dem Rob mich an die Zeit erinnerte, als ich hinter meinem Großvater ins Haus ging. Aber schließlich war Rob es gewesen, der gemeint hatte, dass ein alter Stadtplan mir von Nutzen sein könnte.

Und heute Morgen war mir plötzlich eingefallen, wo ich solche alten Pläne finden konnte.

Das Buch lag auf dem Tisch am Kamin im Wohnzimmer. Daneben stand eine halb geleerte Tasse Tee und ein teilweise gelöstes Kreuzworträtsel, was bewies, dass mein Großvater schon eine Weile auf den Beinen und allein zu Hause war. »Ist Mum arbeiten gegangen?«

Er nickte. »Heute Morgen um drei war im Krankenhaus die Hölle los. Ein Unfall. Sie haben angerufen, damit deine Mutter ins Labor kommt.«

Als biomedizinische Wissenschaftlerin hatte meine Mutter oft unbequeme Arbeitszeiten. Ich bedauerte, dass ich sie verpasst hatte.

Mein Großvater zuckte mit den Schultern. »Sie hätte dich wegen deines Fahrers mit Fragen gelöchert. Sei froh, dass nur ich hier bin.« Er gab mir das Buch. »Hier, behalte es. Ich will es nicht mehr.«

Es war ein historisches Buch über St. Petersburg mit Fotografien, alten Zeichnungen, Plänen, Bildern und kurzen Textpassagen. Ein schönes Coffee Table Book. Ich erinnerte mich daran, wie mein Vater es mit nach Hause gebracht hatte, ganz aufgeregt, dass er es in dem Buchladen in der Nähe der Schule, an der er unterrichtete, gefunden hatte, und wie stolz er gewesen war, als er es Großvater übergeben hatte. »Da kommst du doch her, oder? Aus St. Petersburg?«

Mein Großvater hatte das Buch freundlich entgegengenommen und es auf den Tisch gelegt, wo es etwa ein Jahr geblieben war, bis er es in das Regal in der Ecke gestellt hatte. Ich hatte nie gesehen, dass er jemals darin geblättert hätte.

Mein Vater, der alles Russische liebte, hatte nie wirklich begriffen, dass mein Großvater sich bemühte, jegliche Verbindung zu seinem Heimatland abzubrechen, und zu der Stadt, in der man ihm das angetan hatte, was ihn für immer verändert und verbittert hatte, sodass er nichts und niemandem mehr vertraute.

Ich hatte nie genau erfahren, wie sie aus der Sowjetunion herausgekommen waren – meine Mutter war erst zehn Jahre alt gewesen und konnte sich nur an den Teil der Reise erinnern, der sie durch Finnland führte, und mein Großvater wollte nicht darüber sprechen –, aber ich wusste, dass es nicht leicht gewesen war, wobei er es nie bereut hatte. Nachdem er in London angekommen war, hatte er seinen Namen von Ivan Kirilovich Birkin in John Birkin geändert, was in seinen Ohren ziemlich englisch klang. Ein guter englischer Name für jemanden, der kein Russe mehr sein wollte.

Er sah auf das Buch in meinen Händen und sagte: »Ich wollte es schon lange loswerden, aber es hätte deine Mutter traurig gemacht. Gut, dass du jetzt Verwendung dafür hast. Behalte es, Nicola.«

Ich dankte ihm. »Es wird mir sehr nützlich sein.«

»Warum willst du dorthin? Ich verstehe es nicht. Du solltest lieber nach Miami reisen. Da ist es schön warm.«

»Es ist eine Dienstreise. Ich arbeite dort.«

»Arbeiten.« Sein Gesichtsausdruck sagte genug darüber, was

er von meinem Job hielt, aber wir hatten oft genug darüber diskutiert. Offensichtlich wollte er nicht erneut damit anfangen. Er fragte nur: »Bleibst du lange in St. Petersburg?«

»Nur bis Dienstag.«

»Trink nicht das Wasser aus dem Wasserhahn.«

»Mach ich nicht.«

»Vergiss es nicht, es macht krank, dieses Wasser.«

»Ich verspreche es«, beteuerte ich. »Ich werde es nicht trinken, aber apropos ›trinken‹: Soll ich dir Wodka mitbringen?« Das Einzige aus der Heimat, dem er treu geblieben war. »Welchen diesmal?«

Er zuckte mit den Schultern. »Schwarze Johannisbeere vielleicht. Und einen ohne Aroma.«

»In Ordnung.«

Als er mich zur Tür brachte, blickte er noch einmal misstrauisch zu Rob hinüber. »Er sieht aus wie ein Polizist«, meinte er.

»Er ist ein Polizist.«

Mein Großvater runzelte die Stirn. »Dann bring ihn nicht noch einmal mit her, Nicola. Es ist nicht gut, wenn die Nachbarn einen Polizisten hier vor unserem Haus sehen.« Er sah Rob an, der den Kopf hob und dem Blick vollkommen ruhig begegnete.

Für einen beunruhigenden Moment meinte ich, in den harten Gesichtszügen meines Großvaters zu erkennen, dass er etwas bemerkt hatte, und mir ging die Vorstellung durch den Kopf, dass sie vielleicht in Gedanken miteinander sprachen, doch dann sagte ich mir, dass das unmöglich war.

»Er spricht nicht so mit mir«, hatte ich zu Rob über meinen Großvater gesagt, als wir auf dem Weg nach Ypern gewesen waren.

»Trotzdem hört er dich«, hatte Rob entgegnet.

Ich gab meinem Großvater einen Abschiedskuss und versuchte es probehalber: *Auf Wiedersehen, Großvater.*

Ich fühlte, wie sein Bewusstsein meines zurückwies, während er mich umarmte. »Mach es gut, Nicola. Komm gesund zurück.«

Und dann war wie immer die Tür zwischen uns geschlossen.

Auf dem Weg zum Flughafen schwieg ich. Leider nicht nur, weil ich müde und ein wenig abgelenkt war, sondern weil Rob mich gleich absetzen und wegfahren würde. Ich hatte keine Ahnung, was das in mir auslösen würde.

Ich überlegte noch, was wohl die richtigen Worte zum Abschied wären, als ich bemerkte, dass wir schon da waren. Und weil ich so schnell nicht damit gerechnet hatte, brachte es mich kurz aus der Fassung, sodass ich nur schweigend neben Rob stand und nach den richtigen Worten suchte, während er mein Gepäck aus dem Kofferraum nahm.

Ich begann mit: »Am besten fährst du gleich wieder, das Parken ist hier zu teuer.«

Er stellte meinen Koffer auf den Boden und griff wieder in den Kofferraum, als ich fortfuhr: »Das ist sowieso der Langzeitparkplatz, Rob. Es ist nicht ...« Ich brach ab, als er seine Reisetasche heraushob und sie über die Schulter nahm, bevor er den Kofferraumdeckel zuschlug. Dann fragte ich: »Was machst du da?«

»Ich komme mit.«

»Rob, das geht nicht.«

Er nahm meinen Koffer in die Hand und bedeutete mir, voranzugehen. »Versuch, im Gehen zu widersprechen, sonst verpassen wir den Shuttlebus.«

Ich blieb stehen. »Aber du kannst nicht mitkommen.«

Er zuckte mit den Schultern und seufzte, dann setzte er mir geduldig auseinander: »Du hast gesagt, dass du dir wünschst, dass ich dich nach St. Petersburg begleite, erinnerst du dich?«

»Ja, aber ...«

Er machte sich auf den Weg, während ich versuchte, mit ihm Schritt zu halten.

»Aber du kannst nicht einfach so nach Russland reisen, Rob«, versuchte ich zu erklären. »Selbst wenn es dir irgendwie gelingen sollte, noch einen Platz im Flieger zu ergattern, brauchst du ein Visum. Das hab ich dir doch gestern erklärt.«

»Ja, hast du.« Völlig unbekümmert blieb er stehen, um ein Auto passieren zu lassen. Ich fasste ihn am Arm.

»Rob, du kannst das Visum nicht erst an deinem Abreisetag beantragen.«

»Dann war es ja gut, dass ich das schon vor einem Monat gemacht habe.«

»Was?« Ich ließ seinen Arm los und starrte ihm hinterher, als er mit unserem Gepäck weiterging. »Was?«

Er war bereits mehrere Schritte voraus und drehte sich nicht um, um irgendetwas zu erklären. Aber als wir im Shuttlebus zum Terminal saßen, nahm er seinen Pass aus der Tasche und zeigte ihn mir.

Es war tatsächlich da, sauber eingefügt, ein richtiges Visum.

»Aber wieso hast du …?« Ich machte mir gar nicht erst die Mühe, die Frage zu beenden, denn es gab nur eine mögliche Antwort. »Du wusstest es.« Um uns herum waren Leute, wir waren nicht allein, also sammelte ich meine Gedanken und teilte ihm mit: *Du wusstest, dass ich zu dir nach Eyemouth kommen würde.*

Rob entgegnete nichts. Mit leicht schräg gelegtem Kopf blickte er aus dem Fenster.

Rob.

Meine Gedanken wurden abgeblockt, was mich irritiert hätte, hätte ich nicht bemerkt, dass er sich unwohl fühlte, als sei ihm das Thema unangenehm.

Er bat mich nicht, ihm den Pass zurückzugeben. Ich wartete, bis wir im Terminal angekommen waren und in der Warteschlange am Check-in-Schalter standen. Dann hielt ich seinen Pass hoch, auf der Seite mit dem Visum geöffnet, und sagte:

»Die Sache ist, dass man für ein Touristenvisum die genauen Reisedaten angeben muss.«

»Tatsächlich?« Er suchte etwas in seiner Reisetasche.

»Ja. Außerdem musst du angeben – normalerweise zumindest –, wo du während des Aufenthaltes wohnst. Nicht nur, in welcher Stadt, sondern in welchem Hotel.«

»Bist du sicher?«

Ich war mir absolut sicher. Sein Blick war ausweichend.

»Wann wusstest du es?«, fragte ich ihn.

Ich war auf seine Standardtaktik vorbereitet, dass er lächeln und sagen würde: »Ich habe keine Ahnung, wovon du sprichst.« Doch er zuckte nur auf eine merkwürdig selbstbewusste Art mit den Schultern. »Ende Mai.«

»Vor mehr als drei Monaten?« Ich hatte nicht das Recht, wütend zu sein. Es war nicht Robs Fehler, dass er Dinge sehen konnte, die andere nicht sahen, dennoch war die Tatsache, dass mein Leben für ihn ein offenes Buch war, dass er vor mir wusste, was ich tun würde, äußerst beunruhigend.

Er hatte sein Flugticket gefunden und schien froh zu sein, etwas zu haben, auf das er seine Aufmerksamkeit richten konnte, aber die Minuten vergingen, und mein eisernes Schweigen veranlasste ihn, meinen Blick zu suchen. Ich runzelte die Stirn.

»Wie weit kannst du sehen? Wie weit in die Zukunft?«, fragte ich. Ich hatte mich derart auf seine Fähigkeit, in die Vergangenheit zu blicken, konzentriert, dass ich außer Acht gelassen hatte, wozu er sonst noch in der Lage war.

Er dachte einen Moment nach. Dann sagte er: »Das hängt davon ab.«

»Wovon?«

»Um wen es geht.« Sein Ton ließ erkennen, wie schwer es ihm fiel, etwas zu erklären, das man im Grunde nicht in Worte fassen konnte. »Bei manchen Menschen ist es schwieriger. Bei meinem Vater. Bei dir.«

»Aber du kannst in meine Zukunft sehen?«

»Ich sehe Ausschnitte.« Er schien voll darauf konzentriert, die Aufschrift auf seinem Ticket zu lesen. »Ausschnitte davon, wie es sein könnte.«

Ich war versucht nachzufragen, was er über meine Zukunft wusste. Wie sie sein könnte. Wie sie sein würde. Wenn er sich schon damit beschäftigte. Aber ein Teil von mir war zu feige, diesen Weg zu beschreiten. Die Vergangenheit war sicherer, dachte ich.

Es gab eine Sache, über die ich in den vergangenen beiden Jahren immer wieder nachgedacht hatte. Also fragte ich ihn: »Hast du damals in Edinburgh gewusst, dass ich gehen würde?«

Er antwortete nicht sofort. Vielleicht wäre mir sein Nicken gar nicht aufgefallen, wenn er nicht gleich darauf gesagt hätte: »Ich war mir nicht sicher, wann es passieren würde. Ich habe nur gesehen, wie wir zusammen durch den Regen gelaufen sind, ich wusste nicht, an welchem Tag es sein würde.«

Es fiel mir schwer, mich darauf einzustellen; darauf, was es für meine Erinnerung an unsere gemeinsame Zeit bedeutete. »Aber wenn du wusstest, dass ich gehen würde, warum bist du dann mit mir zusammen geblieben?«, fragte ich.

Er hob den Kopf und sah mir in die Augen. »Weil ich es wollte.«

Die Unruhe im Terminal schien auf einmal weit entfernt, alles wurde zu einem verblassenden Wirbel aus Farben und Geräuschen, und die einzige Person, die ich klar und deutlich sah, war Rob.

»Und jetzt musst du tun, was du willst«, forderte er. »Wenn es dir lieber ist, dass ich nicht mitkomme, sag es.«

Ich merkte, dass er es ernst meinte. Er würde einfach gehen, wenn ich es so wollte und ihn darum bitten würde. Er würde nicht versuchen, meine Meinung zu ändern.

Es war eine Wahl, die ich treffen musste. Mein Feuervogel, und ich musste entscheiden, ob ich ihm folgen wollte.

Ich straffte mich, räusperte mich und fragte ihn: »Rob, würdest du mit mir nach St. Petersburg kommen?«

Sein Lächeln, auch wenn es zögerlich kam, nahm mir beinah den Atem.

»Das ist jetzt zwar ein wenig kurzfristig, finde ich, aber ich denke, das lässt sich machen«, antwortete er und wich meinem Schlag aus, mit dem ich seine Antwort quittierte. »Es gibt da nur ein kleines Problem«, fügte er hinzu.

»Welches?« Ich wartete, was kommen würde, entspannte mich aber, als Rob mir die Hand hinhielt und in seinen Augen der Humor aufblitzte, der meine Welt wieder in Ordnung brachte.

»Ohne meinen Pass werden sie mich nicht durch die Sicherheitskontrolle lassen.«

KAPITEL 23

Meine Versuche, Rob ein paar Worte Russisch beizubringen, sorgten bei der Stewardess und einer älteren Frau auf der anderen Seite des Ganges für Belustigung.

Wir hatten mit dem üblichen Basisvokabular begonnen: Wie geht es dir? Guten Morgen. Danke – und ähnlichen Ausdrücken. Nun war ich gerade dabei, für ihn das kyrillische Alphabet auf meine vom Imbiss übrig gebliebene Papierserviette zu schreiben.

Während Rob wartete, probierte er die gerade gelernten Sätze bei der Stewardess aus. Als sie sein Tablett mitnahm, lächelte er sie strahlend an und bedankte sich mit: »*Spa-si-ba.*«

Sie lächelte zurück und antwortete mit: »*Paschalsta*«, einem dieser großartigen vielseitigen Worte, das je nach Kontext sowohl »Bitte« als auch »Gern geschehen« als auch »Das ist für Sie« bedeuten konnte.

Rob fühlte sich ermutigt und versuchte es mit: »*Men-ja sowut* Rob.«

Nun musste auch ich lächeln, und ohne aufzusehen, sagte ich: »Du hast eine gute Aussprache, aber du hast ihr gerade erzählt, dass du ›Sklave‹ heißt, weil ›Rob‹ das russische Wort dafür ist.«

Die ältere Dame auf der anderen Seite des Ganges machte auf Russisch einen Kommentar darüber, wovon Frauen so träumen, was die Stewardess zum Lachen brachte. Sie tätschelte meinen Arm und meinte, ebenfalls auf Russisch: »Die ersten Worte, die ich einem so gut aussehenden Mann beibringen würde, wären ›Ich habe eine Freundin‹.«

Rob, der kein Wort verstand, saß geduldig neben mir und

schwieg, bis die Stewardess gegangen war, bevor er fragte: »Also, wie lautet mein Name auf Russisch?«

Ich schrieb es für ihn auf: Роберт. »Das bedeutet ›Robert‹.«

»Also spricht man ›P‹ wie ›R‹?«

»Genau.«

Er nahm die Serviette mit dem Alphabet in die Hand. »Aber da ist doch auch ein ›R‹ drauf«, wandte er ein. »Es ist zwar umgedreht, aber …«

»Das spricht man ›Ja‹ aus«, erklärte ich ihm. »Schau, ich habe neben jeden Buchstaben den Laut geschrieben.«

Er studierte die Liste konzentriert mit gerunzelter Stirn.

»Es ist nicht unbedingt die leichteste Sprache, die man lernen kann«, meinte ich. »Du bist zwar Superman, aber ich bezweifele, dass du sie fließend beherrschst, wenn wir aussteigen.«

Rob sah mich mit den typischen Lachfältchen um die Augen an. »Du hältst mich für Superman?«

»Die Sache ist, dass du gar nicht Russisch zu lernen brauchst, da ich ja da bin, um zu übersetzen«, sagte ich und merkte an der Hitze, die mir in die Wangen stieg, dass ich rot wurde, aber Rob hatte sich bereits wieder dem Alphabet zugewandt.

Er zuckte mit den Schultern und meinte: »Ich mag es, etwas Neues zu lernen.«

Als ich ihn so sah, wie er auf die Serviette starrte und versuchte, die Buchstaben und die Laute zu lernen, spürte ich plötzlich wieder dieses zarte Klopfen in meinem Brustkorb, diese leichte Welle der Zärtlichkeit, und sofort schützte ich meine Gefühle und Gedanken. Aber ich war wirklich froh, dass er mitgekommen war.

Insgeheim hatte ich mich davor gefürchtet, diesen Teil der Reise allein zu unternehmen. Ich redete mir ein, dass der Grund dafür seine größere Begabung war, in die Vergangenheit zu sehen, dass ich ohne ihn wahrscheinlich nicht zu einem brauchbaren Ergebnis gekommen wäre. Wenn ich Anna überhaupt gefunden hätte. Meine eigenen Fähigkeiten waren so viel geringer, dass ich wahrscheinlich gar nicht in der Lage gewesen wäre, eine Verbindung zwischen Anna und Katharina I. herzustellen und einen greifbaren Beweis zu finden, der Margaret Ross ermöglicht hätte, ihren Feuervogel zu einem angemessenen Preis zu verkaufen.

Wenn ich einen Monat lang Zeit gehabt hätte, wäre es mir vielleicht gelungen. Aber in den wenigen Tagen, die ich in St. Petersburg verbringen würde, hätte ich es niemals geschafft. Mit Rob dagegen ... zusammen mit Rob konnte es gelingen.

Das allein war der Grund, warum ich so froh war, dass er mich begleitete, sagte ich mir. Nur das. Und nicht das, was ich spürte, wenn er lächelte, oder die Tatsache, dass ich mich in seiner Gesellschaft so viel lebendiger fühlte als lange Zeit zuvor.

Und was die verräterische innere Stimme anging, die versuchte, meine Aufmerksamkeit zu erlangen, um mir klarzumachen, dass es nicht von Dauer wäre, dass es wie eine Urlaubsromanze für das alltägliche Leben nicht taugte – diese innere Stimme verbannte ich in mein tiefstes Inneres und ignorierte sie.

Das alltägliche Leben würde uns früh genug wieder einholen. Aber jetzt – gerade jetzt – saß ich hier, in diesem Flugzeug, neben Rob, und unsere Ellbogen berührten sich auf der Armlehne zwischen uns, und weiter wollte ich im Moment nicht denken.

Er hatte meinen Stift genommen und schrieb sorgfältig ›Роберт‹, seinen Namen, ab. »Und? Wie ist es?«

»Perfekt. Aber richtig russisch wird es erst damit.« Ich nahm ihm den Stift aus der Hand und schrieb einen zweiten Namen unter den ersten. Dann sah ich zu, wie Rob ihn langsam zusammenbuchstabierte.

»Brianowitsch«, sagte er. »Was ist das?«

»Dein Patronym. In Russland ist es nur unter guten Bekannten üblich, sich allein mit dem Vornamen anzusprechen. Ansonsten fügt man dem Vornamen den Vatersnamen hinzu, das

Patronym. Dazu muss man nur an den Vornamen des Vaters die entsprechende männliche oder weibliche Endung anhängen. Du heißt also Robert Brianowitsch, weil du ein Mann bist. Hätten wir denselben Vater, wäre mein Patronym Brianowa oder Brianowna.«

»Und was ist dein richtiges Patronym?«

»Philipowna.«

Er nickte kurz als Zeichen, dass er verstanden hatte. »Wenn ich also zwei Kinder mit den Namen Jean und Jack hätte, würden sie Jean Robertowna und Jack Robertowitsch heißen«, meinte er.

»Genau. Abgesehen davon, dass die kleine Jean auf Russisch ›Jana‹ und Jack ›Iwan‹ heißen würde.«

Rob lächelte. »Und ›Nicola‹?«

»Na ja, dafür gibt es keine wirkliche russische Übersetzung. Ich glaube, meine Eltern hätten mich gern Natalja genannt, aber sie wollten meinen Großvater nicht aufregen. Deswegen haben sie etwas Englischeres gewählt.«

»Dein Großvater hat's wohl nicht so mit russischen Namen«, vermutete Rob.

»Mein Großvater möchte in keiner Weise an Russland erinnert werden.«

»Ich verstehe.« Robs Lächeln verblasste für einen Moment. »Von mir hält er auch nicht viel.«

»Wie kommst du denn darauf?« Ich erinnerte mich an den Moment an diesem Morgen, als ich das Haus meines Großvaters verlassen und er in der Tür gestanden hatte. Ich hatte den Blick gesehen, den er Rob zugeworfen hatte, und gemeint, die beiden hätten vielleicht … »Rob«, begann ich, »hast du …?«

»Nein.« Er klang leicht belustigt. »Aber er hat.«

Das haute mich um. »Er hat so mit dir gesprochen? Was hat er gesagt?«

»Ich weiß nicht. Was bedeutet das?«, fragte er und sagte einen kurzen russischen Satz, woraufhin die Leute in den Sitzen um uns herum uns entsetzte Blicke zuwarfen.

Die ältere Frau auf der anderen Seite des Ganges lehnte sich zu mir herüber und sagte auf Russisch: »So etwas sollten Sie ihm besser nicht beibringen.«

Rob lehnte sich zurück, tat völlig unschuldig und schloss die Augen, als ich ihn ansah.

»Na ja, irgendwie hatte ich das Gefühl, dass dein Großvater mich nicht besonders mag.«

Die Fahrt vom Flughafen in die Stadt führte uns an monströsen Fabriken und düsteren Wohnblöcken aus der Stalinära vorbei sowie an Gebäuden, die mehr zu der gleichgültigen Vergangenheit passten, in der die Stadt den Namen Leningrad trug, als zu den freudvolleren Zeiten des postkommunistischen St. Petersburg.

Meine Mutter war hier geboren worden, genau wie mein Großvater. Er war ein kleiner Junge gewesen, als Hitlers Armee gekommen war und die Stadt von jeglicher Versorgung abgeschnitten hatte. Und wie jeder damals in Leningrad hatte er während dieser Belagerung mehr als zwei Jahre lang gehungert und gelitten, jene endlosen bitteren Winter über, während um ihn herum die Menschen, auch aus seiner Familie, krank wurden, starben oder einfach verschwanden.

Die Stadt hatte es überstanden, wie sie alles überstanden hatte. Sie hatte die Namensänderungen und die Regierungswechsel ertragen, hatte Besatzungen und Aufständen getrotzt, und all die Zeit über war es ihr gelungen, die schönen Dinge zu schützen und zu fördern, wie die Kunst, den Tanz und das Leben.

Das war es, hatte meine Mutter immer zu meinem Bruder und mir gesagt, was sie am meisten vermisste: die Schönheit, die in St. Petersburg überall, an völlig unerwarteter Stelle, zu finden war, wenn man in der Lage war, sie zu sehen.

Und genau das war auch der Grund, warum ich, als wir ins

Taxi gestiegen waren, das Buch meines Großvaters genommen hatte, um Rob anders in die Stadt einzuführen als durch den Blick aus dem Fenster.

»Also hier gab es praktisch nichts, bis Peter der Große angefangen hat zu bauen«, fasste er zusammen, nachdem er sich die Pläne angesehen hatte.

»Na ja, es gab diese kleine schwedische Festung«, erklärte ich und zeigte darauf. »Aber du hast recht, die Stadt ist nicht besonders alt. Peter der Große wollte einen Hafen. Russland war praktisch ein Binnenstaat, abgesehen von dem kleinen Hafen dort oben am Weißen Meer, in Archangelsk, der allerdings die Hälfte des Jahres komplett zugefroren war. Peter der Große wollte einen richtigen Hafen und eine Marine wie alle anderen großen Nationen.« Ich blätterte zurück zu der Seite mit der ältesten Karte. »Damals kontrollierte die schwedische Marine das ganze Gebiet, das gesamte Baltikum, bis Peter der Große kam und sich einfach nahm, was er wollte. Er eroberte die Festung, vermaß das Land und begann zu bauen. Er gründete St. Petersburg im Grunde auf schwedischem Gebiet, und ich denke, die Schweden wollten es sich zurückholen, aber sie hatten nicht mit seiner Sturheit gerechnet. Was er wollte, nahm er sich einfach.«

»Und so bekam er seinen Hafen.«

»Es war Sumpfland, als er mit dem Bau begann. Viele Inseln und Kanäle, fast wie in Venedig. Die Stadt wird heute noch von den Fluten bedroht, wenn der Wind ungünstig steht«, erklärte ich.

»So wie Amsterdam«, meinte Rob.

Was für Peter den Großen einen zusätzlichen Reiz dargestellt hatte. »Peter der Große liebte Amsterdam«, erzählte ich. »Als junger Mann hatte er einige Zeit über dort gelebt und gelernt, wie man Schiffe und andere Dinge baute. Und es hatte ihm gefallen. St. Petersburg sollte wie Amsterdam sein, modern und westlich, mit schönen breiten Straßen und Kanälen.«

Das war ihm ziemlich gut gelungen. Die Architektur im älteren Teil der Stadt, dort, wo die Newa floss, erinnerte sehr an Amsterdam. Unser Hotel, das *Nevsky Grand*, lag an einem schattigen Boulevard, der vom Newski-Prospekt abging, kurz hinter der Auferstehungskirche und nicht weit vom Fluss und der Eremitage entfernt.

Sebastian hatte noch nie hier gewohnt. Es war ein älteres Gebäude, und die Zimmer waren sauber, aber sehr klein. Sebastian brauchte Platz, und er liebte es luxuriös, wenn er auf Reisen war. Ich legte Wert auf einen freundlichen Service und ein bequemes Bett in einem Hotel, das irgendwie Charakter hatte. Und im *Nevsky Grand Hotel* sorgte alles, von der alten Steinfassade mit den schmiedeeisernen Verzierungen und den altmodischen Laternen über der Tür bis hin zu den eleganten Wandleuchtern in der schmalen, aber einladenden Eingangshalle, dafür, dass ich mich wohlfühlte.

Nicht so sicher war ich mir, was Rob davon halten würde. Ich warnte ihn vor, als wir uns durch die Eingangshalle über den schwarz-weiß gefliesten Boden und unter der hohen holzgetäfelten Decke mit dem Kronleuchter zur Rezeption drängten: »Nur, damit du es weißt, die Zimmer sind sehr klein.«

»Du meinst, weil ich so männlich und gut gebaut bin?« Er blieb ernst. »Nun ja, das könnte ein Problem werden, aber ich werde versuchen, damit zurechtzukommen.« Er grinste, als ich ihn mit dem Ellbogen anstieß. »Au! Andauernd schlägst du mich!«

»Stimmt doch gar nicht.«

»Stimmt wohl«, gab er zurück, wobei er aussah wie ein zehnjähriger Junge mit seinem fröhlichen Lächeln, das er gleich darauf der Dame an der Rezeption zuwandte.

Ich sah, wie sie ihm zuzwinkerte und etwas erwiderte. Sie war hübsch und dunkelhaarig, und ich fühlte einen Stich, der sich, wie ich peinlich berührt zugeben musste, nach Eifersucht anfühlte. Ich hatte kein Recht, eifersüchtig zu sein, sagte ich mir. Er hatte einmal zu mir gehört, aber ich hatte ihn verlassen. Er konnte anlächeln, wen er wollte. Um dies zu bekräftigen, lächelte auch ich die Rezeptionistin an, vielleicht etwas zu strahlend.

Sie nahm unsere Pässe entgegen, was in Russland üblich war – wir würden sie in ein paar Tagen zurückerhalten –, und sie entnahm ihnen unsere Namen. »Mr. McMorran und Miss Marter«, las sie. Ich nahm an, dass Rob einige Zeit vor mir reserviert hatte, jedenfalls fand sie uns beide in ihrer Liste. »Zwei Einzelzimmer, richtig?«

Irgendwie hörte sie sich hoffnungsvoll an, und diesmal traf es mich so heftig, dass ich am liebsten gesagt hätte: »Nein, wir brauchen nur ein Zimmer, vielen Dank«, aber in Erinnerung an die Komplikationen, die das mit sich bringen könnte, riss ich mich zusammen, atmete tief durch und entgegnete: »Ja, das ist richtig.«

Robs Augen widersprachen seinem unschuldigen Gesichtsausdruck. Er zwinkerte und teilte der Rezeptionistin mit: »Ich fürchte, sie könnte sich nicht zurückhalten.«

Ich ließ ihm seinen Spaß. Erst als wir die Formulare unterschrieben und unsere Schlüssel erhalten hatten und die wenigen Stufen in den ersten Stock hinaufgestiegen waren, um dort den Aufzug zu nehmen, warf ich ihm vor: »Du bist unmöglich.«

»Bin ich nicht. Ich bin ziemlich brav.«

Ich sagte leichthin: »Mach dir doch ein paar schöne Stunden mit der Rezeptionistin.«

Rob sah mich einen Moment an, und obwohl ich meinen Blick starr geradeaus gerichtet hielt, nahm ich aus dem Augenwinkel seinen leicht schief gelegten Kopf und das kurze Aufblitzen seines Lächelns wahr. »Nicht mein Typ«, erklärte er.

»Tatsächlich?«

»Absolut.« Er griff erneut nach meinem Koffer und meinte: »Wenn du mir einen Kaffee spendierst, gehöre ich ganz dir.«

Ich lächelte und drückte den Aufzugknopf. »Ich habe etwas Besseres als Kaffee im Angebot.«

KAPITEL 24

Der Wind blies so stark, dass mir an den Ohren kalt wurde. Er hatte das Wasser des Flusses aufgewühlt, sodass sich das nachmittägliche Sonnenlicht in den kleinen Wellen brach und der Fluss in seiner ganzen Breite glitzerte.

Ich wickelte mein Eis aus und sah zu, wie Rob sich an dem kleinen Stand des Eisverkäufers unter der quadratischen Markise ebenfalls eins auswählte. »Und das ist so was wie ein Ritual von dir?«

»Genau.«

Ich hatte diesen Ort gefunden, als ich in St. Petersburg studiert hatte, und er war schnell zu meinem Lieblingsplatz in der Stadt geworden. Wobei das Eis nur ein zusätzlicher Bonus war.

St. Petersburg erstreckte sich nicht nur übers Festland, sondern auch über eine Anzahl kleiner Inseln, dort, wo der Fluss sich auf seinem Weg in den Golf von Finnland und die Baltische See in mehrere Arme aufgliederte. Der Hauptarm floss zwischen dem Südufer und der größten der Inseln ins Delta. Auf dieser Insel, der Wassiljewski-Insel, befanden Rob und ich uns gerade, und zwar am östlichsten Punkt, genannt *Strelka* – kleiner Pfeil –, wo ein beschaulicher halbkreisförmiger Park in den Fluss ragte und ihn teilte. Von dort bot sich uns ein unvergleichlicher Blick auf die Sehenswürdigkeiten der Stadt am Flussufer.

Hinter uns rauschte unaufhörlich der Verkehr vorbei, und in regelmäßigen Abständen hielten bunte Reisebusse, aus denen Schwärme von Touristen stiegen, die sofort von den Souvenirverkäufern mit ihren Bernsteinketten, Matrjoschka-Puppen und »echten« Pelzmützen belagert wurden.

Hinter der Reihe der parkenden Busse, direkt auf der anderen Straßenseite, befand sich das auffällige Gebäude der Alten Börse, das heute das Marinemuseum beherbergte. Wie ein griechischer Tempel, rundum von Säulen umgeben, lag es da, weiß in der Sonne glitzernd, oberhalb einer breiten Treppe. Auf unserer Seite der Straße wurde der Blick von den beiden imposanten tiefroten Rostrasäulen flankiert, deren Leuchtfeuer auch heute noch zu besonderen Gelegenheiten entzündet wurden und die wie zwei Wachleute auf jeder Seite des halbkreisförmigen Parks standen. Am Fuße einer dieser Säulen befanden wir uns gerade.

Normalerweise hätte ich mich auf eine der weiß gestrichenen Bänke gesetzt, die auf dem akkurat geschnittenen Rasen verteilt waren, zwischen den Beeten mit den hübschen korallenroten Fleißigen Lieschen, die sich spektakulär vom Grün des Rasens abhoben. Heute jedoch wollte ich Rob gern die beste Aussicht auf das gegenüberliegende Ufer bieten, um ihm zu helfen, sich zu orientieren, bevor wir uns auf die Suche nach Anna machen würden.

Der Wind blies inzwischen noch kälter, sodass ich mich von ihm und der Säule abwandte, doch anstatt auf eine der Bänke zuzugehen, führte ich Rob zu dem kurvigen gepflasterten Weg, der den Park umgab und dessen eine Seite hinter den Bänken von Bäumen gesäumt wurde, während auf der anderen Seite eine graue Granitmauer hüfthoch emporragte. Von hier aus hatte man einen umfassenden Blick auf viele der Sehenswürdigkeiten der Stadt, vor allem auf das Südufer mit seinen eindrucksvollen fürstlichen Residenzen und königlichen Palästen, die aussahen wie eine strahlende Reihe von weiß verzierten pastellgrünen und -gelben Hochzeitstorten und deren Fensterreihen das Sonnenlicht auffingen, das über den Fluss tanzte, der deutlich breiter war als die Themse.

Rob stellte gegen den Wind seinen Kragen auf und leckte an seinem Eis. »Hast du schon mal über ein wärmenderes Ritual nachgedacht? So was wie Kakao trinken?«

»Ich dachte, ihr Schotten wärt abgehärtet?«

»Abgehärtet? Ich komme aus den Borders. St. Petersburg liegt etwa auf demselben Breitengrad wie Thurso an der Nordspitze Schottlands. Die Leute, die da leben, sind Wikinger, die mögen die Kälte.«

Er konnte mir nichts vormachen. Den Blick aufs Wasser gerichtet wirkte er vollkommen zufrieden und entspannt, so wie meiner Vorstellung nach jeder Mann, der die See liebte, bei einem solchen Anblick aussehen würde. Für einen Moment wandte er sich vom Ufer ab und nickte zu der goldenen Spitze hinüber, die links, direkt jenseits des Flusses, aufragte. Eine schmale, hell leuchtende Spitze, die sich gold glänzend auf dem Dach eines Turms erhob, der wiederum von roten Dächern hinter hohen Festungsmauern umgeben war. »Und was ist das?«

»Das ist das, womit der Bau der Stadt begann: die Peter-und-Paul-Festung. Von hier aus kann man es nicht sehen, aber sie liegt ebenfalls auf einer Insel, einer sehr kleinen«, erklärte ich. Diesen Teil der Stadtgeschichte kannte ich auswendig. »Nachdem Peter der Große die Festung der Schweden etwas weiter flussaufwärts erobert hatte, hat er hier seine eigene errichtet. Der Legende nach markierte er die Stelle mit einem Kreuz aus zwei übereinandergelegten Rasenstücken, die er selbst mit dem Bajonett eines seiner Soldaten aus dem Boden schnitt. Und nach dem, was ich über ihn weiß, traue ich ihm das durchaus zu. Er hat gern mal mit angepackt.«

»Wann war das genau?«, fragte Rob.

»Die Errichtung der Festung begann 1703, und etwa zehn Jahre später wurde mit dem Bau der Kathedrale begonnen, der mit der goldenen Spitze. Trezzini hat sie entworfen«, erklärte ich. »Domenico Trezzini, ein Schweizer Architekt, den Peter der Große hergeholt hat. Er hat einige der bedeutendsten Gebäude St. Petersburgs geschaffen, nicht nur die Festung und die Kathedrale, sondern auch die Zwölf Kollegien hier auf dieser Insel und den Sommerpalast dort drüben«, sagte ich und lenkte

Robs Aufmerksamkeit auf das Südufer des Flusses. »Siehst du, dort die große Baumgruppe hinter der Brücke? Genau dort. Es ist ein wundervoller Ort. Beeindruckende Gärten. Es ist kein großer Palast. Peter der Große war kein Freund von bombastischen Häusern. Er liebte die Gemütlichkeit. Angeblich hat er in den Gebäuden, in denen er lebte, die Decken absenken lassen, um sie behaglicher zu machen.«

Rob richtete seinen Blick zurück auf den Winterpalast, die Eremitage, die in Meergrün und Weiß mit goldfarbenen Applikationen am Südufer uns gegenüber wie eine Königin Hof hielt.

»Dann ist das wohl nicht sein Werk gewesen«, meinte er.

»Nein, der Palast wurde ein halbes Jahrhundert später erbaut. Er war noch nicht dort, als unsere Anna nach St. Petersburg gekommen ist.« Als Rob amüsiert den Mund verzog, fragte ich ihn: »Was ist?«

»›Unsere Anna!‹ Und du willst wissen, wieso ich denke, dass du sie ins Herz geschlossen hast?«

Ich zuckte nur kurz mit den Schultern, um nicht zu defensiv zu wirken: »Ich habe ja gesagt, dass sie ein liebenswertes Kind ist.«

»Vielleicht ist sie gar kein Kind mehr, wenn wir sie hier finden«, wandte er ein. »Hast du nicht gesagt, dass du sie in deiner ersten Vision als junge Frau gesehen hast?«

»Oh.« Daran hatte ich gar nicht mehr gedacht. Mit gerunzelter Stirn beschwor ich das Bild von ihr herauf, wie sie mit gesenktem Kopf vor Zarin Katharina stand. Es schien eine Ewigkeit her zu sein … war das wirklich erst vor einer Woche gewesen? »Wie sollen wir sie dann wiedererkennen?«

Rob antwortete nicht. Er blickte mit leicht zusammengekniffenen Augen auf den Fluss, als wollte er sie vor dem Wind schützen, doch ich wusste es besser.

»Rob.«

Ich sah, wie seine Augen den Fokus veränderten.

»Ja?«

Ich stieß den Atem aus, was kein Seufzen war. Nicht wirklich. »Du siehst alles vor dir, oder? Ich brauche dir nicht zu erklären, welche Gebäude damals schon existierten und welche nicht, stimmt's? Du kannst alles sehen?« Es war keine wirkliche Frage, und Rob behandelte sie auch nicht so. Er antwortete nicht, weil wir beide wussten, wie die Antwort lauten würde.

»Ich habe das Schiff betrachtet«, erklärte er. »Gleich dort drüben. Es ist eine Galeere, glaube ich.«

Ich sah nur die langen, flachen Touristenboote, die wie gläserne Hausboote flussaufwärts unter der Brücke hindurchfuhren, um dann gemächlich durch die Stadtkanäle zu gleiten. Und weiter unten, in die andere Richtung, lag ein Kreuzfahrtschiff, dort, wo das Wasser tiefer war. Aber ich wusste, dass das nicht das Schiff war, das Rob meinte.

Ich hatte wohl wieder geseufzt. Diesmal richtig, denn er warf mir einen Blick zu, wandte sich belustigt wieder ab und meinte: »Für jemanden, der sich so dagegen wehrt, zuzugeben, dass er in die Vergangenheit blicken kann, oder seine Fähigkeiten zu benutzen, scheinst du ziemlich neidisch auf mich zu sein. Ich frage mich, wie das sein kann.«

»Bist du jetzt auch mein Therapeut?«

Er wandte sich zu mir um und sah mir in die Augen: »Was denn sonst noch?«

Es war gut, dachte ich später, dass ich auf seinen heiteren, neckenden Ton einging, denn sonst wäre es mir schwergefallen, meinen Blick von seinem zu lösen und meine Aufmerksamkeit wieder dem Fluss zuzuwenden. »Mein überarbeiteter und unterbezahlter Assistent.«

Ich hatte sein tiefes, natürliches Lachen immer gemocht. »Na, dann ist es ja höchste Zeit, dass ich mich mal wieder nützlich mache.«

Diesmal hatte ich nichts dagegen, dass er seinen Arm um meine Schultern legte. Ich war bereit für die Gefühle, die es auslöste, wenn ich die Augen schloss und meine Gedanken treiben und sich mit seinen vermischen ließ. Und dann sah ich durch

Robs Augen den Fluss und die Stadt, so wie sie in ihrer Anfangszeit gewesen war.

Ich hatte gewusst, wie schnell sie auf dem kargen, unversöhnlichen Land emporgewachsen war, wo es nur Sümpfe und Gestrüpp gegeben hatte, umringt von spärlichen Birkenwäldern, in denen die Wölfe umherstreiften. Zar Peter der Große hatte diese Stadt nach seinen Plänen bauen lassen, die Gebäude und Paläste an den Ufern alle in der gleichen Höhe, in ihrer Pracht ein Zeugnis seiner Vision eines Russlands als Teil einer großen Welt, den Blick nach Europa gerichtet und nicht zurück in die Isolation der Vergangenheit.

Diese Stadt war sein Kapital gewesen, er hatte seinen Hof hierher verlegt, die besten unter seinen Untertanen hierhin »eingeladen« – Kaufleute, Händler, reiche Leute –, damit sie hier ihre Häuser bauten, neben den Bauern, den Leibeigenen und Arbeitern, die er für sein immenses Bauvorhaben benötigte. Auch sie hatten ihre Häuser gebaut, und in nur zehn Jahren hatte die Stadt ein Gesicht bekommen, und das, was Rob mir nun zeigte, war ihr Anblick nach weiteren zehn Jahren, etwa 1720.

Das wusste ich, weil ich am gegenüberliegenden Ufer das Gebäude sehen konnte, das sicherlich der alte Winterpalast Peters des Großen gewesen war – nicht der erste, den er hatte bauen lassen, sondern der zweite von 1721, der sechs Jahre später wiederum eingerissen und neu gebaut wurde. Ich erkannte die palladianische Architektur: Der untere Bereich war mit groben Quadersteinen im Rustika-Stil verkleidet, und darüber gab es noch zwei Etagen mit einem Giebel und Säulen. Es war genau so, wie ich es auf einem alten Stich im Buch meines Großvaters gesehen hatte.

Die Eremitage uns gegenüber war noch nicht gebaut worden. An ihrer Stelle standen andere äußerst prachtvolle Gebäude in jenem flämischen Barockstil, den der Zar in Erinnerung an seine glückliche Zeit in Holland so sehr gemocht hatte.

Was es ebenfalls nicht gab, waren Brücken. Peter der Große

hatte darauf bestanden, dass der Fluss nicht durch Brücken verunstaltet wurde. Er wollte, dass alle Bürger seine Liebe zu Schiffen teilten und lernten, damit umzugehen. Von dem, was ich sah, gaben die Bürger der Stadt ihr Bestes, denn die Newa war voll von Schiffen und Booten jeglicher Größe, von einer Art Fähre zwischen dem linken und dem rechten Ufer, bis hin zu der großen Galeere, die Rob weiter flussabwärts entdeckt hatte und deren Ruder gleichmäßig ins Wasser tauchten und wieder hervorkamen.

Ich hatte bisher an Galeeren nur im Zusammenhang mit den antiken Welten Griechenlands oder Roms gedacht, mit an den Rudern angeketteten Sklaven wie in *Ben Hur*. Ich hätte nie damit gerechnet hier, im achtzehnten Jahrhundert in Russland, auf eine zu stoßen, aber ich hatte mich auch noch nie näher mit Galeeren beschäftigt.

Der Blick auf das Südufer der Stadt in seiner ganzen Ausdehnung und das Gewirr und Gewimmel dahinter erfüllten mich mit einem ansteigenden Gefühl der Hoffnungslosigkeit. Meine Konzentration ließ nach, und mein Bewusstsein löste sich von Robs. Ich fühlte, wie sein Arm sich auf meinen Schultern bewegte, und er richtete seinen scharfen Blick auf mich.

»Was ist los?«

»Wie sollen wir sie hier bloß finden?«, fragte ich.

»Das Gleiche hast du mich in Calais auch gefragt, und dort ist es uns gelungen«, lautete seine geduldige Antwort.

»Na ja, in Calais konnten wir am Tor auf sie warten, denn das war der einzige mögliche Weg in die Stadt«, wandte ich ein, »aber hier …« Ich schüttelte den Kopf. »Hast du all die Häuser gesehen, Rob? Auch damals schon. Wir könnten das ganze Wochenende nur herumlaufen. Es ist unmöglich.«

»Eine Herausforderung, aber nicht unmöglich«, korrigierte er mich. Dann schaute er wieder den Fluss hinunter, dorthin, wo die Galeere gewesen war und sich nun das Kreuzfahrtschiff mit der Brücke dahinter befand, und ließ den Blick am Ufer entlangwandern. »Der große Gebäudekomplex da, mit der

Turmspitze, die aussieht wie die in der Peter-und-Paul-Festung, was ist das?«

»Das ist die Admiralität.« Auch sie war in den ersten Jahren St. Petersburgs gebaut worden. »Peter der Große war besessen von Schiffen, so wie die Ratte in Kenneth Grahams Buch *Der Wind in den Weiden*. Sie waren seine große Leidenschaft. Abgesehen davon brauchte er eine Marine, wenn er gegen Schweden und England bestehen wollte, also beschaffte er sich eine. Er holte die besten Männer, die er finden konnte, um Schiffe zu bauen, und die besten Kapitäne, um darauf zu fahren, erfahrene Männer, die seine eigenen ausbilden konnten.«

»So wie Kapitän Gordon«, meinte Rob.

»Genau. Wie Kapitän Gordon. Er hatte in der schottischen und der königlichen Marine jede Menge Erfahrung gesammelt.«

»Ja.« Rob dachte nach. »Und wenn man seine lange Karriere in Russland in Betracht zieht und wie hoch er aufstieg, schätze ich, dass er sich ziemlich häufig in der Admiralität aufhielt.«

Ich verstand, worauf er hinauswollte. »Du meinst also, wenn wir nach Kapitän Gordon suchen, könnte er uns zu Anna führen?«

»So lautet der Plan. Einverstanden?«

Ich fand den Plan ziemlich brillant, allerdings fiel es mir schwer, diesen Ort zu verlassen. Ich fand es wunderbar, hier an meinem Lieblingsplatz in St. Petersburg zu stehen, Robs Arm um meinen Schultern und durch seine breite Brust vor dem Wind geschützt. Ich wollte nicht weggehen, um irgendwem zu folgen, nicht einmal Kapitän Gordon.

Aber an den Schatten der Bäume erkannte ich, dass uns nur noch ein paar Stunden Tageslicht blieben, und die Zeit drängte, also nickte ich und sagte: »Einverstanden.«

Er ging hinter mir, als wir die hübsche Brücke überquerten, die die Wassiljewski-Insel mit dem Südufer verband. Auch hier herrschte viel Verkehr, ein ständiger Strom, Leute, die an uns vorbeigingen, und ein paar weniger eilige Touristen, die an dem verschlungenen, grün gestrichenen Eisengeländer der Brücke haltgemacht hatten, um im goldenen Schein des späten Nachmittags ihre Fotos von den prachtvollen Gebäuden am Flussufer zu machen.

Auch die Admiralität sah mit den gelb gestrichenen Mauern und den Säulen aus wie ein Palast. Dahinter bildete ein grüner schattiger Garten mit hohen Bäumen eine Art Insel inmitten der darum herum brausenden Autos. Dies war der Alexandergarten, und wenn man den Geschichtsbüchern glaubte, wurde während all der Zeit, in der Leningrad belagert war, dort nicht ein einziger Baum gefällt, um Feuerholz daraus zu machen, egal, wie sehr die Leute froren und litten. Es war typisch, dachte ich, dass die Menschen hier auch in jener hässlichen, entbehrungsreichen Zeit ihr Bestes getan hatten, um einen Ort der Schönheit zu bewahren.

Ich fand eine Bank und setzte mich unter die Bäume, während Rob mit erhobenem Kopf und aufmerksamem Blick den roten Kiesweg auf und ab ging, als suche er jemanden. Was ja auch der Fall war.

Eine halbe Stunde später hörte ich bewusst auf, auf die Zeit zu achten, und betrachtete stattdessen die Bäume, das tanzende Licht zwischen den Blättern. Und als die Blätter zu verschwimmen begannen, gab ich dem Drang nach, die Augen zu schließen, schließlich hatte ich in der vergangenen Nacht nicht wirklich viel geschlafen …

»Nick.«

Rob stand mit ausgestrecktem Arm neben mir.

Mit einiger Mühe schüttelte ich den Schlaf ab. »Hast du ihn gefunden?«

»Nicht direkt.« Er nahm meine Hand und sagte: »Komm, wir gehen.«

KAPITEL 25

Ihr Lachen erregte die Aufmerksamkeit des Wachmannes vor dem Haus von Graf Admiral Apraxin gegenüber der Admiralität, und aus dem Blick, den er ihr und dem Mann an ihrer Seite zuwarf, schloss sie, dass er Ausländer nicht mochte. So wie viele andere. Dabei lebten inzwischen weit mehr Ausländer hier als zu der Zeit ihrer Ankunft, und gerade hatte der junge Graf von Holstein, der um die Hand der Zarentochter warb, in seiner Begleitung jede Menge neuer Gesichter mitgebracht, seine Höflinge und Kavaliere, die die Geduld der Menschen wie dieses Wachmannes auf die Probe stellten.

So wie wahrscheinlich auch sie es tat. Aber sie hatte ihr Lachen nicht zurückhalten können.

»Das habt Ihr nur erfunden«, sagte sie zu dem Mann neben sich.

Er stritt es ab. »Ich wäre niemals in der Lage, mir so etwas auszudenken.«

Anna trat zur Seite, um einen Schlitten vorbeizulassen. In der Kälte stand der Atem der Pferde wie Nebel vor ihren Mäulern, während die Kufen über den hart gefrorenen Schnee glitten. »Na gut. Und was entgegnete Sir Harry darauf?«

»Sir Harry ist nicht auf den Mund gefallen, wie Ihr wisst, also teilte er Mr. Elmsall mit, dass er, falls er noch einmal eine Vorführung in dieser Art wünsche, die Fässer vorher gern leeren würde.«

Anna lachte erneut. »Die Einsatzbereitschaft von euch Kaufleuten scheint sich in Grenzen zu halten.«

»Es ist Winter«, verteidigte er sich, »und der Handel läuft derzeit eher schleppend. Also ist nicht viel zu tun.«

Jemand rief ihren Namen: »Anna!«, und als sie sich umdrehte, sah sie einen hochgewachsenen Soldaten über den großen, von Menschen und Pferden wimmelnden Platz auf sich zukommen. Das war Charles' Art zu gehen, dachte sie, auf dem direkten Weg, darauf vertrauend, dass jeder ihm Platz machen würde. Was normalerweise auch der Fall war. Sie bot ihm die Wange zu einem kalten, aber liebevollen Kuss und sagte: »Charles, kennst du Mr. Taylor?«

Die beiden Männer musterten einander mit dem üblichen abschätzenden Blick, den Jahrhunderte der Zivilisation dem männlichen Verhalten nicht hatten austreiben können.

Charles war einen halben Kopf größer als ihr Begleiter, und mit dem Selbstbewusstsein, das ihm dieser Vorteil verlieh, entgegnete er höflich: »Nein, ich hatte noch nicht das Vergnügen.«

»Mr. Taylor ist ein Mitglied der Britischen Handelsgesellschaft«, erklärte Anna. »Mr. Taylor, darf ich Euch Leutnant Gordon vorstellen?«

»Sir.« Charles neigte den Kopf mit der bezeichnenden Mischung aus russischer und schottischer Eigenart, die ihn, gemeinsam mit seinem Akzent, als Mitglied der zweiten Generation auswies: in Moskau geboren und der Sohn eines Vaters, der zur Jahrhundertwende nach Russland ausgewandert war. »Erlaubt mir, Euch zu gratulieren.«

Mr. Taylor schien überrascht. »Das ist sehr zuvorkommend, aber ...?«

»Und meiner Cousine. Mir war nicht bekannt, dass sie sich verlobt hat.«

Anna rollte mit den Augen und warf Charles einen Blick zu, der besagte, dass sie wusste, was er bezweckte, und dass sie das nicht beeindruckte.

Neben ihr stammelte Mr. Taylor: »Leutnant, ich versichere Euch, wir ... wir sind nicht ... Mistress Jamieson hat mir nicht diese Ehre erwiesen.«

»Nicht? Ich bitte um Vergebung, aber die Tatsache, dass sie

sich hier in der Öffentlichkeit in Eurer Begleitung befindet, legte den Schluss nahe.«

Anna kam Mr. Taylor zu Hilfe: »Ich war unterwegs, um ein paar Briefe für den Vizeadmiral abzuholen«, erklärte sie und zeigte Charles das Päckchen, das sie trug. »Dummerweise fühlte sich der Dienstbote, der mich begleitete, plötzlich unwohl, und da war Mr. Taylor so nett und bot an, mich nach Hause zu begleiten.« Sie erwähnte nicht, dass der Dienstbote sich unwohl fühlte, weil er in einem Gasthaus zu tief ins Glas geschaut hatte, noch dass Mr. Taylors Angebot mehr ein Aufdrängen gewesen war, denn das tat nun eh nichts mehr zur Sache, da Charles sie nicht länger beachtete.

Mit einem wohlwollenden Blick auf Mr. Taylor sagte er: »Dann werde ich Euch nun erlösen, damit niemandem sonst der gleiche Fehlschluss wie mir unterläuft.«

Als Mr. Taylor mit hochrotem Gesicht die Flucht ergriffen hatte, wich Charles' zuvorkommender Gesichtsausdruck einem Grinsen, und Anna sah ihn vorwurfsvoll an.

»Du hast ihn bloßgestellt«, warf sie ihrem Cousin vor.

»Nein, ich habe ihm geschmeichelt.« Als sie weiterging, passte er seinen Schritt dem ihren an und meinte: »Ganz offensichtlich habe ich seine Absichten richtig gedeutet. Ist dir nicht aufgefallen, wie er dich angesehen hat?«

Es war ihr aufgefallen, dennoch fragte sie: »Wie denn?«

»So wie ein Junge ein neues glänzendes Schwert ansieht, dass er nicht anfassen darf, obwohl er es unbedingt möchte.«

Sie lächelte. »Nur ein Soldat kann auf die Idee kommen, dass es einem Mädchen gefällt, mit einer Waffe verglichen zu werden.«

»Dabei ist es das größte Kompliment.« Er geleitete sie um eine eng beieinanderstehende Gruppe Männer. »Aber es war nicht als Kompliment gedacht. Es war lediglich die Feststellung einer Tatsache.« Er sah sie aufmerksam an. »Du magst ihn nicht besonders, stimmt's?«

»Mr. Taylor ist ein guter Mensch und sehr höflich.«

»Leere Worte.« Charles grinste erneut. »Du magst ihn nicht.«

»Mir bleibt kaum Zeit, jemanden zu mögen«, meinte sie. »Ich habe viel zu tun.«

»Ach ja, wie geht es meinem Onkel?«

»Musst du das in diesem Ton sagen?«

»In welchem Ton?«

Sie seufzte. »Als ob es ein illegitimes Wort wäre.«

Er lachte bitter. »Deine Wortwahl ist … interessant.«

Anna sagte ungeduldig: »Beschränke deine Spielchen auf Männer wie Mr. Taylor. Du weißt genau, wie ich es gemeint habe.«

»Ich finde es äußerst treffend ausgedrückt. Meine Großmutter hat sich vom Vater des Vizeadmirals schwängern lassen, ohne mit ihm verheiratet gewesen zu sein, was uns zu illegitimen Trägern seines Namens macht.«

Sie drehte sich zu ihm um, ohne zu beachten, dass sie mitten auf der Straße standen. »Hat er es dich jemals spüren lassen? Hat er irgendjemanden aus deiner Familie auch nur einmal so behandelt? Wurde deine Großmutter verstoßen? Nein. Man hat sich um sie gekümmert. Wurde dein Vater, als er ein unschuldiges Kind war, irgendwo versteckt? Nein. Er hat eine hervorragende Erziehung genossen und konnte dank des Vizeadmirals mit den besten Aussichten hierherkommen«, erinnerte sie ihn daran, was sie beide wussten. »Dass seine Söhne sich nun schlecht behandelt fühlen, hätte deinen Vater zweifellos äußerst erstaunt.«

Sie ging weiter, ohne darauf zu achten, ob er ihr folgte.

Er tat es. Mit seinen großen Schritten hatte er sie eingeholt, bevor sie die hohen Tore der Admiralität erreicht hatte. Schweigend gingen sie nebeneinander an den Mauern entlang. Dann räusperte er sich. »Dann kann ich wohl davon ausgehen, dass meine Mutter euch einen Besuch abgestattet hat.«

»Ja. Heute Morgen. Mit den üblichen Klagen.«

»Hat sie um Geld gebeten?«

»Sie hat sich geweigert, das Geld anzunehmen, das der Vizeadmiral ihr für deine Uniform geben wollte.« Sie warf einen Blick auf die goldenen Tressen. »In der du übrigens toll aussiehst.«

»Vielen Dank.« Mit gesenktem Kopf erlaubte er sich einen Anflug des Lächelns, das ihr schon immer so an ihm gefallen hatte. Er dachte einen Moment nach und fügte dann ruhig hinzu: »Ich bin nicht so verdrossen wie meine Mutter.«

»Deine Mutter ist eine verbitterte Frau.« Das war ihr nicht neu, doch sie hatte an diesem Morgen Vizeadmiral Gordons Gesicht gesehen, nachdem Charles' Mutter aus dem Salon gestürmt war, und sie war noch nicht bereit zu verzeihen. »Als ich als Kind hierherkam und er dich mir vorgestellt hat, hat er gesagt: ›Das ist mein Neffe.‹«

»Ich weiß. Und er hat mich nie anders bezeichnet, ich gebe es zu. Aber mein Vater war nur sein Halbbruder, und in meinen Adern fließt noch weniger von seinem Blut.«

»Ich bin überhaupt nicht mit ihm verwandt«, sagte Anna, »aber er hat mich nie anders als seine Töchter behandelt.«

»Wirklich?« Charles Reaktion kam so schnell, dass er sie vielleicht schon wieder bereute, denn er hielt inne, bevor er fragte: »Hat er Nan geschickt, die Briefe zu holen? Oder Mary?«

Die Antwort war offensichtlich, also schwieg sie.

»Natürlich nicht.« Charles' Ton setzte dem Thema ein Ende.

Sie ließen die Admiralität hinter sich und betraten gemeinsam des Gewirr an engen Straßen, in denen viele der britischen Einwohner St. Petersburgs zu Hause waren. Der Novembertag neigte sich dem Ende zu, und bald würden die Wachleute mit ihren Runden beginnen und auf ihre Türme steigen, um die schleichenden Schatten der Diebe im Auge zu behalten und das gefährliche Flackern der Flammen, die die überall emporwachsenden Holzhäuser so schnell wieder verschlingen konnten. Letztere sahen schmuck aus mit ihren sorgsam verputzten Wänden, bis nach dem winterlichen Frost im nächsten Frühjahr die Risse und Brüche zutage treten würden.

Wie bei den Familien, die in diesen Häusern lebten, dachte

Anna. An Charles gewandt sagte sie: »Du kennst ihn nicht wirklich.«

»Ich weiß, dass Blut dicker ist als Wasser, und ich bin sicher, dass der Vizeadmiral, bei all der Liebe, die er mir entgegenbringt, auf die Verantwortung für mich gut verzichten könnte.«

Darüber dachte sie derart intensiv nach, dass sie an der Tür ihres Hauses vorbeigegangen wäre, hätte Charles ihr nicht eine Hand auf die Schulter gelegt, um sie zu stoppen. Sie sammelte sich und sah ihn an: »Kommst du mit rein?«

»Nein.« Als er ihr enttäuschtes Gesicht sah, fügte er hinzu: »Eine Verpflichtung, der ich nachkommen muss.«

Sie nickte ein wenig wehmütig. »Ich sage ihm, dass ich dich getroffen habe.«

»Ja, mach das.« Er sah sie einen Moment bedauernd an. Beinahe mitleidig. Dann bat er: »Richte ihm Grüße von mir aus.« Sein Kuss wärmte ihre Wange. »Und denk daran, ihm zu erzählen, wie gut mir meine neue Uniform steht.«

Im Eingangsbereich des Hauses war es beinahe dunkel, und es dauerte einen Moment, bis sich ihre Augen daran gewöhnt hatten. Es war noch recht früh, um die Kerzen anzuzünden, aber sie sah den warmen Schein, der aus der halb geöffneten Tür zum Zimmer des Vizeadmirals drang. Erfreut legte sie die kalten wollenen Umhänge ab und ging hinüber, um ihm die Briefe zu geben.

Nan und Mary waren oben. Sie hörte ihre fröhlichen Stimmen und wusste, dass sie ihnen immer willkommen war, doch im Moment war ihr eher nach der Gesellschaft des Vizeadmirals zumute.

Er hatte das Bett wie in den vergangenen zwei Tagen nicht verlassen, aber erleichtert stellte sie fest, dass er aufrecht saß und mit der Pfeife in der Hand in einem Buch las. Sein Atem ging ruhig, und es war nichts von dem Pfeifen zu hören, das sich manchmal einstellte, wenn ein Asthmaanfall ihn zwang, sich hinzulegen.

»Ich habe Eure Briefe«, teilte sie ihm mit und gab sie ihm,

wofür sie einen Kuss auf die Wange erhielt, genau dort, wo auch Charles sie geküsst hatte. Das veranlasste sie dazu, ihn gleich zu erwähnen: »Ich habe Charles in der Nähe der Admiralität getroffen. Er hat mich hierher begleitet, konnte aber nicht mit reinkommen, da er zurück zum Dienst musste, aber er bat mich, Euch herzliche Grüße auszurichten.«

»Das ist nett«, sagte der Vizeadmiral erfreut, legte das Buch und die Pfeife aus der Hand und wandte sich den Briefen zu.

»Er sah hervorragend aus«, fügte sie hinzu. »Seine neue Uniform steht ihm ausgesprochen gut.«

»Da bin ich mir sicher.« Er entfaltete den ersten Brief, und ohne den Blick abzuwenden, fragte er: »Warum musste Charles dich nach Hause begleiten? Wo war Gregor?«

»Gregor fühlte sich nicht gut, als wir im Zollhaus waren.« Anna bemühte sich, möglichst überzeugend zu wirken. »Mr. Taylor war so freundlich, mich über den Fluss zu begleiten, und dann begegnete uns Charles.«

Er warf ihr über den Rand des Briefes hinweg einen kurzen Blick zu. »Mr. Taylor von der Handelsgesellschaft?«

»Ja.«

Wieder in den Brief vertieft sagte er: »Ah.«

Seine Belustigung freute sie, anstatt sie zu verärgern, da sie seinen Sinn für Humor in der letzten Zeit zu sehr vermisst hatte.

Er hatte in den letzten Jahren mehr hinnehmen müssen, als viele jüngere Männer hätten ertragen können, und er hatte den schmerzlichen Verlust mit vorbildlicher Stärke und Tapferkeit ertragen, aber sie hatte seine heimliche Trauer gesehen, und sie wusste, dass die Ereignisse tiefe Wunden hinterlassen hatten.

Das Erste war der überflüssige, vermeidbare Tod seines Sohnes William bei einer kindischen Schlägerei zwischen Betrunkenen im fernen Gibraltar gewesen. Die furchtbare Neuigkeit hatte sie im ersten kalten Winter erreicht, den sie hier verbracht hatten. Danach kam der noch schrecklichere Tod seiner geliebten Frau, die, kurz nachdem sie ihnen hierher nach St. Petersburg gefolgt war, einer Krankheit erlag. Und im letzten Frühling war nun auch noch ihre Tochter Jane gestorben, die Stieftochter des Vizeadmirals, was Anna besonders nahegegangen war, da sie sie in den furchtbaren letzten Monaten vor ihrem Tod gepflegt hatte.

Vieles hatte sie verbunden, sie und Jane, denn beide liebten sie den Vizeadmiral und fühlten sich ihm zugehörig, ohne mit ihm blutsverwandt zu sein.

Blut ist dicker als Wasser hatte Charles gesagt, und in ihrem Herzen wusste Anna, dass er recht hatte.

»Was bedrückt dich?«, fragte Vizeadmiral Gordon. »Du bist ungewöhnlich still.«

Anna sah keinen Grund, ihre Worte zu beschönigen. »Bin ich Euch eine Last?«

Er ließ den zweiten, noch nicht ganz geöffneten Brief sinken und schenkte ihr seine volle Aufmerksamkeit. »Nein, natürlich nicht. Wie kommst du darauf?« Er kombinierte schnell. »Hat Charles etwas gesagt, was dich beunruhigt hat?«

»Nein.«

Sein Blick war auf ihr Gesicht gerichtet. »Nein?«

Sie war noch ein Kind gewesen, als sie damals in Calais die ersten Blicke ausgetauscht hatten, und in zwei Monaten würde sie siebzehn, und in all der Zeit dazwischen hatte sie nicht gelernt, ihn zu belügen, ohne dass er es bemerkte. Sie sah zur Seite. »Er hat nur gesagt, dass er manchmal glaubt, Euch zur Last zu fallen, daher habe ich mich gefragt, ob ich …«

»Nein.« Er zögerte keinen Moment. »Du warst niemals eine Last für mich.«

Er sah wieder auf den Brief, um ihn ganz zu öffnen, schien sich vollkommen auf das wächserne Siegel zu konzentrieren, als er leise sagte: »Du warst ein Segen.«

Anna blinzelte, um die Tränen der Dankbarkeit aus ihren Augen zu vertreiben, denn sie wusste, dass ihm eine solche Gefühlsbezeugung unangenehm wäre. Er war längst nicht so stark, wie es schien, was er aber lieber verbarg. »Es ist nur, Ihr habt dieses Haus«, meinte sie, »und all die Kosten und Nan und Mary und die Dienstboten.«

»Es wird ein Dienstbote weniger sein, wenn Gregor nicht bis Einbruch der Nacht hier ist«, lautete seine trockene Bemerkung darauf. »Und wenn du denkst, dass ich dich gern loswerden möchte, dann solltest du General Lacey mal nach seiner Meinung zu dem Thema fragen.«

»General Lacey?« Sie runzelte die Stirn, als sie sich nun auf dem Rand seines Bettes niederließ.

»Genau.« Dieser Brief war steifer und fester zusammengefaltet als der erste. Er ließ sich nur mit großer Behutsamkeit öffnen. »Wir sind uns vor ein paar Tagen begegnet, und er fragte mich, ob du nicht für eine Weile in seinem Haus leben könntest.«

Sie konnte sich nicht vorstellen, warum General Lacey, den sie kaum kannte, auf diese Idee kommen sollte, aber Vizeadmiral Gordon klärte sie auf: »Ihm ist aufgefallen, wie gut du dich um Jane gekümmert hast«, erklärte er, wobei seine leicht raue Stimme seine Gefühle verriet, »und er meint, du wärst eine gute Gesellschaft für seine Frau, der es gerade nicht besonders gut geht und die ein wenig Hilfe braucht.«

»General Lacey hat mehr Dienstboten in seinem Haus, als wir sie haben.«

»Ja, aber es soll ein Mädchen aus gutem Hause sein«, erklärte der Vizeadmiral. »Ich habe ihm gesagt, dass du nicht zur Verfügung stehst, und er hat es hingenommen, was bedeutet, dass er es in ein paar Tagen erneut versuchen wird. Und ich werde ihm wieder eine Absage erteilen.«

Sie dachte darüber nach, während Vizeadmiral Gordon den Brief las. Vielleicht wäre es gar nicht so schlecht, eine Weile im Haus von General Lacey zu leben, überlegte sie. Es war ein großes Haus, und er selbst, so hieß es, war ein freundlicher und großzügiger Mensch. Und abgesehen davon würde sie mit einer Anstellung bei einem so mächtigen Mann möglicherweise die Karriere des Vizeadmirals fördern.

»Ihr solltet ihm zusagen, wenn ich dort gebraucht werde«, meinte sie.

Als der Vizeadmiral nicht antwortete, blickte sie ihn an und sah, dass er mit traurigem Gesicht auf den Brief starrte.

»Ist jemand gestorben?«

Er nickte kurz. »Ein Freund.« Er wischte sich über die Augen. »Ich bin ein Narr, dass ich weine, denn es war zu erwarten. Er war schon alt, und ich habe seit Jahren nicht mehr von ihm gehört, aber dennoch …«, sagte er mit einem Krächzen in der Stimme, »es ist immer hart, einen Freund zu verlieren.«

Er brauchte einen Moment, um sich zu fassen, dann ließ er den Brief sinken, und mit dem Anflug eines Lächelns sagte er: »Wir haben ein paar gemeinsame Abenteuer erlebt, damals in Schottland. Oberst Graeme war ein guter Mensch. Der beste von allen.«

Das Feuer im Kamin schien auf einmal endlos weit entfernt, und Anna hatte das Gefühl, dass eine kalte Hand ihr Herz umfasste und zudrückte, bis sie nicht mehr genug Luft bekam, um etwas sagen zu können. Sie wandte sich ab, bevor die Tränen in ihren Augen sie verraten konnten, und stand auf, um auf der Suche nach Wärme mit unsicheren Schritten zum Feuer hinüberzugehen.

Es war möglich, dass es nicht ihr Oberst war. Nicht der Mann, dessen lachende Augen und nach den Highlands klingende Stimme sie manchmal in ihren Träumen sah und hörte; der ihr von ihren Eltern und deren Liebe füreinander erzählt hatte und der sein Leben riskiert hatte, um sie aus Schottland fortzubringen, nur weil sie die Tochter seines Neffen war. Und Blut war dicker als Wasser …

In ihrer Erinnerung fühlte sie seine feste Umarmung an dem Morgen, als sie ihn zum letzten Mal sah, bevor er nach Paris reiste. Wie sehr sie sich damals gewünscht hatte, mit ihm gehen zu können! Noch einmal hörte sie seine bedauernden Worte: »Ich kann dich nicht mitnehmen, Kind.« Und ihre eigene kindische Antwort: »Ich habe keine Angst.«

Sie blickte in die tanzenden Flammen im Kamin, die vor ihren Augen verschwammen, und wünschte, er würde sie noch einmal so wie damals in die Arme nehmen, ihr Haar küssen und ihr sagen, dass er ihr die Lüge verzieh, ihre Angst, ihn in Gefahr zu bringen, ihre Flucht um seiner Sicherheit willen.

Vizeadmiral Gordon fragte vom Bett aus: »Hast du ihn gekannt? Oberst Patrick Graeme war sein vollständiger Name. Er hat zuletzt in Paris gelebt.«

»Nein.« Sie war überrascht, ihre Stimme zu hören, die irgendwie fremd klang. »Ich habe ihn nicht gekannt.« Sie sah die Schachfiguren in der Bibliothek des Grafen von Erroll vor sich und die lachenden Augen des Obersts, der ihre Züge beobachtete. »Wie ist er gestorben?«, fragte sie.

»Friedlich im Bett.« Die Pause, die danach folgte, schien unendlich, und schon fühlte sie die Spuren, die ihre Tränen auf ihren Wangen hinterließen. Schließlich sagte der Vizeadmiral: »Anna, ich habe dich nie gedrängt, mir etwas über deine frühe Kindheit zu erzählen, aber wenn …«

Sie unterbrach ihn: »Da gibt es nichts zu erzählen, und das meiste habe ich eh vergessen.« Mit einem Stück Holz in der Hand beugte sie sich nach vorn, um das Feuer anzuheizen.

Als sie sich wieder aufrichtete, hatte sie sich gefasst, und als sie sich nun zum Bett des Vizeadmirals umwandte, war ihrem Gesicht kaum noch etwas anzusehen. Die leichte Röte auf ihren Wangen mochte ebenso gut von der Hitze des Feuers herrühren wie von ihrem Schmerz.

Sie hielt dem nachdenklichen Blick des Vizeadmirals stand, bis er sich schließlich abwandte, den zweiten Brief zur Seite legte und sich dem dritten widmete. Auch seine Reaktion auf dessen Inhalt war von seinen Gesichtszügen abzulesen, jedoch in einer Weise, wie sie es noch nie bei ihm gesehen hatte. Es war eine Art Stolz, gemischt mit Aufregung.

»Anna, verzeih mir, aber ich müsste dich um einen weiteren Botengang bitten, wenn du dich dazu noch in der Lage fühlst.«

»Natürlich.«

»Und lass dich diesmal von Dmitri begleiten. Er ist zuverlässiger als Gregor.«

Dmitri, der in der Küche arbeitete, war ein breitschultriger Mann, der auf jeden Fall wesentlich mehr vertragen konnte als Gregor. Anna nickte, und auf Vizeadmiral Gordons Wunsch hin holte sie Tinte und Papier vom Schreibtisch herüber und wartete, während er nun selbst einen Brief schrieb, den an ihn gerichteten beifügte und das Schreiben sorgfältig versiegelte.

Aus der Tatsache, dass er darauf verzichtet hatte, den Brief in seinem Briefbuch zu erstellen, schloss sie, dass es sich um eine vertrauliche Angelegenheit handelte. Die Anweisungen, die sie nun erhielt, erklärten, warum.

»Hör mir genau zu. Nimm dies.« Er gab ihr den Brief. »Und diese«, fügte er hinzu und nahm zwei Silbermünzen aus der Tasche unter seiner Nackenrolle. »Der eine Rubel ist für den Wachmann vor dem Zarenpalast. Sag ihm, dass ich dich geschickt habe. Er wird dich zu einem anderen Mann bringen, dem du den zweiten Rubel gibst und den Brief, der so sicher in die Hände des Zaren gelangen wird.«

Sie starrte auf den Brief und die Münzen, erstaunt, dass er ihr eine solch bedeutende Aufgabe anvertraute.

»Es tut mir leid, denn ich sehe, dass du müde bist«, entschuldigte er sich. »Hätte ich eine andere Möglichkeit, dieses Schreiben zu übergeben, würde ich dich nicht darum bitten, doch mein Gesundheitszustand erlaubt mir derzeit nicht, draußen in der Kälte einen so weiten Weg zurückzulegen, und ich wüsste nicht, wen ich sonst fragen sollte.«

Sie schwieg einen Moment, dachte an ihr Gespräch mit Charles über ihre Position in diesem Haus. »Du könntest Nan oder Mary bitten«, sagte sie.

Vizeadmiral Gordon sah sie einen Moment aufmerksam an, und sie wusste, dass seine Augen mehr sahen, als sie zu erkennen geben wollte, denn erneut war seine Stimme voller Zärtlichkeit, als er sagte: »Glaubst du, ich liebe sie mehr als dich, weil ich ihnen keine derartigen Botengänge auftrage? Anna, die

Wahrheit ist, dass ich bei all meiner Liebe zu meinen Töchtern keiner von beiden eine solche Aufgabe zutrauen würde. Die Wahrheit ist«, wiederholte er und sah ihr in die Augen, »dass es niemanden gibt, dem ich derart vertraue wie dir.«

Ihr Herz, das die Neuigkeiten über Oberst Grame noch längst nicht verwunden hatte, erwärmte sich ein wenig, und sie schloss ihre Finger fest um die Dinge, die der Vizeadmiral ihr gegeben hatte. »Dann werde ich mein Bestes tun, dieses Vertrauens würdig zu sein«, versprach sie.

Dann ging sie, um Dmitri zu holen.

KAPITEL 26

»Du bist ein Typ!«, sagte ich zu Rob.

»Wie meinst du das?«

»Na, sieh dich doch an: Ein Stück Gebäck und ein Bier, und du bist wunschlos glücklich.«

Ich hatte gewusst, dass ihm dieses Lokal gefallen würde. Die *Stolle-Restaurants* waren eine kleine Kette mit mehreren Filialen in der Stadt, und sie boten das, was man wohl »traditionelles russisches Fast Food« nennen konnte: frisch gebackene *pirogi*. Dieses war mein liebstes *Stolle-Restaurant*, ganz in der Nähe unseres Hotels und gleich hinter der Eremitage gelegen, innen und außen sauber und ansprechend, im Stil eines altmodischen Kaffeehauses gehalten und in warmen moosgrünen, gold- und terrakottafarbenen Tönen gestrichen. Rechteckige Piroggen jeglicher Art mit ihren gitterförmigen Krusten, perfekt knusprig gebacken, lagen noch warm auf der groben Arbeitstischen nachempfundenen Theke aus, wo mit Schürzen bekleidete Serviererinnen nach Bestellung die entsprechenden Stücke abschnitten.

Ich hätte gern für uns beide bestellt, aber Rob hatte stur darauf bestanden, sein Essen selbst auszuwählen und es der Serviererin in sehr schlechtem Russisch, unterstützt von Zeichensprache, zu erklären, wobei er ihr sein unglaubliches Lächeln schenkte, was sie sofort vergessen ließ, dass er ihr die Arbeit erschwerte.

»Das ist kein gewöhnliches Gebäck«, rechtfertigte er sich nun auf meine Bemerkung hin und rückte mit seinem Stuhl ein wenig näher an unseren kleinen Ecktisch heran, um zwischen sich und dem äußerst korpulenten Mann an dem lauten

Tisch hinter uns etwas Platz zu schaffen. »Es ist etwas Besonderes.«

»Was ist das? Lachs?«

»Ich glaube schon. Und das ist auch kein gewöhnliches Bier.«

»Es ist ein starkes Bier«, erklärte ich, »mit acht Prozent Alkohol.«

»Das erklärt einiges.«

»Was zum Beispiel?«

Er sah mich vergnügt und völlig unschuldig an. »Nichts.« Er bestellte ein weiteres Bier, und während er es trank, aß er den Rest von meiner Aprikosenpirogge.

Wie immer war er erschöpft und ausgelaugt aus der Vergangenheit zurückgekehrt, wirkte aber sehr zufrieden mit sich selbst.

»Wie, um alles in der Welt, hast du das hingekriegt?«, hatte ich ihn vor einer halben Stunde gefragt, als wir das Tor der Admiralität gerade hinter uns ließen.

»Was hingekriegt?«

»Anna zu finden. Unter all diesen Menschen.«

»Reiner Zufall. Sie ist an mir vorbeigegangen.«

»Aber wie hast du sie erkannt?«

Er zuckte mit den Schultern und erklärte: »Sie hat gelacht.«

Es war wohl tatsächlich so, dachte ich, dass die Art, wie ein Mensch lachte, sich mit zunehmendem Alter am wenigsten veränderte. Denn in vielerlei Hinsicht hatte Anna mit dem kleinen Mädchen, das wir nur einen Tag zuvor in Calais gesehen hatten, nichts mehr gemeinsam.

An diesem Nachmittag hatten wir eine junge Frau vor uns gesehen, mit all der Reife, die Mädchen in ihrem Alter in jener vergangenen Zeit – anders als in meiner Generation – wohl entwickeln mussten. Ich war in diesem Alter viel freier gewesen, und aus der Art, wie Anna ihre schlanken Schultern hielt, hatte ich geschlossen, dass sie bereits gelernt hatte, die Last der Verantwortung zu tragen.

Doch sie wurde geliebt, und ihre Kleidung war zwar nicht

besonders ausgefallen, aber von guter Qualität und ansprechend. Als wir sie zum ersten Mal sahen, dort im Schnee auf dem Platz bei der Admiralität, war sie in einen langen Umhang mit Kapuze gehüllt.

Die Kapuze hatte ihr Haar und einen Teil ihres Gesichts verdeckt, sodass ich sie erst richtig sehen konnte, als sie das Haus betreten und den Umhang in der Eingangshalle an die Garderobe gehängt hatte.

Sie war kein überaus schönes Mädchen, aber ihre Gesichtszüge waren zart und voller Leben. Ihre Augen waren immer noch wunderbar und strahlten in einem weichen Grün unter den fein geschwungenen Brauen, die von dem gleichen dunklen Braun waren wie ihre Wimpern. Auch ihr Haar hatte die Farbe nicht verändert, und immer noch fielen die dunklen Locken ihr in die Stirn und auf die Wangen.

Sie war etwa so groß wie ich, weder besonders hochgewachsen noch sehr klein, und schmal gebaut, was ihr eine natürliche, beinah jungenhafte Grazie verlieh, und schien – wie schon als Kind – immer in Bewegung zu sein. Selbst wenn ihr Körper gerade einmal innehielt, war es ihr intelligenter Geist, der keine Ruhe gab und sich bei jedem Blick in ihre Augen offenbarte.

Rob folgte meinem Gedankengang. »Sieht sie jetzt so aus wie in deiner ersten Vision von ihr?«, fragte er.

»Ich bin nicht sicher. Vielleicht.« Ich hatte sie damals nur einen kurzen Moment gesehen, daher wusste ich es nicht genau.

Rob zuckte mit den Schultern. »Spätestens morgen werden wir es wissen«, meinte er. »Mal sehen, was wir heute noch geboten kriegen.«

Es war bereits neun Uhr abends. Die Sonne war untergegangen, und das Licht in dem behaglichen Restaurant spiegelte sich in den dunklen Fenstern. »Heute noch?«

»Ja, es ist doch noch früh. Wir haben schließlich nur … wie lange? Drei Tage?«

»Fast vier.«

»Du hast ja auch noch einen Job zu erledigen«, erinnerte

mich Rob. Er hatte meine Pirogge inzwischen aufgegessen und leerte sein Bierglas, und in seinen blauen Augen zeigte sich ein verdächtiges Leuchten. Zwei Gläser dieses starken Bieres in so kurzer Zeit mussten ihre Wirkung hinterlassen haben.

Ich versuchte so taktvoll wie möglich, das Thema anzusprechen: »Bist du sicher, dass du dazu noch die Kraft hast?«

Rob grinste. »Du meinst, ich hab einen sitzen?«

»Deine Aussprache klingt auf einmal sehr schottisch.«

»Ich rede ganz normal.« Sein spitzbübisches Lächeln sagte mir, dass ich mich wohl geirrt hatte. »Aber wenn du deine Zweifel hast, dann kannst du ja fahren.«

»Wir sind zu Fuß hier«, erinnerte ich ihn.

»Sind wir.«

»Also redest du wirr.«

Unbeeindruckt stand er auf und schlüpfte in seine Jacke, bevor er mir galant meine bereithielt. »Wo war damals der Palast des Zaren?«, fragte er. »Der, zu dem Gordon Anna hingeschickt hat?«

Ich dachte an den Schnee und die Schlitten, den eisigen Wind. »Das muss der Winterpalast gewesen sein. Ist nicht weit von hier.«

Es war tatsächlich nur ein kurzer Weg in der zunehmenden Dunkelheit. Wir überquerten einen Kanal und schlenderten auf der anderen Seite weiter, wo die Lichter der umliegenden Gebäude helle Punkte auf das schwarze Wasser malten.

Rob nahm meine Hand, und ich ließ es geschehen. Ich ging davon aus, dass er es eher unbewusst getan hatte, da er in Gedanken woanders war, aber ich genoss es, seine Wärme zu spüren; und als wir uns dem dunkleren Kanal zuwandten, der zur Newa führte, war ich dankbar für seinen Schutz, denn zu dieser späten Tageszeit war dies trotz der in unregelmäßigen Abständen an den Häusern angebrachten altmodischen Lampen nicht der Ort, den ich für einen einsamen Spaziergang ausgewählt hätte.

Unsere Schritte hallten auf dem leicht geneigten Granitpflaster wider und schallten noch lauter von den hohen Wänden der Gebäude auf beiden Seiten des Kanals zurück, sodass ich mich wie in einer einsamen, von verzerrten Schatten bevölkerten Gasse fühlte. Weit entfernt, hinter der kleinen gebogenen Brücke am Ende der Uferstraße, rauschten Autos entlang des Flusses auf und ab, die auf die Entfernung und wegen des Geräusches des unaufhörlich an die kalten, glitschigen Kanalwände schwappenden Wassers unterhalb des verwitterten Geländers neben mir kaum zu hören waren.

Dies war der Winterkanal, der vor uns von zwei Brücken überspannt wurde – einer kleinen weiter unten und darüber von der alten Galeriebrücke, die die oberen Stockwerke des Eremitagetheaters auf unserer Seite mit dem noch älteren Gebäude auf der anderen Seite verband. Die langen Fensterreihen, die beidseitig auf die Brücke zuführten und die im Tageslicht schön anzusehen waren, gaben mir nun, in der Dunkelheit, das ungute Gefühl, beobachtet zu werden.

»Der Winterpalast befand sich genau hier«, sagte ich und zeigte nach vorn auf die hellen Mauern, denen wir uns näherten. »In dem Buch meines Großvaters gibt es Zeichnungen davon … also von allen Winterpalästen, die hier errichtet wurden. Der zweite, in dem Peter der Große starb, wurde sozusagen in den nächsten integriert, und schließlich wurde all das abgerissen, um dieses Theater hier zu bauen.« Ich erzählte Rob kurz, wie das Theater im späten achtzehnten Jahrhundert entstanden war, dass es während der Stalinära nicht genutzt und erst Ende der 1980er-Jahre liebevoll restauriert wurde. »Im Laufe dieser Restaurierung wurden unterhalb der Bühne Reste des Winterpalasts von Peter dem Großen gefunden, die sich bis hierhin erstrecken. Es handelte sich um einen Teil des Hofes und verschiedener Räume, die dann ebenfalls restauriert wurden«, erklärte ich. »Und hier, genau hier, befindet sich ein Stück der alten Fassade. Siehst du, dass sich dieser Teil von dem Rest unterscheidet?«

Der Bereich der alten Fassade war etwas mehr als einen

Meter breit, umfasste zwei Stockwerke und war in einem leuchtenden Gelb gestrichen, im Gegensatz zu dem hellen Gelb der übrigen Fassade des Theaters. Die Fenster in diesem Teil waren alt, mit Rahmen aus Eichenholz und schrägen Metallsimsen, an denen der Regen ablaufen konnte. Die einfachen Stuckelemente waren in Weiß gehalten. An zwei Stellen hatten die Architekten ein Stück Mauerwerk unverputzt gelassen, um dessen Struktur aufzuzeigen. Unterhalb des Stücks der alten Fassade befand sich ein tiefer Schacht im Boden, ähnlich einem Kellereingang, der zum Schutz von einem niedrigen Plexiglaskasten in einem Metallrahmen bedeckt wurde.

Rob blieb stehen und drückte meine Hand. »Na, dann los, geh rüber.«

»Wie bitte?«

»Jetzt bist du am Steuer, wie ich gesagt habe.« Er ließ sich von meinem entsetzten Gesichtsausdruck nicht abschrecken. »Du hast mir nun tagelang dabei zugesehen. Tu's einfach.«

»Du bist betrunken. Ich kann das nicht so wie du.«

»Hast du es schon mal probiert?« In der Dunkelheit sah er mich an. »Reizt es dich überhaupt nicht, deine Grenzen auszutesten?«

Ich sah weg. »Ich kenne meine Grenzen.«

»Tatsächlich? Ich wette zehn Pfund darauf, dass du von dir selbst überrascht wärst.«

»Rob.«

»Was?« Er ließ meine Hand los. »Du hattest doch sogar vor, allein nach St. Petersburg zu reisen. Du wolltest alldem ohne mich nachgehen.«

»Ja, aber etwas zu wollen und etwas zu tun sind verschiedene Dinge«, sagte ich, aber das ließ er nicht gelten.

Es mochte am Bier liegen oder woran auch immer, aber auf einmal wurde er ernst. »Als du in den Zug nach Dundee gestiegen bist, als du entschieden hast, Margaret Ross zu helfen und den Feuervogel noch einmal in die Hand zu nehmen, hast du da mit Sicherheit gewusst, dass es dir gelingen wird?«

»Nein. Und ich habe es nicht geschafft.« Ich hatte meine Stimme gesenkt. Es war niemand da, der uns hören konnte, aber die Heftigkeit, mit der ich mein Handeln verteidigte, hatte mich selbst überrascht. »Ich wusste, dass ich nicht dazu in der Lage wäre. Deshalb bin ich aus dem Zug wieder ausgestiegen. Deshalb bin ich zu dir gekommen.«

»Ja, ich weiß, warum du das getan hast. Denn meine Fähigkeiten zu benutzen ist etwas anderes als deine eigenen, stimmt's?« Auch er sprach nun leiser, war vielleicht näher zu mir getreten, ich war mir nicht sicher. Langsam sagte er: »Ich denke, du fühlst dich sicherer, wenn du nur zuschaust, mitläufst, mich machen lässt, als wären wir irgendwo in Urlaub, wo du die Sprache nicht sprichst.« Sein Mund verzog sich so kurz zu einem Lächeln, dass es vielleicht nur ein Schatten war. »So wie es mir hier in Russland geht. Ich bin es, der diese Sprache nicht spricht, aber ich werde es nicht dabei belassen, mir mein Essen selbst bestellen zu können. Ich kann es lernen. So wie du.«

Da war ich mir nicht so sicher. »Rob.«

»Ja?«

Ich schüttelte den Kopf und wandte mich von seinen blauen Augen ab, denn ich konnte es ihm nicht erklären.

»Wäre es so schlimm, so zu sein wie ich?«, fragte er ruhig.

Ich schwieg einen Moment, bevor ich antwortete: »Das ist es nicht.«

»Warum hast du dann solche Angst vor dem, was du bist?«

Ich habe keine Angst. Die Erinnerung an Annas Worte ließ mich das Kinn heben und entgegnen: »Ich bin nicht ängstlich. Es ist nur … Ich kann es nicht, das ist alles.« Und als er etwas einwenden wollte, erklärte ich: »Ich kann nicht einfach so eine Vision hervorrufen. Ich muss dafür etwas berühren.«

Rob dachte darüber nach und nickte dann zur Mauer hinüber. »Das müsste doch gehen. Du hast selbst gesagt, dass das die originale Fassade des Winterpalasts ist, der zu Annas Zeit hier stand.«

»Ja, aber seitdem wurde sie verputzt und gestrichen. Ich glaube nicht …«

»Die Mauersteine sind noch vorhanden.« Seine Stimme war ruhig, aber auch herausfordernd. »Versuch es.«

Hätte ich nur ein wenig von seiner Entschlossenheit, dachte ich und seufzte. »Und wenn es nicht geht?«

»Du musst daran glauben.«

Aber der Glaube war nicht das Problem, sondern die Frage, wie ich an die Wand herankommen sollte. Der Glaskasten, der den Schacht im Boden bedeckte und wie ein niedriges Gewächshaus aussah, war etwa einen Meter hoch und reichte mir an der höchsten Stelle bis zu den Knien. Daraufzusteigen oder mich daraufzusetzen kam nicht infrage, so weit traute ich auch Plexiglas nicht. Um mich einfach darüberzulehnen, war der Kasten zu tief, also musste ich es von der Seite aus versuchen. Aber auch das war problematisch, denn auf der einen Seite stand die Wand zu weit vor, um herumzugreifen, und auf der anderen Seite führte ein dickes Regenrohr von der Dachrinne herunter und ließ nur einen schmalen Spalt offen. Besonders bequem sah das nicht aus.

Aber ich versuchte es.

Ich legte meine Hand auf den kühlen Putz und tat mein Bestes. Mit geschlossenen Augen sandte ich meine Gedanken aus. Kurz blitzte etwas auf, aber ich konnte nicht danach greifen. Die Bilder weigerten sich, Gestalt anzunehmen, glitten an mir vorbei, durch mich hindurch und verschwanden in der Dunkelheit.

Schließlich tat mir der ausgestreckte Arm weh, und ich ließ ihn sinken und trat zurück. »Siehst du, ich kann es nicht«, sagte ich zu Rob.

Er hatte sich im Hintergrund gehalten, damit ich genug Platz hatte, doch nun musterte er die Wand eingehend und schien mit dem Blick dem Regenrohr zu folgen. Dann trat er selbst an die Mauer, drehte sich zur Seite und lehnte sich zurück, sodass er mit einer Schulter an der Wand lehnte, genau dort, wo der neuere Teil der Fassade auf die des alten Winterpalasts traf. An einer Stelle war ihm die Regenrinne im Weg, aber das schien ihn nicht zu stören. Er wirkte entspannt, so als könnte er die ganze Nacht in dieser Position verbleiben.

»Komm her«, sagte er.

Misstrauisch sah ich auf seinen ausgestreckten Arm. »Warum?«

»Komm einfach her.«

Ich ging so widerwillig hinüber, als müsste ich dazu einen tiefen Abgrund überqueren; doch bei allem, an das ich mich nicht mehr erinnerte, hatte ich eines nicht vergessen: das Gefühl seines Körpers an meinem, wenn er mich in den Armen hielt, die beschützende Wärme seiner Brust, der Druck seiner Arme um meiner Taille. Seine Hände lagen auf meinem Rücken, als er sagte: »Du brauchst ein bisschen Unterstützung, das ist alles.« Er schloss seine Oberschenkel eng um meine und drückte seine Stiefel fest auf den Boden. »Ich werde dich nicht fallen lassen«, erklärte er mir. »Es wird so sein wie damals, als dein Bruder dir von dem Baum heruntergeholfen hat.«

Es fühlt sich absolut nicht so an, hätte ich ihm am liebsten gesagt, entschied mich dann aber, mit Humor zu reagieren: »Du wirst mich herumkommandieren, meinst du? Mir sagen, wo ich meine Hände und Füße hintun soll?«

Rob zog mich näher zu sich heran, und ich spürte an seiner Brust, dass er kurz auflachte. »Leg deinen Arm über meine Schultern.«

Seine Schultern waren so muskulös und hart wie seine Brust, aber seine Jacke bildete eine weiche Stütze für mein Handgelenk, als mein Handrücken direkt hinter ihm an die Mauer stieß. An die Fassade des alten Winterpalasts, die ich hatte berühren wollen.

Er fragte: »Und? Wie ist es?«

»Prima«, gab ich zu. Mein Arm und meine Hand wurden gestützt und lagen bequem, und so wie Rob mich hielt, konnte ich nicht fallen. Solange ich mein Gewicht nicht verlagerte und …

»Entspann dich«, sagte er. »Leg deinen Kopf auf meine Schulter und konzentrier dich.«

Er hatte leicht reden, dachte ich. Aber überraschenderweise fiel es mir tatsächlich leichter, wenn er mich so hielt. Ich legte meine Wange auf den Stoff seiner Jacke, schloss die Augen und ließ seinen festen Herzschlag sich mit den hallenden Geräuschen der Nacht und des Wassers vermischen.

Die Geräusche wurden leiser und sein Herzschlag verstummte, und in der Dunkelheit flackerten die Bilder hintereinander auf, wuchsen an und begannen rückwärtszulaufen. Ich sah, wie sie verschwammen, und wartete wie immer, als Robs Stimme in meinem Bewusstsein mich vorsichtig anwies: *Du bist zu weit zurückgegangen. Halte an und lass es nach vorn laufen.*

Das kann ich nicht. Du musst …

Konzentrier dich, lautete seine einzige Unterstützung. *Halt es an. Du musst es nur wollen.*

Für ein paar Sekunden widersetzte sich mein Wille einfach, doch schließlich gelang es mir mit äußerster Anstrengung, die Bilder zu verlangsamen.

Rob? Bin ich das oder du?

Das bist allein du. Gut, sagte er, als die Bilder anhielten. *Nun musst du sie vorspulen, aber langsam, ein Bild nach dem anderen.*

Es war alles andere als leicht. Ich brauchte ein paar Versuche, bis es mir gelang, und dann verpasste ich die richtige Stelle und musste wieder zurückgehen. Im Vergleich zu Robs geschmeidiger Art, durch die Zeit zu gleiten, absolvierte ich das Ganze eher mit der Eleganz eines Elefanten als einer Balletttänzerin, aber er war geduldig.

Du bist jetzt nah dran, informierte er mich.

Aber wie weiß ich …?

Du wirst die richtige Stelle erkennen, wenn du sie erreicht hast.

Ich verlangsamte die Bilder noch ein wenig, um sie nicht wieder zu verpassen, und zog Kraft aus der neu erworbenen Kontrolle über das, was ich sah. Auf einmal schien eines der Bilder, dunkel wie die Nacht, ein wenig zu pulsieren. Es war eine minimale Bewegung. Ich richtete meine Aufmerksamkeit darauf, fokussierte es und begann, es zu vergrößern, bis es die Ausmaße einer Kinoleinwand erreicht hatte. Ich sah Anna und jemanden an ihrer Seite, wie sie sich diesem Kanal näherten, der noch dunkler und einsamer aussah als an diesem Abend.

Warum hältst du es zurück?, fragte Rob.

Mache ich nicht. Das ist meine Art zu sehen. Von außen, so wie ich alles sah. Aus sicherer Entfernung. Ein … wie hatte er es genannt? Zuschauer.

Geh näher ran.

Rob.

Er war nun tief in meinem Bewusstsein und schob mich vorwärts. Ich spürte es, als würde er mich tatsächlich anstoßen. Da ich ihm zeigen wollte, dass ich mein Bestes gab, versuchte ich, näher an das Bild heranzurücken. Es verbreiterte sich. Ich bemühte mich erneut. Und noch einmal, bis ich zögernd direkt am Rand stand.

Noch nicht bereit, es zu glauben.

Geh. Er drängte mich erneut, und ich konzentrierte mich und drang in das Bild ein. Ich war tatsächlich drin. Es war unglaublich. Ich schwebte über dem, was ich sah, stieg schnell weiter auf, wirbelte unkontrolliert herum, bis ich ihn plötzlich neben mir fühlte. Er fing mich auf, hielt mich und brachte mich sicher wieder auf den Boden, als Anna vorüberging.

KAPITEL 27

Dmitri murrte. Er murrte eigentlich immer, und aus der Wärme der Küche hinaus in die Kälte und die Dunkelheit gezerrt zu werden, um zum Palast zu gehen, hatte seine Laune noch erheblich verschlechtert. Er stammte aus Sibirien und war einer der vielen Landarbeiter, die per Dekret des Zaren gezwungen worden waren, St. Petersburg mit aufzubauen und tagaus, tagein Holz und Steine zu schleppen, um die Häuser, Kirchen und Kais zu errichten, die entgegen aller Widrigkeiten in den Sümpfen emporwachsen sollten. Den Männern, die aus ganz Russland hierher gezerrt worden waren, erhielten nach getaner Arbeit zwar ihre Freiheit zurück, aber Dmitri hatte nicht die Absicht, nach Sibirien und in sein altes Leben zurückzukehren, und war wie so viele andere als Hausangestellter geblieben.

Wie sein Leben in der Heimat gewesen war und ob er dort eine Familie zurückgelassen hatte, hatte Anna nie erfahren, da er niemals darüber sprach, aber manchmal vermutete sie, dass er wie Hauptmann Jamieson einmal eine Tochter gehabt hatte, da auch er ihr in einer väterlichen Art zugetan war.

Auch nun, als sie vorsichtig die kleine Holzbrücke über dem Winterkanal überquerten, hielt der Sibirier sie am Ellbogen, als wäre sie noch das kleine Mädchen, das einst nach St. Petersburg gekommen war und das er und der Koch während der Seereisen des Vizeadmirals häufig betreut hatten.

»Eine dumm Idee, Euch so spät am Abend noch in die Dunkelheit hinauszuschicken«, sagte Dmitri nun. »Ihr solltet jetzt zu Hause sein und eine warme Mahlzeit essen. Will er, dass Ihr wie er krank das Bett hüten müsst?«

»Es geht mir gut.«

»Es geht Euch gut.« Er glaubte ihr nicht und meinte: »Euch ist kalt. Diese Kleider sind nicht dafür gemacht, warm zu halten.«

Anna wusste, dass Dmitri – wie so viele traditionsbewusste Russen – die alte Art, sich zu kleiden, vermisste, die Mäntel und Stiefel und die breiten Ärmel, die der westlichen Mode weichen mussten, weil der Zar diese bevorzugte und sie deshalb auch seinen Untertanen vorgeschrieben hatte. Die Westen und die eng anliegenden Kniebundhosen über den Strümpfen, die die Männer der besseren Gesellschaft nun trugen, waren Dinge, die Dmitri verachtete. »In Sibirien würde in solchen Kleidern kein Mann den Winter überstehen«, beschwerte er sich immer wieder, »und die Frauen würden in ihren Häusern erfrieren.« Aber er hütete sich davor, auszusprechen, dass er sich die alten Zeiten zurückwünschte, denn der Zar war der Zar, und in Russland war der Zar ein beinah göttliches Wesen – so göttlich, wie ein Mensch sein konnte, ohne Gott zu erzürnen.

Anna schlang ihren Mantel enger um ihr Mieder und wünschte, sie könnte Männerhosen tragen, denn der Wind, der nun um ihre in Wollstrümpfen steckenden Beine pfiff, schmerzte wie ein eisiges Messer.

Sie hielt den Kopf gesenkt, sodass sie den bulligen Mann, der sie am Ende der Brücke erwartete, erst sah, als er sie ansprach.

»Was wollt Ihr hier?«

Dmitri an ihrer Seite sah den Fremden von oben bis unten an. »Ihr seid kein Wachmann«, entgegnete er dann ebenso herausfordernd. »Was uns herführt, geht Euch nichts an. Also lasst uns durch.«

»Ich bin der Wachmann. Und wer auch immer hier durch will, muss an mir vorbei.« Seine Stimme war unerbittlich, genauso wie der Blick in seinen Augen, die im Schein der Laterne, die er trug, dunkel glänzten. »Wo ist Eure Lampe?«, fragte er. »Es ist vorgeschrieben, eine bei sich zu tragen, wenn man in der Dunkelheit das Haus verlässt.«

Dmitri entgegnete: »Es ist Abend und nicht Nacht. Es war

noch hell, als wir das Haus verlassen haben, und wir werden zum Abendessen zurück sein, wenn Ihr uns passieren und tun lasst, was uns aufgetragen wurde.«

»Und was genau ist das?«

Der Sibirier bemühte sich, ruhig zu bleiben. »Eine Sache zwischen meinem Herrn und Ihrer Majestät, und ich versichere Euch, beide werden es nicht gutheißen, wenn Ihr diese Angelegenheit länger stört.«

Der kalte Wind wurde beißender und die Luft auf der Brücke kälter.

Es gab zwei Arten, wie Männer auf Drohungen reagierten, hatte Anna beobachtet, ähnlich wie bei den Bären. Entweder sie gaben auf, drehten sich um und zogen sich zurück, oder sie blieben, um zu kämpfen, brüllten und richteten sich zu ihrer vollen Größe auf.

Der Wachmann blieb. »Eure Unverschämtheit zwingt mich, in die Angelegenheit einzugreifen. Ich könnte Euch festhalten, weil Ihr zu dieser späten Stunde ohne Laterne unterwegs seid«, sagte er.

Dmitri legte die Hand auf sein langes, altmodisches Messer, und da Anna wusste, dass der Zar auch das Tragen derartiger Messer verboten hatte, griff sie begütigend ein. »Es ist gut, Sir, ich entschuldige mich. Mein Dienstbote hat getrunken und weiß nicht, was er sagt. Ich bitte Euch, seine Worte nicht ernst zu nehmen.«

Dmitri runzelte die Stirn, aber aus Respekt widersprach er ihr nicht, während der Wachmann über ihre Worte nachdachte. Wenn sie Russisch sprach, ließ sich ihr Akzent nicht verbergen, aber in diesem Fall hoffte sie, dass es ein Vorteil für sie wäre. Sie trat mutig vor und bot ihm einen der beiden Silberrubel an, die der Vizeadmiral ihr gegeben hatte, um die Wachleute des Palasts zu bezahlen. »Hier nehmt das als Entschädigung für die Unannehmlichkeiten.«

Der Mann war auf der Hut. »Wie könnte ich so dumm sein, in diesen Zeiten ein Bestechungsgeld entgegenzunehmen?«

Er musste ihr nicht erst erklären, was er mit »in diesen Zeiten« meinte. Es war nicht einmal eine Woche her, dass der Zar die Festnahme von Willem Mons, dem schneidigen Vertrauten der Zarin, wegen dessen Korruption angeordnet hatte. Zuletzt war es niemandem mehr möglich gewesen, zur Zarin vorgelassen zu werden, ohne dass er dafür einen Geldbetrag oder einen Gefallen eingefordert hätte. All das war – wie es hieß – ohne das Wissen des Zaren oder seiner Frau geschehen, und so hatte zwei Tage zuvor ein Ausrufer in der ganzen Stadt verkündet, dass der Zar jeden, der Mons jemals bezahlt hatte, auffordere, sich zu melden und gegen ihn auszusagen.

Niemand dachte, dass Mons mit dem Tod bezahlen würde, schließlich war seine ältere Schwester die Geliebte des Zaren gewesen, bevor er dieser Katharina, seiner späteren Frau, begegnet war, und Willem Mons selbst war ein überaus gut aussehender und charmanter Mann, einer von denen, die sich aus jeder heiklen Situation herausreden konnten. Aber Tatsache war, dass er seinen Posten verloren hatte und im Gefängnis saß und aller Voraussicht nach wegen Bestechlichkeit angeklagt würde.

Anna zwang sich zu lächeln und sagte: »Das ist kein Bestechungsgeld, sondern Bußgeld.«

Sein ungnädiger Blick wurde noch wachsamer. »Welches Bußgeld?«

»Das Bußgeld dafür, ohne Laterne das Haus verlassen zu haben.« Erneut hielt sie ihm die Münze hin. »Ein Rubel.«

Ein Rubel war mehr, als die meisten Männer in zwei Tagen Arbeit verdienten, wusste sie. Der Mann überlegte einen Moment, dann nickte er brüsk und steckte die Münze ein. »Ihr könnt weitergehen.«

Als der Mann zur Seite trat, damit sie die Brücke verlassen konnten, griff Dmitri in einer beschützenden Geste entschlossen nach ihrem Ellbogen, den Blick stur auf die Vorderseite des Palasts gerichtet, während sie auf die Eingangsstufen zugingen.

»Was sollte das?«, fragte er.

Dessen war sich Anna selbst nicht sicher, denn nun hatte sie nur noch einen Rubel übrig, und es waren noch zwei Wachleute zu bezahlen, doch sie antwortete: »Er hat dein Messer gesehen.«

»Ich hätte es ihm in sein räuberisches Herz gestoßen.«

»Dmitri, bitte!« Ihr Blick flehte ihn an, vernünftig zu sein. »Ich habe heute schon einen Begleiter verloren, und wenn ich wieder allein nach Hause komme, weil du am Galgen baumelst, wird der Vizeadmiral mir das nicht so schnell vergeben.«

Der normalerweise eher Furcht einflößende Sibirier wurde weich, und trotz seines Stolzes zeigte er eine Art widerwillige Dankbarkeit, indem er sie um eine unwegsame Stelle geleitete. Doch er ließ es sich nicht nehmen zu betonen, dass die Wachleute heutzutage keine Manieren mehr hätten, auch die Palastwachen nicht.

Anna bedeutete ihm, leise zu sein, als sie sich dem ersten Treppenabsatz näherten, der zur säulengeschmückten Fassade des großen Winterpalasts hinaufführte. Am Fuß dieser Treppe stand nicht ein Wachmann, sondern es erwarteten sie gleich vier Wachleute, und da Anna keine Ahnung hatte, welchen von ihnen sie ansprechen sollte, wandte sie sich an alle vier, nachdem sie sich mit einem kleinen ängstlichen Husten geräuspert hatte.

»Vizeadmiral Gordon schickt mich in einer dienstlichen Angelegenheit«, sagte sie.

Alle vier Wachleute sahen sie an, und sie dachte bereits, dass möglicherweise keiner von ihnen der richtige wäre, den sie bezahlen sollte, als sich einer der jüngeren Wachleute in Bewegung setzte und zu ihr herüberkam. Er stellte sich so vor sie, dass er den anderen mit dem Rücken den Blick versperrte, und hielt die Hand auf. »Dann lasst mich die dienstliche Angelegenheit doch einmal sehen«, sagte er.

Anna legte den verbliebenen Rubel in seine Hand, er schloss die Finger darum, nickte und forderte sie auf: »Kommt hier entlang, aber nur Ihr allein, der Mann muss warten.«

Dmitri runzelte die Stirn, aber sie beide wussten, dass es besser war, nicht zu widersprechen oder Forderungen zu stellen.

Also blieb er zurück, während Anna hinter dem Wachmann die geschwungene Treppe hinaufging.

»Ein Brief?«, fragte der Mann.

»Ja.«

Er nickte wieder und führte sie durch den düsteren, von Fackeln erhellten Säulengang an einem weiteren Wachmann vorbei in den Palast. Anders, als sie es sich vorgestellt hatte, war es kein sehr großer Palast, was sie im Grunde nicht hätte überraschen dürfen, da Vizeadmiral Gordon häufig betont hatte, dass der Zar sich in allzu weitläufiger Pracht nicht wohlfühle. Und mit ihren eigenen Augen hatte sie bereits gesehen, wie zufrieden der Zar aussah, wenn er schwungvoll durch die Straßen ging, dabei alle anderen Männer überragte und nur in seine schlichte dunkelgrüne Uniform gekleidet war, ohne Perücke oder Schmuck oder irgendwelche anderen Zeichen der Macht.

Sein Palast hatte den gleichen Charakter wie der Zar selbst. Er war ohne modischen Schnickschnack mit einem Auge für Bequemlichkeit und praktischen Nutzen gebaut worden. Die Eingangshalle, in der sie sich gerade befand, unterschied sich im Grunde nicht von der im Haus des Vizeadmirals, abgesehen von der Ikone in einer Ecke am anderen Ende des Raumes zum Zeugnis demütiger Ergebenheit. Die Türen, deren vor dem Luftzug schützende Vorhänge zur Seite gezogen waren, standen weit offen und boten einen Blick in die Räume dahinter, die allesamt auch eher schlicht wirkten. Anna hatte damit gerechnet, von Pracht geblendet zu sein, stattdessen fühlte sie sich willkommen, und das gab ihr Mut.

»Wartet hier«, sagte der Wachmann. »Ich hole den Mann, der Euch weiterhelfen wird.«

Der Mann, der dem Zar den Brief des Vizeadmirals übergeben würde. Der Mann, der dafür einen Silberrubel erwartete, den sie nicht mehr hatte. Sie überlegte, was sie tun, was sie ihm sagen sollte, als sie von einer ärgerlichen männlichen Stimme in einem Raum rechts neben sich in ihren Gedanken unterbrochen wurde.

Durch die offen stehende Tür konnte sie einen groß gewachsenen Mann erkennen, der aus dem dahinterliegenden Zimmer in den Raum trat. Und als er das nächste Mal die Stimme erhob, wusste sie, dass es die des Zaren war.

Er tobte: »Ihr wagt es, mich darum zu bitten? Für ihn? Das ist unter Eurer Würde.«

Zarin Katharina – denn niemand anderes als sie würde dem Zar gegenübertreten, wenn er sich derart aufregte, dachte Anna – entgegnete bedeutend ruhiger, aber bestimmt: »Ich habe ihm vergeben. Warum könnt Ihr es nicht?«

»Ihr erwartet zu viel von mir.«

»Es gab Zeiten, da wart Ihr durchaus in der Lage zu vergeben.«

Die Rede war von Willem Mons, war sich Anna sicher. Sie hatte noch nie einen derart aufbrausenden Menschen erlebt wie gerade den Zaren, der seinem Ärger in einer solchen Lautstärke Luft machte, daher fühlte sie sich unwohl und überlegte, ob sie die Tür schließen sollte, damit die beiden unter sich wären.

Der Zar konterte: »Wie könnt Ihr der Meinung sein, dass ein solcher Mann Vergebung verdient? Er hat all das, wofür ich stehe, mit Füßen getreten. All das, was ich aufgebaut habe. Seht Ihr nicht, welchen Schaden er angerichtet hat? Mein Russland, alles, was ich geschaffen habe, mein Lebenswerk. Wie alles hier in St. Petersburg steht es auf wackligen Beinen, auf den Stützen, die wir in den Sumpf gerammt haben. Und wenn nur eine dieser Stützen zerbricht, wird alles zusammenstürzen und im Sumpf versinken, versteht Ihr«, warnte er. »Und meine Stützen, meine Säulen, sind Ehrlichkeit und Gehorsam. Ich schulde meinem Volk, es nicht zu betrügen.«

»Ich weiß.«

»Er hat gelächelt. Er hat gelächelt, während er mein Vertrauen missbrauchte. Während er Euch hinterging.«

Zarin Katharina wollte etwas sagen, aber der Zar war noch nicht fertig.

»Nein, Ihr werdet nicht um Gnade bitten. Nicht für ihn.«

»Dann wenigstens für sie. Für Matrena.« Willem Mons' andere Schwester, die so dumm gewesen war, sein Tun zu unterstützen, und die nun ebenfalls im Gefängnis saß und auf ihren Prozess wartete. Die Zarin erinnerte ihren Mann: »Sie ist noch so jung und so wunderschön.«

»Ihr denkt, dass ich Schönheit einen Wert beimesse? Tut Ihr das wirklich?« Ein plötzliches lautes Klirren ließ Anna zusammenschrecken, als hätte der Zar mit der Faust ein Fenster eingeschlagen. »Genauso kann ich jedes Objekt der Schönheit in meinem Palast zerstören!«

Anna dachte, hätte sie ihm in diesem Moment gegenübergestanden, hätte ein solcher Gewaltausbruch sie derart eingeschüchtert, dass sie kein Wort mehr herausgebracht hätte. Zarin Katharina jedoch sagte mit bewundernswerter Ruhe: »Und? Hat es etwas gebracht? Ist der Palast dadurch besser geworden?«

Angesichts dieser so freundlich vorgetragenen Herausforderung war der Zar verstummt. Dann fragte er beinahe hilflos: »Was bleibt mir bei dieser Frau zu tun?« Seine schweren Schritte hallten auf dem Boden, und kurz darauf wurde eine Tür zugeschlagen.

Eine männliche Stimme dicht hinter ihr ließ Anna erneut aufschrecken: »Guten Abend.« Sie wirbelte herum und stellte fest, dass der Mann, der sie angesprochen hatte, keiner der Wachleute war. Seine Kleidung war vornehm und mit vielen silberfarbenen Stickereien verziert, und seine lange Perücke entsprach der französischen Mode. »Mir wurde gesagt, Ihr habt einen Brief, den Ihr mir zu übergeben wünscht.«

Anna bemühte sich um Fassung. »Ja«, antwortete sie auf Russisch. »Von Vizeadmiral Gordon für den Zaren.«

Sie nahm den Brief aus der Tasche, und im Gedenken an das, was der Zar gerade über die Ehrlichkeit gesagt hatte, gestand sie ihm: »Vizeadmiral Gordon hat mir Geld mitgegeben, womit ich Euch für Eure Mühe bezahlen sollte, aber der Wachmann hat mich erst durchgelassen, nachdem ich es ihm überlassen habe, sodass ich nun nichts mehr habe, um Euch zu entlohnen.«

Er dachte darüber nach.

Anna hielt ihm den Brief entgegen und fügte hinzu: »Ich bin sicher, der Vizeadmiral wird Euch morgen auf anderem Weg eine Bezahlung zukommen lassen. Ich komme gern selbst noch einmal her, ich verspreche es, aber er hat gesagt, dass dieser Brief äußerst eilig ist.«

»Viele Dinge sind eilig.« Er musterte sie so lange, dass Anna sich unwohl fühlte. »Ich nehme an, Ihr seid noch Jungfrau, oder? Zu schade, denn das wäre eine vergnügliche Art der Bezahlung gewesen. Nun gut. Euer Ring ist recht hübsch, das wäre angemessen, denke ich.«

»Mein Ring?«

»Ja, er war sicher nicht sehr teuer. Und meiner Tochter wird er gefallen.«

Der einfache Goldring mit der kleinen Perle war ein Abschiedsgeschenk von Jane gewesen, Vizeadmiral Gordons bedauernswerter Stieftochter, bevor sie starb. Es war ein Zeichen ihrer Zuneigung gewesen, und der Gedanke, sich davon trennen zu müssen, war Anna unerträglich. In einer instinktiven schützenden Geste ballte sie die Finger zusammen, als sie durch sich nähernde Schritte und das Rauschen von Röcken vor einer Antwort bewahrt wurde.

»Die junge Dame wird Euch sicher den Namen des Juweliers verraten, sodass Ihr für Eure Tochter ein ähnliches Stück anfertigen lassen könnt. Was für eine reizende Idee, Sergej Iwanowitsch.«

Anna war der Zarin noch nie so nahe gewesen. Am liebsten hätte sie sie einfach nur angestarrt, doch eilig sank sie mit gesenktem Kopf und klopfendem Herzen in einem Hofknicks nieder.

Der Mann, mit dem sie gesprochen hatte, erwies der Zarin mit einer tiefen, eleganten Verbeugung ebenfalls die Ehre.

»Sergej Iwanowitsch, Ich danke Euch, dass Ihr unseren Gast

so freundlich begrüßt habt«, fuhr die Zarin fort. »Aber wenn Ihr nun bitte ein Dienstmädchen mit einem Besen holen könntet. Ein Spiegel ist zerbrochen.«

Ihre Stimme war so ruhig und gefasst, als hätte der Wutausbruch des Zaren sie in keiner Weise beeindruckt. Anna bewunderte ihre Selbstbeherrschung.

»Natürlich. Sofort«, entgegnete der Mann.

Als das Geräusch seiner Absätze verklang, fühlte Anna eine Hand, die ihr über den Kopf strich. »Bitte richtet Euch auf, mein Kind.«

Anna erhob sich, hielt jedoch den Blick gesenkt, sodass sie den feinen seidigen Brokat des Kleides der Zarin direkt vor Augen hatte: ein entzückendes Geflecht aus Ästen und Vögeln auf hellblauem Hintergrund, reichlich mit Perlen besetzt, die mehr als doppelt so groß waren wie die auf Annas Ring. Den sie dank der Zarin behalten durfte.

Da die Zarin sie angesprochen hatte, war es nur höflich zu antworten, dachte Anna. »Ich danke Euch sehr, Eure Kaiserliche Majestät. Das war äußerst liebenswürdig von Euch.«

»Ihr seid Vizeadmiral Gordons Mündel, wenn ich mich nicht irre.«

Erstaunt, dass jemand in so hoher Position von ihr Notiz genommen hatte, nickte Anna: »Ja, das bin ich, Eure Kaiserliche Majestät.«

»Und er hat Euch hergeschickt, vermute ich.«

Anna nickte erneut und hielt der Zarin den Brief entgegen, den sie noch immer in der Hand hielt. »Er hat mich gebeten, dies zu übergeben.«

»Das ist sicher für meinen Mann. Ich werde dafür sorgen, dass er den Brief erhält«, versprach die Zarin und nahm ihn in ihre zarte, elegante Hand.

Anna dankte ihr und wartete, da sie wusste, dass sie erst gehen durfte, wenn sie entlassen worden war. Die Pause, die folgte, schien ihr unendlich lang. Schließlich bemerkte die Zarin: »Der Vizeadmiral spricht ein schönes Niederländisch, doch mit dem Russischen hat er seine Probleme. Euer Russisch dagegen ist untadelig.«

Anna nahm das Kompliment dankend entgegen, fügte jedoch zu Gordons Verteidigung hinzu: »Aber der Vizeadmiral spricht zudem auch noch fließend Französisch, was ich nicht beherrsche.«

»Ihr seid ihm treu ergeben.« Die Zarin begleitete ihre wohlwollenden Worte mit einem Lächeln. Dann berührte sie Anna erneut, legte ihr diesmal die Hand unter das Kinn, sodass sie den Kopf heben und der Zarin in die Augen sehen konnte.

Es war allgemein bekannt, dass die Zarin nicht von königlicher Geburt war, nicht einmal adelig. Sie war von bäuerlicher Herkunft, war ein Dienstmädchen gewesen. Es gab sogar Gerüchte, dass sie bereits mit anderen Männern verkehrte, als sie das Herz des Zaren gewann, sodass gewisse Leute mit Verachtung von ihrem Stammbaum sprachen und sie als gewöhnlich und geistlos verunglimpften.

Anna jedoch erschien sie alles andere als geistlos, als sie nun in ihr Gesicht sah, in die weichen Züge und die intelligenten Augen unter den fein gebogenen dunklen Brauen, die perfekt die Farbe ihres schwarzen, kunstvoll gelockten, üppigen Haars wiedergaben, das wie ihr Kleid mit Perlen geschmückt war.

Und das Lächeln ihrer zart geschwungenen Lippen wirkte so gütig wie das der heiligen Madonna auf den Ikonen.

»Wie ist Euer Name?«, fragte die Zarin.

»Anna. Anna Jamieson«, antwortete sie.

»Hier in Russland müsst Ihr den Namen Eures Vaters hinzufügen, so wie Sergej Iwanowitsch. Wie lautet der Name Eures Vaters?«

Anna wollte schon wahrheitsgemäß antworten, als ihr bewusst wurde, dass selbst eine solch harmlos scheinende Kleinigkeit ihre Familie und vor allem ihre Onkel in Gefahr bringen konnte, deren Schutz sie zur Flucht aus Calais veranlasst hatte. Die Welt war längst nicht so groß, wie sie gedacht hatte, und wenn Vizeadmiral Gordon Oberst Graeme aus seiner Zeit in

Schottland kannte, war er vielleicht auch dessen Neffen begegnet. Sie erinnerte sich noch gut daran, dass er sie in Calais gefragt hatte, ob sie wirklich Anna Moray heiße, wie die Priester sie genannt hatten, und sie meinte noch immer, damals ein Zeichen des Erkennens in seinen Augen gesehen zu haben, als sei ihm der Name vertraut. Ihrer Familie und ihm selbst zuliebe konnte sie nicht zulassen, dass er zwischen ihr und ihrem Vater eine Verbindung herstellte.

Daher entgegnete sie der Zarin lediglich: »Ich fürchte, dass ich Euch das nicht sagen kann«, was nicht einmal gelogen war. Wahrheitsgemäß fügte sie hinzu: »Von den Leuten in unserer Straße werde ich ›Anna Niktowa‹ genannt.«

Die Zarin sah sie an und wiederholte: »Anna Niktowa?«

»Niktowa«, abgeleitet von dem russischen Wort »nikto« – »niemand«. Niemandes Anna. Niemandes Kind.

»Es ist nicht böse gemeint, Eure Kaiserliche Majestät«, erklärte Anna. »Die Kinder, mit denen ich gespielt habe, nachdem ich nach Russland gekommen war, haben mir den Namen gegeben, weil ich so eigensinnig bin und mir von niemandem etwas habe sagen lasse, und weniger, weil ich keinen Vater habe.«

Sie redete dummes Zeug. Die Zarin interessierte wohl kaum, was andere Kinder von ihr dachten, meinte Anna, doch da sie die Worte nicht zurücknehmen konnte, blieb ihr nur, erneut den Blick zu senken, diesmal mit vor Scham geröteten Wangen.

Zarin Katharina sagte freundlich: »Manchmal ist es gar nicht schlecht, ein wenig eigensinnig zu sein, Anna Niktowa.« Ihre Kleider raschelten, als sie sich umwandte. »Aber Seine Majestät der Zar sollte besser niemals erfahren, dass ich Euch diesen Rat gegeben habe, denn mit Männern muss man immer auf besondere Weise umgehen.«

Und damit verschwand sie in all ihrer Eleganz wieder in dem Raum, in dem irgendwo außerhalb Annas Blickfeld ein zerbrochener Spiegel lag und damit seine Schönheit eingebüßt hatte.

KAPITEL 28

Rob sah durchaus ausgeruht aus, als er am nächsten Morgen auf mein Klopfen hin die Tür seines Zimmers öffnete. Er hatte bereits geduscht und sich rasiert und zog gerade sein Hemd über, als er zur Seite trat, um mich einzulassen. »Ich bin gleich fertig«, teilte er mir mit, als ihm meine Kleidung auffiel. »Du siehst chic aus«, meinte er. »Kann ich so überhaupt mitgehen?«

Ich nestelte meine Halskette aus den Falten meines Oberteils, das für meine Verhältnisse ausgesprochen teuer gewesen war, und erwiderte: »Natürlich. Es ist nur so, dass ich um elf einen dienstlichen Termin habe und nicht weiß, ob ich die Zeit haben werde, vorher noch einmal herzukommen und mich umzuziehen.«

»Das ist sehr umsichtig von dir«, sagte er mit ernstem Gesicht, aber als ich ihm in die Augen sah, konnte er ein Lächeln nicht unterdrücken. »Nein, wirklich, ich bewundere deine Fähigkeit, vorauszuplanen.«

»Sagt der Mann, der bereits im Mai sein Visum beantragt hat.«

Er reagierte nicht darauf und fragte: »Also was steht heute Morgen an?«

»Na ja.« Tatsächlich hatte ich länger darüber nachgedacht. »Ich denke, wir können davon ausgehen, dass das gestern Abend Annas erste Begegnung mit der Zarin gewesen ist, also ...« Etwas hatte meine Aufmerksamkeit erregt, und ich hielt inne, um es mir genauer anzusehen. »Ist das ein Jacuzzi?«

Er folgte meinem Blick hin zu dem Whirlpool, der deutlich sichtbar im Zimmer stand. »Äh, ja, ich hab auch eine Sauna.«

»Wie kommst du denn dazu?«

Inzwischen hatte er sein Hemd fertig zugeknöpft. »Man muss im richtigen Moment auf eine gewisse Art lächeln«, lautete sein Rat.

»Ich verstehe. Also …«, ich wandte mich wieder dem ursprünglichen Thema zu: »Ich dachte, da Anna die Zarin gerade erst kennengelernt hat, ist auszuschließen, dass sich der Feuervogel bereits in ihrem Besitz befindet, stimmt's? Also müssen wir sie, von diesem Zeitpunkt aus gesehen, ein Stück in die Zukunft begleiten, denn wenn die Zarin ihr tatsächlich den Feuervogel geschenkt hat, dann hat sie es in den folgenden anderthalb Jahren getan.«

»Wie kommst du darauf?«

»Katharina ist im Mai 1727 gestorben«, erklärte ich. »Und das, was wir gestern Abend mitbekommen haben, muss im November 1724 passiert sein, da es in dem Streit zwischen dem Zar und seiner Frau um Willem Mons ging. Sie haben zwar seinen Namen nicht erwähnt, aber war das nicht auch dein Eindruck?«

Sein nachsichtiger Blick sagte mir, dass ich etwas übersehen hatte.

»Was?«, fragte ich.

»Ich hatte überhaupt keinen Eindruck«, entgegnete er auf eine Art, die mir sagte, dass ich selbst hätte darauf kommen müssen. »Sie haben Russisch gesprochen.«

»Oh.« Peinlich berührt, dass ich daran nicht gedacht hatte, entschuldigte ich mich bei ihm und gab ihm das Gespräch wieder, soweit ich mich daran erinnerte. »Und Mons kam, laut meiner Recherchen im Internet, am 8. November ins Gefängnis und wurde acht Tage später exekutiert. Wenn er also der Grund für die Auseinandersetzung des Zarenpaars gewesen ist, dann muss sich das, was wir gesehen haben, dazwischen ereignet haben.«

Er stimmte mir zu und meinte: »Also hat das Gnadengesuch der Zarin nichts gebracht. Der Zar hat Mons tatsächlich hinrichten lassen.«

Ich nickte. »Aber der Fairness halber muss man sagen, dass er im Grunde keine Wahl hatte. Peter der Große hatte alles dafür getan, um Russland nach vorn zu bringen, dennoch hatte er so viele Gegner, dass er es sich nicht leisten konnte, Korruption nicht aufs Härteste zu bestrafen. Und Mons war korrupt.« Und dann fügte ich hinzu, was ich auch noch aus dem Internet erfahren hatte: »Aber er hat die Schwester verschont. Er hat sie nur auspeitschen lassen und ins Exil verbannt. Eine sehr russische Art der Strafe«, teilte ich ihm mit.

»Na ja, wir Schotten können da ganz gut mitreden.« Er steckte sich das Hemd in die Hose und ging dann ins Bad, wo er den Wasserhahn aufdrehte. Bevor ich etwas sagen konnte, kam er mir zuvor: »Ich wasche mir nur die Hände, ich habe deine Warnung nicht vergessen. Fürs Zähneputzen benutze ich Wasser aus der Flasche.«

»Gut. Der Letzte, der nicht auf meinen Rat gehört hat, wurde nämlich mit einer hübschen parasitären Infektion belohnt.«

»Giardiasis«, prahlte er mit seinem Wissen. »Verursacht durch *Giardia lamblia*, einen einzelligen Darmparasiten. Ich habe nachgesehen.«

»Hast du mir nicht geglaubt?«

Er drehte den Wasserhahn zu, trocknete sich die Hände und kam zu mir herübergeschlendert, um nach seiner Jacke zu greifen, die über dem Bett lag. »Natürlich habe ich dir geglaubt. Ich wollte es nur genauer wissen«, erklärte er. »Ich habe mich auch über die *British Factory*, die Britische Handelsgesellschaft, informiert. Ich weiß jetzt bestens Bescheid und kenne auch den Ort, wo sich die Lagerhäuser befunden haben. Was mich daran erinnert ... hattest du eine Möglichkeit, den alten Stadtplan aus dem Buch deines Großvaters zu kopieren? Den, der das Gebiet westlich der Admiralität umfasst?«

Ich nahm das gefaltete Blatt Papier aus meiner Tasche. »Diesen Plan?«

»Ja. Vielen Dank.« Er entfaltete ihn, warf einen Blick darauf, nickte und sagte: »Na, dann wollen wir mal sehen, was heute Morgen im Haus von Vizeadmiral Gordon so los ist.«

Mary und Nan hatten ihr beim Packen geholfen.

Die beiden waren etwa in ihrem Alter, und sie liebte sie wie richtige Schwestern, obwohl ihr bewusst war, dass ihre Stellung eine andere war, da sie Vizeadmiral Gordons Töchter waren und sie nur sein Mündel. Außerdem waren sie ihrer Meinung nach hübscher als sie selbst, auch wenn Mary nicht ganz so hübsch war, wenn sie die Stirn runzelte, wie sie es gerade tat.

»Ich verstehe nicht, warum sie wünschen, dass du in ihrem Haus lebst«, beschwerte sie sich. »Warum sollte es für sie von Nachteil sein, wenn du früh am Morgen zu ihnen kommst und am Abend nach Hause zurückkehrst?«

»Sie brauchen mich nicht nur tagsüber«, erklärte Anna. »Ich soll auch am Abend zur Verfügung stehen, wenn General Laceys Frau zu später Stunde nach Gesellschaft oder Betreuung verlangt.«

»Sie ist doch gar nicht mehr krank.«

Nan, die geschickt Annas Strümpfe zusammenrollte, sagte: »Sie erwartet ein Kind.«

Ihre Schwester richtete sich auf. »Wirklich? Woher weißt du das?«

»Sir Harry hat es mir gesagt.« Nans Wangen röteten sich, obwohl sie sich bemühte, ihre Stimme gleichgültig klingen zu lassen, als sie Sir Harrys Namen aussprach. Sir Harry Stirling bekleidete eine führende Position in der Britischen Handelsgesellschaft und war ein Freund des Vizeadmirals, und obwohl er auf die vierzig zuging, hatten sein gutes Aussehen und seine Klugheit vor einiger Zeit Nan auf ihn aufmerksam werden lassen, und in letzter Zeit schien es, als hätte auch sie sein Wohlwollen erregt. Es wäre keine Überraschung, dachte Anna, wenn sich daraus bald eine Ehe ergeben würde, und das freute sie.

Nicht nur für Nan, sondern auch weil ein Schwiegersohn wie Sir Harry Stirling sich positiv auf Vizeadmiral Gordons gesellschaftliche Stellung auswirken würde.

Mary fragte vorwitzig: »Und wie kommt ausgerechnet Sir Harry an diese Information?«

Die Röte in Nans Gesicht vertiefte sich. »Weil er sich hin und wieder mit General Lacey zum Dinner trifft.«

»Die eigentliche Frage lautet nicht, warum er es weiß, sondern warum er es nicht für sich behalten hat«, fand Anna.

Nan sah Anna neugierig an. »Hast du es gewusst, Anna?«

Anna zuckte mit den Schultern, doch Mary hatte ihre Schlüsse bereits gezogen.

»Du hast es gewusst«, rief sie entzückt aus. »Du hast gewusst, dass die Frau des Generals ein Kind erwartet, und uns nichts erzählt?«

Anna entgegnete geduldig: »Es stand mir nicht zu, diese Neuigkeit weiterzugeben.«

Der Blick, mit dem Mary sie bedachte, war voller Bewunderung. »Ich könnte ein solches Geheimnis niemals für mich behalten.«

Von der Tür her ließ sich die Stimme des Vizeadmirals vernehmen. »Wie gut, dass wenigstens eins meiner Mädchen diskret ist.« Er war zum Ausgehen bereit und hatte den eleganten Trauermantel angezogen, den er in den letzten Wochen, seit dem Tod des Zaren, trug, den ganzen bitteren Februar über bis in den März. Mit einem zweifelnden Blick in die Runde fragte er: »Ist es nun sicher für einen Mann, dieses Zimmer zu betreten? Ist das ganze Rüschenzeug verpackt?«

Mary lachte. »Anna pflegt sich nicht in Rüschen zu kleiden«, setzte sie ihren Vater in Kenntnis. »Frivolität ist nicht ihr Stil. Und wenn doch, würde sie nichts Derartiges mitnehmen, da sie es doch nicht anziehen könnte. Jedenfalls nicht zurzeit.«

Der Vizeadmiral hatte verstanden und nickte mit beinah überzeugender Ernsthaftigkeit: »Nein, ich denke nicht.« Er trat ins Zimmer, und Anna sah, dass er beide Hände hinter dem

Rücken hielt, so wie er es immer getan hatte, wenn er von einer Seereise zurückkam und ihr ein Geschenk mitgebracht hatte. »Dennoch«, fuhr er fort, »nun, da der Zar beigesetzt ist, wage ich vorauszusagen, dass die Trauerzeit irgendwann ein Ende haben wird und wieder Feste und andere Vergnügungen stattfinden werden. Und dann kann ein junges Mädchen auf Rüschen nicht länger verzichten.«

Mit einer schwungvollen Geste zog er hinter seinem Rücken etwas hervor, das aussah wie ein Kissen, länglich und weich. Erst als Anna es in den Händen hielt, erkannte sie, dass es ein Stoffballen war – ein wunderbares brokatartiges Seidentuch, in das weiße Blätter und hellblaue Blumen eingewebt waren, gesprenkelt mit kleinen roten Blüten und umgeben von gebogenen goldfarbenen Farnwedeln, die wie eine zarte Spitze im Hintergrund verliefen, und das alles vor einem hellen, kühlen Seegrün, das im Licht leicht gräulich changierte.

Anna hielt den Atem an. Etwas so Wunderschönes konnte nur aus Frankreich stammen, und von ihren eigenen Bemühungen, die Haushaltskosten im Rahmen zu halten, wusste sie, wie teuer ein solcher Stoff war. Mit Tränen in den Augen sah sie ihn an: »Das kann ich nicht annehmen.«

»Unsinn, Anna«, sagte Mary, die die Hand ausstreckte, um über die Seide zu streichen. »Der Stoff ist für dich gemacht, denn er hat genau die Farbe deiner Augen. Wo hast du ihn gefunden, Vater?«

Vizeadmiral Gordon zuckte mit den Schultern. »Er drohte im Zollhaus zu verstauben. Einer der Kaufleute hat ihn im letzten Herbst aus Paris mitgebracht, musste jedoch wieder abreisen, bevor alle seine Waren zum Verkauf freigegeben waren. So kamen die Dinge zu Mr. Wayte, und er legte mir nahe, ihm zuliebe etwas für meine Töchter mitzunehmen, die solch hübsche Dinge sicher zu schätzen wüssten.« Er lächelte Mary zu. »Du und Nan, ihr findet eure Stoffe in eurem Zimmer. Für Nan habe ich einen blauen gewählt, da ich gehört habe, dass es Sir Harrys Lieblingsfarbe ist.«

Nan war es gewohnt, von ihm geneckt zu werden, und wurde nur ein wenig rot, bevor sie und Mary sich auf die Zehenspitzen stellten, um seine Wange zu küssen und ihm herzlich zu danken. Dann eilten sie glücklich aus dem Raum, um sich ihre eigenen Stoffe anzusehen.

Noch immer lächelnd sah der Vizeadmiral zu Anna hinunter. »Ich habe gedacht, du könntest ein schönes Kleid daraus machen«, meinte er.

Anna schüttelte den Kopf. »Ihr seid zu großzügig. Ich habe doch schon genügend Kleider. Und wie Mary gesagt hat, kann ich derzeit eh nur Trauer tragen.«

»Du hast also viel Zeit, um ein besonders hübsches Kleid zu nähen.« Sein Tonfall ließ keinen Widerspruch zu, wie sie aus Erfahrung wusste. »Die Trauerzeit dauert nicht ewig, und der General ist dem gesellschaftlichen Leben viel weniger abgeneigt als ich. Er hat oft Gäste zum Abendessen, und, wer weiß, vielleicht lernst du dort einen jungen Mann kennen, der besser mit deinem Temperament Schritt hält als Mr. Taylor.«

Anna seufzte und meinte: »Mr. Taylor ist ein guter Mensch.«

»Das ist er.« Die Augen des Vizeadmirals waren voller väterlicher Zärtlichkeit. »Aber nicht gut genug für dich. Ich wünsche für alle meine Mädchen eine Partie, die ihrer Stellung entspricht.«

Sie fand es reizend, dass er sich so sehr darum sorgte, angemessene Ehemänner für sie drei zu finden. Als sie damals nach St. Petersburg gekommen waren, war seine Sorge noch größer gewesen, so groß, dass er nach dem Tod seiner Frau kurz daran gedacht hatte, die arme Jane zurück nach Schottland zu den Verwandten ihrer Mutter zu schicken, da er fürchtete, das Mädchen habe in Russland keine Zukunft. Doch Jane hatte ihn in einem Brief, den er – wie Anna wusste – noch immer in seinem Briefbuch aufbewahrte, angefleht, bei ihm bleiben zu dürfen und nicht zu der Verwandtschaft zurückkehren zu müssen, die ihre Mutter so schlecht behandelt hatte und sich sicher auch ihr gegenüber ähnlich verhalten würde. Und so hatte Jane

St. Petersburg nicht verlassen, und Vizeadmiral Gordon hatte für sie gesorgt, so wie er für Nan und Mary sorgte und für Anna und für Charles und dessen Mutter und für seine älteren Töchter in Schottland, die unbesonnene Jean mit ihrer unglücklichen Ehe und ihren vielen Kindern und die sanftere Betty, die er beide nach wie vor finanziell unterstützte. Jane hatte einmal festgestellt, dass er sich nach all den Jahren auf See für sie alle wohl genauso verantwortlich fühlte wie für die Besatzungen auf seinen Schiffen.

Nun lächelte Anna Vizeadmiral Gordon an und sagte: »Ihr braucht Euch keine Gedanken um eine angemessene Partie für mich zu machen. Ich habe doch selbst gar keine gesellschaftliche Stellung.«

»Dann nutze meine. In diesem Land ist das durchaus möglich, wenn du entsprechend auftrittst. Und die entsprechende Kleidung trägst.« Mit diesen Worten nahm er ihr den Stoff aus den Händen und legte ihn oben auf die einfachen Dinge in ihrem Schrankkoffer. »Was ist mit deinen Schätzen? Sollen sie auch noch hinein?«

Er nickte zu dem Päckchen hinüber, das einsam auf dem Bett lag, das Päckchen, das sie aus Calais mitgenommen hatte und vordem aus dem Kloster. Er hatte niemals wissen wollen, was darin war. Anna fragte sich, was er wohl von dessen Inhalt gedacht hätte, von dem holländischen Nachthemd, das ihre Tante Kirsty vor vielen Jahren einmal für ihre Mutter bestickt hatte, oder von der blonden Haarlocke mit dem blauen Band oder von dem Bogen Papier, der vom vielen Lesen weich geworden war und Worte enthielt, die ihr einmal wie ein Versprechen erschienen waren und von einem Mann stammten, dessen Namen sie für sich selbst gewählt hatte, um den Kummer zu erleichtern, all ihre Träume aufgeben zu müssen. Wenn Hauptmann Jamieson tatsächlich irgendwann zum Kloster zurückgekehrt war, hatte er sie dort nicht mehr angetroffen, und wenn die Nonnen ihn nach Calais weitergeschickt hatten, hatte er dort ihre Spur verloren, da sie nichts hinterlassen hatte, was auf ihre Reise nach Russland hinwies. Auch zu seiner Sicherheit. Sie hoffte so sehr, dass ihm nichts geschehen war.

Sie spürte den aufmerksamen Blick des Vizeadmirals, der auf ihr ruhte, während er auf eine Antwort wartete.

Anna schüttelte den Kopf, nahm das Päckchen auf und sagte: »Ich werde es bei mir tragen.«

»Dann ist der Koffer gepackt? Gut.« Er schloss den Deckel und verriegelte ihn. »Dmitri wird ihn mit dem Schlitten hinüberbringen, und nach dem Abendessen werde ich dich persönlich zum Haus des Generals begleiten.«

Das Essen verlief beinah schweigend, und anschließend brachten Nan und Mary sie zur Tür. Mary umarmte Anna, als ob sich das Haus des Generals in einem anderen Land befände und nicht lediglich ein paar Straßen entfernt.

Anna beruhigte sie: »Es wird nicht anders sein, als zu der Zeit, als ich mich um Jane gekümmert habe. Wir werden uns häufig sehen.«

Von allen war Dmitri derjenige, der sich die größten Sorgen machte. Seit er Annas Koffer weggebracht hatte, machte er ein finsteres Gesicht, und als sie sich von ihm verabschiedete, warnte er sie: »Seid vorsichtig dort. Ich habe einen Vogel an ihrem Fenster gesehen, einen hässlichen schwarzen Vogel, der an die Scheibe klopfte. Das ist ein schlechtes Vorzeichen. Es bedeutet, dass etwas Schlimmes passieren wird. Tod oder Krankheit etwa.« Er sah Anna so eindringlich an, dass sie seine Sorge hinter der Düsternis in seinem Blick erkannte, als er wiederholte: »Seid vorsichtig in diesem Haus.«

KAPITEL 29

Das Haus des Generals war größer als das von Vizeadmiral Gordon. Die dunklen Böden schimmerten und rochen nach Politur, und obwohl es noch Nachmittag war, brannten in der Eingangshalle bereits die Kerzen in den Wandleuchtern, um die winterliche Düsternis zu vertreiben. Die tanzenden Flammen spiegelten sich im glänzenden Messing der Kerzenhalter und ließen die geschliffenen Ränder der Wandspiegel funkeln.

Die Wände waren ganz nach dem Geschmack des Zaren bis auf halbe Höhe mit eleganten holländischen Fliesen bedeckt, und Anna fühlte sich, umgeben von einer derartigen Pracht, äußerst unscheinbar, was sich noch verstärkte, als sie und der Vizeadmiral von einem Dienstboten in den Salon des Hauses geleitet wurden, wo lange, schwere grüne Vorhänge die eleganten Fenster schmückten, jeder Tisch mit schimmerndem Silber und Porzellan gedeckt war und Porträts in vergoldeten Holzrahmen über stoffbespannten Stühlen hingen.

Nirgendwo war eine Ikone zu sehen, wie es in einem russischen Haus üblich gewesen wäre, doch Anna entdeckte an der Wand ein versilbertes Holzkreuz mit einem fein geschnitzten Christus aus hellem Elfenbein, dessen Antlitz weder Freude noch Schmerz ausdrückte. Sein Gesicht weckte eine Erinnerung in ihr, und nur für einen Moment fühlte sie sich wie damals, vor all den Jahren, als sie in Ypern im Empfangszimmer der Nonnen gestanden hatte: unsicher. Ängstlich.

Damals war Hauptmann Jamieson an ihrer Seite gewesen. Einen Augenblick lang meinte sie, ihn vor sich zu sehen, und dachte an ihr Gespräch darüber, dass Gott die einfachen Bauern allen anderen vorzog, wenn er seine Art Schach mit den Menschen spielte. »Liegt das daran, dass er in ihre Herzen sieht und ihre Tapferkeit erkennt?«, hatte sie den Hauptmann in all ihrer Unschuld gefragt, und er hatte entgegnet, dass er es hoffe. In der Erinnerung an seine beruhigende Hand auf ihrer Schulter richtete sich Anna mutig auf und hoffte, dass Christus dort am Kreuz nun in ihr Herz blickte und ihr zutraute, sich dieser Herausforderung stellen zu können.

Als sie in dem Moment wirklich eine Hand auf ihrer Schulter spürte, wandte sich Anna um und begegnete dem wissenden Blick des Vizeadmirals. »Du musst das nicht tun, wenn du deine Meinung geändert hast«, sagte er. »Du brauchst nur ein Wort zu sagen, und ich bringe dich zurück nach Hause.«

Sie schüttelte den Kopf. »Ich habe meine Meinung nicht geändert.« Und weil ihr die eigene Stimme zu verzweifelt entschieden geklungen hatte, wie die eines Soldaten, der in die schlimmste aller Schlachten zieht, bemühte sie sich um ein einigermaßen natürliches Lächeln und meinte: »Macht Euch keine Sorgen. Ich bin sicher, ich werde hier glücklich sein.«

»Und wenn nicht, werde ich herausfinden, warum, und das Problem beheben«, setzte eine freundliche männliche Stimme hinzu.

General Lacey war ein groß gewachsener Mann, und seine hohe Perücke zwang ihn, sich zu bücken, als er über die Türschwelle aus einem weiter hinten liegenden Raum eintrat, um sie zu begrüßen. »Ich wünsche Euch einen guten Tag, Vizeadmiral.«

»General.«

Als die Männer einander die Hände schüttelten, erblickte Anna den General zum ersten Mal aus der Nähe. Sie hatte ihn hin und wieder auf der Straße gesehen, aber lediglich aus der Entfernung, sodass sie erst jetzt bemerkte, dass seine Augen genauso blau waren wie die des Vizeadmirals, mit den gleichen Fältchen in den Winkeln, die zeigten, dass er lieber lächelte, als ein ernstes Gesicht zu machen. Er war ein gut aussehender Mann, wenn auch in ihren Augen nicht ganz so attraktiv wie

Vizeadmiral Gordon. Seine Nase war ein wenig zu lang, seine Lider etwas zu schwer, aber sein charmantes Lächeln und die Grübchen in seinem Kinn ließen die Frauen sicher nicht unbeeindruckt.

Und da war noch etwas anderes: Er strahlte Persönlichkeit aus, eine gewisse Stärke, die ins Auge fiel. Anna war sich nicht sicher, ob General Lacey dies seiner Position zu verdanken hatte oder ob es ihn erst zu dem ausgezeichneten Befehlshaber machte, der er war, wie sie sogar von Charles wusste, der im Allgemeinen nicht viel von seinen Vorgesetzten hielt, ihn jedoch als den besten General in ganz Russland bezeichnet hatte.

Sie hatte von seinen Heldentaten im letzten Krieg gegen Schweden gehört, von seinen blitzschnellen, zerstörerischen Angriffen entlang der Küste, die seine Männer von den Galeeren aus in kürzester Zeit erreicht und wieder verlassen hatten, bevor die schwedischen Truppen sie aufhalten konnten.

Vizeadmiral Gordon hatte sich ebenfalls in diesem Krieg hervorgetan, und beide Männer bekleideten nun hohe Positionen und waren Mitglieder der Kollegien, die der Zar zur Regierung des Landes eingerichtet hatte: Gordon in der Admiralität und Lacey im Kriegskollegium.

An einem anderen Tag hätten die Männer sicher die Gelegenheit genutzt, sich über dienstliche Angelegenheiten auszutauschen, doch angesichts der besonderen Situation, wandte sich der General nach der kurzen Begrüßung gleich an Anna: »Mistress Jamieson, Ihr erweist uns eine große Ehre. Ich schätze mich sehr glücklich, dass Ihr Euch entschieden habt, meine Frau und meine Kinder mit Eurer Anwesenheit zu erfreuen, da ich selbst wohl eine weniger amüsante Gesellschaft darstelle.«

Das bezweifelte sie. Seine Augen sprühten von seinem wachen Geist, und seine Stimme, deren Akzent die irische Heimat nicht verleugnen konnte, verriet seinen Sinn für Humor. Sie knickste, als er ihre Hand ergriff, und sprach ihn mit dem seinem Rang angemessenen Titel an: »Eure Exzellenz.«

General Lacey lächelte. »Das klingt ein wenig hochtrabend für jemanden wie mich, oder? Eine solche Formalität ist hier im Haus nicht nötig. Nennt mich einfach ›General‹, wie es auch Euer Vormund zu tun pflegt.« Er nickte zu Vizeadmiral Gordon hinüber und betrachtete Anna eingehend. »Habt Ihr ihr nichts zu essen gegeben, Sir? Wie gut, dass sie in meinem Haus gelandet ist, denn wenn in zwei Wochen die Fastenzeit vorüber ist, wird bei uns üppig gespeist, und sie sieht aus, als könnte ihr ein wenig lukullischer Genuss nicht schaden.«

»Sie sah schon immer so aus«, entgegnete Gordon schlicht. »Gebt ihr zu essen, was ihr möchtet, sie wird es verspeisen, und nicht nur das, und dabei gertenschlank bleiben. Und ich hoffe, Ihr habt genügend Bücher im Haus, denn die verschlingt sie in Massen, wie ich es noch bei keinem anderen Mädchen erlebt habe.«

Die Augenbrauen des General hoben sich, als er sich erkundigte: »Tatsächlich?«

Vizeadmiral Gordon entgegnete voller Zuneigung: »Ja. Sie nährt ihren Geist ebenso wie ihren Körper mit allem, was sie finden kann. Handbücher über die Ausbildung von Soldaten und Seeleuten fesseln sie ebenso wie Unterhaltungslektüre.«

Der General wandte sich an Anna: »Ihr interessiert Euch also auch für militärische Dinge?«

Es war nicht sehr damenhaft, sich mit derartigen Dingen zu beschäftigen, wie sie wusste, doch der Blick des Generals war frei von jeglichem Vorwurf, daher antwortete sie wahrheitsgemäß: »Ja, diese Dinge interessieren mich sehr.«

»Dann werde ich Euren Aufenthalt bei uns umso mehr genießen«, meinte er.

Von der Türschwelle hinter ihnen klang das helle Lachen einer Frau herüber. »Ihr solltet ihn nicht ermuntern«, warnte sie Anna, »denn er ist dafür bekannt, den Esstisch dafür zu benutzen, seine militärischen Taktiken bildhaft darzustellen.«

Die Frau des Generals war äußerst hübsch für ihr Alter, denn sie musste auf die vierzig zugehen. Selbst in Trauerkleidung wirkte sie elegant, und der Klang ihrer Stimme war wie der Blick ihrer Augen ebenso voller Freundlichkeit wie die ihres Gatten. Sie bot Anna ihre schlanke Hand und bemerkte auf Russisch: »Ihr werdet uns wahrscheinlich äußerst merkwürdig finden und in ein paar Tagen Eure Entscheidung noch einmal überdenken.«

Anna bezweifelte das und entgegnete ebenfalls auf Russisch: »Ich fühle mich äußerst geehrt von Eurer Einladung und freue mich darauf, Euch zu unterstützen.«

Die Frau des Generals sah zu ihrem Gatten auf, und die beiden tauschten ein Lächeln, bevor sie ihm – noch immer auf Russisch – mitteilte: »Ihr habt Euch nicht getäuscht.«

»Wie ich es Euch gesagt habe«, sagte der General nun auf Englisch zu seiner Frau. »Sir Harry äußert sich nur lobend, wenn er guten Grund dafür hat.« Dann erklärte er Anna: »Sir Harry Stirling erwähnte gestern, dass Euer Russisch so klar sei, als wärt Ihr in Moskau geboren.« An Vizeadmiral Gordon gewandt fügte er hinzu: »Außerdem brachte er uns Neuigkeiten aus London, von seinen Partnern in der Russischen Handelskompanie. Es scheint, dass sich seine Vermutungen bestätigen und wir in Kürze einen nicht gerade willkommenen Besuch erhalten.«

Vizeadmiral Gordons Stirnrunzeln wirkte eher nachdenklich als besorgt. »Wissen wir bereits wann?«

Der General schüttelte den Kopf. »Es ist noch nicht sicher. Aber wir können mit unseren Vorbereitungen fortfahren. Habt Ihr Zeit, gemeinsam eine Pfeife zu rauchen? Dann kommt mit mir. Die Damen sind sicher froh, wenn sie uns los sind.«

Er verbeugte sich leicht und schickte sich an, den Raum zu verlassen, während Vizeadmiral Gordon Anna leicht auf die Wange küsste, ihre Hände zärtlich drückte und ihr ein letztes Mal in die Augen sah, wie um sich davon zu überzeugen, dass sie ihre Entscheidung noch nicht bereute. »Wenn du mich brauchst, lass es mich wissen«, sagte er mit der rauen Stimme, hinter der er, wie sie wusste, seine Gefühle versteckte. »In ein paar Tagen werde ich mich erkundigen, ob du dich gut eingelebt hast.«

Dann wandte er sich ab und verließ den Raum, wobei er sich leise mit General Lacey unterhielt, während dessen Frau Anna mit einem verständnisvollen Lächeln ansah. »Es ist nicht leicht, das eigene Zuhause zu verlassen, um mit fremden Menschen zusammenzuleben«, sagte sie freundlich.

Anna dachte an die vielen Gelegenheiten, zu denen sie bereits dazu gezwungen gewesen war, an das erste Mal, in den Tiefen ihrer frühesten Erinnerungen verborgen, als ihre Mutter sie in der Obhut anderer zurückgelassen hatte, die ihr Sicherheit garantieren konnten … an den Tag an der verschneiten schottischen Felsenküste, als sie in Hauptmann Jamiesons Armen das Cottage hinter sich verschwinden sah … als er sie ein letztes Mal an sich gezogen hatte, bevor er sie der Obhut der irischen Nonnen in Ypern übergab … und als sie in Pater Graemes Begleitung nach Calais gelangt war … und die Stadt schließlich in der Kutsche neben Kapitän Gordon wieder verlassen hatte, um sich auf eine ein halbes Jahr dauernde anstrengende Reise zu begeben. So viele Orte, dachte sie. So viele fremde Menschen. Doch jeder von ihnen hatte ihr etwas gegeben, das sie für nichts in der Welt missen mochte und niemals gegen ein müßiges Leben in Sicherheit und Bequemlichkeit eingetauscht hätte.

Sie umfasste das Bündel mit ihren Schätzen fester und entgegnete ehrlich: »Es fällt um vieles leichter, wenn die Menschen so freundlich sind wie Ihr.«

Ihre Antwort schien der Frau des Generals zu gefallen. Sanft legte sie Anna eine Hand auf den Arm und sagte: »Nun kommt, ich zeige Euch Euer Zimmer.«

—

Leicht verwirrt wachte Anna auf. Nicht weil es sich um ein anderes Zimmer handelte und Fenster und Möbel sich an ungewohnten Stellen befanden, sondern weil sie das sichere Gefühl hatte, nicht allein zu sein.

Sie schob die Decken ein wenig zurück, sah sich aufmerksam um und blickte in ein Paar große blaue Augen, die sie etwa auf Matratzenhöhe neugierig musterten.

Als Annas Herzschlag sich wieder beruhigt hatte, atmete sie tief ein und sagte lächelnd: »Hallo.«

Sie hatte noch keines der Kinder kennengelernt. Natürlich hatte sie sie gehört, aber sie hatten zusammen mit dem Kindermädchen in einem anderen Raum zu Abend gegessen. »Meine Liebe«, hatte die Frau des Generals entgegnet, als Anna sich nach den Kindern erkundigt hatte, »ich würde sie Euch niemals alle auf einmal zumuten, denn sosehr ich sie auch liebe, sind sie doch ein wenig anstrengend.«

Anna hatte lächeln müssen.

Sie erfuhr, dass die Frau des Generals aus einer vermögenden Familie in Livland stammte, in die der General eingeheiratet hatte. Während der Feldzüge ihres Mannes hatte sie mit den Kindern dort gelebt. Doch da er nun seit zwei Jahren in St. Petersburg war und es schien, dass er noch eine Weile bleiben würde, hatte sie beschlossen, ihm mit den Kindern zu folgen. »Kinder brauchen ihren Vater«, hatte sie gesagt, und es war offensichtlich, dass der General seine Kinder liebte, da er so viel von ihnen sprach und von ihnen schwärmte, dass Anna sich all die Namen, Geburtsjahre und Fähigkeiten kaum merken konnte.

Nun sah sie erneut in die großen blauen Augen, die sie von der Seite her anstarrten, und wiederholte ihre Begrüßung: »Hallo.«

Das kleine Mädchen lächelte nicht zurück, sondern fragte in hoffnungsvollem Ton: »Könnt Ihr einen Vogel fangen, ohne ihm wehzutun?«

Anna war inzwischen hellwach. Sie stützte sich auf die Ellbogen und sah sich das Kind neben ihrem Bett genauer an: ein hübsches Mädchen im Nachthemd mit weißblondem zu einem

Zopf geflochtenen Haar. Es war höchstens fünf oder sechs Jahre alt.

»Ich habe es noch nie versucht«, antwortete Anna. »Warum?«

»Es ist einer in unserem Zimmer.«

Anna blinzelte. »Tatsächlich?«

»Ja. Er ist durchs Fenster hereingeflogen und kommt nicht mehr raus«, erklärte die Kleine. »Keiner der Dienstboten ist da, um zu helfen, nur Ned, und Mama können wir nicht holen, weil sie noch nicht aufgestanden ist. Morgens bleibt sie immer im Bett, weil sie sich nicht gut fühlt, wegen des Babys in ihrem Bauch, also haben Michael und Ned versucht, den Vogel zu fangen, aber sie werden ihm wehtun.«

Anna setzte sich auf. »Du meinst, keiner der Dienstboten ist da, um euch zu helfen?«

»Nur Ned. Die anderen sind außer Haus, oder sie sagen, dass ein Vogel im Haus Unglück bringt.«

»Blödsinn. Höchstens dem Vogel«, meinte Anna, während sie aufstand und in ihren bunten seidenen Morgenmantel schlüpfte. Sie wickelte ihn eng um ihr langes Nachthemd und band den Gürtel, bevor sie dem Kind die Hand hinhielt. »Zeigst du mir, wo er ist?«

Das Mädchen führte sie den Flur entlang. Die Zimmer des Generals und seiner Frau lagen glücklicherweise im unteren Stockwerk, denn ansonsten hätte der Lärm, der aus dem Kinderzimmer drang, Mrs. Lacey sicher nicht ruhen lassen. Was zu hören war, klang nach einem Handgemenge, untermalt von dem Kreischen eines Mädchens und dem krachenden Aufschlag eines umgekippten Stuhls, und eine männliche Stimme stieß Flüche aus, die für Kinderohren absolut nicht geeignet waren.

Sie öffnete die Tür und sah sich einer Szene gegenüber, die sie komisch gefunden hätte, wären da nicht die ängstlichen Gesichter der Kinder gewesen, die alle auf die grauschwarze Krähe starrten, die in Panik zwischen der Wand und dem Fenster hin und her flatterte. Neben dem Kind an ihrer Hand befanden sich noch vier weitere in dem Zimmer, alle noch für die Nacht gekleidet. Das älteste, ein schlaksiger, großer Junge an der Schwelle des Erwachsenwerdens, sah seinem Vater sehr ähnlich; ihm altersmäßig am nächsten war entweder ein goldlockiges Mädchen oder der Junge an ihrer Seite, die beide etwa neun oder zehn Jahre alt sein mussten, wobei der Junge etwas kleiner und knochiger war und wesentlich unruhiger. Das jüngste Kind, das noch kleiner war als das Mädchen, das Anna zu Hilfe gerufen hatte, hatte sich auf einem der Betten zusammengekauert und hielt sich schützend eine Decke über den Kopf.

»Jag ihn zu mir rüber, Michael, so wie eben«, sagte der Mann, bei dem es sich um Ned handeln musste, den einzigen Dienstboten, der den Kindern zu Hilfe gekommen war. Anna hatte nicht erwartet, dass er Ire wäre, obwohl es für einen Mann wie General Lacey sicher nicht ungewöhnlich war, dass er einen Landsmann einstellte. Vizeadmiral Gordon hatte einmal einen schottischen Kammerdiener beschäftigt und auch einen schottischen Kutscher, wobei beide jedoch wesentlich älter gewesen waren als dieser junge Mann.

Er war noch keine dreißig, schlank, jedoch mit breiten Schultern, sein dunkelbraunes Haar hatte er im Nacken zusammengebunden, und auf den Wangen zeigte sich der schwarze Schatten des morgendlichen Bartwuchses, da er offensichtlich noch nicht die Zeit gehabt hatte, sich zu rasieren. Er trug weder Weste noch Jackett, hatte lediglich das offene Hemd nachlässig in den Hosenbund gesteckt, und aus seinem raschen Atem und der verzweifelten Entschlossenheit in seinem Blick schloss Anna, dass er sich schon eine Weile vergeblich bemühte, das Tier einzufangen.

Der Vogel sauste einmal mehr an ihm vorbei, und er duckte sich und fluchte erneut.

»Würdet Ihr bitte vor den Kindern auf Eure Wortwahl achten«, sagte Anna.

Daraufhin wandte er ihr zum ersten Mal den Blick zu und hob leicht die Augenbrauen, bevor er sich erneut seiner Aufgabe widmete und den Vogel nicht mehr aus den Augen ließ.

Das kleine Mädchen an Annas Seite zog sie ins Zimmer und schloss die Tür hinter ihnen, bevor es verkündete: »Ich habe Mistress Jamieson geholt.«

Ohne den Blick von dem Vogel abzuwenden, meinte der Mann: »Ja. Sie wird eine große Hilfe sein, wie ich das sehe.«

Anna fühlte sich durch seinen Sarkasmus gekränkt, und unangenehmerweise fiel ihr keine passende Antwort ein. Die Bediensteten im Haus des Vizeadmirals, vor allem Dmitri, hatten hin und wieder auch ihre Meinung geäußert, hatten jedoch nie den gebotenen Respekt außer Acht gelassen.

Sie spürte Wut in sich aufsteigen, und als der Mann noch zwei weitere Male vergeblich nach dem vorbeifliegenden Vogel gegriffen hatte, konnte sie ihre Schadenfreude nicht verhehlen. »So wird das nie was«, teilte sie ihm mit.

»Nicht?« Die körperliche Anstrengung setzte ihm offensichtlich zu, denn außer Atem hatte er die Hände auf die Knie gestützt. Nun wandte er ihr sein Gesicht zu, das nicht unattraktiv war, hätte nicht die offene Herausforderung darin gestanden.

»Nein«, meinte sie. »Das Tier ist viel zu verängstigt.«

Das Mädchen neben ihr sah hoch und stieß einen Schrei aus. »Der Vogel ist verletzt. Er hat sich am Bein verletzt, seht!«

Die Krähe versuchte nun, sich irgendwo niederzulassen, doch wo sie es auch versuchte, fand sie keinen Halt, und das verletzte Bein brachte sie immer wieder aus dem Gleichgewicht, sodass sie wieder in Richtung Decke flog.

In ruhigem Ton wandte Anna sich an das Mädchen: »Geh hinüber zu deiner kleinen Schwester und sag ihr, dass sie keine Angst zu haben braucht. Es ist nur ein Vogel, und er will euch nichts tun.«

Es handelte sich um eine Nebelkrähe mit schwarzen Flügeln und grauer Brust, und hätte Anna den Aberglauben der Dienstboten geteilt, hätte die Angst nun sicherlich auch sie gepackt, denn die Nebelkrähen galten weithin als Unglücksboten. Doch sie war nicht abergläubisch und sah nur ein verletztes und völlig erschöpftes Tier vor sich.

»Würdet ihr euch bitte alle hinsetzen und so ruhig sein, wie ihr könnt«, bat sie die Kinder.

Die Jungen blickten in typischer Manier erst zu Ned hinüber, um zu sehen, wie er reagierte, und es verging ein Moment, ehe er sich mit einem leisen Lachen auf einem Stuhl niederließ, um ihr in der sicheren Erwartung ihres Scheiterns herablassend zuzusehen.

Als alle Platz genommen hatten, wartete Anna noch eine Weile, bis der Vogel sich beruhigt hatte.

»Und was jetzt?«, murmelte Ned. »Werdet Ihr ihn mit einem Lied zähmen, dass er sich auf Eurer Hand niederlässt?«

Erneut wunderte sie sich über den Ton, in dem er mit ihr sprach. »Ihr seid unverschämt«, befand sie.

»Ja. Oft.« Seine Augen blickten sie amüsiert und viel zu vertraulich an.

Anna wandte sich ab und schwor sich, es ihm zu zeigen. Für kurze Zeit flatterte die Krähe noch verstört an der Decke herum, dann ließ sie sich am Boden nieder und hüpfte, hinkend und ein Bein hinter sich herziehend, in immer kleineren Kreisen umher, bis sie schließlich, nur ein paar Meter von Anna entfernt, zur Ruhe kam und erschöpft zusammenbrach.

Anna zog den Gürtel ihres Morgenrocks auf und streifte ihn von den Schultern, während sie einen vorsichtigen Schritt in Richtung des Vogels machte und wenig später einen weiteren. Das Tier flatterte einmal kurz auf, zog sich ein Stück zurück und wäre sicher wieder davongeflogen, hätte Anna nicht mit einer vorsichtigen Bewegung den Morgenrock über es geworfen. Sie kniete sich hin, legte den Stoff um den Vogel und nahm ihn hoch, während sie beruhigend auf ihn einredete.

»Jetzt ist es gut«, sagte sie. »Jetzt ist es gut. Dir wird nichts geschehen, du brauchst keine Angst zu haben.« Sicher in der bunten Seide geborgen, streckte die Krähe den Kopf heraus und richtete ihr glänzendes Auge auf sie, wobei sich ihr Schnabel leicht bewegte, als ob sie zu sprechen versuchte.

Es war völlig still im Zimmer, bis auf einmal alle Kinder gleichzeitig zu reden anfingen und sich um sie scharten, um sich die eingefangene Krähe aus der Nähe anzusehen. Anna hatte nicht daran gedacht, sich auf eine derart spektakuläre Art den Kindern vorzustellen, doch sie hätte keinen besseren ersten Eindruck hinterlassen können, denn es war offensichtlich, dass sie alle, vom halbwüchsigen Michael bis zu dem kleinen Mädchen, das sich inzwischen unter der Decke hervorgetraut hatte, der Meinung waren, dass Anna eine beeindruckende Leistung geboten hatte.

»Aber mit dem verletzten Bein können wir ihn jetzt doch nicht einfach wieder vor die Tür in den Schnee setzen«, meinte das älteste Mädchen.

Ihr gleichaltriger Bruder stimmte ihr zu. »Könnt Ihr das Bein wieder richten, Ned?«

Die Kinder machten Platz, als der junge Mann näher trat. Auf einmal schien er Anna wesentlich größer. Sie wich seinem Blick aus, da sie keine weitere unverschämte Bemerkung provozieren wollte, doch sie wusste nicht recht, wohin sie sehen sollte, da sein Oberkörper nur mit einem einfachen, zudem noch offen stehenden Hemd bekleidet war. Sicherheitshalber schaute sie nach unten auf seine Hand, mit der er nach dem Vogel griff, jedoch nicht, um ihn ihr wegzunehmen, sondern lediglich, um unerwartet vorsichtig den Stoff ein wenig zur Seite zu ziehen, damit er einen Blick auf das verletzte Bein werfen konnte.

Seine Hände waren gebräunt und kräftig, und auf seiner Linken verlief eine Narbe in einer Linie von den Fingerknöcheln aus, die nicht zu übersehen war.

»Ja«, teilte er den Kindern schließlich mit. »Ich kann es richten.«

Angeber, dachte sie, und doch fühlte auch sie sich erleichtert und reichte ihm die Krähe, die noch immer in ihrem Morgenrock geborgen war. Und dann, in dem Versuch, den jungen

Mann in seine Schranken zu weisen, forderte sie ihn auf: »Also geht jetzt und versorgt das Tier entsprechend. Und schickt ein Dienstmädchen herüber, damit das Zimmer in Ordnung gebracht werden kann, bevor die Mutter der Kinder erwacht.«

Er antwortete nicht direkt, und als er sie ansah, bemerkte sie erneut die Belustigung in seinem Blick, und das kesse Blitzen in seinen Augen erinnerte sie daran, dass sie lediglich mit ihrem Nachthemd bekleidet vor ihm stand und ihr Haar ihr in ungebändigten Locken über die Schultern fiel. Obwohl sie fühlte, wie ihr die Röte in die Wangen stieg, gab sie seinen Blick kühl zurück, und er nickte auf eine Art, die gleichzeitig ergeben und spöttisch wirkte, während er sagte: »Ja, Mistress Jamieson.«

Er barg den Vogel sicher an seiner Brust, wandte sich um und ging, und Anna hatte das seltsame Gefühl, dass sie das Spiel zwar gewonnen, dabei aber keine allzu gute Figur gemacht hatte.

KAPITEL 30

Mir war nicht klar, warum Rob unseren Ausflug in die Vergangenheit abgebrochen hatte, bis er auf seine Uhr tippte und meinte: »Du wirst deinen Termin verpassen.«

Daran hatte ich überhaupt nicht mehr gedacht. Der Weg zurück war nicht lang, aber ich war froh, dass ich mich am Morgen für flache Schuhe entschieden hatte und nicht für die mit den hohen Absätzen. So kamen wir sogar noch fünfzehn Minuten vor der Zeit am Eingang der Eremitage an.

Der Wind blies kräftig von der Newa her, aber immerhin hatte er die dicke Wolkenschicht aufgerissen, und die Sonne schien hell vor einem Stück strahlend blauem Himmel. Im Sonnenlicht glitzerte die Eremitage wie im Märchen – einer der schönsten Paläste überhaupt mit der grünweißen Fassade, den goldfarbenen Verzierungen und den unzähligen Fenstern, die auf den Fluss blickten.

Auf den breiten Stufen vor dem Eingang drängten sich wie üblich lange Schlangen von Touristen und anderen Besuchern, die in Gruppen eingelassen wurden. Rob blieb ein wenig zurück.

»Du hast zu arbeiten«, meinte er. »Da würde ich nur stören. Ich gehe ein bisschen herum, das ist okay.«

»Bist du sicher?«

»Ja, klar. Du findest mich schon, wenn du fertig bist«, sagte er.

Also nickte ich und ging hinein.

Ich war Juri, Sebastians Freund, bereits zweimal begegnet. Er war ein leitender wissenschaftlicher Mitarbeiter in der Abteilung *Russische Kultur* des Museums und hatte mir geholfen, die Echtheit eines Makowski-Gemäldes nachzuweisen, das nun in meinem Büro über meinem Schreibtisch hing, und einmal hatte er Sebastian und mich zum Essen eingeladen. Er war ein netter Mann, dessen Augen hinter den gold geränderten Gläsern seiner Brille ein wenig zu ernsthaft blickten. Sein zerzaustes schwarzes Haar ließ sich durch keine Frisur bändigen. Nach dem traditionellen Begrüßungskuss fragte er mich auf Russisch: »Welche Sprache sprechen wir heute? Englisch oder Russisch?«

»Russisch, Juri Stepanowitsch.« Lächelnd fügte ich hinzu: »Ich freue mich, wenn ich ein wenig üben kann.«

»Dann lass uns das mal tun. Komm mit nach oben ins Büro, dort können wir uns besser unterhalten. Es ist bequemer, und wir sind unter uns.«

Für vertrauliche Gespräche waren die riesigen Säle des Winterpalasts in der Tat nicht geeignet. Dies war das größte der sechs Gebäude des *Staatlichen Museums Eremitage*, und es war während der Herrschaft von Zarin Elisabeth, der Tochter Peters des Großen, gebaut worden, also etwa dreißig Jahre nach der Zeit, in der Rob und ich Anna »wiedergefunden« hatten. In seiner Pracht stand es Schloss Windsor oder dem in Versailles in nichts nach. Unter den hohen Decken schien das durch die Fenster einfallende Licht beinah magisch, und jede Oberfläche trug ihren Anteil zu diesem Zauber bei: die Wandmalereien über uns, die polierten Säulen und der Marmor, der Malachit, die wertvollen Hölzer und das goldfarbene Blattwerk. All das zusammen war einfach überwältigend.

Und es zog enorme Menschenmassen an. Eine Besuchergruppe nach der anderen schlurfte ihrem jeweiligen Führer hinterher, von denen jeder den vorbereiteten Text herunterbetete, was zu einer Kakofonie von verschiedenen Sprachen führte, während sie ihre Schäfchen durch das Labyrinth an bebilderten Galerien führten, unter den wachsamen Blicken der Aufseherinnen, die Stunde um Stunde an den Eingängen zu den Räumen saßen und darüber wachten, dass sich jeder an die Regeln hielt.

Die Eremitage konnte etwa drei Millionen Kunstschätze ihr Eigen nennen, und auch wenn die derzeit ausgestellten Objekte nur ungefähr fünf Prozent davon umfassten, wusste ich von meinen früheren Besuchen, dass es Jahre dauern würde, sie alle zu betrachten. Doch jeder Tourist, den ich sah, schien sich tapfer genau das vorgenommen zu haben. Einige, die wohl schon eine Weile hier verbracht hatten, sahen erschöpft aus. Mir dagegen setzten der Lärm, die Hitze und das Gedränge mehr zu als alles andere, und so erschien mir Juris Büro in einem dem Publikum nicht zugänglichen Bereich wie ein wohltuender Rückzugsort.

Der Raum entsprach in gewisser Weise Juris Persönlichkeit und strahlte eine angenehme, chaotische, entspannte Atmosphäre aus, die mich dazu ermutigte, einen Stapel Papier von einem Stuhl zu nehmen und mich darauf niederzulassen.

»Hier.« Er gab mir einen druckfrischen Katalog der Ausstellung, der nach Druckertinte und geschnittenem Papier roch. »Der ist für dich. Sebastian habe ich bereits einen geschickt. Deinen Surikow findest du auf Seite dreiunddreißig.«

Ich betrachtete das Cover. »Wunderschön. Ein Polenow, oder?«

»Ja, aus der Zeit, als er gemeinsam mit Repin in dem Haus im Wald in der Normandie lebte. Er hat einige Bilder in der Art gemalt, auf denen dieser Weg zwischen den Bäumen zu sehen ist.«

Der Ausschnitt, den sie für das Katalogcover gewählt hatten, zeigte einen einsam den Weg entlanggehenden Bauern von hinten, während vor ihm das Sonnenlicht durch die grauen Regenwolken fiel. Ich kannte ein anderes Bild des Künstlers, auf dem ein Bauer mit einem Esel auf dem gleichen Weg zu sehen war, aber dieser einsame Mann passte perfekt zu dem Titel der Ausstellung: »Noch stets auf Wanderschaft: die Gemälde der *Peredwischniki* jenseits der Grenzen Russlands.«

Während ich im Katalog nach der Seite dreiunddreißig suchte, sagte Juri: »Wir haben die Ausstellung im Menschikow-

Palast untergebracht. Die offizielle feierliche Eröffnung ist erst am Dienstag, in Anwesenheit der Kuratoren aus Paris und New York und unseres Direktors, aber am Sonntag findet vorab ein kleiner Empfang statt, für einige internationale Freunde der Eremitage. Du solltest daran teilnehmen.«

»Es gibt wohl keine Möglichkeit, dass ich Wendy van Hoek vorher noch treffen könnte, oder?«

Juri lächelte. »Sie kommt heute Abend erst recht spät an. Aber morgen hängen wir die letzten Bilder auf, darunter den Surikow, und wir haben sie gebeten, dabei zu sein. Das wäre eine gute Gelegenheit. Soll ich das arrangieren?«

»Das wäre perfekt. Vielen Dank.« Ich sah ihn über den Rand des Katalogs hinweg an. »Wie ist sie so?«

»Miss Van Hoek? Wie ihr Vater«, antwortete er. »Hast du ihn kennengelernt? Nein? Na ja, er war ein leidenschaftlicher Kunstsammler, besessen von seinen Gemälden. Sie gehörten für ihn zur Familie. Und sie teilt diese Leidenschaft. Aber«, fügte er hinzu, während er sich auf seinem Stuhl zurücklehnte, »sie schätzt auch sehr die Annehmlichkeiten eines luxuriösen Lebens und viel zu reisen, und dafür braucht sie Geld.«

»Also du meinst, es besteht die Möglichkeit, dass sie tatsächlich bereit ist, das Gemälde zu verkaufen?«

»Dem richtigen Käufer vielleicht schon.« Juri lächelte leicht. »Aber nicht an Sebastian.«

»Das weiß ich bereits.«

»Ah, er hat es dir erzählt?«

»Keine Einzelheiten«, erklärte ich. »Er hat nur gesagt, dass Wendy van Hoek ihn nicht besonders mag.«

»Nicht besonders. Richtig.« Juri lächelte nun so offen, dass ich neugierig wurde.

»Was hat Sebastian angestellt?«

»Mir hat er es auch nicht erzählt. Ich hatte gehofft, dass du mehr darüber wüsstest. Seit ich sie kenne, bekriegen sie sich bis aufs Messer«, sagte er und benutzte den typischen russischen Ausdruck für Menschen, die einander absolut nicht leiden konnten: aufs Messer. »Auf jeden Fall war es weise, dich zu schicken.«

Ich war mir nicht sicher, ob »weise« das richtige Wort war oder eher »bequem« oder »selbstsüchtig«, aber ich würde vor anderen niemals die Entscheidungen meines Chefs infrage stellen. Stattdessen antwortete ich mit einem vagen Nicken und blätterte wieder im Katalog, um mir das Gemälde, das ich für Wassili erwerben sollte, genau anzusehen.

Im Grunde war es gar kein Gemälde, sondern eher eine Art Studie eines der Gesichter, die der Künstler in einem größeren Werk verwenden wollte, etwa in der Größe eines Zeitschriftencovers sorgfältig in Öl auf Leinwand gemalt.

Juri, der meinen Gesichtsausdruck sah, wusste, dass ich den Surikow gefunden hatte. »Es ist wunderschön, oder?«

»Ja. Ja, das ist es.« Ich hielt den Blick auf das Gesicht des alten bärtigen Mannes gerichtet, der respektvoll nach unten sah, auf etwas, das eine Schriftrolle zu sein schien und wovon nur ein kleines Stück am unteren Rand des Bildes zu sehen war. »Es ist einer der Bischöfe, oder? Von dem Wandgemälde, das er von … dem Ersten oder dem Zweiten Ökumenischen Konzil angefertigt hat«, sagte ich.

»Für das zweite, das von 381«, meinte Juri. »Ich bin beeindruckt, du hast deine Hausaufgaben gemacht«, fügte er hinzu.

»Ich tue mein Bestes.« Lächelnd erklärte ich: »Ich weiß gern etwas über die Geschichte eines Werkes.«

Ich wusste, dass Surikow in den Siebzigerjahren des neunzehnten Jahrhunderts vier Wandgemälde fertiggestellt hatte, eines von jedem der vier Konzile der Alten Kirche, während derer von den führenden Kirchenoberhäuptern über die Richtlinien und die Überzeugungen des Glaubens und über das Christentum selbst debattiert wurde. Diese Wandgemälde hatten über ein halbes Jahrhundert lang die Christ-Erlöser-Kathedrale in Moskau geschmückt, bis die Kathedrale auf Stalins Befehl hin gesprengt und vollständig zerstört worden war.

In Stalins Russland hatte es keinen Raum für Religion oder die religiöse Kunst gegeben.

Nur eines der Wandgemälde und Surikows Skizzen, anhand derer er seinen Auftraggebern gezeigt hatte, was er zu malen plante, waren der Zerstörung entgangen.

Dank dieser Skizzen wusste man in etwa, wie die verlorenen Wandgemälde ausgesehen hatten. Zwei von ihnen waren zwei Jahre zuvor auktioniert worden. Eine davon hatte Juri nun auf dem Bildschirm seines Computers aufgerufen. »Siehst du, dieser Bischof, der den anderen von der Schriftrolle vorliest, ist eindeutig der gleiche Mann wie auf der Studie in Öl«, meinte er. »Ich denke, es ist Gregor von Nazianz, der auch Bischof von Konstantinopel war, vielleicht sogar in dem Moment dargestellt, als er seine berühmte Rede hielt.«

Jetzt konnte ich nicht mehr folgen: »Berühmte Rede?«

»Ja. Kennst du die Geschichte nicht? Gregor hatte sich viele Feinde gemacht, viele andere Bischöfe waren gegen ihn, also trat er von seinem Amt zurück und verglich sich mit dem Propheten Jona, der einen Sturm heraufbeschwor, weil er davor geflohen war, Gottes Auftrag auszuführen und der Stadt Ninive das Strafgericht anzudrohen. Wie Jona nahm auch Gregor die Schuld auf sich und bot sich als Opfer an. Aber vorher hielt er noch eine seiner beeindruckendsten Reden. Und das ist es, was meiner Meinung nach auf dem Wandgemälde zu sehen ist«, erklärte Juri.

Ich studierte die Skizze auf dem Bildschirm und verglich sie noch einmal mit dem Gesicht in dem Katalog. »Ich denke, du hast recht.«

»Dein Klient hat einen guten Geschmack.«

Ich stimmte zu. Aber das war es nicht allein. Wassili hatte persönliche Gründe, warum er dieses Gemälde haben wollte, und als ich sie Juri erläuterte, nickte er verstehend.

»Wenn das so ist, schätze ich deine Chancen, Miss Van Hoek zu überzeugen, gar nicht so schlecht ein. Sie ist ziemlich sentimental.«

»Hoffen wir es.« Ich wollte nicht noch mehr von Juris Zeit beanspruchen. Höflich, wie Juri war, würde er mich nicht drängen, aber ich wusste, dass er einen vollen Zeitplan hatte, also schloss ich den Katalog und stand auf. »Ich danke dir sehr, dass du mich hier empfangen hast, Juri Stepanowitsch, ich weiß das sehr zu schätzen.«

Mit einem sehr russischen Schulterzucken entgegnete er: »Es war mir eine Freude. Würdest du jetzt gern deinen jungen Mann wiedersehen?«

Einen Moment lang starrte ich ihn an und fragte mich, woher er wusste, dass Rob mich begleitet hatte, und warum er es angesprochen hatte. Dann kam mir die Erleuchtung, und ich wusste, von wem die Rede war.

Ich lächelte. »Ja bitte. Zu gern.«

»Mein junger Mann« war keine Person, sondern ein Bild, das in einem der Räume im ersten Stockwerk hing. Es war mein liebstes unter den russischen Gemälden hier im Museum, wenn auch längst nicht so bedeutend wie die größeren, berühmten Werke, die gut beleuchtet eine ganze Wand für sich beanspruchten, damit die Leute sie entsprechend bewundern konnten. Aber dieses einfache Porträt bewirkte bei mir das, was nur bei den besten Kunstwerken der Fall war: Es zog mich an, hielt mich gefangen.

»Schade, dass wir in unserem Museumsshop keinen Druck davon verkaufen. Sonst könntest du ihn mit nach Hause nehmen, wenn du ihn so sehr magst«, meinte Juri.

Es schmeichelte mir, dass er sich von meinem letzten Besuch her noch daran erinnerte, wie sehr mir das Gemälde gefiel. »Es macht mir nichts aus, ihn hier regelmäßig zu besuchen. Und es wäre auch nicht das Gleiche«, entgegnete ich. »Ein Druck könnte die Tiefe dieses Bildes sicher nicht wiedergeben.« Obwohl Juri bei mir war, konnte ich den argwöhnischen Blick der Museumswächterin in der uns am nächsten liegenden Ecke spüren, als ich mich ein wenig weiter zu dem Porträt vorlehnte. »Ich habe mich schon oft gefragt, wer er wohl war und wie er lebte. Und was an ihm Briullows Aufmerksamkeit erregt hat.«

»Meine Gedanken beschäftigen sich eher mit den Eigentümern der Bilder«, erklärte mir Juri, »wie sie lebten, wie sie an das Bild gekommen sind, warum sie es nicht behalten haben.« Als hätte meine Faszination für das Gemälde seine Neugier erregt, lehnte auch er sich vor, um es genauer zu studieren. »So ein Gemälde muss viel erlebt und miterlebt haben. Zu schade, dass wir nie erfahren werden, was es all die Zeit über gesehen hat.«

Ich könnte es ihm sagen, dachte ich. Ich könnte es berühren und ihm erzählen, wem es gehört hatte, ihm von dem Leben der früheren Eigentümer berichten. Was mich überraschte, war nicht, dass mir das bewusst war, sondern wie gern ich es getan hätte. Beinah hätte ich die Hand gehoben, und ich musste mich zusammenreißen, um die Wächterin nicht in Alarm zu versetzen.

Auch nachdem Juri sich verabschiedet hatte und zurück an seine Arbeit gegangen war, blieb ich noch eine Weile vor dem Porträt stehen, um es zu betrachten. Und der Drang, es zu berühren, ließ sich immer schwerer kontrollieren.

Noch vor einer Woche hatte ich mich regelrecht davor gefürchtet, die Feuervogel-Skulptur ein zweites Mal in die Hand zu nehmen, daher wunderte es mich, dass ich nun von einer Art innerem Zwang dazu getrieben wurde, das Bild zu berühren und seine Geschichte zu erfahren.

Das Gefühl hielt an, als ich das Bild und den Raum, in dem es hing, verließ und mich durch die vollen Flure zum Ausgang vorarbeitete. *Du findest mich schon*, hatte Rob gesagt, doch im Moment war ich viel zu sehr abgelenkt, um konzentriert zu suchen, also probierte ich es erst gar nicht.

Im Pavillon-Saal blieb ich stehen. Es war ein hoher heller Raum, in dem weit oben rundherum eine Galerie verlief, die von weißen Säulen und grazilen, mit goldfarbenem Blattwerk verzierten Rundbogen getragen wurde. Von dem glänzenden gemusterten Parkettboden über den hellen Marmor bis hin zu den hohen, eleganten Bogenfenstern, die auf die Newa hinausgingen, war dies für mich ein privilegierter, königlicher Ort. Und ich fühlte Stimmen, die regelrecht an mir zerrten und gehört werden wollten.

Die anderen Besucher drängten sich hauptsächlich um die große Uhr mit dem goldenen Pfau oder betrachteten bewundernd die kunstvollen Intarsien im Parkettboden.

Von einem riesigen Kronleuchter verborgen ging ich in die Knie, als wollte ich mir den Schuh zubinden, legte eine Hand auf den Boden, wie um mich abzustützen, und schloss für einen Moment die Augen.

Nach und nach stiegen die Bilder auf und wurden zu dem üblichen Filmstreifen, liefen verschwommen rückwärts. Ich versuchte, mich daran zu erinnern, was Rob mir beigebracht hatte. Höchst konzentriert hielt ich den Film an und bemühte mich, ihn nun Bild für Bild vorwärts abzuspulen. Ich hatte es beinah geschafft, doch dann verschwammen die Bilder wieder und entschwanden, und …

»Miss?« Eine männliche Stimme unterbrach mich, brachte mich zurück in die Gegenwart. »Sind Sie okay?« Es war ein Amerikaner, ein älterer Herr, der mich besorgt ansah. »Brauchen Sie Hilfe?«

Eine Frau, wahrscheinlich seine Gattin, war ebenfalls stehen geblieben, und weitere Mitglieder ihrer Besuchergruppe drehten sich nach mir um. Mit rotem Kopf verneinte ich und stand auf, wobei ich versicherte, dass es mir gut gehe. »Mein Schuh …«, versuchte ich zu erklären, und er nickte freundlich. Ich bedankte mich, und er ging weiter, sodass ich nun einen freien Blick auf den Eingang in den Saal hatte und auf den Mann, der gerade hindurchtrat.

Im Gegensatz zu den anderen Besuchern sah Rob so aus, als könne er durchaus den ganzen Tag in diesem Museum verbringen. Wenn ihn die Hitze störte, war es ihm nicht anzumerken. Aber ich sah ihm an, dass er ein wenig unruhig war.

Bist du fertig?

Mit einem Nicken ging ich auf ihn zu.

Wie war dein Termin?

Gut.

Als wir die breite Jordantreppe hinuntergingen, sah er mich an, anstatt der Pracht, die sich ihm bot. *Ist alles in Ordnung?*

Ja, es geht mir gut. Wieso fragt mich das jeder?

Seine Antwort war Schweigen. Auf der Suche nach einem unverfänglichen Gesprächsthema fragte ich ihn nun laut: »Was hast du dir angesehen, während ich weg war?«

»Oh, eine Menge Dinge. Die meiste Zeit habe ich in der Bibliothek von Nikolaus II. verbracht und ihn darum beneidet. Warst du schon mal da?«

War ich. Ein Zufluchtsort im englisch-gotischen Stil mit Regalen aus Walnussholz und Ledermöbeln, einer kunstvoll gestalteten Treppe und einem riesigen Kamin. Ich mochte die Bibliothek auch sehr.

»Und nicht weit davon entfernt gibt es ein paar Räume mit Dingen, die Peter dem Großen gehört haben«, fuhr Rob fort. »Einiges davon war sehr interessant, nicht nur all seine Schwerter, sondern seine nautischen Instrumente, seine Werkzeuge zur Holzbearbeitung und die alte Drehbank. Mir war nicht klar, dass er sich mit so normalen Dingen beschäftigt hat.«

»Dass er ein begeisterter Handwerker war, meinst du? Dafür war er bekannt. Er ist immer mal wieder zu den Werften gegangen, hat die Ärmel aufgekrempelt und den Arbeitern beim Bau der Schiffe geholfen. Aber er hat nicht nur große Dinge geschaffen. Hast du den Leuchter aus Elfenbein gesehen? Den hat er teilweise selbst geschnitzt, aus den Stoßzähnen von Walrössern. Wirklich beeindruckend.«

»Den sehe ich mir beim nächsten Mal an«, versprach Rob. Dann schwieg er, und als wir auf dem Weg nach draußen am Museumsshop vorbeikamen, fragte er: »Hast du etwas Interessantes gesehen?« Auf meinen verständnislosen Blick hin erklärte er: »Oben, gerade eben?«

Ich wollte ihn nicht belügen. »Ohne deine Hilfe habe ich es nicht geschafft.«

»Du hast das prima gemacht gestern Abend.«

Gut, da war ich es gewesen, die die Wand berührt hatte, aber Rob hatte mich gehalten und mir gesagt, was ich tun sollte. »Da hast du mir ja auch geholfen.«

»Ein bisschen.«

»Wie du meinst. Ist ja auch nicht schlimm.«

Rob durchschaute mich: »Nicht?«

Überhaupt nicht, wollte ich antworten. Weil es so sein sollte. Sosehr ich Rob auch um das beneidete, wozu er in der Lage war, in meinem Leben gab es keinen Platz dafür. In meinem normalen Leben.

»Jetzt bist sowieso du wieder an der Reihe«, sagte ich ausweichend. »General Laceys Haus existiert nicht mehr, also gibt es nichts, was ich berühren könnte.«

»Vorerst.« Mit einem Schulterzucken folgte er mir durch den Ausgang des Museums auf die geschäftige, verkehrsreiche Straße am Newa-Ufer. Die Hände in den Hosentaschen sah er Richtung Westen an der Kuppel der Admiralität vorbei. Ich spürte, dass es ihn drängte, dorthin zurückzukehren, wo wir Anna verlassen hatten, doch da er meine leichte Entmutigung bemerkt hatte, wollte er mir offensichtlich ein wenig Zeit geben, neue Kraft zu sammeln und mein Gleichgewicht wiederzufinden. Mit einer hochgezogenen Augenbraue sah er mich an: »Hat der Laden mit den leckeren Piroggen schon geöffnet?«

KAPITEL 31

Anna fühlte sich besser, als sie zum Mittagessen hinunterging. Sie war wesentlich gelassener. Ihr Haar hatte sie unter einer kleinen schwarzen Spitzenhaube gebändigt, und sie hatte das schwarze Kleid aus schwerer gerippter Seide angezogen, das sie von der Frau des Vizeadmirals bekommen hatte. »Es passt mir nicht mehr richtig«, hatte Mrs. Gordon gesagt und über den feinen Stoff gestrichen, »aber es ist spanische Seide von guter Qualität. Und es ergibt sich immer mal wieder eine Gelegenheit, ein schwarzes Kleid zu tragen.«

Leider hatten sich ihre Worte allzu schnell bewahrheitet, denn nur drei Monate später war die Frau des Vizeadmirals ihrer Krankheit erlegen, und Anna hatte in dem schwarzen Kleid neben Jane an ihrem Grab gestanden. Sie hatte es während der Trauerzeit getragen und auch zu Janes Beerdigung, dennoch machte es sie nicht traurig, wenn sie es anzog, sondern es tröstete sie, als ob sie mit dem Kleid auch die Freundlichkeit und die Eleganz der Frau erhalten hätte, der es einmal gehört hatte.

Als sie nun den Speisesaal betrat und General Lacey und seine Frau begrüßte, bemühte sie sich um genau dieses Eleganz. Der General führte sie zu ihrem Stuhl, und nachdem seine Frau Platz genommen hatte, ließ auch er sich am anderen Ende des Tisches nieder. Mrs. Lacey war blasser als am Vorabend. Anna hatte bereits miterlebt, wie sehr Frauen in den ersten Monaten der Schwangerschaft litten, und sie wusste, dass es manchmal andauerte, bis das Kind sich bewegte. Sie hoffte das Beste für die Frau des Generals.

Als könne Mrs. Lacey ihre Gedanken lesen, lächelte sie. »Ich habe das schon mehrmals durchgemacht, Mistress Jamieson. Es ist ein geringer Preis für das, was man später bekommt«, sagte sie mit ihrem zauberhaften Akzent auf Englisch. »Ich denke, Ihr habt meine Kinder heute Morgen bereits kennengelernt.«

»Ja, das habe ich. Sie sind entzückend.«

»Und sie tun sehr geheimnisvoll, was die Begegnung mit Euch angeht. Aber wie ich sehe, habt Ihr es wohlbehalten überstanden.«

»Habt Ihr sie alle auf einmal kennengelernt? Sehr tapfer«, lobte der General.

»Sie scheint sie sehr beeindruckt zu haben«, erzählte Mrs. Lacey ihrem Mann. »Katie hat gefragt, ob wir sie behalten können.«

»Na, dann sollten wir das vielleicht tun«, meinte der General belustigt.

Am Tisch war für zwei weitere Personen gedeckt – Anna gegenüber und zu ihrer Linken –, was darauf hinwies, dass Gäste erwartet wurden. Einer von ihnen traf wenige Minuten später ein.

»Pater Domenic.« Der General stellte den noch recht jungen Franziskanermönch vor, dessen braune Kutte und die Tonsur bei Anna eine Welle an Erinnerungen ausgelöst hatten. Die Franziskaner waren keine Kapuziner, obwohl der Kapuzinerorden zu den franziskanischen Orden zählte. Allerdings hatte er sich etwa zwei Jahrhunderte zuvor von dem ursprünglichen Franziskanerorden gelöst. Bis vor Kurzem hatte es auch Kapuziner in St. Petersburg gegeben, und der Anblick ihrer weiten Kapuzen und ihrer Bärte hatte Anna jedes Mal an Pater Graeme denken lassen, aber zwischen ihnen und den Franziskanern war es zu Unruhen gekommen, sodass der Zar in einem seiner letzten Dekrete verfügt hatte, dass die Kapuziner die Stadt verlassen mussten. Das war erst im letzten Januar gewesen.

Nun wurde die kleine katholische Gemeinde in St. Petersburg nur noch von den Franziskanern unterstützt. Einige von ihnen predigten in der katholischen Kirche in der Griechischen Straße oder in der Kapelle der Franzosen auf der Wassiljewski-Insel, während andere, wie Pater Domenic, in katholischen Familien die Kinder unterrichteten und die Seelsorge übernahmen.

Pater Domenic trug wie alle Franziskaner keinen Bart, und in seinem freundlichen Blick konnte Anna keine Spur des Humors entdecken, den sie an Pater Graeme so gemocht hatte.

Sie warteten noch ein wenig auf den letzten noch fehlenden Gast, doch dann nickte der General dem Mönch entschlossen zu und bat: »Pater, würdet Ihr den Tischsegen sprechen?«

»Natürlich.«

Während des recht ausführlichen Segens hielt Anna den Blick demütig gesenkt, wie es auch die anderen taten. Als hinter ihr die Dielen knarrten, achtete sie nicht weiter darauf, bis das Bein eines Mannes in ihr Blickfeld geriet – ein kräftiges in schwarze Kniebundhosen und schwarze Strümpfe gekleidetes Bein. Die Schöße eines schwarzen Jacketts wurden zurückgeschlagen, als der Mann sich diskret auf dem Stuhl neben ihr niederließ.

Um an ihrem ersten Tag keinen Fehler zu begehen, hielt Anna den Kopf gesenkt, bis Pater Domenic »Amen« sagte. Erst da blickte sie neugierig zur Seite, um den Neuankömmling zu betrachten, der sich gerade respektvoll bekreuzigte.

Er hob den Kopf, erwiderte kurz ihren Blick und zwinkerte ihr zu, bevor er sich Mrs. Lacey zuwandte, als diese in fröhlichem Ton meinte: »Edmund, ich dachte schon, Ihr hättet uns vergessen.«

Der General lächelte. »Niemals würde ein Mitglied meiner Familie sich eine Mahlzeit entgehen lassen«, sagte er zu seiner Frau.

»Das stimmt«, bestätigte der Mann an Annas Seite leichthin und ohne eine Spur von Respekt. »Und schon gar nicht während der Fastenzeit, wenn Ihr mir vergebt, Pater.«

»Welche Sünde zu begehen wart Ihr denn so lange beschäftigt?«, fragte Pater Domenic nachsichtig.

»Gar keine. Ich habe mich um einen Vogel gekümmert, was sicher sogar Ihr heiliger Franziskus gutheißen würde. Hat er nicht den Vögeln gepredigt?«

»Ja, hat er«, entgegnete Mrs. Lacey. »Mistress Jamieson, darf ich Euch Mr. Edmund O'Connor vorstellen, einen Verwandten meines Mannes, der kürzlich aus Spanien hierhergekommen ist.«

Mühsam rief sich Anna ihre Manieren in Erinnerung, nickte ihm zu und sagte: »Mr. O'Connor.«

Sein Blick war nicht wirklich respektlos, aber auch nicht besonders galant. Eher schelmisch. »Mistress Jamieson«, entgegnete er, »Euch zu Diensten.« Die kaum hörbare Betonung des letzten Wortes war eindeutig beabsichtigt.

Ohne sich von der Spannung, die in der Luft lag, irritieren zu lassen, fragte Mrs. Lacey: »Was für ein Vogel war es denn, Edmund?«

Anna hatte den Eindruck, dass er einen Moment zögerte, bevor er antwortete, und sie fragte sich, ob es wohl daran lag, dass Mrs. Lacey aus Livland stammte und möglicherweise den russischen Aberglauben, Nebelkrähen betreffend, teilte.

Gleich darauf erklärte er freundlich: »Ein verletzter Vogel. Ich habe nach einer Möglichkeit gesucht, ihn entsprechend unterzubringen.«

»Und was habt Ihr letztendlich für einen Käfig gewählt?«, fragte Mrs. Lacey.

»Den Kaninchenkäfig.«

»Die Kaninchen haben wir gegessen«, erinnerte ihn der General.

»Deswegen habe ich den Vogel auch gut versteckt«, kam die schlichte Antwort.

Wein wurde ausgeschenkt. Pater Domenic blieb aus Gründen des Fastens bei Wasser und Brot, Anna jedoch nahm gern ein Glas und erhob es aus reiner Gewohnheit kurz über der kleinen Schüssel mit Wasser, die neben ihr stand, bevor sie den ersten Schluck nahm – eine Geste, die dem aufmerksamen Blick des Generals nicht entgangen war.

»Mistress Jamieson, wie ich sehe, trinkt Ihr auf die Gesundheit des Königs auf der anderen Seite des Wassers«, bemerkte er.

Anna senkte das Glas. »General, ich trinke auf die Gesundheit des einzigen wahren Königs.«

»Aha.« Der General blickte über den Tisch, während er sein Weinglas über der Schüssel an seiner Seite erhob. »Eine mehr auf unserer Seite«, sagte er zu seiner Frau.

Edmund O'Connors Blick war voller Unschuld, als er bemerkte: »Ach, und wenn der König mal einen Vogelfänger braucht, wäre Mistress Jamieson dafür bestens geeignet.«

Anna, die sich von ihm nicht bloßstellen lassen wollte, entgegnete: »Immerhin habe ich ihn gefangen.«

»Hätte ich auch, wenn ich zu Eurer Technik gegriffen hätte, aber ich hielt es für unpassend, vor den Kindern mein Hemd auszuziehen.«

Angesichts der allgemein hochgezogenen Augenbrauen stieg ihr eine leichte Röte ins Gesicht, wobei ihr klar war, dass die Verwunderung der Anwesenden eher von der Tatsache herrührte, dass sie sich stritten, als vom Gegenstand des Streits.

Die Frau des Generals sah ihren Mann an, wobei sie sich bemühte, ihr Erstaunen zu verbergen. »Nun gut.«

»Allerdings.« Der General erwiderte den Blick seiner Frau, dann lehnte er sich wie in Erwartung einer amüsanten Vorführung zurück und sagte: »Lasst uns noch etwas Wein trinken.«

»Es macht ihm Spaß, mich zu provozieren«, beschwerte sich Anna drei Tage später, als Mary, die Tochter des Vizeadmirals, zu einem nachmittäglichen Besuch vorbeigekommen war. Anna säumte die Naht an dem Ärmel, den sie nähen wollte, und fuhr fort: »Ich kann ja schlecht bitten, woanders am Tisch sitzen zu dürfen, denn dann hätte er gewonnen. Und ihm gegenüberzusitzen wäre nicht besser als neben ihm, vielleicht sogar schlimmer, denn dann müsste ich ihm ins Gesicht sehen.«

»Ich kenne da einige, die es alles andere als schlimm fänden, ihn anzusehen«, meinte Mary.

Anna rollte mit den Augen. »Er selbst wäre zweifellos der Erste, der dieser Meinung wäre.«

»Auf jeden Fall sieht er besser aus als dein Mr. Taylor.«

»Er ist nicht ›mein‹ Mr. Taylor«, entgegnete Anna geduldig, während sie die Nadel in die schöne graue Seide führte. »Und ich bin sicher, alles, was Gott ihm an Schönheit gegeben hat, hat er getan, um sein hässliches Wesen auszugleichen.«

Sie saßen in dem kleinen blauen Zimmer neben dem von Mrs. Lacey und hatten die Fensterläden weit geöffnet. Auch die Tür stand auf, und auf Marys warnenden Blick hin meinte Anna: »Niemand kann mich hören. Mrs. Lacey schläft, die Jungen haben Unterricht, und die Mädchen lernen zu tanzen.«

»Nicht das, was man uns beigebracht hat, hoffe ich.«

»Nein. Das, was sie lernen, kommt aus Holstein.«

»Also nicht die Quälerei aus Wien. Es ist ein Wunder, dass wir überhaupt zu tanzen gelernt haben«, erinnerte sich Mary schaudernd. Dann nahm sie den Faden ihres Gesprächs wieder auf: »Und Mr. O'Connor? Ist er nicht zu Hause?«

»Er wohnt nicht hier«, erklärte Anna. »Er wohnt in einer Pension in der Nähe von Sir Harrys Haus.«

»Aha, das erklärt einiges.«

»Was?«

»Warum die Frauen der Kaufleute so viel über ihn sprechen. Sie sehen ihn sicher jeden Tag, wenn er dort in ihrer Nähe wohnt.«

Anna senkte den Kopf, um sich auf eine schwierige Stelle in ihrer Näharbeit zu konzentrieren. »Und was erzählen sie so?«

»Dass er jemanden getötet hat.«

Sie war kein Freund von Gerüchten. »Mit dem Schwert oder mit seiner Zunge«, scherzte sie, »scharf genug dafür ist sie.«

Mary lächelte. »Ich gestehe, dass ich das nicht weiß. Ich werde mich erkundigen.«

»Nein, spar dir die Mühe. Halt dich von den Frauen der Kaufleute fern«, riet sie. »Jemand, der uns Frauen für das schwächere Geschlecht hält, sollte mal eine Stunde mit Mrs. Hewitt und ihren Freundinnen verbringen. Das würde seine Meinung radikal verändern.«

»Wenn er es überlebt«, meinte Mary lachend. »Aber ich kann nicht guten Gewissens schlecht über diese Frauen reden, wenn ich eines Tages vielleicht zu ihnen gehöre.«

Anna sah auf. »Warum? Welcher Kaufmann hat dir den Kopf verdreht?«

Mary hatte die Brauen gerunzelt, auf diese leichte, dezente Art, die typisch für sie war, und lenkte nachsinnend von der Frage ab: »Also Mr. O'Connor wohnt nicht hier, kommt aber jeden Tag zum Essen. Warum wohl?«

»Ich würde sagen aus Faulheit, wenn es nicht dem Spaß geschuldet ist, den es ihm macht, mich zu ärgern.« Der nächste Stich war übereifrig, und sie stach sich in den Finger. Sie hielt für einen Moment inne und fragte Mary: »Ist es wirklich so eine Freude, sich über mich lustig zu machen?«

»Nun ja, du bist recht leicht zu provozieren«, gestand Mary.

»Das ist nicht gerade die meiner Eigenschaften, die ich dem General und seiner Frau vorrangig präsentieren möchte.«

»Es scheint ihnen nichts auszumachen«, überlegte Mary laut. »Du bist jetzt schon fast eine Woche hier, und es gab noch keine Beschwerden. Im Gegenteil: General Lacey hat Papa erst vor zwei Tagen gesagt, wie sehr seine Frau von dir angetan ist und dass du – ich gebe es wortwörtlich wieder – eine neue Wärme in ihr Haus gebracht hast.«

Anna fühlte einen Anflug von Stolz. »Dann werde ich die Zähne zusammenbeißen und Mr. O'Connor ertragen«, sagte sie.

»Weise ihn in seine Schranken. Du bist immer noch höhergestellt als er.«

Anna zuckte mit den Schultern und widmete sich wieder ihrer Näharbeit. »Ich bin nicht höhergestellt, ich bin Anna Niktowa, schon vergessen?«, meinte sie. »Das heißt, ich habe keine gesellschaftliche Stellung, und er hat keine Manieren, ich denke, das gleicht sich aus.«

KAPITEL 32

Sie hatte seine Dame.

Das Schachbrett lag zwischen ihnen und glich einem Schlachtfeld, auf dem nur wenige Soldaten dem Kampf noch nicht erlegen waren; einige standen als hilflose Zuschauer am Rand. Sie hatte wie immer schwarz gewählt. Edmund O'Connor, der offensichtlich der Meinung gewesen war, mit den weißen Figuren im Vorteil zu sein, hatte ihr auf die ihm eigene herablassende Art zugestanden, ihre Entscheidung zu überdenken, aber nachdem sie nun schon so viele Jahre ihren schwarzhaarigen König verteidigt hatte, kam dies für sie nicht infrage. Und nun stand ihr König, von Springer und Läufer flankiert, stolz und sicher hinter seinem Turm.

Edmund O'Connor runzelte die Stirn und stützte die Ellbogen auf, um die Szenerie aus nächster Nähe zu betrachten. Als sie seinen letzten Läufer geschlagen hatte, hatte er das Jackett ausgezogen und saß nun in seiner schlichten schwarzen Wollweste und im Hemd mit wie bei einem Arbeiter aufgerollten Ärmeln vor ihr.

Der General, der mit seinem Stuhl näher herangerückt war, um der Partie besser folgen zu können, lächelte leicht, sagte jedoch nichts. Außer ihnen befand sich niemand mehr im Salon. Pater Domenic ging gewöhnlich früh zu Bett, und Mrs. Lacey hatte sich nicht viel später ebenfalls in ihr Zimmer zurückgezogen. Und inzwischen waren die Kerzen in den großen Wandleuchtern aus Messing, die das Licht wie goldene Spiegel reflektierten, bereits ein gutes Stück weiter heruntergebrannt.

Auch Edmund O'Connors schwarze Wimpern fingen das

Licht und sandten Schatten auf seine leicht hervorstehenden Wangenknochen, während er nach einer Möglichkeit suchte … und suchte …

Jetzt, dachte Anna. Jetzt hat er es gesehen.

Er nahm den letzten seiner Bauern, den er noch nicht bewegt hatte, und rückte ihn mit Überzeugung zwei Felder nach vorn, sodass er auf einer Linie mit ihrem schwarzen Bauern stand.

Sie lächelte, zog mit ihrem Bauern diagonal vorwärts über das leere Feld, das sein Bauer überquert hatte, und nahm ihn sich mit sicherer Hand und voller Befriedigung.

»Nein, das geht nicht«, wandte er ein. »Ich kann meinen Bauern beim ersten Zug zwei Felder nach vorn setzen, und er hat das erste Feld gar nicht berührt.«

»Doch hat er, Sir. Vielleicht hat er es nicht wirklich berührt, aber sein Weg führt darüber. So sagen es die Regeln, was bedeutet, dass mein Bauer ihn schlagen kann«, erklärte sie. »Es ist ein sogenannter En-passant-Zug und völlig regelgerecht.«

»Aha.« Er lehnte sich zurück, und sein Blick schwankte zwischen Verwirrung und widerwilligem Respekt. »Ihr müsst es ja wissen.«

»Sie hat Euch eine Falle gestellt, mein Junge«, sagte der General, nun offen lächelnd. »Sie wusste, dass Ihr Eure Dame zurückhaben wollt, sodass sie Euch einen Weg eröffnet hat, und Ihr seid darauf reingefallen. Wobei es natürlich ein noch gröberer Fehler war, ihr Eure Dame überhaupt zu überlassen.«

»Sie hat meine Dame nur bekommen, weil ich dachte, sie hat es auf meinen Läufer abgesehen.«

»Sie ist dabei äußerst geschickt vorgegangen, wie mir aufgefallen ist. Den Feind in die Irre zu führen kann auch im Krieg eine sehr nützliche Taktik sein.«

»Tatsächlich?«

»Ja«, meinte der General. »In Poltawa hat das sehr gut funktioniert.«

Der junge Mann stöhnte. »Nicht schon wieder Poltawa!«

»Es war eine bedeutende Schlacht. Für mich eine der

wichtigsten. Ich wurde dort verwundet, und das gibt mir das Recht, wenn ich es will, jeden Tag davon zu erzählen.« In der Stimme und den Augen des Generals blitzte der verschmitzte Humor auf, den Anna von Kind an gewohnt war. »Ich bin sicher, dass Mistress Jamieson, die so viel kriegerische Geschicklichkeit bewiesen hat, die Geschichte äußerst interessant finden würde.«

»Mistress Jamieson hat sicher schon oft genug davon gehört, so lange wie sie schon in Russland lebt. Ich bin erst seit ein paar Monaten hier und kenne die Geschichte schon in- und auswendig.«

Die Schlacht bei Poltawa war für die Russen das, was für die Schotten die Schlacht von Bannockburn war. Dort waren die Schweden auf russischem Boden vernichtend geschlagen worden – ein entscheidender Wendepunkt im Großen Nordischen Krieg, der für immer in die Geschichte eingehen würde.

»Ich war zu der Zeit ein Säugling und noch in Schottland«, erklärte Anna. »Und ich habe die Geschichte bisher nur von Leuten gehört, die erzählt haben, was sie von anderen erfahren haben, aber niemals von jemandem, der entscheidend dazu beigetragen hat. Erzählt mir bitte alles über Poltawa, was Ihr möchtet.«

Lächelnd meinte er: »Nun ja, vielleicht nicht alles. Aber die Taktik, mit der Ihr Edmunds Dame geschlagen habt, war der, mit der wir unsere Männer über die Worskla gebracht haben, sehr ähnlich. Ich zeige es Euch.« General Lacey lehnte sich nach vorn und begann, die Figuren auf dem Brett neu anzuordnen.

»Wir waren noch nicht fertig«, wandte Edmund ein.

»Natürlich wart Ihr das. Ihr standet vor der Kapitulation, mein Junge, dies abzustreiten wäre unehrenhaft. Ich bewahre Euch also vor der Schande der Niederlage.« In der Mitte des Schachbretts bildete er ein Viereck aus den vier Türmen. »Das ist das belagerte Poltawa«, erklärte er und stellte den weißen König mit einem kleinen Trupp direkt darunter auf. »Der schwedische König Karl lagerte hier mit seiner Armee. Wir hatten uns mit unseren Soldaten auf dem gegenüberliegenden Worskla-Ufer gesammelt.« Am Rand des Schachbretts entlang bildeten die schwarzen Figuren eine gerade Reihe. »Irgendwie mussten wir über den Fluss kommen, aber die Schweden waren uns zahlenmäßig überlegen und im Wasser hätten sie uns leicht besiegen können. Was also konnten wir tun?« Er sah von Anna zu Edmund und wartete auf eine Antwort.

»In der Nacht an einer uneinsehbaren Stelle übersetzen«, schlug Edmund vor.

»Aber sie wussten, dass wir über den Fluss kommen würden, und ließen uns keine Sekunde aus den Augen. Sie haben darauf gewartet, wir konnten sie nicht überraschen.«

Wieder blickte er Anna an, und sie suchte fieberhaft nach der Lösung, doch schließlich gestand sie: »Ich weiß, Ihr habt gesagt, dass die Taktik der ähnlich war, mit der ich die Dame geschlagen habe, aber ich kann die Verbindung nicht herstellen.«

»Ich helfe Euch: Ihr hattet es auf Edmunds Dame abgesehen, habt aber Euren Läufer auf die andere Seite des Brettes geführt. Warum?«

»Weil ich Mr. O'Connor so von seiner Dame ablenken wollte.«

»Genau.«

Nun ahnte sie, worauf er hinauswollte. »Ihr habt die schwedischen Wachen mit einer List getäuscht.«

»Ja, das haben wir. Wir haben den Anschein erweckt, dass wir hier, flussabwärts, unterhalb des Ortes, den Fluss überqueren wollten. Wie wir erhofft hatten, haben die Schweden uns beschossen, um das zu verhindern. Doch während sie damit beschäftigt waren, einen kleinen Teil unserer Armee zu bekämpfen, setzte der Hauptteil unserer Streitkräfte weiter im Norden unbemerkt über.« Als der General, um seine Taktik zu illustrieren, die schwarzen Schachfiguren zurückzog, fiel ihm noch etwas ein. »Zudem wurde der schwedische König, der ebenfalls auf unsere List hereingefallen und persönlich Richtung Süden geritten war, um uns zurückzuhalten, von einer Kugel am Fuß getroffen, sodass er seine Truppen nicht in die entscheidende Schlacht führen konnte.« Mit einer lässigen Handbewegung warf er Edmunds weißen König um. »Es gibt viele Stimmen, die behaupten, dass er so die Schlacht und damit auch den Krieg verloren hat.«

»Und das nur, weil sie nicht darauf geachtet haben, was Ihr getan habt«, meinte Edmund.

»Sie haben zu sehr darauf geachtet, was wir tun.« Der General lehnte sich zurück. »Sie haben damit gerechnet, dass wir den Fluss überqueren, so wie Ihr damit gerechnet habt, dass Mistress Jamieson versuchen wird, Euren Springer zu schlagen.« Er wandte sich an Anna: »Warum denkt Ihr, hat er damit gerechnet, dass Ihr es auf seinen Springer abgesehen habt, Mistress Jamieson?«

Sie hatte den General während des Spiels beobachtet, und daher wusste sie, dass er ihre Taktik genau verfolgt hatte. Daher bemühte sie sich erst gar nicht, ihre Intelligenz zu verschleiern, wie sie es manchmal gegenüber anderen Männern tat. »Mr. O'Connor hat seinen Springer als Köder benutzt, um an meine Dame heranzukommen.«

Anna sah, wie Edmund ihr das Gesicht zuwandte. Sie konnte das Gewicht seines Blickes regelrecht spüren.

General Lacey fuhr fort: »Also habt Ihr ihn mit seiner eigenen List geschlagen. Und Ihr, Edmund, habt nur gesehen, was Ihr sehen wolltet. So ähnlich war es damals auch in Poltowa. Das Geheimnis, die eigene Taktik vor dem Feind zu verbergen, liegt meistens darin zu wissen, was er von einem erwartet, und scheinbar genau das zu tun, um seine Erwartung zu befriedigen.«

Anna verstand und hätte dem General gern noch weitere Fragen gestellt, wenn dieser nicht davon abgelenkt worden wäre, dass Edmund O'Connor die Figuren auf dem Schachbrett neu anordnete.

»Was habt Ihr vor?«, fragte er.

»Ich werde Euren Rat umsetzen.« Er stellte den weißen König

entschieden auf seinen Platz hinter den Bauern und sah Anna nun wie einen würdigen Gegner an. »Mal sehen, ob Mistress Jamieson auch diesmal meine Gedanken lesen kann.« Der Blick seiner dunklen Augen war herausfordernd. »Bevor ich ihre lese.«

»Ihr habt meinen Mann beeindruckt«, sagte Mrs. Lacey am nächsten Nachmittag zu Anna. »Er meinte, wärt Ihr ein Mann, würde er Euch in eine Uniform stecken und zu seinem Soldaten machen, bevor der Schnee geschmolzen ist.«

Anna lächelte und nahm hinter dem Cembalo Platz. »Als kleines Mädchen habe ich mir oft gewünscht, einmal ein Soldat sein zu können.«

»Ach du liebe Güte, warum denn das? Es ist ein furchtbares Leben. Wenn ich nur an die unzähligen Male denke, die mein Mann nicht bei uns sein konnte, weil er irgendwo weit weg im Krieg seinen Dienst tun musste, manchmal länger als ein Jahr. Alle leiden darunter, der Mann selbst und seine Familie.« Mit einem Blick durch den Salon – auf die Seidentapete an der Wand, den Kachelofen, die Gemälde und die Vorhänge – fuhr sie fort: »Meine Schwestern halten mich für verrückt, dass ich mit den Kindern hierhergekommen bin. Unser Anwesen in Livland ist viel … nun ja, es ist sehr groß und komfortabel. Anders als St. Petersburg. Trotzdem ist es so besser, weil wir alle zusammen sind. Oder beinah alle.« Ihr Lächeln verblasste kurz, bevor sie sich zur Heiterkeit zwang. »Ich habe eine Tochter aus meiner ersten Ehe, Beata. Sie ist etwa so alt wie Ihr und lebt bei der Familie ihres Vaters in Schweden. Sie wäre sicher Eure Freundin geworden, wäre sie hier.«

»Warum ist sie nicht bei Euch?« Anna hatte die Worte gesagt, bevor sie sich eines Besseren besinnen konnte.

Es war eine ungehörige Frage, die sie nicht hätte stellen sollen, wusste sie, aber die Antwort schien ihr aus irgendeinem Grund wichtig. Als ob Mrs. Lacey ihr helfen könnte zu verstehen, was ihre eigene Mutter vor all den Jahren empfunden hatte. Was sie vielleicht noch immer empfand.

»Ich wünschte, sie wäre hier«, sagte die Frau des Generals sehr leise. »Mehr als alles andere. Aber dort, wo sie jetzt ist, hat sie viel bessere Möglichkeiten. Viel bessere Aussichten, eine gute Partie zu machen, ein besseres Leben zu führen.« Sie sah Anna an, als meine sie, dass sie es nicht verstehen könne. »Es ist der Preis, den wir zahlen müssen, wenn wir Kinder haben: Eines Tages müssen wir sie loslassen. Die Söhne ihrem Schicksal zuführen und die Töchter in andere Hände geben, von denen wir hoffen, dass sie sie lieben und für sie sorgen. Und bis dahin können wir nur versuchen, die richtigen Entscheidungen für sie zu treffen. Aber keine dieser Entscheidungen ist einfach.«

In der darauffolgenden Stille fürchtete Anna, dass die Frau nun ihrerseits eine unbequeme Frage stellen könne, und um dies zu verhindern, legte sie die Finger auf die Tasten des Cembalos und bemühte sich, das zu tun, was man ihr am Vortag gezeigt hatte.

»Das war sehr gut«, lobte Mrs. Lacey. »Ihr müsst dabei so ruhig wie möglich bleiben und die Finger dicht über die Tasten halten. Ihr müsst sie nur ganz leicht berühren, dann könnt Ihr fühlen, wie die Saiten angerissen werden.«

Anna versuchte es. Es war ein seltsames Gefühl, aber von den Damen der Gesellschaft wurde erwartet, dass sie derartige Dinge beherrschten, und Anna wusste, dass der Vizeadmiral sich wünschte, dass sie eine solche Dame würde. Daher spielte sie die Tonfolge ein zweites und ein drittes Mal und bemühte sich, Mrs. Laceys sanften Anweisungen zu folgen und die Tasten weder zu fest noch zu schnell hintereinander anzuschlagen.

Der Musikunterricht dauerte beinah eine volle Stunde, und am Ende schmerzte Annas Rücken, und ihr Nacken war von der Anstrengung verspannt. Dennoch hätte sie von sich aus nicht aufgehört, doch die Frau des Generals fühlte sich erschöpft und wollte sich eine Weile ausruhen.

»Ihr könnt nun über Eure Zeit verfügen, meine Liebe. Ich rufe Euch, wenn ich Euch brauche.«

Die Zeit, die sie für sich hatte, war für Anna zugleich ein Segen und eine Last. Einerseits konnte sie tun, was sie wollte, andererseits gab es wenig, was sie mit der Zeit anfangen konnte. Sie konnte das Haus nicht einfach so und ohne Begleitung verlassen. Sie konnte lediglich die Näharbeit an dem geblümten Kleid fortsetzen oder sich in eines von General Laceys Büchern flüchten, aber diese Art Reise in eine andere Welt gewährte ihr keine wirkliche Freiheit.

Sie war schon zu lange nicht mehr draußen gewesen. Das war das Problem, dachte Anna, als sie sich in den pelzbesetzten Umhang mit Kapuze hüllte, der sie bereits mehrere Winter über gewärmt hatte. Obwohl es bereits Mitte März war, war es so kalt wie im Januar, sodass die Fenster am Morgen mit Eisblumen bedeckt waren und der Wind an den Läden riss und eine feine Schneeschicht auf den Simsen hinterließ.

Es gab einen Ort in General Laceys Haus, wohin sie sich auch ohne Begleitung wagen und die kalte Luft atmen konnte – den Hof, der auf allen Seiten von hohen Mauern umgeben war. Dort könnte sie ein paar Schritte gehen, was vielleicht ihre Kopfschmerzen vertreiben würde.

Die Dienstboten hielten sie für verrückt, doch keiner von ihnen sagte etwas, als sie durch die Küche zu der Tür ging, die in den Hof führte. Die Luft draußen war scharf wie eine Klinge, so beißend kalt, dass sie in den Nasenlöchern und auf den Wangen schmerzte, dennoch hob sie ihr glücklich das Gesicht entgegen.

Und bemerkte, dass sie nicht allein war.

Auch die Kinder waren im Hof. Die Beine zur Hälfte im Schnee versunken, drängten sie sich an der Tür zu dem kleinen grauen Schuppen, der an der westlichen Mauer stand. Anna wollte gerade fragen, was sie dort taten, nahm jedoch in diesem Moment wahr, dass sich in dem Schuppen eine größere Person bewegte. Als sie erkannte, um wen es sich handelte, wäre sie am liebsten sofort wieder ins Haus gegangen, doch Pierce, der kleinere der Jungen, drehte sich zu ihr um und rief: »Mistress Jamieson! Kommt herüber und seht Euch unseren Vogel an!«

Daraufhin drehten alle anderen die Köpfe in ihre Richtung, und ihr blieb nichts anderes übrig, als durch den Hof zu gehen und sich zu den Kindern zu gesellen, die fasziniert auf die Krähe in Edmund O'Connors behandschuhten Händen starrten.

»Nur ganz kurz«, teilte er ihnen mit. »Sie friert, wenn sie zu lange draußen ist.«

Die Krähe blieb ruhig und betrachtete sie neugierig, während die Kinder, eines nach dem anderen, vorsichtig mit einem Finger über ihren Kopf strichen. Alle außer Helen, das kleinste Mädchen, das sich ängstlich an ihren Bruder Michael presste. »Sie ist so hässlich.«

Edmund ging in die Hocke, sodass er und die Krähe sich auf einer Höhe mit dem Kind befanden, und stimmte ihr freundlich zu: »Stimmt, sie ist nicht die Schönste, aber sie hat diese Gestalt angenommen, um zu testen, ob wir uns auch so um sie bemühen.«

»Wie meint Ihr das?«, fragte Katie.

»Na ja, ich denke, das ist in Wirklichkeit gar keine Krähe, sondern die *Cailleach*. Habt ihr schon mal von der *Cailleach* gehört?« Er hob die Augenbrauen, und die Kinder verneinten allesamt. »Wie? Euer Vater hat euch noch nie von ihr erzählt? Die *Cailleach* ist eine sehr alte irische Frau«, erklärte er dann. »Sie ist wirklich sehr, sehr alt, älter als die Zeit. Sie wird im Herbst geboren und steht dem Jahr bei, wenn es stirbt. Sie kümmert sich um das Jahr, wenn es schneit und friert, und den ganzen Winter über beschützt sie die Samen, die im Frühling die Erde in frischem Grün erstrahlen lassen. Sie ist mächtig, aber man braucht keine Angst vor ihr zu haben«, beruhigte er Helen.

Das kleine Mädchen blinzelte. »Und das ist sie?«

Edmund nickte. »Ich glaube, ja. Sie nimmt öfter die Gestalt einer Krähe an, um zu sehen, ob man sich um sie kümmert.«

»Und wenn wir es tun? Was macht sie dann?«, fragte Katie.

»Dann bringt sie euch Glück. Also macht weiter so«, ermunterte er Helen und hielt ihr die Krähe auffordernd hin, »zeigt ihr, dass ihr gute Menschen seid.«

Helen biss sich auf die Lippe und streckte ihre kleine behandschuhte Hand aus, um den Kopf des Vogels zu berühren und sie dann ebenso schnell wieder zurückzuziehen. Stolz auf ihre Tapferkeit lächelte sie Edmund an, und dieser lächelte zurück.

»Na also«, sagte er zu dem Mädchen. »Sie wird uns nun sicher bald den Frühling bringen.«

Anna hatte die ganze Zeit über nichts gesagt, denn all dies hatte eine Erinnerung in ihr wachgerufen. Sie sah sich selbst neben Hauptmann Jamieson in der düsteren Klosterkirche in Ypern vor sich. »Du kannst mehr über einen Menschen erfahren, wenn du ihm ins Gesicht siehst, als auf jedem anderen Weg«, hatte er ihr geraten.

Als sie nun in Edmund O'Connors Gesicht sah, das auf Helen gerichtet war, erblickte sie etwas darin, was sie nicht erwartet hatte: Freundlichkeit. Zärtlichkeit. Geduld.

Und noch etwas. Auf der Höhe seines Wangenknochens war seine Haut weiß, und es hatten sich bereits kleine Kristalle darauf gebildet. Ohne weiter darüber nachzudenken, reagierte Anna, wie sie bei einem der Kinder reagiert hätte: Sie nahm eine Handvoll Schnee und rieb damit über sein Gesicht.

Er erhob sich zu seiner vollen Größe und wich zurück. »Was, zum Teufel, sollte das?«, fragte er.

Seine völlig verständliche Reaktion folgte so schnell auf ihren Blick auf den anderen Teil seines Wesens, dass sie für einen Moment nicht wusste, was sie sagen sollte. Und das passierte ihr höchst selten. Stumm stand sie vor ihm und ließ sich beschimpfen, während die Kinder eilig zu erklären versuchten, dass in diesem strengen winterlichen Klima jedes Zeichen von Frost auf der Haut sofort behandelt werden musste, dass sie ihm den Schnee ins Gesicht gerieben hatte, um ihn vor einer Erfrierung zu bewahren.

Sie konnte sehen, wie der Ausdruck in seinem Gesicht sich veränderte, als die wirren Erklärungen zu ihm durchdrangen, und so schnell, wie der Ärger darin aufgeblitzt war, verschwand er wieder. Aber auch jegliche Zärtlichkeit war daraus verschwunden.

Mit einem Nicken dankte er ihr, und sie nahm den Dank entgegen, drehte sich um und ging, immer noch schweigend.

Als sie den Hof etwa zur Hälfte durchquert hatte, fühlte sie, dass irgendetwas sie am Rücken getroffen hatte. Sie wandte sich um und sah gerade noch den Schneeball auf sich zukommen, als er bereits mit dem Gefühl von tausend stechenden Nadeln in ihrem Gesicht landete.

Edmund O'Connor, der den Vogel wieder in den Käfig gesteckt hatte, stand mit nun leeren Händen neben der Tür des Schuppens. »Reine Fürsorge, Mistress Jamieson«, rief er zu ihr herüber. Er hob eine Hand, rieb sich über die Wange und deutete auf ihre. »Ich meinte dort ein wenig Frost gesehen zu haben.«

Sie sah die Herausforderung in seinem Blick und hätte zu gern darauf reagiert, aber sie wollte sich vor den Kindern nicht unangemessen verhalten. Also verzichtete sie auf eine Retourkutsche und zwang sich dazu, sich möglichst würdevoll wieder umzudrehen und weiterzugehen.

Dennoch beobachtete sie, zurück im Haus, mit Befriedigung, wie die Kinder sich, mit Schneebällen bewaffnet, allesamt auf ihn stürzten. Und ihre Schreie und ihr Lachen, als sie den schwarzhaarigen Mann in die Knie zwangen, klangen wie Musik in ihren Ohren.

KAPITEL 33

Katie erkrankte in der Osterwoche, und obwohl sie am Sonntag bereits wieder fieberfrei war, war sie noch zu schwach, um mit der Familie zur Kirche zu gehen. Daher blieb Anna mit ihr zu Hause.

Im Grunde war Anna froh, dass ihr so das Gedränge, das die Feierlichkeiten mit sich brachten, erspart blieb. Das russische Osterfest war ein großes Ereignis, das wichtigste Kirchenfest im ganzen Jahr, derart wichtig, dass die Zarin Boten mit Trommeln und Trompeten durch die gesamte Stadt geschickt hatte, um zu verkünden, dass in der Osterwoche, einschließlich des Sonntags, die Männer nicht die gesamte Trauerkleidung zu tragen hätten, sondern farbige Westen zu ihren schwarzen Jacketts und den Kniebundhosen anziehen sollten, und die Damen um weiße Hüte gebeten würden.

Der General, seine Frau und die Kinder hatten alle sehr elegant ausgesehen, als sie am Morgen, gefolgt von Pater Domenic in seiner braunen Kutte, zu der kleinen Kirche in der Griechischen Straße aufgebrochen waren.

Der Mönch hatte in der Früh bereits gemeinsam mit Anna die Gebete für den Tag gesprochen, um ihre Seele vor den Folgen ihrer Abwesenheit von der Kirche zu bewahren. Nun saß Anna an Katies Bett und las dem kleinen Mädchen die Worte des Apostels Johannes vor, um dem Kind die Bedeutsamkeit des Tages näherzubringen.

Sie hatte mit den Versen, die ihr die liebsten waren, begonnen, in denen vom letzten Abendmahl die Rede war und von den Versprechen, die Jesus denen gab, die er so sehr liebte und die ihm gefolgt waren: *»Und wenn ich hingehe, euch die Stätte* *zu bereiten, so will ich wiederkommen und euch zu mir nehmen, auf dass ihr seid, wo ich bin.«*

Als Anna selbst diese Worte zum ersten Mal gelesen hatte, waren ihr Tränen in die Augen gestiegen, weil es ein so schönes Versprechen war; es war wie das, das Hauptmann Jamieson ihr gegeben und an das sie so sehr geglaubt hatte. Und auch wenn es niemals wahr werden würde, erfüllten die Worte ihr Herz noch immer mit Wärme und trösteten sie wie die Worte Jesu zwei Kapitel später: *»Und ihr habt auch nun Traurigkeit; aber ich will euch wiedersehen, und euer Herz soll sich freuen, und eure Freude soll niemand von euch nehmen.«*

Das erinnerte Anna daran, dass sie Hauptmann Jamieson auf jeden Fall irgendwann wiedersehen würde, wenn nicht zu Lebzeiten, dann an dem Ort, an dem sie alle zusammen sein würden und wo seine Tochter und ihr Vater sich bereits befanden.

Sie blätterte die Seite um und las weiter. Als sie zur Kreuzigung kam, wandte Katie ein: »Aber er hat doch nichts getan. Warum sind sie so grausam zu Ihm?«

Die Begründung, dass Jesus zur Vergeltung der Sünden der Menschheit leiden musste, konnte Katie nicht nachvollziehen. Und alle weiteren Erklärungsversuche schienen das Mädchen nur noch mehr zu verwirren. »Aber warum?«, fragte sie erneut.

Darauf gab es keine einfache Antwort, überlegte Anna, aber sie versuchte es so verständlich wie möglich auszudrücken. »Weil er uns so sehr liebt. Und wenn man jemanden wirklich liebt, dann tut man alles, um ihn zu schützen.«

Ein plötzliches lautes Krachen ließ die Fenster in den Rahmen erzittern, und Katie legte vor Schreck die Hände auf die Ohren.

Anna lächelte beruhigend, legte eilig die Bibel zur Seite, nahm Katies Hände in ihre und hielt sie eine Weile fest. »Keine Angst. Das sind nur die Gewehrsalven, die von der Festung und der Admiralität aus abgegeben werden. Hast du sie heute Morgen nicht gehört?«

Katie schüttelte mit immer noch schreckgeweiteten Augen unsicher den Kopf.

»Na ja, ich habe sie sehr wohl gehört. Es war erst vier Uhr und völlig dunkel draußen. Ich bin vor Schreck fast aus dem Bett gefallen und hätte mich am liebsten darunter verkrochen«, meinte Anna.

Das sorgte, wie Anna gehofft hatte, für ein wenig Erheiterung. Katie kicherte leise, aber ihre Augen blickten immer noch ängstlich. »Warum schießen sie mit Gewehren? Ist das der Krieg?«

»Natürlich nicht. Die Schüsse am frühen Morgen waren dazu da, uns an diesem besonderen Tag zu wecken. Und jetzt sollten sie uns sagen, dass die Zarin und ihre Familie von der Kirche in den Palast zurückkehren und dass alle Bürger St. Petersburgs nun aufgerufen sind, ihnen am Hof die Ehre zu erweisen.«

Aus der Erinnerung ließ Anna mit ihren Schilderungen ein buntes Bild vor den Augen des Mädchens erstehen, sodass Katie einen Eindruck davon bekommen konnte, was gerade geschah – von all den glücklichen adligen Männern und Frauen, die sich auf den Weg zum Winterpalast begeben hatten, um dort von der Zarin und den Prinzessinnen empfangen zu werden.

»Wird mein Vater auch dort hingehen?«, fragte Katie.

»Ja, denn dein Vater ist ein sehr bedeutender Mann.«

Katie hörte dies erfreut und kuschelte sich wieder in ihr Bett, während Anna mit ihrer Beschreibung des Winterpalasts an diesem Ostermorgen fortfuhr, der Hofmusiker, die davor ihre Trommeln, Trompeten, Flöten und Oboen spielten, und die Pauken, deren Schlag einem in der Brust wie ein majestätischer Donner widerhallte.

»Und die Leute beschenken sich gegenseitig mit bemalten Ostereiern, was sehr lustig ist«, erklärte Anna. »Gibt es bei euch in Livland zu Ostern auch bemalte Eier?«

Katie, die in Livland noch sehr klein gewesen war, wusste es nicht genau.

»Also hier in Russland gibt es bemalte Eier – manche sind

rot, andere leuchten bunt wie der Schmuck deiner Mutter, in aufwendigen Mustern, einfach wunderschön.«

»Und kann man sie essen?«

»Ja, später schon. Aber zunächst dienen sie als Geschenk, und man erhält einen Osterkuss dafür. So ungefähr«, Anna hielt ein imaginäres Ei hoch. »Ich sage dazu: ›Christus ist auferstanden‹, und du solltest antworten: ›Wahrlich, Er ist auferstanden.‹«

Katie sprach die Worte nach.

»Gut. Dann nimmst du das Ei von mir entgegen, genau so, und küsst mich drei Mal, zuerst hier.« Sie legte einen Finger auf ihre linke Wange und lehnte sich nach vorn, damit das Kind vom Bett aus die drei Küsse ausführen konnte: links, rechts und wieder links.

»Muss man jeden küssen?«, fragte Katie.

»Ja, so ist der Brauch. Wenn dich jemand auf diese Art beschenkt, darfst du ihm den Kuss nicht verweigern und musst das Ei annehmen.«

»Ich wünschte, ich hätte ein richtiges Ei.«

»Wie wäre es mit diesem?«, fragte eine männliche Stimme von der Tür her.

Das glückliche Leuchten in Katies Gesicht hätte Anna ausgereicht zu wissen, wer dort hinter ihr stand, hätte sie ihn nicht eh an der Stimme erkannt.

Und wie immer versetzte Edmunds Gegenwart sie sofort in Kriegsstimmung. Mit einem gerade noch höflichen Gesichtsausdruck straffte sie sich, bevor sie sich langsam umdrehte, um ihn anzusehen.

Er stand dort, eine Schulter lässig an den Türrahmen gelehnt, und unter seinem offen stehenden schwarzen Wolljackett war eine gelbe, am Rand mit einer Borte verzierte Weste zu sehen. Anna hatte ihn noch nie in bunter Kleidung gesehen, nur in Schwarz oder im weißen Hemd, und die leuchtende Farbe machte ihn ein wenig menschlicher.

In der Hand hielt er ein Ei, das rot, blau, gold und grün

bemalt war. »Meine Vermieterin hat es mir heute Morgen mit der Anweisung gegeben, dass ich es nach der Messe bei der Prinzessin gegen einen Kuss eintauschen solle. Und für mich gibt es nur eine Prinzessin hier in St. Petersburg«, sagte er zu Katie, »also, Prinzessin Katie, würdet Ihr …«

Katie unterbrach ihn, und ihre blonden Locken tanzten, als sie glücklich, aber bestimmt abwehrte: »Ned, ich bin keine Prinzessin.«

Er hielt inne und schien verwirrt. »Nicht?«

»Nein«, sagte sie entschieden. »Eure Vermieterin meinte die kaiserlichen Prinzessinnen im Palast.«

»Aha. Bist du sicher? Na ja, aber die haben inzwischen bestimmt so viele Eier bekommen, dass sie meins nicht vermissen werden. Hier, nimm du es.«

»Nein«, lehnte sie erneut ab, diesmal jedoch aus einem anderen Grund. »Ihr müsst es richtig machen.«

»Wie richtig?«

»Wie Mistress Jamieson es gezeigt hat. Ihr müsst sagen: ›Christus ist auferstanden‹, dann antworte ich, Ihr gebt mir das Ei, und ich küsse Euch.«

Edmund wurde ernst. »Das scheint mir ziemlich viel Aufwand für einen Kuss«, meinte er.

»So ist der Brauch«, erklärte ihm Katie feierlich und traf dabei perfekt den Ton, in dem Anna die Worte gesprochen hatte. Edmund bemühte sich, ein Lächeln zu unterdrücken.

Mit einem Schulterzucken löste er sich vom Türpfosten und kam zum Bett des Mädchens herüber. Anna trat zur Seite und sah zu, wie der Ire sich galant zu dem Kind hinunterbeugte und verkündete: »Christus ist auferstanden. Und jetzt nimm das verdammte Ei.«

»Noch nicht. Erst muss ich antworten: ›Wahrlich, er ist auferstanden‹«, sagte Katie und versicherte sich mit einem Blick auf Anna: »Ist doch richtig, oder?«

Anna, die gerade überlegt hatte, ob sie Edmund wegen des Fluches tadeln sollte, unterließ es, als sie sah, dass es dem Kind offenbar gar nicht aufgefallen war. Unschuld bewahrte einen oft vor der Boshaftigkeit der anderen. Wobei Edmund in diesem Augenblick gar nicht so boshaft aussah.

Er sah eher so aus wie in dem Moment vor etwa zwei Wochen, als sie mit den Kindern im Hof gewesen waren: ein liebevoller Mann, ein Fremder in ihren Augen, ohne jede Spur des süffisanten, beißenden Humors, den er so gern an den Tag legte, wenn sie beide sich in einem Raum befanden.

Offenbar im Bewusstsein, dass Katie noch geschwächt war, beugte er sich noch ein Stück tiefer, um sich von ihr küssen zu lassen, und meinte dann: »Drei Küsse! Das ist aber großzügig.«

»Mistress Jamieson hat gesagt, dass es für jedes Ei drei Küsse gibt.«

»Tatsächlich? Na ja, sie hat sicher die Wahrheit gesagt.« Er hatte sich wieder aufgerichtet und sah Anna an, als versuchte er, ihre Gedanken zu erraten. »Mistress Jamieson, Ihr scheint besorgt.«

»Keineswegs. Ich habe nur das Ei bewundert«, entgegnete sie.

»Oh! Ich habe noch ein ganz ähnliches.« Er zog ein zweites Ei aus der Jacketttasche und hielt es hoch, während er ihrem Blick begegnete, und das Blitzen in seinen Augen sagte ihr, dass sie eine Närrin gewesen war, ihn auch nur einen Moment nicht für boshaft zu halten. »Christus ist auferstanden«, sagte er.

Er amüsierte sich wieder einmal auf ihre Kosten, wusste sie, denn ihm durfte klar sein, dass es kaum jemanden gab, den sie in diesem Moment noch weniger gern geküsst hätte als ihn. Dementsprechend bot er ihr das Ei auch nicht in der galanten Art eines Gentlemans an und kam zu ihr herüber. Nein, seine Haltung verriet, dass er sie herausforderte, zu ihm zu gehen, ihren Stolz herunterzuschlucken, das Ei anzunehmen und ihn zu küssen, weil ihm die Tradition und der Brauch die Macht dazu gaben. Anna verfluchte still das Lachen in seinen dunklen Augen und bemühte sich, keine Miene zu verziehen. Denn sie gönnte ihm den Triumph nicht und wollte das kleine Mädchen, das sie beobachtete, nicht enttäuschen.

Mit hoch erhobenem Kopf ging sie ruhig zu ihm hinüber. »Wahrlich, er ist auferstanden«, entgegnete sie und nahm das Ei aus seiner narbigen Hand.

Er beugte sich nicht vor, wie er es für Katie getan hatte. Er blieb aufrecht stehen, und in seinem schräg nach unten gerichteten Blick stand unverhohlene Herausforderung.

Sie hatte sich bis jetzt noch jeder Herausforderung gestellt, also reckte sie sich auf die Zehenspitzen, um ihn zu küssen.

Am liebsten hätte sie alle drei Küsse so schnell wie möglich hinter sich gebracht, doch um in dieser Position das Gleichgewicht zu halten, musste sie es bedachtsam tun, und das gab ihren Sinnen die Zeit, Dinge wahrzunehmen, die sie lieber nicht bemerkt hätte, wie den angenehm nach Rasierseife duftenden Geruch seiner Haut. Die sich über seinem Wangenknochen anspannte, als er … was? Was tat er da? Sie konnte es nicht sehen, daher war sie völlig unvorbereitet, als Edmund leicht den Kopf wandte – mehr aus Reflex als bewusst, wie es schien –, sodass sie bei ihrem dritten Kuss ganz leicht seinen Atem auf ihrer Haut spürte, als sich ihre Mundwinkel streiften.

Sie konnte nicht sagen, wer von ihnen zuerst vor dieser kurzen Berührung zurückwich, aber sie beide verharrten danach unbeweglich, bis Katie vom Bett aus fragte: »Habt Ihr noch ein drittes Ei in der Tasche, Ned?«

»Nein.« Er räusperte sich, sah Katie an und fand zu sich selbst zurück. »Aber wenn meine Prinzessin es befiehlt, kann ich in die Stadt gehen und so viele Mädchen küssen wie möglich, um mit einem Korb voller Eier zurückzukehren.«

Er verbeugte sich, als Katie entschieden nickte und mit »Ja, bitte« antwortete.

Am Abend hatte sie eine volle Schüssel mit bemalten Eiern neben sich am Bett stehen, und Anna klagte über Kopfschmerzen.

Mrs. Lacey, die neben ihr an Katies Bett saß, meinte besorgt: »Ich hoffe, Ihr habt Euch nicht angesteckt.«

Anna hatte inzwischen die Bibel gegen ein moderneres Buch aus General Laceys Regal ausgetauscht, das den interessanten Titel *Der deutsche Spion oder Vertrauliche Briefe eines Mannes auf Reisen durch Deutschland an seinen Freund in England* trug, aber es gelang ihr nicht, sich darauf zu konzentrieren. Daher merkte sie sich die Stelle, an der sie war, schloss das Buch und lächelte Mrs. Lacey an. »Nein, ich habe mich sicher nicht angesteckt. Es ist nur ein einfacher Kopfschmerz.«

Die Frau des Generals nickte zu dem Bett hinüber, in dem Katie inzwischen tief und fest schlief, und sagte: »Dazu dürfte ihr Geplapper einiges beigetragen haben.«

»Ich bin froh, dass es ihr wieder so gut geht, dass sie plappern kann.«

»Ja, ich auch.« Mrs. Laceys Blick wurde ernst. »Ich habe zu Beginn gefürchtet, dass es die Pocken sein könnten. Bisher haben wir Glück gehabt, aber jedes Mal, wenn eines der Kinder sich krank fühlt oder Fieber bekommt, werde ich unruhig.« Ihr Bauch war erst leicht gerundet, dennoch legte sie schützend eine Hand darauf. »Ich könnte es nicht ertragen, ein Kind zu verlieren. Ich weiß nicht, wie Zarin Katharina das durchgestanden hat.«

Auch Anna wusste es nicht. Von den mehr als ein Dutzend Kindern, mit denen die Zarin und der verstorbene Zar gesegnet worden waren, hatten nur drei die ersten Jahre überlebt. Und nun waren es nur noch zwei, nachdem die erst siebenjährige Prinzessin Natalia gleich nach dem Tod ihres Vaters einer Krankheit erlegen und mit ihm zusammen beerdigt worden war. Es war nicht der von all den trauernden Menschen umgebene Sarg des Zaren gewesen, der Annas Herz berührt hatte, als sie auf dem zugefrorenen Fluss stand, um die lange Beerdigungsprozession an sich vorbeiziehen zu sehen, sondern der viel kleinere Sarg dahinter, mit dem, wie sie wusste, die Hoffnungen einer Mutter begraben werden würden.

Die bewundernswerte Zarin hatte sich zurückgezogen und hielt nun Abstand zu den Menschen, mit denen sie sich vorher umgeben hatte.

»Die Zarin ist eine ganz besondere Frau«, meine Anna zustimmend. Und in Erinnerung an das, was Oberst Graeme ihr einmal über seine Söhne gesagt hatte, fügte sie hinzu: »Ich bete, dass die beiden noch lebenden Prinzessinnen sie ein wenig darüber hinwegtrösten können.«

Mrs. Lacey sagte leise: »Ein lebendes Kind ist sicher ein Trost, aber es kann ein verlorenes Kind niemals ersetzen.«

Anna fragte sich, ob ihre Mutter in ihrem Zuhause weit jenseits des Meeres mit ihrem Mann und ihren neuen Kindern genauso dachte. Mit gesenktem Kopf entgegnete sie: »Ich habe keine Kinder, daher weiß ich nicht, wie es ist.«

»Eines Tages werdet auch Ihr Kinder haben«, meinte Mrs. Lacey, und als erinnere sie das an etwas, fuhr sie fort: »Mr. Taylor von der Englischen Handelsgesellschaft hat uns heute Morgen in der Straße begrüßt. Ein netter junger Mann.«

Dem konnte Anna nicht widersprechen. »Ja, das ist er.«

»Er hat meinen Mann um Erlaubnis gebeten, Euch einmal hier besuchen zu dürfen. Mein Mann hat ihm versichert, dass er, Euer Einverständnis vorausgesetzt, jederzeit willkommen sei.« Mit einem interessierten Seitenblick fragte sie: »Habt Ihr Einwände?«

Anna hob den Blick und sah, ohne zu wissen, warum, zu der Schüssel mit den bunten Eiern hinüber, die neben Katies Bett stand. Dann zwang sie sich zu einem Lächeln und sagte der Frau des Generals, dass sie keinen Grund sehe, Mr. Taylor nicht zu empfangen, sollte er sich zu einem Besuch entschließen. »Wie Ihr schon sagtet, er ist ein netter Mann.«

Mrs. Lacey warf ihr einen weiteren Seitenblick zu, nickte jedoch lediglich und beließ es dabei, um sich anderen Themen zuzuwenden.

—

»Ich sage Euch«, meinte der General freundlich, während er Mr. Taylors Glas mit erlesenem Rotwein füllte, »ein Kaufmann führt sicher ein angenehmes Leben, das aber mit dem eines Soldaten nicht zu vergleichen ist.«

Es war ein grauer Nachmittag, und der Stuhl, den Anna, um mehr Licht zu haben, im Salon näher ans Fenster gerückt hatte, war hart und unbequem. Wäre sie ein Kind, dachte sie, hätte sie nun zu zappeln begonnen. Und wäre sie ein Mann, hätte sie es sich wie Edmund in einem Armsessel gemütlich gemacht, die Beine vor sich ausgestreckt, die Ellbogen aufgestützt und die Hände über dem Bauch verschränkt – das Bild eines Mannes, der zufrieden sein Abendessen verdaute.

Anna rollte kurz die Schultern, um die verkrampften Muskeln zu entspannen, während sie versuchte, sich auf die kleinen, geraden Stiche in dem üppigen Stoff zu konzentrieren, aus dem sie den Unterrock zu ihrem neuen Kleid nähte. Sie liebte Näharbeiten. Liebte die gleichmäßigen Handbewegungen, die es ihr erlaubten, ihre Gedanken schweifen zu lassen, und die beispiellose Befriedigung, die es bereitete, mit den eigenen Händen etwas Nützliches und Schönes zu erschaffen. Stickarbeiten mochte sie weniger. All die Bögen und Blätter und Blüten waren verschwendete Mühe, wenn sie keinen Nutzen brachten.

Die Frau des Generals, die in perfekter Eleganz vor dem Cembalo saß, meinte: »Lass gut sein, Pierce. Mr. Taylor hat sicher keine Ambitionen, Soldat zu werden.«

»Nein, wirklich nicht.« Er hatte ein freundliches Gesicht, helles, leicht rötlich schimmerndes Haar und klare blaue Augen, die ohne jede Arglist waren. Und da er aus Perth kam, verfügte er über den typisch schottischen Sinn fürs Praktische. »Ich bin nicht dafür geschaffen, fürchte ich. Ich komme mit den meisten Menschen gut aus und bin nicht zum Kampf geboren.«

»Und wie pflegt Ihr Konflikte zu lösen?«, fragte Edmund.

»Ehrenhaft, hoffe ich, Sir, wenn sie sich absolut nicht vermeiden lassen.« Mr. Taylor nahm einen Schluck Wein und fügte humorvoll hinzu: »Aber ich verbringe meine Zeit deutlich lieber mit Listen und Büchern als auf anderen Kriegsschauplätzen.«

Die Frau des Generals stimmte zu: »So geht es wohl uns allen.«

Anna schwieg, da es wenig damenhaft gewesen wäre zu sagen, welche Art der Konfliktlösung sie bevorzugte, dennoch fühlte sie sich von allen Seiten beobachtet, während sich das Gespräch nun anderen Themen zuwandte: dem Handel im Allgemeinen, dem Wetter und dem Gerücht, dass die ältere der beiden Zarentöchter wohl tatsächlich den Grafen von Holstein heiraten würde.

»Er hat lange genug darauf gewartet«, meinte der General nüchtern. »Und er hat dabei mehr Geduld bewiesen, als manch anderer dafür aufgebracht hätte. Aber in der Liebe ist es oft die Geduld, die zum Erfolg führt, was meint Ihr, Mr. Taylor?«

Mr. Taylor entschied sich für den diplomatischen Weg, darauf nicht zu antworten, und machte stattdessen Mrs. Lacey ein Kompliment für ihr geschmackvolles Heim und Anna eines für ihre Näharbeit. »Ich erinnere mich an die Seide. Damals habe ich gleich zu Mr. Wyte gesagt: ›Vielleicht möchte Vizeadmiral Gordon sie kaufen‹, da sie die gleiche Farbe wie Eure Augen hat.«

Mrs. Lacey lächelte zustimmend. »So ist es, und sie macht etwas Wunderbares daraus. Sie hat sehr geschickte Hände.«

Edmund schaltete sich träge ein: »Ich muss gestehen, dass ich Mistress Jamieson noch nie so ruhig und schweigsam erlebt habe. Geht es Euch gut?«, fragte er.

Sie verbiss sich die Entgegnung, die ihr auf der Zunge lag, und antwortete: »Sehr gut, vielen Dank, Sir.«

»Ich sehe, meine Bauern haben heute nichts zu befürchten«, meinte er. Dann erkundigte er sich über ihre Schulter hinweg: »Oder habt Ihr Interesse an einer Partie Schach, Mr. Taylor?«

»Ich spiele leider kein Schach.«

Edmund verkniff sich einen Kommentar, sah jedoch bewusst

zu Anna hinüber. Dann wandte er sich wieder an Mr. Taylor: »Ein Kartenspiel?«

General Lacey drehte sich um. »Edmund!«, tadelte er leise.

Doch Mr. Taylor antwortete bereits: »Ich spiele Piquet, Sir.«

»Wunderbar.«

Ein Dienstbote brachte den mit grünem Plüsch bezogenen Falttisch und die Karten, die Edmund recht unbeholfen zu mischen begann, so als sei er aus der Übung. Dann gab er die Karten aus, und Mr. Taylor sammelte sie in seiner Hand. General Lacey setzte sich zu ihnen, um zuzusehen, und Mrs. Lacey spielte eine fließende Melodie auf dem Cembalo.

Während Anna den Saum nähte, widmete sie dem Kartenspiel einen Teil ihrer Aufmerksamkeit. Es fiel ihr schwer, die Männer dabei nicht zu vergleichen. Was das Aussehen, die Manieren und die Kleidung betraf, hatte der junge Mr. Taylor seinem Gegner einiges voraus und hätte ihren Blick auf sich ziehen müssen. Daher war es enttäuschend, dass dem nicht so war, dass sie immer wieder in Edmunds schelmisches Gesicht blicken musste, auf seine einfachere Kleidung und seine kräftigen Hände mit der Narbe über den Knöcheln. Und je länger sie ihn betrachtete, desto deutlicher wurde ihr, dass er längst nicht so unsicher mit den Karten umging, wie es den Anschein hatte.

Seine Hände schienen zögerlich, und es war nicht zu erkennen, wie er das Spiel kontrollierte, dennoch war sie davon überzeugt, dass dem so war. Wobei es ihm nicht ums Gewinnen ging. Als ihm der Sieg sicher schien, wendete sich das Blatt zu Mr. Taylors Vorteil, und Anna hatte den Eindruck, ein leichtes Lächeln in Edmunds Augen aufblitzen zu sehen, als bereite das Spiel an sich ihm ausreichend Vergnügen.

Er wandte den Kopf und begegnete ihrem Blick. Wenn er erriet, was sie vermutete, sagte er nichts dazu, sondern fragte nur: »Werdet Ihr dem Gewinner ein Spiel gewähren?«

»Nein, vielen Dank. Ich muss diesen Saum zu Ende nähen.«

»Ja, es ist natürlich ungemein wichtig, dieses Kleid fertigzustellen, das Ihr während der Trauerzeit nicht tragen könnt.«

Mr. Taylor, offensichtlich von Edmunds Ton überrascht, wandte begütigend ein: »Die Trauerzeit wird nicht ewig andauern.«

Anna nickte. »Wie Mr. Taylor sagt: Jedes Leiden hat ein Ende, Mr. O'Connor, so sicher wie auf jeden Winter der Frühling folgt. Ihr mit Eurer *Cailleach* müsstet das doch wissen.«

General Lacey, davon aus seinen Gedanken gerissen, sah zwischen den beiden hin und her. »Was ist mit der *Cailleach*?«

»Vor einigen Wochen hat Mr. O'Connor mich und die Kinder ein wenig in den irischen Volksglauben eingeführt«, erklärte Anna.

»Ich war überrascht, dass die Kinder noch nie von der *Cailleach* gehört hatten, da sie doch halbe Iren sind. Schließlich ist es ein Teil ihres Erbes«, sagte Edmund zu General Lacey. Und mit einem bedeutungsvollen Blick auf Anna fügte er hinzu: »Menschen sollten wissen, wer sie sind.«

»Ja, Traditionen sollte man nicht vernachlässigen«, meinte Mr. Taylor und blickte ebenfalls zu Anna hinüber, wobei sein ehrlicher Gesichtsausdruck nicht verbergen konnte, wie sehr ihm das, was er sah, gefiel: Sie auf dem Stuhl am Fenster, den Stoff in ihrem Schoß und die Nadel in der Hand. Dann wandte er sich wieder Edmund zu und sagte: »Spielen wir noch eine Partie, Sir? Ich muss zugeben, dass ich vergessen hatte, wie viel Spaß mir dieses Spiel bereitet.«

Edmunds Mund verzog sich zu einem verhaltenen Lächeln, als er nach unten sah, um nach dem Kartenstapel zu greifen. »Ja«, entgegnete er, »mir geht es genauso.«

KAPITEL 34

Der Frühling kam, und als das Eis auf dem Fluss taute, erwachte die ganze Stadt zu neuem Leben. Die Handelsschiffe kehrten zurück, und die Warenbörse unter freiem Himmel auf der Wasiljewski-Insel füllte sich mit Kaufleuten und ihren Gütern sowie mit Lager- und Hafenarbeitern.

Vizeadmiral Gordon verbrachte seine Zeit abwechselnd in der Admiralität und in Kronstadt, auf der kleinen Festungsinsel, wo sich in der Nähe des Zarenschlosses Monplaisir der Marinestützpunkt befand, etwa eine halbe Tagesreise flussabwärts entfernt. Dort mussten alle größeren Schiffe, die nach St. Petersburg wollten, vor Anker gehen, und die Kriegsschiffe der russischen Marine stachen in der Regel gemeinsam mit den Galeeren von dort aus in See.

Von Zeit zu Zeit kam der Vizeadmiral im Haus des Generals zu Besuch, um nachzusehen, ob es Anna gut ging, und er brachte beinah jedes Mal ein kleines Geschenk für sie mit, so wie er es getan hatte, als sie ein kleines Mädchen gewesen war. In der letzten Woche hatte er ein Päckchen mit einem kleinen Stück hellrosafarbener Seide als Futterstoff für das Mieder dabeigehabt, an dem sie gerade nähte, und vor zwei Tagen hatte er ihr ein paar dunkle Haarnadeln gegeben, von denen jede mit einer kleinen Perle verziert war. »Wie man mir gesagt hat, ist es in Frankreich gerade sehr in Mode, sich derartigen Schmuck ins Haar zu stecken«, hatte er erklärt.

Als an diesem Morgen also ein Bote ein paar Schuhe für sie brachte, wusste sie, von wem sie kamen. Auch der General hatte, als er sie mit dem Paket gesehen hatte, daraus geschlossen: »Schon wieder ein Geschenk des Vizeadmirals?«

Anna, sprachlos angesichts der Schönheit der Schuhe, hatte nur genickt. Sie waren aus seidigem cremefarbenem und rotem Brokat, mit silbernen Schnallen, vorne spitz und mit höheren Absätzen, als sie bisher jemals zu tragen gewagt hatte.

»Was für ein grausamer Mann, der einem jungen Mädchen so etwas schenkt, obwohl er weiß, dass sie erst tragen kann, wenn Ende des Jahres die Trauerzeit beendet ist«, meinte General Lacey gut gelaunt. »Ich würde sagen, bis dahin werden sie allein vom vielen Ansehen abgetragen sein.«

Tatsächlich konnte sie den Blick von diesen wunderschönen Schuhen nicht abwenden. Und nun standen sie auf ihrem Nachttisch, sodass sie sie anschauen konnte, sobald sie von ihrer Näharbeit aufsah, obwohl ihr bei dem lebhaften Hin und Her in ihrem Zimmer kaum die Zeit dafür blieb.

In einem Haushalt mit so vielen Kindern zu leben mochte so manchem als eine Strafe erscheinen, mit den Jungen, die ständig in Bewegung waren, und den Mädchen mit ihren wirbelnden Unterröcken, ein ständiges Lachen, Spielen und Streiten, wie es unter Geschwistern üblich war. Es erinnerte Anna an ihre ersten glücklichen Jahre mit ihren Brüdern und Schwestern, die in Wirklichkeit gar nicht ihre Geschwister gewesen waren und die sie doch als solche ansah. Hin und wieder dachte sie an sie und an das Versprechen, sie niemals zu vergessen, das sie dem Vater gegeben hatte, bei dem sie bis dahin aufgewachsen war. Es waren Erinnerungen, die sie mit Wärme erfüllten, sie jedoch nicht traurig stimmten. Sie hatte diese Zeit losgelassen, so wie die Frau, die bis dahin ihre Mutter gewesen war, ihre Arme geöffnet und Anna mit den liebevollen, wahren Worten »Es war niemals für immer« hatte gehen lassen.

Es gab solche Erinnerungen, dachte Anna, die es mit Zärtlichkeit zu bewahren galt, ohne zu trauern. Daher liebte sie es, die Stimmen der Kinder zu hören.

Nun waren die beiden Jungen beim Unterricht und die Mädchen bei Anna. Die kleine Helen wickelte das Garn zu einem Knäuel auf, während Katie dagegen protestierte, dass ihre ältere

Schwester ihr aus einem Buch vorlas: »Ich möchte, dass Mistress Jamieson mir vorliest.«

»Aber Papa hat gesagt, dass ich lesen üben soll.«

Anna bestätigte dies nickend. »Es stimmt, ich war dabei, als er es gesagt hat.«

Katie runzelte die Stirn. »Dann lies Mama vor.«

»Mistress Jamieson ist Mamas Gesellschafterin und nicht unser Kindermädchen«, erklärte Hannah-Louise, die doppelt so alt war wie Katie.

»Gut, dass ihr das nicht vergessen habt«, erklang die fröhliche Stimme ihrer Mutter von der Tür her. »Denn wenn ihr sie zu sehr in Anspruch nehmt, während ich mich ausruhe, ist sie nachher zu erschöpft, wenn ich sie so wie jetzt brauche.«

Nach einer Stunde Ruhe sah sie glücklich und erfrischt aus. Das Kind in ihrem Bauch hatte eine Woche zuvor angefangen, sich zu bewegen, und damit seine Gesundheit bewiesen, während Mrs. Laceys Übelkeit einer neuen frohen Energie gewichen war.

Anna setzte den letzten Stich, biss den Faden ab und legte das Kleid zur Seite. »Was kann ich für Euch tun?«

Die Frau des Generals lächelte. »Das Gleiche, womit Ihr Euch gerade beschäftigt, nur leider umgekehrt. Ich habe ein Kleid, das ich gern anziehen würde, aber ich habe an Umfang zugelegt, seit ich es zuletzt getragen habe. Daher wollte ich Euch fragen, ob Ihr den Saum für mich auslassen könnt.«

»Ja, natürlich.«

»Ich würde eines der Dienstmädchen bitten, aber Ihr arbeitet sauberer als sie, und es ist eines meiner Lieblingskleider, ein Geschenk meiner Schwester. Ich möchte nicht, dass es ruiniert wird.«

Hannah-Louise strahlte. »Ist es das grüne, Mama?«

»Ja, genau.« Dann, als sie Annas Verwirrung sah, lächelte sie erneut und ging hinüber zum Fenster, um es zu öffnen. Von draußen waren entfernt Trommelwirbel und Trompetenfanfaren zu hören, und ein Bote ging durch die Straßen, um eine wichtige Neuigkeit zu verkünden. Mrs. Lacey wandte sich wieder zu Anna um. »Bald wird sich Euer Wunsch erfüllen, für kurze Zeit die Trauerkleidung ablegen zu dürfen, meine Liebe«, meinte sie. »Denn es sieht so aus, als stehe eine kaiserliche Hochzeit bevor.«

Der Tag war überwältigend gewesen. Am Morgen hatte um elf Uhr der offizielle Teil damit begonnen, dass der Bräutigam abgeholt wurde, in einem feierlichen Aufmarsch mit der offenen Kutsche des Zeremonienmeisters an der Spitze, gefolgt von den zwei Dutzend Trauzeugen, jeweils zu zweit nebeneinander auf ihren Pferden, und begleitet von Trompetern. Was dann folgte, war an Pracht und Herrlichkeit nicht zu übertreffen. Der Graf von Holstein und die Prinzessin in ihrem königlich glitzernden Hochzeitsstaat aus silbernem Brokat waren ein beeindruckendes Paar. Anna war als Mitglied der Familie von Vizeadmiral Gordon dank seiner hohen Stellung unter den Gästen und hatte so mit eigenen Augen verfolgt, wie das Hochzeitspaar in der großen Dreifaltigkeitskirche das Eheversprechen ablegte, um dann gemeinsam mit all den anderen Gästen auf Prunkschiffen über den Fluss zum Garten des Sommerpalasts zu fahren.

Dort war in dem Bereich, wo die Newa in den kleineren Schwanenkanal mündete, extra für dieses freudige Ereignis eine neue Bankketthalle gebaut worden. Von einem der führenden Architekten entworfen, war deren eilige Errichtung von Fürst Menschikow persönlich beaufsichtigt worden, einem Jugendfreund und engen Vertrauten des verstorbenen Zaren, der sogar die letzten Nächte dort verbracht hatte, um sicherzustellen, dass die Arbeiter ihr Werk tadellos vollendeten.

Das Ergebnis war wunderschön – ein Gebäude mit einem riesigen eleganten zentralen Saal, der rundherum mehr als fünfzig Fenster aufwies. Die Außenwände waren mit langen Reihen von Pilastern geschmückt und mit Sockeln, auf denen

Vasen standen. Innen waren die Wände kunstvoll mit Kampfszenen bemalt, und Skulpturen von Mars und Neptun bewachten die Türen nach Süden, hin zu den baumgesäumten Wegen des Sommergartens.

Sie saßen nun schon seit Stunden beim Festmahl, das mit zwei riesigen Torten für das frisch vermählte Paar begonnen hatte, aus denen zwei Zwerge, ein männlicher und ein weiblicher, gesprungen waren, die zur Unterhaltung der Gäste einen Tanz aufgeführt hatten.

Untermalt von fröhlicher Musik schien jeder Trinkspruch von Salutschüssen begleitet zu werden, die von der Admiralität, der Festung, den Wachregimentern und von der Jacht des Grafen von Holstein auf dem Fluss abgegeben wurden.

Anna konnte sich nicht daran erinnern, jemals glücklichere Momente erlebt zu haben, als jetzt in der Gesellschaft von Vizeadmiral Gordon und seinen Töchtern sowie des Generals und seiner Frau auf der anderen Seite des Tisches. Die Kinder wurden zu Hause von Pater Domenic betreut, der gern darauf verzichtet hatte, zusammen mit dem gemeinen Volk auf der Wiese neben dem Sommergarten an den Feierlichkeiten teilzunehmen.

Anna genoss den Tag noch aus einem anderen Grund: Endlich konnte sie sich einmal entspannen, ohne sich ständig beobachtet zu fühlen, denn …

»Edmund verpasst einen wunderbaren Tag. Schade, dass er nicht bei uns ist«, sagte Mrs. Lacey.

Der General zuckte mit den Schultern. »Er wird auch auf der Wiese nicht hungern müssen. Es war seine Entscheidung, dort hinzugehen und nicht mit uns hier am Tisch zu sitzen.«

Zwischen Vizeadmiral Gordon und dessen Tochter Nan saß Sir Harry Stirling, der sich nun dem General zuwandte. Aus altem schottischem Adel stammend verfügte er über die nachlässige Eleganz derer, die zu Höherem geboren waren. Seine Kleidung war stets elegant und saß perfekt, seine Perücke entsprach der neuesten Mode, und in seinen edlen Gesichtszügen spiegelten sich seine Intelligenz und sein Humor, was bereits mehrere junge Damen bezaubert hatte, nicht nur Nan. Wobei Nan die Einzige zu sein schien, von der auch Sir Harry sich angezogen fühlte.

»Ihr sprecht wohl von Eurem Verwandten«, erkundigte er sich bei General Lacey.

»Ja, genau. Von Mr. O'Connor. Wir haben ihn heute Morgen erwartet, aber er sandte eine Nachricht, dass er bedauerlicherweise derzeit nicht präsentabel sei. Offenbar hatte er gestern eine … Auseinandersetzung.«

»Dann ist er wohl derjenige, der etwas unglücklich mit dem Mann der Hure zusammengetroffen ist.« Sir Harry grinste. »Die Frauen der Kaufleute habe gestern Abend über nichts anderes geredet.«

»Das ist jedoch nicht die Art Gespräch, das wir heute führen möchten«, wandte Mrs. Lacey ein. Der Ton ihrer Stimme war freundlich, doch der Blick, den sie ihrem Ehemann zuwarf, beendete das Thema sofort.

»Dennoch hätte ich mich gefreut, ihn hier zu haben, als Zeuge der Ehre, die mir zuteilwurde.« Stolz tippte der General auf das purpurrote Band der militärischen Auszeichnung, die seit Neuestem seine Brust zierte, der sternförmige Alexander-Newski-Orden, den die Kaiserin an diesem Morgen einigen ihrer erlesensten Untertanen eigenhändig verliehen hatte.

Anna hatte durchaus bemerkt, dass es Gordon verletzt hatte, den Orden selbst nicht erhalten zu haben, zumal zwei andere Vizeadmiräle mit ihm geehrt worden waren, aber er versteckte seine Enttäuschung geschickt hinter überschwänglicher Gratulation und trockenem Humor.

Dementsprechend sah er nun zu General Lacey hinüber und sagte: »Ich denke, so viel wie Ihr heute darüber gesprochen habt, dürfte die Neuigkeit inzwischen auch auf der Wiese angekommen sein.«

»Wenn Ihr die Schweden aus Russland vertrieben hättet und dabei verwundet worden wärt, hättet auch Ihr jetzt einen Stern auf der Brust, um darüber zu reden, Tom«, konterte General Lacey.

»Ich habe schon viel von dieser Wunde gehört«, meinte Gordon, »habe aber noch nie die Narbe gesehen.«

»Auch das ist ein Thema, das nicht an diesen Tisch gehört«, warnte Mrs. Lacey ihren Mann entschieden. »Solltet ihr auf den Gedanken kommen, die Narbe hier zur Schau zu stellen, werde ich den Raum verlassen.«

Der General unterdrückte ein Lächeln.

»Poltawa war in der Tat ein unvergesslicher Sieg, und den Männern, die daran beteiligt waren, sei der Triumph gegönnt«, kam ihm Sir Harry zu Hilfe.

General Lacey nickte würdevoll. »Ich danke Euch, Sir Harry. Die Wahrheit ist, dass ich den Triumph erst jetzt auskosten kann, da mir damals nicht der Sinn danach stand, nachdem mein Bruder drei Monate zuvor in der Schlacht von Malplaquet gefallen war.« Angesichts der jüngeren Anwesenden und dessen, was Anna ihm gesagt hatte, als er ihr in seinem Haus von Poltawa erzählt hatte, meinte er nun zu ihr: »Auch als sich diese Schlacht ereignete, wart Ihr noch ein Säugling.«

Ja, ich weiß, wollte sie antworten. *Mein Vater starb in Malplaquet.*

Stattdessen schwieg sie, atmete einmal tief durch und war froh, dass niemand bemerkt hatte, wie ihr Löffel auf seinem Weg zurück zum Teller in der Luft stehen geblieben war. Als hätte allein die Erwähnung dieser längst vergangenen Schlacht die Macht, sie zu verwunden.

Erst als sie zufällig zur Seite sah, bemerkte sie den Blick des Vizeadmirals, der nachdenklich auf ihr ruhte, und so zwang sie sich schnell zu einem Lächeln und wechselte das Thema: »Ich habe Euch noch gar nicht für die Schuhe gedankt«, sagte sie fröhlich. »Ihr müsst mich für äußerst undankbar halten. Sie sind wunderschön und sitzen perfekt.«

Vizeadmiral Gordon runzelte die Brauen. »Welche Schuhe?«

»Na, diese.« Mit einer Hand hob sie den Saum ihres üppigen

Damast-Unterrocks leicht an, um ihm die rot verzierte Spitze eines ihrer Schuhe zu zeigen, die farblich genau zu den kleinen Blüten zwischen den weißen Blättern und den goldfarbenen Farnwedeln auf der meergrünen Seide ihres Kleides passten.

Der Vizeadmiral nickte. »Sie sind wirklich wunderschön, aber ich kann nicht für mich beanspruchen, sie für dich gefunden zu haben.«

Nun war es an ihr, die Brauen zu runzeln. »Sie sind nicht von Euch?«

»Möglicherweise war es das heimliche Geschenk eines Bewunderers. Mir fällt da einer ein, der durchaus Zugang zu solch erlesener Ware hat.«

Sie hoffte inständig, dass es nicht Mr. Taylor gewesen war, der ihr die Schuhe geschickt hatte, denn es war ein zu teures und zu persönliches Geschenk, das sie nicht einfach so hätte annehmen können. Aber wer sonst …?

Sir Harry an Gordons Seite, der sich auf seinem Stuhl zurückgelehnt hatte und den Hals reckte, um ebenfalls einen Blick auf Annas Schuhe zu werfen, meinte: »Ein ganz ähnliches Paar ist kürzlich aus Frankreich mit einer Warenladung für unseren Mr. Morley angekommen.«

»Tatsächlich?«, fragte der Vizeadmiral.

»Ja. Aber es können nicht diese Schuhe gewesen sein«, fügte Sir Harry scheinbar leichthin an. »Denn er hat sie beim Kartenspiel an einen Iren verloren.«

Sie fand ihn auf der Wiese. Zunächst war es ihr unmöglich erschienen, nachdem sie, gemeinsam mit den anderen Gästen, das Brautpaar und die Zarin in ihrer Mitte, vom Sommergarten herübergekommen war und all die umherlaufenden ausgelassenen Menschen gesehen hatte. Auch hier war ausgiebig für das leibliche Wohl gesorgt worden – sie bemerkte zwei gebratene Ochsen und jede Menge gebratenes Geflügel sowie Hasenbraten und zwei Brunnen, in denen kein Wasser, sondern Wein sprudelte, Rotwein in dem einen, Weißwein in dem anderen. Wie bei allen russischen Feiern üblich hatten die Menschen den dargebotenen Getränken ausgiebig zugesprochen, und so mischten sich kreischendes Gelächter und Gesang mit der temperamentvollen, von einer Gruppe Hofmusikanten mit Oboen, Flöten und Trompeten vorgetragenen Musik.

Dort, wo sich die Wiese befand, war einmal Sumpfland gewesen, das durch den Bau von Kanälen zu beiden Seiten trockengelegt worden war. Im Norden grenzte die Wiese an die Newa, und im Osten wurde sie von dem schmalen Schwanenkanal begrenzt, sodass man nur über eine kleine Brücke in den Sommergarten der Zarin gelangen konnte, an der Wachleute standen und entschieden, wer sie überqueren durfte.

Diese waren eben respektvoll zur Seite getreten, um die Zarin, ihre Tochter und den neuen Schwiegersohn mit den Hochzeitsgästen passieren zu lassen. Weitere Wachsoldaten hatten sich zum Salut in langen Reihen auf der Wiese aufgestellt – das Preobrazenschki- und das Semjonow-Regiment – und gaben drei Gewehrsalven ab, jede mit einer solchen Präzision, dass sie wie ein einziger Schuss klang.

Während dieser Vorführung hatte Anna sich kurz bei ihrer Gruppe entschuldigt und einige Minuten lang in der Menge gesucht.

Und nun hatte sie ihn gefunden.

Er stand nicht weit von Mrs. Hewitt entfernt, die sich nicht im Geringsten bemühte, ihre Stimme zu dämpfen, während sie mit der sie umgebenden Gruppe von Kaufmannsgattinnen über ihn sprach. Ob er sie hören konnte, wusste Anna nicht, sie selbst jedoch verstand jedes der hässlichen Worte, während sie sich den Frauen näherte.

»… und, meine Liebe«, sagte Mrs. Hewitt gerade zu einer jüngeren Frau an ihrer Seite, »seine Kleidung ist arg altmodisch und an den Ärmeln schon sehr aufgetragen – kein Wunder, wenn er öfter mal solche Faustkämpfe austrägt.«

»Hat er den Mann der Hure wirklich geschlagen?«

»Geschlagen? Er hat ihn bewusstlos geprügelt«, stellte Mrs. Hewitt die Fakten klar. »Ich habe gehört, er hat die beiden in flagranti erwischt, Ihr versteht, was ich meine, und als er versucht hat, den Eindringling aus dem Bett zu werfen, musste er es teuer bezahlen.«

»Skandalös!«, erwiderte die andere.

Und eine weitere Kaufmannsfrau, die mit großen Augen zugehört hatte, schüttelte den Kopf und meinte selbstgerecht: »Ich habe es Euch gleich gesagt, als er ankam. Habe ich es nicht gesagt? Ich habe sofort an seinem Charakter gezweifelt, als er unserer Betty den Menuett-Tanz während der Weihnachtsfeier verweigerte.«

Möglicherweise konnte er sie nicht hören, dachte Anna. Er stand abseits, ein Glas in der Hand, den Blick träge auf die vorbeifahrenden Schiffe und die Jacht des Grafen von Holstein mit all ihren Geschützen gerichtet.

Sie achtete nicht darauf, ob sein Jackett der Mode entsprach oder an den Ärmeln abgetragen war. Ihr fiel die Farbe auf – dunkelblau –, und sie stellte fest, dass er die gelbe Weste darunter trug, und sein glänzendes Haar war im Nacken unter einem eleganten Dreispitzhut ordentlich zusammengebunden. In ihren Augen sah er durchaus ehrenhaft aus.

Es war die plötzlich in ihr aufsteigende Wut, die sie schließlich handeln ließ. Sie hätte leicht einfach umkehren können. Er hatte sie noch nicht gesehen, und die Art, wie er dort völlig unbekümmert stand, bewies seine Stärke und dass er sie nicht brauchte. Niemanden brauchte.

Doch als sie Mrs. Hewitt und die anderen Frauen so schlecht über ihn reden hörte, fühlte sie sich herausgefordert. Sie straffte sich, grüßte die Damen höflich im Vorbeigehen, dann hob sie ihr Kinn und ging über das Gras direkt auf ihn zu.

Er wandte sich um und sah sie auf sich zukommen, ohne seinen Blick oder seinen Gesichtsausdruck zu verändern. Nun wusste sie, warum er General Lacey nicht mit seiner Anwesenheit bei Tisch hatte kompromittieren wollen, denn sein Gesicht war übel zugerichtet.

Als sie zu ihm trat, bemerkte sie das kurze neugierige Aufleuchten in seinen Augen, das sich in Belustigung wandelte, als sie ihn ansprach.

»Mr. O'Connor.«

»Mistress Jamieson.« Er neigte höflich den Kopf.

Laut und deutlich sagte sie daraufhin: »Man hat mich geschickt, Euch zu holen, da die Zarin den Wunsch geäußert hat, Euch kennenzulernen, nachdem sie von General Lacey und seiner Frau so viel über Euch gehört hat.«

Was immer er erwartet hatte, das war es nicht. Sie sah, wie er ein Lächeln unterdrückte, wie seine Wangenknochen unmerklich zuckten, doch er antwortete nicht gleich. Während sie dort vor ihm stand, verspürte sie ansatzweise die gleichen Gefühle wie damals am Tor in Calais, als sie darauf wartete, ob Thomas Gordon auf sie eingehen oder sie ausliefern würde, denn Anna wusste genau, dass Edmund sie mit einer entsprechenden Antwort der völligen Lächerlichkeit preisgeben konnte.

Er schien seine Möglichkeiten zu überdenken. Obwohl er nicht zu Mrs. Hewitt und den anderen Frauen hinübersah, wusste Anna, dass er sich genau wie sie selbst deren Aufmerksamkeit bewusst war. So wie sie sich darüber im Klaren war, dass das nun folgende respektvolle Nicken nur ihnen geschuldet war, ebenso wie das charmante Lächeln und der ihr höflich gebotene Arm.

»Nun, dann wollen wir uns auf den Weg machen«, forderte er sie auf. »Denn ich möchte die Zarin auf keinen Fall warten lassen.«

KAPITEL 35

Er schwieg, bis sie beinah den Schwanenkanal erreicht hatten. Erst dann sagte er: »Euer Gesicht hat Euch verraten, wisst Ihr das?«

»Was meint Ihr?«

»Die Lüge.« Seine leise Stimme klang belustigt. »Es ist eine tolle Sache zu verkünden, dass man drei Asse auf der Hand hat, aber ein Blick in Euer Gesicht reicht aus, um zu wissen, dass es nicht stimmt. Ich bezweifele, dass die Gänse dahinten Eure Geschichte geglaubt haben.«

Der samtene Stoff seines Ärmels war weich unter Annas Fingern, doch der Arm darunter war hart. Sie ließ ihn los. »Es kümmert mich nicht, was sie glauben.«

Er ließ seinen Arm sinken, blieb aber dicht an ihrer Seite. »Wenn das so ist, warum seid Ihr mir dann zu Hilfe geeilt?«

»Ehrlich gesagt habe ich keine Ahnung«, entgegnete sie, »aber da Ihr ja unbedingt über das Kartenspielen reden wollt, erlaubt mir die Frage, was in Euch gefahren ist, mit Mr. Morley um den derart närrischen Einsatz von einem Paar französischer Schuhe zu spielen? Hier in St. Petersburg ist das Glücksspiel verboten.«

»Es ist verboten, um Geld zu spielen«, korrigierte er sie sanft. »Aber gegen den Einsatz von Schuhen, welcher Herkunft auch immer, hatte der verstorbene Zar offensichtlich nichts einzuwenden. Darum haben wir um die Schuhe gespielt.«

Er ist und bleibt ein Gauner, dachte Anna, und nach wie vor drehte er ihr das Wort im Mund herum. Sie versuchte es erneut: »Es war absolut überflüssig, wegen mir ein solches Risiko einzugehen.«

»Es war kein Risiko dabei.«

»Und wenn Ihr verloren hättet?«, argumentierte sie weiter. »Was war Euer Einsatz?«

»Mein Schwert. Aber ich war sicher, dass ich nicht verlieren würde.«

»Ihr seid überheblich, Sir.«

Seine Mundwinkel zuckten. »Überhaupt nicht. Aber ich habe im Laufe meines Lebens ein paar Fähigkeiten erworben, die mir gelegentlich sehr nützlich sind.«

»Das soll heißen, Ihr betrügt.«

»Ist das die schottische Art, sich zu bedanken? Ich gestehe, dass ich mit den Gepflogenheiten Eures Landes nicht vertraut bin.«

Anna lag die scharfe Entgegnung auf der Zunge, dass er offensichtlich mit gar keinen Gepflogenheiten vertraut war, doch sie schluckte sie hinunter und wählte den Weg der Höflichkeit: »Ich danke Euch, Sir, das war überaus nett von euch, aber ich kann die Schuhe nicht annehmen.«

»Mr. Morley wird sie wohl kaum zurückhaben wollen, nachdem Ihr sie den ganzen Tag über in der Stadt und im Garten getragen habt.« Er blickte nach unten auf den Saum ihres Kleides, wo bei jedem ihrer Schritte eine rote Schuhspitze zu sehen war. »Wie auch immer, sie gehören zu diesem Kleid. Sie haben die gleiche Farbe wie die kleinen Blüten auf dem Stoff.«

Sie war derart überrascht, dass er von einer solch nichtigen Kleinigkeit wie der Farbe dieser winzigen Blüten Notiz genommen hatte, dass sie eine Weile brauchte, um sich zu sammeln. Zum Glück waren der General und der Vizeadmiral große Männer, die in ihren Uniformen mit den in der Sonne glänzenden goldenen Tressen auffielen, was es ihr nun erleichterte, sie nicht weit von der Stelle, wo sie sie verlassen hatte, auszumachen. »Sollen wir zu den anderen hinübergehen?«, schlug sie vor. »Ich bin sicher, sie werden sich über Eure Gesellschaft freuen.«

Edmund blieb abrupt stehen, sodass sie erst nach einigen

Schritten merkte, dass er nicht länger an ihrer Seite ging. Als sie sich umwandte, blickte er sie seltsam an.

»Sie haben Euch nicht geschickt, mich zu holen.« Es war keine Frage.

»Nein«, antwortete Anna dennoch.

»Warum habt Ihr Euch dann die Mühe gemacht, mich zu finden?«

»Weil ich es schade gefunden hätte, Euch unsere erlesene Gesellschaft vorzuenthalten«, sagte sie und fügte hinzu: »Und um Euch für die Schuhe zu danken.«

»Na, das habt Ihr ganz großartig gemacht.« Sein Ton war nüchtern. Er sah zu den anderen hinüber, die dort im angeregten Gespräch beisammenstanden. »Und was die Gesellschaft angeht, weiß ich nicht, ob die wirklich so erlesen ist. Außerdem bezweifele ich, dass ich mit diesem Gesicht besonders willkommen bin.«

Es war in der Tat eine heftige Prellung, und sie gereichte ihm nicht gerade zur Ehre. Sie sollte ihn nicht darauf ansprechen, wusste sie, doch sie konnte sich die Frage nicht verkneifen: »Tut es weh?«

»Nur wenn ich versuche zu lächeln«, meinte er und tat genau das.

Anna vermutete, dass es den anderen Mann schwerer getroffen hatte, und sagte es ihm.

Er lachte. »Ihr kennt die Geschichte also schon.«

Sie gab es zu. »Die Frauen der Kaufleute haben eben darüber gesprochen. Ein gefundenes Fressen für Mrs. Hewitt.«

»Wohl wahr. Und was genau habt Ihr erfahren?«

»Dass Ihr Euch mit dem Mann einer Hure geprügelt habt.«

»Auch das ist wahr.« Er schien sich weder zu schämen noch etwas zu bereuen. »Sie hat die Räume neben meinen gemietet und betreibt ihr Gewerbe dort auf sehr diskrete Art, da ihre Kunden des Öfteren Männer wie Mrs. Hewitts Gatte sind«, erklärte Edmund. »Ihr eigener Ehemann lebt von ihren Einkünften, mit denen er sich ein schönes Leben macht. Und er schlägt sie. Letzte Nacht habe ich es durch die Wand gehört. Sie hat geweint. Also bin ich hinübergegangen, um ihn davon abzuhalten. Aber er wollte sich nicht abhalten lassen. Das Ergebnis seht Ihr vor Euch.« Er drehte die Wange ein wenig zur Seite, sodass sie sie besser sehen konnte, als handele es sich um eine Auszeichnung, was es in gewisser Weise ja auch war. »Ist das die Geschichte, die die Frauen der Kaufleute erzählt haben?«

»Ihr wisst, dass es nicht so ist.« Sie brauchte die reißerischen Details der Geschichte, die sie gehört hatte, nicht zu erzählen, da er sie mit Sicherheit bereits kannte. »Warum stellt Ihr es nicht richtig?«

Edmund lächelte und wiederholte die Worte, die sie selbst gesagt hatte: »Es kümmert mich nicht.« Und sie glaubte es ihm sofort. »Aber ich bin wirklich neugierig, warum Ihr mir trotz allem, was Ihr von mir denken musstet, zu Hilfe gekommen seid? Ich bin durchaus in der Lage, mich selbst zu verteidigen.«

»Ja. Gegen einen Mann vielleicht, aber nicht gegen das Gift, das diese Frauen verspritzen. Ich fand es nicht richtig«, bekannte sie, »dass sie Euch diffamieren, wenn die gesellschaftlichen Regeln es Euch nicht erlauben, darauf zu reagieren.«

Das Lächeln war von seinem Gesicht verschwunden, blitzte aber noch in seinen Augen. »An gesellschaftliche Regeln habe ich mich noch nie gehalten.«

Er stand ihr gegenüber wie ein Soldat dem Feind nach dem Waffenstillstand. Dann schob er seinen Hut ein wenig zur Seite, bot ihr erneut seinen Arm und fragte sie: »Würdet Ihr ein Stück mit mir gehen?« Ihm entging der kurze verräterische Blick nicht, den sie zu den anderen zurückwarf, erkannte Anna, denn er fügte in der Art seiner üblichen Neckereien hinzu: »Oder fürchtet Ihr um Euren Ruf?«

Anna betrachtete ihn einen Moment. Dann sagte sie: »Ich fürchte mich vor gar nichts.« Dann trat sie vor und nahm seinen Arm.

»Das halte ich durchaus für möglich«, entgegnete er.

Sie ließen die Menge und das freudige Treiben auf der Wiese hinter sich und überquerten die kleine Brücke über dem Schwanenkanal in Richtung des Gartens. Die Wachleute an der Brücke musterten Edmunds zerschlagenes Gesicht eingehend, doch schließlich erlaubten sie ihm, durch das Tor in dem hohen Zaun zu den breiten und friedlichen Wegen dieser ungestörten grünen Idylle hinüberzugehen, die dem Zar zu Lebzeiten so teuer gewesen war.

Peter der Große hatte seine Gartenanlagen nach dem Vorbild derjenigen gestaltet, die er auf seinen Reisen nach Europa in Amsterdam und Paris gesehen hatte. Er hatte Eichen, Ulmen und Linden gepflanzt sowie massenhaft Tulpen, die im Sommer ebenso vielen Nelken Platz machten. Kunstvoll gestaltete Hecken bildeten den Hintergrund für zahllose Büsten und sonstige Skulpturen, die er aus jeder Ecke des Reichs und von anderswo hierhergebracht hatte. Blinde Gesichter aus weißem Marmor sahen ihnen zu, als sie die Wege entlangschlenderten, an deren Rändern Bäume wuchsen, die so getrimmt worden waren, dass sie eine Art grüne Mauer bildeten. Manche waren sogar so zurechtgeschnitten, dass sie über dem Weg einen Bogen formten und sich wandelnde gesprenkelte Schatten bildeten.

In der Nähe eines Brunnens saßen einige Offiziere beisammen, rauchten lange holländische Pfeifen und unterhielten sich leise, und in einer anderen Ecke stand eine Gruppe Musiker und spielte ihre Streichinstrumente, Flöten und Oboen, als übten sie für einen späteren Auftritt.

Doch abgesehen davon schienen nur sie beide sich noch in dem Sommergarten aufzuhalten. Alle anderen waren offenbar zur Wiese hinübergegangen, um dort mit der Zarin, dem Grafen und seiner Braut den Abend zu verbringen.

Das Gefühl von Freiheit ohne jeglichen Druck beglückte Anna zutiefst. Hätte sie einen Wunsch freigehabt, hätte sie die Arme ausgebreitet und wäre den ganzen Weg entlanggerannt, ohne von jemand anderem als dem Mann an ihrer Seite gesehen zu werden. Sie fragte sich, wie er wohl reagieren würde, wenn sie nun seinen Arm losgelassen hätte, um genau das zu tun.

Er sah zu ihr herunter und fragte: »Was belustigt Euch?«

»Nichts.«

»Das war kein Lächeln wegen nichts.«

»Ich bin glücklich.«

»Das sehe ich. Ich gehe davon aus, dass der Garten dafür verantwortlich ist und nicht meine Gesellschaft«, meinte er. »Und ich kann es gut nachvollziehen, denn es ist ein wunderbarer Ort. Und Ihr passt ausgezeichnet hierher.« Als sie ihn fragend ansah, erklärte er: »Euer Kleid, all die Blumen.«

»Oh.« Für einen Moment hatte sie erwartet, dass er sagen würde, dass auch sie wunderbar sei. Wobei das Kleid durchaus ein Kompliment verdient hatte. Es war ein Manteau-Kleid mit einer langen, breiten Schleppe, die sich, sorgsam gerafft und gefaltet, um silberne Schnüre wand, die an beiden Seiten von Knöpfen gehalten wurden, sodass der Saum des Kleides rundherum auf einer Höhe über den Boden strich, die Rückseite dabei jedoch schön üppig fiel. Die Ärmel lagen bis zu den Ellbogen eng an und endeten in umgelegten Manschetten, von denen weiße Spitze weich herabhing. Das Mieder schmiegte sich an ihren Körper, und das Muster ging an der Taille derart perfekt in das des Unterrocks über, dass das Kleid vorn aus einem Stück zu sein schien.

Andere Männer wären weitergegangen, dachte sie, und hätten erwähnt, dass das kühle Meergrün der Seide zu ihren Augen passte. Mr. Taylor hatte es gesagt. Doch das Einzige, was Edmund O'Connor tat, war, sie einmal von oben bis unten anzuschauen und ihr mitzuteilen: »Dieses Kleid ist eine enorme Verbesserung gegenüber dem schwarzen. Ihr seht darin wesentlich weniger aus wie eine Nonne.«

»Das ist gut, oder?«

»Ist es. Nonnen sind furchtbare Kreaturen«, meinte er mit einem vorgegebenen Schaudern. »Sie sehen ständig auf einen herab und schlagen einen mit Rohrstöcken und solche Dinge.«

»Wenn Ihr geschlagen worden seid, hattet Ihr es mit Sicherheit verdient. Was mich angeht, habe ich von den Nonnen, bei denen ich gelebt habe, nur Liebe und Freundlichkeit erfahren.«

»Dann habt Ihr niemals wirklich bei Nonnen gelebt.« Als ihr Blick ihn eines Besseren belehrte, fragte er: »Wann ist das gewesen?«

»Als ich ein kleines Mädchen war.« Er musterte sie so lange, dass sie das Gefühl hatte, sich verteidigen zu müssen. »Glaubt Ihr mir nicht?«

»Ich versuche, es mir vorzustellen.« Was auch immer er vor seinen Augen sah, es veranlasste ihn zu einem Lächeln. Er wandte sich ab und fragte: »Wo entlang sollen wir weitergehen?«

Vor ihnen teilte sich der Weg und ging in der einen Richtung in eine von Skulpturen gesäumte Allee über, in der anderen führte er zwischen zwei Reihen von Linden weiter. Ihrer Meinung nach sahen die Statuen zu sehr wie Menschen aus und erinnerten sie an die Menge, die sie hinter sich gelassen hatten. Sie wählte die Bäume und bereute es nicht, als sie kurz darauf der Duft von frisch erblühtem Flieder einhüllte.

»Könnten wir einen Moment stehen bleiben?«, fragte sie, »genau hier?«

Edmund hielt inne. »Was ist los?«

»Flieder«, sagte Anna, schloss die Augen und sog den Duft tief ein. Er weckte Erinnerungen in ihr, an Schottland und an *Slains Castle*, wo sie als kleines Mädchen stundenlang zwischen den Steinmauern des Küchengartens unter ihrem Lieblingsbaum gesessen hatte, während Fliederblüten wie Schnee auf ihr Gesicht und ihr Haar herabgefallen waren und die Äste des alten Baumes sich im Wind bewegt hatten, der vom Meer herüberwehte.

Es waren glückliche Erinnerungen, die es wert waren, bewahrt zu werden, und als sie die Augen öffnete und bemerkte, wie Edmund sie ansah, teilte sie sie mit ihm. »Es gab da einen Fliederbaum, den ich sehr geliebt habe«, erzählte sie ihm, »im

Garten eines Schlosses, in dessen Nähe ich gelebt habe, als ich ein kleines Kind war. Deswegen mag ich den Duft von Flieder so sehr.«

»Aha. Ihr seid in der Nähe eines Schlosses aufgewachsen und habt dann bei Nonnen gelebt. Ist das so üblich in Schottland?«

Annas gute Laune veranlasste sie zu scherzen. »Das ist in Irland doch nicht anders, oder, Sir?«

Sein Blick sagte ihr, dass er ihre humorvolle Seite schätzte. »Habt Ihr von dem Wein getrunken, drüben auf der Wiese?«, fragte er.

»Habe ich nicht. Und wenn Ihr die Wahrheit wissen wollt: Mein erstes Zuhause war ein Cottage mit nur einem Raum, in dem wir zu siebt gewohnt haben. Ihr seht also, ich bin von bescheidener Herkunft.«

»Na und? Ich habe abgetragene Ärmel und tanze nicht.«

Sie blickte ihn an und bemerkte, dass die Haut über seinen Wangenknochen angespannt war. Er hatte die hässlichen Dinge, die Mrs. Hewitt und ihre Freundinnen über ihn gesagt hatten, also sehr wohl gehört. Und trotz all seines Geredes, dass es ihm nichts ausmache, hatte es ihn verletzt.

Sie konnte froh sein, dass Vizeadmiral Gordon sich um sie gekümmert und darauf geachtet hatte, dass sie die nötigen Dinge lernte, um in der Gesellschaft bestehen zu können. Wie sie wusste, hatte nicht jeder ein solches Glück.

Daher sagte sie: »Was das Tanzen angeht, das ist nicht schwer.«

»Was meint Ihr?«

»Das Menuett zum Beispiel. Es ist eine ganz einfache Schrittfolge. Möchtet Ihr es lernen?«

»Jetzt?«

»Warum nicht?«

Von den Bäumen und den grünen Mauern aus hochgewachsenen Pflanzen verborgen, spielten die übenden Musikanten nun eine langsamere Melodie im Dreiertakt. »Die Musik passt sogar dazu«, meinte Anna. »Ich zeige es Euch.« Sie hob ihre Röcke eine Handbreit über den Boden an, sodass er ihre Schuhe sehen konnte, und begann mit der einfachen Schrittfolge. »Fangt mit dem rechten Fuß an und setzt einen Schritt nach vorn, einmal anheben und wieder absenken, so, und dann links, dann einen schnellen Schritt nach vorn mit rechts, und am Ende das Gewicht auf den linken Fuß verlagern.« Es war ein einfacher Rhythmus: rechts und links-rechts-links und rechts und links-rechts-links und rechts … eigentlich nur ein simpler Wiegeschritt.

Edmund stand an der Seite und sah ihr zu. »Ihr seid sicher, dass Ihr nichts von dem Wein getrunken habt?«

Sie beachtete die respektlose Bemerkung nicht, zu sehr gefiel es ihr an diesem Ort unter den Lindenbäumen mit ihren raschelnden herzförmigen Blättern und dem anhaltenden Fliederduft, als dass sie diesen Moment mit einem Streit zerstört hätte. »Fürchtet Ihr Euch davor zu tanzen, Mr. O'Connor?«

Edmund sah ihr noch einen Moment weiter zu, und sein Mund verzog sich zu einem Lächeln. »Ich fürchte mich vor gar nichts.«

»Dann kommt her. Ich bringe es Euch bei, bevor sie ein anderes Stück spielen.«

Er willigte ein, schnallte geschickt sein Schwert ab, legte es unter dem nächsten Baum ins Gras und trat zu ihr.

»Stellt Euch dorthin«, forderte sie ihn auf, »genau da, und ich beginne hier.« Der Weg war breit genug – nicht so, dass er der Tanzfläche in einem Ballsaal entsprochen hätte, aber es war ausreichend Platz vorhanden, dass sie, wie es der Tanz vorschrieb, in verschiedenen Ecken diagonal gegenüber starten konnten. »Wie bei allen Tänzen beginnen wir mit der Reverenz zum oberen Ende des Raumes hin«, erklärte sie. Sie knickste, um es ihm zu zeigen, während er sich liebenswürdig umwandte und sich verbeugte. »Nun folgt die Reverenz vor dem Tanzpartner.« Sie taten auch das. Seine Verbeugungen waren sehr elegant, dachte sie, und wurden wahrscheinlich viel zu selten ausgeführt, und sein Haar glänzte tiefschwarz im Schatten, als er dabei seinen Hut abnahm und ihn gleich wieder aufsetzte.

»Und wenn der erste Ton der Musik erklingt, beginnen wir gleich mit dem Tanz«, sagte sie. »Ihr geht dort herum und ich hier, und am oberen Ende des Raums treffen wir uns. Nein, nicht einfach laufen, es sollten schon Tanzschritte sein … so ist es richtig.«

Als sie sich gegenüberstanden, sah Edmund zu ihr herab und sah sie erwartungsvoll an.

»Nun bietet Ihr mir die rechte Hand«, sagte Anna. »Höher, ja, genau so.«

Ihre eigene, eigentlich nicht besonders zarte Hand fühlte sich in seiner winzig an. Seine raue Handfläche berührte ihre Haut, aber er hielt ihre Hand behutsamer, als sie erwartet hatte. Seinen Daumen hatte er dabei äußerst vorsichtig über ihre Fingerknöchel gelegt.

»Nun tanzen wir hier entlang«, fuhr sie fort, »in einer Linie. Manche Männer machen hier einen kleinen Sprung …« Edmund warf ihr einen schrägen Blick aus seinen dunklen Augen zu, und Anna räumte ein: »Und andere lassen es.«

Auf ihre Anweisung hin ließ er an der entsprechenden Stelle ihre Hand los, und beide schritten langsam in ihre einander gegenüberliegenden Ecken hinüber und wieder zurück, wobei sie in der Mitte ihrer improvisierten Tanzfläche zweimal aneinander vorbeischritten.

Während des Tanzes war es angebracht, das Gesicht unablässig dem Partner zuzuwenden, also immer über die linke Schulter zu blicken, um den Zuschauern eine elegante, dem Auge schmeichelnde Linie zu bieten, denn wenn ein Menuett getanzt wurde, verließen die übrigen Anwesenden üblicherweise die Tanzfläche, um dem Tanz vom Rand aus zuzusehen.

Hier jedoch gab es keine Zuschauer, was Anna durchaus begrüßte, denn dieser Tanz mit Edmund O'Connor hatte eine seltsame Wirkung auf sie. Vielleicht lag es am Fliederduft oder an der milderen Luft, als nun die Sonne unterzugehen begann, oder am Zauber der Musik – oder einfach daran, wie er in seinem dunkelblauen Samtjackett aussah: düster elegant. Gefährlich. Anna wusste es nicht; das Einzige, dessen sie sich sicher war, war, dass der Boden unter ihren Füßen längst nicht mehr so fest schien wie zu Beginn des Tanzes.

Er tanzte gut, mit leichter Eleganz, und seine Bewegungen erfolgten ganz natürlich und im exakten Moment. Er setzte die Füße an den richtigen Stellen übereinander und tat es nicht auf die gestelzte Art, die manchen Männern eigen war. Wenn er die Hände bewegte, baumelten sie nicht locker im Gelenk, sondern er hielt die Spannung im ganzen Körper. Und als sie sich im Bogen einander näherten, um in der Mitte aufeinanderzutreffen, spürte sie eine unerklärliche Nervosität.

Wie sie es ihm gesagt hatte, hob er seinen Arm, um anzudeuten, dass er ihr nun seine rechte Hand bieten würde, was er in einer einzigen fließenden Bewegung tat. Er streckte den Ellbogen, nahm ihre Hand und hielt sie, während sie umeinander herumgingen.

Manche Männer lüfteten während dieser Tanzfigur mit der linken Hand ihren Hut und setzten ihn im Rhythmus der Musik wieder auf. Er hob seinen genau so weit, dass sein Schatten über seine Augen fiel, er Anna aber noch sehen konnte, und in diesem Moment schien ihre Welt auf deren dunkle Tiefe reduziert zu sein. Im Takt des Tanzes ließ er ihre Hand los, und ihre Arme senkten sich, sodass sie nur noch durch ihre Blicke miteinander verbunden waren, während ihre Schritte sie einander näher brachten als zuvor.

Anna schwankte und vergaß, ihm weitere Anweisungen zu geben, als er auf einmal sagte: »Ich glaube, an den Rest kann ich mich erinnern.«

Mit einem Zwinkern absolvierte er eine weitere Drehung, ohne ihre Anleitung und zu gekonnt, als dass es das erste Mal sein konnte. Als sie in der Mitte erneut aufeinandertrafen und er ihr die linke Hand bot, wies sie ihn zurecht: »Ihr habt mich belogen, Sir.«

»Wieso?«

»Ihr sagtet, dass Ihr nicht tanzen könntet.«

Seine Augen strahlten mit dunkler Wärme. »Ich habe lediglich gesagt, dass ich nicht tanze, und nicht, dass ich es nicht kann.«

Die nächsten Tanzschritte entfernten sie wieder voneinander, und Anna nutzte die Gelegenheit, ihr inneres Gleichgewicht wiederzufinden, nur um es gleich wieder zu verlieren, als sie sich ein letztes Mal in der Mitte trafen. Diesmal hielt er ihre beiden Hände, während sie im Kreis schritten, dann blieb er unerwartet stehen und sah auf sie herab.

»Mr. O'Connor …«, sagte Anna.

»Die Musik hat aufgehört.«

Er hatte recht. Sie hatte es nicht einmal bemerkt, doch auf einmal wog die Stille schwer in diesem Teil des Gartens, und viele unausgesprochene Dinge schienen in der Luft zu liegen. Anna wollte ihm ihre Hände entziehen, doch er hielt sie fest.

Sie hob ihr Kinn und sagte: »Ihr seid ein Betrüger, Mr. O'Connor.«

»Nur, wenn es mich meinem Ziel näher bringt.«

»Und welchem Ziel hat dieser Tanz mit mir Euch näher gebracht?«

Im Schutz des Schattens lächelte er leicht. Dann reagierte er wie gewohnt, indem er ihre Worte zurückgab, und wiederholte ihre Antwort auf seine Frage, warum sie ihm zu Hilfe gekommen war: »Ehrlich gesagt, ich habe keine Ahnung. Aber«, fügte er hinzu, »wenn ich es herausgefunden habe, werdet Ihr die Erste sein, die es erfährt.«

Er lockerte den Griff seiner Hände und ließ nun zu, dass sie ihre zurückzog. Anna trat einen Schritt zurück, um einen sicheren Abstand zwischen sie zu bringen, als sie hinter sich jemanden den Weg entlangkommen hörte. Es waren mehrere Leute, denn gedämpfte männliche Stimmen vermischten sich mit dem Rascheln von Röcken.

Sie sah, wie sich Edmunds Gesichtsausdruck veränderte, und wandte sich unsicher um, bevor sie in einen tiefen Hofknicks versank. Die Frau an der Spitze des Gefolges blieb stehen und lächelte.

»Guten Abend, Anna Niktowa«, sagte Zarin Katharina.

KAPITEL 36

In ihrer gebeugten Haltung fiel Annas Blick direkt auf die schwarzen Röcke der Zarin. Während die anderen Gäste auf deren Anweisung hin keine Trauerkleidung angelegt hatten, hatte sie sich für ein schwarzes Kleid entschieden, dazu aber zur Feier des Tages einen wunderschönen weißen Kopfschmuck gewählt.

Hinter der Kaiserin waren weitere Röcke und Männerbeine zu sehen. In dem Bewusstsein, dass alle Blicke auf sie gerichtet waren, entgegnete Anna in dem gleichen formalen Russisch, in dem die Zarin sie angesprochen hatte: »Eure Kaiserliche Majestät, darf ich Euch zu der glücklichen Hochzeit Eurer Tochter gratulieren?«

»Vielen Dank. Erhebt Euch nun, meine Liebe, damit ich Euer Kleid ansehen kann, es ist sehr hübsch. Ihr seht darin aus, als gehörtet Ihr zu meinem Garten.« Sie lächelte. »Ich freue mich, dass Ihr Euch zu Ehren meiner Tochter derart erlesen gekleidet habt. Hat Vizeadmiral Gordon Euch dieses Kleid aus Paris mitgebracht?«

»Soweit ich weiß, stammt die Seide aus Paris, damit habt Ihr recht, aber das Kleid habe ich selbst genäht«, erklärte Anna.

»Tatsächlich?« Die Zarin hob die Augenbrauen. »Ihr seid sehr geschickt, Anna Niktowa. »Was würde Ihr sagen, wenn ich Euch als Näherin an meinen Hof bäte?«

Was sie wirklich davon hielt, würde keine Rolle spielen, wusste Anna, denn wenn die Zarin etwas wünschte, gab es darauf nur eine Antwort: »Ich wäre sehr geehrt, Eure Kaiserliche Majestät«, entgegnete sie daher. »Aber ich hoffe, dass Ihr mich erst braucht, wenn General Laceys Frau im Herbst ihr Kind geboren hat, da ich ihr versprochen habe, bis dahin bei ihr zu bleiben, und dieses Versprechen würde ich gern einhalten.«

Sie wusste, es war gewagt, so zu der Zarin zu sprechen, doch sie bereute es nicht und hoffte, sie nicht beleidigt zu haben. Eine der Damen in der Gesellschaft der Zarin – vermutlich eine ihrer Hofdamen – sah regelrecht entsetzt aus, doch die Zarin selbst meinte lediglich: »General Laceys Frau kann sich glücklich schätzen, eine derart loyale Gesellschafterin gefunden zu haben. Das heißt, Ihr habt das Haus des Vizeadmirals verlassen, um bei den Laceys zu leben?«

»So ist es, Eure Kaiserliche Majestät.«

Die verständnisvoll blickenden Augen der Zarin schienen hinter diesen schlichten Worten Annas tief verborgene Gefühle sehen zu können. »Auch ich habe schon als Kind bei fremden Menschen gelebt«, sagte sie sehr freundlich.

Natürlich kannte Anna wie jeder andere die Geschichte der Zarin, die, aus bescheidenen Verhältnissen kommend, auf den russischen Thron gelangt war, auch wenn es, je nachdem, wer die Geschichte erzählte, verschiedene Versionen davon gab. Doch alle stimmten sie darin überein, dass sie, sehr früh verwaist, in der Familie eines Küsters aufgewachsen war und später im Haushalt eines lutheranischen Pfarrers gearbeitet hatte, bis für sie die Hochzeit mit einem jungen Soldaten der schwedischen Armee arrangiert worden war. Einige behaupteten, die Hochzeit habe stattgefunden, andere meinten zu wissen, dass der Soldat am Hochzeitsmorgen getötet worden war, aber immer endete es damit, dass in jenen Tagen die russischen Truppen das Gebiet erobert hatten und der Kommandant von der jungen Frau derart beeindruckt gewesen war, dass er ihr eine Stelle in einem angesehenen Haushalt verschaffte. Von dort aus war sie dann in den Dienst von Fürst Menschikow gelangt, der sie schließlich seinem Freund, dem Zaren, vorstellte.

Und Fürst Menschikow war es auch, der nun neben die Zarin trat. Anna hatte ihn vorher im Gefolge der Zarin nicht wahrgenommen, doch die Züge seines schmalen Gesichts unterhalb der weißen hohen Perücke waren unverkennbar.

Anna knickste erneut, und der Fürst würdigte sie mit einem Nicken, bevor er ein paar gemurmelte Worte an die Zarin richtete. Seit dem Tod des Zaren war der Fürst nicht von ihrer Seite gewichen, was unvermeidliche Gerüchte ausgelöst hatte. General Lacey hatte erst kürzlich, von all dem Klatsch angewidert, gesagt: »Bei all ihren angeblichen Liebhabern dürfte die Zarin so beschäftigt sein, dass sie gar nicht mehr zum Schlafen kommt. Leider ist wohl jede einflussreiche Frau dazu verdammt, das Opfer unmoralischer Unterstellungen zu werden.«

Anna teilte seine Meinung. Und so wie Fürst Menschikow und Zarin Katharina gerade miteinander sprachen, gab es keinen Anlass, zwischen ihnen mehr als eine langjährige Freundschaft zu vermuten.

»Ich bin mir dessen durchaus bewusst, Alexander Danilowitsch«, sagte die Zarin nun, »nur noch einen Moment bitte.« Dann wandte sie sich wieder an Anna: »Ich bin sicher, General Lacey ist ein so freundlicher Mensch, wie er zu sein scheint.«

»Er ist wirklich sehr freundlich und ein guter Mensch, Eure Kaiserliche Majestät.«

»Ich freue mich, das zu hören. Meine jüngere Tochter war immer sehr von ihm angetan und hält ihn für einen wahren Helden. Und der junge Mann an Eurer Seite ist sicher der Verwandte des Generals, oder? Ein Kämpfer, nicht wahr?«

Die Gerüchte waren also tatsächlich bis ganz nach oben vorgedrungen. »Ja, Mr. O'Connor ist mit dem General verwandt, Eure Kaiserliche Majestät«, entgegnete Anna, »aber wenn Ihr erlaubt, dass ich richtigstelle, was man Euch erzählt hat: Er war lediglich gezwungen, sich zu verteidigen, nachdem er einer Dame zu Hilfe gekommen ist. Ich hoffe, Ihr verurteilt ihn nicht.«

Sie war dankbar, dass Edmund, der kein Russisch sprach,

kein Wort von dem verstand, was sie sagte. Es hätte ihn sicher belustigt, dass sie ihn erneut in Schutz nahm.

Die Zarin blickte an Anna vorbei zu ihm hinüber, während er den Kopf noch immer respektvoll gesenkt hielt.

»Ist das sein Schwert hinter ihm auf dem Boden?«, fragte die Zarin.

»Ja, Eure Kaiserliche Majestät.«

»Warum hat er es abgelegt?«

»Wir haben getanzt«, erklärte Anna.

Die Kaiserin sagte nichts darauf, wandte nur leicht den Kopf, als sich Fürst Menschikow erneut zu ihr hinüberlehnte, um ihr etwas mitzuteilen. Sie nickte und richtete sich dann mit einem Lächeln wieder an Anna: »Ich freue mich auf unsere nächste Begegnung, Anna Niktowa.«

Während Anna zum Abschied erneut in einen Hofknicks versank, sah sie, dass die Zarin Edmund freundlich zunickte, bevor sie mit ihrem Gefolge an ihnen vorbeizog und in Richtung des Bankettpavillons am nördlichen Ende des Gartens weiterging.

»Was, zum Teufel, war das denn?«, fragte Edmund und trat hinter sie. »Worüber habt ihr geredet?«

»Über nichts Besonderes«, sagte sie, dann kam ihr ein Gedanke, und sie fügte hinzu: »Aber nun habt Ihr die Zarin kennengelernt.«

Edmund lachte. »Ja, allerdings. Offenbar war das, was Ihr auf der Wiese zu mir gesagt habt, doch nicht ganz unwahr. Aber die besten Lügen liegen in der Wahrheit verborgen.«

Mit einem Lächeln hob er sein Schwert vom Boden auf.

Rob reichte mir eine Hälfte der Orange, die er geschält hatte. »Also ich hatte den Eindruck, dass das ihre zweite Begegnung war. Denkst du das auch?«

Ich hatte ihm das Wesentliche der Unterhaltung zwischen

Anna und der Zarin übersetzt und war der gleichen Meinung. »Ja, wahrscheinlich hast du recht. Katharina wusste noch nicht, dass Anna inzwischen bei den Laceys lebt.«

»Also haben wir nichts verpasst.«

»Nein.« Zumindest nicht die Szene, die ich mit dem Feuervogel in der Hand vor mir gesehen hatte. Als die Zarin zu Anna hinuntergeschaut und gesagt hatte: »Niemals seid Ihr ein Niemand gewesen.«

»Also sind wir auf dem richtigen Weg«, schloss Rob daraus.

Es war lange her, dass ich zum letzten Mal im Sommergarten gewesen war. Mir war aufgefallen, dass man sich seit einiger Zeit bemühte, die alte Pracht wiederaufleben zu lassen, obwohl der Garten heute längst nicht mehr die gleiche Größe hatte wie zu Annas Zeiten. Und die Wiese gab es schon lange nicht mehr. Sie war vor zwei Jahrhunderten in einen Veranstaltungsort für Kriegsübungen und Militärparaden umgewandelt worden, wo spätere Verkörperungen der Regimenter, die wir eben während der Hochzeitsfeierlichkeiten gesehen hatten, bei Staatsanlässen stillgestanden und Salutschüsse abgegeben hatten, und wo im Gedenken an die Gefallenen St. Petersburgs Ewige Flamme gebrannt hatte.

Auch andere Dinge existierten nur noch in der Erinnerung. Von den Gebäuden, die am Tag der Hochzeit die Gärten umgeben hatten, all den Ställen, Orangerien und Schuppen, stand heute nur noch der Palast in all seiner Schlichtheit und ohne jeglichen Prunk, scheinbar unbehelligt von den vielen Touristenbooten, die auf dem großen, Fontanka genannten Kanal, vorbeituckerten. Heute wie damals schien der Sommerpalast mit seinen quadratisch angelegten Mauern und den Reihen einfacher Fenster im Gedenken an glorreichere Zeiten über die ewig dahinfließende Newa hinüber zur goldenen Kuppel der Festung zu blicken.

Die Gartenanlagen strahlten inzwischen eine Art wilde Schönheit aus, nun, da die Eichen und Lindenbäume sich in dieser ruhigen, verlassenen Welt hoch über unseren Köpfen erhoben. Der breite Weg, den wir entlanggingen, war auf beiden Seiten von Statuen gesäumt, die uns, bleich vor den dunklen Stämmen der Bäume, im nachlassenden Licht wie Geister anstarrten.

Rob ging klaglos neben mir, obwohl ich in den letzten Stunden, in denen wir Anna durch die Stadt gefolgt waren, nicht mehr für ihn übersetzt hatte, und es nun bereits kurz vor Sonnenuntergang war.

»Es hat mich nicht gestört«, sagte er, als ich mich dafür entschuldigte. »Ich fange übrigens an, Edmund zu mögen.«

»Anna auch.«

»Wirklich?«

»Hast du das nicht bemerkt?« Wie konnte einem das nicht auffallen?, dachte ich. Alle Zeichen sprachen dafür, wie konnte er es übersehen haben?

»Ich bin nicht gut darin, Zeichen zu deuten«, meinte er.

Ich seufzte und sagte: »Du tust es schon wieder.«

»Was?«

»Meine Fragen beantworten, bevor ich sie gestellt habe.«

»Du hast gefragt«, verteidigte er sich mit einer Logik, der nichts entgegenzusetzen war, wenn man bedachte, dass es für Rob keinen Unterschied machte, ob ich etwas aussprach oder es nur dachte. Er sah zu der weißen Marmorstatue eines süffisant grinsenden Gottes hinauf, an der wir gerade vorbeigingen. »Die Statuen könnten sicher viele Geschichten erzählen«, meinte er.

An seinem beiläufigen Tonfall war nicht zu erkennen, ob es sich nur um einen unschuldigen Kommentar handelte oder ob er mich dazu anstacheln wollte, meine Fähigkeiten anzuwenden. »Na ja, das Problem ist nur, dass die meisten ihrer Geschichten nichts mit St. Petersburg zu tun hätten«, entgegnete ich, »sondern eher mit ihrem ursprünglichen Herkunftsort, mit Griechenland oder Italien vielleicht.«

»Frankreich«, korrigierte mich Rob, »diese ist aus Frankreich.« Er hatte seine Orangenhälfte längst aufgegessen, roch jedoch noch danach, als er sagte: »Wenn du auf der Suche nach

Einheimischen bist, solltest du dir die Bäume vornehmen. Einige von ihnen dürften schon zur Zeit Peters des Großen hier gestanden haben.«

Ich legte den Kopf zurück und blickte in das zarte Geflecht der Blätter über mir, die sich nun weniger deutlich von dem inzwischen in einem dunklen Blaugrün gefärbten Himmel abhoben.

»Ich wüsste nicht, welche«, wandte ich ein.

»Erst, wenn du sie berührst, oder?«

Unsere Blicke begegneten sich für einen Moment, und in seinen Augen stand die gleiche stumme Herausforderung wie in denen Edmund O'Connors, als er Anna auf der Wiese gefragt hatte, ob sie ein Stück mit ihm gehen würde oder um ihren guten Ruf fürchte.

Sie hatte die Herausforderung, ohne zu zögern, angenommen.

Aber ich war nicht Anna. Ich wandte mich ab. »Der Garten wird eh gleich geschlossen«, sagte ich. »Wir sollten etwas essen gehen. Und morgen sollten wir dort beginnen, wo General Laceys Haus gestanden hat, und versuchen, irgendwo nach der Hochzeit wieder einzusteigen.«

Rob sagte nichts dazu. Unverständlicherweise störte mich das mehr, als wenn er mich einen Feigling genannt hätte und nicht immer so ... verständnisvoll gewesen wäre. So ruhig. So verdammt *brüderlich*. Ich wollte nicht, dass Rob sich verhielt, als ob er mein Bruder wäre, ich wollte das so wenig, dass ich abrupt stehen blieb.

»In Ordnung«, meinte Rob, »ich tue, was du sagst.«

Damit antwortete er nur auf das, was ich für den nächsten Morgen vorgeschlagen hatte. Ich wusste es. Und dennoch, als ich wieder neben ihm herschritt und wir in der Dämmerung durch das Tor des Sommergartens auf die Uferstraße an der Newa hinaustraten, fühlte ich mich wie Anna während des Menuetts – der Boden unter meinen Füßen schien längst nicht mehr so fest wie zu Beginn des Tanzes.

KAPITEL 37

Hauptmann Hay war nach St. Petersburg zurückgekehrt. Etwas mehr als ein Jahr war vergangen, seit er sich aus den Diensten des Zaren verabschiedet hatte und Richtung Süden aufgebrochen war, um in einem Klima zu leben, das seiner Gesundheit zuträglicher wäre, und Anna hatte ihn vermisst. Er war all die Zeit über, die sie im Haus des Vizeadmirals gelebt hatte, ein regelmäßiger Besucher dort gewesen, sodass er schließlich wie ein jüngerer Onkel für sie gewesen war. Und genau so begrüßte er sie, als er am letzten Maiabend zum Abendessen im Haus von General Lacey eintraf.

Es war eine recht große Abendgesellschaft: der General, seine Frau, Pater Domenic, Vizeadmiral Gordon mit Sir Harry Stirling und Hauptmann Hay und natürlich Edmund an ihrer Seite, dessen Schulter ihre berührte, als er nach dem Brot griff.

Anna gelang es nicht immer, dem Gespräch zu folgen, sah den Grund für ihre Ablenkung aber eher in der lebhaften Unterhaltung als in dem dunkelhaarigen Mann neben ihr.

Vizeadmiral Gordon saß an ihrer anderen Seite, General Lacey wie üblich am Kopf des Tisches, seine Frau am anderen Ende, und Sir Harry und Hauptmann Hay flankierten den Franziskaner, der erfreut schien, Neuigkeiten aus Rom zu hören.

Anna war es aus dem Haus von Vizeadmiral Gordon gewohnt, dass offen über den sich im Exil befindenden Hof von König Jakob gesprochen wurde, doch am Tisch des Generals erlebte sie es zum ersten Mal. Natürlich hatte sie gewusst, dass der General auf der Seite des Königs stand und dass er in seiner Jugendzeit für ihn gekämpft hatte und noch heute sein Glas über dem Wasser erhob, aber es freute sie, als sie ihn nun mit der Leidenschaft eines echten Jakobiten über die aktuelle Lage reden hörte.

»Und seid Ihr in Paris Daniel O'Brian begegnet?«, fragte er Hauptmann Hay.

»Ja, bin ich. Es geht ihm gut. Er erzählte mir, dass der Unterhändler des Grafen von Holstein ihm versichert habe, dass der Graf, sollte ihm der schwedische Thron zugesprochen werden, nichts lieber wünsche als die Wiedereinsetzung König Jakobs.«

Vizeadmiral Gordon nickte. »Ja, der Graf hat mir gegenüber Ähnliches geäußert.«

»Außerdem habe ich unseren Freund General Dillon in Paris getroffen«, fuhr Hauptmann Hay fort, »der mir sehr niedergeschlagen schien, weil er nicht länger zu den Vertrauten des Königs zählt.«

»Warum nicht?«, fragte Gordon. »Dillon ist ein guter Mann und ausgesprochen loyal.«

»Dessen ist sich der König durchaus bewusst«, erklärte der Oberst, »doch General Dillon umgibt sich mit fragwürdigen Männern wie dem Grafen von Mar.«

Dieser Name sagte offenbar allen Anwesenden am Tisch etwas, denn alle außer Pater Domenic schienen nun zu verstehen, warum der König General Dillon das Vertrauen entzogen hatte.

»Wie auch immer«, fuhr der Hauptmann fort, »ich bin nur kurz in Paris geblieben, da meine Anwesenheit dort, obwohl ich unter falschem Namen gereist bin, sicher bald entdeckt worden wäre. Das Auge des Feindes schläft nicht, und die Tatsache, dass der König mich empfangen hat, hat die Spürhunde sogleich auf den Plan gerufen. Mir stand nicht der Sinn danach, in Ketten gelegt zu werden, oder gar nach Schlimmerem. O'Brian erzählte mir von einem früheren Kurier, der vor einigen Jahren mit einer Geldsumme für den König unterwegs war und derart hartnäckig allen Versuchen, ihn zum Verrat seiner Sache zu bewegen, widerstand, dass die Handlanger der Engländer ihn vergiftet haben. Sie haben ihn nicht getötet, aber er wurde wahnsinnig, und O'Brian sagte, er habe sich nie davon erholt.«

»Um wen ging es?«, fragte Sir Harry Stirling mit Interesse.

»Maurice Moray.«

Anna ließ ihr Glas los, und es wäre umgekippt, hätten Edmunds Reflexe es nicht verhindert. Sie senkte den Kopf, um das Entsetzen in ihrem Gesicht zu verbergen. »Es tut mir leid«, sagte sie leise.

Hauptmann Hay redete weiter: »Ihr habt sicher schon von der Familie gehört. Aus Aibercairney. Maurice war der jüngste der Brüder Moray, glaube ich.«

»Ja, ich kenne die Familie gut«, sagte Sir Harry Stirling. »Sein älterer Bruder Robert hat die Witwe meines Vaters geheiratet, die noch sehr jung war, als mein Vater starb. Robert wäre nach Sherrifmuir beinah gehängt worden. Glücklicherweise entging er diesem Schicksal, doch wenig später starb seine Frau und hinterließ die fünf Kinder mutterlos.«

»Das ist furchtbar traurig«, meinte Mrs. Lacey.

»Ihr Einsatz für den König wurde im Grunde der ganzen Familie zum Verhängnis«, sagte Sir Harry, »wie es so vielen schottischen und irischen Familien erging.«

»Wir sollten uns ein Beispiel an den Engländern nehmen«, wandte Edmund voller Sarkasmus ein, »und fleißig auf die Gesundheit unseres Königs trinken, anstatt mit dem Schwert für ihn zu kämpfen. Das würde viele Köpfe retten und Vermögen bewahren.«

Anna war es gelungen, die Tränen zurückzudrängen, und trotz des Schmerzes angesichts des Schicksals ihrer Onkel und des Bewusstseins, dass ihr Onkel Maurice dies nicht hätte erleiden müssen, hätte sie ihn nicht an den Feind verraten, war die Verbitterung in ihrem scharfen Ton zu hören, als sie sagte: »Aber es sind unsere Taten und nicht unsere Worte, womit wir unseren Wert unter Beweis stellen.«

»Dessen bin ich mit durchaus bewusst, Mistress Jamieson, und es hat mich zu diesem Scherz veranlasst.«

»Verzeiht mir, Sir, für mich hat es nicht wie ein Scherz geklungen.«

Über den Tisch hinweg blickte Hauptmann Hay neugierig zu ihnen hinüber, als sei er überrascht von Annas Ton und frage sich nach dem Grund dafür. »Mr. O'Connor, Ihr seid aus Spanien hierhergekommen, wie ich gehört habe?«

»Ja, Sir. Ich habe Spanien vor etwa einem Jahr verlassen und bin im letzten November hier angekommen.«

»Ich frage, weil ich in Paris von einem Mann Eures Namens gehört habe, der Madrid unter dem Verdacht verlassen hat, ein Spion Stanhopes zu sein«, fuhr der Oberst fort.

»Da ging es um mich«, gab Edmund offen zu. Er straffte seine Schultern und setzte sich aufrecht hin, wobei der raue Stoff seines Jacketts Annas Arm streifte. »Ehrlich gesagt erinnere ich mich nicht mehr genau an all die Dinge, derer man mich verdächtigte, aber ich bin mir ziemlich sicher, dass diese Anschuldigung dazuzählte.«

»Und war es ein begründeter Verdacht, dass Ihr ein Spion der Engländer gewesen seid?« Hauptmann Hay liebte es, den Dingen auf den Grund zu gehen.

Anna spürte die Unruhe des Mannes an ihrer Seite, auch wenn seine Stimme freundlich blieb. »Meine Antwort auf diese Frage erübrigt sich wohl, denn wäre ich tatsächlich ein Spion, würde ich es kaum zugeben, und wenn nicht, lautete meine Antwort nicht anders, als wenn ich es wäre.«

Der General lachte. »Er ist kein Spion, wie ich gern zugebe, wenn er es nicht tut. Ähnlich wie General Dillon hat auch er sich in zweifelhafter Gesellschaft befunden. Stimmt es, Edmund?«

Edmund wandte den Blick von Hauptmann Hay ab, entspannte sich und sagte: »Es scheint wohl so.«

Sir Harry Stirling entkrampfte die Situation mit der ihm eigenen gutmütigen Art, indem er anmerkte: »Wie ich sehe, sind Eure Prellungen kaum noch zu sehen, Mr. O'Connor.«

»Ja, kaum noch.«

»Das freut mich.« Mit einem Grinsen fügte Sir Harry hinzu:

»Ich habe gehört, dass der Ehemann der Hure noch immer das Bett hüten muss.« Er bedachte Mrs. Lacey mit einem charmanten Blick. »Madam, ich entschuldige mich, die Konversation auf ein solch inakzeptables Thema gelenkt zu haben, aber bei so vielen Männern an einem Tisch gibt es immer einen, der seine Manieren vergisst.«

Der General lächelte ebenfalls. »Vielleicht sollten wir dem guten Edmund Kapitän Deane überlassen, wenn er ankommt«, schlug er vor.

Alle anwesenden Herren außer Pater Domenic und Edmund brachen in lautes Gelächter aus, und Vizeadmiral Gordon meinte: »Ich würde dafür bezahlen, wenn ich dabei zusehen dürfte.«

Edmund wandte sich an den Vizeadmiral und fragte: »Und wer bitte ist Kapitän Deane?«

Anna kannte die meisten Geschichten über Kapitän John Deane. Und die wenigen Male, die sie ihm begegnet war, hatten sie nicht gerade für ihn eingenommen. Allerdings lag das wohl hauptsächlich daran, dass er den Vizeadmiral ganz eindeutig nicht mochte, und für das Kind, das Anna damals gewesen war, hatte das ausgereicht, um ihrerseits den Kapitän abzulehnen.

Erst später, als er zum ersten Mal vor dem Militärgericht gestanden und daraufhin Russland hatte verlassen müssen, hatte sie die ersten Geschichten über ihn gehört, die den schlechten Eindruck, den sie von ihm hatte, verstärkten.

Edmund hatte bis zu diesem Tag noch keine dieser Geschichten über den Kapitän gehört, und auch als der letzte Gang des Essens verspeist war und sie in den Salon hinübergegangen waren, waren sie noch nicht weiter als bis zu seinem Prozess gelangt.

»Also hat er nie wegen des Todes von Kapitän Urquhart vor Gericht gestanden?«, fragte Edmund mit gerunzelter Stirn.

»Nein«, antwortete Gordon. »Dafür hat er nie bezahlt.« In seiner Stimme schwang die verdrängte Wut mit, die, wie Anna wusste, jedes Mal in ihm aufwallte, wenn er an Adam Urquhart dachte, der von dem Großmast eines Schiffes erschlagen wurde, das nahe Kronstadt auf eine Sandbank aufgelaufen und gesunken war. Urquhart und ein weiterer Kapitän, der damals erst seit Kurzem in der russischen Marine und mit den Gewässern noch nicht vertraut war, hatten sich von Deane leiten lassen, der die dortigen Küstengewässer gut kannte und beauftragt war, die beiden Kapitäne und ihre Schiffe heil nach Kronstadt zu bringen. Deane hatte beiden Kapitänen Kartenmaterial gegeben und ihnen geraten, welchen Kurs sie nehmen sollten. Dann hatte er für sein eigenes Schiff einen sichereren Kurs gewählt und die anderen ihrem Schicksal überlassen. Beide Schiffe sanken, und der junge Adam Urquhart hatte sein Leben verloren, und alle, die davon hörten, waren der Meinung, dass es kein Zufall gewesen sein konnte, dass Urquhart und der andere Kapitän eine Sache gemeinsam hatten, die Kapitän Deane verabscheute: Sie beide waren Jakobiten gewesen.

Vizeadmiral Gordon erklärte Edmund: »Urquharts Tod war kein Unfall, aber da die Seekarten, die Deane den beiden gegeben hatte, mit den Schiffen untergegangen waren, hatten wir keinen Beweis. Was wir jedoch belegen konnten, war, dass Deane etwa zwei Jahre zuvor mit den Schweden kollaboriert und ihnen ihre eigenen Schiffe, die er selbst ihnen abgenommen hatte, zurückverkauft hatte, um daran zu verdienen. Das war allgemein bekannt unter denen, die gemeinsam mit ihm auf See gewesen waren, aber niemand hat es gewagt, etwas zu sagen, bis …« Er schwieg eine Weile, schüttelte den Kopf und fuhr fort: »Das, was er Urquhart angetan hat, war selbst für Deanes alte Freunde zu viel.«

»Also hat der Zar ihn aus der Armee entlassen?«

Gordon nickte. »Zuerst hat er ihn nach Kasan verbannt, ihn dann jedoch wieder hergeholt und im Zorn mit dem Befehl entlassen, niemals zurückzukehren.«

»Genau. Und das hat er sich offensichtlich, solange der Zar lebte, zu Herzen genommen«, meinte Sir Harry, der gerade dabei war, die Schachfiguren auf dem Brett aufzustellen.

»Doch jetzt ist der Zar tot«, sagte Gordon mit einem Schulterzucken. »Und wahrscheinlich nehmen die Engländer Zarin Katharina nicht ernst oder halten sie für nachsichtiger, denn sonst würden sie es nicht versuchen.«

»Sie haben es vor zwei Jahren schon einmal versucht«, erinnerte Sir Harry, »sind aber von unseren Leuten in London früh genug daran gehindert worden.«

»Wäre Deane vor zwei Jahren hier gelandet«, wandte Hauptmann Hay ein, »hätte der Zar ihn persönlich im Hafen empfangen und ihn spüren lassen, was mit denen geschieht, die seine Befehle missachten, und damit wäre das Problem gelöst gewesen.«

Mrs. Lacey, die auf ihrem Stuhl am Fenster vor sich hin geträumt hatte, schreckte auf und fragte: »Welches Problem?«

»Dass Kapitän Deane nun von dem obersten Spion der Engländer, Baron Townshend, dafür bezahlt wird, bei uns herumzuschnüffeln«, erklärte ihr Mann. »Und weil Deane ein alter Seemann ist, wird er Dinge sehen, die andere nicht sehen würden.«

»Nicht, wenn wir einen Weg finden, ihn aufzuhalten«, wandte Sir Harry ein, der inzwischen alle Figuren auf dem Schachbrett platziert hatte. Nun sah er Hauptmann Hay auffordernd an. »Kommt, William, lasst uns eine Partie spielen.«

»Danke, nein. Ich erinnere mich noch zu gut an meine letzte Niederlage.«

Der General schlug mit einem schelmischen Lächeln vor: »Möchtet Ihr vielleicht einmal gegen Mistress Jamieson spielen?«

Anna hatte sich nicht wie so oft ans Fenster gesetzt. Stattdessen hatte sie einen Stuhl in einer eher düsteren Ecke des Raums gewählt, von wo aus sie den Männern, schweigend und in Gedanken versunken, zugesehen hatte. An einem anderen

Tag hätte sie sicher gefragt, warum sie sich Sorgen machten, dass Deane hier in St. Petersburg auftauchen könnte, aber sie dachte immer noch an ihren Onkel Maurice und fühlte sich zu elend, um an dem Gespräch teilzunehmen. »Nein, vielen Dank«, sagte sie nun auf den Vorschlag des Generals hin, bevor Sir Harry darauf eingehen konnte. »Entschuldigt, aber ich möchte heute nicht spielen.«

»Ein Glück für mich«, entgegnete Sir Harry, »denn Miss Gordon hat mir erzählt, dass Ihr sogar den Vizeadmiral besiegt habt, und ich weiß, dass er ein hervorragender Spieler ist.«

Gordon reagierte darauf mit väterlicher Wachsamkeit: »Meine Tochter schein Euch viel zu erzählen.«

»Ja, das tut sie.« Lächelnd sah Sir Harry seinem älteren Freund direkt in die Augen. »Kann ich Euch für ein Spiel gewinnen?«

»Allerdings.«

Während Gordon Sir Harry gegenüber vor dem Schachbrett Platz nahm, wandte sich Hauptmann Hay an General Lacey: »General, Ihr seid ein hervorragender Taktiker. Wie sollen wir Eurer Meinung nach mit Kapitän Deane verfahren?«

»Wissen wir, wann er ankommen wird?«

»Er kann jeden Tag eintreffen«, meinte der Hauptmann.

»Viel Zeit haben wir also nicht.« Eine Weile hielt der General den Blick auf das Schachbrett gerichtet, dann sah er nachdenklich zu Edmund hinüber.

»Was?«, fragte dieser. »Wollt Ihr wirklich, dass ich ihn für Euch verprügele?«

»Nein, Pierce. Das kommt nicht infrage«, schaltete sich die Frau des Generals ein.

Der General machte eine beruhigende Geste, in die er auch Pater Domenic mit einschloss, der offensichtlich gerade protestieren wollte. »Etwas Derartiges würde ich selbstverständlich niemals ernsthaft in Erwägung ziehen. Zumal Kapitän Deane vor nichts zurückschreckt, wenn er sich herausgefordert fühlt.« Er wandte sich an Edmund: »Es gibt da noch etwas über ihn zu erzählen, aus der Zeit, bevor er nach Russland kam, denn er war der Kapitän auf der *Nottingham*, als diese vor fünfzehn Jahren Schiffbruch vor Boon Island erlitt. Aber zu dieser Geschichte gibt es ein paar Einzelheiten, die ich meiner Frau ersparen möchte.«

»Boon Island.« Edmund runzelte die Stirn. »War das der Schiffbruch, nach dem der Kapitän sich als Held darstellte, während die Besatzung behauptete, er habe sie ausgenutzt und betrogen? Wo die Überlebenden sich von ihrem toten Koch ernährt haben?«

»Ja. Vielen Dank, Edmund, das waren genau die Einzelheiten, die meine Frau nicht hören sollte«, entgegnete der General nüchtern.

Pater Domenic hatte sich nach Edmunds Worten schaudernd bekreuzigt. »Allein dafür wird Euer Kapitän Deane der ewigen Verdammnis anheimfallen, was auch immer mit ihm noch geschehen mag.«

»Ja, Gott wird ihn sicher angemessen bestrafen«, meinte Sir Harry, »aber solange er noch auf dieser Erde weilt, fürchte ich, dass es an uns ist, etwas zu unternehmen.«

Erneut wurde es still im Raum, und Anna bemerkte, dass Edmund sich zu ihr umgedreht hatte und sie ansah. Sie wandte den Blick ab, dennoch fragte er: »Geht es Euch gut, Mistress Jamieson?«

Anna nickte, was ihn offensichtlich nicht zufriedenstellte.

»Was ist Eure Meinung, wie wir gegen Kapitän Deane vorgehen sollten? Haben Eure Nonnen Euch für solche Gelegenheiten vielleicht irgendeinen weisen Rat gegeben?«

Er wollte sie zum Lachen bringen, erreichte jedoch das Gegenteil.

Vizeadmiral Gordon wandte sich um. »Welche Nonnen?«

»Na, die Nonnen, bei denen sie als Kind gelebt hat«, meinte Edmund und hielt inne, als er in Annas Augen sah.

Gordon blickte sie an. »Wo war das, Anna?«

Der General am anderen Ende des Raumes sagte, an den

Mönch gerichtet: »Wie gut, dass Ihr nicht wettet, Pater Domenic, denn sonst müsste ich jetzt zahlen. Ihr hattet recht.«

»Ich habe es sofort gesehen«, entgegnete der sanftmütige Franziskaner, »an der Art, wie sie betet, und an ihren guten Manieren.«

»Nur irische Nonnen können sie einen solchen Anstand gelehrt haben«, meinte der General neckend. »Waren es irische Nonnen, die Euch unterrichtet haben, Mistress Jamieson?«

Vizeadmiral Gordon hatte den Blick nicht von ihr abgewandt, und mit der Hand über dem Schachbrett wiederholte er seine Frage: »Wo war das, Anna?«

Sie saß in der Falle, sah Edmund vorwurfsvoll an und erwiderte: »Es ist so lange her, dass ich es vergessen habe.« Da ihr die Tränen kamen, schloss sie die Augen und senkte den Kopf, um sich zu sammeln. Dann erhob sie sich. »Entschuldigt mich, aber ich habe furchtbare Kopfschmerzen«, sagte sie ruhig.

Gefasst und scheinbar unbekümmert verließ sie den Raum und trat in den Korridor, wo niemand sie sehen konnte. Dann ließ sie ihren Tränen freien Lauf und rannte fort.

KAPITEL 38

Das, was sie ihnen gesagt hatte, entsprach zumindest zum Teil der Wahrheit: Ihre Zeit im Kloster lag weit in der Vergangenheit. Doch noch immer spürte sie die Gitterstäbe. Gerade hier im Hof fühlte sie sie besonders stark, denn obwohl sie die Sonne sehen und die frische Luft atmen konnte, war sie auf allen Seiten von Mauern umgeben, denen sie nicht entfliehen konnte, und ihre tiefen Schatten folgten ihr überallhin.

Es schien, dass Gott ihr als Bestrafung für ihre Sünden den Schmerz der Erinnerung auferlegt hatte, und auch das war ein Gefängnis, dem sie nicht entkommen konnte. Sie sah das Gesicht ihres Onkels, das dem ihres Vaters so ähnlich war, vor sich, wie es durch die Gitterstäbe blickte, und sie hörte, wie er die Nonne fragte: »Wessen Kind ist das?«

Es wäre besser gewesen, wenn er es nicht erfahren hätte, dachte Anna.

Erneut begannen ihre Tränen zu fließen. Sie ging zu dem kleinen Schuppen hinüber, zu dem Wesen, das wie sie in einem Käfig gefangen war, doch der Vogel war nicht mehr dort. Der Käfig war leer, die Tür stand offen, und die Krähe war fort.

Sie war sich nicht sicher, wann ihr bewusst wurde, dass sie nicht mehr allein war, aber sie hatte es bereits bemerkt und auch, um wen es sich handelte, bevor Edmund sie ansprach.

»Ich muss mich entschuldigen«, sagte er, und sie erinnerte sich nicht, diese Worte jemals ohne Spott, sondern derart aufrichtig von ihm gehört zu haben. »Mir war nicht klar, dass Ihr es nicht … Ich wusste nicht, dass es ein Geheimnis war.« Er stand keine drei Schritte hinter ihr und sprach sehr leise, sodass niemand im Haus es hören konnte. »Ich gestehe, dass ich allein aus dem Grund, dass Ihr es mir gesagt habt, davon ausgegangen bin, dass es allgemein bekannt ist. Niemals hätte ich gedacht, dass Ihr mir ein Geheimnis anvertrauen würdet. Glaubt mir, wenn ich es gewusst hätte, hätte ich es niemals erwähnt.«

Zitternd holte sie Luft und bemühte sich, ihren Atem zu beruhigen. Dann fragte sie: »Was ist mit dem Vogel geschehen?«

»Das Bein war geheilt, also habe ich ihn freigelassen.«

»Habt Ihr es den Kindern gesagt?«

»Sie haben nicht mehr nach dem Vogel gefragt. So wie es aussieht, haben sie ihn völlig vergessen.«

»Aber Ihr habt ihn nicht vergessen.«

»Solche Dinge vergesse ich nicht.«

Sie dachte einen Moment darüber nach. Dann sagte sie: »Ich bin froh, dass er weggeflogen ist.«

»Ja. Ich auch. Manche Wesen sind nicht dafür geschaffen, in einem Käfig zu leben.« Er schwieg eine Weile, dann sagte er: »Es tut mir unendlich leid, dass ich Euer Vertrauen derart missbraucht habe, Anna. Ich verspreche, dass so etwas nie wieder vorkommen wird.«

Sie wandte sich um und sah ihn an. »Nein. Wird es nicht, weil ich nie wieder …« Trotz aller Bemühungen brach ihre Stimme bei den Worten, die eher an sie selbst gerichtet waren als an ihn, weil das, was sie damals getan hatte, sich nicht mehr ungeschehen machen ließ. »Ich hätte es nicht erwähnen sollen.«

Edmunds Blick ruhte auf ihrem bleichen Gesicht. »Aber es lag nicht nur daran. Ihr wart bereits aufgebracht, bevor ich es gesagt habe.«

Sie hatte sich über die Augen gewischt, doch sie wusste, dass sie weitere Tränen nicht würde zurückhalten können. »Ich habe Kopfschmerzen«, beharrte sie daher leise.

»Ach so, stimmt. Ich weiß ein Mittel dagegen«, meinte er. »Der General hat mich gebeten, auf der Wassiljewski-Insel etwas für ihn zu erledigen. Möchtet Ihr mich begleiten?«

Sie sah ihn an, um herauszufinden, ob er es ernst meinte oder sie aufzog. »Warum sollte ich?«

Edmund zuckte mit den Schultern. »Weil mir leidtut, was geschehen ist, und Ihr mir verzeiht. Oder weil ich ansonsten allein gehen müsste und Ihr ein gutes Werk tun wollt. Oder, Mistress Jamieson«, meinte er, »weil es im Moment das Beste für Euch wäre.«

So wie er sie ansah, hätte sie schwören können, dass er in der Lage war, durch alle Mauern und Schutzwälle hindurch in ihr tiefstes Innerstes zu blicken. Wenn sie auch nicht wusste, ob er von ihr oder von sich selbst sprach, als er zum zweiten Mal entschieden behauptete: »Manche Wesen sind nicht dafür geschaffen, in einem Käfig zu leben.«

Und als er ihr die Hand hinhielt, nahm sie sie bereitwillig und ging mit ihm.

Rob grinste. »Eine raffinierte Art, um zum Frühstück an ein Eis zu kommen.«

»Na ja, er hat gesagt, dass er zur Wassiljewski-Insel muss, und wir hätten ihnen eh nicht auf direktem Weg folgen können, da es damals noch keine Brücken gab. Sie mussten mit einem Boot übersetzen.« Nach dieser Erklärung lehnte ich mich glücklich an die hüfthohe Granitmauer, die die Strelka umgab, und blickte über die Newa zur Eremitage hinüber, deren Fenster im morgendlichen Sonnenlicht glänzten.

Weit entfernt in westlicher Richtung hingen tiefe Wolken über dem Golf von Finnland, aber bislang war das Wetter schön und es war ein paar Grad wärmer als am Vortag, sodass ich keine Jacke brauchte.

Rob, der deutlich wacher aussah als ich, lehnte, ebenfalls mit einem Eis in der Hand, neben mir. »Dein Handy klingelt«, kündigte er an, kurz bevor das Signal ertönte.

»Hau ab«, forderte ich ihn auf, und ich sah die Fältchen in seinen Augenwinkeln, als ich den Anruf entgegennahm.

Als ich das Gespräch beendet hatte, hatte Rob sein Eis aufgegessen.

»Das war Juri«, erklärte ich. »Sie hängen heute Morgen die letzten Bilder auf, aber Wendy Van Hoek kommt nicht vor drei Uhr, daher habe ich mich erst für heute Nachmittag mit ihm verabredet.«

»Im Menschikow-Palast. Wo ist das?«, fragte er.

»Gleich da drüben.«

»Hier auf der Insel?«

Ich nickte, und Rob meinte: »Also haben wir noch jede Menge Zeit.« Scheinbar ganz nebenbei erwähnte er: »Dein Boss hat gar nicht mehr angerufen.«

»Stimmt. Ist mir auch aufgefallen.«

»Weiß er, dass ich hier bin?«

»Natürlich nicht«, sagte ich etwas zu schnell und bereute es sofort. Ich versuchte, es weniger unhöflich wirken zu lassen, indem ich hinzufügte: »Wir reden nicht über private Dinge.«

Rob nickte. »Ich denke, wenn er sich einmal darauf eingestellt hat, kommt er auch eine Weile ohne dich aus.«

Ich bemühte mich, diesen Satz nicht weiter zu interpretieren oder mich zu fragen, ob er wohl aus eigener Erfahrung gesprochen hatte. Daher zuckte ich nur mit den Schultern und sagte etwas über die kompetente neue Empfangsdame und dass niemand unersetzlich sei.

»Was dich angeht«, sagte Rob leichthin. »Bei mir liegt die Sache anders. Du würdest garantiert keinen anderen Mann finden, der so viele Stunden für dich arbeitet, ohne etwas Ordentliches zu essen zu kriegen.«

Nein, einen wie ihn würde ich niemals mehr finden, dachte ich.

»Nick.« Er sah mich an. »Bist du bereit?«

Ich brauchte einen Moment, um zu verstehen, dass er einfach nur wissen wollte, ob ich bereit sei, mich erneut auf die Suche nach Anna zu machen. Dann nickte ich und wandte mich ab, damit er nicht sehen konnte, dass ich rot wurde.

Nur ein paar Schritte hinter uns begann die Reihe der weißen Bänke, die unter den sorgfältig beschnittenen Bäumen im Halbkreis über die gesamte Strelka verteilt waren. Wir wählten die zweite, die am Wegrand neben einer Straßenlaterne stand, und kleine neugierige Spatzen hüpften um unsere Füße, als wir uns hinsetzten.

»Willst du hier einen Versuch wagen?«, fragte Rob.

Ich schüttelte den Kopf. »Tut mir leid. Ein neu angelegter Weg, junge Bäume … ich wüsste nicht, was ich hier berühren sollte.«

»Wirklich nicht?«, entgegnete er und legte seinen Arm auf die Lehne der Bank, sodass ich ihn warm auf meinen Schultern spürte.

Am Vorabend hatte ich alle Gemälde, Zeichnungen und Stiche im Buch meines Großvaters betrachtet, um mir ein Bild zu machen, wie St. Petersburg im ersten Viertel des achtzehnten Jahrhunderts ausgesehen hatte. Daher überraschte es mich nicht, das große Zollhaus und die lang gestreckten, von Soldaten bewachten Lagerhallen vor mir zu sehen, die sich auf dem Gebiet der Warenbörse befanden, wo die Kaufleute jeden Tag zusammenkamen. Die Börse sah aus wie eine sehr lange, sehr breite Holzpromenade, die ins Wasser hinausragte, sodass die kleineren Schiffe gleich dort anlegen konnten. Dicht an dicht warteten sie dort darauf, be- oder entladen zu werden, während ihre Masten im Rhythmus der Wellen leicht auf und ab wippten.

Anna trat vorsichtig auf die hölzernen Stufen und hob den Saum ihres Rockes über das Wasser, während Edmund, der zuerst aus dem Boot gestiegen war, sich zu ihr vorbeugte und ihr die Hand reichte, um ihr zu helfen.

»Keine Angst, ich bin mein halbes Leben lang in irgendwelche Boote und Schiffe aus- und eingestiegen«, versicherte sie ihm.

»Es liegt Euch im Blut«, meinte Edmund, »genau wie mir.«

Anna ließ seine Hand los, als sie neben ihm stand, strich sich die Röcke glatt und fragte: »Wie meint Ihr das, Sir?«

»Ihr Schotten und wir Iren und auch die Engländer wurden auf einer Insel geboren.« Edmund blickte auf den betriebsamen Fluss und kniff, von der Sonne geblendet, die Augen zusammen. »Wir sind es gewohnt, von Wasser umgeben zu sein, und es drängt uns herauszufinden, was jenseits davon liegt und wohin es uns tragen kann.«

Anna konnte dem nur zustimmen, denn schon als kleines Kind hatte sie übers Meer zum Horizont geblickt. Und wie sehr hatte es sie jedes Mal begeistert, wenn sie Vizeadmiral Gordon auf der halbtägigen Reise zum Hafen nach Kronstadt begleiten durfte, wo die großen Schiffe der russischen Marine vor Anker lagen und sich der Golf von Finnland in die weite Baltische See erstreckte. Schon immer hatte sie die Geräusche der knarrenden Holzplanken und der flatternden Segel geliebt; die Taue, die sich spannten, wenn das Schiff an ihnen zog, als wäre es ein Lebewesen, das ungeduldig darauf wartete in die Freiheit des Meeres entlassen zu werden.

Sie sah Edmund an, der noch immer das Gesicht in den Wind hielt, und fragte ihn: »Wohin würde Euer Schiff uns bringen, wenn Ihr die Wahl hättet?«

Er antwortete, ohne zu zögern: »Nach Hause. Nach Irland.«

Und dann, als habe er ihr eine Schwäche offenbart, sah er zu ihr hinunter und sagte mit dem üblichen süffisanten Lächeln: »Aber das sollten wir besser lassen, denn ich würde wahrscheinlich gleich am Strand gehängt oder ins ferne Amerika gebracht werden, weil ich König Jakob gedient habe. Ich habe gehört, dass der Prinz von Hannover, den gewisse Leute König Georg nennen, Männern gegenüber, die auf der Seite der Stuarts stehen, keine Gnade walten lässt. Das heißt, solange unser König seinen Thron nicht zurückerhält, werde ich mein Zuhause nicht wiedersehen.«

»Das tut mir leid«, sagte sie.

»Warum solltet Ihr mich bedauern?«, fragte er. »Auch Ihr seid heimatlos, und niemand aus Eurer Familie ist hier, um Euch zu trösten.«

Seine Direktheit erregte Annas Widerspruch: »Doch, ich habe ein Zuhause. Und eine Familie, auch wenn wir nicht miteinander verwandt sind.«

»Ich wollte nicht …«

»Es macht eine Familie stark, wenn sie aus freien Stücken zusammenhält und nicht, weil es so bestimmt wurde, Mr. O'Connor. Von Geburt an habe ich mit Menschen zusammengelebt, die nicht mit mir verwandt waren, jedoch nicht, weil sie dazu gedrängt wurden, sondern weil sie mich bei sich haben wollten, sich freiwillig dafür entschieden haben, während Jane, die Tochter von Vizeadmiral Gordons verstorbener Frau, eine Familie hatte, in die sie geboren wurde, eine angesehene Familie, die grausam zu ihr war und sie missachtet hat. Sie ist nicht in deren Armen gestorben, als sie ihren letzten Atemzug tat. Und Vizeadmiral Gordon würde für mich das Gleiche tun, was er für Jane getan hat«, fuhr Anna fort, »dessen bin ich mir sicher, also vergebt mir, wenn ich nicht mit Euch darin übereinstimme, dass ich keine Familie habe.«

Edmund stand neben ihr und hörte ihr mit der pflichtschuldigen Aufmerksamkeit eines Schuljungen zu, der eine Standpauke über sich ergehen lassen muss, aber seine Augen hatte er intensiv auf ihre Gesichtszüge gerichtet, und als sie fertig war, entgegnete er nur: »Wisst Ihr, dass Euer schottischer Akzent viel deutlicher herauszuhören ist, wenn Ihr Euch erregt?«

»Ich hätte zu Hause bleiben sollen«, sagte sie und seufzte hörbar.

»Aber dann hättet Ihr auf meine beruhigende Gesellschaft verzichten müssen.« Seine braunen Augen blitzten. »Und seht, da kommt der gute Mr. Taylor. Ihr wollt doch sicher die Gelegenheit nutzen, ein wenig mit ihm zu plaudern.«

Anna seufzte erneut, wandte sich um und begrüßte Mr. Taylor mit einem Knicks, während dieser sich verbeugte. Doch er schien es eilig zu haben und nicht in Plauderlaune zu sein. »Ist Sir Harry noch bei General Lacey?«, fragte er sie.

»Als ich vor einer halben Stunde das Haus verlassen habe, war er noch da«, entgegnete sie.

»Gut. Ist das Euer Boot? Könnte ich es nehmen? Ich habe dringende Neuigkeiten für Sir Harry.«

Interessiert fragte Edmund: »Geht es um Kapitän Deane?«

Der Schotte drehte sich zu ihm um. »Ja, in der Tat. Ihr wisst also von Kapitän Deane?«

»Es war eines der Gesprächsthemen beim Abendessen.«

»Ich habe gerade gehört, dass er übermorgen in Kronstadt erwartet wird«, teilte Mr. Taylor ihnen leise mit. »Vizeadmiral Gordon wird ihn sicher persönlich dort empfangen wollen, um ihn aufzuhalten.«

»Auch der Vizeadmiral hat im Haus des Generals zu Abend gegessen und war noch dort, als wir aufgebrochen sind«, erklärte Anna.

»Dann bitte ich, mich zu entschuldigen«, sagte Mr. Taylor und verbeugte sich eilig vor ihnen. »Ich werde sofort aufbrechen, um ihnen die Neuigkeiten zu überbringen.«

Edmund sah zu, wie das Boot ablegte, dann wandte er sich um und bot Anna seinen Arm. »Er ist wirklich ein guter Mensch, dieser Mr. Taylor.«

»Ja, das ist er.«

»Und Schotte wie Ihr.«

»Ja.«

»Und ich wage zu sagen, dass er sicher einer der Männer ist, die beim Tanzen kleine Sprünge machen.«

Sie musste lächeln, wandte jedoch ihr Gesicht ab, damit er es nicht sah. »Ja, alle Männer, die etwas auf sich halten, machen beim Tanzen kleine Sprünge, Sir.«

»So wurde es mir gesagt.«

Sie überquerten die breite Warenbörse und wechselten von dem hölzernen Untergrund auf den festeren Boden des großen Platzes zwischen den Lagerhallen und den Kollegien, in denen sich General Lacey und die anderen bedeutenden Männer der Stadt jeden Tag zur Arbeit einfanden.

Auch hier standen Wachsoldaten, während andere zwischen den vielen Menschen, Kutschen und Lastkarren umherschritten. Anna sah Edmund an. »Wohin müssen wir gehen, um Euren Auftrag zu erfüllen?«

»Zu Mr. Trescotts Gasthaus.«

Anna blieb stehen. »Könnt Ihr niemals ernst sein?«

»Das war ernst.« Um sie zum Weitergehen zu ermuntern, fügte er hinzu: »Wir werden nicht hineingehen.«

Das Gasthaus, ein flaches Holzgebäude, war eines von der Art, die der Anstand gerade noch zuließ. Jedes Mal, wenn sich die Tür öffnete, drang der Geruch nach abgestandenem Zigarrenrauch, verschüttetem Wein und betrunkenen Männern nach draußen, und die Gestalten, die heraustaumelten, konnten sich gerade noch auf den Beinen halten.

Anna störte sich nicht an ihnen – offensichtlich handelte es sich hauptsächlich um Angestellte und Schreiber aus den Kollegien und Seemänner von den Werften –, aber dies war kein Ort, an dem sie sich gern ohne Begleitung aufgehalten hätte, daher war sie beruhigt, dass die Männer nach einem Blick auf Edmund alle sicheren Abstand wahrten.

Edmund lächelte sie an und wiederholte: »Wir werden nicht hineingehen.« Dann gab er dem ihnen am nächsten stehenden Mann eine Münze, der daraufhin durch die Tür verschwand und wenig später mit Mr. Trescott im Schlepptau wieder auftauchte.

Der Wirt war ein freundlicher Mann, ein Engländer, dessen Herkunft aus dem West Country seiner Sprache immer noch anzuhören war. Er reichte knapp an Edwards Schulter, hatte jedoch ausgesprochen muskulöse Arme, und in seinen besten Zeiten galt er beim Boxen als gefürchteter Gegner. »Guten Abend, Mr. O'Connor und Mistress …« Er hatte ihren Namen vergessen, was sie nicht wunderte, doch er erinnerte sich an ihre Verbindung zu Vizeadmiral Gordon, da er die meisten Seeleute gut kannte. »Womit kann ich Euch dienen?«

»General Lacey lässt fragen, ob Ihr ein Fass guten Brandy

entbehren und es ihm verkaufen könntet«, erklärte Edmund. »Denn er erwartet in Kürze einige Besucher.«

»Aha. Und was gibt es zu feiern?« Mr. Trescott sah sie beide lächelnd an. »Eine baldige Hochzeit?«

»Nein, die Ankunft eines Reisenden.«

»Sprecht Ihr vielleicht von Kapitän Deane?«, fragte der Gastwirt.

Edmund hatte offensichtlich nicht mit der Schnelligkeit gerechnet, mit der sich Neuigkeiten über die Docks verbreiteten. »Gibt es irgendjemanden, der ihn nicht kennt?«

»Alle Männer hier kennen den guten Kapitän Deane.«

»Ob er wirklich so ›gut‹ ist, daran habe ich so meine Zweifel«, meinte Edmund. »Denn ich habe noch nie erlebt, dass über jemanden so schlecht geredet wurde wie eben am Tisch des Generals über diesen Mann.« Er gab Mr. Trescott ein paar Münzen. »Wird das genügen?«

»Das reicht völlig.«

»Und könnte jemand das Fass herausbringen? Denn ich möchte Mistress Jamieson nicht allein hier draußen zurücklassen.«

»Ich leiste ihr gern Gesellschaft, wenn es Euch recht ist«, meldete sich von weiter hinten eine männliche Stimme zu Wort.

Sie wandte sich um, denn es war bereits einige Monate her, dass sie diese Stimme zuletzt gehört hatte. »Charles!«

»Cousine.« Aufrecht und selbstbewusst wie immer, trat er in seiner Uniform zu ihr.

»Darf ich Euch Leutnant Gordon, den Neffen des Vizeadmirals, vorstellen?«, sagte Anna zu Edmund. »Charles, das ist …«

»Mr. O'Connor«, vollendete Charles Annas Satz. »Ich habe viel von Euch gehört.«

»Tatsächlich?«

Die beiden Männer waren gleich groß und wirkten gleich streitlustig, stellte Anna fest. Eine Weile musterten sich beide herausfordernd, dann meinte Edmund: »Würdet Ihr dann einen Moment hier warten, während ich den Brandy hole?«

Unsicher, ob er mit ihr oder Charles gesprochen hatte, entgegnete Anna: »Ja«, und bewegte sich nicht von der Stelle, während Edmund das Gasthaus betrat.

»Hast du gehört, dass Kapitän Deane zurückkommt?«, fragte Charles.

Sie nickte. »Deine Mutter wird ihn sicher zum Tee einladen, um ihn darin zu unterstützen, deinen Onkel zugrunde zu richten.«

Charles lächelte. »Das würde sie möglicherweise tun. Aber meine Mutter hat keine Ahnung von dem, was mein Onkel tut. Keine Sorge. Kapitän Deane würde sich bei ihr nur den Magen an den ungenießbaren Scones des Kochs verderben«, beruhigte er sie.

Anna lachte, als Edmund gerade mit einem kleinen Fass auf der Schulter wieder heraustrat. Ohne dass seine Augen verrieten, was er dachte, sah er die beiden an.

Charles, der ihn nicht bemerkt hatte, sagte zu Anna: »Ich werde mich bemühen, meine Mutter, so gut ich kann, abzulenken. Und was macht die Gesundheit meines Onkels? Ich habe gehört, er war …«

»Dieses Fass ist unglaublich schwer«, wandte Edmund ein, »also entweder fasst Ihr mit an oder Ihr versucht, im Gehen zu reden, damit ich mich hier nicht länger abmühen muss.«

Und damit machte er sich auf den Rückweg. Anna musste angesichts Charles' Gesichtsausdruck lächeln und meinte: »Komm mit«, und beide folgten sie Edmund.

Charles sah sie an. »Was machst du?«

»Ich gehe.«

»Das habe ich nicht gemeint.«

»Dann musst du dich deutlicher ausdrücken«, forderte sie ihn auf.

Woran auch immer er gedacht hatte, er behielt es für sich, bis sie die Werft erreicht hatten. Als Edmund den Arm hob, um ein Boot herbeizurufen, sagte Charles zu ihm: »Darf ich Euch gratulieren, Sir?«

Edmund drehte sich um, und Anna stöhnte innerlich, da sie wusste, was nun kommen würde.

»Und meiner Cousine«, fügte Charles auf die gleiche zuvorkommende Art hinzu wie damals im Winter, als Mr. Taylor sein Opfer gewesen war. »Ich habe nichts von Eurer Verlobung gewusst, doch da Ihr sie in der Öffentlichkeit begleitet, gehe ich davon aus, dass dem so ist.«

Edmund wandte sich kurz ab, um das Fass vorsichtig dem Bootsführer zu übergeben, und Anna war sich sicher, dass er ein Lächeln unterdrückte. Dann sah er Charles mit unbewegtem Gesichtsausdruck an und meinte: »Wir wollten es nicht an die große Glocke hängen.« Dann hielt er Anna galant die Hand hin.

Anna nahm sie und konnte nicht glauben, dass er das wirklich gesagt hatte. Sie ließ sich von ihm ins Boot hinuntergeleiten, während Charles, nachdem er sich von seiner Verblüffung erholt hatte, lauthals zu lachen begann.

»Also der, der gefällt mir«, sagte er zu Anna.

KAPITEL 39

Den ganzen Samstag hatten heftige Stürme getobt, der Wind hatte an den Dächern gerüttelt und den Regen in dichten Schwaden an die Häuser geworfen, sodass sich niemand vor die Tür gewagt hatte. Am nächsten Tag war Kapitän Dean nach St. Petersburg gekommen.

Er war über Land gereist und war am Mittag eingetroffen, sich lauthals darüber beschwerend, dass man ihn in Kronstadt mehrere Tage aufgehalten hatte. Anna war zufrieden gewesen, als sie das hörte, denn da hatte sie gewusst, dass Gordons Plan aufgegangen war. Er war am Morgen nach dem katastrophalen Abendessen im Haus von General Lacey nach Kronstadt gesegelt und die ganze Woche dort geblieben, und als er am Abend des Sonntags, an dem Deane in die Stadt kam, das nächste Mal in das Haus des Generals gekommen war, sah er aus, wie Männer aussehen müssen, wenn sie aus der Schlacht kommen.

Anna hatte auf dem Cembalo – mehr schlecht als recht – ein Duett mit Mrs. Lacey gespielt, und das Gespräch der Männer war gewiss nicht für ihre Ohren bestimmt, doch sie hatte es mitangehört.

»Haben wir Aprax gewinnen können?«, hatte General Lacey Gordon gefragt.

»Ja«, hatte der geantwortet, »er ist fest auf unserer Seite. Er hat uns dies geschickt.« Er war müde auf einen Sessel gesunken und hielt ein Blatt Papier hoch, das General Lacey ihm aus der Hand genommen hatte.

»Was ist das?«

Der Vizeadmiral hatte die Augen geschlossen und sich zurückgelehnt. »Lest es.«

»Ich, der Unterzeichnende, erkläre …« Der General hatte Gordon erstaunt angesehen. »Das meint Ihr sicher nicht ernst.«

»Lest weiter.«

»… erkläre Seiner Exzellenz, dem General Admiral Graf Apraxin, dass am 9. Mai vergangenen Jahres, der Sehr Ehrenwerte Lord Viscount Townshend mir die Erlaubnis erteilte, wenn sich eine günstige Gelegenheit ergebe …« Der General hatte das Blatt gesenkt und noch ungläubiger gefragt: »Das hat Deane geschrieben? Er hat zugegeben, dass er auf geheimer Mission vom englischen Hof hergekommen ist, auf Anweisung des Leiters der Spionage?«

»Und wir haben den schriftlichen Beweis dafür, von ihm persönlich unterzeichnet. Als er nach Kronstadt gekommen ist und Aprax ihn fragte, wozu er da sei, antwortete er, er habe Waren mitgebracht, die er verkaufen wolle, um sich vielleicht als Kaufmann niederzulassen.«

»Und was hat Apraxin da gemacht?«

»Er hat Deane auf den Kopf zugesagt, dass das gelogen sei, und wenn er nicht seine wahren Beweggründe nenne, würde er nie bis St. Petersburg kommen. Wie mir zu Ohren gekommen ist, hat Apraxin Deane eine ganze Weile angebrüllt. Ich habe Zweifel, dass ich dem Großadmiral standhalten könnte, wenn er mich in voller Lautstärke anginge. Habt Ihr ihn je gehört?«

»Nein.«

»Er kann recht einschüchternd sein. Trotzdem hat es bis Freitag gedauert, bis er Deane so weit hatte, das hier zu schreiben.«

»Also, Gott segne und behüte den Großadmiral«, hatte General Lacey bemerkt. »Ein belastendes Dokument. Und wer hat es zu sehen bekommen?«

»Tolstoi. Er war, wie Ihr Euch leicht vorstellen könnt, nicht gerade erfreut. Ich habe eine zweite Abschrift für Sir Harry anfertigen lassen, die unter den Mitgliedern der Britischen Handelsgesellschaft kursieren soll, denn Ihr wisst ja, wie freundlich sie jede Einmischung aus London aufnehmen. Und ich habe überlegt«, sagte er schließlich, »Galowkin eine Abschrift zu geben, damit er und Tolstoi, die im Außenkollegium sitzen, ebenfalls einen Eindruck von der ausländischen Einmischung gewinnen können. Es scheint mir nicht angemessen, es einem von ihnen zu zeigen und dem anderen nicht.«

»Nein«, hatte der General ihm lächelnd beigepflichtet. »Es wäre in der Tat äußerst unhöflich. Ich vermute, dass sie Kapitän Deane gern ein paar Fragen stellen wollen, bevor sie ihm die Erlaubnis erteilen, hierzubleiben.«

»Und wo ist Deane jetzt?«, hatte Gordon gefragt. »Habt Ihr etwas gehört?«

»Ja. Wie es scheint, hat er Nye, dem Schiffsbauer, geschrieben, und ihn gebeten, ihm irgendwo in der Stadt ein Quartier zu besorgen, und jetzt wohnt er bei einem Hauptmann der Wachen und wird zweifellos gleich in der Morgendämmerung mit dem Ausspähen beginnen.«

»Zweifellos. Wenn er erfährt, dass William Hay hierher zurückgekehrt ist, und noch dazu aus Rom, wird Deane wie ein Hund, der seinen Knochen verloren hat, herumschnüffeln, um alles über seine Angelegenheiten in Erfahrung zu bringen, denkt an meine Worte.«

»Oh, das glaube ich Euch gern.« General Lacey hatte sich zurückgelehnt, das Blatt in der Hand. »Ich bin mir sicher, exakt das wird er tun.«

Und genauso geschah es dann auch.

Die nächsten Tage gab es viel zu tun, und Anna wurde genauso oft für den General auf Botengänge geschickt wie für seine Gemahlin. Das lag, wie sie wusste, daran, dass sie sich in der Stadt bewegen konnte, ohne groß Aufmerksamkeit zu erregen, und wenn jemand außerhalb ihrer engen Gemeinschaft von Jakobiten seine Verwunderung darüber äußerte, warum sie so oft zu dem Haus ging, in dem Sir Harry Stirling wohnte, dann erinnerten ein Stups und ein Wort von Mrs. Hewitt ihn daran, dass Mr. Taylor jetzt mehr oder weniger die Aufgabe als Sir Harrys Privatsekretär erfüllte.

Mr. Taylor begleitete sie mit großem Vergnügen, sooft er konnte, obwohl häufig auch Edmund an ihrer Seite war.

Er war auch an diesem Donnerstagmorgen bei ihr, als sie auf dem Weg zu den Kollegien den ausgedehnten großen Platz auf der Wassilijewski-Insel überquerte. »Dann habt Ihr ihn gemocht?«, fragte Anna.

»Ihr dreht mir die Worte im Mund herum. Ich habe nicht gesagt, dass ich den Mann mochte, ich habe nur gesagt, dass ich Deane, hätte ich ihn in Trescotts Wirtshaus getroffen, ohne wegen seines Charakters vor ihm gewarnt worden zu sein, vermutlich gemocht hätte. Mehr nicht.«

»Ich glaube, Ihr habt Mitleid mit ihm.«

»Warum sollte ich?«

»Weil ihm ein Ruf vorauseilt«, antwortete sie, »genau wie Euch, und das rührt Euch so, dass Ihr im Zweifel für den Angeklagten stimmt – eine Freundlichkeit, die man Euch oft genug versagt.«

»So eine … Frau, Ihr macht mich fertig, wisst Ihr das? Ja, Ihr habt recht, Ihr habt mich durchschaut. Ich empfinde eine gewisse Verwandtschaft mit dem Mann.«

»Seht Ihr? Ich hab's gewusst.«

»Eines Tages«, warnte Edmund, »werde ich mitten auf der Straße mausetot umfallen, und wenn ich den heiligen Petrus am Tor treffe, wird er mich fragen: Edmund, was ist aus Euch geworden? Und dann sage ich: Ich bin eine Meile zu weit mit Anna Jamieson gegangen, das ist aus mir geworden.«

»Ihr geht also davon aus«, erwiderte sie ruhig, »dass Ihr den heiligen Petrus trefft.«

»Oben oder unten«, meinte er, »das Mitgefühl ist zweifellos dasselbe.«

Sie gingen noch ein paar Schritte, dann sagte sie: »Ein Mann wie Kapitän Deane wirkt auf den ersten Blick charmant, doch er verfolgt mit seinem Charme ein Ziel, und in Wirklichkeit liegt ihm an nichts und niemandem etwas als an sich selbst. Solange ein anderer ihm von Nutzen sein kann, und wenn auch nur, um seine hohe Meinung über seinen eigenen Wert zu bestätigen, lässt er ihn in dem Glauben, er sei sein bester Freund und Verbündeter, doch kaum stellt sich einer gegen ihn oder zeigt sich auch nur im Geringsten kritisch, legt er die Boshaftigkeit an den Tag, die durch seine Adern rinnt.« Sie sah Edmund an. »Ihr müsst nur sein Gesicht studieren, wenn er jemand anderen beobachtet, dann seht Ihr, was er für einer ist.«

»Also«, erwiderte Edmund, »das klingt ganz nach einem Rat Eurer Nonnen.«

»Nein, nicht der Nonnen.« Sie lächelte matt. »Von jemandem, der alles war, was Kapitän Deane nicht ist.«

»Und habt Ihr den Trick je bei mir angewandt?«

Sie interessierte sich plötzlich brennend für einen vorbeirumpelnden Karren, und Edmund grinste.

»Also ja! Himmel, wen habe ich beobachtet, als Ihr mein wahres Ich gesehen habt?«

»Helen, wenn Ihr es unbedingt wissen wollt.«

»Helen Lacey? Die kleine Helen?«

Anna nickte. »Ihr habt ihr von den Cailleach erzählt und ihr gesagt, sie brauche keine Angst zu haben.«

»Und da habt Ihr mich erforscht?«

»Ja, ich glaube.«

Danach schwieg er, bis sie fast die Reihe der Kollegien erreicht hatten. »Warum sagt Ihr nicht ›Aye‹?«

Sie wandte den Kopf, ein wenig überrascht über die Frage, und das sah man wohl, denn er fuhr fort: »Wenn Ihr aufgebracht seid, fallt Ihr ins schottische ›Aye‹, aber sonst nicht.«

»›Ja‹ geziemt sich mehr für eine Dame.« Die Antwort kam ihr leicht über die Lippen, denn sie war ihr jahrelang eingetrichtert worden. »Es war der Wunsch derer, die mich aufgezogen haben, dass ich mich immer so betragen soll, als wäre ich eine Dame.«

»Und macht es Euch Freude, Euer ganzes Leben lang so zu tun? Ich könnte das nicht.«

»Niemand könnte je den Verdacht hegen«, erklärte Anna ihm, »dass Ihr Euch betragt wie eine Dame.«

Darüber musste Edmund laut lachen, was die Aufmerksamkeit der Umstehenden auf ihn zog. Eine Gestalt löste sich und kam mit schwarzen Röcken, die sich bauschten wie Segel, auf ihn zu.

»Guten Morgen, Mistress Jamieson«, sagte Mrs. Hewitt, »und Mr. O'Connor.«

»Mrs. Hewitt.« Anna betrachtete die Frau argwöhnisch, als sie einander grüßten, denn es war selten, dass die Frau des Kaufmanns an sie herantrat, waren doch Mr. Hewitt und Vizeadmiral Gordon dieses Jahr über ein gemietetes Haus aneinandergeraten.

»Ihr wisst, dass mein Gemahl in Moskau ist«, sagte die Frau, »aber da er heute Geburtstag hat, dachte ich, ich gebe ihm zu Ehren bei mir zu Hause ein Essen. Keine Versammlung, wohlgemerkt, denn in diesen Zeiten der Trauer geht das nicht. Eher eine Zusammenkunft von Freunden. Und es wäre mir eine Ehre, wenn Ihr kommen würdet, Mr. O'Connor.«

Edmund, der die Aufmerksamkeit auf etwas gerichtet hatte, was sich auf der anderen Seite des Platzes abspielte, hatte gar nicht richtig zugehört. Jetzt zog er die Brauen hoch und sah die Kaufmannsfrau an. »Ich?«

Sie nickte. »Kapitän Deane hat mich eigens gefragt, ob Ihr kommen würdet, und wir könnten gut ein paar Tischherren gebrauchen. Er sagte … ah, da ist er ja. Kapitän Deane, guten Morgen, Sir.«

Der Kapitän gab an diesem Tag wie stets eine äußerst stattliche Figur ab, und sein Gesicht fanden wohl die meisten Frauen gut aussehend und unwiderstehlich. Sein schwarzer Anzug war nach der neuesten Mode geschnitten, genau wie die dicke weiße Perücke unter dem eleganten, teuren Hut, die ordentlich mit einem Band am Kragen festgeknüpft war. Er war recht groß und von kräftigem Körperbau und geradem Rücken und erweckte den Anschein eines Mannes auf der Höhe seiner Leistungsfähigkeit und Macht, dem zu folgen anderen gut anstünde.

Und sein Lächeln zeigte wie immer perfekte weiße, gleichmäßige Zähne.

Wie ein Wolf, dachte Anna. Denn auch wenn es äußerlich keinen Grund gab, den Kapitän nicht zu mögen, war in seinen Augen etwas, was ihr zutiefst missfiel, eine seltsame, mit Gerissenheit vermischte Distanziertheit, die sie an die grauen Bestien erinnerte, die durch die ungezähmten Wälder um St. Petersburg schlichen und sich zuweilen in die Straßen der Stadt wagten, um sich ihre Beute dort zu suchen.

Da sie jetzt unbedingt wollte, dass Edmund es auch sah, verbarg sie ihre Gefühle nicht, als Deane sie grüßte, denn sie wusste, dass ihm seine Maske rasch entglitt, wenn er nicht mit den Schmeicheleien bedacht wurde, die ihm seiner Ansicht nach gebührten.

»Vermutlich findet Ihr St. Petersburg einladender als zu dem Zeitpunkt, da Ihr es verließet, Sir«, sagte sie.

Sein Lächeln blieb, doch seine Augen wurden kälter. »Ja«, antwortete er in seinem weichen englischen Tonfall. »In der Tat.«

»Schade, dass Ihr nicht zurückgekommen seid, solange der Zar noch lebte, denn vermutlich wäre Euer Empfang dann noch herzlicher ausgefallen.«

Er tat sie mit einem Blick ab und hätte noch etwas zu Edmund gesagt, wenn Anna nicht das Wort noch einmal an ihn gerichtet hätte. »Erzählt mir, wann tretet Ihr Euren neuen Posten an?«

»Von welchem Posten sprecht Ihr?«

»Na, als Konsul, Sir.«

Die weiche Stimme bekam einen scharfen Unterton. »Mistress, da seid Ihr falsch unterrichtet. Es waren hauptsächlich private Angelegenheiten, die mich hergeführt haben. Doch wenn ich dank meiner Verbindungen meinen Landsleuten hier in der Handelsakademie von Nutzen sein kann, will ich das gern tun.«

»Das ist sehr freundlich von Euch, Kapitän«, sagte sie, »denn wie man hört, habt Ihr die besten Verbindungen.« Dabei ließ sie es bewenden und sah Edmund an, dessen Blick jedoch nicht auf Deanes Gesicht gerichtet war, sondern auf ihres.

»Ich bin überzeugt«, mischte sich Mrs. Hewitt ins Gespräch, »dass unsere Männer sehr froh wären, von Eurem Rat und Eurer Klugheit profitieren zu können, Kapitän Deane. Ihr habt gewiss ein interessantes und abwechslungsreiches Leben geführt.«

Er deutete gnädig eine Verneigung an, um zu zeigen, dass er ihr Kompliment annahm, und wandte sich dann, wie zuvor schon, an Edmund. »Und was ist mit Euch, Mr. O'Connor? Wie ist Euer Hintergrund?«

»Sicher ebenso interessant und abwechslungsreich«, bemerkte Edmund lächelnd. »Ich war kürzlich in Spanien und bin jetzt schon einige Monate hier in St. Petersburg.«

»Und was tut Ihr hier, wenn ich fragen darf?«

»Sehr wenig, Kapitän. Der General hat mir angeboten, mir eine Stellung als Leutnant in einem seiner Regimenter zu suchen, doch das ist eine untergeordnete Stellung, und ich weiß nicht, ob sie meinem Naturell entspricht.«

Anna, die davon bislang noch nichts gehört hatte, bedachte Edmund mit einem leichten Stirnrunzeln.

»Und was macht Ihr dann?«, fragte Deane.

»Ich erwäge, nach Spanien zurückzukehren«, erklärte Edmund ihm in ernstem Tonfall, der verriet, dass er die Wahrheit sagte, »denn wenn ich schon im Exil leben muss, dann lieber dort, wo das Wetter wärmer ist und das Leben nicht so teuer.«

»Dann habt Ihr eure Überfahrt gerade verpasst«, sagte Deane, »denn als ich Schweden passierte, habe ich drei Schiffe gesehen, russische Schiffe, die gerade aus der Ostsee kamen, und es hieß, sie segelten womöglich nach Spanien.« Und fügte dann hinzu: »Die Sache des Prätendenten hat viele Unterstützer in Spanien, nicht wahr?«

Wie immer, wenn jemand die Respektlosigkeit besaß, König Jakob als Prätendenten zu bezeichnen, sträubten sich Anna die

Nackenhaare. Als könnten die Gegner des Königs, die im Parlament saßen, mit einer unlauteren Abstimmung Gottes Heilsplan und die natürliche Ordnung der Dinge unterlaufen, um Jakob den Thron zu verweigern, der doch sein Geburtsrecht war. Wenn man jemanden als »Prätendenten« bezeichnen wollte, sinnierte Anna, dann doch wohl den fremden Prinzen, der Jakobs Platz mittels einer List eingenommen hatte und es wagte, sich als »König« Georg zu betiteln.

Sie hätte das womöglich sogar laut gesagt, hätte Edmund sie nicht leicht am Rücken berührt, während er Deane antwortete: »Ich gebe nicht viel auf Politik, Sir.«

»Ich glaube, Ihr habt gesagt, Ihr seid mit General Lacey verwandt?«

»Ja.«

»Der General«, fuhr Deane fort, »hat mich immer als ein Mann beeindruckt, der sich stets mit Haut und Haaren für das Land einsetzte, das ihn in Dienst gestellt hat, und sich nicht durch fremde Einflüsse von seinen Zielen abbringen ließ.«

Anna wusste, dass das ein sorgfältig ausgeworfener Köder war, um zu prüfen, ob Edmund sich dazu verleiten ließ, ihm zu widersprechen und ihm so einen Einblick in General Laceys Gedanken zu gewähren, doch sie konnte nichts anderes tun als die Luft anhalten und abwarten, ob Edmund den Trick bemerkt hatte.

Im selben freundlichen Tonfall antwortete Edmund: »Nun, eines ist sicher: Der General weiß immer genau, wem er dient.«

»Ich wünschte, ich könnte das von den Kaufleuten hier auch sagen«, meinte Deane. »Ich habe mit ihrem Kaplan gesprochen, und er erzählte mir, er werde hier von Herzen geschmäht. Mrs. Hewitt, stimmt es, dass ein Mitglied des Handelskontors dem Kaplan einmal Prügel angedroht hat, als er erfuhr, dass dieser den Eid abgelegt hatte, Seiner Majestät, unserem König, zu dienen?«

Die Frau des Kaufmanns bestätigte das. »Ja, und ich schäme

mich, es zu sagen, aber in der Gemeinde sind einige, die ausspucken, wenn während der Messe König Georgs Name fällt.«

Ungläubig schüttelte Kapitän Deane den Kopf. »Ich sehe, dass die Dinge immer noch so sind wie zu Lebzeiten des Zaren. Jakobiten werden bei jeder Gelegenheit umschmeichelt, während gute ehrliche Engländer gezwungen sind, zu katzbuckeln und hintanzustehen.«

»Können Jakobiten denn keine guten, ehrlichen Menschen sein, Kapitän?«, fragte Anna.

»Ich bin noch keinem begegnet«, antwortete Deane. »Ja, hätte man bei der Wahl unserer Kommissionäre mehr Sorgfalt an den Tag gelegt, stünden die Dinge nicht so elend, wie sie jetzt stehen. Wir hätten eine Reihe nüchtern denkender Männer, die etwas für die Ehre ihres Heimatlandes getan hätten, statt Männer, die moralisch ebenso verkommen sind wie geschäftlich. Natürlich ganz allgemein gesprochen«, milderte er seine harschen Worte mit einem Lächeln für Mrs. Hewitt ab. »Euer Gemahl und andere selbstverständlich ausgenommen.«

»Sicher doch. Ihr kommt also zum Essen, hoffe ich?«

»Das möchte ich um nichts versäumen. Doch zuerst muss ich noch einmal versuchen, meine Waren und mein Gepäck beim Zoll einzutragen, denn das ist im Augenblick alles, worum ich mich kümmere«, erklärte er ihr. »Und danach hat Mr. Nye mir sehr freundlich angeboten, mich durch die Werften zu führen, wo, wie er sagt, gerade mehrere Pinassen gebaut werden. Aber danach komme ich gewiss zu Euch.«

Die Frau des Kaufmanns war sichtlich geschmeichelt von seinem Lächeln und seiner Aufmerksamkeit. »Für Euch als Angehörigen der Flotte sind die Werften sicher äußerst unterhaltsam. Ja, in letzter Zeit ist so viel los auf dem Fluss, dass man fast meinen könnte, unsere Flotte werde endlich in See stechen.«

»Ja, es scheint so.« Deane richtete den Blick über den Fluss zur Admiralität hin, und in seinen scharfen Augen blitzte etwas auf, was Anna nicht gefiel.

»Ich nehme an, Ihr befehligt kein Schiff mehr, Kapitän Deane?«

Sein kalter Blick richtete sich auf sie. »Ich habe mich anderen Interessen zugewandt, Mistress.«

»Der Kapitän hat uns erzählt, Mistress Jamieson«, mischte sich Mrs. Hewitt ein, »dass er einen neuen, vollständigen Bericht über seine heroische Rettung seiner Mannschaft auf Boon Island schreibt. Das wird sicher eine aufregende Lektüre.«

»Zweifellos.« Diesmal achtete sie nicht auf Edmunds warnende Berührung am Rücken, sondern fuhr fort: »Es wird mir ein Vergnügen sein, es zu lesen, Kapitän, denn mir sind die unterschiedlichsten Berichte über dieses Abenteuer zu Ohren gekommen.«

Sie war überzeugt, dass sie damit ihr Ziel erreicht hatte. Jetzt musste Edmund die wahre Natur des Kapitäns erkennen, denn Deanes Verärgerung über ihre Bemerkung zeigte sich deutlich hinter seinem frostigen Lächeln.

»Meine Gegner«, meinte er, »die nichts anderes im Sinn haben, als meinen guten Namen zu verleumden, haben mir in dieser Sache sehr zugesetzt.«

Seine Boshaftigkeit war jetzt mehr als augenfällig, fand Anna. Offen begegnete sie seinem Blick. »Ein guter Name, Kapitän Deane, muss erst verdient werden, bevor er verleumdet werden kann.«

Und ohne einen Knicks zu machen, wie es einer wahren Dame geziemt hätte, entschuldigte sie sich frostig und setzte ihren Weg zu den Kollegien fort.

»Hat sie nicht!« Der General lachte und lehnte sich auf seinem Stuhl hinter dem schweren Schreibtisch zurück, der in seinem Büro im Kriegskollegium vor dem Fenster stand.

»O doch«, entgegnete Edmund. »Ich war dabei, und ich hatte hinterher alle Mühe, sie zu entschuldigen.«

Anna stand am Fenster und schaute hinunter auf den Platz. Ohne sich umzuwenden, sagte sie: »Es ist nicht nötig, dass sich jemand für mich entschuldigt.«

General Lacey und Edmund sahen einander an, bevor Ersterer den Brief zusammenfaltete, den er soeben geschrieben hatte. »Hier, bringt den zu Sir Harry, wenn Ihr so freundlich seid. Und, geht Ihr zum Essen zu Mrs. Hewitt, Edmund?«

»Lieber würde ich mit den Haien schwimmen. Ich habe ihr erklärt, ich hätte anderweitige Verpflichtungen.« Er unterbrach sich und fragte dann: »Habt Ihr Schiffe nach Spanien geschickt?«

»Warum fragt Ihr?«

»Deane sagte, er habe drei russische Schiffe gesehen, die die Ostsee verließen, als er hineinfuhr. Er meinte, sie seien auf den Weg nach Spanien gewesen.«

»Ist Deane an unseren Schiffen sonst noch was aufgefallen?«, fragte der General.

»Er hat bemerkt, dass die Flotte sich darauf vorbereitet, in See zu stechen, und dass in den Werften fleißig Pinassen gebaut werden.«

Der General nickte und wirkte zufrieden, obwohl Anna nicht verstand, wieso das in irgendeiner Weise bemerkenswert sein sollte. Die russische Flotte stach um diese Jahreszeit immer in See.

Sie war verwundert, als Hauptmann Hay und Gordon ein paar Tage später schon wieder über Schiffe sprachen.

»Deane hat Euch in den Werften bemerkt?«, fragte Gordon sein Gegenüber.

»Er müsste blind sein, wenn er mich nicht gesehen hätte.«

Gordon nickte. »Gut. Sehr gut. Mr. Elmsall hat mir erzählt, er und mehrere andere Mitglieder des Handelskontors seien gestern Abend ins Außenkollegium beordert worden, um die Frage zu beantworten, ob sie Deane zum Konsul wünschten und ob sie gewusst haben, dass er kommt. Wie es scheint, haben sie beides verneint.«

Hauptmann Hay grinste. »Dann wäre das damit erledigt?«

»Hoffentlich. Graf Galowkin hat wenig übrig für englische Spione, viel dagegen für König Jakob, also wäre ich nicht überrascht, wenn Deane sehr bald aufgefordert würde, seine Siebensachen zu packen und zu verschwinden.«

»Ich wäre sehr erleichtert«, sagte Hauptmann Hay, »denn er schnüffelt die letzten Wochen hinter mir her wie ein Jagdhund.«

Am nächsten Morgen forderte das Außenkollegium Deane auf, die Stadt zu verlassen, und die Nachricht verbreitete sich in Windeseile in der Admiralität und bei den Kaufleuten. Man hatte ihm eine Woche gegeben, seine Angelegenheiten zu ordnen, und er zeigte sich immer noch in der Öffentlichkeit, nur dass er jetzt niemandem mehr mit Charme begegnete, sondern auf diejenigen schimpfte, die ihm, wie er behauptete, so bitter Unrecht getan hätten.

Als Anna Edmund dies bei Tisch auseinandersetzte, nickte Pater Domenic zustimmend.

»Der heilige Franziskus lehrt uns«, sagte der Mönch, »dass wir den Charakter eines Menschen nicht erkennen können, wenn es ihm gut geht, sondern dann, wenn sich Menschen, die er auf seiner Seite glaubt, ihm entgegenstellen. Erst dann kennen wir ihn, denn ein Mensch besitzt so viel Geduld und Demut, wie er in so einer Situation an den Tag legt, keine Unze mehr.«

General Lacey war ganz seiner Meinung. »Er ist jetzt äußerst gefährlich, William«, riet er Hauptmann Hay, »also haltet Euch bedeckt.«

Der Vizeadmiral war noch einen Schritt weiter gegangen und hatte Hauptmann Hay mit Sir Harry nach Kronstadt geschickt.

»Wozu?«, hatte der Oberst gefragt.

»Wenn er St. Petersburg verlässt«, hatte Gordon ihm erklärt, »wird er zuerst nach Kronstadt reisen, um sich bei Apraxin zu beschweren, und wenn er dort ankommt, möchte ich, dass Ihr und Sir Henry so viele Schiffe inspiziert, wie Ihr könnt. Sorgt dafür, dass es Deanes Aufmerksamkeit nicht entgeht.«

Mit einem Nicken hatte Hauptmann Hay sich einverstanden erklärt. »Aber es wird umsonst sein«, meinte er warnend, »wenn die Zarin unerreichbar bleibt.«

Anna sah, dass der Vizeadmiral darüber sehr enttäuscht war.

Seit Wochen, seit dem Tag, da Hauptmann Hay gekommen war, hatte er versucht, eine Audienz bei Zarin Katharina zu arrangieren. Zu dem verstorbenen Zar hatte er so ein herzliches Verhältnis gehabt, dass er vor einem Jahr nur hätte fragen müssen, und die Audienz wäre ihm gewährt worden. Doch seit dem Tod des Zaren hatte sich der ganze Hof eng um die Zarin geschart – einige behaupteten, um sie zu schützen, andere hielten dagegen, um sie zu kontrollieren. Wer mit ihr sprechen wollte, musste zuerst an Fürst Menschikow vorbei.

Gordon stand bei Katharina immer noch hoch in der Gunst, so viel wurde deutlich, doch sie war in tiefer Trauer und zeigte wenig Interesse daran, überhaupt jemanden zu sehen.

Vizeadmiral Gordon versuchte es in dieser Woche noch einmal. Er ging ganz allein zum Palast Fürst Menschikows, um seine Bitte vorzubringen, doch als Anna, die mit einem Brief für Lacey auf dem Weg ins Kriegskollegium war, und Edmund, der sie wieder begleitete, an den Fluss kamen, trafen sie dort auf den Vizeadmiral, der mit gerunzelter Stirn gerade den Palast verließ.

»Sie ist da drin«, erklärte er ihnen. »Sie ist jetzt gerade da drin, aber er sagt, sie will mich nicht sehen.«

»Könnt Ihr den Brief nicht einfach zu ihr bringen lassen?«, fragte Edmund.

Gordon bedachte ihn mit einem Blick, den Anna nur zu gut kannte. Er besagte, dass der Vizeadmiral allmählich die Geduld verlor. »Dieser Brief«, sagte er mit gesenkter Stimme, »kommt direkt aus der Hand von König Jakob. Hauptmann Hay hat ein großes Risiko auf sich genommen, als er allein zu diesem Zweck nach Norden gekommen ist, und es obliegt unserer – *meiner* – Verantwortung, der Bitte des Königs nachzukommen und ihn der Zarin persönlich zu übergeben. Das Schicksal einer ganzen

Nation ruht in diesen Worten und der Art und Weise, wie sie empfangen werden. Also, nein, Sir, ich kann ›den Brief nicht einfach zu ihr bringen lassen‹.« Er holte tief Luft, riss sich sichtlich zusammen und senkte den Kopf, die Hände in einer Haltung tiefster Empörung in die Hüften gestemmt.

Anna betrachtete ihn eine Weile und sagte dann: »Gebt ihn mir.«

Der Vizeadmiral hob den Kopf. »Wie bitte?«

»Ich bringe ihn zu ihr. Die Zarin trauert um den Tod ihres Gemahls und ihres Kindes«, erklärte sie. »Ihr steht im Augenblick nicht der Sinn nach Männern und Politik. Aber ich bin kein Mann. Ich glaube, mich wird sie empfangen, wenn ich darum ersuche.«

Edmund nickte, während Gordon noch unschlüssig wirkte. »Das ist gut möglich, Sir, denn ich habe schon gesehen, dass sich Zarin Katharina unter vier Augen mit Mistress Jamieson unterhalten hat, und da hat sie Fürst Menschikows Rat wenig Beachtung geschenkt.«

Der Vizeadmiral verharrte einen Augenblick und bedachte Anna mit dem gleichen Blick, mit dem er sie vor vielen Jahren in Calais angesehen hatte. Dann nickte er und reichte ihr den Brief. »Nimm Mr. O'Connor als Begleiter mit«, sagte er. »Soweit ich weiß, hat Kapitän Deane keine Spione unter Fürst Menschikows Dach. Aber wenn Ihr einem begegnet«, sagte er zu Edmund, »dann verlasse ich mich darauf, dass Ihr wisst, wie Ihr ihn parieren müsst.«

Mit einem Nicken gab Edmund zu erkennen, dass er verstanden hatte, doch Anna trat schon um ihn herum und hielt auf die prächtigen Türen des Palasts zu, vor denen zwei Wachmänner standen.

KAPITEL 40

Rob stand hinter mir, die Hände in den Taschen, ohne mich zu drängen.

»Ich kann einfach nicht, Rob.« Ich blickte an der ockergelben Fassade des Menschikow-Palasts hinauf. Er war perfekt restauriert und in den unzähligen Scheiben der alten Holzfenster spiegelten sich die Wolken, die über die Kuppel der Admiralität am gegenüberliegenden Flussufer trieben. Der Palast, der zu seiner Zeit einer der prächtigsten in ganz St. Petersburg gewesen war, erstreckte sich wie ein großer schlafender Löwe am südlichen Ufer der Insel, zwei prächtige Flügel an beiden Seiten des dreistöckigen, ältesten Baukörpers in der Mitte, die Ziergiebel von Kronen überragt.

Wir standen vor den vier gigantischen Säulen, die den Säulenvorbau des Haupteingangs trugen, während hinter uns der Verkehr über die lange Straße brauste, die zwischen uns und dem Wasser lag. Eine Frau auf hohen Stöckelschuhen klapperte über den Gehweg.

»Ich kann nicht«, wiederholte ich.

»Es ist deine Entscheidung«, sagte er. »Kommt mir aber vor wie die reinste Verschwendung. Wir wissen, dass Katharina da drin ist, und jedes Mal, wenn Anna Katharina trifft, könnte es der richtige Augenblick sein.«

»Ja, ich weiß.« Ich blickte noch einmal an der ockergelben Fassade hoch und spürte Gordons Enttäuschung. »Ich weiß, aber ich kann jetzt nicht. Ich bin um drei hier mit Juri und Wendy Van Hoek verabredet. Das ist keine Stunde mehr. Und abgesehen davon, sind da Leute drin, Rob. Es ist nicht, als würde man über den Bürgersteig spazieren oder draußen auf einer

Bank sitzen, das hier ist …« Hilflos schüttelte ich den Kopf. »Das hier ist anders.«

Er widersprach mir nicht, sondern wiederholte nur: »Es ist deine Entscheidung.«

Ich seufzte. »Vielleicht können wir morgen hierher zurückkommen …« Doch schon als ich die Worte aussprach, wusste ich, wie sinnlos sie waren, denn auch am nächsten Tag würde dies ein öffentliches Museum sein, in dem Menschen waren, und mit oder ohne den Zeitdruck, den ich heute empfand, würde mein Hauptproblem immer noch das gleiche sein.

»Ich sage nicht, dass ich es tue«, sagte ich langsam, »aber wenn ich es tun wollte, könntest du uns dann rausziehen, bevor Juri und Wendy kommen?«

»Klar.«

»Ganz sicher?«

»Klar.«

Ich biss mir auf die Unterlippe und überlegte. Ich versuchte, mir die Lage der Räume im Inneren des Menschikow-Palasts in Erinnerung zu rufen, und überlegte, wo wir uns hinstellen oder hinsetzen konnten, ohne zu viel Aufmerksamkeit zu erregen. »Wenn wir in der Eingangshalle blieben, unter der Treppe. Da sind große Säulen, da würden wir vielleicht nicht so auffallen. Was meinst du?«

»Es ist deine Entscheidung.«

»Würdest du bitte aufhören, das dauernd zu wiederholen?«

»Also, was soll ich denn sagen? Ja, es ist das kleine Risiko wert, das du eingehst?«, meinte er im Plauderton. »Ja, du solltest nicht noch mehr Zeit vergeuden und reingehen?«

»Das ist genau das, was ich hören möchte. Danke.«

»Ich helfe doch gern«, war seine letzte Erwiderung, als er mir um das Gebäude herum zum Eingang folgte.

Wir bezahlten beide den vollen Eintritt, weil ich noch nie etwas fürs Schnorren übrighatte und weil ich nicht wollte, dass jemand, der womöglich meinen Namen kannte oder wusste, dass Juri Stepanowitsch mich erwartete, ihm mitteilte, dass ich schon da war.

»Rob«, sagte ich, »wenn Juri kommt … ich habe ihm nicht … also, ich glaube, er denkt, dass ich allein hier bin, und …«

»Ich mische mich unter die Touristen«, versprach er. »Du merkst gar nicht, dass ich hier bin.«

Touristengruppen zum Daruntermischen waren wahrlich genug unterwegs. Wir streiften die Überschuhe über, die jeder Besucher des Palasts tragen musste, um die Fußböden zu schonen, und schoben uns an den Verlockungen des Museumsshops mit seinen Drucken und Reproduktionen von Zeichnungen und dem allgegenwärtigen Bernsteinschmuck vorbei, nahmen die Hintertreppe in die Räume im Erdgeschoss, wo wir an der rekonstruierten Küche vorbeieilten, gingen durch die Drechslerwerkstatt, das Zimmer der Seeleute, den Raum mit den Tapisserien und gelangten schließlich in das elegant überwölbte riesige Vestibül.

Zu Annas Zeiten war das hier die Eingangshalle gewesen, der erste Raum, den ein Besucher erblickte, sobald er durch die hohe doppelflügelige Tür trat, von der ursprünglich Stufen zum Fluss führten. Wie die Besucher damals staunte auch ich heute ehrfürchtig über die Erhabenheit dieses prächtigen Raums, den Steinboden mit den großen quadratischen Steinfliesen, die doppelte Reihe toskanischer Säulen, die das Kreuzrippengewölbe der bemalten Decke trugen, die Wände, in verschiedenen unaufdringlichen Grün- und Beigeschattierungen gehalten, damit sie aussahen wie Marmor, die Bogennischen mit Statuen griechischer Göttinnen und Götter in nachdenklicher Betrachtung derer, die vorübergingen, links und rechts davon an der Wand Kerzen auf Kerzenhaltern mit golden reflektierenden runden Metallspiegeln.

Rob sah sich um. »Und was ist hier original?«

»Wie bitte?« Als ich begriff, was er wissen wollte, fuhr ich fort: »Das ist jetzt nicht dein Ernst, oder? Komm schon. Dafür haben wir keine Zeit.«

Er schaute auf seine Uhr. »Wir haben fast fünfzig Minuten. Und wenn du willst, dass ich aufpasse, ist es leichter«, erklärte er mir, »wenn du fährst. Also, was hier ist original?«

Es gab einiges, von dem ich wusste, dass es original war, aber es musste etwas sein, was ich berühren konnte. »Die Treppe.«

Sie führte auf beiden Seiten der großen Statue von Apollo am hinteren Ende in breiten, eindrucksvollen Bögen nach oben und rahmte die doppelflügelige Tür ein, die einst in den architektonisch angelegten Garten geführt hatte. Sie war aus Eiche gefertigt, und ihre dunkel polierten Stufen zeigten die starke Abnutzung der Jahrhunderte, waren sie doch in der Mitte abgetreten, wo so viele Füße sie erstiegen hatten.

Die Treppe war mit Seilen abgesperrt, damit die Touristen nicht auf die Idee kamen, sie zu benutzen, aber wenn ich mich ganz lässig danebenstellte und so tat, als würde ich Apollo betrachten, und Rob mich vor neugierigen Blicken abschirmte, konnte ich eine Hand unauffällig auf das Geländer legen und …

Ich schloss die Augen.

Diesmal war es ganz leicht. Ich wusste nicht, ob das daran lag, dass ich das Gefühl hatte, ich müsste mich beeilen, und mich deswegen ein wenig mehr traute, oder weil ich es wirklich erforschen und austesten wollte, wozu ich fähig war. Doch aus welchem Grund auch immer, glitt ich mühelos und schnell an den Ort, wo die Bilder wie ein Film vor mir abliefen und nach und nach zu verschwimmen und sich zu verschieben begannen.

Du hast es geschafft, versicherte Rob mir. Weiter.

Und ich fand Anna.

Man hatte ihnen befohlen zu warten. Das Vorzimmer, in das der Wachmann sie geführt hatte, war zu groß, als dass Anna sich darin wohlgefühlt hätte. Sie war auf dem Parkettfußboden auf und ab gegangen, bis ihr klar wurde, dass Edmund sich nicht setzen konnte, solange sie stand, und so saß sie jetzt zappelnd auf einem großen Stuhl mit gerader Lehne und gepolstertem Sitz, dessen Lederbezug mit dreißig kupfernen Ziernägeln befestigt war – was sie so genau wusste, weil sie sie die letzten zehn Minuten über mehrere Male abgezählt hatte.

Edmund saß ruhig und entspannt auf dem Stuhl neben ihr. »Seht Ihr, deswegen konnte ich mir Euch nicht bei den Nonnen vorstellen. Ihr könnt nie stillhalten.«

»O doch.«

»Ich habe Euch nur still erlebt, wenn es Euch nicht gut geht«, erklärte er ihr, »oder in Gegenwart von Mr. Taylor, obwohl das eine womöglich mit dem anderen zu tun hat.«

Sie versuchte ihn, wie Gordon, mit einem Blick zum Schweigen zu bringen. »Das ist, wie Ihr sehr wohl wisst, unfein gegenüber Mr. Taylor. Er ist ein guter Mensch.«

»Ja, er ist genau das Gegenteil von mir, das muss ich ihm lassen. Aber Ihr seid in seiner Nähe nicht Ihr selbst, Mistress Jamieson. Warum eigentlich?«

Anna wandte den Blick ab. »Ich habe heute keine Zeit für solche Spielchen, Mr. O'Connor.«

»Das ist aber schade, denn ich hatte gedacht, ich könnte Euch damit ablenken, während wir warten.« Er verlagerte das Gewicht, als wolle er etwas aus seinem Mantel nehmen, und Anna hörte plötzlich, wie Karten gemischt wurden.

Ihr Blick richtete sich abrupt auf das Spiel in seiner Hand. »Ihr habt sie bei Euch?«

»Immer. Karten können nützlicher sein als eine Börse mit Münzen«, erklärte er ihr, »das hat sich schon oft erwiesen.«

»Ich kenne keine Kartenspiele.«

Er lächelte. »Ich wollte nicht mit Euch Karten spielen. Hier.« Er fächerte die Karten auf und hielt sie ihr hin. »Wählt eine aus.«

»Irgendeine?«

»Ja«, antwortete er. »Und haltet sie so, dass ich sie nicht sehen kann. Und jetzt steckt sie zurück.«

Er schob den Fächer zusammen und mischte noch einmal. Seine Hände waren geschickt und so flink, dass Anna ihnen nicht folgen konnte. »Und jetzt teilt den Stapel«, erklärte er ihr, »wo Ihr wollt, und dreht die obere Hälfte um.«

Anna tat, wie ihr geheißen, und staunte.

»Ist das die Karte, die Ihr gezogen habt?«, fragte Edmund.

»Ja.«

»Herzass.« Er lächelte wieder. »Natürlich. Gut, und jetzt legt sie zurück und lasst uns schauen, was am Ende dabei herauskommt.«

Sechs Mal wanderte das Herzass zurück in den Stapel, und sechs Mal zog Anna es aufs Edmunds Bitte wieder heraus, jedes Mal an einer anderen Stelle und mittels eines anderen Tricks.

»Wie macht Ihr das?«, fragte sie.

»Seid Ihr beeindruckt?«

»Ja.«

Er grinste. »Dann wäre es doch dumm, wenn ich es Euch erzählen würde.« Er mischte die Karten noch einmal und drehte das Herzass lässig herum, steckte es zurück, mischte die Karten, teilte sie und zog es wieder hervor. Das tat er immer wieder, bis Anna vor Ehrfurcht staunte.

»Seid Ihr mit den Karten in den Händen zur Welt gekommen?«, fragte sie ein wenig vorwurfsvoll.

»Ja, mit Karten in den Händen und gereckten Fäusten.«

Sie betrachtete seine Hände und stellte die Frage, die sie ihm schon bei ihrer allerersten Begegnung hatte stellen wollen. »Eure linke Hand, Sir …«

»Ja?«

»Sind die Narben vom Kämpfen?«

Er zog das Herzass aus dem Stapel und steckte es wieder hinein und betrachtete derweil seine Hände. »Nein«, antwortete er, »die stammen daher, dass mir der Haushofmeister des Barons, bei dem ich lebte, als Junge fürs Stehlen einen über die Knöchel zog. Die rechte Hand blieb, wie Ihr seht, unversehrt, damit ich arbeiten konnte.«

»Was habt Ihr gestohlen?«

Seine dunklen Augen begegneten kurz ihrem Blick, doch dann sah er rasch wieder nach unten und deutete ein amüsiertes Lächeln an. »Nichts, Mistress Jamieson. Ein anderer Junge hatte etwas gestohlen, ich nicht.«

»Und wurde er auch geschlagen?«

»Er hätte die Peitsche zu spüren bekommen, wenn ich ihn verraten hätte, aber das kam mir sinnlos vor«, sagte er. »Er war kleiner und bedürftiger als ich.«

»Das rechtfertigt wohl kaum, dass Ihr seine Strafe auf Euch genommen habt«, sagte Anna stirnrunzelnd.

Er zuckte die Achseln. »Wenn man einer Sache sowieso verdächtigt wird, ist es oft leichter, die Schuld auf sich zu nehmen.«

Sie wusste nicht, was sie darauf entgegnen sollte, denn alles, was ihr einfiel, klang unbedacht und oberflächlich angesichts einer solchen Eröffnung, und obwohl er es ganz beiläufig gesagt hatte, spürte sie daran, wie stark er sich gleich darauf auf die Karten konzentrierte, dass er ihr gerade etwas Wichtiges über seinen Charakter verraten hatte, was er außer ihr kaum jemandem je gezeigt hatte.

Sie holte Luft, wie um zu sprechen, ließ sie entweichen und atmete noch einmal tief durch. »Mr. O'Connor, ich …«

Schwere Schritte, die sich der Tür näherten, unterbrachen sie. Edmund schob die Karten in einer einzigen Bewegung zu einem ordentlichen Stoß zusammen und hielt sie sicher in einer Hand, während der Wachmann, der ihnen gesagt hatte, sie sollten warten, die Tür weit aufschwang.

»Ihre Kaiserliche Hoheit ist bereit, Euch zu empfangen«, erklärte er Anna und fügte, an Edmund gewandt, hinzu: »Nur das Mädchen. Ihr könnt hier warten.«

Edmund, der die russischen Anweisungen nicht verstand, sah Anna an. »Was hat er gesagt?«

»Dass die Zarin mich allein sehen möchte.«

»Dann warte ich hier.« Er erhob sich mit ihr, nicht nur aus

Respekt, dachte Anna, sondern auch, um sie ein wenig zu ermutigen. Als sich die Tür hinter ihr schloss, wandte er sich wieder seinen Karten zu, und sie hörte das leise Flappen, mit dem er die Karten neu mischte.

Mit erhobenem Haupt folgte sie dem Wachmann durch einen Raum, dessen Decke und Wände ganz mit blau-weißen Kacheln verziert waren, wie die holländischen Kacheln im Haus von Vizeadmiral Gordon, und von dort in einen der phantastischsten Räume, die sie je gesehen hatte. Nicht besonders groß, aber äußerst exquisit, ganz mit kostbarem Wurzelholz verkleidet und mit fünf Fenstern, die über die Newa blickten.

Sie hatte den Vizeadmiral, der schon darin gewesen war, von Fürst Menschikows Arbeitszimmer erzählen hören, doch es mit eigenen Augen zu sehen war, als stünde sie in einer üppig verzierten Schmuckschatulle, und die Zarin war das Juwel in der Mitte, ernst und gefasst auf einem dreieckigen Lehnstuhl, zwei Hofdamen hinter ihr, während der große Fürst Menschikow an der Kante seines Schreibtisches lehnte.

Das Ticken einer hohen Standuhr an der Wand direkt hinter Anna war alles, was sie hören konnte, während sie in einen so tiefen Knicks sank, wie es ihr Kleid erlaubte.

»Nun, Anna Niktowa«, sagte die Kaiserin, »was führt Euch an diesem schönen Tag hierher, um mich zu besuchen?«

»Eure Kaiserliche Hoheit«, antwortete Anna, ohne sich zu erheben, »bitte verzeiht, aber es ist eine äußerst private Angelegenheit.«

»Sie ist zweifellos hier, um Euch ihre Dienste als Näherin anzubieten«, sagte der Fürst amüsiert, »wie Ihr sie kürzlich aufgefordert habt.«

Anna hörte das leise Flüstern und das rasch erstickte Kichern, das ihr verriet, dass die Hofdamen sich über den Witz auf ihre Kosten amüsierten, doch sie achtete nicht darauf und wartete auf Katharinas Antwort.

»Alexander Danilowitsch«, sagte Zarin Katharina zu Menschikow, »könnte ich diesen Raum einen Augenblick nutzen, um unter vier Augen zu hören, was die junge Frau zu sagen hat?«

»Allein?« Der Fürst klang weniger schockiert als neugierig angesichts dieser seltsamen Abweichung vom Hofprotokoll.

»Ihr wart nicht immer Fürst«, erinnerte sie ihn, »und ich war nie Fürstin, doch obwohl wir aus dem gemeinen Volk stammten, erwies uns der Zar die große Ehre einer privaten Audienz, als wir dringend darum ersuchten. Wie kann ich ihr diese Gunst nun verweigern?«

In der kurzen Pause, die darauf folgte, musste Fürst Menschikow gelächelt haben, denn als er weitersprach, war sein Tonfall um einiges wärmer. »Ja, in der Tat?« Er trat von seinem Schreibtisch fort und sagte: »Kommt, meine Damen, in mein Gemach nebenan. Vermutlich fällt uns schon etwas ein, um uns derweil zu amüsieren.«

Die Hofdamen folgten ihm unter weiterem Gekicher, genau wie der ernst dreinblickende Wachmann. Als die Tür zu war und der schwere Riegel vorgeschoben, forderte Zarin Katharina Anna auf, sich zu erheben.

»Nun«, sagte sie, »erzählt mir, was ist das für eine private Angelegenheit?«

Anna drückte die Schultern durch, holte den Brief aus ihrer Tasche und reichte ihn der Zarin. »Dies. Vizeadmiral Gordon hat ihn aus der Hand von Hauptmann William Hay erhalten, der aus keinem anderen Grund hierhergekommen ist, als ihn Euch zu bringen. Er ist von König Jakob«, sagte sie, »aus Rom.«

Die Zarin machte keine Anstalten, den Brief an sich zu nehmen, sie betrachtete ihn nur einen Augenblick in Annas Hand. Dann wies sie mit einem Nicken auf den Tisch. »Ihr könnt ihn dort hinlegen.«

»Ich fürchte, das kann ich nicht, Eure Kaiserliche Hoheit.« Als die Zarin die Augenbrauen hochzog, fuhr Anna fort: »Dieser Brief kommt aus der Hand meines Königs, und Männer, denen er vertraut, haben dafür große Mühen auf sich genommen. Ich würde meine Pflicht ihnen gegenüber vernachlässigen, wenn ich ihn hinlegte, wo andere ihn sehen könnten, anstatt ihn in Eure Hände zu geben.«

Die Kaiserin saß immer noch reglos auf ihrem Sessel. »Wenn es in diesem Brief, wie ich vermute, um einen erneuten Versuch geht, auf den Thron zurückzukehren, wofür er uns braucht, dann sollte er an Fürst Menschikow gehen oder an den jungen Herzog von Holstein. Sie sind in staatlichen Angelegenheiten weitaus erfahrener als ich.«

»Aber er ist an keinen der beiden adressiert«, sagte Anna. »Er war an den Zar gerichtet, und …«

»Ich bin nicht der Zar«, schnitt die Zarin ihr das Wort ab. Und dann wiederholte sie weicher, mit einer Spur Traurigkeit im Tonfall – wie ein Regentropfen, der an einer Fensterscheibe hinunterrinnt: »Ich bin nicht der Zar.« Sie richtete den Blick auf den Schreibtisch. »Ich war nicht zu so etwas bestimmt, Anna Niktowa. Ich war dazu bestimmt, Mutter und Gemahlin zu sein«, sagte sie und fuhr zögerlich fort, »und jetzt bin ich weder das eine noch das andere.«

Plötzlich überkam Anna großes Mitleid mit der Zarin, die einen so hohen Rang einnahm und den ganzen Hof befehligte und doch so unerträglich allein war. Anna wusste, dass es sich nicht gehörte, vertraulich mit so einer Frau zu sprechen, doch sie konnte nicht anders, als ihren Schmerz vielleicht zu lindern, indem sie sagte: »Ihr habt Töchter.«

»Eine ist fort, die andere erwachsen und die übrigen im Grab, zusammen mit meinen Söhnen. Und ihrem Vater.« Einen ganz kurzen Moment schloss Zarin Katharina die Augen, und als sie sie wieder aufschlug, hatten sie ein Strahlen, das Anna von den vielen Tränen her kannte, die sie im Laufe ihres Lebens heruntergeschluckt hatte.

Die Erinnerung an diese Tränen und warum sie so oft beinahe geweint hatte, gaben ihr den Mut, ihre Gedanken offen auszusprechen.

»Aber die erwachsene Tochter braucht Euch«, sagte Anna,

»genau wie Euer Volk, denn auch sie haben ihren Vater verloren und wollen versichert sein, dass sie noch in den Gedanken ihrer Mutter sind – und in ihrem Herzen.«

»Das sind sie, doch mit Gedanken und Herz ist sehr wenig zu erreichen, Anna Niktowa. Wie wir in Russland sagen: Wir erkennen den Vogel an seinem Flug.« Die Kaiserin richtete den Blick auf Anna, freundlich, doch immer noch traurig. »Mag sein, dass ich jetzt das Gefieder eines Adlers trage, doch mein Flug verrät mich. Ich bin immer noch der kleine Zaunkönig, der neben der Tür nistet«, sagte sie. »Mein Leben lang habe ich nichts anderes gewollt, als für die zu sorgen, die ich liebe, und mich um sie zu kümmern. Der Zar, mein Gemahl, wusste das. Er hat mir seinen Thron nicht vermacht, weil er auf meine Fähigkeiten vertraute, sondern nur, damit ich weiterlebe, wenn er tot ist, um sicherzugehen, dass sein Nachfolger mich nicht umbringt oder nach Sibirien in die Verbannung schickt. Es war ein Akt der Freundlichkeit, mehr nicht.« Sie sprach mit ruhiger Gewissheit. »Ich kann dieses Land nicht führen wie er, Anna Niktowa, und dieser Brief ist nicht für mich bestimmt, sondern für Graf von Holstein oder Fürst Menschikow, wie ich schon sagte. Euer König braucht für seine Zwecke einen Adler, keinen Zaunkönig.«

Anna wusste, dass sie mit diesen Worten entlassen war, doch sie blieb stehen und nahm all ihren Mut zusammen. »Wenn Ihr mir erlaubt …«

Zarin Katharinas Augen verrieten eine leichte Überraschung, doch sie war bereit zuzuhören.

»Wenn Ihr mir erlaubt …«, setzte Anna ein zweites Mal an, doch diesmal sicherer. »Ich glaube, Seine Kaiserliche Majestät hat Euch seinen Thron aus mehr als nur Freundlichkeit vermacht.«

»Ihr seid sehr jung.«

Anna wählte ihre Worte mit großer Sorgfalt. »Eure Kaiserliche Majestät, wenn Ihr aus diesen Fenstern schaut, egal, in welche Richtung, seht Ihr, was der verstorbene Zar hier aufgebaut hat.« *Mein Russland*, hatte er es an jenem Abend im vergangenen November genannt, als er in großem Zorn den Spiegel zerbrochen hatte, *alles, was ich geschaffen habe, mein Lebenswerk*. Sie überlegte gut, wie sie am besten darlegte, dass das alles sehr leicht wieder zerstört werden konnte. »Ich glaube«, sagte sie der Zarin, wohl wissend, dass sie jetzt viel weiter ging, als es der Anstand gebot, »der verstorbene Zar hat Euch den Thron vererbt, weil er wusste, dass ihr sehr gut fliegen könnt, und er brauchte den Zaunkönig an der Tür, um sich um das zu kümmern, was ein anderer womöglich zerstört hätte. Versteht Ihr, er wusste, dass Ihr Euch um Russland kümmern würdet. Dass Ihr fortsetzen würdet, was er begonnen hat.«

Zarin Katharina hatte sich umgewandt und sah Anna mit so erstaunter Miene an, dass Anna zerknirscht in einen tiefen Knicks sank und dort mit glühenden Wangen verharrte. »Verzeiht, ich habe nicht das Recht, so zu sprechen, ich bin ein Niemand.«

Langsam erhob sich die Kaiserin und trat mit gemessenen Schritten zu ihr. Leicht berührte ihre Hand Annas Haar, strich ihr tröstlich über Wange und Kinn und hob sanft Annas Kinn an, bis deren Blick dem der Kaiserin begegnete.

»Meine liebe Anna«, sagte sie in ihrem eleganten Russisch und lächelte. »Niemals seid ihr ein Niemand gewesen.« Sie ließ Annas Kinn los und nahm der jungen Frau in einer einzigen entschlossenen Bewegung den Brief aus der Hand. »Sagt Vizeadmiral Gordon, dass ich diesen Brief Eures Königs lesen werde, und sagt ihm, wenn ich das getan habe, werde ich nach ihm schicken, damit wir über seinen Inhalt sprechen können. Und sagt ihm«, ihr Lächeln wurde noch tiefer, »dass der kleine Vogel, den er aufgezogen hat, fliegt wie ein Falke, mit einem wahren und ehrlichen Auge, das ihm zur Ehre gereicht.«

Hinterher hatte Anna keine klare Erinnerung daran, wie sie aus dem Raum gelangt war, obwohl sie wusste, dass sie ihn irgendwie verlassen haben musste. Sie hatte auch keine Erinnerung daran, dass der Wachmann sie aus dem Gemach von Fürst

Menschikow zu Edmund zurückgeführt hatte, der im Vorzimmer wartete.

»Und?«, fragte Edmund und stand auf, den Blick seiner dunklen Augen neugierig auf ihrer verlegenen Miene. »Was ist passiert? Hat sie den Brief genommen?«

»Aye«, sagte Anna. »Aye, sie hat ihn genommen. Sie …«

—

Da verlor ich sie.

Genauer gesagt riss Rob mich abrupt von ihr fort und stieß mich unvermittelt zurück in die Gegenwart. Er stand ziemlich nah mit dem Rücken zu mir, sodass er dem Mann und der Frau, die gerade das Vestibül betraten, den Blick auf mich versperrte. Das verschaffte mir ein paar dringend benötigte Augenblicke, um die Balance zu finden.

Okay?, fragte er, ohne mich anzusehen.

Ja. Jetzt geht's. Danke.

Rob berührte mich kurz – freundschaftlich –, trat einen Schritt weg und spazierte in den angrenzenden Raum, während ich mich zu Juri und Wendy Van Hoek umdrehte.

KAPITEL 41

Ich hatte mir alles Mögliche ausgemalt, wie Wendy Van Hoek sein würde, aber eine verwandte Seele hatte ich nicht erwartet. Doch es waren noch keine zehn Minuten vergangen, da hatten wir schon eine entspannte, unmittelbare Verbindung hergestellt und kamen von einem Thema zum nächsten, als wären wir seit Jahren befreundet. Juri beobachtete uns wie jemand, der beim Finale in Wimbledon in den Rängen sitzt.

Auch äußerlich war Wendy ganz anders, als ich sie mir vorgestellt hatte. So wie Sebastian von ihr gesprochen hatte, hatte ich mir eine Frau mittleren Alters mit strengem Gesicht ausgemalt. In Wirklichkeit war sie kaum älter als ich und unglaublich hübsch. Ihr Blick verriet großes Interesse an ihrem Gegenüber, und ihr langes, glattes Haar war von einem für eine Holländerin typischen wunderschönem Goldblond.

Sie hatte einen amerikanischen Akzent – der eindeutig von Sommeraufenthalten in den Hamptons und der Ausbildung an einem Elitecollege zeugte –, doch ihr Tonfall war frisch und angenehm. Und sie lachte öfter, als ich erwartet hatte.

»Und dann hat er mir Wein übers Kleid geschüttet«, beendete sie die Erzählung über eine von vielen Katastrophen bei ihrer ersten Begegnung mit Sebastian. »Rotwein auf mein neues Kleid von Valentino«, sagte sie, »und er stand nur da und lachte. Ich meine, ehrlich, Ihr Chef hat sich unglaublich dumm angestellt.«

Das klang ganz und gar nicht nach dem höflichen Mann, für den ich arbeitete. »Er lacht, wenn er nervös ist«, erwiderte ich.

»Also, dann habe ich ihn wohl unglaublich nervös gemacht,

denn er hat das ganze Wochenende über gelacht. Wir sind einfach nicht besonders gut miteinander klargekommen – und daran hat sich bis heute nichts geändert.«

Genau wie Anna und Edmund, dachte ich. Nur dass ihre Feindseligkeit stets etwas anderes überdeckt hatte, eine sehr tiefere Verbindung, die sich unter der Oberfläche entwickelt hatte. Ich überlegte, ob Sebastian und Wendy sich kabbelten, weil sie unbewusst dieselbe Anziehung zueinander empfanden.

»Wie auch immer«, sagte Wendy, »es war klug von ihm, Sie zu schicken.«

»Also, ich kann mich besser benehmen«, sagte ich. »Wenn ich Wein verschütte, dann eher auf meinen eigenen Rock. Deswegen trinke ich auf Partys lieber Wodka Martini. Der hinterlässt keine Flecken.«

Sie lächelte. »Also, kommen wir zum Geschäftlichen«, forderte sie mich auf. »Warum will Sebastian St.-Croix meinen Surikow?«

»Er ist für einen Klienten«, erklärte ich ihr, und während wir langsam durch die Erdgeschossräume gingen, die für Sonderausstellungen reserviert waren, und dem Museumspersonal zusahen, das gerade die letzten Stücke der Wanderausstellung aufhängte, erzählte ich ihr von Wassili und warum er von jeher mein Lieblingsklient war.

»... und selbst danach«, beendete ich meine Ausführungen, »bei allem, was seine Familie im Krieg und unter Stalin erlitten hat, habe ich ihn nie klagen hören. Eines Tages habe ich ihn gefragt, warum er keine Narben davongetragen hat, und da zeigte er nur auf die Gemälde und sagte, das sei der ganze Trick: Er hält sich das Hässliche vom Leib, indem er sich lieber jeden Tag daran erinnert, was sein Land an Schönem hervorgebracht hat, und das heilt seine Wunden.«

Wendy warf mir von der Seite einen nachdenklichen Blick zu. »Sie sind gut.« Sie lächelte kurz. »Aber warum der Surikow?«

»Weil die Christ-Erlöser-Kathedrale in Moskau die Kirche

von Wassilis Eltern war«, sagte ich. »Dort haben sie sich kennengelernt, dort wurden sie getraut, und er hat Sebastian erzählt, da Stalin die Kirche zerstören ließ und die Wandmalereien alle verloren sind, wäre der Besitz dieses kleinen Stückes, als würde er etwas von seinen Eltern retten. Eine Erinnerung an ihr Leben und ihre Liebe.«

Sie sah mich fast ungläubig an, stöhnte und wandte den Blick ab, die Hand auf dem Herzen. »Und gegen so eine Geschichte soll ich immun sein? Natürlich«, fuhr sie fort. »Natürlich kann dieser nette Mann meinen Surikow haben. Aber erst nach Ende der Ausstellung. Dann können wir auch über die Bedingungen sprechen, einverstanden?«

Erfreut schüttelte ich ihr die Hand. »Einverstanden.«

»Sie müssen Sebastian dazu bringen, dass er Sie dafür nach New York schickt«, erklärte sie mir. »Dann können Sie am Wochenende auf der Fifth Avenue shoppen gehen.«

Ich lächelte immer noch glücklich, als ein Museumsarbeiter das Gemälde herausbrachte, um es aufzuhängen, und Wendy mich fragte, ob ich es mir genauer ansehen wolle. Auf ihre Bitte hin half ich ihr, es umzudrehen, damit ich die unterzeichnete Bestätigung der Echtheit sehen konnte, geschrieben von Surikows Tochter.

Doch ich berührte die Leinwand. Zwar ganz zart, doch ich berührte sie, und inspiriert von meinem früheren Erfolg beim Blick auf Annas Leben, schloss ich die Augen, um einen Blick auf Surikow zu erhaschen. Warum nicht?, dachte ich. Wenn ich mich beeile, merkt keiner was.

Ich sah tatsächlich den Künstler. In einem farbbekleckssten Hemd und Hose stand er da und setzte sicher und geschickt Licht an die Ränder der langen Schriftrolle in den Händen von Bischof Gregor. Nur dass der Künstler, den ich sah, nicht Surikow war. Ausgeschlossen.

Hinter der Staffelei stand ein Fernseher aus den 60er-Jahren, und seine Kleider waren auch aus dieser Zeit, zudem trug er eine Armbanduhr.

»Stimmt was nicht?«, fragte Juri.

»Nein«, antwortete ich. »Es ist nichts.« Ich gab ihm das Bild zurück. »Es ist sehr schön.«

Aber jetzt hatte ich ein Problem.

Wir waren erst zwei Tage hier, und schon kannte die Bedienung bei Stolle Rob und seine Vorlieben. Sie kamen ihm an der Theke mit der Sprache auf halbem Weg entgegen und fügten die russischen Begriffe ein, die er nicht kannte. Nicht dass sie ihm viel helfen mussten. Er machte bemerkenswerte Fortschritte beim Erlernen der Sprache, und sein russischer Akzent war einwandfrei.

»Nichts Besonderes.« Bescheiden zuckte er ob meines Kompliments die Achseln, als wir uns setzten. »Ich habe geübt, das ist alles. Wenn man übt, wird man zwangsläufig besser, bei allem.« Wir schnappten uns den Tisch, der schnell zu unserem Lieblingstisch geworden war, und ich dachte, dass ich nie wieder hier würde essen können, ohne Rob vor mir zu sehen, den Rücken an der Wand, wie er sich seine Fischpastete und sein Baltika Krepkoje, ein starkes Lagerbier, schmecken ließ.

»Und wann hast du Zeit zu üben?«, fragte ich.

»Wenn du arbeitest zum Beispiel. Zu Besprechungen gehst. Heute habe ich mich im Menschikow-Palais mit ein paar ganz netten Leuten unterhalten.« Danach hatte ich wohl einen Augenblick zu lange geschwiegen, denn Rob ging von Small Talk zu einem etwas ernsteren Thema über. »Und was machst du jetzt?«

»Bitte?«

»Nick.« Mehr sagte er nicht, doch sein Blick verriet mir, dass er Bescheid wusste.

Mit einem Seufzer ließ ich die Gabel sinken. »Hast du nicht behauptet, ich sei schwer zu durchschauen?«

»Tja, also, auch da hatte ich in letzter Zeit Gelegenheit, ein wenig zu üben.« Er trank einen Schluck Bier. »Erzählst du es ihr?«

»Wendy? Ja, ich denke, ich muss es ihr sagen, oder? Ich kann das Bild nicht kaufen, wenn es eine Fälschung ist.« Ich ließ meine Enttäuschung durchblicken. »Ich mochte sie wirklich. Ich hätte dieses Geschäft gern gemacht.«

»Schon klar.«

»Sie war ganz anders, als ich gedacht hatte.«

»Manchmal überraschen Menschen uns.« Ich wusste nicht, warum er mich ansah, als er das sagte. Ich hatte keine Ahnung, was ich getan hatte, um ihn zu überraschen, doch er führte es nicht weiter aus. »Wann willst du es ihr sagen? Heute Abend?«

»Nein, morgen, vor dem Empfang. Dann kümmere ich mich darum.«

»Dann haben wir heute Abend also Zeit, deinem Feuervogel zu folgen?«

Ich nickte zur Antwort. »Aber wir haben die Spur verloren, oder? Ich hatte gehofft, heute Nachmittag … Ich meine, das war die Szene, die ich gesehen habe, Rob, Wort für Wort.«

»Und wenn ich dich recht verstanden habe, haben sie nicht über Vögel gesprochen.«

»Jedenfalls nicht über unseren Vogel.« Ich runzelte die Stirn. »Und wir wissen nicht, ob Anna der Zarin noch einmal begegnet oder nicht.«

»Dann gehen wir noch einmal zu Lacey«, sagte er achselzuckend zwischen zwei Bissen Pastete. »Und schauen, ob wir dort ein paar Hinweise aufschnappen.«

»Dann solltest du davon nicht zu viel trinken«, sagte ich, als er sein Bier hob. »Wenn wir zu Lacey wollen, kann ich heute Abend nicht fahren, denn da gibt es nichts …«

»… anzufassen. Das hast du schon gesagt.« Er sah mich an, wie mein Bruder ein neues Sudoku beäugte und im Geiste schon sortierte und rechnete und versuchte, die fehlenden Zahlen in ihren Kästchen zu ergänzen. »Hast du es je versucht?«

»Was?«

»Dinge zu sehen, ohne sie zu berühren?«

»Nein.« Ich schüttelte energisch den Kopf. »Das kann ich nicht.«

»Woher weißt du das, wenn du es nie versucht hast?«

»Ich habe auch noch nie versucht, mich unsichtbar zu machen«, erwiderte ich, »und doch bin ich mir sicher, dass es nicht geht.«

Das kurze Lächeln in seinen Augen war warm. »Das ist aus deinem Mund keine gute Analogie.« Als ich ihn unverständlich ansah, fuhr er fort: »Du versuchst dauernd, dich unsichtbar zu machen.«

»Tue ich nicht.«

»Gut, dann versuchst du eben, dich bedeckt zu halten.«

Ich fand das nicht fair. Als ich den Blick senkte, um Zucker in meinen Tee zu tun, sagte ich: »Jeder versteckt sich auf seine Weise.«

Ich spürte weiterhin das Gewicht von Robs Blick auf meinem Gesicht, bis er noch einmal nach seinem Bier griff. »Ja. Da hast du sicher recht.«

—

Sie hatte Mrs. Lacey am Vormittag in ihr Zimmer gebracht, damit sie ruhen konnte, und ihr Gedichte von Matthew Prior vorgelesen, bis ihre müden Augen zugefallen waren und ihre regelmäßigen Atemzüge Anna verraten hatten, dass sie friedlich schlief. Jetzt hatte Anna vor dem Mittagessen eine Stunde für sich.

Sie erwarteten Gäste zum Essen, darunter Mr. Taylor, und danach sollte sie mit Mrs. Lacey ein Duett auf dem Cembalo spielen; sie hätte die Zeit also zum Üben nutzen sollen, denn ihr Spiel ließ zu wünschen übrig. Doch stattdessen setzte sie sich an das Instrument, um die Noten auf dem Blatt zu entziffern, das sie von Ypern mitgebracht hatte, das Blatt mit dem Text des Liedes über das suchende Mädchen, immer noch so deutlich zu lesen wie an dem Tag, als Hauptmann Jamieson es in seiner ordentlichen Handschrift für sie aufgeschrieben hatte.

Den Text hatte sie im Laufe der Jahre auswendig gelernt, doch die Melodie hatte sie vergessen, denn sie hatte sie nur ein einziges Mal gehört. Und jetzt, da sie gelernt hatte, ein Instrument zu spielen, wie er ihr geraten hatte, konnte sie endlich die Noten herausholen und auf der Tastatur spielen.

Die Noten waren einfach – nur die bloße Melodie, aber Annas Hand brachte sie nicht zustande; dennoch weckten die zögerlichen Töne die Erinnerung an die tiefe, tröstliche Stimme des Hauptmanns, wie er das Lied im Dunkeln gesungen hatte, um ein kleines Mädchen zu trösten. Als sie sie das dritte Mal spielte, hatte sie Tränen in den Augen, und damit sie nicht auf die Tasten tropften, hob Anna den Blick und sah Edmund, der unangemeldet das Haus betreten hatte, und in der Tür stand.

Er nickte leicht zum Gruß. »Was ist das für ein Lied?«

Er löste sich schon von der Tür, um zum Cembalo zu kommen, und Anna, die das Blatt am liebsten an sich gerissen und sicher in ihrer Tasche verstaut hätte, konnte nichts anderes tun, als ihm einen Blick darauf zu erlauben.

»Darf ich?« Er nahm den Bogen in die Hand. »›Das suchende Mädchen.‹ Ich kenne es nicht, obwohl ich etwas ganz Ähnliches schon gehört habe.« Er las den Text. »Kein fröhliches Lied.«

»Nein, erst am Ende.«

»Und das wollt Ihr nach dem Essen spielen?«, fragte er. »Um uns zu unterhalten?«

»Nein«, antwortete sie. »Mrs. Lacey hat ein Duett vorbereitet.«

Angesichts dessen, was ihre Miene ihm verriet, lächelte Edmund. »Ganz offensichtlich freut Ihr Euch darauf.«

Sein Lächeln war nicht spöttisch, es lud sie vielmehr ebenfalls zu einem Lächeln ein, was sie zögerlich tat, bevor sie erwiderte: »Wie Ihr noch herausfinden werdet, beherrsche ich dieses Instrument nicht genügend, dass es mir erlaubte, mich darauf zu freuen.«

»Ich halte mir die Ohren zu«, versprach Edmund. »Vielleicht sollte ich Euch einen Kartentrick beibringen. Den könntet Ihr in aller Stille vorführen.«

»Ich habe auch kein großes Geschick mit Karten, Sir.«

»Richtig, das habt Ihr mir erzählt.« Er schien sich mit mehr Bedacht als üblich auf die Einladung vorbereitet zu haben. Er war frisch rasiert, und sein Haar war sorgfältig gekämmt und zurückgebunden; trotzdem hatte er etwas Spitzbübisches an sich. »Kennt Ihr wirklich kein einziges Kartenspiel?«

»Nein.«

»Kommt, ich zeige Euch eines.« Er legte das Blatt mit dem Lied zurück auf das Cembalo und wies mit einem Nicken auf den kleinen, mit Fries bezogenen Tisch, der ein paar Schritte entfernt zwischen zwei Stühlen stand.

»Was, jetzt?«, fragte sie.

»Warum nicht?«

Er würde ihr keine Ruhe lassen, bis sie hinübergegangen war und sich auf einen der Stühle gesetzt hatte, und so tat sie es.

»Also«, sagte Edmund und holte die Karten aus der Tasche, »dieses Spiel heißt Fives. Es ist das Spiel meines Landes, leicht zu lernen, schnell zu spielen. So habe ich Eure roten Schuhe gewonnen.«

Anna weigerte sich, seinem charmanten Lächeln nachzugeben. »Ich zweifle daran, dass die Schuhe fair gewonnen wurden.«

»Da täuscht Ihr Euch. Ich haben ehrlich gespielt für diese Schuhe, denn Mr. Morley ist ein ehrlicher Mann.«

Sie sah zu, wie er die Karten mischte. »Dann betrügt Ihr keine ehrlichen Männer?«

»Ehrliche Männer können nicht betrogen werden«, sagte Edmund. »Sie haben ein Gewissen, das zu ihnen spricht und sie fortführt von einem Spiel, das ihnen schaden könnte. Nein, ein

Mann, der auf das Spiel eines Gauners hereinfällt, besitzt unter seinen eleganten Kleidern und seinem respektablen Betragen selbst das Herz eines Halunken. Sehr oft stellt Ihr fest, dass er obendrein noch ein Lügner ist, der Märchen erzählt, um Euch zu beeindrucken. Denn er will etwas von Euch – ob Respekt oder Euer Geld –, und bis zum Ende des Spiels und auch danach noch glaubt er im Herzen, er sei derjenige, der Euch betrügt. So.« Er teilte ihnen jeweils fünf Karten aus und erklärte ihr, wie das Spiel mit seinen Trümpfen funktionierte. »Also, die Trumpffünf ist die beste Karte, die Ihr haben könnt, dann das Herzass – die, wie ich mich erinnere, Eure ganz besondere Lieblingskarte ist – dann Trumpfass, dann der Bube. Könnt Ihr mir folgen?«

Anna nickte. Sie fingen an zu spielen. In der ersten Runde spielte er mit ihr und zeigte ihr, was sie tun musste. Zu Beginn der zweiten Runde, die Anna austeilte, warf er rasch einen Blick auf ihre Karten und schüttelte den Kopf, als er sah, dass sie das Karoass hatte. »Also, das ist wahrlich die schlechteste Karte von allen. Gebt sie mir«, sagte er, nahm sie und gab ihr dafür eine von seinen. »So.«

Seufzend erklärte sie ihm: »Das fällt auch unter Betrügen.«

»Tut es nicht«, widersprach er. »Nicht wenn meine Absichten hehr sind.«

Bei der dritten Runde hatte sie so gute Karten, dass sie überzeugt war, dass er sie ihr absichtlich ausgeteilt hatte. Sie sah ihn an. »Hört auf damit.«

»Womit?«

»Ich spiele lieber schlecht und verliere durch mein eigenes Tun«, sagte sie, »als durch Unredlichkeit zu gewinnen.«

»Das ist gewiss eine löbliche Haltung«, meinte Edmund, den Blick in seine Karten gerichtet, »doch das Leben erlaubt uns nicht immer das zu tun, was uns gefällt.«

Dennoch gewann er die beiden folgenden Runden, und als er das nächste Mal austeilte, hatte sie nicht den Eindruck, er habe die Karten vorher für sie ausgesucht. Anna spielte mit ganzer Konzentration, unfähig, ihre Züge so zu kontrollieren wie Edmund, wenn er spielte, denn sie konnte ein zufriedenes Lächeln nicht verbergen, als sie die letzte Karte ablegte. »Ich glaube, ich habe gerade gewonnen.«

Edmund blickte auf die Karte und nickte. »Ja«, sagte er. »Herzass schlägt den Buben.« Er hob den Blick, begegnete dem ihren und hielt ihn fest, und sein Lächeln verblasste langsam zu etwas, was nicht so leicht zu deuten war, auch wenn es nicht weniger Wärme enthielt. »Und das habt Ihr, wie ich zugeben muss, ganz allein geschafft.«

In der Atmosphäre zwischen ihnen verschob sich etwas, und wären sie draußen gewesen und spazieren gegangen, hätte Anna geglaubt, es zöge ein Gewitter auf. Es strich an ihrem Nacken vorbei und über ihren Rücken und verdichtete die Ränder ihres Sehfelds zu dunklen Schatten, sodass ihr Blick ganz auf Edmunds angedeutetes Lächeln und sein Gesicht und seine Augen konzentriert war.

Und dann stand er auf, nahm ihr die Karten aus der Hand, und die ganze Welt stürmte wieder auf sie ein, denn sie hörte Männerstimmen aus der Halle und Lachen.

Die anderen Gäste waren gekommen.

KAPITEL 42

Das Essen war eine trübselige Angelegenheit und ihr Duett eine Katastrophe.

Anna bezweifelte, dass die anderen es bemerkt hatten, doch für sie begannen die Probleme schon, bevor das Brot serviert wurde. Zuerst war sie wirklich froh gewesen, als sie sah, dass Nan und Mary diesmal mit Vizeadmiral Gordon gekommen waren, zweifellos in dem Bemühen, die Zahl der weiblichen und männlichen Tischgäste auszugleichen. Doch da Nan, die neben Sir Harry Stirling saß, keinen Ton herausbrachte – was dem Tischgespräch insgesamt keineswegs förderlich war – und Mary auf der anderen Seite von Edmund nur Unsinn mit dem dunkeläugigen Iren redete, war Anna sich selbst überlassen.

Normalerweise hätte sie sich für den lebhaften Austausch zwischen dem General und Vizeadmiral Gordon an ihrem Ende des Tisches interessiert. Gordon, der ihr gegenübersaß, hatte ein oder zwei Mal versucht, sie ins Gespräch zu ziehen, doch sie hatte sich von Edmunds Lachen, unter das sich Marys Lachen mischte, ablenken lassen und war sich wie immer Mr. Taylors eindeutigen Blicks bewusst gewesen.

Heute hatte es ihr mehr ausgemacht als je zuvor, dass ihre Gefühle nicht denen von Mr. Taylor entsprachen, denn er war genau so, wie ein Mann sein sollte. Sein Äußeres war angenehm, seine Manieren noch angenehmer, und er war ein freundlicher, ausgeglichener Mann, der zweifellos ein treuer Gemahl und guter Vater sein würde. Er hatte Aussichten, er hatte Freunde, und er war eindeutig in sie verliebt, und doch wollte ihr Herz seine Gefühle nicht erwidern, sosehr sie es auch wünschte. Ein

Herz, zu dem Schluss war Anna gekommen, war ein grausames und starrköpfiges Ding.

Und dann, mitten beim Essen, als der General und Sir Harry sich über Hauptmann Hay unterhalten hatten, der sich gerade um einen Pass bemühte, mit dem er St. Petersburg verlassen konnte, hatte Sir Harry den Blick über den Tisch auf Edmund gerichtet und gefragt: »Und habt Ihr schon entschieden, wann Ihr abreisen werdet?«

»Nein«, hatte Edmund mit einem Achselzucken geantwortet, »aber im Augenblick sieht es nach Mitte Juli aus.« Nur das, mehr wurde darüber nicht gesagt, als wäre es allen bekannt, dass er abreisen wollte.

Es hatte sie getroffen. Sie wusste, dass es das nicht sollte, doch nach diesem kurzen Wortwechsel konnte sie sich kaum noch konzentrieren, und als sie in den Salon gegangen waren, hatte sie sich beim Duett mit Mrs. Lacey am Cembalo so unbeholfen angestellt, dass sie den Eindruck hatte, der leise Applaus habe eher Dankbarkeit darüber zum Ausdruck gebracht, dass das Stück endlich vorbei war, als Begeisterung.

Sie hielt es auch nicht für einen Zufall, dass Pater Domenic sich unmittelbar danach entschuldigte, um sich seinen Gebeten zu widmen.

Sie versuchte, es mit Humor zu nehmen. »Wenn ich für Kapitän Deane gespielt hätte, hätte er Russland vielleicht schon früher verlassen als letzten Sonntag.«

Sie wusste es besser, auch wenn die anderen ihr versicherten, sie habe sehr gut gespielt. Außer Edmund, der sie bis dahin mit etwas beobachtet hatte, was fast an Ungeduld grenzte, und jetzt der Einzige zu sein schien, der sich darüber freute, dass sie bei ihrer Vorstellung versagt hatte.

»Es ist das Lied«, erklärte er der Gesellschaft. »Es spricht von Heimat und Herd und häuslichen Dingen. Unsere Mistress Jamieson möchte sicher etwas Abenteuerlicheres. Wo ist Euer Lied«, fragte er sie, »über das suchende Mädchen?«

Sie hatte das Blatt zusammengefaltet und wieder in ihre

Tasche gesteckt, bevor sie sich zum Essen hingesetzt hatten, doch sie sagte nur: »Ich habe es nicht.«

»So wie es aussah, mögt Ihr es sehr. Habt Ihr den Text im Kopf? Unsere Gastgeberin kennt so viele Lieder, vielleicht kennt sie die Melodie ja auch.«

Mrs. Lacey hatte, sehr zu Annas Erleichterung, noch nie etwas von dem »suchenden Mädchen« gehört. »Ist es die gleiche Melodie wie die des ›suchenden jungen Mannes‹?«, fragte sie Edmund.

»Nein«, antwortete er und erhob sich. »Aber spielt das, wenn Ihr wollt, denn es ist ein schönes Lied.«

Mrs. Lacey war entzückt, als er den Salon durchquerte und zum Cembalo ging. »Werdet Ihr es für uns singen, Edmund? Seit Weihnachten haben wir Euch nicht singen gehört.«

Er stellte sich neben Mrs. Lacey, während sie spielte, Anna an ihrer Seite, und sang das Lied. Weil seine Stimme recht tief war, wenn er sprach, hatte Anna vermutet, dass er kein Tenor wäre, und so war sie nicht überrascht, das satte Timbre eines Baritons zu hören, und sie war auch nicht besonders überrascht, dass er sehr gut sang, denn das Singen steckte vielen Iren im Blut.

Was sie jedoch überraschte war das Lied. Während das »suchende Mädchen« sentimental und traurig war, sprach dieses Lied von einem Mann, den die quälende Behandlung der Frau, die er liebte, an den Rand der Verzweiflung getrieben hatte, und zu diesem Zweck richtete er sein Lied nicht an eine weite, gleichgültige Welt, sondern direkt an seine Angebetete.

Edmund, der die Rolle des jungen Mannes sang, richtete nun die Worte direkt an die Frauen im Raum, sodass er Mrs. Lacey erst zu beschuldigen schien, schön und grausam zu sein, bevor er den Blick auf Anna richtete:

»Sometimes your eyes doth me invite,
But when I enter, you kill me quite,
and the more increase my fire.«

In Edmunds Blick glühte eine dunkle und träge Hitze, und er hielt den ihren einen Moment länger fest als nötig, bevor er ihn auf Mary richtete und sie zum Objekt der nächsten Vorwürfe machte, und dann auf Nan, bis alle anderen im Raum sich köstlich amüsierten.

»*Tis thee alone can kill or cure*«, sang er als Nächstes zu Anna. »*Send me one gentle smile.*«

Doch Anna brachte im Gegensatz zu den anderen Zuhörern kein Lächeln zustande. Sie konnte nicht lächeln, sie konnte nur stumm dasitzen und die Worte spüren und sich wünschen, sie würde sie nicht spüren, denn es kam ihr vor, als sänge er allein für sie, als er am Ende den Blick noch einmal voller Intensität auf sie richtete.

»*If I may not enjoy the bliss,*
Bestow on me a parting kiss,
I'll wander all my days.«

Der Applaus riss Anna zurück in die Wirklichkeit und erinnerte sie daran, dass sie nicht allein im Raum waren. Sie blinzelte und warf ihre Benommenheit so weit ab, dass sie den Blick von Edmund lösen konnte. Mary Gordon beobachtete sie mit unverhohlener Überraschung und einem kleinen wissenden Lächeln. Anna blickte rasch woandershin.

Doch so leicht ließ Mary sie nicht davonkommen. Als sie sich später alle in der Eingangshalle einfanden, um sich zu verabschieden, fasste Mary Anna am Ellbogen, zog sie zur Seite und sagte leise und entzückt: »Aber ich dachte, du magst ihn nicht.«

»Wen?«

Mary gab ihr mit einem Blick zu verstehen, dass sie sich nicht auf den Arm nehmen ließe, drückt ihr einen Kuss auf die Wange und umarmte sie. »Du musst mir alles erzählen, wenn ich das nächste Mal zu Besuch komme.«

Dass Mary sie durchschaute, die sie gut kannte und ihre

Miene zu deuten wusste, überraschte Anna nicht, doch es verunsicherte sie trotzdem, und als Mr. Taylor sich von ihr verabschiedete und sie Edmunds stirnrunzelnden Blick bemerkte, konnte sie sich nicht schnell genug aus der Halle zurückziehen, erleichtert, dass der General Edmund im letzten Moment für ein paar Worte unter vier Augen zur Seite gezogen hatte und sie nicht warten musste, um sich von ihm zu verabschieden.

Die Luft im Hof war viel wärmer als in dem Haus mit den dicken Steinmauern, doch Licht und das Gefühl von Freiheit tränkten ihre bekümmerten Gedanken wie ein Tonikum. Wenigstens für die kurzen Minuten, die sie allein war.

Als sie hörte, dass die Tür auf und wieder zu ging, richtete sie sich instinktiv auf und verschränkte abwehrend die Arme vor der Brust, als ob sie sich schützen wollte. Sie wartete nicht, bis er sich ihr näherte, sondern drehte sich um.

»Wolltet Ihr etwas, Mr. O'Connor?«

»Sehr vieles, Mistress Jamieson. Doch im Augenblick war mein einziger Wunsch, Euch zu finden.«

»Und wozu die Mühe?«

»Es war keine Mühe«, sagt er, »denn ich wusste, wo ich suchen musste.« Er ließ den Blick durch den Hof schweifen und wies dann mit einem leichten Anheben des Kinns zu den Wolken. »Dies ist Euer Stückchen Himmel, nicht wahr? Wo Ihr hinfliegen würdet, wären Eure Flügel nicht beschnitten.«

»Ihr redet Unsinn.«

Er verschränkte ebenfalls die Arme vor der Brust. »Mr. Taylor wird noch mehr tun, als Eure Flügel zu beschneiden. Er wird sie fesseln.«

»Ihr habt nicht das Recht …«

»Ich brauche kein Recht«, unterbrach er sie harsch, »um Euch zu sagen, was jeder Narr sehen kann und was Ihr einfach nicht sehen wollt.«

Trotzig wich Anna keinen Schritt zurück, auch wenn sie die Arme noch enger an den Körper drückte. »Wollt Ihr mich provozieren, Sir?«

»Ja, Mistress Jamieson, genau das will ich.« Edmund trat einen Schritt näher. »Denn wenn Ihr Euch provoziert fühlt, zeigt Ihr Eure wahre Natur, die Ihr vor der Welt und Eurem zahmen Mr. Taylor verbergt.«

»Er ist nicht …« Sie unterbrach sich und rang um Fassung. »Er ist nicht mein …«

»Noch nicht, aber er wäre es gern. Und Ihr ermutigt ihn, Euch zu besuchen und Euch zu begleiten.«

»Es ist eine kleine Gemeinschaft«, erklärte sie, »und wenn ich ihn brüskierte, würde es schnell Gerede geben. Ihr habt mich auch schon begleitet. Wollt Ihr etwa behaupten, ich hätte Euch ermutigt?«

Seine Mundwinkel zogen sich ein wenig nach oben. »Niemals.«

»Gut, denn ich verhalte mich exakt, wie eine Dame sich unter entsprechenden Umständen verhalten würde.«

Edmund trat noch einen Schritt auf sie zu, den Blick auf ihr Gesicht gerichtet. »Ihr seid keine Dame.«

Anna empfand den Stich, als hätte er sie geschlagen. Ungläubig erwiderte sie seinen Blick, bevor sie zurückschlug. »Und Ihr, Sir, seid kein Gentleman.«

Er kam noch näher, und sein Blick wurde intensiver. »Glaubt Ihr etwa, das war als Beleidigung gedacht? Bei meiner Treu, das war ein Kompliment.«

»Zu behaupten, ich wäre keine Dame?«

»Ja.« Er war ihr viel zu nah gekommen, und er wusste es, bedrängte sie wie immer, rückte ihr wie gewohnt einen Hauch zu dicht auf die Pelle. Den dunklen Kopf geneigt, um sie anzusehen, sagte er: »Ihr seid etwas viel Selteneres. Ihr seid eine Kämpfernatur. Wie ich.«

Sie wusste nicht, was sie mehr störte, dass er ihr so nah kam oder dass er sie so leicht durchschaute.

»Also«, brachte sie schließlich hervor, »wenn ich eine Kämpfernatur bin, dann ist das ohne Belang. Eine Frau kann kein Soldat sein.«

»Kein Soldat. Nein, das seid Ihr nicht. Ein Soldat kämpft auf Befehl eines anderen, aber eine Kämpfernatur«, erklärte Edmund ihr, »folgt nur ihrer Leidenschaft und ihrem Herzen. Und Ihr habt von beidem reichlich, Mistress Jamieson. Das war deutlich zu sehen an dem Tag, an dem Ihr es mit Kapitän Deane aufgenommen habt. Ihr habt gesagt, ich solle sein Gesicht beobachten, erinnert Ihr Euch? Doch ich habe Euer Gesicht beobachtet.«

»Oh? Und was hat es Euch verraten?«

Wieder zuckten ob ihrer Kratzbürstigkeit für einen kurzen Augenblick seine Mundwinkel. »Ich glaube«, fuhr er fort, »wärt Ihr an dem Tag ein Mann gewesen und im Besitz eines Degens, dann hättet Ihr den Kapitän durchbohrt.«

Dem konnte sie nicht widersprechen, also stand sie nur da, reckte trotzig das Kinn und schwieg.

Edmund wurde ernst. »Glaubt Ihr wirklich, er kann Euch glücklich machen? Himmel, Ihr seid nicht mal Ihr selbst in seiner Gegenwart. Ihr habt heute Nachmittag kaum drei Worte miteinander gesprochen.«

Er sah sie jetzt mit der gleichen Hitze im Blick an wie beim Singen des Liedes – als er gesungen hatte, sie könne ihn heilen oder umbringen –, und rührte tief in ihrem Innern ein Gefühl, das sich anfühlte wie das genaue Gegenteil von Zorn. Sie senkte den Blick und erklärte den Knöpfen seiner Jacke: »Es lag nicht an Mr. Taylor, dass mir nicht nach Reden zumute war.«

»Nicht?«

Sie hätte ihre nächsten Worte besser überlegen sollen, dachte sie später, doch sie kamen heraus, bevor sie sie aufhalten konnte. »Wann wolltet Ihr mir sagen, Sir, dass Ihr abreist?«

Als die Worte zwischen sie fielen, wusste Anna, dass sie zu viel verraten hatte. Sie war nicht überrascht, als Edmund ihr Gesicht noch einmal anhob, um ihr in die Augen zu sehen und ihre Gedanken zu ergründen. Doch sie ahnte nicht, dass er sie küssen wollte, bis seine Lippen die ihren berührten.

Erst kürzlich hatte sie darüber nachgedacht, wie sich ein Kuss wohl anfühlen würde, besonders Edmunds. Sie hatte gedacht, er wäre wild und vielleicht auch ein wenig unversöhnlich, doch zu Annas großer Überraschung war er überhaupt nicht wild, sondern äußerst zärtlich. Ja, sogar behutsam. Raubte ihr den Atem, bis sie überzeugt war, sie wäre umgefallen, hätte er sie nicht gehalten. Seine Hände hielten sie an den Oberarmen, und sie hatte fast den Eindruck, er schiebe sie ein wenig von sich weg, als wolle er nicht, dass ihre Körper eine unsichtbare Grenze überschritten.

Am Ende überschritt sie diese Grenze, indem sie die Hände haltsuchend auf seine Brust legte. Doch sein Mantel war ihr im Weg, und sie schob die Hände unter seine Weste und suchte die Schultern, deren Wärme durch das dünne Leinen des Hemds drang.

Da gingen auch seine Hände auf Wanderschaft. Mit einer strich er über ihren Rücken, um sie an sich zu drücken, die andere wanderte ihren Hals hinauf, um mit ihrem Haar zu spielen. Da spürte sie einige Minuten lang die Leidenschaft, die ihre Phantasien beherrscht hatte, seit sie zusammen im Sommergarten das Menuett getanzt hatten.

Stöhnend löste er sich von dem Kuss, nahm ihre Hände und schob sie ein Stück von sich weg. Seine Atemzüge gerieten aus dem Takt, als seine Hände sich einen Augenblick um die ihren schlossen, bevor er sie losließ.

»Verzeiht mir, Mistress Jamieson«, sagte er mit fremder Stimme. Seine dunklen Augen richteten sich kurz auf die ihren, das Feuer darin war gezügelt, doch es brannte noch. Und dann wiederholte er noch leiser: »Verzeiht mir, Anna.«

Er wandte sich ab und ging über den Hof zum Haus, die Schultern starr und kantig, als sei er fest entschlossen, sich nicht umzuwenden. Er zog sich edelmütig und ehrenhaft zurück, damit sie allein sein konnte.

Und wäre Anna wirklich eine Kämpfernatur gewesen, dann wäre sie ihm in diesem Augenblick gefolgt.

Diesmal war es anders, als ich zurück in die Gegenwart kam. Zuerst konnte ich nicht genau sagen, was es war, doch es fühlte sich so fremd an, dass ich, die Hände in den Taschen, einen Augenblick verharrte, um dahinterzukommen. Dann traf es mich. Beide Hände. In den Taschen. Ich hielt nichts in Händen.

Verwundert drehte ich mich um und suchte nach Rob. Er stand in einiger Entfernung unter einer Straßenlampe, den Kragen gegen den nächtlichen Wind hochgeschlagen. Er hob den Kopf. Seinen Gesichtsausdruck konnte ich nicht erkennen, doch ich spürte sein Lächeln, und die knisternde Luft um uns herum war gesättigt von der jungenhaft selbstzufriedenen Aura eines Mannes, der Unfug getrieben hat.

Aber … wie? Ich hatte Mühe, meine Gedanken zu ordnen. *Wie lange …?*

Fast die ganze Zeit. Er blieb im Licht stehen, als ich durch die Düsternis zu ihm ging und im Näherkommen sein Lächeln deutlicher sah.

Wie?, fragte ich ihn noch einmal, weil ich es einfach nicht glauben konnte.

Ich habe deine Hand losgelassen.

Aber du hast es weiter kontrolliert, richtig? Ich meine, das warst du doch, oder, der das … gemacht hat?

Langsam schüttelte er den Kopf und betrachtete den Gefühlsaufruhr, der sich in meiner Miene spiegelte, während ich das alles zu begreifen versuchte.

Aber … woher hast du gewusst, dass ich es kann.

Hab ich nicht. Seine Antwort war wie immer ehrlich. *Deswegen habe ich losgelassen.*

Und wenn ich es nicht gekonnt hätte.

Mit ruhiger Logik setzte Rob sich über meine Bedenken hinweg. *Jeder hat Angst zu fallen, aber manchmal muss man einfach die Stützräder vom Fahrrad nehmen und versuchen, auf zwei Rädern zu fahren.*

Ich hatte Zeit, darüber nachzudenken, während wir zurück zum Hotel gingen, und in diesen Minuten ahnte ich etwas von dem, was Anna empfunden haben musste, als Edmund sie bedrängte und stichelte und ihre sorgfältig errichteten Schutzwälle niederriss. Und wie Anna hatte ich mich an diesem Abend in meinen Gefühlen völlig verheddert.

Ich führte es auf das zurück, was ich gerade mit angesehen hatte – die tiefen Gefühle zwischen Anna und Edmund in dieser letzten Szene, wie sie gestritten und wie sie sich geküsst hatten. Wenn mir Rob jetzt näher war, dann deswegen und weil ich wusste, dass ich, so wie Anna Edmund verlieren würde, wenn er St. Petersburg verließ, Rob am übernächsten Tag verlieren würde, wenn wir nach Hause fliegen würden. Er würde nach Norden weiterreisen und ich in mein normales Leben zurückkehren. Nur dass ich mir nicht sicher war, ob ich das noch konnte, so wie die Dinge standen.

Wenn ich ihn vor zwei Jahren geliebt hatte, dann verliebte ich mich jetzt ganz neu in ihn. So etwas hatte ich noch nie bei jemandem erlebt. Bei niemandem. Etwas hatte sich verschoben zwischen uns und war meiner Kontrolle entglitten, und es wühlte mich innerlich so auf, dass ich, als wir schließlich im Flur vor meinem Zimmer standen und Rob sich mir zuwandte, um mir gute Nacht zu sagen, nichts erwidern konnte. Ich konnte nur stumm nicken, während ich innerlich damit kämpfte, was ich tun sollte und wie ich ihm sagen konnte, dass ich noch nicht alle Antworten hatte, aber nicht aufhören konnte, die Fragen zu stellen.

Er drückte mir einen brüderlichen Kuss auf die Wange und wandte sich ab.

Mit dem Zimmerschlüssel in der Hand stand ich kläglich da. Wenn ich nicht so ein Feigling wäre, hätte ich ihn gebeten zu bleiben. Ein anderer Mann wäre womöglich auch so geblieben, ob ich ihn darum gebeten hätte oder nicht. Rob nicht.

Rob war stets ein Gentleman.

Fünf Schritte, dann blieb er abrupt im Flur stehen, den Rücken zu mir.

Wie an dem ersten Abend in Eyemouth, als ich ihn auf dem

Rettungsboot hatte an Land kommen sehen, wandte er mir den dunklen Schopf ein wenig zu, als hätte er gerade etwas gehört. Ich bemerkte, dass er schwer ausatmete.

Und dann drehte er sich plötzlich um und kam zurück, und die Wucht seiner Vorwärtsbewegung riss mich mit und stieß mich hart gegen die geschlossene Zimmertür in meinem Rücken. Die Hände auf meinen Schultern, das Gesicht dicht vor meinem, den Blick fest auf meine Augen gerichtet, sagte Rob leise: »Nicht immer.«

Und küsste mich.

KAPITEL 43

Er hatte recht. Er küsste nicht wie ein Gentleman.

Er küsste mich wie ein Mann, der an – nein, über – seine Grenzen gebracht worden war, mit einer wortlosen, drängenden Leidenschaft, die alles außer zu atmen unmöglich machte, und selbst atmen war nicht ganz leicht.

Ich hatte keinerlei Erinnerung daran, wie wir durch die Tür gekommen waren und wie sie hinter uns ins Schloss gefallen war, doch irgendwann bekam ich vage mit, dass wir im Zimmer waren, im Halbdunkel, mein Rücken an die Wand gepresst und nicht an die Tür.

Doch ich konnte mich erinnern, wie Rob das Hemd ausgezogen hatte, denn die Ärmel wollten nicht über seinen Bizeps, und ich hatte das Reißen des Stoffs gehört, als er daran gezogen hatte, bevor er mir grob die Jacke von den Schultern schob und nach den Knöpfen meiner Bluse tastete …

Auch die Bluse bekam einen kleinen Riss, doch an dem Punkt war mir das egal. Und dann beugte er sich noch einmal vor und schmiegte sich an mich, seine Haut strich über meine, und er stützte die Unterarme neben meinen Schultern an die Wand und vergrub beide Hände in meinem Haar, als wollte er mich dort festhalten und nie wieder loslassen.

Dieser Kuss war zärtlich und innig und ließ keine Mauern, um sich dahinter zu verstecken. Seine Gedanken lagen offen vor mir, doch sie hatten keine Form, sie waren reine Gefühle, die in meine Gefühle hineindonnerten, über sie hinweg und durch sie hindurch, bis ich nicht mehr sagen konnte, wer von uns was dachte oder was fühlte oder wessen Sinneseindrücke dafür sorgten, dass ich meinte, nicht mehr von der

Schwerkraft gehalten zu werden, sondern im leeren Raum zu schweben.

Robs Stimme – diese ruhige, vernünftige, leise Stimme – war jetzt voller Hitze, Begehren und Verruchtheit, und ich tat, worum sie mich bat.

Wir kamen nicht einmal mehr bis ins Bett.

Danach waren unsere Gedanken das Letzte, was wir voneinander lösten, und selbst das nur zögernd. Rob ließ den Kopf langsam sinken, bis seine Stirn schwer auf meiner Schulter ruhte, und ich schob die Hand in sein feuchtes Haar, um ihn an mich zu drücken.

Vermutlich hatte er die gleichen Schwierigkeiten wie ich, meine Gedanken von seinen zu trennen, denn irgendwann sagte er mit seiner Alltagsstimme: »Tut mir leid.«

Meine Stimme wollte auch nicht so richtig. »Muss es nicht.«

»Nicht ganz so, wie ich es geplant hatte.«

Wenn ich den Kopf ein wenig drehte, konnte ich mit den Lippen über seine Schulter streichen. Ich tat es und erwiderte: »Ich habe gedacht, *ich* wäre hier die Planerin. Du sollst doch spontan sein.«

»Nein.« Er drehte den Kopf ein wenig, und seine Stimme rieb über die empfindliche Haut an meinem Hals. »Nein, für das hier hatte ich Pläne.«

»Ehrlich?«

»Ja.« Ich spürte sein leises Lächeln, und ich griff wieder in sein Haar, als er mit einer Hand an meinem Körper hinunterstrich, um meinen Oberschenkel noch ein Stück über seinen zu ziehen. »Ganz konkrete Pläne.«

Dann legte er seine Lippen wieder auf meine, und sein Lächeln wurde zu einem innigen Kuss, und er umschlang mich mit beiden Armen und hob mich hoch, und wir gingen die paar Schritte zum Bett, wo er mich behutsam absetzte und sich nach mir unter die Laken schob. Und mir zeigte, welche Pläne er hatte.

—

»Wenn ich noch öfter mit dir Eiscreme zum Frühstück essen muss«, sagte Rob vorwurfsvoll, »nehme ich noch zu.«

»Du bist nicht der Typ, der zunimmt. Dazu bist du viel zu sportlich.«

Er schob den Arm über die Rückenlehne der weiß gestrichenen Bank und sah mich an. »Jetzt wirst du rot.«

»Werd ich nicht.«

Er grinste nur und löste den Blick aus seinen ruhigen blauen Augen von mir und richtete ihn auf den golden schimmernden Kirchturm, der über den Festungsmauern am Flussufer zwischen den Bäumen aufragte.

»Wie auch immer«, sagte ich. »Es ist eher ein Brunch. Es ist schon nach elf.«

»Und wann ist dein Empfang?«

»Nicht vor drei. Wir haben jede Menge Zeit.« Zufrieden lehnte ich den Kopf an seinen Arm, den er mir um die Schultern gelegt hatte.

Er schaute hinunter. »Ich muss sagen, du bist erstaunlich ruhig.«

»Wieso? Weil ich Wendy van Hoek sagen muss, dass ihr Bild eine Fälschung ist?«

»Ja«, meinte er, »und auch, woher du es weißt.«

»Also, das braucht sie nicht zu erfahren, oder? Ich meine«, erklärte ich weiter, »es ist eine Fälschung. Der Beweis ist da, in dem Bild. Ich muss nur sagen, dass ich meine Zweifel habe, dann machen Juris Experten den Rest und führen die Tests durch, um es zu beweisen. Niemand muss je erfahren, dass … Was ist?«, fragte ich, als Rob ganz starr wurde.

Er hob den Arm von meinen Schultern und dann löste er ihn von der Rückenlehne der Bank, verlagerte das Gewicht und richtete sich auf. Rückte von mir ab.

»Rob?«

Eine starke Welle traf mich, so etwas wie Schmerz, dann verschloss er seine Gedanken. In die Stille hinein sagte ich noch einmal: *Rob?*

Es war sinnlos. Er hatte mich ausgeschlossen. Er fuhr sich mit der Hand durchs Haar und sagte zögerlich: »Als du meintest, du würdest es ihr sagen, dachte ich … Ich dachte …«

Ich begriff. »Du dachtest, ich würde ihr sagen, was ich gesehen habe?« Die Antwort lag offen in seinen Augen. »Oh, Rob, das tut mir leid. Sehr leid. Aber das kann ich nicht. Du weißt, dass ich das nicht kann. Abgesehen davon ist es nicht nötig. Ich kann sie auch so davon überzeugen, dass es eine Fälschung ist.«

»Sehr praktisch.« In seinen Worten lag eine Bitterkeit, die ich noch nie in seiner Stimme gehört hatte.

»Das sieht dir gar nicht ähnlich«, erwiderte ich. »Du solltest das verstehen.«

»Ja, also, ich dachte auch, ich würde es verstehen. Letzte Nacht dachte ich das.« Er atmete schwer aus. »Du hast recht, manchmal bist du schwer zu durchschauen. Ich habe es falsch verstanden.«

»Das ist nicht fair.«

»Fair hängt mir zum Hals raus.«

»Ich würde meinen Job verlieren«, sagte ich offen. »Die Klienten, die Leute, mit denen ich arbeite, Sebastian – sie würden alle denken, dass ich lüge oder dass ich ein …« Ich schluckte das Wort herunter, doch Rob sprach es aus.

»Dass du ein Freak seist.« Er verzog den Mund, aber nicht zu einem Lächeln. »War das das Wort, das du gesucht hast?« Als ich nicht antwortete, fuhr er fort: »Du weißt also ganz genau, dass sie ablehnend reagieren würden, was?«

»Ich kann kein Risiko eingehen.«

»O doch. Wir haben die Wahl. Die meisten Dinge im Leben wählen wir selbst. Ob wir leben oder das Leben an uns vorüberziehen lassen. Selbst ob wir glücklich sind.«

Ich senkte den Blick. »Du hast leicht reden.«

Er stieß ein hartes Lachen aus. »Weil es leicht ist.« Er warf den Rest seines Eis' in den Papierkorb neben der Bank. »Wenn ich andere Fähigkeiten besäße, wenn ich singen oder einen Fußball ins Tor schießen könnte, würdest du dich dann auch schämen?«

»Ich hab mich nie …« Einen Augenblick fehlten mir die Worte, und ich konzentrierte mich auf die Spatzen, die um unsere Füße hüpften, bis ich wieder sprechen konnte. »Ich schäme mich nicht für dich.«

»Du hast Angst, ich könnte dich in Verlegenheit bringen«, sagte er. »Deswegen versteckst du mich vor den Leuten, mit denen du hier beruflich zu tun hast, weil du Angst hast, ich könnte einfach ich selbst sein und in aller Öffentlichkeit den einen oder anderen Gedanken lesen.«

Damit war er ziemlich nah dran, und mir war klar, dass er es wusste, als er in mein Gesicht sah. Ich ging in Abwehrstellung.

»Wäre es wirklich so schlimm«, fragte ich, »zu verbergen, was du kannst? Es für dich zu behalten?«

Rob sah mich an. »Kurzfristig? So wie jetzt? Nicht besonders schlimm. Aber auf lange Sicht? Ja«, fuhr er fort, »das kommt mir fast unmöglich vor. Das bin ich.« Er hielt meinen Blick fest. »Und du auch.«

»Ich verberge es.«

»Ja«, sagte er, »und sieh dir an, wie gut es funktioniert.«

Um unsere Füße hüpften zwitschernd die Spatzen, ohne zu ahnen, was sich zwischen uns abspielte. Einen Augenblick lang sah Rob mich schweigend an, und als er weitersprach, war kein Zorn in seiner Stimme, nicht einmal Bitterkeit, sondern nur ein leiser Anflug von Traurigkeit.

»Wenn wir nicht voll und ganz die sein können, als die wir geboren wurden, sterben wir ein wenig jeden Tag, den wir die Lüge leben. Ich würde bereitwillig für dich in den Tod gehen«, erklärte er mir, »aber nicht so. Es tut mir leid.«

Ich hatte mir eingebildet, Schmerz in allen Varianten zu kennen, bis ich Rob hinterhersah, als er von mir fortging. Er berührte mich nicht, er küsste mich nicht, er verabschiedete sich nicht. Vermutlich wäre es melodramatisch gewesen, wenn er es getan hätte, schließlich würden wir am nächsten Tag im selben Flugzeug nach Hause fliegen. Aber ich wusste trotzdem, dass er mich verlassen hatte.

Die ganze Welt verschwamm. Sengend heiße Tränen stiegen in mir auf, und ich schloss die Augen, so fest es ging, damit sie nicht tropften, und wie aus dem Nichts wurde ich von einem Schmerz getroffen, der auf meinen antwortete und doch nicht meiner war.

Zuerst dachte ich, es könnte Rob sein, dachte, die Kontrolle wäre ihm so weit entglitten, dass er mich für diesen kurzen Augenblick einließ. Doch er war es nicht. Hinter meinen Augenlidern stiegen unscharfe Bilder auf und rasten vorbei, hielten aus eigenem Antrieb an und weiteten sich so plötzlich, dass ich vor Helligkeit geblendet war, bis sie zum warmen Sonnenlicht eines Sommernachmittags wurde.

Ich befand mich über der Strelka, kreiste im Wind wie ein Vogel, der nach Salz und Meer und Schiffsplanken und Segeltuch roch. Unter mir lag das Zollgebäude, die Lagerhäuser, die ausgedehnte Warenbörse und im Westen die Reihe der Kollegien. Dazwischen überquerten die Leute zu zweit oder zu dritt den staubigen Platz. Eine Kutsche, von vier Pferden gezogen und von einem kleinen Hund im Laufschritt begleitet, schaukelte unbeschwert vorüber und passierte einen schweren Karren, der, gezogen von zwei unverdrossenen Ochsen, mit knarrenden Rädern nur langsam vorankam.

Wie immer waren Soldaten auf dem Platz. Als ich langsam näher kam, konnte ich sie deutlich sehen, viele standen Wache um das Zollhaus herum, andere gingen auf Patrouille, und ein Leutnant unterhielt sich mit einer jungen Frau, die in ihrem schwarzen Kleid aus schwerer gerippter Seide ganz reglos inmitten des ganzen Durcheinanders stand.

Anna bewahrte Haltung. »Charles, das ist nicht wahr.«

In seinem Blick lag Mitgefühl, aber auch Überzeugung. »Ich habe es von einem Mann, der keinen Grund hat, so etwas zu erfinden. Er war dort.«

Seltsam, dachte Anna, dass ihre ganze Welt in der kurzen Spanne eines Herzschlags so vollkommen auseinanderbrechen konnte, während die Sonne ihr warm auf die Schultern schien und Menschen ungestört an ihr vorbeigingen. Sie versuchte, die Bruchstücke zusammenzuhalten, als könnte sie sie mit schierer Willenskraft wieder aneinanderfügen. »Er wird oft zu unrecht beschuldigt, etwas gesagt oder getan zu haben. Das weißt du doch.«

Charles sagte nichts, er sah sie nur an, als wünschte er, er könnte ihr ersparen, was zu sagen ihn Freundlichkeit und Pflicht gezwungen hatten.

Anna konzentrierte den Blick auf die Masten der Handelsschiffe hinter seiner Schulter und blinzelte im hellen Licht. »Dieser Freund von dir … ist er sich ganz sicher, dass es Kapitän Deane war, mit dem Mr. O'Connor gesprochen hat?«

»Er kennt Deane. Also, kennen ist zu viel gesagt, aber er ist sich ganz sicher.«

»Und warum hat er nicht früher etwas gesagt? Deane ist seit einem Monat fort.«

Charles verteidigte seinen Freund. »Er hat nicht gewusst, dass ich mit Mr. O'Connor bekannt bin. Erst als wir vor einer Stunde zusammen im Gasthaus zu Mittag gegessen haben, wo zufällig auch Mr. O'Connor war, hat mein Freund mir erzählt, was er mit angesehen und gehört hat.«

Anna nickte, den Blick unverwandt auf die Masten der Schiffe gerichtet, die auf dem Fluss schaukelten. Sie wollte nicht darüber nachdenken, was Charles' Freund, wie er behauptete, an dem Tag, bevor Deane St. Petersburg verlassen hatte, in Trescotts Gasthaus mit angehört hatte: dass Deane und Edmund sich unterhalten hatten wie alte Freunde und dass Edmund Deane, ohne dass der ihn im Geringsten bedrängt hatte, erzählt hatte, dass Hauptmann Hay vom Hofe König Jakobs gekommen sei, mit der Anweisung für Sir Harry Stirling, hier mehrere Schiffe zu kaufen, unterstützt von Geld aus Spanien und vom Papst, und dass Edmund sicher war, beizeiten noch mehr Informationen zu haben, die er an Deane weitergeben könnte.

Charles beobachtete sie. »Anna, ich …«

»Vielleicht hat dein Freund etwas falsch verstanden, und es war ein Missverständnis.«

»Anna. Sieh mich an.« Als sie dies tat, erklärte er ihr sehr ernst: »Deane hat versucht, auch mich zu kaufen. Trescott hat ihn an den Zwist zwischen dem Vizeadmiral und meiner Mutter erinnert, und da ist Deane an mich herangetreten, um zu ergründen, ob ich für ihn spionieren würde.«

»Was hast du ihm geantwortet?«

»Ich habe ihn zum Teufel geschickt. Aber er war sehr rührig, während er hier war, und ich weiß, dass er andere gefunden hat, die sich williger gezeigt haben«, sagte Charles. »Mr. Trescott zum Beispiel. Man hat mir erzählt, er sei einverstanden, geeignete Männer für Deanes Vorhaben zu suchen und sie ihm vorzustellen.«

Sie hätte nicht gedacht, dass Mr. Trescott unehrlich wäre. »Gegen Bezahlung?«

»Nicht für Geld, aber Deane hat ihm eine Ausbildung in England für seinen Sohn versprochen«, fuhr Charles fort. »Selbst gute Männer können dazu gebracht werden, sich gegen ihr Gewissen zu wenden, wenn der Preis stimmt.«

»Was war Mr. O'Connors Preis?« Allein die Frage zu stellen war schmerzlich.

»Ich weiß nicht. Bei meiner Treu, ich hätte ihn augenblicklich nach draußen gerufen und es in Erfahrung gebracht, aber ich habe nur daran gedacht, zu dir zu kommen und es dir zu berichten. Mein Onkel sollte es wissen.«

»Ja.« Ihre Augen brannten wieder, und sie blinzelte heftig, als Charles fortfuhr.

»Ich hätte nicht gedacht, dass ich dich so schnell finden würde. Was für Angelegenheiten führen dich auf die Insel?«

Sie musste selbst überlegen. »Mrs. Lacey steht kurz vor der Niederkunft und findet das lange Sitzen äußerst unbequem. Ihr war nach einem Ausflug, und da sie das neue Arbeitszimmer ihres Gemahls noch nicht gesehen hatte, dachte sie, sie könnte ihn besuchen.« Das schien Ewigkeiten her zu sein. »Sie ist jetzt bei ihm.«

»Also, es war mein Glück, dass du hier draußen gewartet hast, sonst hätte ich dich nicht gefunden.«

Sie nickte abwesend. »Ja, ein großes Glück.«

»Geht es dir gut?«

Anna nickte ein zweites Mal.

»Dann sagst du es ihm?«, fragte Charles.

»Wem?«

»Meinem Onkel«, antwortete er. »Das über Mr. O'Connor.«

Sie nickte wieder. Dann überlegte sie einen Augenblick und fragte: »Willst du etwas für mich tun?«

»Selbstverständlich, wenn ich kann.«

»Würdest du an meiner Stelle hier warten? Wenn die Gattin des Generals kommt, bevor ich zurück bin, dann sorg bitte dafür, dass sie sicher nach Hause kommt.«

»Anna …«

»Charles, bitte. Tu es einfach. Für mich.« Sie ließ ihm keine Wahl, sondern wandte sich ab, überquerte den großen Platz, ohne auf die Umgebung zu achten, mit raschen Schritten, die sie durch puren Zufall und göttliche Vorsehung durch das Durcheinander von Füßen, Röcken und Wagenrädern lenkten, ohne dass etwas passierte.

Sie verlangsamte ihre Schritte erst, als sie das Gasthaus erreicht hatte. Dann blieb sie stehen und suchte unter den Männern, die davorstanden, nach einem ehrlichen Gesicht und bot dem Mann eine Münze. »Sir, wenn Ihr so freundlich wärt, da drin ist ein Mann, mit dem ich dringend sprechen muss.«

Der Mann ging Edmund holen.

Er kam lachend heraus, und der Schimmer in seinen dunklen Augen verriet ihr, dass er getrunken hatte. Seine Jacke roch nach Whisky, Wein und Pfeifentabak. Doch als er sie sah, verriet seine Miene ihr, dass er keineswegs betrunken war.

»Was ist? Was ist passiert?« Voller Sorge machte er einen Schritt auf sie zu. »Mistress Jamieson, was ist passiert? Ist jemand verletzt? Mrs. Lacey oder die Kinder?«

Dass sein erster Gedanke der Familie des Generals galt, sorgte dafür, dass ihre Instinkte sich umso heftiger gegen ihre Vernunft stemmten, denn es schien ihr unmöglich, dass so ein Mann dessen fähig war, was man ihr gerade erzählt hatte.

Sie schüttelte den Kopf. »Es geht ihnen gut. Aber ich muss mit Euch sprechen.«

Er sah sich um. »Dies ist kaum der rechte Ort, um ...«

»Edmund, bitte.« Die Worte brachen heftiger aus ihr hervor, als ihr lieb war, doch sie erreichten ihn, denn er runzelte die Stirn und kam ein paar Schritte näher, fasste sie am Arm und führte sie auf den Pfad hinunter zum Flussufer.

»Was ist?«, wiederholte er.

Sie konnte noch nicht antworten, ging nur in schmerzlichem Schweigen neben ihm her, als würde sie mit jedem Schritt auf Messer treten.

Er geleitete sie ans Ufer, wo Schilfhalme in der Strömung nickten und spindeldürre Bäume sich über das Wasser reckten und kleine Vögel sangen, während überall um sie herum unsichtbare Insekten summten und brummten wie das Sommerorchester der Natur.

Da, wo die weiche Erde zu Schlamm wurde, drehte er sie zu sich um und fragte noch einmal voller Sanftheit: »Was ist los?«

»Mir ist etwas zu Ohren gekommen.« Sie sammelte allen Mut zusammen, holte Luft und sah ihm in die Augen. »Mir ist etwas zu Ohren gekommen, was ich nicht glauben kann und erst glauben werde, wenn ich es von Euch gehört habe, Sir.«

Sie hatte es sich nur eingebildet, sagte sie sich. Sie hatte sich nur eingebildet, dass er als Reaktion auf ihre Worte zusammenzuckte wie ein Mann, der sich gegen einen Schlag wappnet.

»Mir ist zu Ohren gekommen, Ihr hättet an dem Tag, bevor er St. Petersburg verlassen hat, mit Kapitän Deane gesprochen«, sagte sie. »Und Ihr hättet ihn über einige Dinge informiert, die Ihr ihm nicht hättet sagen sollen, und Ihr hättet ihm versprochen, ihm weitere Informationen zukommen zu lassen.«

Edmund ließ sie los und wandte sich halb von ihr ab, sodass sie sein Gesicht nicht richtig sehen konnte, obwohl sie genug davon sah, um zu bemerken, dass seine Miene ernst war. »Wer hat Euch das erzählt?«

»Spielt das eine Rolle?«, erwiderte sie.

Er senkte den Blick, und sie sah den Anflug eines Lächelns, das doch kein Lächeln war, denn es war ohne jeglichen Humor. »Nein«, sagte er. »Vermutlich spielt es keine Rolle.«

Ihre Stimme verriet sie, denn sie zitterte. »Ist es wahr?«

Da wandte er den Kopf und suchte ihren Blick. »Das glaubt Ihr doch nicht etwa?«

»Ich gestehe, dass es mir schwerfällt.«

Warum seine Augen da zuerst traurig wurden und sich dann vor Zorn verdunkelten, wusste Anna nicht zu sagen, doch er kontrollierte seine Wut und fragte: »Und warum?«

»Weil«, begann sie, doch er hatte sich ihr jetzt wieder ganz zugewandt und kam langsam einen Schritt näher, und da versagte ihr die Stimme. »Ich …«

»Weil Ihr einmal Zeugin wart, wie ich ein Kind angesehen habe, und jetzt glaubt Ihr, meinen Charakter zu kennen?« Er beugte sich vor und schob sein Gesicht dicht vor ihres. »Schaut noch mal ganz genau hin.«

Sie sah immer noch nur Edmund, doch sie spürte das heiße Brennen der Tränen, die ihr in die Augen traten. Fluchend richtete er sich zu seiner ganzen Länge auf.

»Es ist die Wahrheit. Ihr habt richtig gehört.«

Mit Mühe schluckte Anna die Tränen hinunter, hob den Blick zu seinem Gesicht, konnte ein paar lange, schmerzliche Sekunden nicht woandershin sehen. Als ihre Hand sich bewegte, merkte sie es kaum. Bis sie den Schlag hörte und das Brennen ihrer Handfläche spürte und den roten Fleck sah, der sich auf seiner Wange ausbreitete. Und dann schlug sie ihn noch einmal, noch fester, und er stand schweigend da und ließ es geschehen.

Sein Gesicht blieb so unverändert wie seine Haltung, und Anna hatte den starken Eindruck, dass er dort so lange stehen geblieben wäre, wie sie den Wunsch hatte, ihn zu schlagen, ohne einen Finger zu rühren, um sich zu verteidigen. Sie überlegte, ob er genauso stoisch dagestanden hatte, als er als Junge zur Strafe geschlagen worden war, bis seine Hand aufplatzte und blutete, für ein Vergehen, das er nicht begangen hatte. Außer dass er sich diesmal nicht nobel verhalten hatte. Diesmal verdiente er die Strafe.

Sie ließ die Hand sinken und wandte sich ab, bevor die Tränen überliefen.

Sie fragte nicht nach Einzelheiten, denn es spielte keine Rolle. Doch eines musste sie noch wissen. »Was hat er Euch geboten?«, fragte sie leise. »Was war Euer Preis?«

Das Schweigen dehnte sich aus. Und dann sagte er: »Die Begnadigung, Mistress Jamieson. Die Begnadigung durch König Georg.«

Sie nickte und sagte leise: »Na denn. Dann könnt Ihr ja jetzt nach Hause zurückkehren.«

Und sie ging davon, ohne sich noch einmal umzusehen.

KAPITEL 44

Als ich kam, war der Empfang schon halb vorüber. Ich hatte lange geduscht, hatte nur unter dem heißen Wasserstrahl gestanden und nachgedacht. Noch länger hatte ich gebraucht, um zu entscheiden, was ich anziehen wollte. Doch am längsten hatte es gedauert, mich dazu zu bringen, einen Fuß vor den anderen zu setzen, vom Hotel zum Fluss hinunter, über die lange Brücke zurück auf die Insel. Denselben Weg, den ich am Morgen mit Rob gegangen war.

Ich hatte ihn weder gesehen noch von ihm gehört. Ich wusste, dass er sich vor mir verschlossen hatte und es so haben wollte, also hatte ich ihn nicht bedrängt. Ich wusste nicht, ob er wusste, dass ich eine ganze Vision ohne ihn bewerkstelligt hatte, allein. Wäre es einen Tag früher passiert, hätte ich ihm davon erzählt und voller Stolz auf sein Lob gewartet, doch so war es ein leerer Sieg gewesen, und was ich gesehen hatte, war so traurig gewesen, dass ich weder Triumph empfand noch das Gefühl, etwas geleistet zu haben.

Und jetzt stand ich in dem wunderschönen Festsaal im ersten Stock des Menschikow-Palasts, ein unberührtes Glas Wein in der Hand, und versuchte mich dafür zu interessieren, was die anderen zu sagen hatten. Vergeblich. Ich konnte nicht.

»Hey.« Wendy Van Hoek tippte mir auf die Schulter. »Geht es Ihnen gut?«

Mit ihrem attraktiven Gesicht und einem Paar absolut göttlicher Stöckelschuhe sah sie selbst in einem schlichten cremefarbenen Hosenanzug glamouröser aus als ich in meinem schwarzen Cocktailkleid. Obwohl der Wein in meinem Glas weiß war, hielt ich es, eingedenk Sebastians Katastrophe, behutsam.

Ich zwang mich zu einem Lächeln. »Mir geht's gut.«

»Schön. Ihr Timing war perfekt, Sie haben sämtliche Reden verpasst«, sagte sie lächelnd. »Wir gehen gleich nach unten, um uns die Ausstellung anzusehen.«

Na toll!, dachte ich und trank den Wein dann doch, allerdings ein wenig zu schnell.

Unten übernahm es Juri, den Gästen Einsichten in die ausgewählten Arbeiten zu gewähren, wobei er mit anerkennenswerter Leichtigkeit zwischen Russisch, Französisch und Englisch wechselte, damit alle die Gelegenheit hatten, etwas von dem zu verstehen, was er sagte.

»Die große Stärke der *Peredwischniki* waren ihre Porträts. Sie führten das Porträt aus dem Bereich des Privilegs – des Familienporträts oder des Porträts herausragender Persönlichkeiten – ins Allgemeine. Ihre Kunst war nicht für das Betrachten im Privaten gedacht, sondern für die Öffentlichkeit, und ihr Thema waren die einfachen russischen Menschen. Das war neu und sehr aufregend. Hier in dieser Studie eines Wandgemäldes von Surikow können Sie es sehen.« Zu meinem Entsetzen blieb er ausgerechnet vor dem Bild im ganzen Raum stehen, auf das ich tunlichst nicht den Blick gerichtet hatte. »Als er dies malte, stand Surikow noch ganz am Anfang seiner Laufbahn, frisch von der Akademie, doch man kann schon sehen, was sich in seinen Porträts später verwirklichte. Dieses Gesicht wurde nicht um der Eitelkeit willen von irgendjemandem gemalt, nicht wahr? Es ist echt.«

Viel zu echt, dachte ich. Bischof Gregor, der in Konstantinopel seine berühmte Rede hielt, vor den Menschen, die nicht hören wollten, was er zu sagen hatte. Bischof Gregor, der dem Konzil, als er zurücktrat, gesagt hatte, er wäre gern wie Jona, der Nachrichten brachte, die keiner hören wollte, wie Jona in der Bibel – der unglückliche Prophet, der die Botschaft, mit der Gott ihn geschickt hatte, nicht überbringen wollte, weil sie zu schwer zu überbringen war. Und der dafür gelitten hatte.

Ich dachte an Robs Worte, die er voller Zorn gesagt hatte: »Wir haben die Wahl. Die meisten Dinge im Leben wählen wir selbst …«

Und als ich jetzt hier stand, kreuzunglücklich, wusste ich, dass ich die falsche Wahl getroffen hatte.

Bevor ich es mir noch einmal anders überlegen konnte, unterbrach ich Juri in seinen Ausführungen: »Es ist eine Fälschung.«

Man hätte eine Stecknadel fallen hören können. Wenn ich noch nie im Leben das Gefühl gehabt hatte, mich zum Narren zu machen, dann war jetzt dieser Moment gekommen. Sämtliche Blicke waren auf mich gerichtet, aber ich fuhr trotzdem fort: »Es wurde nicht von Surikow gemalt. Ein Fälscher hat es gemalt, irgendwann in den Sechzigerjahren, würde ich sagen.«

Wendy wandte sich mir mit hochgezogenen Augenbrauen zu, nicht im Geringsten beeindruckt. »Mein Vater hat sich die Echtheit dieses Stückes bescheinigen lassen.«

»Dann wurde er getäuscht.«

»Und woher wollen Sie das wissen«, fragte sie, »wo Sie doch nur einen Blick darauf geworfen haben.«

Ich holte tief Luft und sagte: »Weil ich es berührt habe.«

»Und?«

»Wenn ich etwas anfasse, sehe ich Dinge aus der Geschichte des Gegenstands.«

Ich hörte das Flüstern der französischen Gäste, die zweifellos versuchten, meine Worte zu übersetzen, und dann hörte ich ein Lachen.

»Wie? Wie ein Medium?«, fragte Wendy.

Ich sah, was sie dachte, doch in diesem Augenblick ging mir auf, dass es überhaupt keine Rolle mehr spielte, was irgendjemand über mich dachte. Denn ich hatte den einzigen Menschen verloren, an dessen Meinung mir wirklich etwas lag. Also sagte ich: »Ja, genau wie ein Medium. Es ist eine Art außersinnliche Wahrnehmung, man nennt es ›Psychometrie‹.«

Wendy starrte mich an. »Sie machen Witze, oder?«

Juri, der bei alldem wohl annahm, er habe sich verhört, bat mich auf Russisch, es zu wiederholen. Ich kam seiner Bitte nach, und dann starrte auch er mich an, als hielte er mich für eine Schaubudenattraktion.

»Ich weiß, dass das ein wenig seltsam klingt …«, sagte ich.

»Ein *wenig* seltsam?«, konterte Wendy.

»… aber es ist die Wahrheit«, beendete ich meinen Satz.

Ihr Blick erforschte mein Gesicht. »Sie berühren einen Gegenstand und sehen Dinge?«

»Ja.«

Ein Augenblick verstrich. Ich hätte noch ein Glas Wein gebrauchen können, doch andererseits waren meine Wangen eh schon vor Verlegenheit und Alkohol gerötet, sodass es gut war, wenn ich nicht noch mehr trank.

»Okay.« Wendy zeigte auf ein anderes Bild, das fast direkt gegenüber dem Surikow hing. »Berühren Sie es. Sagen Sie mir, was Sie sehen.«

Es war eine größere Leinwand, gemalt von Iwan Iwanowitsch Schischkin, ein ruhiger Waldweg mit gefällten Bäumen. Ich ging hinüber, mir durchaus bewusst, dass ich zum Partygag geworden war. Sämtliche Gäste gruppierten sich mit amüsierten Mienen um mich. Ich verschloss meinen Geist vor ihnen, machte die Augen zu und berührte die Leinwand.

Dank Rob und dem, was er mir in den letzten Tagen gezeigt hatte – und dank der Tatsache, dass er mich gedrängt hatte, mehr auszuprobieren –, sah ich diesmal nicht nur eine enge Szene, ich tauchte darin ein, auf die gleiche Weise, wie ich Anna beobachtet hatte.

Mehrere Minuten verharrte ich so, dann trat ich einen Schritt von dem Bild fort und wandte mich Wendy zu. »Dieses Bild werden Sie niemals verkaufen«, sagte ich.

»Und warum?«

»Weil Sie dieses Bild zusammen mit Ihrem Vater auf der ersten Auktion erworben haben, auf die er Sie jemals mitgenommen hat«, sagte ich. »In New York. Es war November, Sie waren ungefähr acht Jahre alt. Sie haben ein Kleid getragen, dessen Rock rosa Streifen hatte, und hier am Ausschnitt trugen sie eine kleine Schmetterlingsbrosche.« Ich legte die Hand an mein Schlüsselbein und zeigte ihr, wo. »Sie war mit einem gelben Stein besetzt. Die hat Ihr Vater Ihnen auch geschenkt. Er hat Ihnen erlaubt, die Bieternummer zu halten, und Ihnen gesagt, wann Sie sie hochhalten mussten, und Sie waren so aufgeregt …« Ich sah, dass ich genug gesagt hatte, denn ihr Blick veränderte sich, und so zuckte ich nur die Achseln und versuchte ein Lächeln. »Sie werden dieses Bild niemals verkaufen, es bedeutet Ihnen zu viel.«

Wendy starrte mich ungläubig an. »Mein Gott. Ausgeschlossen … Ich meine, ganz ausgeschlossen, dass Sie gewusst haben können …« Sie blinzelte und betrachtete mich eingehend. Dann erwiderte sie mein Lächeln. »Das ist wirklich erstaunlich.«

Die Stimmung im Raum war umgeschlagen. Die französischen Gäste murmelten und nickten und richteten die Blicke mit neuem Interesse auf Wendy, als diese zu dem Surikow ging.

Sie betrachtete ihn und sah mich an. »Dann erzählen Sie mal, was Sie gesehen haben, als Sie ihn berührt haben.«

Als ich den Palast nach dem Empfang verließ, war ich vom Wein immer noch ein bisschen wacklig auf den Beinen. Es war erst sechs Uhr, immer noch hell, noch nicht richtig Abend, doch eine Wolkenbank hatte sich vor die Sonne geschoben, und Wind war aufgekommen. Es fühlte sich an, als wäre der Tag zu Ende. Ich war froh, dass mein Kleid langärmelig war und dass ich daran gedacht hatte, einen Mantel mitzunehmen. Ich zog ihn enger um mich und machte mich auf den Weg zur Brücke.

Beinahe wäre ich an ihm vorbeigegangen.

Er stand dicht an der Hecke, die den Bürgersteig hier begrenzte, die Schultern gegen den Wind hochgezogen, den Kopf erhoben. Er wartete auf mich.

Ich blieb stehen. Sah ihn in einer Mischung aus Hoffnung und Zögern an. *Hi, ich war … ich habe gerade …*

Ja. Ich weiß, was du gemacht hast.

In einer einzigen fließenden Bewegung kam er auf mich zu, stark und sicher, nahm mich in die Arme und hielt mich fest. Der kalte Wind war vergessen, er konnte mich nicht mehr berühren, als er mein Haar mit Küssen bedeckte, meinen Hals, mein Gesicht.

Es tut mir leid. Ich betete es wie eine Litanei herunter. *Es tut mir leid. Es tut mir schrecklich leid, Rob.*

Ich liebe dich, Nick. Seine Lippen fanden die meinen, und in den nächsten Minuten konnte ich keinen klaren Gedanken fassen, ganz zu schweigen davon, ihm zu antworten, doch als er sich schließlich löste, um Luft zu holen, merkte ich, dass ich lächelte, obwohl meine Augen nass waren von Tränen.

Ich liebe dich auch.

Er berührte mein Gesicht, starke Hände, sanft. Wischte die Tränen fort und beugte sich über mich, um mir einen Kuss auf die Stirn zu drücken, bevor er mich von sich weghielt. *Gut. Also.* Er nahm meine Hand. *Gehen wir und bringen es zu Ende.*

—

»Ich werde sehr froh sein, wenn dieser Sommer endlich vorüber ist«, sagte Mrs. Lacey. Sie saßen eine Stunde nach dem Mittagessen im Salon, und sie hatte Probleme, eine bequeme Sitzgelegenheit zu finden. »Dieses Kind wird ein Riese, Pierce, denkt an meine Worte.«

Der General, der mit Anna Schach spielte, lächelte. »Ich glaube, es wird ein Junge. Beide Jungen waren so groß wie dieses, und bei beiden wart Ihr kurz vor der Niederkunft äußerst ungesellig.«

»Ich wüsste zu gern, warum Edmund uns nicht besuchen kommt«, sagte seine Frau in klagendem Tonfall. »Er reist bald ab, nicht wahr?«

»Ja«, sagte General Lacey. »Morgen oder übermorgen, glaube ich.«

»Nicht besonders nett von ihm, nicht vorbeizukommen und sich zu verabschieden.«

Der General schob seine Königin über das Schachbrett und sah Anna an. »Noch einmal Schach, meine Liebe.«

Sie versuchte, sich zu konzentrieren. Zwei Tage waren vergangen, seit sie Edmund am Flussufer zurückgelassen hatte, und sie rang mit ihrem Gewissen, aber sie konnte es immer noch niemandem erzählen. Es dem General anzuvertrauen war ausgeschlossen, denn er war mit Edmund verwandt. Und der Vizeadmiral war, wie man ihr gesagt hatte, in Kronstadt.

Es half auch nicht, dass sie am Vortag einen Brief von Edmund bekommen hatte, überbracht von einem zerlumpten Jungen, der auf der Straße auf sie gewartet hatte. Sie hatte überlegt, ihn ungelesen zurückzuschicken, doch wider bessere Vernunft hatte sie ihn genommen und geöffnet, als sie in der Privatsphäre ihres Zimmers allein war. Es war nur ein Blatt Papier gewesen, ordentlich um zwei Spielkarten gefaltet.

Ihr werdet mich hassen, hatte er geschrieben, *und Ihr habt Gott weiß allen Grund dazu, aber ich hatte keine Wahl.* Unterzeichnet hatte er mit *Euer Diener* und seinem Namen. Das war alles. Sie hielt die zwei Karten in der Hand und betrachtete sie: das Herzass, ihre Karte. Und seine, der Bube.

Und wieder hatte sie erfolglos gegen die Tränen angekämpft und für sich behalten, was sie wusste. Doch sie verkümmerte innerlich darüber, bis sie dachte, sie hätte gar kein Herz mehr, hätte es sich nicht jedes Mal, wenn sein Name fiel, mit einem scharfen Schmerz in Erinnerung gerufen.

Sie atmete gegen den Schmerz an und rückte ihren Läufer vor, um ihren König zu schützen. Wenigstens, dachte sie, ist er bald unterwegs, fort von uns, und kann keinen Schaden mehr anrichten.

»Und warum muss er so bald fort?«, fragte Mrs. Lacey. »Hat er Euch nichts erzählt?«

General Lacey lächelte und sagte: »Männer, meine Liebe, sind nicht so freizügig mit ihren Gedanken wie Frauen.«

Seine Frau erhob sich, suchte sich einen anderen Sessel und ließ sich mit einem Seufzer darin nieder. »Ach, das weiß ich doch. Ihr Männer und Eure Geheimnisse. All die Briefe, Treffen und Besucher. Vizeadmiral Gordon hat, wie ich gehört habe, gerade heute Nachmittag erst neue Besucher aus Kronstadt mitgebracht.« Sie sah ihren Gemahl an. »Kennt Ihr sie?«

»Könnte ich nicht behaupten«, antwortete General Lacey. »Ich höre zum ersten Mal von ihnen.«

Seine Gemahlin seufzte noch einmal voller Gefühl. »Noch mehr Geheimnisse.«

»Manche, meine Liebe, würden es auch Privatsphäre nennen.« Er rückte mit seiner Königin ein weiteres Feld vor und sagte: »Schachmatt.«

Es stimmte. Anna hätte ihren schwarzen König jetzt auf seine Seite legen und die Niederlage eingestehen müssen, doch aus irgendeinem Grund nahm sie den König behutsam in die Hand. General Lacey lehnte sich in seinem Sessel zurück.

»Wenigstens für Vizeadmiral Gordon und Sir Harry ist Edmunds Abreise praktisch, denn er kann Briefe für sie mitnehmen.«

Anna hob abrupt den Blick. »Briefe?«

»Ja, es gibt, wie Ihr wisst, nur wenige sichere Wege aus St. Petersburg hinaus. Was Gordon und Sir Harry Edmund mitgeben, kann er direkt zu den richtigen Leuten nach Hamburg oder Amsterdam bringen, wo auch immer er an Land geht.«

»Und wisst Ihr, ob sie Briefe geschrieben haben?«

»Ich weiß, dass sie die Absicht hatten.« General Lacey musterte Anna neugierig. »Warum?«

Sie konnte nicht antworten, denn in ihr tobte ein Sturm. *Ihr werdet mich hassen*, hatte Edmund geschrieben. *Ihr werdet mich hassen.* Zukunft, nicht Gegenwart.

Den schwarzen König immer noch fest umklammert, stand sie auf, entschuldigte sich murmelnd, verließ den Raum und lief los. Sie lief durch die Halle, durch die Haustür hinaus auf die Straße und die Straße hinunter – und es scherte sie nicht, dass sie sich ganz und gar nicht damenhaft verhielt.

Auf ihr drängendes Klopfen an Gordons Tür öffnete Dmitri und trat zur Seite, um sie einzulassen, als hätte er sie erwartet.

»Natürlich ist er hier«, sagte er, als sie ihn nach dem Vizeadmiral fragte. »Er ist heute Nachmittag zurückgekommen und hat …«

Sie wartete nicht ab, was er über Gordons neue Gäste zu sagen hatte. Sie eilte in sein Arbeitszimmer, so auf das konzentriert, was sie vorhatte, und auf den Vizeadmiral, dass sie seinen Gast, der sich ebenfalls erhob, als sie zur Tür hereinstürzte, gar nicht beachtete.

»Vertraut ihm nicht Eure Briefe an«, sagte sie atemlos zu Vizeadmiral Gordon.

Er legte ihr beide Hände auf die Schultern. »Anna.«

»Bitte, Ihr dürft sie ihm nicht geben. Er …«

»Anna«, wiederholte er mit mehr Entschlossenheit, und sein Tonfall ließ sie wissen, dass er ihre volle Aufmerksamkeit wünschte.

Anna unterbrach sich und konzentrierte sich ganz auf ihn, wie sie es seit den ersten Tagen getan hatte, da sie unter seinem Schutz stand. Die Augen des Vizeadmirals, die alt geworden waren, blickten sie an, doch sie wusste ihren Ausdruck nicht zu deuten. Er trat einen halben Schritt zur Seite, damit sie an seiner Schulter vorbei den Mann sehen konnte, der hinter ihm in der Zimmerecke stand.

Ein Mann mit braunem Haar ohne Hut und mit Augen, die, hätte er gelächelt, von vielen Fältchen umrahmt gewesen wären. Doch er lächelte nicht, sondern stand nur da und sah sie unverwandt an, als hielte er den Atem an, weil er sich nicht sicher war, wie sie ihn empfangen würde.

»Anna«, sagte Gordon, »dein Vater ist hier.«

KAPITEL 45

Hauptmann Jamieson wankte ein wenig unter der Wucht, mit der sie auf ihn zustürmte und ihn umarmte, doch er hielt sie fest und ließ sie nicht mehr los. Er trug jetzt einen Mantel aus feinem Seidenbrokat und keine raue Uniform, doch die harte beschützende Wärme seiner Brust war noch die gleiche wie in ihrer Erinnerung – jahrelang hatte sie darum gekämpft, dies nicht zu vergessen.

Sie dachte nicht daran, den Vizeadmiral zu korrigieren und ihm zu sagen, dass der Hauptmann nicht ihr richtiger Vater war, denn für sie war er das in diesem Augenblick. Er hatte ihr vor vielen Jahren versprochen, nach ihr zu suchen. Und jetzt war er hier.

»Ihr seid hier.« Es gelang ihr nicht, den Tränen Einhalt zu gebieten, und er senkte den Kopf noch ein wenig, bis seine Wange warm an ihrer Schläfe ruhte.

Er zog sie noch näher an sich, als hätte er, genau wie sie, lange eine Lücke im Herzen gehabt, die ihre Größe und ihre Gestalt aufwies, und spürte nun, dass sie sich, wenn auch langsam, füllte.

»Ihr seid hier«, sagte sie noch einmal heiser.

»Ja.« Seine Stimme überrollte sie wie eine große, tröstliche Welle, so vertraut, dass ihr Herz schmerzte. »Ich hab dir doch gesagt, dass ich zu dir zurückkommen würde.«

Sie schwiegen eine Weile, als wollte keiner den magischen Augenblick stören, bis ein leises Rumpeln aus dem Zimmer nebenan Gordons Aufmerksamkeit erregte. Über Annas Kopf wurde ein Blick getauscht. Hauptmann Jamieson strich mit der Hand über ihr Haar, schob ihr die tränenfeuchten Locken aus dem Gesicht und sagte noch sanfter: »Ich habe dir, wenn ich mich recht erinnere, noch etwas gesagt, und ich halte mein Versprechen.« Er hob ihr Gesicht und lächelte, und die Jahre verschwanden und sie hatte wieder das Gefühl, acht Jahre alt zu sein und in der Kirche des Klosters in Ypern seine Hand zu halten. »Möchtest du deine Mutter kennenlernen?«

Das Haar der Frau, die in dem Besuchszimmer des Vizeadmirals saß, hatte, obwohl sie grau geworden waren, den gleichen Glanz wie Annas Locken, die mit einem Band zusammengebunden waren. Sie war hübsch und schlank und hatte schöne Augen, die nicht von Annas Gesicht lassen konnten. Als die beiden Männer mit Anna den Raum betreten hatten, war die Frau sehr still geworden, als fürchtete sie, sich zu bewegen, und ihre Lippen hatten einen Augenblick gezittert. Doch ihre Augen strahlten.

Jetzt blinzelte sie angestrengt, und ihr Lächeln war von großer Schönheit.

»Anna«, sagte Gordon, »dies ist Sophia McClelland. Deine Mutter.«

Sie wusste, dass sie eigentlich einen Knicks machen müsste. Man hatte sie gelehrt, Fremde mit einem Knicks zu begrüßen. Doch Anna stand sprachlos da, ihre guten Manieren waren vergessen, ihre Gedanken wirbelten durcheinander, und die Ereignisse dieses seltsamen Tages machten es ihr unmöglich, sich wie gewohnt zu verhalten.

Dies war Sophia. Ihre Mutter.

Sie formulierte diesen Gedanken noch einmal klarer. Ihre Mutter.

Dann wurde sie unerwartet von Erinnerungen überschwemmt, kleinen Bruchstücken und Fetzen, die wahllos umherflatterten und wenig Sinn ergaben, weil sie sich nicht zu einem Ganzen zusammensetzten: ein Stückchen Silberspitze, ein Feuer, die Weichheit grauer Seide, ein kalter Atemhauch, die Stimme einer Frau, die sie freundlich fragt: »Welche ist deine Lieblingsfigur?«

Da schien es Anna ganz natürlich, dieser Frau, die ihr so fremd war, die Hand hinzustrecken und sie zu öffnen, um ihr die Schachfigur zu zeigen, die sie vom Schachbrett des Generals genommen und bis zu diesem Augenblick vergessen hatte.

Einen Moment lang lief die Zeit rückwärts, als sie ihrer Mutter in die Augen sah.

Sophia betrachtete überrascht den schwarzen König, und dann hob sie stumm eine Hand und legte sie auf ihr Herz, als wollte sie es dort festhalten. Es schien Anna, als würde die ältere Frau jeden Augenblick anfangen zu weinen, doch dann lächelte sie glücklich – ein Lächeln, das ganz leicht zitterte, als sie leise zu Anna sagte: »Meine Lieblingsfiguren waren immer …«

»Die Bauern«, sagte Anna. »Ich erinnere mich.« Tränen traten ihr in die Augen, während ihre Stimme zu einem Flüstern wurde. »Ich erinnere mich an Euch.«

Da spielte es keine Rolle mehr, dass ihre Beine ihr nicht gehorchten, als sie auf die Frau zuging, und ins Stolpern geriet, denn die Arme ihrer Mutter fingen sie auf und hielten sie, als wäre das ihr einziger Zweck.

Es vergingen mehrere Minuten, ohne dass die Frauen sich rührten oder einander losließen. Und selbst als sie es taten und Anna sich einen Stuhl neben den ihrer Mutter zog, hielten sie einander an den Händen. Es kam ihnen vor, als dürften sie sich nie wieder trennen, wo sie doch so lange getrennt gewesen waren.

Die beiden Männer hatten sich inzwischen diskret ein Stück zurückgezogen und sich hingesetzt und diskutierten jetzt über etwas, was, ihren Mienen nach zu urteilen, von einigem Gewicht war. Anna bemerkte, dass Hauptmann Jamieson ein Bein immer noch gerader hielt als das andere, als wolle es sich nur mit Mühe beugen, und sie erinnerte sich an die Verletzung. Sie bemerkte auch noch etwas anderes und lächelte still in sich hinein.

Ihre Mutter folgte ihrem Blick durchs Zimmer auf den Hauptmann und fragte: »Was ist?«

»Er trägt immer noch den Stein«, sagte Anna, »mit dem Loch in der Mitte.«

»Ja, er trägt ihn seit dem Tag, da ich ihn ihm gegeben habe«, sagte Sophia, »noch vor deiner Geburt. Ich fand ihn in dem Sommer, als wir geheiratet haben, in der Nähe von *Slains Castle* am Strand, und ich gab ihn ihm an dem Abend, an dem er nach Frankreich zurückkehren musste und …« Ihre Stimme verlor sich, und sie musterte Annas Gesicht, ihre eigene Miene verriet plötzlich Verwirrung. »Aber das kannst du doch gar nicht wissen.«

»Ich habe ihm diesen Stein gegeben«, erwiderte Anna ganz durcheinander.

»Und wo war das?«

»In Ypern, als ich im Kloster war. Oberst Graeme gab mir den Stein und sagte, er habe meinem Vater gehört, und ich gab ihn …«

Da verlor sich auch Annas Stimme.

Ihre Mutter richtete den Blick noch einmal durchs Zimmer auf die Männer und unterbrach sie, indem sie »John?« sagte.

Der Hauptmann wandte sich ihr zu.

»Könntet Ihr bitte einen Augenblick herkommen?«

Er stand auf und kam auf sie zu, mit dem Humpeln, an das Anna sich gut erinnerte. Auch an sein Gesicht erinnerte sie sich gut, obwohl er den Bart abrasiert hatte. Doch als Anna sein Gesicht jetzt betrachtete, begriff sie plötzlich, warum er in Flandern einen Bart getragen hatte, wo ihr Vater so oft gekämpft hatte und wo er gefallen war. Und sie begriff auch, warum sie, als sie ihren Onkel Maurice das erste Mal von hinten gesehen hatte, gedacht hatte, es wäre der Hauptmann. Trotzdem kam es ihr unmöglich vor, bis er den Raum durchquert hatte und vor ihnen stand.

»Anna«, sagte ihre Mutter, »würdest du mir bitte sagen, wer dieser Mann ist?«

Hauptmann Jamieson, hätte sie beinahe geantwortet, doch endlich begriff sie, was Schwester Xaveria im Kloster gemeint hatte, als sie ihr, nach *Dame Clare* gefragt, geantwortet hatte: »Wir sehen selten Dinge, die wir nicht erwarten.« Und als Anna dem Hauptmann jetzt in die Augen sah, Augen von der Farbe des Meeres im Winter, genau wie ihre eigenen, kannte sie endlich die Antwort.

»Er ist mein Vater.«

Gordon hatte, wie immer, wenn er sich mit Emotionen konfrontiert sah, nach Tee geläutet. Jetzt lehnte er sich zurück, während Anna ihnen Tee einschenkte, wie sie es so oft getan hatte, wenn er Gäste gehabt hatte. »Also, ich habe es gesehen in dem Augenblick, da ich den Blick auf dich gerichtet habe«, sagte er, »an dem Morgen in Calais, als du mich mit diesen Augen angesehen hast, ja, genau so. Es war, als würde ich einen Geist ansehen. Dachte ich jedenfalls.« Er warf einen Blick auf den Hauptmann.

Nein, dachte Anna, nicht mehr Hauptmann, sondern Oberst, denn das war der Rang ihres Vaters, so musste sie ihn jetzt betrachten, nicht als ihren alten Freund Hauptmann Jamieson, sondern als ihren Vater, Oberst Moray.

Er hatte ihnen schon erklärt, warum er Familie, Freunde und Feinde gleichermaßen hatte glauben lassen, er wäre tot, und warum er das Schlachtfeld bei Malplaquet unter einer anderen Identität verlassen hatte und wie der Name McClelland zu allem passte, doch um ehrlich zu sein, war Anna mehr damit beschäftigt gewesen, ihre Eltern zu betrachten, als seinen Geschichten zuzuhören.

Sie hatte sich jedoch gemerkt, warum er in dem Jahr, als er sie aus Schottland geholt hatte, den Namen Jamieson angenommen hatte. Mit einem Achselzucken hatte er gesagt: »Ich konnte mich weder Moray noch McClelland nennen, wenn ich in Sherrifmuir für König Jakob kämpfen wollte, und ich hätte mir selbst nicht mehr in die Augen sehen können, hätte ich nicht gekämpft, also fand ich es passend, mich Sohn von Jakob zu nennen, *Son of James*, also Jamieson.«

Danach hatte sie ihn weiter beobachtet, mit halbem Ohr zugehört, und interessiert achtgegeben, wie er und der Vizeadmiral miteinander umgingen. Es war deutlich, dass ihre gemeinsame Geschichte nicht ohne Konflikte war, obwohl sie einander mit Respekt begegneten.

Moray lächelte und sagte zu Gordon: »Da Ihr mich schon einmal persönlich auf See bestattet habt, hättet Ihr nicht überrascht sein dürfen, meine Wiederauferstehung mitzuerleben.«

»Nein, vielleicht nicht. Aber ich war überrascht über die Vorstellung, dass Ihr ein Kind haben könntet.« Er nahm die Teetassen von Anna entgegen und dankte ihr. »Die Priester, die Nachforschungen nach ihr anstellten, haben sie ›Anna Moray‹ genannt, obwohl sie so nicht hieß. Ich dachte, sie könnte die Tochter Eures Bruders William sein, oder Robins, aber ich konnte mir nicht vorstellen, wieso sie ihre Töchter aus Schottland wegschickten, während sie beide noch dort waren. Und ich muss gestehen, je besser ich sie kennenlernte, desto überzeugter habe ich sie als Eure Tochter betrachtet. Nicht nur wegen ihres Gesichts«, sagte er, »sondern auch ihrer Gewohnheiten und ihres Betragens wegen und so wie sie redete.« Er lächelte. »In Calais hat sie mich regelrecht herausgefordert, mich auf ihre Seite zu schlagen.«

»Und ich bin froh darüber«, sagte Sophia.

Wie weich Gordons Züge wurden, wenn er den Blick auf ihre Mutter richtete, war nicht zu übersehen. »Möchtet Ihr etwas anderes zu trinken?«, fragte er mit einem Hauch Humor. »Ich erinnere mich, als Ihr das letzte Mal Tee mit mir getrunken habt, war er nicht nach Eurem Geschmack.«

Auch das angedeutete Lächeln, das sie ihm schenkte, war voller Erinnerungen. »Nein, danke, Thomas. Tee ist gut.« Auf ihr Drängen hin fuhr er fort.

»Nun«, sagte er und richtete den Blick wieder auf Moray, »wenn Ihr in der Tat ihr Vater seid, wie ich vermutet habe, dann fiel mir nur eine Frau ein, die ihre Mutter sein konnte, denn angesichts des Alters des Mädchens erinnerte ich mich, dass Ihr zu der Zeit nur Augen für eine hattet. Und ich wusste, wo ich sie zum letzten Mal gesehen hatte. Also schrieb ich nach *Slains*«, erklärte er, »an den Grafen von Erroll.«

Anna hatte sich mit einer Tasse Tee in der Hand neben ihre Mutter gesetzt. »Wann war das?«, fragte sie, denn sie hörte zum ersten Mal davon.

»An Mariä Lichtmess in unserem ersten Jahr hier. Doch ich wusste damals nicht, dass der Graf im Herbst zuvor gestorben war.«

Anna runzelte die Stirn. »Aber er war gar nicht alt.«

»Nein. Nein, es war eine Tragödie. Sein Brief kam ungeöffnet zu mir zurück; seine Schwester, die neue Gräfin, hatte angenommen, es ginge um Geschäftliches für den König und wäre womöglich vertraulich. Ich schrieb ihr zurück und versicherte ihr, dass mein Anliegen von ganz anderer Natur sei.« Gordon trank seinen Tee, wie er ihn immer trank, ohne Zucker, um seine Bitterkeit zu mildern. »Ich fragte die Gräfin, ob Sophia Paterson, die einst auf *Slains* gelebt hatte, dort noch lebte, und ob sie je ein Kind bekommen habe. Im nächsten Frühjahr bekam ich meine Antwort. Die Gräfin ist, wie ihre Mutter, eine Frau von großer Diskretion. Sie schrieb, nein, Sophia sei nicht mehr dort, und ja, sie habe ein Kind bekommen, doch alles, was sie mir sagen könne, sei, dass das Kind einige Jahre zuvor mit Oberst Patrick Graeme fortgegangen sei. Und wenn ich das Recht habe, über ihren Verbleib in Kenntnis gesetzt zu werden, dann kenne ich den Oberst gut genug, um ihn danach zu fragen.« Sein gutmütiger Blick verriet, dass er die Klugheit der Gräfin bewunderte. »Und das tat ich. Ich brachte also in Erfahrung, wo Oberst Graeme in Paris lebte, und schrieb ihm. Und ich erhielt keine Antwort bis zu dem Brief, den du mich hast öffnen sehen«, sagte er zu Anna.

Sie erinnerte sich daran.

Moray bemerkte leise: »Mein Onkel ist vor fast fünf Jahren gestorben.«

»Ich weiß«, sagte Gordon ernst. »Es tut mir leid. Nachrichten erreichen uns hier an diesem Ort manchmal nur mit großer Verspätung. Sein Sohn, der Kapuzinermönch, schrieb mir im letzten November, um mir mitzuteilen, er habe eben erst Zeit gefunden, die Papiere seines Vaters durchzugehen, und habe meinen Brief ungeöffnet vorgefunden und ihn gelesen.«

Anna stellte sich Pater Graeme vor, mit den lachenden Augen seines Vaters und seinem Bart. »Und ging es ihm gut?«

»Dem Mönch? Ja«, antwortete Gordon, »es ging ihm gut, aber er war sehr neugierig, warum ich nach Sophias Kind fragte.« Er lehnte sich zurück. »Bis dahin war ich sehr vorsichtig gewesen mit dem, was ich preisgab, denn ich wollte dich, mein Liebes, um nichts in der Welt in Gefahr bringen. Doch als ich diesen Brief des Kapuziners las, wurde mir deutlich, dass er ein dringendes Interesse an deinem Wohlergehen hatte. Ich erzählte ihm, wie ich dich in Calais gefunden hatte, und dann …«

»Dann schrieb mein Cousin Pater Graeme mir«, sagte Moray und griff die Erzählung auf.

»Uns«, sagte Sophia.

Er reagierte auf die Korrektur mit einem Seitenblick auf seine Frau. »Sein Brief erreichte uns … wann?«

»Am siebzehnten Mai«, antwortete sie leise. »Um halb vier.«

Sie hatte den Blick zu Boden gesenkt, und er legte die Hand auf ihre Hände, die sie fest im Schoß verschränkt hatte. Eine kleine Geste, die den meisten entgangen wäre, doch Anna sah den starken unausgesprochenen Trost, den Moray seiner Frau spendete. Dann sah er Anna an.

»Wir haben uns das Schlimmste ausgemalt. Als du verloren

gingst«, setzte er an, und dann unterbrach er sich und musste noch einmal anfangen, als hätte seine Stimme versagt. »Als du aus Calais verschwandest, war ich, wo niemand mich erreichen konnte. Erst im Sommer, als wir dafür gesorgt hatten, dass der König sicher nach Italien gelangte, war ich frei, nach Norden zu kommen, nach Ypern.«

»Um Euer Versprechen zu halten.«

»Ja. Um mein kleines tapferes Mädchen zu holen und nach Hause zu bringen. Wo sie hingehörte.«

Ihr Lächeln war traurig. »Nur dass ich nicht da war.«

Er schüttelte den Kopf. »Ich erfuhr, warum und dass du mit Patrick – Pater Graeme – nach Calais gereist warst. Also fuhr ich auch dorthin.« Da richtete er den Blick auf Vizeadmiral Gordon. »Wusstet Ihr, dass Rebecca Ogilvie damals auch in Calais war?«

»Ja, ich hatte gerade den Kanal in ihrer Begleitung überquert«, sagte Gordon. »Ich gestehe, dass ich kein geringes Vergnügen daran hatte, die Reise für sie sehr unerfreulich zu gestalten.« Die Erinnerung ließ ihn lächeln.

»Nun, die Ogilvies und ich kennen uns schon sehr lange«, sagte Moray. »Als ich vor zwanzig Jahren mit Simon Fraser nach Schottland reiste, waren sie auf dem Schiff hinter uns, und als sie bei der Landung gefangen genommen wurden, haben sie nicht gezögert, die Schlinge um unsere Hälse zu legen, um die eigenen zu retten. Seither schmieden sie Ränke für die Engländer«, sagte er, »und als ich hörte, dass Patrick Anna nichtsahnend mit Mrs. Ogilvie alleingelassen hatte …«

Was er gedacht hatte, als er das gehört hatte, würde er, wie es schien, für sich behalten, denn da löste er den Blick von ihr und senkte ihn, und diesmal zog ihre Mutter die Hand unter seinen Händen heraus, um sie tröstlich daraufzulegen. So hielt sie seine großen Hände zwischen ihren und gab ihm Kraft.

»Wir haben geglaubt, du wärst entführt worden«, erklärte sie Anna leise. »Dein Vater war einige Monate in Paris, und sein

Cousin und dein Onkel Maurice und der gute Oberst Graeme haben zusammen nach dir gesucht, aber sie haben keine Spur von dir gefunden.« Ihre Stimme wurde immer leiser. »Nichts.«

Moray hatte sich gefangen und wandte sich ihr wieder zu. »Warum bist du von Calais weggelaufen?«

Anna wollte es erklären, doch die Worte klangen jetzt jämmerlich unzulänglich: der Versuch eines kleinen einsamen Mädchens, die zu schützen, die sie liebte, indem sie alle Hoffnung auf Glück aufgab, wie es ihr damals erschienen war.

Als sie endete, hob Sophia wieder die Hand ans Herz. »Oh, mein Liebes. Oh, mein Kind.«

Moray sagte nichts, doch seine Augen waren genauso gerötet wie damals vor langer Zeit, als sie ihm im Kloster zum Abschied einen Kuss gegeben hatte. Abrupt stand er von seinem Sessel auf, trat an ein Fenster und schaute, den Rücken ihr zugewandt, hinaus.

Gordon, der ebenfalls ergriffen war, holte tief Luft und richtete den Blick zur Seite auf zwei Kerzenständer auf dem Bücherregal, als bedürften sie plötzlich seiner ganzen Aufmerksamkeit.

»Aber am Ende ist alles gut geworden«, sagte Anna in dem Versuch zu richten, was sie kaputt gemacht hatte. »Ich habe ein gutes Leben. Nicht nur hier, auch vorher schon«, sagte sie zu Sophia, »auf *Slains Castle* und in Ypern. Ich hatte ein gutes Leben.«

»Nicht das Leben, das dir bestimmt war, Anna. Das Leben, das wir uns für dich gewünscht haben.«

»Nein, das vielleicht nicht, aber …« Sie unterbrach sich und runzelte ein wenig die Stirn, so angestrengt suchte sie nach den richtigen Worten, um ihren Schmerz zu lindern. »Ich wäre traurig, wenn ich irgendetwas davon verpasst hätte.«

Vizeadmiral Gordon räusperte sich und hustete und sagte: »Nun denn.«

Und alle saßen einen Augenblick schweigend da.

Sophia war die Erste, die danach das Wort ergriff. »Thomas, ich weiß gar nicht, wie ich Euch …«

»Dann lasst es.« In seinem charmanten Lächeln konnte Anna erkennen, wie er als junger Mann gewesen sein musste. »Es ist nicht nötig. Ich war es Euch schuldig.«

»Ich denke, Ihr habt Eure Pflichten uns gegenüber mehr als erfüllt«, erwiderte Moray.

Gordon ließ den Blick von Sophias Gesicht auf das ihrer Tochter wandern und sagte mit Blick auf Anna zu ihrem Vater: »Ich habe es nicht aus Pflicht getan.«

»Ihr habt sie gut behandelt, Thomas«, sagte Sophia sanft. »Ihr habt eine Dame aus ihr gemacht.«

Dieses Wort schlug bei Anna einen unharmonischen Ton an und schnürte ihr das Herz zu, denn sie dachte an das, was sie bei allem, was an diesem Abend passiert war, beinahe vergessen hatte, und richtete den Blick entschieden auf Gordon.

»Die Briefe.«

»Was für Briefe, meine Liebe?«

»Der General hat mir gesagt, dass Ihr und Sir Harry kürzlich Briefe geschrieben habt, die wichtige Angelegenheiten betreffen. Wenn ich jetzt nach Irland zurückkehre mit …« Sie unterbrach sich und sah Sophia an, falls sie zu viel voraussetzte, doch als sie sah, wie aufmerksam ihre Mutter sie beobachtete, hoffnungsvoll und glücklich, fuhr sie fort: »… mit meinen Eltern, nehme ich an, dass Ihr mir erlaubt, diese Briefe mitzunehmen, statt sie dem Mann zu geben, den Ihr darum gebeten habt.«

Gordon hob eine Augenbraue. »Warum? Was stimmt denn nicht mit Mr. O'Connor?«

Sie verschloss die Ohren vor der Stimme ihres Herzens. Und dann erzählte sie es ihm.

KAPITEL 46

Es dauerte nur vier Tage, einen Pass für sie zu besorgen; wenig Zeit, um alles für die Reise vorzubereiten und sich von allen zu verabschieden, mit denen sie aufgewachsen war. Sie waren Anna ans Herz gewachsen, und sie würde sie vermissen.

Die Truhe, die sie mit zu den Laceys gebracht hatte, war wieder gepackt worden, nur war sie diesmal voller. Ganz unten ein Paar rote Schuhe, von denen sie sich aus Gründen, denen sie nicht weiter nachging, nicht trennen konnte.

Sie war reichlich beschenkt worden. Der General hatte darauf bestanden, dass sie das Schachbrett und die Figuren mitnahm. »Denn es wurde selten so viel benutzt wie seit Ihr hier seid, und ich fürchte, die Schachfiguren werden sich langweilen und faul werden, wenn Ihr fort seid, also nehmt Ihr sie besser mit. Jede Armee«, hatte er ihr erklärt, »braucht ihren General.« Pater Domenic hatte ihr die Hände sanft auf den Kopf gelegt und gebetet: »Der Herr segne dich und behüte dich, der Herr lasse sein Angesicht leuchten über dir und sei dir gnädig, der Herr hebe sein Angesicht über dich und gebe dir Frieden.« Und dann hatte er gesagt: »Erinnere dich stets an den Glauben, in dem du erzogen wurdest, mein Kind, und liebe weder mit Worten noch mit der Zunge, sondern mit der Tat und mit der Wahrheit, und wer auch immer zu dir kommt, Freund oder Feind, Dieb oder Räuber, empfang ihn mit Freundlichkeit, denn jeder muss den Weg gehen, zu dem er berufen wurde.«

Sie versprach, es zu versuchen, auch wenn sie wusste, dass sie keine so versöhnliche Natur besaß wie der Mönch.

Die Kinder hatten ihr eine Bleistiftzeichnung angefertigt, auf dem sie alle zu sehen waren, die Namen in Michaels schöner Handschrift darunter.

»Das bist du«, hatte die kleine Katie zu ihr gesagt, »wie du den Vogel fängst. Und das ist Ned.« Sie hatte auf eine Gestalt gezeigt, die größer war als die anderen. »Er ist jetzt weg.«

»Ja, ich weiß.«

Sie hatte Gordon gebeten, den Laceys zu berichten, was sie über ihren Verwandten und dessen Verkehr mit den englischen Spionen wusste, denn sie hatte nicht das Herz dazu besessen. Seither hatte keiner ein Wort darüber verloren. Mit der Zeit, dachte Anna, würde sie nicht mehr an ihn denken und sich auch nicht mehr so oft an sein Lächeln oder seine Stimme erinnern. Sie würde ihn an denselben Ort verbannen wie Christiane und sich glücklich schätzen, dass sie nicht das Herz an ihn verloren hatte. Dessen hatte sie sich jedenfalls versichert, als sie ihre Sachen packte, doch als sie den Brief und die Spielkarten zur Hand nahm, die er ihr geschickt hatte, um sie zu zerreißen und fortzuwerfen, brachten ihre Finger es einfach nicht über sich. Sie hatte das Herzass und den lächelnden Buben fest gepackt, den Brief darumgelegt und alles in ihre Tasche geschoben.

Mrs. Lacey wusste vermutlich Bescheid, denn als sie sich verabschiedeten, sah Anna in den Augen der älteren Frau Mitgefühl aufleuchten. »Männer und ihre Geheimnisse«, hatte Mrs. Lacey gesagt und den Kopf geschüttelt und Anna noch einen Kuss gegeben und ihr versichert, ihr werde es gut gehen, denn Mary Gordon werde kommen und ihr bis zu der Geburt des Kindes Gesellschaft leisten.

Sich von Mary und Nan zu verabschieden war für sie besonders schwer, und viele Tränen waren geflossen, doch Anna wusste durch das Beispiel ihrer Eltern, dass ein Abschied nicht immer ein Lebewohl auf immer war. Sie hatte Andenken an beide – ein Paar Perlenohrringe von Mary und eine Bernsteinbrosche von Nan. Selbst Charles hatte dem Haus des Vizeadmirals einen Besuch abgestattet, um sich bei einer Tasse Tee mit ihr zu unterhalten und Auf Wiedersehen zu sagen.

»Ich höre, du willst bald nach Moskau«, hatte Gordon zu ihm gesagt, »mit General Bohn.«

»Ja, Sir.«

»Das hast du gut gemacht, mein Junge. Ich bin stolz auf dich, und dein Vater wäre es auch.«

Charles hatte sein Lächeln erwidert. »Dein Stolz genügt mir, Onkel.« Und er hatte, an Anna gewandt, hinzugefügt: »Ich erwarte, dass du mir schreibst und mir von deinen Abenteuern erzählst, Cousine, denn ich vertraue darauf, dass du deine Familie nicht vergisst.«

Sie hatte es ihm versprochen.

Ja, es schien, als habe sie jetzt so viel Familie um sich, dass ihre Zeit kaum ausreichte, allen gerecht zu werden, denn sie hatte in den vergangenen Tagen kaum einen Schritt tun können, ohne dass ihr Vater an ihrer Seite war oder ihre Mutter neben ihr saß. Inzwischen hatte man allen Bekannten die Geschichte von ihrem Kommen erzählt, zumindest die offizielle Version, denn ihr Vater war allen als Hauptmann Jamieson vorgestellt worden, der seine Tochter in der Obhut von Vizeadmiral Gordon zurückgelassen hatte, während er fortgegangen war, um für die Franzosen zu kämpfen, und jetzt gekommen war, um sie nach Hause zu holen.

Sir Harry war der einzige Freund, der die Wahrheit kannte, denn er kannte die Familie ihres Vaters gut und hatte ihn gleich wiedererkannt, als man sie einander vorgestellt hatte. Doch er behielt das Geheimnis für sich und hielt sich in der Öffentlichkeit an die offizielle Version der Geschichte.

Sir Harry persönlich hatte sich um die Schaluppe gekümmert, die sie nach Kronstadt bringen würde, von wo sie mit einem größeren Schiff nach Amsterdam und von dort nach Ulster segeln würden, wo ihre Eltern lebten. Er kümmerte sich jetzt auch persönlich darum, dass ihr Gepäck auf die Schaluppe geladen wurde, während er und Moray zusammen auf den festen Planken des Anlegers der Warenbörse standen. Die Sonne war hinter rasch dahinfegenden Wolken verborgen.

»Und wie geht es Euren beiden Schwestern?«, fragte Sir Harry.

»Sehr gut, soweit ich höre.«

»Amelia war immer sehr lustig. Eure Schwestern haben beide Grahams geheiratet, nicht wahr?«

»Ja. Unsere Familie ist eng mit den Grahams verbunden.«

»Ich glaube, wir sind alle miteinander verbunden«, sagte Sir Harry. Und als hätte ihn das an etwas erinnert, fügte er hinzu: »Es hat mir sehr leidgetan, als ich hörte, dass meine Stiefmutter, die Frau Eures Bruders, verstorben ist. Hat er wieder geheiratet?«

Moray schüttelte den Kopf. »Nein, man hat mir erzählt, Robin komme ganz gut allein zurecht jetzt, da die Kinder älter werden.«

»Es ist sicher sehr schwer, gar keinen Kontakt zu ihnen zu haben. Ich erinnere mich, dass Ihr Euch immer sehr nahegestanden habt.«

»Ja.« Moray nickte kurz, und Anna, die ihn in den vergangenen Tagen aufmerksam beobachtet hatte, kannte ihn inzwischen so gut, dass sie wusste, dass dieses kurze Nicken tiefe Gefühle verriet. »Mein jüngster Bruder, Maurice, weiß, dass ich lebe, denn ich habe ihn gesehen, als er in Paris war, aber ich bezweifle, dass er sich daran erinnert.«

»Ich habe gehört, es … ging ihm nicht gut«, sagte Sir Harry. »Hat er sich nicht erholt?«

Moray zuckte die Achseln. »Man hat mir berichtet, es gehe ihm viel besser. Aber er wird nie mehr der sein, der er mal war.«

Sir Harry stieß einen mitfühlenden Seufzer aus. »Ja, nun, die Welt hat uns alle verändert. Wer von uns wird je wieder der sein, der er einst war?«

Um Morays Augen bildeten sich kleine Fältchen. »Ich sehe wohl, dass die Welt Euch zum Philosophen gemacht hat.«

»Zum Kaufmann, wenn ich bitten darf«, sagte Sir Harry lächelnd. »Mit zahlreichen Geschäften, um die ich mich kümmern muss.« Sie schüttelten einander die Hand und nahmen sich kurz in die Arme wie Brüder. »Euch eine sichere Reise, John. Gut zu sehen, dass es Euch so gut geht. Kommt, Mr. Taylor«, rief Sir Harry seinem Sekretär zu, »wird Zeit, dass wir verschwinden.«

Im Vorbeigehen verneigte Mr. Taylor sich ein letztes Mal vor Anna. »Glückliche Reise, Mistress Jamieson.«

»Ich danke Euch, Mr. Taylor.«

Sie hatten sich vor ein paar Tagen kurz unterhalten. »Es tut mir sehr leid«, hatte Anna mit schlechtem Gewissen gesagt, »wenn ich Euch Hoffnungen gemacht habe, Sir, dass …«

Er hatte sie den Satz nicht zu Ende sprechen lassen. »Jegliche Hoffnungen waren meine eigenen. Euer Betragen, Mistress Jamieson, war stets vollkommen schicklich und damenhaft und untadelig.«

Das war am Morgen gewesen. Jetzt wünschte er ihr nur noch einmal alles Gute, verneigte sich und ging.

Während Anna ihm hinterherblickte, trat ihre Mutter neben sie. »Scheint mir ein netter junger Mann zu sein.«

»Ja«, sagte Anna. »Er ist sehr nett.«

Ihre Mutter lächelte und strich die Naht an Annas Schulter glatt. »Wenn ich dir einen Rat geben darf, mein Liebes, dann den, niemals einem Mann deine Hand zu geben, wenn er nicht auch dein Herz besitzt.«

Bestand denn noch Hoffnung für sie?, fragte sich Anna, denn ihr Herz gehörte schon einem, der kein Recht darauf besaß und der es nicht verdiente, der es aber nicht losließ. »Dann«, sagte sie mit leiser Stimme, als merke sie gar nicht recht, dass sie es überhaupt laut aussprach, »werde ich vermutlich nie meine Hand jemandem geben.«

Ihre Mutter sagte nichts dazu, sondern drückte nur beruhigend ihren Arm und wandte sich ab, um sich von dem Vizeadmiral zu verabschieden.

Gordon sah prächtig aus an diesem Morgen in seiner Uniform mit der schwarzen Binde am Arm, den Degen schimmernd an seiner Seite. Er hob Sophias Hand und drückte in einer galanten Geste einen Kuss darauf, und in diesem unbedachten Augenblick sah Anna die Sehnsucht in seiner Miene – die Sehnsucht eines Mannes, der geliebt und verloren hatte und sich zwar damit abgefunden, es aber nie vergessen hatte. »Dies«, erklärte er ihrer Mutter leise, »habe ich auch nicht aus Pflicht getan.«

Sophia schien zu verstehen, denn sie nickte und sagte: »Ich bin froh, dass Ihr es wart.«

Morays Abschied von Gordon fiel formeller aus als der von Sir Harry.

Gordon reichte ihm einen dicken Stoß Briefe. »Ihr kümmert Euch darum, dass sie richtig zugestellt werden?«

»Ja.«

Darüber hinaus gab es weder freundliche Worte noch brüderliche Umarmungen, nur ein Schweigen, das viel mehr zu sagen schien, als Worte vermocht hätten. Am Ende streckte Moray – wie in einer längst überfälligen Geste – die Hand aus, und Gordon nahm sie, und über ihrem ernsten Händedruck nickte Moray kurz und schweigend, und das war alles.

Als Anna an der Reihe war, stellte sie – ähnlich wohl wie ihr Vater – fest, dass Worte unzureichend schienen. Sie schaute zu Vizeadmiral Gordon auf, und er sah sie an, und sie erkannte plötzlich, dass die Worte gar nicht ausgesprochen werden mussten. Nicht laut.

»Ich habe noch ein Abschiedsgeschenk«, sagte er.

»Ihr seid zu großzügig mit Geschenken.«

»Es ist nicht von mir. Es wurde mir heute Morgen gebracht, aus dem Palast. Von Kaiserin Katharina.« Aus der Tasche holte er ein in Seide eingeschlagenes Päckchen, etwa so groß wie seine Hand und seltsam abgerundet. »Der Bote, der das Geschenk brachte, sprach nur Russisch, also hat Dmitri übersetzt. Er sagte, was du in Händen hältst, wurde von dem verstorbenen Zar persönlich angefertigt und war ein Geschenk für Kaiserin Katharina in den Tagen vor ihrer Heirat. Sie möchte, dass du es jetzt bekommst, um dich an den Tag zu erinnern, an dem du einer Kaiserin ihren Lebenssinn wiedergegeben hast. Es soll dir helfen, deinen eigenen zu finden.« Als Anna das Geschenk nahm und das Seidentuch entfernte, fragte er: »Verstehst du das?«

Sie nickte und betrachtete den kleinen Holzvogel, ein schlichtes Objekt, geschnitzt von einem großen Mann, der immer Freude daran gehabt hatte, Dinge mit eigenen Händen anzufertigen. »Ich glaube, sie will mir damit sagen, dass ich versuchen soll, die zu sein, die ich bin, und davonzufliegen wie der Vogel, als der ich geboren wurde.«

»Dann«, sagte Gordon, »wirst du sehr hoch fliegen, mein Liebes. Und sehr weit.« Er richtete seine blauen Augen auf die Segel ihres kleinen Schiffes, und Anna folgte seinem Blick.

»Es ist lange her, dass ich an Bord eines Schiffes war, ohne Euch am Steuer«, sagte sie. »Werdet Ihr uns nicht nach Kronstadt bringen?«

»Besser nicht.« Er lächelte leicht. »Ich könnte in Versuchung geraten, nicht anzulegen.«

Als die Taue gelöst wurden, stand er immer noch am Wasser auf dem breiten Anleger der Warenbörse, groß und elegant wie an dem Tag, als sie ihm zum ersten Mal begegnet war, und wie sie ihn stets in Erinnerung behalten würde. Sie und ihre Eltern standen an Deck und blickten hinüber, bis er ihrem Blick entschwand. Dann legte Moray Anna den Arm um die Schultern, und wie damals, als sie noch ganz klein gewesen war und sie von Schottland nach Flandern gesegelt waren, zog er sie von der Reling fort und sagte: »Der Wind ist kalt. Komm mit nach unten.«

Die Mannschaftskabine lag vorn, doch Moray führte sie nach hinten zur Kapitänskajüte und hielt ihr die Tür auf. Die Vorhänge waren vorgezogen, und drinnen war es düster, sodass sie den Mann erst sah, als er aufstand. Ganz in Schwarz gekleidet sah er selbst aus wie ein Schatten.

Ihr Vater nahm den Packen Briefe, den er gerade von Gordon

erhalten hatte, reichte ihn Edmund O'Connor und sagte: »Die gehören, glaube ich, Euch. Ob sie auch, das muss sie selbst entscheiden.«

Sein Blick ging kurz zwischen ihnen hin und her, und dann ging er hinaus und schloss die Tür.

KAPITEL 47

Sie rührte sich nicht.

Das Schiff schwankte im Strom, und irgendwie hielt sie sich aufrecht, doch es war nicht leicht, da Edmund so unvermittelt vor ihr stand und ihr Vater etwas getan hatte, was sie nicht begriff.

Doch bei allem, was sie nicht verstand, war sie sich einer Sache doch völlig sicher: Ihr Vater würde niemals den König verraten. Was hieß, dass sie das, was er getan hatte, falsch einschätzte, dass sie das Vorrücken einer kleinen, aber entscheidenden Figur versäumt hatte.

Sie kramte in ihren Erinnerungen, während Edmund sie schweigend beobachtete.

Sie hatte ihn nicht gegrüßt, wagte es nicht, ihn anzusehen. Alles um sie herum – nicht nur die Holzplanken unter ihren Füßen, sondern einfach alles – kam ihr in diesem Augenblick so vor, als wäre es in Bewegung und am falschen Ort, und sie fürchtete, wenn sie den Blick auf Edmund richtete, könnte sie den vagen Kontakt zur Realität ganz verlieren. Anna wollte ihn bei sich und wünschte ihn fort, doch vor allem wollte sie wissen, was los war.

»Er hat Euch die Briefe gegeben«, sagte sie, auch wenn sie wusste, dass sie es eigentlich nicht sagen musste, denn es war doch offensichtlich. Sie ging eines nach dem anderen in Gedanken durch. Dann sah sie Edmund in die Augen, und ihre Gedanken verwirrten sich vollends, und sie fragte nur: »Warum?«

»Weil sie meine Last sind. Ich bin der Einzige, der sie tragen kann.«

Da erkannte sie vage die fehlende Schachfigur, doch warum

sie vorgerückt war, verstand sie immer noch nicht ganz. »Ihr seid kein Verräter.«

Darauf antwortete er nicht. Doch sie wusste es.

Edmund lächelte vage im Halbdunkel. »Himmel, Euer Verstand ist schnell.«

»Aber warum?« Schon als sie die Frage stellte, glaubte sie die Antwort zu kennen. »Man will ihn täuschen.«

»Er wurde von den Engländern als Spion hierhergeschickt, um Geheimnisse auszukundschaften. Also bekommt er ein Geheimnis. Dass es zufällig falsch ist«, sagte er, »ist mehr Eure Schuld als die eines anderen.«

»Meine Schuld?«

»Ja. Als Ihr mir mit Eurem Trick auf dem Schachbrett eine Falle gestellt habt«, erinnerte er sie, »an dem Abend beim General, und er uns von der Überquerung des Flusses bei Poltawa erzählte, brachte ihn das auf die Idee, wie man mit Deane am besten umgehen sollte.«

Sie dachte zurück an den Abend und daran, wie der General berichtet hatte, wie die russische Armee die Schweden davon überzeugt hatte, sie wollte den Fluss an einer bestimmten Stelle überqueren, während sie ihn doch unbemerkt an einer anderen Stelle überquert hatte.

»Die Sache ist die«, sagte Edmund, »dass die Engländer hier in Russland, genau wie in Spanien, immer ein Auge auf uns haben und darauf lauern, jeden neuen Versuch vonseiten König Jakobs, den Thron für sich zu beanspruchen, zu vereiteln. Der General hat gewusst, wenn die Engländer erfahren würden, dass Hauptmann Hay aus Rom hergekommen ist, würden sie nicht eher ruhen, bis sie wüssten, warum.«

Sie fragte nicht, was Hauptmann Hay in Wirklichkeit für König Jakob getan hatte, denn selbst wenn er es gewusst hätte, hätte sie ihn nicht gebeten, ihr etwas so Vertrauliches zu verraten. Doch sie erinnerte sich, was sie an jenem schmerzlichen Tag von Charles erfahren hatte. »Man hat mir berichtet, dass Ihr zu Deane gesagt habt, Hauptmann Hay sei hier, um Sir

Harry neue Anweisungen zu geben, Schiffe zu kaufen, mit Unterstützung der Spanier und des Papstes.«

»Das stimmt.«

»Und das war eine Lüge.«

»Eine Lüge, die die Engländer geglaubt haben«, sagte er, »denn es war genau das, was sie erwartet hatten. In-die-Irre-Leiten, Mistress Jamieson, kann sehr nützlich sein.«

Mit einem Nicken wies Anna auf die Briefe. »Und diese sind also dazu gedacht, Deane weiter in die Irre zu leiten?«

»Eher seine Auftraggeber in der englischen Regierung. Wenn ich Deane in Amsterdam treffe und wir zusammen die Siegel dieser Briefe brechen, dann werden diese ihn sehr überzeugend davon unterrichten, dass der Herzog von Holstein und die Zarin sich verschworen haben, um Schiffe nach Spanien zu schicken. Ich zweifle nicht daran, dass er es glaubt, denn hat er nicht mit eigenen Augen drei Schiffe gesehen, die hinausfuhren, als er hereinkam? Und er wird glauben, es werden gewiss noch mehr Schiffe folgen. In diesen Briefen wird auch ein ausführlicher Bericht darüber zu finden sein, dass wir die Dänen durch unsere Manöver in der Ostsee so in Alarm versetzen wollen, dass sie sich genötigt sehen werden, die Engländer um Unterstützung zu bitten. Deane wird weiter erfahren, dass König Jakob, sobald die englische Flotte den Dänen zu Hilfe eilt, mit seiner neuen Flotte russischer Schiffe einen Schlag von Spanien aus führen wird, während Zarin Katharina sie von hinten und Schweden sie von oben angreift.« Er deutete ein Lächeln an. »Ein wahrlich listiger Plan.«

»Und ebenfalls falsch?«

Er zuckte die Achseln. »Ich weiß wenig von solchen Dingen, denn ich bin kein Seemann. Deane schon.«

»Kapitän Deane«, sagte sie, »ist vieles.«

»Aber er ist kein Narr. Er ist ein Seemann mit langer Erfahrung, und wäre er nach Kronstadt gekommen, hätte er innerhalb von einem halben Tag gesehen, wie die Dinge dort wirklich stehen.«

»Ich kann Euch nicht folgen.«

»Die russische Flotte ist nicht bereit zum Auslaufen und schlecht ausgestattet; und die Dinge sind nicht so in der Reihe, wie sie wären, wäre der Zar nicht gestorben. Sosehr die Zarin und der Herzog von Holstein König Jakob auch unterstützen, in diesem Jahr wird er – wie wir alle wissen – nicht auf den Thron zurückkehren. Doch wir dürfen nicht zulassen, dass die Engländer es erfahren, sonst nutzen sie es zu ihrem Vorteil. Während wir noch dabei sind, unsere Kräfte zu sammeln, könnten sie großen Schaden anrichten. Es sei denn …«

»Es sei denn, sie erfahren nicht, dass wir schwach sind.« Sie nickte, um anzuzeigen, dass sie verstand. Wenigstens so weit. Sie wandte den Blick ab und fragte in verändertem Tonfall: »Warum Ihr?«

Einen Moment lang antwortete er nicht. Es wurde still in der Kajüte, während das Schiff unter ihren Füßen schwankte. In dem Halbdunkel hätte sie auch nicht in seinen Augen lesen können, wenn sie ihn angesehen hätte. »Wer sonst?«, fragte er.

»Jeder.«

»Von niemandem sonst hätte Deane geglaubt, er könnte seine eigenen Verwandten verraten.« Der harte, spöttische Ton hatte sich wieder in seine Stimme geschlichen. »Euer Mr. Taylor hat sich angeboten.«

Da sah sie ihm in die Augen. »Er ist nicht ›mein‹. Und wenn er es angeboten hat, warum habt Ihr ihn nicht gelassen?«

»Weil derjenige, der diese verdammten Briefe nach Amsterdam bringt, seinen guten Ruf aufs Spiel setzt, Mistress Jamieson. In ein paar Monaten, wenn ich weit fort bin, wo niemand mich zurückholen oder mich aufhalten kann, wird in St. Petersburg eine Hure schwören, dass ich ihr, als ich bei ihr lag, von meinen Plänen erzählt habe, mich mit Deane zu treffen. Danach werden alle, bis auf ein paar wenige, mich als Verräter betrachten.«

Als er ihren Blick erwiderte, bemerkte sie, dass er das Kinn hob und trotzig nach vorne schob, als warte er darauf, dass sie ihn wieder schlug, doch sie fragte nur, den Blick weiter unverwandt auf ihn gerichtet, sehr ruhig: »Ist das die Hure, die in dem Haus nebenan gewohnt hat? Die von ihrem Mann geschlagen wurde?«

Edmund starrte sie an.

»Ich glaube«, fuhr Anna ruhig fort, »eine Frau, die dankbar ist, würde alles sagen, worum Ihr sie bittet. Hätte sie die gleiche Lüge über Mr. Taylor erzählt, wenn er die Briefe an Eurer Stelle überbracht hätte?« Die Antwort darauf kannte sie. »Ihr lasst ihn also nicht die Schande tragen, doch Ihr selbst nehmt sie auf Euch.« Sie musterte ihn eingehend. »Ihr müsst nicht immer die Schläge aushalten, die Ihr nicht verdient habt.«

Er sah sie weiter an, ohne etwas zu sagen, als würde er seinen Ohren nicht trauen. Und dann trat er aus der Düsternis und machte vorsichtig einen Schritt auf sie zu.

»Ich bin, wie ich bin. Die Menschen werden das in mir sehen, was sie sehen wollen. Aber noch nie«, fuhr er fort, »gab es einen Menschen, der das Gute in mir sehen wollte.« Suchend erforschte er ihr Gesicht. »Woher wisst Ihr, dass ich nicht bei der Hure gelegen habe?«

Sie antwortete ehrlich. »Ihr würdet niemanden so ausnutzen, der so verletzt war.«

Er schüttelte leicht den Kopf, ohne den Blick von ihr zu lösen. »Woher wisst Ihr, wie ich mit Verletzten umgehe?«

»Ihr habt den Vogel geheilt.«

»Woher wisst Ihr das? Ihr habt nicht gesehen, wie ich ihn freigelassen habe. Soweit Ihr wisst, hätte ich ihn auch töten und zum Abendessen verspeisen können.«

»Das habt Ihr nicht.«

»Woher wisst Ihr das?«

»Weil Ihr es mir gesagt habt.« Dieses ganze Reden über den Vogel erinnerte Anna daran, dass sie noch den geschnitzten Vogel der Kaiserin dabeihatte, und sie sah sich jetzt nach einem Platz um, wo sie das seidene Päckchen hinlegen konnte. Neben ihnen war ein Tisch mit einem Stuhl, auf dem Edmund gesessen und auf sie gewartet hatte. Er hatte allein Karten gespielt, doch das Spiel schien zu Ende zu sein, denn die Karten waren zu vier Stapeln zusammengelegt.

Sie berührte leicht die Karten. »Was ist das für ein Spiel?«

»Es wird unter verschiedenen Namen gespielt. Manche bilden sich ein, es könnte einem das Schicksal vorhersagen, ob man in dem, was man vorhat, erfolgreich ist oder nicht.«

»Und was haben die Karten Euch gesagt?«, fragte Anna.

»Ihr Rat ist unbestimmt, denn das Spiel ist nicht vollständig.« Nicht zufrieden, ihre Diskussion zu beenden, hakte er noch einmal nach. »Warum genügt Euch mein Wort?«

Das konnte Anna nicht beantworten, nicht mit Worten, denn die Worte, um ihm zu sagen, warum, existierten nicht. Sie fand eine andere Möglichkeit, es ihm mitzuteilen. Sie griff in ihre Tasche, holte die Karten heraus, die er ihr geschickt hatte, und legte das Herzass mit dem Bild nach oben auf den Tisch zwischen seine Gefährten.

»Diese gebe ich Euch gern zurück«, sagte sie, »denn ich glaube, sie gehört Euch. Das tut sie schon eine ganze Weile, und das wird vermutlich immer so sein.« Als sein Blick dem ihren begegnete, zwang sie sich weiterzusprechen. »Aber wenn ich darf, würde ich meinen Buben gern behalten.«

Er hob seine vernarbte Hand an ihr Gesicht und berührte es zart. »Ich bin nicht besonders gut im Umgang mit zerbrechlichen Dingen«, sagte er. »Ich bin sorglos und zerbreche sie und verliere sie, aber ich …« Er unterbrach sich, als müsste er seine Gefühle unter Kontrolle bringen, und als er weitersprach, war sein Tonfall so sanft, wie sie ihn noch nie gehört hatte. »Aber um Euch würde ich mich gut kümmern.«

»Das ist nicht wahr«, sagte sie, und bevor er sie missverstehen konnte, fügte sie hinzu: »Ihr seid nicht grob mit zerbrechlichen Dingen. Einmal habt Ihr zwanzig bunt bemalte Eier in Euren Taschen getragen, nur um einem Kind eine Freude zu machen«, erinnerte sie ihn. »Und so zerbrechlich bin ich nicht.«

In diesem Moment sah sie das Funkeln in seinen Augen,

bevor er sie schloss, fest, wie um einen Schmerz abzuwehren. Und dann reckte sie sich auf die Zehenspitzen und küsste ihn, und er schlang die Arme um sie und erwiderte den Kuss. Da spielte es keine Rolle, dass die Welt schwankte, denn wenn Edmund sie hielt, dann war sie in Sicherheit.

Er löste die Lippen ein wenig von den ihren, doch sie spürte noch seinen zittrigen Atem und sein warmes Lächeln.

»Euer Vater ist ein Furcht einflößender Mann«, sagte Edmund, »er hat mich gewarnt, wenn ich Hand an Euch lege, werde ich die Hand verlieren.«

Sie hob die Hand zu seiner, die mit ihrem Haar spielte, und schloss sie um seine großen Finger und spürte die harte längliche Narbe. »Werdet Ihr nicht«, erwiderte sie. »Ihr werdet niemals meinetwegen eine Strafe bekommen.«

»Ihr seid also auch Furcht einflößend?«

»Sicher. Das sind alle Kämpfer, habe ich mir sagen lassen.«

Der zweite Kuss war intensiver als der erste und dauerte länger. Als er sich diesmal löste, rückte er ein Stück ab, um sie anzusehen. »Ich muss trotzdem nach Amsterdam.«

»Ich weiß.«

»Solange Deane glaubt, er ziehe die Fäden, muss ich so tun, als würde ich danach tanzen.«

»Ich weiß. Ich werde auf Euch warten.«

»Es kann Monate dauern.«

Warum redete er überhaupt?, überlegte Anna. Sie reckte sich und küsste zart sein hartes Kinn. »Ihr bekommt Eure Begnadigung, wie Deane versprochen hat, nicht wahr?«

Er nickte und senkte seine Lippen auf die ihren.

»Also, dann«, sagte sie, »werde ich mit meiner Mutter und meinem Vater nach Irland zurückkehren und darauf warten, dass Ihr nach Hause kommt.«

Und das war, sehr zu Annas Freude, für eine ganze Weile alles, was Edmund ihr noch zu sagen erlaubte.

—

Die Sonne war untergegangen, der Wind blies stark über die Strelka, und vor mir lehnte Rob an der hüfthohen Granitmauer, den Blick auf den Fluss gerichtet, wo die Festung in Flutlicht getaucht war. Auch auf der Uferpromenade und der langen grünen Brücke funkelten Lichter, die sich in der Newa spiegelten. Doch Robs Gesicht lag halb im Schatten.

»Was hat er gesagt?«, fragte er, als ich mein Handy einsteckte.

»Er war sauer.« Als er sich zu mir umdrehte, fügte ich hinzu: »Dass ich es ihm nicht früher gesagt habe. Anscheinend hätte ich ihm Zeit und Geld sparen können, wenn ich ihm gesagt hätte, auf welche Objekte bei Auktionen das Bieten gelohnt hätte.«

»Und was hast du darauf gesagt?«

Ich zuckte lächelnd die Achseln. »Ich habe ihm gesagt, was ich mache, wird niemals als echter Herkunftsnachweis akzeptiert werden.«

»Im Augenblick jedenfalls nicht«, sagte Rob. »Man soll nie ›nie‹ sagen.«

Als ich zu ihm an die Mauer trat, drehte er sich ein wenig, um den Wind etwas abzufangen, und sagte: »Aber du hast deinen Job noch.«

Ich nickte. »Sieht ganz so aus.«

»Das ist doch gut.«

Als ich ein zweites Mal nickte und nichts sagte, warf er einen kurzen Blick auf mich und fragte: »Und warum das Stirnrunzeln?«

»Ich bin enttäuscht. Ich hatte wirklich gehofft, wir könnten beweisen, dass der Feuervogel von Katharina kam, aber ich wüsste nicht, wie. Du?«

Er überlegte einen Augenblick. Schüttelte den Kopf. »Nein.«

»Das heißt, dass Margaret Ross nach all der Mühe ihre Kreuzfahrt doch nicht bekommt.«

Jetzt zuckte Rob die Achseln. »Also, das würde ich so auch nicht sagen. Sie könnte die Bücher verkaufen.«

Mein Stirnrunzeln vertiefte sich. »Was für Bücher?«

»Die James-Bond-Bücher in dem Regal in ihrem Wohnzimmer«, antwortete Rob. »Hast du sie nicht gesehen?«

Ich erinnerte mich, dass Rob sich gebückt hatte, um sich Margarets Bücherregal und die alten gebundenen Romane mit den bunten Umschlägen anzusehen. Die Bücher ihres Vaters, hatte sie erzählt.

Ich drehte mich ebenfalls, um ihn besser ansehen zu können. »Was ist mit denen?«

»Also«, antwortete er in seinem ruhigen, lässigen Tonfall, der, wie ich inzwischen wusste, alles andere als unschuldig war, »gebundene James-Bond-Erstausgaben bringen bei Auktionen ganz schön was ein. Die Erstausgaben der ersten Bände werden so um die zwanzigtausend Pfund gehandelt. Und ihre Sammlung ist komplett, alle Bände signiert von Ian Fleming.«

Ich starrte ihn an, und er wusste es. Ich sah die leiseste Andeutung eines Lächelns, das sich sofort verzog, noch bevor ich ihn fragte: »Weiß sie das?«

»Sobald du es ihr sagst.«

»Rob.«

»Ja?«

»Du hast das mit den Büchern gewusst, bevor wir Dundee verlassen haben, nicht wahr?«, hakte ich nach. »Du hast gewusst, dass sie den Feuervogel nicht verkaufen muss, um diese Kreuzfahrt zu machen.« Ein wenig gekränkt fuhr ich fort: »Warum hast du es mir nicht gesagt?«

Er richtete den Blick wieder auf die Festung, sodass ich sein Gesicht nicht sehen konnte. »Und wenn ich es dir gesagt hätte, wäre es eine andere Reise gewesen, oder?«

Ich dachte einen Augenblick darüber nach. Dachte an all die Wege, die ich nie eingeschlagen hätte, all die Abzweigungen, die ich nie entdeckt hätte, all die Dinge, die ich versäumt hätte. »Vermutlich schon.«

»Er schien mir den ganzen Aufwand wert zu sein«, sagte Rob leise, »dein Feuervogel.«

Ich betrachtete seinen Rücken, wie er die Schultern hielt, und wusste, wie bei den Helden in den verschiedenen Versionen des russischen Märchens war der Schatz, den ich am Ende in den Händen hielt, wo ich doch den Feuervogel gejagt hatte, nicht das, wonach ich gesucht hatte, und auch nicht, was ich erwartet hatte, sondern etwas viel Besseres, etwas Unbezahlbares.

»Und was passiert jetzt?«, fragte er leise.

Ich stolperte über die Antworten. »Also ... ich gehe mal davon aus, dass wir versuchen, es irgendwie zu klären. Ich meine, ich gehe davon aus, dass ich mich daran gewöhnen muss, aber ...«

Brüsk wandte Rob den Kopf und er schnitt mir das Wort ab. »Würdest du bitte damit aufhören?«

»Womit?«

»Fragen zu beantworten, bevor ich sie stellen kann.«

Bei seinem Lächeln setzte mein Herz einen Schlag aus. Dann antwortete ich mit einem Lächeln, denn mir ging auf, was ich gerade gemacht hatte.

Du hast darum gebeten, erklärte ich ihm.

Wenn ich ihn nicht vorher schon geliebt hätte, es wäre mir unmöglich gewesen, dem Blick, mit dem er mich bedachte, zu widerstehen.

Ja. Seine Gedanken umflossen mich wie der Fluss unter uns und durchdrangen mich bis in den letzten Winkel. *Vielleicht.*

Da streckte er die Hand nach mir aus und schlang die Arme um mich und küsste mich – ein langer Kuss, in dem ich mich verlor. Als er endete, rückte ich ein Stück ab, um ihn anzusehen.

»Rob?«

»Ja?«

»Ich muss trotzdem zurück nach London.«

»Klar.«

»Ich kann mich sicher mit Sebastian darauf verständigen, dass ich zum Teil von Schottland aus arbeite, aber das kann dauern.«

»Klar«, wiederholte Rob.

»Ich meine, das kann ein paar Monate dauern.«

Dann hörte ich meine Worte, und plötzlich ging mir auf, dass es fast die gleichen Worte waren, die Anna und Edmund zuletzt zueinander gesagt hatten. Rob war es anscheinend auch aufgefallen, denn ich sah das Lächeln in seinen Augen, als er eine Hand hob, um eine Haarsträhne von mir einzufangen, die im Wind flatterte. Als sich seine Finger darum schlossen, legte er seine warme Hand an meine Wange, und seine Berührung enthielt ein Versprechen.

»Ich warte darauf«, sagte er leise, »dass du nach Hause kommst.«

Und zu meiner großen Befriedigung war das für eine ganze Weile das Letzte, was er sagen konnte.